AF191627

instagram.com/konstanze.42
facebook.com/1000Welten
tausend-welten.de

Über das Buch:

Was ist ein Leben ohne Schatten wert, wenn man dafür auch auf helles Licht verzichten muss?

Die Seelenschatten-Dilogie besteht aus den beiden Liebesromanen ›Don't fight the Rain!‹ und ›Don't fear the Tides!‹. Die Handlung von ›Don't fight the Rain!‹ wird in ›Don't fear the Tides!‹ direkt fortgesetzt. Die zärtliche Liebesgeschichte leuchtet auch die dunkle Seite des Fühlens aus und erzählt von Sehnsucht, Trauer, Schuld und Selbstzweifeln – aber auch von echter Freundschaft und inniger Verbundenheit. Die Romane sind außerdem eine Liebeserklärung an die Musik der 80er.

Über die Autorin:

Konstanze Melanie Treber, Jahrgang 1976, hat ihre Leidenschaft für Bücher früh entdeckt: Im Alter von zwei Jahren hat sie sich selbst ›Aschenputtel‹ vorgelesen – im Dunklen, und das Buch stand auf dem Kopf. Folgerichtig wollte sie Schriftstellerin werden, als sie ungefähr zehn war. Sie hat dann aber doch erst etwas Anständiges gelernt und ist Buchhändlerin geworden. Es folgten ein Germanistikstudium und zehn Jahre als Marketing-Managerin in einem großen deutschen Publikumsverlag. Seit 2014 ist Konstanze freiberuflich tätig.

Außer für Geschichten aller Art – gerne auch als Serien und Games – begeistert sich Konstanze für Roadtrips durch die USA, Musik, Fußball (von der Couch aus) und Chips mit ungewöhnlichen Geschmacksrichtungen. Wenn irgendwo ›neu‹ draufsteht, kann sie nur schwer widerstehen. Sie lebt mit dem Mann ihres Herzens und zwei liebenswert verrückten Katern an einem ruhigen Fleckchen im Allgäu.

Melanie Treber

Don't fear the Tides!

SEELENSCHATTEN 2

Roman

Bibliografische Information der Deutschen Nationalbibliothek:
Die Deutsche Nationalbibliothek verzeichnet diese Publikation in der
Deutschen Nationalbibliografie; detaillierte bibliografische Daten sind
im Internet über dnb.dnb.de abrufbar.

Deutsche Erstausgabe 2024
© 2024 Konstanze Melanie Treber
Die automatisierte Analyse des Werkes, um daraus Informationen
insbesondere über Muster, Trends und Korrelationen gemäß §44b
UrhG (»Text und Data Mining«) zu gewinnen, ist untersagt.

Verlag: BoD · Books on Demand GmbH, In de Tarpen 42,
22848 Norderstedt, bod@bod.de
Druck: Libri Plureos GmbH, Friedensallee 273, 22763 Hamburg
Umschlaggestaltung: Konstanze Treber
Umschlagabbildung: Konstanze Treber

ISBN: 978-3-7693-0205-9

Für alle, die Achterbahnfahren lieben,
obwohl sie jedes Mal Angst davor haben.
(Oder gerade deswegen? Es gibt selten nur eine Wahrheit.
Morgan würde sagen, »nie«, aber da bin ich ausnahmsweise nicht ganz seiner Meinung.)

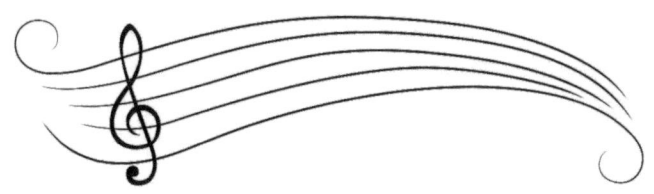

PROLOG

Wieder und wieder habe ich versucht, ihn zu finden: den einen Moment, der alles verändert hat. Der mich verändert hat. Warum? Nicht, weil ich ihn hätte verhindern wollen – nichts läge mir ferner! Es ist einfach wie ein winziger Juckreiz an dieser schwer erreichbaren Stelle zwischen den Schulterblättern. Man versucht, ihn zu ignorieren, aber das will einfach nicht klappen. Also bleibt einem schließlich nichts anderes übrig, als sich in alle nur denkbaren Richtungen zu verrenken, bis man sie endlich irgendwie erreicht, die Stelle.

Man sollte meinen, die Vergangenheit sei etwas Solides. Solider jedenfalls als die sich ständig wandelnde Gegenwart oder gar die Zukunft, die noch nicht einmal mit dem Verändern begonnen hat. Etwas also, das man in der Erinnerung fein säuberlich in mikroskopisch dünne Scheibchen zerteilen und analysieren kann, bis man sie gefunden hat, die Abweichung. Den Auslöser. Aber der erste Eindruck täuscht: Die Vergangenheit ist in etwa so solide wie ein scheinbar trockenes Fleckchen Erde in einem Sumpf. Wenn nach einem Unfall fünf Zeugen sechs verschiedene Geschichten erzählen, dann ist das keine böse Absicht. So sind wir Menschen eben. Erinnerungen sind nicht nur etwas sehr Individuelles, sie führen auch ein Eigenleben. Sie wandeln sich im Lauf der Zeit.

Erst habe ich gedacht, es sei dieser Kuss gewesen, der von mir ausgegangen war während des ›Star Wars‹-Films. Aber das war natürlich Unsinn. Ein Kuss kann ein Anfang sein, aber er ist kein Auslöser, sondern ein Ergebnis. Von etwas, das schon davor begonnen hat. Im Waldhaus zum Beispiel oder noch früher, bei meinem ersten Besuch in der Villa. Wie ich es auch drehe und wende: Ich komme nicht dran, an die juckende Stelle. Weil meine Erinnerung mir nur das sagt, was ich ohnehin schon weiß. Sie ist ein Film, dessen Drehbuch ich selbst schreibe, während ich ihn mir ansehe. Sie beweist alles und nichts.

Wahrscheinlich gibt es dutzende Momente, in denen ich es zumindest hätte merken können. In denen ich hätte aufhören können, mich selbst zu belügen. Und Stefan, der das am allerwenigsten verdient hatte. Aber um den Auslöser zu finden, müsste ich zurückgehen können, um ihn noch mal zu erleben. Zurück zu der Zeit vor all dem, als Morgan für mich noch nichts weiter war als der Sänger meiner Lieblingsband.

Der Parkplatz wirkt schon ziemlich voll, aber als wir uns dem Eingang der Halle nähern, kann ich erkennen, dass der Eindruck täuscht: Die kleine Menschentraube, die sich ganz vorn in dem Korridor aus Absperrband gebildet hat, besteht aus fünfzig, höchstens sechzig Personen. Nicht perfekt, aber ziemlich gut, würde ich sagen.

»Na, zufrieden?«, feixt Stefan neben mir. Es ist ein Donnerstagabend im Mai, und er ist ganz gegen seine Gewohnheit schon nachmittags aus dem Büro verschwunden, damit wir ... nein, damit *ich* rechtzeitig hier sein kann, beim Abschlusskonzert meiner Lieblingsband für die diesjährige Tour.

Sobald wir uns am Ende der Schlange eingereiht haben, lege ich beide Arme um seinen Hals und küsse ihn. »Danke. Du bist ein Schatz!«

»Ich weiß.« Stefan gibt sich Mühe, nicht zu grinsen.

Es sind noch knapp zwei Stunden bis zum Einlass, und er ist bereit, sich so lange mit mir die Beine in den Bauch zu stehen, nur damit ich nachher möglichst weit vorne bin und einen guten Blick auf die Bühne habe. Er *ist* ein Schatz. Mein Schatz.

In diesem Jahr werden es acht Jahre, die wir zusammen sind. Vor sieben Jahren sind wir in sein Elternhaus gezogen. Da war natürlich anfangs einiges zu tun, bis Haus und Garten unseren Vorstellungen entsprochen haben. Als das geschafft war, hat Stefan begonnen, sehr ernsthaft an seiner Karriere zu arbeiten. Auch jetzt hat er schon wieder das Handy in der Hand und beantwortet Mails. Aber immerhin ist er hier, mir zuliebe. Nicht, dass er keinen Synthiepop mögen würde, im Großen und Ganzen hat er denselben Musikgeschmack wie ich. Er kannte sogar No Way!, die ich heute endlich mal wieder live sehen werde. Nur hat Stefan längst nicht mehr so oft das Bedürfnis, etwas zu unternehmen, im Gegensatz zu mir. Was allerdings auch daran liegen könnte, dass ich mittlerweile freiberuflich von zu Hause aus arbeite. Da kommt man nicht mehr viel unter Leute.

Ich verkneife mir einen selbstmitleidigen Seufzer und sehe mich in der Menge um, die inzwischen deutlich schneller wächst. Die meisten Fans scheinen ein paar Jahre älter zu sein als ich, eher Mitte bis Ende Vierzig als Ende Dreißig. Kein Wunder, No Way! haben 1986 die erste Single veröffentlicht, da war ich gerade mal zehn Jahre alt. Vor zwanzig Jahren hätten wir den halben Tag vor der Halle verbringen müssen, um einen halbwegs vernünftigen Platz zu bekommen. Als ich No Way! das erste Mal live gesehen habe, Ende der Neunziger, habe ich es so gemacht und stand tatsächlich ganz vorne. Dafür musste ich damals aber auch alleine hingehen, weil Lukas nicht einmal dann bereit gewesen wäre, mich zu begleiten, wenn ich ihm die Karte bezahlt hätte. Ganz anders als Stefan, der mich eingeladen hat ...

Ich riskiere einen Seitenblick zu meinem schwer arbeitenden Kavalier und lächle. Dann ziehe ich meinen kleinen MP3-Player aus der Jackentasche – neben etwas Geld und einem Päckchen Taschentücher das Einzige, das ich fürs Konzert eingesteckt habe – und stimme mich schon mal auf die Show ein.

Als vor uns endlich Bewegung in die Schlange kommt, hat Stefan zwei Telefonate geführt und liest seine Newsletter. Ich frage mich, wie lange wohl der Akku seines Handys noch halten wird. Wie immer bei solchen Events hat der Einlass sich verzögert. Wenigstens geht es jetzt ziemlich flott voran: Ich bin nicht die Einzige, die erst gar keine Handtasche mitgebracht hat, entsprechend schnell haben wir die Kontrollen hinter uns.

Kaum bin ich am Sicherheitspersonal und dem jungen Mann, der die Karten abreißt, vorbei, setzte ich ganz automatisch zum Spurt an, aber Stefan hält mich am Arm fest und schüttelt den Kopf. Ich habe mich schon halb losgerissen, als ich erkenne, dass er recht hat: Rennen ist gar nicht nötig, die Leute um uns herum bewegen sich lediglich in einer Art Stechschritt durch den Vorraum Richtung Konzerthalle. Ein weiterer Vorteil von etwas älterem Publikum.

Für die erste Reihe reicht es zwar diesmal nicht ganz, dafür haben wir einen Platz fast mittig vor der Bühne, und die beiden Mädels vor mir sind fast einen Kopf kleiner als ich.

Möglichst weit vorne zu stehen, hat zwei ganz große Vorteile: Erstens ist wider Erwarten das Gedränge und Geschubse deutlich geringer als irgendwo mitten im Pulk. Und zweitens, und das ist das eigentlich Entscheidende, fühle ich mich hier vorne sehr viel mehr als Teil des Geschehens als weiter hinten. Wenn man den Bandmitgliedern ins Gesicht sehen kann, und zwar wirklich in die Augen, nicht auf einer Videoleinwand, spürt man jede winzige Strömung. Nicht nur die Wogen von Energie, von sich gegenseitig pushenden Emotionen, die zwischen Publikum und Bühne hin und her schwappen wie ein lebendes Wesen, das dich packt und hochwirbelt, immer höher und höher, bis du glaubst, du könntest fliegen, wenn du jetzt, genau jetzt, die Arme ausbreitest.

Ganz vorn spürst du auch, was auf der Bühne selbst passiert. Du kannst es sehen, dieses halbe Lächeln, das keine Kamera einfängt, wenn der Sänger seinem Keyboarder ein Zeichen gibt. Oder wie der Gitarrist dem Roadie auf die Schulter klopft, wenn der ihm die nächste Gitarre reicht. Für eine kleine Weile bist du ein Teil davon. Nicht faktisch gesehen, versteht sich, aber spielt das wirklich eine Rolle? Was ist echter in so einem Moment: das, was auf dem Papier steht, oder das, was du fühlst? Und nein, ich bin kein Stalker, jedenfalls nicht im normalen Leben, nicht außerhalb dieser magischen zwei Stunden. Aber wenn ich ganz viel Glück habe, sind es *meine* Augen, die die des Sängers einfangen; für einen Sekundenbruchteil nur, wenn er den Blick über all die Gesichter schweifen lässt. Die ersten zwei oder drei Reihen sind die, die er tatsächlich noch erkennen kann, trotz der blendenden Scheinwerfer. Dann strahle ich übers ganze Gesicht und kann sehen, wie dieses Strahlen erwidert wird, weil es im Grunde nur darum geht: Freude.

Oh, selbstverständlich kann Musik jedes Gefühl transportieren, und gar nicht so selten ist es die weniger fröhliche Sorte: Sehnsucht, Trauer, Schmerz. Aber am Ende überwiegt die Freude, jedenfalls bei mir. Und sei es nur darüber, mit diesen Gefühlen nicht allein zu sein; diesen Spinnwebfaden von Verbundenheit zu spüren, hauchzart und im nächsten Augenblick schon wieder zerrissen, davongewirbelt im stetigen Rauschen von Gedanken, von Wollen und Müssen und allem, was uns ausmacht und damit zugleich von allen anderen trennt.

»Jetzt könnte es dann wirklich langsam mal losgehen«, grummelt Stefan neben mir. Die Vorband, die weder besonders gut noch besonders schlecht war, hat ihren Auftritt beendet. Das Licht ist wieder an, und wie erwartet hat Stefans Handy sich abgeschaltet. Auf der Bühne herrscht ein ständiges, unaufgeregtes Kommen und Gehen: Schlagzeug und Keyboard der Vorband werden abgebaut, die schwarzen Planen weggezogen, mit denen Instrumente und Bühnenaufbauten für den Hauptact verhüllt gewesen waren, Wasserflaschen bereitgestellt, Kabel geprüft.

Ein paar Mal branden um uns herum kleinere Jubelwellen auf: Entweder glaubt jemand, bereits ein Bandmitglied entdeckt zu haben, oder die Leute feiern sich einfach selbst, stimmen sich schon mal ein auf den großen Moment, wenn ...

... endlich das Licht ausgeht!

Für ein paar Sekunden ist es stockfinster in der Halle und ebenso still. Ich möchte wetten, dass wir alle gleichzeitig den Atem angehalten haben. Plötzlich leuchten drei große blaue Scheinwerfer über der Bühne auf und verlöschen wieder, dreimal hintereinander; ein geheimnisvolles Morsesignal. Wieder brandet Jubel auf, diesmal nicht nur vereinzelt. Die Scheinwerfer werden ein viertes Mal eingeschaltet, schwenken nach unten und fokussieren ihr Licht zu drei Kreisen auf der Bühne, in denen drei schattenrissartige Gestalten stehen, als wären sie die ganze Zeit schon hier gewesen.

Jetzt wird es richtig laut: Rufe, Pfiffe, Klatschen, Füßestampfen und hysterisches Kreischen bringen die Halle zum Beben. Ich gehöre nicht zu den Menschen, die im Flugzeug nach der Landung applaudieren oder gar stumpf jeden 4/4-Takt mitklatschen, weil es alle anderen auch tun; aber jetzt gerade lasse ich mich einfach mitreißen. Stefan wirft mir einen leicht verzweifelten Blick zu und drückt eine Hand auf sein linkes Ohr, das mir zugewandt ist. Ich lache. Dann enthüllt ein weiterer Scheinwerfer den Schlagzeuger, der die drei Mitglieder von No Way! auf Tourneen begleitet, und es geht endlich wirklich los.

Die nächsten zwei Stunden sind ein einziger musikalischer Rausch. Rein akustisch betrachtet haben wir vermutlich nicht die besten Plätze: Die Lautstärke ist nichts für empfindliche Ohren, und hier vorn haben die Bässe ein spürbares Übergewicht. Sie versetzen den Hallenboden in Schwingungen, die sich über die Fußsohlen in meinen ganzen Körper ausbreiten, und gelegentlich beschert mir ein besonders tiefes Wummern ein kurzes Druckgefühl in der Magengrube. Wenn ich Platz hätte, würde ich die Arme ausbreiten, um meine Körperfläche zu vergrößern; um das hier mit jeder einzelnen Pore aufzunehmen wie eine kühle Brise an einem heißen Tag.

Die Menschen um mich herum reagieren auf jedes kleinste Signal von der Bühne wie bei einer perfekt einstudierten Choreografie. Arme werden wellenförmig emporgerissen und wieder gesenkt, ein mehrstufiger Rhythmus exakt im Takt geklatscht und nicht nur die Refrains textsicher mitgesungen. Selbst Stefan trägt ein breites Dauergrinsen im Gesicht, das ihn um etliche Jahre jünger aussehen lässt. Er hat seine kleine Digitalkamera dabei, die Größe, die man auf Konzerte mitnehmen darf, und sorgt dafür, dass wir später etwas haben, um uns gemeinsam zu erinnern. Er wird dann ein wenig maulen, dass ein Großteil der Fotos unscharf oder verrauscht sei, weil die Objektive bei diesen kleinen Knipsen einfach nicht genug Licht einließen. Und ich werde ihm sagen, dass ich sie trotzdem toll finde, die Fotos, weil ich nur die Augen schließen muss, um den Moment unverwackelt und in klaren, leuchtenden Farben vor mir zu sehen.

Ich bin froh, dass Stefan Fotos macht. Früher habe ich versucht, beides zu tun: den Moment zu erleben und ihn für später festzuhalten. Aber für ein gutes Foto muss man einen Schritt zurücktreten, man muss ihn von außen belauern, den Moment, um im richtigen Augenblick den Auslöser zu drücken. Und um ihn wirklich zu erleben, muss man mittendrin sein. Beides zur selben Zeit funktioniert nicht.

Diesmal leistet sich die Band nicht den kleinsten Fehler – okay, jedenfalls keinen, der mir auffallen würde –, und es gelingt mir auch nicht, den Blick des Sängers aufzufangen, als er am Schluss ganz nach vorn an den Rand der Bühne kommt, um sich zu verabschieden. »Thank you, Munich! You made this a perfect night, we love you!« Aber das macht nichts, es ist auch so ein fantastischer Abend.

Die Halle beginnt sich bereits zu leeren. Sobald das Licht anging, war den meisten Konzertbesuchern klar, dass es keine dritte Zugabe geben würde. Nur ein unermüdliches Grüppchen rechts von uns hört nicht auf, wieder und wieder den Refrain von ›Don't fight the rain‹ anzustimmen, in der Hoffnung, die Band doch noch mal herauszulocken. Ich sehe mich ein wenig unschlüssig um, überlege, ob es sinnvoll ist, sich jetzt schon der Menge anzuschließen, die in Keilformation auf die beiden großen Türen zustrebt, oder ob wir lieber noch ein wenig warten sollen, wenigstens, bis uns das Sicherheitspersonal verscheucht, damit die Roadies mit dem Abbau der Bühne beginnen können.

Da packt Stefan mich um die Taille und wirbelt mich einmal im Kreis herum. »Was suchst du denn, den Eingang zum Backstage-Bereich?«, lacht er.

Was für eine verlockende Idee ... Ich spüre, wie ich ein klein wenig rot werde. »Unsinn«, sage ich schnell. »Ich habe nur überlegt ...«

»... wo wir als Nächstes hin sollen? Eine wirklich gute Frage – auf die ich rein zufällig eine noch viel bessere Antwort habe!«

So aufgekratzt habe ich Stefan seit Jahren nicht erlebt. Ehrlich gesagt bin ich nicht sicher, ob ich mich überhaupt an einen ähnlichen Moment erinnern kann. Dazu kommt, dass es fast dreiundzwanzig Uhr ist; an einem Donnerstag. Eigentlich müssen wir beide morgen arbeiten, und wir werden noch gut über eine Stunde brauchen, bis wir zu Hause sind. Also wo könnte Stefan noch hinwollen?

Er scheint fast zu platzen vor Stolz und Vorfreude, als er einen einmal gefalteten, postkartengroßen Flyer aus der Gesäßtasche zieht und ihn mir hinhält. *Aftershowparty*, steht da in fetten Lettern, und etwas kleiner: *Die Kult-DJs Mickey und Donny Darko spielen eure Lieblingshits von No Way! (also alle!!) & das Coolste aus den 8oern!* Darunter ist eine Adresse angegeben und der Hinweis, dass man gegen Vorlage des Flyers ein Willkommensgetränk erhält. »Und?«, fragt Stefan.

»Da fragst du noch?« Ich muss mich beherrschen, um nicht auf und ab zu hüpfen wie ein Kind, dem man eben ein extragroßes Eis versprochen hat.

Während wir uns auf den Weg Richtung Ausgang machen, strecke ich Stefan die Hand hin, und er hält sie fest und schwingt sie beim Gehen hin und her. Wir führen eines dieser Weißt-du-noch-Gespräche – weißt du noch, als wir mit Philipp auf dieser grässlichen Ü-30-Party waren und er unbedingt beim Karaoke mitmachen wollte? – und stolpern schließlich kichernd und immer noch händchenhaltend über den Parkplatz. Wenn uns jetzt ein Polizist sehen würde, müssten wir vermutlich mehr als nur einen Alkoholtest machen.

Es ist weit nach ein Uhr nachts, als wir die Party schließlich verlassen, endgültig müde und ein zweites Mal ordentlich durchgeschwitzt nach diversen Abstechern auf die Tanzfläche, die sonst für uns beide eher untypisch sind. Jetzt bin ich ganz sicher, dass ich Stefan so noch nicht erlebt habe – hoffentlich gehen No Way! bald wieder auf Tour!

Wir sind erst ein kurzes Stück Richtung Autobahn gefahren, als Stefan plötzlich den Blinker setzt. »Ich bin am Verhungern, du auch?« Er parkt direkt neben dem Eingang eines Fastfood-Lokals. Ein Leuchtschild verkündet, dass dieser Burger King vierundzwanzig Stunden geöffnet hat, trotzdem stehen außer unserem lediglich noch zwei weitere Autos auf dem Parkplatz, ein kleiner schwarzer Peugeot und eine silberne Mercedes-Limousine mit Hamburger Nummernschild.

»Mietwagen«, meint Stefan achselzuckend mit Blick auf den Mercedes. Es hat irgendetwas mit der Steuer zu tun, weshalb die großen Mietwagenanbieter ihre Fahrzeuge nur in bestimmten Städten zulassen.

Stefan verschwindet in Richtung Toiletten, um sich vor dem Essen noch schnell die Hände zu waschen. Ich schlendere schon mal in den Hauptraum, essen will ich nämlich um die Uhrzeit definitiv nichts mehr.

Viel gibt es nicht zu sehen: einen müde wirkenden jungen Mann hinter der Theke, an der einzigen von vier Kassen, die in Betrieb ist; eine ältere Frau, die eben einen frischen Korb mit Pommes ins Frittierfett hängt; ein Pärchen, so um die Zwanzig, ganz hinten in der Ecke – eher Peugeot als Mercedes, würde ich sagen; und drei Männer an einem etwas größeren Tisch an der langen Fensterscheibe zum Parkplatz. Keine Anzugträger – ich erkenne zwei Kapuzenpullover –, aber schon etwas älter, da traue ich mich wetten, obwohl die beiden Kapuzenpullis mit dem Rücken zu mir sitzen und dabei den dritten Mann größtenteils verdecken. Das sind dann wohl die Mietwagen-Fahrer.

Weil ich sonst nichts zu tun habe, frage ich mich, was sie wohl in München machen: Wie Geschäftsreisende sehen sie jedenfalls schon mal nicht aus, Touristen vielleicht? Aber würden die nicht eher in einer urigen Wirtschaft essen als in einem Burger King? Okay, um halb zwei Uhr nachts ist das wohl eher keine Option ...

Während ich mir ausmale, dass die drei einen Männer-Urlaub machen und so wie wir gerade von einer heißen Party kommen, beugt der eine Kapuzenpulli, der direkt am Fenster sitzt, sich ein wenig nach vorn und dreht den Kopf zur Seite, als wolle er auf den Parkplatz hinaussehen. Jetzt blickt er auf die nachtschwarze Scheibe wie in einen Spiegel. Für einen Augenblick, der die Zeit stillstehen lässt, kommt es mir so vor, als würde er mir direkt in die Augen sehen. Er betrachtet mein Spiegelbild, während ich seines betrachte. Unsere Abbilder sind einander viel zu nah, auf eine intime, schutzlose Weise in dieser flüchtigen anderen Wirklichkeit einer nächtlichen Glasscheibe.

Etwas trifft mich wie ein Stromschlag, fährt britzelnd durch meinen ganzen Körper und lässt mich nach Luft schnappen. Zwar war der Blickkontakt sicher nur eingebildet. Aber dieses Gesicht in der Scheibe – das habe ich heute Abend zwei Stunden lang fast unverwandt angestarrt.

»Das glaube ich jetzt nicht!«, höre ich mich selbst viel zu laut sagen.

Das Pärchen lässt sich nicht bei seiner Unterhaltung stören, aber die drei am Fenster drehen sich sofort nach mir um. Fast, als hätten sie so etwas erwartet.

Jetzt kann ich alle drei Gesichter ganz deutlich erkennen und schlage mir sicherheitshalber die Hand vor den Mund, bevor ich auch noch anfange zu kreischen oder mindestens dümmlich zu grinsen. Wenn ich nicht buchstäblich am Boden festgewachsen wäre, würde ich schleunigst die Flucht ergreifen. So hatte ich mir das nämlich ganz und gar nicht vorgestellt. Ich kann fühlen, dass ich vom Scheitel bis zu den Zehenspitzen glühe, womit ich vermutlich jeder reifen Tomate die Show stehle. In meinen Tagträumen war ich souverän und höflich, freundlich, ohne anbiedernd zu sein – eben das genaue Gegenteil eines hysterisch kichernden Groupies mit dem Intelligenzquotienten einer Tomate! Allerdings ist es mittlerweile auch etliche Jahre her, dass ich mir solche vollkommen unwahrscheinlichen Begegnungen ausgemalt habe. O Gott, hoffentlich kann ich das möglichst schnell vergessen!

Wie zu meiner Rettung taucht in dem Moment Stefan neben mir auf. Nur dass er mich keineswegs rettet, sondern mich einfach mit sich zieht, auf den Tisch am Fenster zu. Wenn ich jetzt wegzulaufen versuche, wird das Ganze höchstens noch peinlicher, also lächle ich, so gut ich eben kann. Stefan fragt nach einem Autogramm für mich, es folgt ein kurzer Wortwechsel und meine Welt schlägt ein paar Saltos und landet im Kopfstand.

Plötzlich spielt es keine Rolle mehr, dass ich mich noch immer fühle, als hätte ich vierzig Grad Fieber. Und vermutlich auch so aussehe, von meinem verschwitzten T-Shirt ganz zu schweigen. Ich sitze auf einer harten Plastikbank an einem Tisch in einem Fastfood-Restaurant – und mir gegenüber sitzt der Sänger meiner Lieblingsband und lächelt mich an, mit diesem Strahlen, das die Sonne heller scheinen lässt. Ja, auch mitten in der Nacht. Nur dass er diesmal wirklich *mich* dabei ansieht. Morgan Garret, deutsche Mutter, amerikanischer Vater; das ist so ziemlich das Einzige, was ich über ihn weiß. Ich habe mir zwar durchaus gerne vorgestellt, wie es wäre, ihn zu treffen. Aber was für ein Mensch er ist, das wollte ich mir lieber von seiner Musik erzählen lassen als von der Klatschpresse.

Ich möchte mich kneifen, weil ich absolut sicher bin, dass das hier gerade nicht wirklich passiert. Entweder habe ich einen ganz besonders lebendigen Traum – oder wir hatten auf der Heimfahrt einen Unfall, den der Schock gnädigerweise direkt wieder aus meinem Gedächtnis gelöscht hat. Dann erlebe ich gerade das Pendant zum Film des eigenen Lebens, der in den letzten Momenten an einem vorbeiziehen soll: Stattdessen erfüllt mir mein bestens ausgestattetes Vorstellungsvermögen noch schnell einen heimlichen Traum. Ich bin mir allerdings nicht sicher, ob in meinen letzten Momenten auf dieser Welt tatsächlich ›Alle Kinder‹-Witze erzählt werden sollten. Die fand ich schon nicht so wahnsinnig komisch, als sie noch aktuell waren. Hm. Eigentlich fühlt sich das Ganze doch recht wirklich an: In einem Traum würde sich Alex, der Gitarrist, vermutlich auch keinen Ketchup vom Pulli tupfen.

Mit einiger Verspätung fällt mir nun doch noch etwas ein, das ich No Way! immer schon mal fragen wollte, weil sie in Interviews höchstens ausweichend darauf antworten: wie sie auf den Namen für ihre Band gekommen sind.

»Das war einfach ein spontaner Einfall ...«, beginnt Morgan die übliche Geschichte, aber Alex unterbricht ihn. »Ach, komm schon, erzähl's ihr! Sie ist doch keine Klatschreporterin.«

Vielleicht war das der Moment: Selbst Stefan neben mir habe ich nur noch am Rande wahrgenommen, die ganze Welt schien sich für einen Sekundenbruchteil diskret zurückzuziehen. Ich habe nur auf Morgans Gesicht geachtet, die kaum merkliche Veränderung in seinem Lächeln. Den Schatten, den ich nicht als das sehen wollte, was er war, und der mich doch unwiderstehlich angezogen hat. So vertraut. Als würde man in einer riesigen Menschenmenge voller Fremder feststecken, die einen unaufhaltsam auf ein unbekanntes Ziel zuschiebt, und würde plötzlich ein bekanntes Gesicht entdecken.

Ich weiß noch, dass ich mich reflexartig vorgebeugt habe, kurz vor meinem Versprechen, dass von Stefan und mir ganz sicher niemand etwas erfahren würde. Aber ich habe keine Ahnung, was ich Morgan sonst noch versprochen habe in diesem Augenblick, ohne Worte. Was es war, das ihn dazu bewogen hat, Stefan und mir von seinem Vater zu erzählen.

›No way‹ sei die Antwort gewesen, die er seinem Vater gegeben habe, als der darauf bestand, er solle erst sein Jurastudium abschließen, bevor er seinetwegen ein Jahr damit vertrödeln dürfe, Musik zu machen. So hat Morgan das ausgedrückt. Damals wusste ich noch nicht, dass er zum Zeitpunkt dieses Gesprächs bereits in Deutschland gelebt hat, dass der Anruf der letzte Versuch seines Vaters war, ihn nach Hause zu holen. Oder dass dieses Telefonat das letzte Mal gewesen ist, dass die beiden miteinander gesprochen haben. Und dass Morgan dabei das letzte Wort hatte: »No way!«

Das alles habe ich erst viel später erfahren, bruchstückhaft, aus diversen Andeutungen. Trotzdem war mir auch damals sofort klar, dass ich gerade auf brüchiges Eis spaziert war. Eigentlich ist so eine persönliche Geschichte nämlich ein ziemlich guter Aufhänger für die Presse. Es musste also mehr als nur eine längst vergangene Meinungsverschiedenheit zwischen Vater und Sohn dahinter stecken, wenn Morgan so ein Geheimnis daraus machte. Ich habe ihm ein weiteres Mal versichert, dass Stefan und ich die Geschichte für uns behalten würden, und nach einem winzigen Zögern, einem weiteren Sekundenbruchteil, in dem er meinen Blick festgehalten hat, war das strahlende Lächeln wieder da, als wäre es nie fort gewesen.

Später war ich überzeugt, dass meine überreizte Fantasie mir in dieser Nacht einen Streich gespielt hat. Ich war überdreht und übermüdet und hatte gegen jede Wahrscheinlichkeit den Mann getroffen, den ich erst wenige Stunden zuvor wie ein Teenager angehimmelt hatte. Typischer Fall von Promi-Hysterie – am besten ignoriert man so etwas, bis es sich von selbst wieder legt. Aber das tat es nicht. Stattdessen hat Morgan mich drei Monate später angerufen. Und ich bin zu ihm gefahren.

Was hätte ich denn sonst tun sollen?

Bis heute weiß ich nicht, ob ich wirklich eine Wahl hatte.

Ich hätte natürlich vor diesem Burger King im Auto warten können, während Stefan sich etwas zu Essen holt, aber warum hätte ich das tun sollen? Abgesehen davon hat Stefan etwas gegen Essen im Auto. Er macht sich immer Sorgen, dass die hellen Ledersitze etwas abbekommen könnten.

Was danach passiert ist ... Wenn ich darüber nachdenke, ob ich irgendwo einen anderen Weg hätte einschlagen können – unabhängig davon, ob ich das auch hätte tun *wollen* –, sehe ich Morgans Augen vor mir, in diesem winzigen Moment, in dem das Lächeln verschwunden war, um etwas preiszugeben. Etwas, von dem er gewollt hat, dass ich es sehe, warum auch immer. Ich glaube nicht, dass er darüber nachgedacht hat, was ich damit anfangen würde. Es war eine spontane Entscheidung, einem seltsamen und unwahrscheinlichen Moment geschuldet. Und doch war es eine Entscheidung, bewusst getroffen. War es das, was ich in Wahrheit wissen wollte? Dass es kein Zufall war, jedenfalls nicht nur?

Morgan hat beschlossen, ein Risiko einzugehen mit mir. Er ist von dieser Klippe gesprungen, ohne zu wissen, wie die Landung aussehen würde. Der Sprung hätte auch vollkommen unspektakulär verlaufen und gleich wieder vorüber sein können. Aber das ist er nicht. Noch dauert er an.

Ein paar Mal sah es nach einer verdammt harten Landung für ihn aus, nach scharfkantigen Felsen unter der trügerisch glatten Wasseroberfläche. Jetzt gerade scheint das Wasser tief und klar und sonnenwarm zu sein, perfekt zum Eintauchen. Aber auch dieser Eindruck kann täuschen. Nichts ist unveränderlich. Und *meine* Felsen sind bei weitem nicht die einzigen, die da unten auf ihn lauern könnten. Außerdem habe ich längst selbst den Sprung gewagt, da ist kein sicherer Boden mehr unter meinen Füßen.

Fallen oder Fliegen?

Ich weiß es nicht, vorläufig spielt es auch keine Rolle. Jedenfalls bis zur Landung. Oder eben dem Aufprall. Dafür stellt sich mir so zuverlässig, wie morgens die Sonne aufgeht, eine neue, viel entscheidendere Frage: Wie hält man jemanden fest, wenn man selbst keinen Halt hat?

MORGAN

Auf manchen Seelen liegen Schatten.

So hat Franziska das ausgedrückt, irgendwann im Lauf dieser ersten drei Tage, die sie hier verbracht hat; nachdem ich sie angerufen hatte, mitten in der Nacht, vor bald zweieinhalb Jahren. Damals dachte ich noch, es wäre Nora, die mir so sehr fehlt, dass ich mich selbst kaum ertrage. Dass ich es nicht aushalte, allein zu sein mit mir. Dabei gehöre ich nicht gerade zu den Menschen, die ständig Gesellschaft brauchen.

Franziska hatte ich zu diesem Zeitpunkt nur ein einziges Mal getroffen, etwa drei Monate vor meinem Anruf. Eine Zufallsbegegnung in einem Burger King in München. Alex, der alte Fast-Food-Junkie, hatte darauf bestanden, dass wir nach dem letzten Konzert unserer Tour dort den Abend ausklingen lassen. Mir war es lieber gewesen als die Hotelbar: Das Ende einer Tour macht mich immer etwas sentimental, da ist Alkohol nicht unbedingt die beste Wahl.

Knappe zwei Stunden saßen wir da zusammen: Sven, Alex, ich – und Franziska und Stefan. Ich *weiß*, was in diesen zwei Stunden passiert ist: gar nichts. Alex und ich haben alberne Witze erzählt, alle hatten Spaß. Ich habe Franziska ein Autogramm gegeben, dann habe ich ihr und Stefan für die nächste

Tour Backstage-Pässe versprochen, und wir haben Handynummern ausgetauscht. Das war's.

Trotzdem könnte ich schwören ... Es ist, als hätten diese zwei Stunden zweimal stattgefunden: einmal in einem Fast-Food-Restaurant mit fünf Leuten und einmal ... irgendwo anders. Nur mit ihr.

Es ist unmöglich, einen Menschen zu vermissen, den man nicht kennt. Ebenso unmöglich, wie einen Menschen zu kennen, mit dem man lediglich zwei Stunden lang über spätpubertäre Witze gelacht hat. In meinem Alter weiß man solche Dinge. Was nichts daran ändert, dass ich Franziska angerufen habe in jener Nacht, etwa drei Wochen, nachdem Nora mich zum siebten und vorletzten Mal verlassen hatte. Und sie ist zu mir gekommen, einfach so.

Natürlich hat Nora mir gefehlt. Seit fünfzehn Jahren waren wir damals zusammen. Und wir haben uns geliebt, mehr als gut war für uns beide. Ich wollte etwas, das sie mir nicht geben konnte, und sie wollte jemanden, der ich nicht sein konnte.

Auf manchen Seelen liegen Schatten.

Ich wusste sofort, was Franziska damit meint. Sie ist in beinahe allem das exakte Gegenteil von Nora. Wo Nora mich, wenigstens am Anfang, hat glauben lassen, dass ich ein Held sein könnte für sie, da lässt Franziska mich zweifeln, ob ich es aushalte, sie bei mir zu haben – ob ich ihr wirklich gerecht werden kann oder ob ich ihr zu viel zumute. Ob ich uns beiden zu viel zumute, am Ende.

Auf manchen Seelen liegen Schatten. Nora wusste nichts davon, bis sie mir begegnet ist. Franziska weiß alles, was es darüber zu wissen gibt.

Nora ist ein fröhlicher, selbstbewusster Mensch. Eine eins sechzig kleine, zierliche, rotmähnige Löwin – mit scharfen

Krallen, wenn sie will. Franziska zweifelt grundsätzlich an allem, am meisten vermutlich an sich selbst. Sie bewegt sich durch ihr Leben wie über eine viel zu dünne Eisschicht, die jederzeit brechen könnte. Nur tut sie das mit einer seltsamen Gelassenheit. Mir ist noch nie ein Mensch begegnet, der eine so tiefsitzende Angst hat und gleichzeitig eine solche Kraft ausstrahlt. Wenn ich sie mit einem Tier vergleichen sollte, würde ich am ehesten an eine Gazelle denken, die ganz entspannt neben einem Löwenrudel grast; nicht etwa, weil sie die Raubkatzen im hohen Gras noch nicht bemerkt hätte, sondern weil diese latente Bedrohung so sehr zu ihrem Leben gehört, dass sie erst darauf reagiert, wenn die Jäger wirklich Ernst machen.

Nora war mein Fluchtweg vor mir selbst, die Verheißung eines Lebens, nach dem ich mich gesehnt habe, eines Menschen, der ich sein wollte – obwohl ein Teil von mir stets wusste, dass ich das gar nicht kann. Es ist wohl keine große Überraschung, dass es dauerhaft nicht funktioniert hat. Franziska dagegen ... Ich weiß es nicht. Vielleicht ist sie der einzige Spiegel, in den zu blicken ich ertrage. Ein Spiegel, der die Schatten so zeigt, wie sie sind: ohne Wertung und ohne mir das Gefühl zu geben, sie verbergen zu müssen.

Ich möchte sie beschützen und weiß, dass ich auch das nicht kann. Weil ich dazu nämlich bei mir selbst anfangen müsste. Ich habe sie von Stefan fortgelockt, wo sie sicher war. Aber ich habe ihr auch etwas zurückgegeben, das sie verloren hatte. Was wiegt schwerer?

Auf manchen Seelen liegen Schatten. Sie sind da, ob wir es nun wollen oder nicht, wie Leberflecke. Wie wird man einen Schatten los? Jedenfalls nicht, indem man das Licht löscht, dann sitzt man lediglich komplett im Dunkeln. Man könnte stattdessen versuchen, zu entfernen, was auch immer den Schatten wirft. Was es auch ist, auf das man dann verzichtet: Es hat vermutlich mehr getan, als nur einen Schatten zu werfen. Sind sie denn wirklich so furchtbar, dass wir sie unbedingt loswerden müssen, unsere Seelenschatten? Es gibt keine Schatten ohne Licht. Das ist die andere Hälfte der Wahrheit.

Natürlich braucht Franziska im Grunde gar keinen Schutz. Sie weiß es vielleicht nicht, aber sie ist die Stärkere von uns beiden. Die Frage ist also wohl eher, ob ich es aushalte, kein Held zu sein. Nichts weiter zu sein als ich selbst.

Mit den ersten Takten von ›Don't fight the rain‹ macht mich mein Handy auf den Eingang einer WhatsApp aufmerksam. Ich habe Franziska nach ihrem Lieblingssong gefragt, weil ich ihr einen eigenen Klingelton zuordnen wollte. Ihre Antwort war nicht gerade eine Überraschung, trotzdem ist es merkwürdig, einen unserer Songs aus meinem Telefon kommen zu hören. Als wäre ich ein wenig zu eingenommen von unserer Arbeit. Ich werfe einen Blick auf die Nachricht: Franziska hat die Autobahn verlassen – höchste Zeit, dem Nudelwasser ordentlich einzuheizen!

Während ich darauf warte, dass das Wasser kocht, erscheint mir die Zeit, die bis zu Franziskas Ankunft bleibt, gleichzeitig zu kurz und zu lang; je nachdem, ob ich es aus der Perspektive des Abendessens oder meiner eigenen betrachte. Zeit ist ein Phänomen, das ich umso weniger verstehe, je mehr ich darüber nachdenke. So gesehen hat sie wohl etwas mit mir gemein ...

Okay, Spaß beiseite. Es ist jetzt sechs Wochen und zwei

Tage her, dass ich Franziska in diesem Café getroffen habe. Dass sie »Ich kann nicht« gesagt hat und ich nur hoffen konnte, dass sie sich irrt und ich recht behalte. Dass ich nach Hause gefahren bin, ohne zu wissen, ob ich sie je wiedersehen würde. Wie kann es sein, dass sich die Erinnerung an diesen Tag gleichzeitig anfühlt wie ein ferner Traum und so lebendig, als würde das alles genau jetzt passieren?

Ich kann unmöglich schlafen in dieser Nacht, wie auch? Es gibt zu viele Möglichkeiten. Zu viele Wenns und Vielleichts, zu viele Abers. Einerseits bin ich mir so sicher, es diesmal richtig gemacht zu haben – andererseits raubt mir die Angst beinahe den Verstand, dass sie sich trotzdem gegen mich entscheiden wird. Dass sie das Verlässliche und Kontrollierbare eines Lebens ohne mich vorzieht. Also gehe ich im Wohnzimmer auf und ab und bleibe ab und zu an der Glasfront stehen, um auf den dunklen Garten hinauszublicken. Im Haus brennt kein Licht, damit die Scheibe nicht zu einem Spiegel wird. Trotzdem ist da draußen absolut nichts zu sehen, das mir irgendeine Art von Antwort geben könnte. Ich kann beim besten Willen nicht sagen, warum ich meine Schritte dennoch immer wieder ans Glas lenke.

Die Boxen meiner Surround-Anlage lassen den Raum noch größer klingen, als er ohnehin schon ist. Meine Wanderung wird in die warmen, melancholischen Klänge von ›Unversed In Love‹ gehüllt, ein altes De/Vision-Album, das meine Nerven beruhigen soll. Es läuft inzwischen wahrscheinlich zum neunten oder zehnten Mal, nach dem vierten habe ich aufgehört zu zählen. Eben wispern die sphärischen Windböen durch den Raum, die ›Like A Sea Of Flames‹ ankündigen, als draußen über der Haustür das Licht angeht.

Es ist kurz vor fünf Uhr morgens am dritten Dezember. Noch ist es stockfinster. Die LED-Lampe über der Tür ist nicht besonders hell, und das Licht hat einen weiten Weg: Von den beiden kleinen Fenstern im Eingangsbereich muss es sich durch etwas mehr als die Hälfte des Hauses kämpfen. Dann erreicht es das Sofa, vor dem ich gerade stehe. Mit dem Rücken zur Glasfront, sonst hätte ich es vielleicht gar nicht gesehen. Ein weiterer winziger Zufall. Wenn man an Zufälle glaubt.

Für den Bruchteil einer Sekunde starre ich beinahe geblendet auf diesen kaltweißen Schimmer, der einen Pfad vom Sofa zu meiner Haustür bildet. Eine Aufforderung. Eine Chance – aber eine zeitlich begrenzte. Jetzt oder nie. Ich falle beinahe über meine eigenen Füße bei dem Versuch, die Strecke in einer neuen Rekordzeit zurückzulegen. Schon habe ich die Hand auf der Klinke, um die Tür aufzureißen, hole dann aber doch lieber noch mal tief Luft und ziehe sie ganz behutsam auf.

Obwohl Franziska direkt unter der Lampe steht und ich sie deutlich sehen kann – in Jeans und Stiefeln und einer unförmigen Winterjacke, das honigfarbene Haar zu einem Pferdeschwanz zurückgebunden, aus dem sich wie immer ein paar kinnlange Strähnen gelöst haben –, kann ich kaum glauben, dass sie wirklich hier ist. Wie beim allerersten Mal scheint es zu unwahrscheinlich, zu sehr meinem verzweifelten Wunsch zu entsprechen, um real zu sein. Und genau wie damals ist ihre Hand, mit der sie vielleicht die Klingel hatte drücken wollen, schon wieder im Sinken begriffen. Mein Zeitfenster schließt sich bereits.

Das lässt sie augenblicklich um einiges realer wirken. Ich wage nicht, mich zu rühren, als ob die leiseste Bewegung sie verscheuchen könnte wie ein scheues Tier. Eine ganze Weile steht sie einfach nur da und sieht mich an, wobei ich keineswegs sicher bin, dass sie wirklich mich sieht. Ihre Miene zeigt ihre Gefühle so deutlich wie die spiegelglatte Oberfläche eines Sees den Himmel und die Wolken, die darüber ziehen: Unsicherheit, Furcht, Erstaunen, Hoffnung; und dann, ganz plötzlich, Freude. Rein und ungetrübt.

In dem Moment erlischt das Licht über der Tür. Wir haben uns zu lange nicht geregt, der Bewegungsmelder war der Meinung, es sei niemand mehr hier. Die Dunkelheit einer bewölkten Winternacht hüllt uns ein, und Franziskas Gesicht ist nur noch ein heller Schemen, der vor mir schwebt, nicht mehr als eine Armlänge entfernt und dennoch unerreichbar. Ich balle die Finger zur Faust, um nicht versehentlich die Hand auszustrecken. Um nicht zu versuchen, einen Traum durch eine Berührung zu zwingen, in die Realität hinüberzuwechseln, weil ihn das nur platzen lassen würde wie eine Seifenblase, die für Berührungen nun mal nicht geschaffen ist.

Jetzt, wo nichts mehr meinen Blick ablenkt, kann ich die Kraft spüren, die von Franziska ausgeht, diese stete Flamme, die in Regen und Sturm vielleicht zischt und flackert, aber niemals ganz erlischt. Auch wenn sie zuletzt zu einem winzigen Funken heruntergeglommen war, durch meine Schuld. Nun brennt sie wieder hell und klar, und ich kann ebenfalls spüren, wie sehr ich sie brauche – sie schon immer gebraucht habe, lange bevor wir uns begegnet sind. Was ich ihr auch geben kann: Ich brauche sie mehr als sie mich. Diese Erkenntnis sollte mich nicht so sehr überraschen, aber sie tut es. Und sie lässt mich zögern. Beinahe weiche ich zurück, vergrößere den

Abstand zwischen uns auf etwas Sicheres. Etwas, das sich vielleicht nie wieder überbrücken lässt.

Da stemmt sich der Mond hinter einer Wolke empor und gießt silbriges Licht auf meine Türschwelle, und Franziska lächelt und macht einen Schritt auf mich zu, direkt in meine Arme. Ich kann sie nur festhalten, stumm, mir sind sämtliche Worte abhandengekommen. In meinem Kopf dröhnt ihr Herzschlag, den ich an meiner Brust spüre: *ba-bamm, ba-bamm, ba-bamm* ... Ein Trommelwirbel, der sich mit einer Melodie verbindet, zart zuerst und leise wie Sommerregen, um dann zu einer gigantischen Welle anzuschwellen, die sich genau über mir bricht, auf mich hinabstürzt und mich fortspült, to the shore of another day ...

Ich ringe nach Luft und weiß nicht, ob ich das wirklich aushalte. Ich habe nicht geglaubt, dass ich das noch einmal fühlen würde, diese überwältigende Intensität, die keinen Platz lässt für Gedanken; nichts als rauschendes, wirbelndes, wunderbares Chaos. Ich dachte, diese Art zu fühlen wäre Teenagern vorbehalten.

Und doch ist etwas anders: Wo sich damals das Glück ganz langsam, fast zähflüssig, mit einer wagen Furcht gemischt hat, mit einer Ahnung davon, was Verlust bedeuten könnte, da manifestiert sich heute dank hinreichender Erfahrungen eine sehr konkrete Angst. Ich keuche und frage mich noch mal, ob ich ihr zu viel versprochen habe, ob ich ... Ob ich wirklich so ein jämmerlicher Feigling bin, der sich vor seinem eigenen Schatten fürchtet! Herrje, fange ich jetzt ernsthaft damit an, mir mehr Gedanken um das zu machen, was sein *könnte*, als um das, was *ist*? Leben können wir nur im Augenblick, daran kann alle Planung dieser Welt nichts ändern. Und auch nicht daran, dass der Augenblick flüchtig ist, vergangen

in dem Moment, in dem wir uns seiner bewusst werden. Um dem nächsten Platz zu machen, und immer so weiter …
Okay, das reicht jetzt!

Als die Kälte, die von draußen herein drängt, meine Gesichtshaut taub zu machen beginnt, angle ich etwas ungeschickt mit dem Fuß nach der Haustür, um sie zuzustoßen, weil ich Franziska nicht loslassen kann, nie wieder. Meine Finger haben sich ins Rückenteil ihrer Jacke gekrallt, die vorne offen ist und ihr ein Stück von den Schultern rutscht. Ich konzentriere mich auf ihren warmen Atem an meinem Hals und bringe endlich ein zittriges »Hey« zustande. Sie antwortet mit einem leisen Lachen.

Die Erinnerung wirkt auch jetzt wieder so real, dass ich gleichzeitig grinse wie ein Idiot und ein Frösteln unterdrücken muss, weil ich nicht weiß, was überwiegt: Freude oder Angst. Was, wenn es Franziska genauso geht?

Ich bin es gewohnt, zwischen Extremen zu leben: zwischen der schallisolierten Eremitage meines Studios, zurückgeworfen auf mich selbst, und der rauschhaften Ekstase einer Konzerthalle voller jubelnder Menschen, um nur ein Beispiel zu nennen. Es gibt Tage, an denen ich nicht besonders gut damit zurechtkomme, das möchte ich nicht leugnen. Trotzdem will ich es nicht anders haben, nicht mehr.

Aber Franziska? Sie hatte sich mit Stefan ein Leben ausgesucht, in dem es keine Tiefen, aber dafür auch kaum Höhen gab. Ich wollte ihr zeigen, dass sie etwas verpasst auf diese Weise. Weil ein Vogel zum Fliegen geboren ist und nicht dazu, in einem Käfig zu sitzen, wie groß und golden er auch sein mag. Weil leben bedeutet, zu fühlen. Weil es ohne Schatten auch kein Licht gibt, jedenfalls nicht für uns. Weil ...

Weil ich sie an meiner Seite haben will. Weil ich nicht mehr allein sein möchte in den Schatten. Weil ich sie brauche. Weil ich sie liebe.

Ich.

Das ist nicht unbedingt das Pronomen, das in diesem Zusammenhang überwiegen sollte, oder? Ich komme vom Weg ab, schließlich sollte es um sie gehen und nicht um mich. Daran glaube ich doch heute genauso wie in diesem Café: dass ich ihr etwas geben kann. Oder etwa nicht?

Ich habe sie schon einmal beinahe gebrochen, trotz all ihrer Stärke. Das darf sich nicht wiederholen, auf gar keinen Fall! Also gut – dann sollte ich mich wohl besser endlich zusammenreißen. Das Nudelwasser nicht überkochen zu lassen, wäre sicher auch keine schlechte Idee.

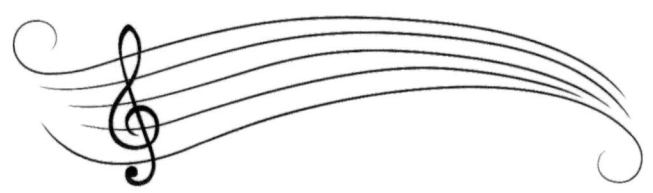

EINS

Mittlerweile grüßen mich die Autobahnausfahrten wie alte Freunde. Vor sechs Wochen wollte ich an jeder einzelnen von ihnen abfahren und umdrehen, zurück nach ... Ja, wohin eigentlich? Nach Hause?

Die kleine Wohnung, in die ich nach der Trennung von Stefan gezogen bin, ist momentan vor allem der Ort, an dem ich arbeite. Als Zuhause würde ich sie nicht bezeichnen. Wahrscheinlich werde ich das auch nie. Sie hat keine Wurzeln in der Vergangenheit, und sie enthält kein Versprechen auf irgendeine Zukunft. Diese Wohnung ist ganz und gar Gegenwart, eine endlose Momentaufnahme des Wartens auf ... irgendetwas. Wie der Kokon eines Schmetterlings.

Ich lächle bei dem Gedanken, weil es tatsächlich Momente gibt, in denen ich mich so fühle: als würde ich mitten in einer Metamorphose stecken, auf dem Weg zu etwas Neuem, und das zu einem Zeitpunkt in meinem Leben, als ich dachte, die Weichen wären endgültig gestellt. Jetzt hört sich das deprimierend an, nach einer vorzeitigen Ausschließlichkeit. Früher klang es vor allem beruhigend. Zu wissen, wer ich bin; woher ich komme und wohin ich gehe. Und weshalb. Weil ich Entscheidungen getroffen hatte, schlechte und gute, und weil ich bereit war, zu akzeptieren, was ich ohnehin nicht ändern konnte. Diesen Grauschleier zum Beispiel, der sich nach und nach über mein Leben gelegt hatte wie etwas, das zum Erwachsensein einfach dazuzugehören schien. Dann kam Morgan und hat alles infrage gestellt, was ich über mich und mein Leben zu wissen glaubte. Er hat die Farben aufleuchten lassen wie in der Waschmittelwerbung, wenn sich besagter Grauschleier wie durch Zauberhand von all den bunten Sommerkleidern hebt. Und er hat die Schatten zurückgebracht, hat ihnen eine Substanz, eine Macht verliehen, die ich mehr als zehn Jahre nicht gespürt hatte.

In Stefan hatte ich einen Menschen gefunden, bei dem ich mir einreden konnte, dass sie nur ein Hirngespinst waren, meine Seelenschatten – maximal eine seltsame Befindlichkeit, die man am besten einfach ignoriert, wenn sie sich von Zeit zu Zeit bemerkbar macht. Und auch wenn die Welt ein wenig blasser geworden war, ein wenig konturloser, ärmer an Kontrasten – wie ein altes ausgeblichenes Foto eben –, habe ich die meiste Zeit wirklich geglaubt, ich wäre glücklich. Es war gut so, wie es war: ruhig, verlässlich und sicher.

Bis es eben nicht mehr gut war.

Warum? Weil ich gemerkt habe, dass ich mich selbst betrogen habe?

Auf manchen Seelen liegen Schatten. Sie sind wie Leberflecke: vielleicht nicht besonders hübsch, aber dennoch ein Teil von uns. Deshalb verschwinden sie auch nicht einfach, nur weil wir glücklich sind. Da draußen, in der stofflichen Welt, sind Schatten umso schärfer umrissen, je heller das Licht ist. An einem trüben Tag wirft nichts einen Schatten, richtig? Im hellen Sonnenlicht dagegen sind die Schatten klar und schwarz. Warum sollte das hier drinnen anders sein? Vielleicht waren sie deshalb so lange beinahe unsichtbar, meine Seelenschatten.

Dabei hat Stefan nie von mir verlangt, dass ich mich ändere, die Welt anders sehe, an andere Dinge glaube. Er war für mich da, als ich mich in den Schatten verloren hatte. Und wie habe ich ihm das gedankt?

Ich blinzele ein paar Mal, weil eine verschwommene Sicht beim Autofahren keine gute Idee ist; schon gar nicht bei diesem trüben Winterwetter, auch wenn die Straße schneefrei und trocken ist.

Eine große blaue Tafel rechts neben dem Seitenstreifen der A7 weist mich darauf hin, dass es nur noch hundertsechzig Kilometer bis Frankfurt sind, über die Hälfte der Strecke habe ich also schon wieder geschafft. Zweimal die Woche gute vier Stunden Fahrt, wenn der Verkehr mitspielt – Freitagnachmittag bis kurz vor Frankfurt, Montagmorgen, nicht allzu früh, wieder zurück ins Allgäu –, haben definitiv den Nachteil, zu viel Zeit zum Nachdenken zu bieten. Dabei ist mir durchaus klar, dass mein schlechtes Gewissen Stefan gegenüber eine eingebildete Buße ist, die niemandem nützt. Mich jetzt schlecht zu fühlen, ändert nichts an dem, was geschehen ist. Was ich getan habe. Außerdem ist es unfair Morgan gegenüber. So soll ein Anfang nicht sein!

Etwas unbeholfen, aber vorschriftsmäßig ohne den Blick von der Straße zu nehmen, taste ich an der Mittelkonsole nach den Bedienelementen fürs Radio. Über eine Lenkradsteuerung verfügt mein kleiner Seat leider nicht. Abrupt endet das gleichförmige Gedudel irgendeiner

Nachmittagssendung, als ich endlich den richtigen Knopf gefunden habe. Während das leise Surren zu hören ist, mit dem die MP3-CD im Laufwerk eingelesen wird, drehe ich schon mal die Lautstärke höher. Im nächsten Moment purzeln ein paar heitere Synthesizer-Sounds aus den Boxen, erst auf der rechten, dann auf der linken, dann wieder auf der rechten Seite. Auf einer ordentlichen Surround-Anlage hört sich das richtig gut an! Das weiß ich, weil ich dieses Intro ebenso in- und auswendig kenne wie das von so ziemlich jedem anderen No-Way!-Song. ›Echoes‹ ist der erste Titel auf ihrem letzten Album, und schon hüllt Morgans Stimme mich in ein fröhlich-warmes Timbre, das nicht so recht zu den Lyrics passen will.

> Echoes keep on calling like a siren song,
> though back is no direction, neither right nor wrong
> Echoes ... *echoes ... echoes ... echoes*
> Echoes of your mind,
> echoes of your soul,
> of what's left behind,
> in the deepest hole.

So viel also dazu: Heißt das jetzt, ich soll es gut sein lassen, weil es ohnehin kein Zurück gibt – oder dass ich mein Chaos besser aufräumen sollte, bevor es mich für den Rest meines Lebens verfolgt? Hm. Das hat man wohl davon, wenn man sich von jedem Song persönlich angesprochen fühlt: mehr Fragen als Antworten. Geschieht mir recht. Möglicherweise wird hier ja auch nur ein Ist-Zustand beschrieben, ohne irgendeinen Rat zu erteilen. Vielleicht sollte ich also einfach die Musik genießen, statt mir über die Bedeutung jedes einzelnen Wortes den Kopf zu zerbrechen.

Der Song hat eine beschwingte Grundstimmung, die mich den Rhythmus aufs Lenkrad trommeln lässt. Prompt sehe ich Morgans Lächeln vor mir, auf der Bühne vor bald drei Jahren: strahlend, mit diesem herausfordernden Funkeln in den Augen. ›Echos‹ war einer der drei Songs des Albums, die es bei der Tour auf die Setlist geschafft haben. Genauer gesagt der Eröffnungssong jenes Konzerts, das Stefan und mich nach München und schließlich vollkommen arglos in diesen Burger King geführt hat. Wer rechnet denn auch damit, dass der Besuch eines Fast-Food-Restaurants sein Leben ändert? Aber da saßen sie, wie der lebende Beweis für die Möglichkeit des Unmöglichen: Alex, Sven – und Morgan.

Nach diesem Abend habe ich mich innerlich über mich selbst lustig gemacht: darüber, wie sehr es mich erleichtert hat, dass er tatsächlich ein ganz normaler, ausgesprochen netter Mensch zu sein schien – als wäre ich in eine tiefe Sinnkrise gestürzt, wenn der Mann, dessen Musik ich so liebe, sich als selbstverliebter Schnösel herausgestellt hätte. Vor allem aber darüber, wie hingerissen ich war, Morgans hübsches, schmales Gesicht gleichzeitig live *und* ganz aus der Nähe betrachten zu können; von den Grübchen, die jedes Lächeln auf seine Wangen gezaubert hat, und von den tausend winzigen Lachfältchen um seine Augen.

Überhaupt, diese ausdrucksvollen dunklen Augen, die die ganze Zeit mit mir zu sprechen schienen, selbst wenn Morgan überhaupt nichts gesagt hat. Vielleicht sogar gerade dann. Ich hatte zwar geglaubt, ich wäre viel zu abgeklärt für so eine spätpubertäre Schwärmerei, aber da hatte ich mich selbst wohl ein klein wenig überschätzt. Egal, andere Frauen in meinem Alter schwärmen heimlich für Brad Pitt, George Clooney oder Johnny Depp, und ihre Ehemänner, die den Genannten meist nicht einmal annähernd ähneln, müssen damit leben. Und träumen vermutlich ebenso heimlich von Angelina Jolie, Kim Basinger oder Jennifer Lopez. Also was sollte das schon zu bedeuten haben?

Abgesehen davon war ich wirklich glücklich mit Stefan an diesem Abend. Wir haben Händchen gehalten wie frisch Verliebte. Und Stefan ist ein attraktiver Mann, größer als Morgan, breitschultriger. Heller. Und das meine ich nicht nur auf die Haar- und Augenfarbe bezogen. Genau die Sorte Mann, die ein wohlmeinender weiser Ratgeber wohl für mich ausgesucht hätte: verlässlich, treu, beständig. Bodenständig, im besten Sinne des Wortes. Keine Allüren, keine schrägen Ideen, kein Hadern mit dem Unabänderlichen. Wenn irgendwo eine Wand im Weg ist, geht Stefan eben außen herum. Oder er nimmt die Tür, wie normale Menschen das so machen. Er fragt nicht, wieso die Wand überhaupt da steht. Oder ob sie echt ist.

Hätte ich wissen müssen, dass er mein Herz nicht erobern kann, weil er schon meinen Kopf für sich eingenommen hatte? Ist Liebe denn immer Unvernunft?

Selbst im Nachhinein fällt mir nicht ein vernünftiger Grund ein, weshalb ich mich von Stefan hätte trennen sollen. Natürlich hat er seine Macken – wie jeder einzelne Mensch auf dieser Welt. Aber keine dieser Macken war für mich persönlich unerträglich. Da war nur diese Sache mit den Farben.

Ich weiß, wie schwachsinnig sich das anhört. Ich kann wohl kaum verlangen, dass irgendjemand meine Entscheidung nachvollziehbar findet, wenn ich sie selbst nicht wirklich verstehe. Mein eigener Verstand war damals ja nicht einmal bereit, auch nur die Alarmsirenen einzuschalten wegen Morgan, weil allein der Gedanke so absolut und vollkommen abwegig war. Dafür hatte mein Herz längst eine neue Richtung eingeschlagen, unbeirrt von sämtlichen Widerständen und Leugnungsversuchen. Auf einmal kann ich es kaum noch erwarten, die letzten Kilometer bis Frankfurt endlich hinter mich zu bringen.

Es ist fast neunzehn Uhr, als ich schließlich vor dem großen zweiflügeligen Tor halte, das in Kombination mit der zwei Meter hohen Hecke nicht unbedingt einladend wirkt. Vielleicht liegt es daran, dass es schon seit über zwei Stunden dunkel ist, vielleicht auch daran, dass es eigentlich den ganzen Tag nicht wirklich hell war, oder auch einfach nur an der langen Fahrt. Jedenfalls bin ich plötzlich hundemüde und heilfroh, dass Morgan mir angedroht hat, mein Auto abschleppen zu lassen, falls ich weiter darauf bestehen würde, vor dem Grundstück zu parken und damit die Nachbarschaft zu verschandeln.

Ich krame im Handschuhfach nach der Fernbedienung für das Tor. Ohne diesen nützlichen Helfer, der Nora gehört hat, bevor sie hier ausgezogen ist, müsste ich aussteigen und den sechsstelligen Code von Hand an dem kleinen Kästchen eingeben.

Kaum habe ich die Tasten in der richtigen Reihenfolge gedrückt, schwingen die beiden Flügel nach innen auf. Während ich den Wagen die Auffahrt entlang rollen lasse, öffne ich mit einem weiteren Knopf auf der Fernbedienung das Tor der Doppelgarage, die linkerhand an die Villa angebaut ist. Nora hatte den Stellplatz direkt neben der Brandschutztür, die Garage und Haus verbindet. Ich wundere mich ein wenig, dass Morgan noch nicht im Türrahmen steht, als ich ausgestiegen bin – aber nur solange, bis ich die schwere Tür mit der Schulter aufgestemmt habe und mir das unverkennbare Aroma von gedünstetem Knoblauch entgegenweht. Augenblicklich läuft mir das Wasser im Mund zusammen.

»Küche«, ruft Morgan unnötigerweise. Deshalb sollte ich ihm also eine WhatsApp schicken, wenn ich die Autobahn verlasse.

»Ich kann es riechen«, antworte ich lachend und nehme die kleine Wanderung vom einen Ende des Hauses zum anderen in Angriff.

Im Wohnzimmer und im Esszimmer ist keine Lampe an. Zwar leuchtet von drüben der bogenförmige Durchgang zur Küche einladend in goldenem Licht, das sich auf dem weißen Parkettboden spiegelt. Aber an den Rändern und über meinem Kopf verliert sich das Erdgeschoss der Villa in Dunkelheit. Als würde gleich hinter oder über mir die Welt enden ...

Also wirklich, was ist heute nur wieder mit mir los? Ich schüttele mich, um den unheimlichen Gedanken loszuwerden, und biege zwischen zwei schmalen Mauernischen noch kurz rechts ab, um Stiefel und Jacke in die Garderobe zu befördern. Dann lasse ich mich von Licht und Duft gleichermaßen die letzten paar Meter in die Küche ziehen.

Morgan steht mit dem Rücken zu mir an der Kochinsel und rührt in einer Pfanne, aus einem großen Topf quillt Wasserdampf zur Dunstabzugshaube empor. »Da bist du ja endlich«, sagt er, ohne sich umzudrehen, »Hätte ich den Weg besser ausschildern sollen?«

Ich kann sein Grinsen hören, schlinge ihm von hinten die Arme um die Taille und lege mein Kinn auf seine Schulter. »Blödmann«, hauche ich direkt in sein Ohr.

Morgan lacht, dann hält er mir mit den Worten »Vorsicht, heiß« einen Löffel an die Lippen.

Die Steilvorlage entlockt mir ein albernes Kichern. »Das ist mir schon vor zwanzig Jahren aufgefallen!«

Damals habe ich ihn das erste Mal auf einer Bühne stehen sehen. Morgans Stimme nur zu hören, ist schon ein Erlebnis für sich: Wenn er singt, vibriert etwas darin, kraftvoll und so lebendig, dass es dich in den Arm nehmen und trösten kann, obwohl du vollkommen allein bist im Raum. Aber ihn live zu erleben, diese unbändige Energie zu spüren, mit der er einen ganzen Saal voller Menschen regelrecht elektrifiziert ... Ich puste etwas übertrieben auf den Löffel und probiere: Ein cremiges Weißweinaroma mit einer deutlichen Knoblauchnote lässt mich genießerisch aufseufzen. Mit den Zähnen angele ich einen Shrimp vom Löffel. »Lecker«, lasse ich Morgan wissen und knabbere auch gleich noch ein bisschen an seinem Ohrläppchen.

»Teenager«, brummt der Mann, der mir uneinholbare elf Jahre Lebenserfahrung voraushat. Seine Schulter unter meinem Kinn bebt vor unterdrücktem Lachen.

Es sind noch ziemlich genau zweieinhalb Monate bis zu meinem vierzigsten Geburtstag, aber jetzt gerade fühle ich mich tatsächlich eher wie ein Teenager.

»Kaum zu glauben, dass zwischen Montag und Freitag nur drei Tage liegen.« Morgan versucht, den Nudeltopf trotz meiner Umklammerung unfallfrei zur Spüle zu tragen, um das Wasser abzugießen. »Ich habe dich vermisst.«

»Ich dich auch.« Dass mir irgendwelche seltsamen Gedanken diesen Augenblick verderben, werde ich einfach nicht zulassen!

Morgan hat mich schon mal ins Wohnzimmer geschickt, während er den Tisch abräumt und die Küche in Ordnung bringt. Er meint, wenn ich helfen würde, wäre es keine richtige Einladung.

Ich habe nur die Strahler eingeschaltet, die auf die großformatigen Bilder an den Wänden gerichtet sind. Irgendwo da hinten ist die Glasfront zum Garten als schwacher Schimmer zu erahnen. Ein bisschen fühle ich mich wie in einer Kunstgalerie, während ich zwischen den gemauerten Ecken umherwandere, die dem Wohnbereich den Anschein eines Zimmers geben, und das Meer betrachte: Die meisten Bilder zeigen den Blick von einer Klippe hinunter in eine Bucht zu unterschiedlichen Tages- und Jahreszeiten. Schroffe schwarze Felsen ragen aus Wasser, das erst glasgrün im Sonnenlicht leuchtet, nur um auf der nächsten Aufnahme sturmgrau gegen das Land anzurennen, dass die Gischt nur so spritzt. Ein Gemälde zeigt den Ozean in tiefstem Nachtschwarz, auf dem das Mondlicht schimmert, während winzige Wellen von lang vergessenen Geheimnissen flüstern. Auf einem anderen ist sein glatter blauer Spiegel kaum vom Himmel zu unterscheiden – als wären Oben und Unten nur eine Illusion.

Vielleicht liegt es am vielen Weiß in der Villa, jedenfalls könnte ich mich stundenlang in den Anblick dieser Bilder vertiefen, bis ich das Rauschen von Wind und Wellen hören und Salz in der Luft schmecken kann.

Diesmal unterbricht Morgan mich, bevor ich meinen Rundgang ganz beendet habe. Er schaltet das Licht aus und den Fernseher ein, der sich auf einen weiteren Knopfdruck in einen virtuellen Kamin in Lebensgröße verwandelt. Es braucht nicht viel Fantasie, um die Wärme der fröhlich flackernden Flammen auf Händen und Gesicht zu spüren.

Wir lassen den Abend auf dem mittleren der drei weißen Veloursledersofas ausklingen. Aus den versteckt angebrachten Boxen hüllen uns passenderweise die sphärischen Klänge von ›Like a Sea of Flames‹ ein. Offenbar hat Morgan in letzter Zeit eine Vorliebe für De/Vision. Eine zusammengelegte Decke auf dem Couchtisch dient ihm als Fußablage – mir erspart sie netterweise den Anblick des gruseligen Tischfußes, der mich jedes Mal an eine Kreatur von H. P. Lovecraft erinnert.

Da sind sie ja schon wieder, diese lästigen finsteren Gedanken! Ein kleines bisschen trotzig kuschle ich mich an Morgans Schulter und hefte den Blick auf seine Zehen, die die Flammen im Rhythmus der Musik zu dirigieren scheinen. Dass er selbst im Winter am liebsten barfuß herumläuft, lässt mich lächeln: eine harmlose und zugleich vielsagende Marotte. Ob die Villa wohl deshalb mit einer Fußbodenheizung ausgestattet ist? Die sorgt jedenfalls für ein ausgesprochen angenehmes Raumklima – wenn man nicht gerade vergisst, die Haustür zu schließen, aber das ist eine andere Geschichte.

»Darf ich dich mal was fragen?« Morgans Kinn bewegt sich beim Sprechen leicht auf meinem Kopf.

»Klar«, antworte ich, und hoffe, dass es nicht allzu misstrauisch klingt. Die Tatsache, dass er fragt, ob er fragen darf, statt es einfach zu tun, hat mich aufhorchen lassen, ob ich das nun will oder nicht.

Morgan rutscht ein wenig nach unten, damit er mir ins Gesicht sehen kann. Ich warte darauf, dass er seine Frage stellt, stattdessen fixiert er mich einfach nur mit diesen dunklen Augen, in denen der Widerschein des virtuellen Feuers flackert. Er weiß ganz genau, was passiert, wenn er mich so ansieht – Reh im Scheinwerferlicht –, und das nützt er schamlos aus. Ich blinzele und versuche, ihn in die Nase zu beißen, aber er ist schneller. Irgendwie schafft er es, gleichzeitig den Kopf zurückzuziehen und eine Hand unter meinen Pulli zu schieben, um mich direkt unterhalb der letzten Rippe ganz leicht zu kitzeln. Ich quietsche. Morgan lacht.

»Gibt es eigentlich einen Grund, weshalb dein Homeoffice im Allgäu sein muss?«, fragt er dann beiläufig. »Achthundert Kilometer jede Woche sind doch eine ganz schöne Strecke. Und zufällig steht oben ein Arbeitszimmer leer – da könntest du sogar die Tür hinter dir zumachen.«

Darum geht es also. Es stimmt ja, dass ich meine Wohnung nur noch als Büro mit Übernachtungsmöglichkeit nutze. Weil wir es sonntags nie zeitig ins Bett schaffen und Morgan ohnehin ein Nachtmensch ist, findet unser Frühstück am Montag eher spät statt, sodass ich erst gegen Nachmittag wieder im Allgäu bin. Und wenn ich freitags wenigstens zum Abendessen hier sein möchte, muss ich spätestens gegen fünfzehn Uhr gepackt haben und aufbrechen. Im Grunde geht mir durch die Fahrerei ein Arbeitstag verloren, wodurch ich von Dienstag bis Donnerstag entsprechend mehr erledigen muss. Außerdem habe ich in meiner Wohnung nicht mal ein richtiges Arbeitszimmer mit einer Tür zum Zumachen: Mein Schreibtisch ist nur durch einen Raumteiler vom Wohnzimmer abgetrennt.

Das mit der Tür war natürlich auch eine Anspielung darauf, dass ich an unserem zweiten Wochenende hier ein eiliges Gutachten für Maike fertigmachen musste, weil ich es unter der Woche nicht ganz geschafft hatte. Ich habe mich an den Esstisch gesetzt, an dem man bequem zu acht Platz findet – und festgestellt, dass ich mich einfach nicht konzentrieren kann mit so viel … *Raum* um mich herum. Ständig hatte ich so ein Kribbeln im Nacken, als könne sich irgendetwas anschleichen, während ich in meine Arbeit vertieft bin.

Dieser Tischfuß hier zum Beispiel: Die weiß lasierten, in sich verdrehten Stränge sehen aus wie die Wurzeln einer Mangrove, die auf dem Kopf steht. Oben wachsen aus dem Holzknoten lauter kleine Stummelärmchen heraus, auf denen die Tischplatte ruht. Aus dem Augenwinkel betrachtet scheinen sich die Windungen im Holz ganz langsam zu bewegen, sich gegeneinander zu verschieben, als wollte der Fuß jeden Moment mit einem peitschenartigen Knall einen langen, glitschigen Tentakel durch die Glasplatte stoßen. Absurd, ich weiß! Trotzdem habe ich gefühlte tausend Mal über die Schulter gesehen, statt mit den Gedanken bei meiner Arbeit zu bleiben, was nicht sehr produktiv war.

Morgans Frage ist also mehr als berechtigt: Die Fahrerei ist sowohl Zeit- als auch Geldverschwendung und eine Umweltsünde obendrein, denn *wo* ich meine Übersetzungen mache und Gutachten schreibe, ist meinen Auftraggebern herzlich egal. Dafür spielt das *Wann* häufig eine entscheidende Rolle, sodass ich auch mal am Wochenende arbeiten muss. Was hier am Esstisch definitiv keine gute Idee ist. Theoretisch könnte Morgan auch zu mir kommen. Nur müsste er dann auf dem Sofa übernachten, weil mein winziges Schlafzimmer gerade eben so einem Einzelbett und einem Kleiderschrank Platz bietet. Und das Arbeitszimmer hier nur sporadisch für Wochenendarbeit zu nutzen, wäre eine Nicht-Entscheidung ...

Warum denkst du dann überhaupt darüber nach und sagst nicht einfach ›Ja‹ zu seinem Angebot? Meine innere Stimme gibt sich heute zur Abwechslung mal scheinheilig arglos. Dabei wissen wir beide ganz genau, was mich zögern lässt: Nora.

Das Arbeitszimmer, das jetzt leer steht, war ihres. So wie die Fernbedienung fürs Tor, der Garagenstellplatz und die Hälfte des Kleiderschranks im Schlafzimmer, in dem mittlerweile schon ein buntes Sammelsurium an Kleidungsstücken von mir hängt, die ich entweder daheim nicht brauche oder doppelt habe. Vor ein paar Wochen hatte ich nämlich tatsächlich keinen Bikini dabei, als Morgan spontan in die Therme wollte. Auch im Badezimmer habe ich mich schon breit gemacht, weil es einfach praktisch ist, nicht immer alles hin und her schleppen zu müssen. Dann wäre da noch die Matratze, auf der ich nachher schlafen werde.

Vergiss den Mann nicht, mit dem du das Bett teilst, merkt meine Ratgeberin an, hilfsbereit wie stets. *Den übrigens sie verlassen hat und nicht umgekehrt, falls dir das entfallen sein sollte. Du weißt schon, was du hier tust, oder?* Süffisant.

Ja, Nora hat sich von Morgan getrennt. Wegen Sören, mit dem sie glücklich ist. Mit mir hatte das im Grunde nichts zu tun. Was allerdings rein gar nichts daran ändert, dass ich mir damals etwas vorgemacht habe. Wenn ich ehrlich gewesen wäre zu mir und allen anderen – hätte ich mir dann vielleicht sogar gewünscht, dass die beiden sich trennen?

Damals dachte ich, ich würde ihnen helfen, ihre Probleme in den Griff zu bekommen; ich wäre so eine Art Übersetzer für sie. Deshalb habe ich mich um Morgan gekümmert. Jedenfalls habe ich mir das eingeredet. Aber was habe ich wirklich getan?

Ich muss unwillkürlich schlucken. Puh. Was tue ich *hier* gerade? Nicht nur im Moment – schon den halben Tag? Erst Stefan und jetzt Nora. Da sind die seltsamen Auswüchse meiner Fantasie bezüglich großer dunkler Räume und eines harmlosen Tischfußes nur noch das Tüpfelchen auf dem i. Warum suche ich ständig nach einem Haar in der Suppe? Weil ich glaube, das hier nicht verdient zu haben? Will ich mich selbst bestrafen für ... diese Sache, trotz allem, was Morgan im Café dazu gesagt hat? Ganz fertig bin ich noch nicht damit, das merke ich schon daran, dass ich keinen Namen dafür habe: der Zwischenfall, die Nachrichtenmeldung, die Sache mit der Pistole – alles nur Umschreibungen, Synonyme für etwas, dem ich keinen Stempel aufdrücken möchte, solange ich nicht weiß, was es wirklich war. *Er wollte, aber er konnte nicht.* Das waren

Noras Worte, es war das, was Morgan zu Alex gesagt haben soll. Ich weiß nicht mal, ob Nora das von Alex selbst weiß oder ob sie es über Sven erfahren hat. Und wir haben es beide vermieden, es zu benennen, dieses Etwas, das Morgan angeblich gewollt hat.

Der Einzige, der dem Ganzen einen Namen geben könnte, ist Morgan selbst. Nur halte ich es für keine gute Idee, ihn danach zu fragen. Ich will ihn nicht daran erinnern, solange er das nicht von sich aus möchte. Und ganz sicher will ich nicht, dass er denkt, dass ich mich immer noch schuldig fühle deswegen. Obwohl ich das möglicherweise tue. Ich *weiß*, dass ich nicht schuld bin. Und Morgan ist ... Er ist das eine und gleichzeitig sein Gegenteil, Licht und Schatten im selben Moment. In seiner Nähe ist der Abgrund niemals fern. Das ist etwas, das er und ich gemeinsam haben, und ich kann nicht sagen, ob es uns gelingen kann, zusammen das Gleichgewicht zu halten, ob wir uns gegenseitig stützen können, oder ob das Kraftfeld zwischen uns am Ende einen Strudel entstehen lässt, der uns beide in den Abgrund saugt.

Aber all das war mir auch vor sechs Wochen schon bewusst, als ich auf der Autobahn nicht kehrt gemacht habe. Also was zum Teufel will ich mir selbst gerade sagen?

»Hey.« Morgan unterbricht meine mäandernden Gedanken. Er sieht mich immer noch an, den Kopf ganz leicht zur Seite geneigt, und streicht sich diese eine Haarsträhne aus der Stirn, die ihm bei jeder schnelleren Kopfbewegung bis über die linke Augenbraue rutscht.

Mist, wie lange wartet er jetzt schon auf eine Antwort? Ich will wirklich irgendetwas sagen, aber außer einem ziemlich lahmen »Äh ...« kommt nichts über meine Lippen.

Morgan lächelt. »Ich wollte dich nicht überrumpeln. Denk einfach mal drüber nach, okay?«

Ich nicke, übertrieben heftig. Nein, er ist ganz sicher nicht perfekt – aber verdammt nahe dran!

Über den Fernsehschirm flackert ein fröhliches Feuer, das niemals erlöschen wird, der Raum ist erfüllt von den sanften, mit leiser Melancholie durchwebten Klängen von De/Vision, und Morgan streckt sich auf dem Sofa hinter mir aus und zieht mich dann zu sich herunter. Er öffnet meinen Pferdeschwanz und spielt mit meinen Haaren, wickelt sich einzelne Strähnen um den Finger und streicht mit den Spitzen wie mit einem Pinsel über meinen Nacken, was wohlige Schauer über meinen Körper rieseln lässt. *Dumme Gans*, schelte ich mich selbst, *warum überlässt du es nicht einfach den anderen, dir das Leben schwer zu machen?* Eigentlich ist das eine hervorragende Idee, nur können die das leider nicht halb so gut wie ich.

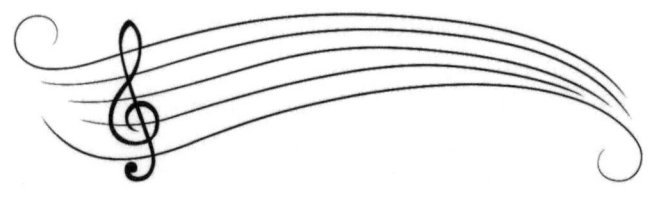

ZWEI

Außer meinem Laptop habe ich diesmal auch den Drucker mitgebracht und den großen Bildschirm, den ich zum bequemeren Arbeiten auf meinem Schreibtisch stehen habe. In den drei Umzugskartons, die gerade eben so in meinem Seat Platz gefunden haben, befindet sich eine Mischung aus Kleidungsstücken, den Ordnern mit Unterlagen für Steuern, Versicherungen und so weiter und Dingen, die ich zwar nicht unbedingt brauche, aber einfach gerne um mich habe, wie zum Beispiel etliche Bücher, CDs und Blu-rays.

Das Nachdenken über Morgans Angebot habe ich letztes Wochenende schon am Samstagmorgen mit einer Entschuldigung für mein schräges Verhalten beendet und ihm gesagt, dass ich wirklich gern auf die Fahrerei verzichte. Alles andere wäre schließlich kompletter Unsinn gewesen.

Diesmal steht Morgan in der Verbindungstür zum Haus, als ich in die Garage fahre. Er muss die Einfahrt beobachtet haben, immerhin bin ich viel zu spät dran, dank gleich dreier hartnäckiger Staus, die vermutlich dem Nieselregen geschuldet sind. Aus den geplanten vier Stunden sind so über fünf geworden. Ich bin bloß froh, dass wir das Auto im Trockenen ausladen können: Januar-Regen ist so ziemlich der unangenehmste, den ich kenne. Er verschluckt jedes noch so kleine Bisschen Tageslicht, und wenn man mit ihm in Berührung kommt, entzieht er einem mit nadelspitzen Tropfen-Zähnen im Nu die Körperwärme.

Während ich mich noch aus dem Auto schäle, hat Morgan schon den Kofferraum geöffnet und den ersten Karton herausgehoben. »Bist du sicher, dass du da auch was reingepackt hast?« Er sieht aus, als würde er das Ding gern auf einer Fingerspitze balancieren, wenn es dazu nicht viel zu unhandlich wäre. »Willst du dich draufsetzen?«, fragt er, als er an mir vorbeikommt.

Ich schneide ihm eine Grimasse und mühe mich mit dem Karton auf der Rückbank ab. Wenigstens ist die Brandschutztür zur Villa an einem Stopper im Boden eingerastet, sodass sie nicht zufallen kann. Bis ich es mit meinem Karton quer durchs Erdgeschoss zur Treppe in den ersten Stock geschafft habe, kommt Morgan mir schon wieder entgegen. Ich funkele ihn an, bevor er fragen kann, ob er mir meine Last abnehmen soll. Er grinst, zuckt die Achseln und schlendert pfeifend zurück zur Garage. Ich erkenne ›Living on Video‹, was nicht gerade eine Herausforderung ist, und frage mich, ob er mir damit etwas sagen will oder einfach nur unverschämt gute Laune hat. Eine Computerfantasie ist das hier jedenfalls ganz sicher nicht, es sei denn, es wäre bereits der virtuelle Schweiß erfunden worden.

Zum Glück befindet sich mein neues Arbeitszimmer gleich gegenüber vom Treppenaufgang. Der Karton landet etwas unsanft auf dem Boden, dann sehe ich mich erst mal um: Der Raum ist voll möbliert, was daran liegt, dass Nora die Sachen in ihrer neuen Wohnung nicht gebrauchen konnte. Morgan wollte sie austauschen, aber das wäre Verschwendung gewesen. Anders als im restlichen Haus ist die Einrichtung nicht weiß, sondern klassisch-schlicht in hellen, warmen Holztönen gehalten. Vor dem Fenster mit Blick auf den Garten steht ein großer L-förmiger Schreibtisch, an der rechten Wand zwei Schränke für Aktenordner oder Ähnliches, dazwischen eine Kombination aus Schrank und Vitrine, und an der linken Wand ein kleines weinrotes Plüschsofa mit einem runden Beistelltischchen aus Glas.

Ich habe eben den ersten Schrank geöffnet, als Morgan mit dem dritten Karton hereinkommt, immer noch pfeifend. Diesmal ist es ›Wind of Change‹, was ihm einen schrägen Seitenblick von mir einbringt.

Vor mir im obersten Schrankfach stehen ordentlich nebeneinander zwei schmale und ein dicker Ordner, beschriftet mit *Website, Facebook & Co.* und *Snuggles.* Ich lächle, als ich den Spitznamen des Managers von No Way! lese, den Alex ihm verpasst hat, weil er ihn in allen Belangen an die findige Comicfigur erinnert. Ich bin dem Mann zwar noch nie begegnet, trotzdem ist er mir irgendwie sympathisch, auch wenn er letztes Jahr mehrfach versucht hat, Morgan zur Teilnahme an einer Castingshow zu überreden – als Juror natürlich, nicht als Talent. Das Ganze sollte No Way! mehr PR bringen, zusätzliche Aufmerksamkeit für das nächste Album. Vor allem Alex war nicht besonders glücklich darüber, dass Morgan das Angebot hartnäckig abgelehnt hat.

»Ups«, sagt der verhinderte TV-Star hinter mir, »erzähl

das bloß nicht Nora, dass die immer noch hier stehen, sie hatte mich extra dran erinnert – zwei Mal.« Morgan grinst wie ein Schuljunge, der sich erfolgreich um die Hausaufgaben gedrückt hat. »Irgendwo müsste auch noch so eine Plastikkiste mit dem Best-of unserer alten Fanpost sein. Ich räume die Sachen einfach schnell zu mir rüber, da ist genug Platz.«

Dass Nora Snuggles' Ansprechpartnerin für die meisten Marketing-Fragen war, hat sie mir mal erzählt. Das sind genau die Dinge, mit denen Morgan sich weniger gern befasst, und Sven und Alex waren auch dankbar, sich darum nicht kümmern zu müssen. Ich frage mich, ob sich im Moment überhaupt jemand zuständig fühlt; zumindest die Unterlagen scheint seit Noras Auszug niemand vermisst zu haben. »Du kannst die Ordner auch gern einfach stehen lassen«, sage ich deshalb. »Meine passen locker daneben.«

»Unsinn, bei mir stören sie genauso wenig, und das soll schließlich dein Zimmer werden. Wo ist denn nur diese Kiste …« Morgan beugt sich vor, zieht die Schranktüren unter der Vitrine auf und zuckt im nächsten Moment so heftig zurück, als wäre ihm etwas entgegengesprungen – mit ausgefahrenen Krallen und Gift spuckend, seinem Gesicht nach zu urteilen, das alle Farbe verloren hat.

Das ist es also, das erste Mal. Nicht, dass ich das noch nie erlebt hätte, dass die Stimmung kippt, von einer Sekunde auf die andere. Der Auslöser kann im Grunde alles sein: eine scheinbar harmlose Frage, ein Song, eine Nachrichtenmeldung, oder einfach irgendeine Erinnerung, die ohne besonderen Grund aufsteigt. Aber es ist das erste Mal, seit ich mich entschieden habe – wie hat Morgan das ausgedrückt? –, mich von meiner kleinen Insel herunterzuwagen. Ins Wasser zu springen. Zu ihm.

Diesmal befindet sich der Auslöser offensichtlich im Schrank. Ich wage an Morgan vorbei einen Blick hinein. Ganz unten, in der hinteren linken Ecke, steht eine graue Pappschachtel von der Größe eines großen Schuhkartons. Ansonsten sind die beiden Fächer leer. Wenn Blicke töten könnten, würde die Schachtel in diesem Moment in Flammen aufgehen, da gehe ich jede Wette ein. Ich berühre Morgan sacht an der Schulter. »Hey – alles in Ordnung?«

Er schüttelt meine Hand ab und bückt sich mit einem Schnauben, das auch ein unterdrückter Fluch sein könnte, nach der grauen Kiste. Schuhe sind ganz sicher nicht darin. Im nächsten Moment sagt er: »Entschuldige, ich wollte nicht ... In dem Ding sind ein paar Sachen von meinem Vater. Ich hatte völlig vergessen, dass der Kram noch da ist.« Mit der Schachtel in den Händen richtet Morgan sich auf und sieht mich an. Der Versuch eines Lächelns zuckt über sein Gesicht und lässt es für einen winzigen Augenblick aufleuchten wie ein Blitz eine nachtdunkle Landschaft. Ich warte auf den Donner und kann ihn im selben Moment in seinen Augen sehen. »Gott! Ich wünschte, ich könnte das endlich vergessen! Warum sind Erinnerungen wie Bumerangs, hm? Fliegen dir um die Ohren, wenn du gerade gedacht hast, du hättest sie endgültig aus deinem Blickfeld befördert. Warum kann ich das nicht einfach hinter mir lassen, in eine verdammte mentale Mülltonne stopfen und den beschissenen Deckel zuschlagen?«

Die Frage ist wohl eher rhetorischer Natur. Und selbst wenn nicht, wäre jetzt kaum ein günstiger Zeitpunkt für eine Unterhaltung über den Unterschied zwischen Verarbeiten und Verdrängen. Bei allem, was ich über Morgans Eltern weiß – über seine Mutter, die sich das Leben genommen hat, als er gerade mal dreizehn war, und über seinen Vater, dem er daran mindestens so viel Schuld gibt wie sich selbst, obwohl er Letzteres noch nie offen ausgesprochen hat, jedenfalls nicht mir gegenüber –, überrascht mich die Heftigkeit seiner Reaktion nicht wirklich. Was mich allerdings überrascht, ist die Tatsache, dass diese Schachtel hier ist, in Noras Arbeitszimmer. Nur ist für neugierige Fragen jetzt ebenfalls kein günstiger Zeitpunkt. Und ganz sicher ist ein Lächeln eine völlig unangemessene Reaktion – trotzdem kann ich nichts dagegen tun, dass es unwiderstehlich an meinen Mundwinkeln zupft. Morgan ist einfach hinreißend, wenn er sich ärgert: wie er sich durchs Haar fährt, das ohnehin keiner Ordnung zu gehorchen scheint, wie seine Nasenflügel sich aufblähen und in seinen dunklen Augen Kohlestücke zu glimmen beginnen ...

Jetzt gerade ziehen diese Augen sich allerdings zu schmalen Schlitzen zusammen. »Schön, wenn wenigstens einer von uns Spaß hat«, knurrt er. Und schiebt sich, die Schachtel unter den Arm geklemmt, an mir vorbei aus dem Raum.

Mist! Warum muss ich auch grinsen wie ein verknallter Teenager? Das sah sicher aus, als würde ich ihn nicht ernst nehmen. Kaum zu glauben, dass es Menschen gibt, die noch mal siebzehn sein wollen. Ich gehe Morgan nach, wozu ich lediglich den Flur überqueren muss, klopfe an und schiebe die Tür zu seinem Arbeitszimmer sicherheitshalber auch gleich auf, nicht dass er noch auf die Idee kommt, mich wegzuschicken.

»Tut mir leid«, sage ich, bevor er sich ganz nach mir umgedreht hat. »Ich fand das nicht lustig, du warst nur so ...«

»Was?«, grummelt Morgan. Es klingt ein klein wenig versöhnlich.

»Hinreißend«, murmele ich. Ich starre auf meine Füße, weil mein Gesicht sich anfühlt, als würde ich es unter einen Heizstrahler halten. Konnte mir denn nichts Intelligenteres einfallen? Das wird ja immer besser!

Ein Lachen, wenn auch ein etwas unwilliges, lässt mich aufsehen. »›Hinreißend‹ also. Könntest du mich nicht vielleicht ›hinreißend‹ finden, wenn ich mit mir und der Welt im Einklang bin?«

»Tue ich ja!« Ich zwinge mich, das Gefühl von sechzig Grad im Schatten zu ignorieren, das meine Haut wahrscheinlich gerade Blasen werfen lässt. »Genau genommen finde ich dich pausenlos hinreißend. Das macht es nur leider praktisch unmöglich, mich nicht andauernd wie eine Idiotin aufzuführen.« Ich versuche es mit der Andeutung eines Lächelns.

Meine Worte haben einen ähnlichen Effekt wie eine Welle auf Fußabdrücke im Sand: Sie scheinen Morgans Ärger endgültig fortzuspülen. Seine Züge glätten sich bis auf die Lachfältchen um seine Augen, und er kommt kopfschüttelnd auf mich zu. »Du bist einfach unmöglich.«

»Unmöglich hinreißend?«, flüstere ich und lege meine Stirn an seine.

»Unmöglich unwiderstehlich«, antwortet er, während seine Finger unter meinen Pulli schlüpfen und meine Wirbelsäule hinaufwandern wie über Klaviertasten.

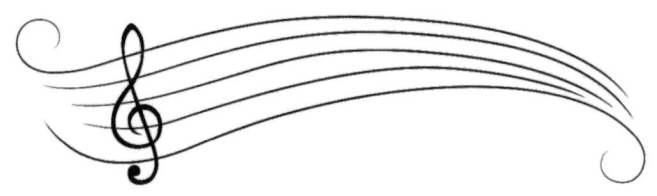

DREI

Eigentlich hätten mir schon beim Abendessen die Augen zufallen müssen nach diesem Tag, trotzdem liege ich jetzt schon eine ganze Weile wach im Bett, den Kopf auf Morgans Brust. Sein Herzschlag gleitet gemächlich in den langsamen, gleichmäßigen Rhythmus des Schlafes hinüber. Normalerweise führt spätestens das dazu, dass ich wegdämmere und mich gerade noch auf meine eigene Matratze hinüberrollen kann, bevor ich ganz eingeschlafen bin. Aber heute …

Es ist, als würde ich auf jede winzige Unregelmäßigkeit in diesem Rhythmus lauschen, auf ein verräterisches Zeichen dafür, dass … sich irgendetwas verändert hat. Beinahe unmerklich, aber eben nur beinahe. Wie dieser letzte Tag im Herbst, an dem du plötzlich weißt, dass jetzt der Winter kommt; nicht, weil es schon schneit oder die Temperaturen über Nacht in den Keller gefallen sind. Da ist einfach nur etwas in der Luft, ein Hauch von frostiger Frische, der vorher nicht da gewesen ist.

Apropos Frost: Das letzte Mal, dass ich so wenig Schlaf gefunden habe, war in meiner allererster Nacht hier, der Nacht, in der ich hergefahren bin, obwohl ich es eigentlich gar nicht wollte. Obwohl ich *dachte*, es nicht zu wollen –

sonst hätte ich es ja wohl nicht getan. Herrje, warum muss ich eigentlich immer so kompliziert sein? Ich hatte einfach nur Angst vor der eigenen Courage. Deshalb hätte ich auch beinahe noch einen Rückzieher gemacht, als ich schon vorm Haus stand. Aber bevor ich es mir wirklich noch anders überlegen konnte, hat Morgan die Tür geöffnet. Morgens um fünf, dabei hatte ich noch nicht geklingelt und mein Auto außerhalb des Grundstücks geparkt.

Ich kann noch immer spüren, wie er mich festhält, sein Gesicht an meinem Hals, sein Atem, der über meine Haut streicht: holprig und zu schnell, genau wie meiner, als wären wir beide gerannt. Nur dass wir nicht an irgendeinem Ziel angelangt sind, sondern gerade erst am Startpunkt, außer Puste und schwindelig. Ich vermute, uns steht ein Lauf durch unebenes Gelände bevor, bei rauem Wind und Regen. Sicher nicht andauernd, aber öfter, als mir lieb sein wird.

Jetzt gerade ist mir das allerdings vollkommen egal. Jetzt gerade hält Morgan mich so fest, als wollte er mich nie wieder loslassen. Und das übertönt sämtliche Unkenrufe meiner überreizten Fantasie.

»H-hey«, stottert er schließlich in den Kragen meiner Jacke, und ich muss lachen, weil seine Stimme so zittert. Andererseits ist es aber auch wirklich kalt draußen. Ich trage meine wärmste Winterjacke, aber er hat nur ein dünnes Langarmshirt an. Vermutlich ist er barfuß, wie immer, darauf habe ich überhaupt nicht geachtet. Durch den weichen Stoff seines Shirts kann ich spüren, wie er fröstelt, und ziehe ihn unwillkürlich fester an mich. Er dreht uns beide ein wenig zur Seite und angelt mit dem Fuß nach der Haustür, um sie zuzuschubsen.

»Gästezimmer?«, fragt er dann ein bisschen atemlos. Es klingt allerdings eher wie eine Bitte. Und ›Ja‹ ist ganz sicher nicht die Antwort, die er hören möchte. Trotzdem denke ich darüber nach, zu nicken; vernünftig zu sein und einen Schritt nach dem anderen zu machen, statt weiter in diesem rasenden Tempo auf etwas zuzusteuern, das ich gestern noch für vollkommen unmöglich gehalten habe.

Morgan hat sich ein wenig von mir zurückgebeugt, damit er mir ins Gesicht sehen kann. Als unsere Blicke sich begegnen, gibt es einen knisternden Kurzschluss in meinem Gehirn: *Scheiß auf die Vernunft, die hat mir heute Nacht kein bisschen weiter geholfen!* »Aber ich will meine eigene Decke«, sage ich und grinse. Morgans ungläubiger Blick lässt das Grinsen zu einem glucksenden Lachen anschwellen, in das er nach einem verdatterten Moment einstimmt.

Als wir eine Weile später tatsächlich gemeinsam im Bett liegen – Morgan hat mir eines seiner T-Shirts gegeben und einen zweiten Bürstenkopf für die elektrische Zahnbürste aufgetrieben, ich habe ja außer meiner Handtasche nichts von zu Hause mitgenommen –, wird mir sehr deutlich bewusst, dass bis vor ein paar Monaten Nora hier geschlafen hat, siebzehn Jahre lang.

Morgan scheint etwas Ähnliches zu empfinden. Er hat nichts mehr gesagt und sich kaum bewegt, seit er das Licht ausgemacht hat. Er liegt auf der Seite, mit dem Gesicht zu mir, in der Mitte seiner Matratze, so wie ich; was bedeutet, dass in diesem riesigen Bett fast ein Meter Raum zwischen uns ist. Ich höre das leise Rascheln seiner Bettdecke und ahne mehr, als dass ich es sehen könnte, dass er den Arm ausgestreckt hat. Als ich behutsam über die Matratze taste, finde ich seine Hand genau über dem Spalt zwischen uns. Ich halte sie fest und er drückt meine Finger wie zur Besiegelung eines Paktes. Wir wissen beide, dass heute Nacht nicht der richtige Zeitpunkt ist für mehr als das hier.

Obwohl ›mehr‹ das falsche Wort ist, denke ich, während ich auf die murmelnden nächtlichen Geräusche der Villa lausche, die ich von so vielen Besuchen kenne, und die sich in diesem Raum doch ganz anders anhören. Weil ›mehr‹ eine Wertung enthält, eine vermeintliche Steigerung, und das hier lässt sich nicht übertreffen. Es ließe sich lediglich auch anders zum Ausdruck bringen.

Wirklich hell ist es nicht draußen, als wir ein paar Stunden später beschließen, aufzustehen. Obwohl wir wahrscheinlich beide kaum geschlafen haben, ist es weit nach Mittag. Morgan lässt mir den Vortritt im Bad. Anders als damals am See hat er die Augen geschlossen und beobachtet mich nicht, während ich – in T-Shirt und Unterhose – meine Sachen zusammensuche, die über einem Stummen Diener hängen. Trotzdem ziehe ich mich erst im Bad an, was sich irgendwie albern anfühlt; als wäre ich höchstens vierzehn und hätte mich noch nie einem Jungen nackt gezeigt. Überhaupt hat die ganze Situation auf einmal etwas seltsam Verklemmtes.

Morgan ist bereits angezogen, als ich zurück ins Schlafzimmer komme. Er hält die Fernbedienung fürs Rollo in der Hand, das leise ruckelnd nach oben fährt. Graues Licht dringt träge ins Zimmer und lässt mich deutlich sehen, was sich zuvor im Halbdunkel nur angedeutet hat. Der Raum ist größer, als ich ihn in Erinnerung habe. Ein einziges Mal war ich bislang hier drin. Damals war es früher Morgen und noch dunkel. Und ich war hier, um Nora zu sagen, dass Morgan sie liebt.

Ich sehe ihre roten Locken vor mir, die über das Kopfkissen fließen; wie sie sich schlaftrunken zu mir umdreht, als ich sie wecke, um ihr zu erklären, warum Morgan sich in seinem Studio eingeschlossen hatte. Das ist weniger als ein Jahr her, etwa drei Monate später hat Nora ihn verlassen und mich gebeten, nach ihm zu sehen. Und ich bin mit Sven und Alex zum Waldhaus gefahren. Damals wusste ich nicht, dass ich nicht wieder nach Hause kommen würde. Nun ja, körperlich natürlich schon, aber nicht wirklich, nicht im eigentlichen Sinn. Aber Stefan hat es gewusst.

Und Morgan? Wenn ich raten müsste ... Er sieht mehr, als er sagt, so viel steht fest. Und manchmal sagt er Dinge, die erst vollkommen harmlos klingen und mich dann noch wochenlang beschäftigen. Oder mich nach sechs Monaten Inkubationszeit mitten in der Nacht ins Auto steigen lassen, um morgens um fünf vor seiner Tür zu stehen. *Er könnte nicht fliegen, wenn er Angst vorm Fallen hätte.* Das hat Morgan damals im Waldhaus gesagt, auf der Veranda, um genau zu sein. Über einen Falken. Aber natürlich hat er mich damit gemeint.

Dass ich jetzt hier bin, bedeutet allerdings nicht, dass ich keine Angst mehr habe. Was sagt das dann über meine Flugkünste aus? Muss ich nicht damit rechnen, dass am Ende ein Absturz wartet, wenn ich nach unten sehe und viel zu spät merke, dass da längst kein fester Boden mehr ist – so wie bei Coyote, wenn er über den Rand einer Klippe rennt?

Ich konzentriere mich auf meine Umgebung, um diese fruchtlosen Grübeleien zu stoppen: Das Boxspringbett mit seinem eckigen, lackweißen Kopfteil wird auf beiden Seiten von zwei elegant geschwungenen Nachtschränkchen flankiert. Dem Bett gegenüber steht ein riesiger Kleiderschrank mit Schwebetüren, er reicht von der Tür zum Bad ums Eck herum bis fast zum Fenster. Zwei Kommoden an der Wand zum Flur komplettieren den Stauraum. Ganz eindeutig ein Pärchen-Schlafzimmer, wovon übrigens auch das Bad mit seinen zwei Waschtischen und den doppelten Handtuchhaltern neben Dusche und Badewanne ein unübersehbares Zeugnis ablegt.

Morgan quittiert meine stumme Musterung mit einem schiefen Lächeln. »Ich hatte nie vor, allein hier zu leben«, sagt er bemüht beiläufig, und dann, als ich nichts erwidere: »Lass uns erst mal frühstücken, okay?«

Dass etwas nicht stimmt, ganz und gar nicht, merke ich schon, als ich die Schlafzimmertür öffne. Die Luft ist zu kalt, und sie riecht zu ... *frisch*. Definitiv nicht so, wie ein Haus morgens riechen sollte. Oder auch mittags. Als wir am Ende des langen Flurs angelangt sind, schlägt uns der Winter mit voller Wucht entgegen. Von draußen dringt das Geräusch eines vorbeifahrenden Autos herein, viel zu laut.

»Fuck!«, ruft Morgan. Er sprintet die Treppe hinunter und quer durch den Eingangsbereich, um die Haustür zu-

zuschlagen, die sperrangelweit offen steht. Nicht, dass es jetzt noch auf ein paar Sekunden mehr oder weniger ankäme: Ich kann meinen Atem als kleine weiße Wölkchen in der Luft stehen sehen und erwarte beinahe, dass Boden und Möbel von Reif überzogen sind – was wenig überraschend nicht der Fall ist. »Fuck!«, wiederholt Morgan und schüttelt den Kopf. »Tut mir leid, ich muss wohl gestern die Tür nicht richtig erwischt haben.«

»Heute Morgen«, verbessere ich ihn sanft. Rein technisch gesehen war gestern der Tag, an dem ich mich von ihm hatte verabschieden wollen in diesem Café, vielleicht nicht für immer, zumindest aber für eine lange Zeit. Tatsächlich könnte ich schwören, dass zwischen diesem Moment und dem jetzigen deutlich mehr als vierundzwanzig Stunden liegen.

»Was? Ja, sicher, heute Morgen. Wie auch immer, es ist saukalt hier drinnen. Bis man es wieder halbwegs ohne Winterklamotten aushält, vergehen sicher ein paar Stunden. Möchtest du vielleicht irgendwo was essen gehen? Bei Alfredo bekommt man den ganzen Tag Frühstück, oder ...«

»Noch nicht«, unterbreche ich Morgans Wortschwall.

Er verstummt, und sein Blick, der unruhig durch den Raum gewandert ist, findet mein Gesicht. Dann nickt er, mit diesem halben Lächeln, das ich von gestern noch so gut vor Augen habe. Vorsichtig. Und hoffnungsvoll. Oder auch vorsichtig hoffnungsvoll. »Dann ziehen wir uns mal lieber warm an, oder?«

Am einfachsten wäre es vermutlich, zurück ins Bett zu schlüpfen und dort zu frühstücken, aber diesen Gedanken spreche ich nicht aus und Morgan auch nicht. Stattdessen mummeln wir uns in Jacken, Mützen und Schals und erklären das Ganze kurzerhand zum Eskimofrühstück. Für eine Weile macht es sogar richtig Spaß: Während wir in der Küche die Frühstücksutensilien zusammensuchen, ziehen wir uns gegenseitig auf, weil wir so albern aussehen, und Morgan überlegt laut, dass er zur Strafe mit Fausthandschuhen frühstücken sollte, wie damals auf Kindergeburtstagen beim Schokoladenessen.

Dann ist der große, quadratische Esstisch gedeckt. Morgan und ich haben uns ganz automatisch einander gegenüber gesetzt, wie immer. Wie früher. Der Anblick ist gleichzeitig vertraut und vollkommen fremd, denn die Plätze neben uns sind leer. Der Tisch wirkt furchtbar überdimensioniert, wenn man nur zu zweit daran sitzt. Ich greife nach einer Scheibe Brot, Morgan reicht mir die Butter herüber. Wir lächeln uns an, unsicher, fast ein wenig gezwungen. Morgan räuspert sich, dann steht er plötzlich auf. »Ich habe doch glatt den Kaffee vergessen ...«

»Warte, ich helfe dir.« Der Gedanke, allein hier sitzen zu bleiben, macht mich auf einmal unglaublich nervös. Beim Versuch, möglichst schnell aufzustehen, werfe ich beinahe meinen Stuhl um. Holzbeine scharren über Parkettboden, ich stoße leicht gegen den Tisch und mein Messer rutscht mit einem Klirren vom Tellerrand ab. Das alles klingt furchtbar laut und störend.

Morgan bleibt stehen. Weit ist er ohnehin noch nicht gekommen, ich habe ihn mit wenigen Schritten eingeholt. Als er sich nach mir umdreht, sind unsere Gesichter nur Zentimeter voneinander entfernt. Bis auf die Umarmung in der Haustür vor ein paar Stunden haben wir es vermieden, einander so nahe zu kommen, und jetzt weiß ich auch wieder, warum: Dass ich mich entschieden habe, zu ihm zu fahren, hat sämtliche Abwehrkräfte, die ich – vielleicht – mal gegen Morgan hatte, in Nichts aufgelöst, weggesprudelt wie eine Brausetablette im Wasser. Er zieht mich an wie ein verdammter Magnet, und ich bin absolut hilflos dagegen.

Das Einzige, das mich ein wenig beruhigt, ist der Ausdruck auf seinem Gesicht. Anscheinend ist er genauso erschrocken wie ich. Seine Augen haben sich geweitet, bestehen fast nur noch aus dem Tiefschwarz seiner Pupillen, als hätte er Ecstasy genommen. Ich schwanke ganz leicht und ziehe scharf die Luft ein. Meine Finger finden ganz ohne mein Zutun in sein Haar. Ich weiß nicht, wie oft ich diesen Impuls in den letzten zweieinhalb Jahren unterdrückt habe. Mitzuzählen wäre in mehr als einer Hinsicht nicht gut gewesen. Offenbar hat mein Körper jetzt beschlossen, nicht mehr auf meine Erlaubnis zu warten. Das kann mir nur recht sein – ich fühle mich schwindelig und nicht wirklich in der Lage, Entscheidungen zu treffen. Außerdem traue ich meinen Entscheidungen nicht, dafür habe ich in den letzten Monaten zu viele falsche getroffen. Morgans Haar zwischen meinen Fingern ist fest und weich zugleich und gerade lang genug, als dass ich beide Hände darin vergraben kann. Er neigt den Kopf zu mir, als hätte er nur darauf gewartet.

Dieser Kuss ist alles andere als unschuldig: Er ist tastend *und* fordernd, zärtlich *und* leidenschaftlich – er ist etwas, gegen das wir uns zu lange gewehrt haben. Und er ist dabei, zu einer Flutwelle anzuschwellen, die sich gar nicht erst die Mühe macht, den Damm zu überspülen, sondern ihn mit all ihrer Wucht einfach auseinanderreißt wie ein

Blatt Papier. Er ist alles, was ich will. Und das, was nicht sein darf. Auf gar keinen Fall! Weil …, weil …

Mir wird so schlagartig bewusst, dass wir nichts Verbotenes mehr tun, dass ich für einen Augenblick wie gelähmt bin. Dann schnappe ich nach Luft, weil ich ohnehin nicht mehr allzu viel Sauerstoff in den Lungen hatte. Morgan löst sich gerade weit genug von mir, um den Blick über mein Gesicht wandern zu lassen. Er sieht so verunsichert aus, so hin- und hergerissen zwischen zwei Extremen, wie ich mich gerade eben noch gefühlt habe. Ich packe seinen Arm und ziehe an ihm. Für Erklärungen habe ich keine Zeit, der Weg ins Schlafzimmer ist auch so schon weit genug. Aber da oben ist es wenigstens so etwas Ähnliches wie warm, und wir haben alle beide eindeutig viel zu viel an!

Als Morgan begreift, was ich vorhabe, ist plötzlich er es, der mich mitzieht, die Treppe hinauf und den ganzen Flur entlang, doch je näher wir dem Schlafzimmer kommen, desto langsamer werden seine Schritte. Bis er schließlich vor der geschlossenen Tür stehen bleibt und mich ansieht, als würde ihm erst jetzt bewusst, was er da tut. Bevor er sich dafür entschuldigen kann – und ich würde meine Rentenversicherung verwetten, dass er genau das vorhat –, greife ich an ihm vorbei nach der Klinke und stoße die Tür auf.

Die Erinnerung lässt ein ziemlich breites Grinsen über mein Gesicht wandern. Wir haben den ersten Tag gemeistert, der wirklich ziemlich schräg war, mit Minustemperaturen im Wohnzimmer und hartnäckigen Schuldgefühlen. Weshalb sollte mich dann so ein kleiner Frosthauch ängstigen – wenn es ihn denn überhaupt gibt? Ich kenne mich doch, mich und meine Einbildungskraft. Da würde selbst Ally McBeal vor Neid erblassen, obwohl ich leider noch nie ein Einhorn in meinem Büro gesehen habe.

Ich habe ja auch gar nicht erwartet, dass mit einer einzigen Entscheidung alle meine Ängste auf ewig in die Flucht geschlagen wären. Und ein schlechtes Gewissen gehört nun mal dazu, wenn man jemandem wehgetan hat. Ich darf es nur nicht überhand nehmen lassen. Alles in allem habe ich mein Leben doch ganz gut im Griff, es gibt also keinen Grund, sich ernsthafte Sorgen zu machen. Ich lausche Morgans tiefen Atemzügen, und endlich fallen mir die Augen zu.

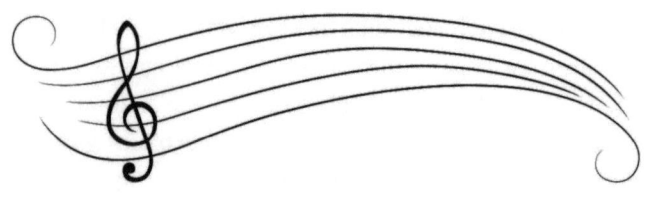

VIER

Mein erster Arbeitstag in der Villa gestern lief gar nicht schlecht. Ich habe gemütlich ausgeschlafen und mit Morgan gefrühstückt. Vor neun Uhr ist er praktisch nicht aus dem Bett zu bekommen, es sei denn, er verzichtet gleich ganz aufs Schlafen. Anschließend bin ich nach oben gegangen, habe mich an den Schreibtisch in meinem Arbeitszimmer gesetzt und für ein paar Minuten einfach nur den Raum auf mich wirken lassen. In der Vitrine steht eine Auswahl meiner Lieblingsbücher, CDs und Filme, der Rest ist erst mal in den Schränken verschwunden. Es wird sicher noch ein wenig dauern, bis ich es mir hier so richtig gemütlich gemacht habe, aber mein Konzentrationsvermögen scheint sich mit einer geschlossenen Tür im Rücken schon fast zuhause zu fühlen.

Heute bin ich allerdings ein bisschen abgelenkt, nachher werde ich nämlich Luiza kennenlernen, Morgans »guten Geist«. Sie kommt seit über zwanzig Jahren jeden Dienstag und Freitag von eins bis fünf. Klingeln muss sie nicht, sie kennt den Code fürs Tor und hat einen Schlüssel für die Haustür. Von Morgan weiß ich, dass Luiza immer sehr pünktlich ist. Ein Blick auf die Uhr verrät mir, dass ich mich so langsam auf den Weg nach unten machen sollte.

Obwohl es erst drei oder vier Minuten *vor* eins ist, hilft Morgan eben einer rundlichen Frau mit einem altmodischen Dutt auf dem Kopf aus dem Mantel. Vermutlich meinte er, dass Luiza auf die Minute pünktlich, nämlich um eins, anfängt zu arbeiten ...

»Luiza?«, höre ich ihn sagen. »Waren Sie nicht gestern erst hier?« Seine Überraschung klingt allerdings nicht ganz echt.

»Ist schon wieder vier Tage her, Mister Garret«, antwortet die Frau, unter deren Mantel tatsächlich eine blaue Kittelschürze zum Vorschein gekommen ist. »Das wüssten Sie, wenn Sie was Anständiges arbeiten würden, nicht immer nur feiern und die Nacht zum Tag machen.« Ihre Verärgerung wirkt genauso unecht wie Morgans Überraschung – anscheinend ist das hier ein kleines Ritual. Es würde mich allerdings nicht wundern, wenn es eine derartige Situation tatsächlich mal gegeben hätte.

Jetzt haben die beiden mich entdeckt. Morgan streckt den Arm nach mir aus und legt ihn mir um die Schultern, sobald ich neben ihm stehe. »Darf ich dir Luiza vorstellen? Ohne sie und ihren Mann Gerd läge das Haus vermutlich längst in Trümmern.« Luizas Mann hat einen Hausmeisterservice. Im Sommer kümmert er sich um den Garten, im Winter ums Schneeräumen, wenn denn mal Schnee liegt, und ansonsten um alles, wofür man in Deutschland keine spezielle Bescheinigung braucht.

Ich strecke Luiza die Hand hin. »Hallo, Luiza, schön, Sie kennenzulernen.« Dass Morgan das förmliche ›Sie‹ zu ihrem Vornamen benutzt hat, hat mich aufhorchen lassen. Anscheinend sind Dutt und Kittelschürze nicht das einzig Altmodische an Luiza. In ihr schwarzes Haar mischen sich bereits einige graue Strähnen, und die Falten und Fältchen auf der Stirn und um die Augen haben eine gewisse Tiefe. Ich würde sie auf Anfang sechzig schätzen.

»Ich freue mich auch, Frau ...«, sagt sie und zögert.

»Eibinger«, helfe ich ihr weiter. Es wäre mir lieber, sie würde mich Franziska nennen, meinetwegen auch mit einem ›Sie‹, aber das brauche ich wohl gar nicht erst vorzuschlagen, nachdem sie Morgan auch nach zwei Jahrzehnten noch mit ›Mister Garret‹ anspricht. Was den ›Mister‹ angeht, kann ich nur vermuten, dass der amerikanische Nachname für sie diese Anrede erfordert. Luizas Lächeln ist ebenso freundlich wie bestimmt, als sie meinen Namen wiederholt und meine Hand noch einmal fest drückt.

Ich bin mir ziemlich sicher, dass es nicht wirklich das dumpfe Dröhnen des Staubsaugers ist, das meine Gedanken hartnäckig von dem zu übersetzenden Text auf meinem Bildschirm fernzuhalten versucht. Dabei ist der Thriller über eine Frau, die ihren eigenen Tod vortäuscht, um sich an ihrer Schwester zu rächen, durchaus spannend.

Das Problem ist wohl eher, dass ich noch nie eine Putzfrau hatte. So dumm das auch klingen mag, aber ich kann mich nicht einfach entspannt an den Schreibtisch setzen – obwohl ich ja arbeite und nicht zum Vergnügen im Internet surfe oder etwas in der Art –, während Luiza und der Staubsauger einen heiligen Kreuzzug zu führen scheinen. Ich habe das dringende Bedürfnis, ihr wenigstens meine Hilfe anzubieten, wenn ich mir schon nicht ganz selbst-

verständlich Eimer und Mopp schnappe, um feucht nach-
zuwischen. Was Luiza ohne Frage als tödliche Beleidigung auffassen würde.

Vermutlich hält sie mich ohnehin für vollkommen unfähig, zumindest was Haushaltführung angeht. Nachdem
Morgan uns vorgestellt hatte, hat er Luiza noch gebeten,
am Freitag einen speziellen Wein von einem Delikates-
senhändler mitzubringen, den sie kennt. Dann hat er ihr
zwei Scheine gegeben, »für den Wein und für Ihre Zeit
beim Besorgen«. Auf Luizas »Aber, Mister Garret ...« hat
er oberlehrerhaft den Zeigefinger gehoben. »Streiten Sie
nicht mit mir, Luiza, das gehört sich nicht.« Wahrscheinlich ist der Auftrag mit dem Wein Morgans Art, Luiza etwas zuzustecken. So etwas wie Trinkgeld für ihre Arbeit
hier würde sie vermutlich ebenso als Kränkung empfinden wie ein Hilfsangebot von mir. Oder eine Bezahlung,
die deutlich über dem liegt, was sie sonst bekommt. Leider hat Morgan sich anschließend mit einem fröhlichen
»Dann überlasse ich euch jetzt mal den wichtigen Dingen« ins Fitnessstudio verabschiedet. Und Luiza wollte
von mir wissen, was heute zu tun sei.

In den letzten siebzehn Jahren hat sie ihre Anweisungen von Nora bekommen, nicht von Morgan. Zwar ist
Nora schon seit sieben Monaten nicht mehr hier, und
Luiza hat sich eigenständig um alles gekümmert, aber
jetzt scheint sie ganz froh zu sein, wieder eine Chefin zu
haben. Soll heißen, sie *wäre* vermutlich ganz froh, wenn
sie eine *hätte*, denn mir ist leider nichts Besseres eingefallen, als ihr zu sagen, sie solle einfach dasselbe machen
wie letzten Dienstag. Worauf sie mich gefragt hat, ob sie
sich dann auch wieder die Gästezimmer vornehmen solle.

Wie oft müssen Räume geputzt werden, die gerade niemand bewohnt? Ich habe herumgestottert, dass das sicher nicht schon wieder nötig sei, und ob ihr vielleicht etwas einfallen würde, das sie sinnvoll fände. Ich war wirklich kurz davor, Nora anzurufen. So, wie ich sie kenne, hatte sie einen Putzplan für Luiza, den sie vermutlich immer noch auswendig weiß. Luiza hat mich einen Moment gemustert, dann hat sie sich energisch die Hände an der Schürze abgestreift und gesagt: »Ich werde den Kühlschrank putzen, ist bestimmt schon wieder vier Monate her.«

Wenn Stefan und ich unseren Kühlschrank einmal im Jahr ausgeräumt und von innen sauber gemacht haben, war das oft. Meistens ist es uns dann eingefallen, wenn irgendetwas ausgelaufen war, was ganz sicher in äußerst unregelmäßigen Abständen vorkam. Gibt es unter Eingeweihten so etwas wie eine Vier-Monats-Putzregel für Kühlschränke? Bevor ich Google fragen kann, klopft es an der Tür. Mir war gar nicht aufgefallen, dass der Staubsauger verstummt ist.

»Kommen Sie ruhig rein, Luiza«, rufe ich.

Sie öffnet die Tür gerade so weit, dass sie den Kopf und einen Arm ins Zimmer strecken kann. »Ihr Handy hat geklingelt, Frau Eibinger.«

Ach ja, das hatte ich unten auf dem Esstisch liegen lassen. »Danke, Luiza.« Ich nehme ihr das Gerät ab, entsperre das Display und sehe mir die Benachrichtigungen an: ein entgangener Anruf, von meiner Mutter. Seltsam, dass sie mich auf dem Handy anruft. Das macht sie praktisch nie, wegen der Kosten. Meine Eltern haben noch einen ziemlich alten Vertrag fürs Festnetz und selbst kein Mobiltelefon, so einen neumodischen Schnickschnack würden sie in ihrem Alter nämlich ganz sicher nicht mehr brauchen.

Allerdings habe *ich* Mama die letzten Male immer vom Handy aus angerufen, zuletzt an Weihnachten aus Florida. Das habe ich so gemacht, weil ... O Mist! Mich beschleicht eine sehr böse Ahnung.

Nach der Trennung von Stefan habe ich mich einfach nicht in der Lage gefühlt, mir ihre als Sorge getarnten Vorwürfe anzuhören, also habe ich ihr nichts davon erzählt. Deshalb konnte ich ihr meine neue Festnetznummer nicht geben. Ich dachte, das wäre kein Problem: Wir haben keinen besonders engen Kontakt, wenn ich sie also einfach ab und zu anrufen würde, würde sie überhaupt nichts merken, bis ich bereit wäre, es ihr zu sagen.

Nur haben sich, bevor ich so weit war, die Ereignisse ein wenig überschlagen, und plötzlich waren da Morgan und Weihnachten und der Vorschlag, uns ein paar schöne Tage in Florida zu machen, fern von dem ganzen emotionalen Ballast, den dieses Fest für gewöhnlich mit sich bringt. Eigentlich hätte ich Mama die ganze Sache spätestens da beichten müssen, sonst waren Stefan und ich nämlich am ersten Feiertag immer bei meinen Eltern zum Essen eingeladen. Aber dann hätte ich ihr quasi zwei schlechte Nachrichten auf einmal überbracht, also habe ich ihr nur gesagt, dass wir dieses Jahr ausnahmsweise und ganz spontan verreisen und deshalb leider nicht kommen können. ›Wir‹ ist ein vielseitiges Wort, nicht wahr?

Das habe ich jetzt davon. Seit Weihnachten wäre zwar schon wieder ein ganzer Monat Zeit gewesen, dieses Gespräch endlich hinter mich zu bringen. Ich habe nur einfach überhaupt nicht mehr daran gedacht. Na ja, vermutlich wollte ich auch nicht unbedingt daran denken. Wie auch immer: ›Hätte, wäre, wenn‹ hat noch nie jemandem weitergeholfen. Dann werde ich es ihr eben jetzt sagen, was soll schon passieren? Immerhin bin ich eine erwachsene Frau, und es ist mein Leben. Gut, wenn wenigstens einer daran glaubt ...

Ich gehe hinunter in die Küche, wo Luiza wie angekündigt mit dem Kühlschrank beschäftigt ist, und lasse mir einen Latte Macchiato aus der Kaffeemaschine, in den ich zwei großzügig bemessene Löffel Zucker gebe – ein kleiner Bestechungsversuch mir selbst gegenüber. Dann setzte ich mich an den Esstisch und genieße ganz in Ruhe etwa die Hälfte meines Latte. Anschließend rufe ich meine Mutter zurück. »Hallo, Mama, ich habe gesehen, dass du angerufen hast. Geht es euch gut?«

Einen Moment herrscht Schweigen in der Leitung. »Hallo, Franziska«, kommt es dann zurück. Kühl. »Falls du eine Vorstellung hast, weshalb ich es auf deinem Handy versucht habe, dann ist dir sicher klar, dass es mir gerade *nicht* besonders gut geht.«

Das hatte ich befürchtet. Ich unterdrücke einen Seufzer. »Hör mal, Mama, es tut mir wirklich sehr, sehr leid ...«, fange ich die reumütige Entschuldigung an, die ich mir zurechtgelegt habe.

Mama unterbricht mich sofort. »Ach ja? Vier Monate, Franziska! Ich habe vorhin bei dir zu Hause angerufen – nur um von Stefan zu erfahren, dass du überhaupt nicht mehr dort wohnst. Seit vier Monaten! Hast du eine Ahnung, wie peinlich das war?«

Das ist tatsächlich der Super-GAU, so hätte das auf gar keinen Fall laufen dürfen! Was macht denn Stefan auch ausgerechnet heute, an einem Dienstag, um halb vier Uhr nachmittags zu Hause?

»Denkst du nicht, du schuldest mir eine Erklärung, Franziska?«

Mamas Tonfall, die übliche Mischung aus Ärger und Enttäuschung, lässt etliche ungute Erinnerungen aufsteigen. Das Schlimmste daran ist, dass sie diesmal recht hat. Ich hätte es ihr sagen müssen – schon wegen Stefan, für den ihr Anruf sicher auch kein Vergnügen war. Ich atme tief durch. Doch bevor ich einen zweiten Anlauf für die fällige Entschuldigung nehmen kann, holt Mama zum Rundumschlag aus.

»Weißt du, Kind, ich hatte wirklich gehofft, dass du endlich ein wenig Vernunft angenommen hast. Die Selbstständigkeit – na gut, aber Stefan hat ja gut verdient. Es ging euch doch gut, du hattest alles, was du brauchst ...« Ihre Stimme kippt, bekommt diesen quengeligen Unterton, der mich die Schultern hochziehen und die Zähne fest aufeinanderbeißen lässt. »Er ist so ein guter Mann, hat sich um alles gekümmert. Er hat dir Stabilität gegeben, Kind. Du weißt genau, wie sehr ich mir gewünscht habe, dass ihr beide noch heiratet, dass du noch Mutter werden darfst. Und dann muss ich hören, dass du ihn hast sitzen lassen, wegen eines, eines ...«

Ich kann nur raten, was Stefan Mama über Morgan erzählt hat, und welche Unaussprechlichkeit ihr da folglich gerade im Hals stecken geblieben ist. ›Ausländers‹ vielleicht, immerhin ist Morgan zur Hälfte Amerikaner. Wahrscheinlicher ist aber ›Musikers‹, was in ihrer Welt stellvertretend für einen unsoliden Lebenswandel und damit für einen äußerst fragwürdigen Charakter steht. Ich vermute, ein iranischer Kernphysiker würde vor den Augen meiner Mutter eher Gnade finden, obwohl das Rennen knapp werden könnte, falls der Mann Moslem sein sollte.

Ohne es zu merken, bin ich aufgestanden und hinter meinen Stuhl getreten, wo ich eine Hand fest um die Rückenlehne gekrallt habe. Mit einiger Anstrengung schaffe ich es, meine Stimme so ruhig und unbewegt zu halten wie die Oberfläche eines gefrorenen Sees, als ich endlich dazu komme, auch mal etwas zu sagen. »Genau deswegen habe ich dir nichts von der Trennung erzählt, Mama: weil ich einfach keine Lust hatte, mir zum wer-weiß-wievielten Mal in meinem Leben anzuhören, was für eine Enttäuschung ich doch für dich bin. Das gilt umgekehrt übrigens genauso, falls es dich interessiert.«

Noch während ich mich reden höre, weiß ich, dass ich zu weit gehe – aber ich kann es nicht stoppen. Es ist, als hätte man bei einem Dampfkochtopf vergessen, die Verriegelung zu schließen. Und mit meiner Ruhe ist es auch vorbei. »Ich hätte mir ab und zu mal eine Mutter gewünscht, der mein Wohlergehen wichtiger ist als ihre Pläne für mich oder irgendwelche Enkelkinder. Ich hatte eben *nicht* alles, was ich brauche, bei Stefan, und das Einzige, das mir wirklich leidtut, ist, dass ich das nicht früher gemerkt habe. Weil ich nämlich dachte, ich *müsste* glücklich sein. Weil du mich so erzogen hast, Mama – du und dein ewiges Gerede, wie undankbar ich sei, nur weil ich nicht dieselben Wünsche und Träume hatte wie du!«

Was da aus mir heraussprudelt, ist eine deutlich andere Sicht der Dinge als alles, was mir bislang zu dem Thema durch den Kopf gegangen ist. Wo kommt das auf einmal her? Und ist es ein Stück Wahrheit oder nur der Versuch, die Schuld auf jemand anderen abzuwälzen? Wie auch immer, damit kann ich mich jetzt nicht beschäftigen! Mittlerweile atme ich schwer, obwohl ich nicht richtig laut geworden bin. »Tut mir wirklich leid, dass *du* nicht glücklich bist mit *meinem* Leben«, platzt es noch aus mir heraus. Dann lege ich auf.

Als ich den Kopf hebe, sehe ich praktisch direkt in Luizas Gesicht. Sie steht im Durchgang zur Küche, einen Lappen in der einen Hand, die andere hat sie an den Mund gehoben. Na prima, damit habe ich mich heute nicht nur als unfähig, sondern auch gleich noch als hysterisch geoutet. Und natürlich kommt in diesem Moment Morgan vom Eingangsbereich herüber, die Sporttasche mit seiner Trainingskleidung noch über der Schulter, aber bereits ohne Schuhe und Jacke. Ich habe ihn nicht hereinkommen hören, wer weiß, wie lange er schon hier ist.

»Machen Sie heute einfach mal ein bisschen früher Schluss, Luiza«, höre ich ihn sagen. Ich starre auf meine Hand auf der Stuhllehne, weiße Knöchel auf weißem Holz. Im Moment will ich einfach niemanden ansehen. Meine Schultern heben und senken und heben und senken sich, und für ein paar Sekunden weiß ich nicht, ob ich gleich losheulen oder mein Handy quer durch den Raum gegen die Glasfront schleudern werde.

Morgan fasst mich von hinten bei den Oberarmen. »Hey«, sagt er leise.

Mein erster Impuls ist, seine Hände abzuschütteln. Der zweite, herumzufahren und ihm eine Ohrfeige zu verpassen – einfach nur, weil er da ist. Und niemand sonst. Stattdessen lasse ich den Kopf hängen, schließe die Augen und versuche, langsamer zu atmen. Wir stehen eine ganze Weile so da, dann lässt Morgan mich ganz behutsam los, als wolle er sichergehen, dass ich nicht auseinanderbreche. Ich höre in der Küche etwas klimpern, dann Wasser fließen. Einen Augenblick später stehen vor mir auf dem Tisch zwei Gläser: ein volles mit Wasser und eines, das etwa einen Fingerbreit einer bernsteinfarbenen Flüssigkeit enthält. Dem Geruch nach ist es Whiskey. Ich mag das Zeug nicht besonders, also kippe ich es in einem Zug hinunter. Anschließend klopft Morgan mir auf den Rücken, während ich huste und mir die Tränen aus den Augen wische. Das zusätzliche Wasserglas war eine geniale Idee.

»Geht's wieder?«, fragt Morgan, als ich endlich wieder normal atme.

Ein einfaches ›Ja, danke‹ wäre eine völlig ausreichende und angemessene Antwort. Stattdessen höre ich mich sagen: »Meine Mutter ist der Meinung, dass du der falsche Mann für mich bist. Obwohl sie dich nicht einmal kennt.« Warum tue ich das, was soll er mit dieser Information anfangen?

Morgan zuckt die Achseln. »Dann wird sie sich sicher prima mit Noras Vater verstehen. Der war derselben Meinung, was seine Tochter angeht. *Weil* er mich kennt.«

Soweit ich weiß, kennt Noras Vater, ein Fernsehproduzent, Morgan lediglich von einem Auftritt in seiner Show. Nachdem Nora in die Villa gezogen war, hat sie ihre Eltern immer allein besucht. Ich kann nicht sagen, ob ihr Vater vor allem ein Problem mit dem Altersunterschied hatte – immerhin war Nora damals erst achtzehn –, oder ob er befürchtet hat, sie könne in die falschen Kreise geraten, womit am Ende immer Drogen gemeint sind, oder ob er vielleicht sogar die eigentliche Gefahr erkannt hat. Genauso wenig weiß ich, ob es Morgan tatsächlich nichts ausmacht, auch wenn er mich gerade anlächelt.

»Ehrlich gesagt kommt es mir eher darauf an, was *du* darüber denkst«, sagt er.

Ich hoffe wirklich, er meint es auch so. Ich könnte meine Mutter gerade erwürgen! »Ich bin neununddreißig Jahre alt – was glaubt sie eigentlich, wer sie ist?«, explodiere ich.

»Deine Mutter, nehme ich an?«

»Verteidigst du sie etwa auch noch?«

»Keine Ahnung – eigentlich stelle ich nur Tatsachen fest, oder? Ich meine, das wird sich nicht ändern, ganz gleich, wie alt du wirst.«

Das ist das dämlichste Klischee-Argument, das ich kenne. Und die billigste Ausrede für alle Eltern dieser Welt, sich Zeit ihres Lebens wie Despoten aufzuführen! Vor dem Gesetz giltst du irgendwann als erwachsen, mit dem Recht und der Pflicht, deine eigenen Entscheidungen zu treffen und für deren Folgen geradezustehen. Nur für deine Eltern bleibst du bis in alle Ewigkeit, was du schon immer warst: ein unmündiges Kind, fehlerhaft in allen Belangen und ohne ihre Einmischung per Naturgesetz zum Scheitern verurteilt. Und ganz gleich, was du auch tust, du wirst ihre Meinung nur immer wieder bestätigen.

Da sagt Morgan ganz sanft: »Immerhin liegt ihr etwas an dir.«

Für einen winzigen Moment scheint ein Schatten über sein Gesicht zu ziehen, als würde eine Wolke von einem starken Wind vorübergetrieben. *Seine* Mutter hat sich dafür entschieden, ihr Leben zu beenden, statt ihren Sohn aufwachsen zu sehen ... Ich überbrücke die dreißig oder vierzig Zentimeter zwischen uns und kuschle mich in seine Umarmung, wobei ich keineswegs sicher bin, wer hier eigentlich wen tröstet.

Ziemlich sicher bin ich mir dagegen, dass das Verhalten meiner Mutter nicht vordringlich ihrer Sorge um mich entspringt. Mein Leben verläuft nur einfach nicht so, wie sie es geplant hatte, und das empfindet sie als himmelschreiende Ungerechtigkeit, bei all der Mühe, die sie sich mit ihren Töchtern gegeben hat. Alexandra hat zwar eine gute Partie gemacht und einen Arzt geheiratet – doch statt in der Rolle einer Gattin und Mutter von mindestens zwei reizenden Kindern aufzugehen, hat meine ältere Schwester es vorgezogen, berufstätig zu sein und kinderlos zu bleiben. Und ich bin noch immer unverheiratet, habe das gebärfähige Alter quasi hinter mir und als Freiberuflerin weder ein geregeltes Einkommen noch einen staatlichen Rentenanspruch. Als wäre das nicht genug, habe ich mich jetzt auch noch erdreistet, den respektablen Maschinenbauingenieur gegen einen elf Jahre älteren Musiker einzutauschen.

Wenn man lediglich die Fakten betrachtet, ist Morgans Vermögen zwar größer als Stefans, und sein Alter keineswegs ein Hinderungsgrund für Kinder, im Gegensatz zu meinem; von der Tatsache mal abgesehen, dass ich schlicht und ergreifend nicht den Wunsch verspüre, Mutter zu werden. Aber Fakten waren für meine Mutter noch nie ausschlaggebend. Ebenso wenig wie meine Wünsche. O ja, ich könnte sie definitiv erwürgen!

Weil das aber leider nicht zur Wahl steht, hebe ich den Kopf von Morgans Schulter und sage: »Ich glaube, ich brauche ein bisschen frische Luft. Ist es okay für dich, wenn ich eine Runde laufen gehe?«

»Klar«, sagt Morgan und lächelt.

Immer noch oder schon wieder, ich weiß es nicht. Dieses Lächeln scheint geradezu auf seinem Gesicht festgewachsen zu sein, und das gefällt mir überhaupt nicht. Trotzdem brauche ich jetzt ... Ich weiß auch nicht: etwas Abstand, einen Moment für mich. Und Bewegung. Vor allem Bewegung. Weil es mich nämlich sonst ganz einfach zerreißt!

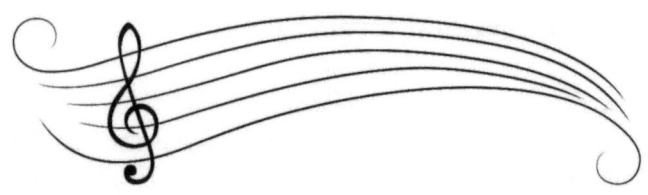

FÜNF

Eigentlich bin ich ein reiner Schönwetter-Läufer, ich mag es nicht, wenn jeder frostige Atemzug in Nase und Rachen brennt. Jetzt gerade bin ich allerdings froh über die kalte Luft, die etwas Reinigendes hat. Etwas Kathartisches. Genauso froh bin ich über die Laufkleidung für kaltes Wetter, die ich vor ein paar Jahren mal in einem Discounter mitgenommen habe: ein Hamsterkauf wegen des günstigen Preises, der mir gleichzeitig ein schlechtes Gewissen gemacht hat, weil ich ja wusste, dass ich die Sachen eigentlich nicht brauche. Vielleicht habe ich sie deshalb in einen der Umzugskartons gesteckt, damit sie wenigstens nicht nur im Schrank herumliegen.

Nach ein paar Schritten habe ich meinen gewohnten, eher gemächlichen Rhythmus gefunden, den die gelgedämpften Sohlen meiner Laufschuhe dumpf auf den Asphalt des Gehsteigs trommeln. Alle paar Meter laufe ich durch Pfützen gelblichen Lichts: Die Straßenlaternen sind bereits an, vermutlich, weil es schon den ganzen Tag nicht richtig hell werden wollte. Außer mir ist niemand unterwegs, nicht einmal ein Auto. Hier gibt es nur Anwohnerverkehr, das macht das Viertel sogar ruhiger als das Dorf im Allgäu, in dem ich mit Stefan gewohnt habe. Dafür scheinen die Villen und großzügigen Einfamilienhäuser eine Art stumme Missbilligung auszustrahlen. Die meisten spähen misstrauisch über hohes Buschwerk oder immergrüne Hecken, einige präsentieren sich aber auch stolz, fast herausfordernd, auf Grundstücken, die nicht einmal eingezäunt sind. In meinen billigen Discounter-Sachen komme ich mir auf einmal wie ein Eindringling vor.

Ich beschleunige mein Tempo ein wenig und schalte den kleinen MP3-Player ein, der mit einem Klipp an meiner rechten Jackentasche befestigt ist. Dann drücke ich den Daumen so lange auf den Lautstärkeregler, bis sich Sounds und Beats an den Innenwänden meines Schädels brechen wie Wellen an einer Steilküste. Was ihnen im Weg ist, lästige Gedanken zum Beispiel, wird einfach fortgespült.

Von Morgan weiß ich, dass gleich außerhalb des Villenviertels ein größeres Waldstück liegt. Wenn ich mich nicht komplett in der Richtung vertan habe ... ah, ja, die schmale Straße, durch die ich trabe, mündet auf eine breitere, geradere, und auf der gegenüberliegenden Seite sind nur noch Bäume zu sehen. Anders als ich es aus dem Allgäu gewohnt bin, besteht dieser Wald fast ausschließlich aus Laubbäumen, deshalb sind es momentan eher Baumskelette, aber das ist mir egal. Hauptsache, ein kleines bisschen Natur.

Weil ich nicht weiß, wo ein Weg in den Wald hineinführt, überquere ich einfach nur die Straße und laufe am Waldsaum entlang. Mit der ordentlichen Reihe von Bäumen zu meiner Linken und der breiten, geraden Straße zu meiner Rechten habe ich plötzlich so etwas wie einen Horizont vor mir und werde unwillkürlich schneller. Passenderweise wählt der Random-Mode als nächsten Song ›Don't believe‹ aus – ein eher untypisches Stück von No Way! aus dem dritten Album, das einige Fans als kleinen Ausrutscher betrachten. Morgans Stimme klingt dunkler, düsterer als sonst, die Melodie tritt zurück hinter einen treibenden Rhythmus, der im Lauf des Songs immer hektischer wird.

> Can you hear them calling?
> Don't care for what they say!
> I don't believe in nothing –
> someone's got to pay! ...

... hämmert es aus den Ohrstöpseln direkt in mein Hirn. Die Qualität dieser Aufnahme ist deutlich besser als die der Songs davor, was dazu führt, dass die Lautstärke jetzt beinahe wehtut. Ich fummele etwas ungeschickt an den winzigen Tasten des MP3-Players herum, während ich mich frage, ob es in dem Song um Religion und falsche Heilsversprechen geht oder um den Glauben an sich selbst.

Oder darum, dass wir alle nicht im luftleeren Raum leben, dass unsere Handlungen andere verletzten, ob wir das nun beabsichtigen oder nicht. Und völlig unabhängig davon, auf wen wir eigentlich gerade wütend sind. Denn am Ende muss immer irgendjemand die Rechnung begleichen ...

Der peitschende Rhythmus hat mich unwillkürlich immer schneller und schneller werden lassen, was ich erst merke, als ich die kalte Luft in tiefen Zügen ein- und ausatme. Es fühlt sich an, als würde sich etwas Splittriges, Raues den Weg durch meine Luftröhre hinunter bis in die feinsten Verästelungen der Bronchien suchen. Nach ein paar weiteren Atemzügen tut mir der Brustkorb weh und mein Herz schlägt hart gegen die Rippen. Keuchend bleibe ich stehen – just in dem Moment, als der Song nach einem dissonanten Finale und einer Millisekunde Stille mit einer monotonen weiblichen Computerstimme und den Worten endet:

> The partner you've called is temporarily not available. Please try again later.

Die Hände auf die Oberschenkel gestützt, versuche ich, wieder zu Atem zu kommen, während mir das Blut in den Ohren rauscht und mir für einen Augenblick sogar leicht schwindelig wird. Der Mensch, der ich gerne sein möchte, ist auch gerade nicht erreichbar, hoffentlich nur vorübergehend. Als mein Puls sich halbwegs beruhigt hat, mache ich sicherheitshalber ein paar Dehnübungen, bevor ich weiterlaufe.

Zu etwas hin oder vor etwas weg?

Technisch gesehen ist es Zeit, einen Weg zurück zur Villa zu suchen, es wird jetzt nämlich ziemlich schnell dunkel: Aus einem schmalen Spalt zwischen zwei dicken Wolkenbänken – die untere stahlgrau, die obere rosig angehaucht – winkt mir die untergehende Sonne einen letzten Gruß zu. Das ist zwar keine Antwort auf meine Frage. Aber kommt es am Ende wirklich so sehr auf den Grund an, aus dem man läuft, oder nicht viel eher aufs Ergebnis, also darauf, wo man ankommt?

Stefan hätte mir vermutlich erklärt, dass man nicht Joggen geht, um irgendwo an- oder auch wegzukommen, sondern um seine Fitness zu verbessern. Worauf ich erwidert hätte, dass manche Leute vielleicht einfach nur Spaß an der Bewegung haben oder sich selbst etwas beweisen wollen oder ... Und Stefan hätte geseufzt.

Morgan würde wohl sagen, dass der Grund, aus dem man etwas tut, in der Regel einen Einfluss aufs Ergebnis hat. Oder etwas in der Art. Dann würde Sven anmerken, dass wir – aller gegenteiligen Überzeugungen zum Trotz – in den allerseltensten Fällen wirklich ehrlich zu uns sind, was die Motive für unser Handeln angeht. Was Alex wohl zu dem Thema beisteuern würde? Vielleicht würde er fragen, ob es für Forrest Gump wohl eine Rolle gespielt hat, zu wissen, warum er läuft. Oder wohin. Und Nora? Ich kann beinahe sehen, wie sie die Stirn runzelt, während sie überlegt, ob ich eine ernsthafte Antwort erwarte oder mir nur einen Spaß mit ihr erlaube. Dann würde sie sagen: »Also wenn das die Wahl ist, denke ich, dass es eher aufs Ergebnis ankommt als darauf, wie es dazu gekommen ist. Dafür seid ihr beide, Morgan und du, doch der beste Beweis, oder nicht?«

Sind wir das? Und ist es wirklich das, was Nora sagen würde?

Ich bin an einer Einmündung angelangt und werfe einen kurzen Blick auf die Straßenschilder. Die Ecke kenne ich, hier fahre ich sonst mit dem Auto entlang. Jetzt ist es nicht mehr weit. Theoretisch. Denn praktisch macht es einen klitzekleinen Unterschied, ob man eine Strecke mit dem Auto bei Tempo fünfzig zurücklegt, oder ob man zu Fuß unterwegs ist und außerdem ganz schön ausgepowert.

Endlich nähere ich mich der letzten Abzweigung, mittlerweile in einem sehr langsamen Trab, der mich wohl kaum schneller voranbringt als zügiges Gehen. Die Stelle ist leicht zu merken, auf dem Eckgrundstück thront das eindrucksvollste Haus hier in der Gegend. Schon die Grundstücksbegrenzung ist ein Statement: Auf einer knapp hüfthohen hellbeigen Mauer erhebt sich ein schmiedeeiserner Zaun mit speerspitzenähnlichen Verzierungen. Dahinter steigt ein gepflegter Rasen langsam und gleichmäßig bis zum Haus an. Einzelne Buchsbaumskulpturen und ordentlich eingefasste Blumenbeete geben dem Garten das Ambiente eines Parks. Der Eingangsbereich des zweistöckigen Gebäudes erinnert an eine Südstaatenvilla, inklusive zweier wuchtiger klassizistischer Säulen und des kleinen Balkons mit Balustrade, der über die Haustür ragt. Auch die kantigen Fenstereinfassungen passen ins Bild, nur das achteckige Türmchen an der rechten Seite mit seinem Wetterhahn auf dem spitzen Dach wirkt wie ein Stilbruch.

Als ich eben an der Einfahrt und einem großen Tor vorbeitrabe, wird daneben ein Türchen aufgestoßen, so forsch, dass ich gerade noch abbremsen kann. Auf den Gehsteig vor mir tritt eine ältere Dame in lavendelfarbenem Mantel, mit passendem Hut und Handtasche. In der mit weißem Leder behandschuhten rechten Hand hält sie eine ebenfalls lavendelfarbene Leine, die an einem mit Strasssteinchen besetzten Halsband endet. In dem Halsband steckt ein cremefarbener, fledermausohriger Chihuahua. Alle beide mustern mich einmal vom Kopf bis zu den Füßen.

Mein Outfit besteht aus den Restbeständen, die in meiner Größe noch vorrätig waren, weshalb die neongrüne

Jacke mit den schicken weißen Reflektorstreifen nicht wirklich zur orangen Hose und den blaugrauen Laufschuhen passt. Das war mir noch nie so deutlich bewusst wie jetzt gerade. Hastig ziehe ich die Ohrstöpsel des MP3-Players heraus – als hätte man mich in der Schule auf dem Gang beim Rennen erwischt, während der Unterrichtszeit. Ich setze ein freundliches Lächeln auf und schicke ein »Grüß Gott« hinterher.

»Guten Tag«, kommt es zurück, sorgfältig akzentuiert. Dann nickt die Dame leicht über die Schulter in Richtung Morgans Villa. »Wohnen Sie jetzt dort?«

Mir gehen ungefähr tausend Dinge gleichzeitig durch den Kopf: Bis auf die letzten beiden Tage habe ich nur ein paar Wochenenden hier verbracht, diese Frau habe ich noch nie gesehen, jedenfalls nicht bewusst. Aber sie scheint genau zu wissen, wer ich bin – woher? Hat sie mich vielleicht sogar gerade abgepasst? Werde ich hier beobachtet, reden die Leute über mich? Und was soll ich ihr antworten?

Beinahe hätte ich ganz spontan ›Ich weiß es nicht‹ gesagt, weil das nämlich die Wahrheit ist: Ich habe keine Ahnung, wie man das nennt, was ich hier tue. Im Moment hat Morgan mir ein Arbeitszimmer angeboten, und dieses Angebot habe ich angenommen. Weder hat er mich gebeten, bei ihm einzuziehen, noch habe ich meinen Mietvertrag gekündigt.

Bevor ich mir eine sinnvolle Antwort überlegen kann, erinnert mich ein dezentes Räuspern daran, dass da jemand auf eine Reaktion wartet. Schlagartig wird mir klar, dass ich die *richtige* Antwort geben muss. Ich habe nämlich ebenfalls keine Ahnung, wer diese Frau ist und wem sie das, was ich ihr sage, vielleicht weitererzählen wird. Irgendjemand hier hat Kontakte zu einem gewissen Fernsehsender, das hat jedenfalls Nora gesagt. Dieser Irgendjemand könnte Spaß daran haben, dem Sender eine neue Story zu liefern. Und wenn *ich* schon nicht die geringste Lust habe, diese Story zu sein, möchte ich gar nicht erst wissen, wie Morgan das fände.

Die Dame hüstelt. Ihr Gesichtsausdruck ist merkwürdig, zu ihrer Blasiertheit hat sich noch etwas anderes gesellt: etwas Raubtierhaftes, Gieriges.

Ja, klar, und gleich wachsen ihr Vampirzähne und sie stürzt sich auf dich. Jetzt ist aber Schluss! Ich lächle und sage so liebenswürdig ich kann: »Tut mir leid, dazu kann ich nichts sagen.« Dann wünsche ich ihr einen schönen Abend, wende mich ab und trabe weiter die Straße hinunter. Statt der Hecken und Zäune sehe ich eine Menschentraube, die mich mit Blitzlichtgewitter blendet und mir Mikrofone entgegenreckt wie Klauen. Ich sehe mich selbst, Hände vorm Gesicht, die Standard-Beschwörungsformel rufen: »Kein Kommentar!« Ich komme mir reichlich bescheuert vor. *Er ist nicht Robbie Williams*, beruhige ich mich selbst, *also komm runter.*

Als ich die Haustür hinter mir schließe, weiß ich nicht, ob ich über diesen Vorfall und mich selbst lachen soll, oder ob ich mir tatsächlich Sorgen machen muss, dass demnächst irgendwo eine Schlagzeile auftaucht à la *Sänger von No Way! verlässt langjährige Lebensgefährtin für Verrückte.* Bis auf das Licht in der Garderobe, das ich eben eingeschaltet habe, ist es dunkel im Haus.

»Morgan?«, rufe ich, bekomme aber keine Antwort. Ich werfe einen kurzen Blick in die Garage: Sein Auto ist da, weit kann er also nicht sein. Dann sollte ich wohl duschen gehen und mir etwas anderes anziehen. Anschließend werde ich Morgan suchen und ihm erzählen, was gerade passiert ist, nur für den Fall. Besser, er hört es von mir.

Nach einer sehr ausgiebigen Dusche, die das Gefühl von Bleigewichten in meinen Muskeln zu einem sanften Ziehen abgemildert hat, ist es im restlichen Haus noch immer dunkel. Die Tür zu Morgans Arbeitszimmer ist zwar geschlossen, aber wenn er da drin wäre, hätte er mich längst gehört. Außerdem müsste Licht durch den Türspalt schimmern. Mir ist es nur lieb, wenn er sich nicht in diesem Zimmer aufhält: In die Wand links neben der Tür ist ein Safe eingelassen, und in diesem Safe befindet sich etwas, das ich ganz bestimmt nicht noch mal in seinen Händen sehen möchte.

Eine ganze Weile stehe ich unschlüssig im Flur, bis ich darauf komme, wo Morgan stecken wird. Mit einem Lächeln auf den Lippen gehe ich in den Keller hinunter und lausche an der Studiotür. Ich höre – nichts. Na ja, immerhin ist der Raum schallisoliert. Ich klopfe und warte einen Moment, und als sich nichts tut, klopfe ich ein weiteres Mal, diesmal kräftiger. Noch immer nichts, also drücke ich versuchsweise die Klinke hinunter. Es ist nicht abgeschlossen.

Zögernd schiebe ich die Tür einen Spalt weit auf – könnte es sein, dass ich irgendetwas störe, eine Aufnahme ruiniere oder so? Passenderweise habe ich das Bild eines Soufflés vor Augen, das in sich zusammenfällt, nachdem die Ofentür zu früh geöffnet wurde. Ich linse durch den Türspalt und bin verwirrt: Das Licht ist an, trotzdem scheint der Raum leer zu sein. Da sind die Gitarren in ihren Ständern, die Synthesizer, das Klavier und die kleine Sitzecke, aber kein Morgan. Schließlich öffne ich die Tür ganz, trete über die Schwelle und sehe mich suchend um.

Links wird eine Ecke des Raumes durch eine zusätzliche Wand abgetrennt, dahinter befindet sich der Regieraum, wie ich inzwischen weiß. Hinter einer Glasscheibe, die breiter als hoch ist, kann ich Mischpulte, Monitore und zwei Drehstühle erkennen, abgesehen davon ist da niemand.

Ich drehe den Kopf nach rechts, und endlich fällt mein Blick auf die quadratische Kabine am anderen Ende des Raums, die entfernt an eine Einbausauna erinnert, bis auf das Fenster. Dahinter entdecke ich Morgan: die Augen geschlossen, einen dicken schwarzen Kopfhörer über den Ohren, in irgendetwas versunken. Ich lächle und habe mich rückwärts schon wieder halb aus dem Zimmer geschoben, als Morgan plötzlich die Augen aufschlägt. Er sieht direkt in meine Richtung und winkt mir zu. Dann setzt er den Kopfhörer ab, drückt ein paar Knöpfe und öffnet die Tür.

Wir treffen uns in der Mitte des Raumes, Morgan legt die Hände um meine Taille. »Na, du?« Er macht nicht den Eindruck, als würde er sich gestört fühlen.

»Ich wollte nur mal nach dir sehen.« Irgendwie erscheint es mir unpassend, jetzt gleich mit meiner Geschichte herauszuplatzen. Er wirkt so … zufrieden. Nichts erinnert mehr an das aufgesetzte Lächeln nach dem Gespräch über meine Mutter.

»Und?«, fragt Morgan.

»Äh, was?«

»Na, was siehst du? Etwas, das dir gefällt, hoffe ich?« Er hat den Kopf gesenkt und wirft mir unter unverschämt langen Wimpern einen herausfordernden Blick zu.

Hitze flutet meinen Körper, als hätte er ein Feuerzeug an eine Strohpuppe gehalten. Ich deute auf die Kabine und sage hastig: »Ich wollte dich schon ewig fragen, was das da eigentlich ist.«

Morgan schaut über die Schulter in die Richtung, in die ich zeige, dann dreht er uns beide um hundertachtzig Grad herum und schiebt mich, die Hände noch immer an meiner Taille, rückwärts durch den Raum. Ich lege die Arme um seinen Hals. So fühlt es sich ein bisschen so an, als würden wir tanzen, und obwohl ich nicht sehen kann, was hinter mir ist, und das Studio ziemlich vollgestellt ist, verkrampfe ich mich nicht und habe auch nicht das Bedürfnis, den Kopf zu drehen.

»Braves Mädchen«, sagt Morgan.

Das lässt mich so ruckartig stehenbleiben, dass er gegen mich stößt. Ein Mädchen bin ich ganz sicher schon lange nicht mehr. Und brav wollte ich nie sein, jedenfalls nicht auf diese Weise. »Sei dir da mal nicht so sicher.« Ich schaue direkt in seine Augen, aus denen der Übermut funkelt.

Morgans Flüstern ist ein samtiges Knistern an meinem Ohr: »Willst du mir das Gegenteil beweisen?«

Wir stehen mitten zwischen Synthesizern, die teilweise noch aus den Achtzigern stammen und heute vermutlich ein Vermögen kosten. »Wenn irgendwas kaputt geht ...«, sage ich kurzatmig.

Morgan lacht, und der Augenblick ist vorüber. Denke ich. Denn dann hebt er mich hoch – einfach so, ohne spürbare Anstrengung, obwohl ich zwar schlank, aber immerhin annähernd gleich groß bin wie er – geht ein paar Schritte, steigt über eine kleine Stufe und setzt mich im Inneren des saunaartigen Kastens wieder ab. »Das ist eine Gesangskabine, akustisch optimiert. Sven nennt sie gern meine ›Isolationszelle‹, aber ich finde, sie bietet ausreichend Platz für zwei.«

Der Raum ist vielleicht zwei auf zwei Meter groß. An der Wand links von der Tür, unter dem Fenster, befindet sich eine Art Schaltpult mit einem Gestell für den Kopfhörer, davor steht ein Mikrofonständer und hinten in der Ecke ein Hocker. Morgan zieht die Tür zu, die mit einem satten Laut ins Schloss fällt. In der Kabine ist es dunkler als draußen, und die Luft fühlt sich irgendwie dicker an, komprimiert. Die Welt mit all ihren Zweifeln und Müttern und Damen in lavendelfarbenen Mänteln ist plötzlich sehr weit weg. Morgans Augen schimmern wie Wasser im Mondlicht. Er will noch etwas sagen, aber ich lasse ihn nicht. Meine Finger wühlen sich tief in sein Haar und zwingen seinen Kopf zu mir. Er will Beweise? Die kann er haben!

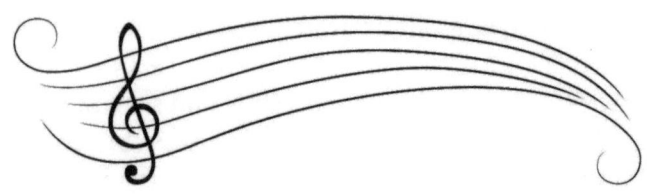

SECHS

Dass Morgan mich am nächsten Tag nach einem klei-nen Mittagsimbiss an der Küchentheke fragt, ob ich noch ein bisschen Zeit hätte, mit hinunter ins Studio zu kommen, lässt eine leichte Röte über meine Wangen wan-dern. Vielleicht auch nicht ganz so leicht, denn Morgan grinst und schüttelt den Kopf. »Nicht das, was du jetzt denkst – aber es wird dir gefallen. Hoffe ich.«

Im Studio werde ich zur Sitzecke dirigiert und nehme auf dem Sofa Platz, auf Morgans Anweisung genau in der Mitte. Schräg vor und hinter mir stehen insgesamt vier Boxen auf schmalen schwarzen Ständern. Eine Gitarre hat Morgan schon bereitgestellt – ich glaube, es ist diesel-be, auf der er damals ›Dreamhunter‹ gespielt hat –, jetzt zieht er sich noch eine Art Barhocker heran.

»Stell dir vor, wir hätten noch einen Keyboarder hier und ein richtiges Schlagzeug. Fürs Erste muss das vom Band kommen«, sagt er und verschwindet kurz im Regieraum. Dann setzt er sich mir gegenüber auf den Hocker, die Gitar-re auf das angewinkelte linke Bein gestützt, ein Plektrum zwischen Daumen und Zeigefinger der rechten Hand.

Ich bin nicht sicher, ob das statische Knistern, das ich höre, wirklich aus den Boxen kommt. Es könnte ebenso gut von Morgan stammen. Sein Blick ist auf mein Gesicht gerichtet, nicht auf die Gitarrensaiten, die seine Finger auch im Dunklen finden würden. Er scheint von innen heraus zu leuchten.

Was auch immer gleich passieren wird – wenn ich es noch erleben möchte, sollte ich besser das Atmen nicht vergessen ...

Aus den Boxen perlen Synthesizer-Sounds, die einander haschen wie spielende Kinder, sich vermischen und wieder trennen, bis die Gitarre einfällt und ein Muster formt, das sich nach und nach als Melodie zu erkennen gibt, als würde man beim Weben eines Teppichs zusehen.

> Walking empty streets
> to the sounds of lonely voices,
> lost in memories
> and the fog of countless choices.
> Falling leaves of autumn,
> leaving fall behind,
> though it's never over,
> it's just out of sight.

Morgans Stimme füllt den ganzen Raum aus, spielt mit der Melodie, tanzt über Noten und taucht durch Akkorde, die mir irgendwie bekannt vorkommen, ohne dass ich sagen könnte ...

> Trembling seconds, shaking hours,
> and no chance of breaking free,
> till your touch of tender mercy
> questions all, that's meant to be.

Natürlich, das Waldhaus – auf der Terrasse, letzten Sommer!

> Don't fight the rain, don't flee the sun,
> don't fear the tides, their up and down.
> I know, the storm ain't far away,
> still I rely on you to stay.
> Please, don't run and hide,
> just turn around
> again
> over and over – for me.

Morgans Augen halten mich so fest, dass ich mich keinen Millimeter bewegen könnte, selbst wenn ich wollte. Ich fühle mich wie ein Stück Butter in der Sonne, alles wird viel zu schnell weich ...

> There's no safety here,
> and there is no easy answer.
> Shadows cover me
> like some sort of crazy cancer,
> though you are by my side,
> keeping hope alive.
> Like seagulls ride the storm
> knowing, they'll survive.
>
> Love is pain and love is wonder,
> love is agonizing fear,
> love ain't solving any problems,
> but love is all I've got, my dear.

Warum habe ich kein verdammtes Taschentuch dabei? Ich

beiße mir auf die Lippen und reibe mir mit dem Ärmel übers Gesicht, und Morgan lächelt.

> Don't fight the rain, don't flee the sun,
> don't fear the tides, their up and down.
> The darkest shadows call for shining light —
> there's always gentle warmth
> and peace
> and laughter
> on the other side.

> Don't fight the rain, don't flee the sun,
> don't fear the tides, their up and down.
> Please, don't run and hide,
> just turn around
> again
> over and over — for me.

Morgan hält die letzte Note, mühelos, schwebend, während er behutsam die Gitarre absetzt und die Boxen um uns herum mit einem weiteren statischen Knistern verstummen.

Ich bin so schnell auf den Füßen und bei ihm, wie ich es schaffe, ohne über den kleinen Tisch zu stolpern, auf dem ein paar Musikmagazine liegen und einige leere Blätter Notenpapier. Wenn meine eigene Sicht nicht nach wie vor ziemlich getrübt wäre, würde ich schwören, dass er blinzelt. Auf jeden Fall kann ich ein trockenes Schlucken hören, als ich den Kopf an seine Brust lege. Es gibt keine Worte für diesen Moment, keine, die einzigartig genug wären, also halte ich mich einfach nur an Morgan fest und lausche seinem Herzschlag und ein paar sehr tiefen, arrhythmischen Atemzügen.

Wir schweigen immer noch, als wir wieder oben in der Küche stehen, wo Morgan erst mal den Kaffeeautomaten einschaltet. Das Surren, mit dem das Mahlwerk in Position fährt, klingt unnatürlich laut. Ich habe in einer Schublade ein Päckchen Taschentücher gefunden und versuche, mich möglichst leise zu schnäuzen. Morgan geht vor dem Automaten auf und ab, während er auf den Kaffee wartet. Als er mir eine Tasse reicht, sagt er: »Wollen wir ... irgendwohin?«

Ich nicke. O ja, unbedingt! Wir könnten zum Waldhaus fahren, da war ein offener Kamin im Wohnzimmer, den wir bei den hochsommerlichen Temperaturen logischerweise nicht benutzt haben. Oder wir nehmen uns einfach irgendwo ein Hotelzimmer, egal wo, wir müssen dort ja nicht vor die Tür. Hauptsache, weg von ... ich weiß auch nicht. Es ist nicht das Haus, ich mag das elegante, wenn auch vielleicht ein wenig kühle Ambiente der Villa, sehr sogar. Das viele Weiß hat etwas Reines, Unberührtes, wie eine Winterlandschaft nach dem ersten Schnee. Etwas Märchenhaftes. Nicht ganz so urtümlich wie das Waldhaus, mehr Kunst- als Volksmärchen, könnte man sagen. Trotzdem wäre ich jetzt gern woanders. Mit Morgan. Nur mit Morgan ... Als ob wir hier nicht ungestört wären, das ist doch wirklich lächerlich. Aber falls mit mir etwas nicht stimmt, dann gilt das für uns beide, denn ganz offensichtlich geht es Morgan ganz genauso.

Er lächelt erleichtert. »Gut, gehen wir packen. Nimm einfach ein paar Sachen für ein langes Wochenende mit. Wir fahren los und sehen, wo wir landen. Und wenn wir länger bleiben wollen, gibt's da sicher Einkaufsmöglichkeiten.«

Noch vor ein paar Monaten hätte mich ein solcher Vorschlag zur Verzweiflung getrieben: Was packt man denn ein, noch dazu als Frau, wenn man nicht weiß, ob es zum Campen geht oder in ein Fünfsternehotel? Ob Wandern auf dem Programm steht, Sightseeing oder Wellness? Ich war noch nie besonders gut darin, Dinge einfach geschehen zu lassen, ohne Plan, ohne Kontrolle. Ich gehöre zu den Menschen, die Bedienungsanleitungen lesen. Sorgfältig. Bloß gibt es für ein Leben mit Morgan keinen Masterplan, das war mir von Anfang an klar, und ich habe mich entschieden, mich darauf einzulassen. Immerhin befreit mich das von der Verantwortung, immer auf alles vorbereitet sein zu müssen. Anders als ich hat Morgan Talent fürs Improvisieren, ich muss ihm also eigentlich nur vertrauen.

Zum Packen brauche ich weniger als eine halbe Stunde, ich stopfe einfach alles, was im Bad steht, in einen Kulturbeutel, greife mir ein paar warme Sachen zum Wechseln und denke sogar an einen Bikini, für alle Fälle. Falls ich irgendetwas vergessen haben sollte oder wir tatsächlich Abendgarderobe benötigen, gibt es Einkaufsmöglichkeiten, wie Morgan so schön gesagt hat. Und falls wir irgendwo im Nirgendwo landen, wird mir wohl weder eine Haarbürste noch eine schicke Bluse wirklich abgehen.

Als ich meinen kleinen Trolley eben die Treppe hinuntertrage, rollt ein dunkel hallendes Kirchturmglockengeläut durchs Haus, dreimal hintereinander, wie in einem schlechten Horrorfilm. Beinahe rutscht mir der Trolley aus der Hand.

»Türklingel«, sagt Morgan, der unten auf mich wartet, leicht verlegen.

Mir wird klar, dass ich hier tatsächlich noch nie jemanden habe läuten hören. Kein Wunder, außer Luiza, die einen Schlüssel hat, war in den letzten Wochen ja auch niemand da. Sven und seine aktuelle Freundin Liv haben sich genauso rar gemacht wie Alex und Susanne, bis auf ein gemeinsames Essen kurz nach Silvester. Ich hege den Verdacht, dass sie alle glauben, wir bräuchten ein bisschen Zeit für uns. Und Nora lebt jetzt seit acht Monaten in Kempten, was toll war, als ich ebenfalls noch im Allgäu gewohnt habe. Aber seit ich jedes Wochenende hier bei Frankfurt verbringe, telefonieren wir nur noch ab und zu, statt uns sonntags im Rokoko auf einen Kaffee zu treffen. Ich stelle fest, dass sie mir fehlt. Sie hat so etwas Lebendiges an sich, das ich plötzlich schmerzlich vermisse. Ob es Morgan auch so geht, wenigstens manchmal?

Der Schlusspunkt all meiner Gedanken wirft unten gerade einen Blick auf den kleinen Monitor, der das Bild von der Videokamera über dem Tor empfängt, und drückt mit einem überraschten Laut auf den Schalter, um das Tor zu öffnen. »Das ist Jack«, beantwortet er meine unausgesprochene Frage.

Ich kenne nur einen Jack: Den neunzehnjährigen Sohn von Alex und Susanne, dessen Taufname eigentlich Jakob lautet. Morgan wartet einen Moment, um unserem Besucher Zeit zu geben, die Auffahrt heraufzukommen. Dann öffnet er die Haustür.

»Ich brauche deine Hilfe, Onkel Morgan. Es ist wirklich wichtig, und bei dir geht immer nur die Mailbox ran, also hatte ich keine andere Wahl, als dich so zu überfallen«, platzt Jack heraus, kaum dass er Morgan sieht. Mich hat er noch nicht entdeckt. Morgan ist Jacks Taufpate und hat vermutlich enger an seinem Leben teilgenommen, als es ein leiblicher Onkel könnte, der mehr als eine Querstraße entfernt wohnt.

»Hallo, Jack, ich freue mich auch, dich zu sehen«, frotzelt Morgan. »Und so lange du keine Waffe in der Hand hast, ist das wohl kaum ein Überfall. Komm rein. Franziska kennst du ja.«

Allzu oft habe ich Jack noch nicht getroffen: Zweimal war er mit seinen Eltern und seiner Schwester Emily in Florida, in Morgans und Noras Ferienhaus, als Stefan und ich auch dort waren; ein paar Mal war er auch mit dabei, wenn Morgan und Nora hier am Wochenende eine Grillparty veranstaltet haben. Rein optisch kommt er eher nach Susanne mit seinem blonden Haar und den Sommersprossen. Aber das Talent zum Gitarrespielen hat er definitiv von Alex geerbt, wie er an dem ein- oder anderen Abend eindrucksvoll bewiesen hat.

Falls er überrascht ist, dass ich hier bin, noch dazu unter der Woche, lässt er es sich jedenfalls nicht anmerken. »Hi, Franziska. Ewig nicht gesehen. Wie geht's dir?«

»Hi, Jack. Mir geht's prima, danke. Und bei dir, alles okay? Klang ja ziemlich ernst. Soll ich euch vielleicht lieber mal allein lassen?« Ich mache einen Schritt in Richtung Treppe, um mich gegebenenfalls einfach in mein Arbeitszimmer zurückzuziehen.

»Ach, so schlimm ist es auch wieder nicht.« Jack schneidet eine Grimasse. »Es scheint nur völlig unmöglich zu sein, Onkel Morgan auf dem Handy zu erreichen.«

Morgan hinter ihm zuckt die Achseln. »Du könntest auch auf dem Festnetz anrufen, weißt du.«

»So was hast du noch? Echt oldschool.« Jacks Blick fällt auf die beiden Koffer neben der Treppe. »Oh. Wolltet ihr weg? Wenn ich störe, kann ich auch ein andermal ...«

»Unsinn, du störst nicht. Los, setzen wir uns, und dann raus mit der Sprache.« Morgan schickt Jack und mich hinüber in den Wohnbereich und verschwindet in der Küche. Mit einer Flasche Wein, zwei Gläsern und einer Cola kommt er zurück. Ich bin sicher, dass Jack lieber ein Bier trinken würde, und genauso überzeugt, dass Morgan das weiß und ihm trotzdem keins anbieten wird. Jack scheint das auch zu wissen. Er nimmt die Cola und bedankt sich artig. Morgan schenkt mir und sich selbst ein Glas Wein ein. »Also, was ist los?«

Jack sieht von Morgan zu mir und wieder zurück. Dann sagt er: »Könntet ihr bitte mal mit Dad reden? Mir hört er einfach nicht zu, und ich will mich deswegen nicht andauernd mit ihm streiten, auch wenn ich keine Erlaubnis von ihm brauche.«

Dieses ›ihr‹ kam so selbstverständlich, als würde ich schon immer dazugehören. Das ist entweder der goldigste Neunzehnjährige, dem ich je begegnet bin, oder er ist richtig, richtig gut.

»Moment mal, Jack«, sagt Morgan. Er klingt amüsiert. »*Worüber* sollen Franziska und ich mit Alex reden, was genau will er dir denn verbieten?«

»Im Ernst? Die Castingshow? Dad hat dir nichts erzählt?« Jack sieht Morgan an, als hätte der gerade verkündet, nicht bis drei zählen zu können.

Morgans Lächeln ist um einiges schmallippiger geworden, als er den Kopf schüttelt. ›Castingshow‹ ist nach wie vor ein Reizwort für ihn. »Nein, hat er nicht.«

»O Mann ... Ich war sicher, dass er sich längst bei dir ausgeheult hat. Macht er doch sonst auch immer.«

»Hey«, mahnt Morgan mit hochgezogenen Brauen.

»Okay, tut mir leid, war nicht so gemeint. Also: Ich habe mich da beworben, schon vor über drei Monaten. Vor vier Wochen habe ich erfahren, dass die mich genommen haben. Vorher wollte ich daheim nichts sagen, falls es nicht klappt. Wäre ja voll peinlich gewesen. Jetzt sollen in zwei Wochen die ersten Aufnahmen losgehen, und Dad macht andauernd Stress wegen der Schule – als ob ich vorhätte, mein Abi zu schmeißen! Das bekomme ich locker hin, ich habe mir sogar schon einen Terminplan gemacht, hier.« Jack zieht ein mehrfach gefaltetes Blatt Papier aus seiner Gesäßtasche. »Das sind die Tage, an denen ich wegen der Aufnahmen und später Trainings, Proben und so weiter den Unterricht verpassen würde – und auch nur, wenn ich nicht gleich in der ersten Runde wieder rausfliege. Hier sind Ferien, da wäre es egal, und das sind die Prüfungstermine, da überschneidet sich also nix. Das bisschen Stoff, das ich verpassen würde, kann ich locker nachholen.«

Morgan lobt Jack für seine umsichtige Planung und fragt ihn dann, was er glaube, warum Alex trotzdem so gegen die ganze Sache sei.

»Na, weil er Castingshows bescheuert findet«, antwortet Jack, als würde die Frage seine und unsere Intelligenz beleidigen. »Wenn es nach ihm ginge, würde ich erstmal einen *richtigen* Beruf lernen und nebenbei durch Clubs und Bars tingeln, um zu beweisen, dass es mir ernst ist und ich dauerhaft erfolgreich sein kann als Musiker. Als ob das bei *ihm* damals so gelaufen wäre!«

Meines Wissens hat Alex sein Studium abgebrochen, genau wie Morgan, und schlecht bezahlte Gigs vor kleinem Publikum zu spielen, hatten No Way! nie nötig, weil jemand die richtigen Leute kannte und das erste Album gleich ziemlich erfolgreich war. An der Stelle hat Jack also nicht so ganz unrecht.

Morgan rutscht ein wenig unbehaglich auf dem Sofa nach vorn. »Du weißt wahrscheinlich, dass ich auch kein großer Fan von Castingshows bin ...«

»Ja, klar, deswegen dachte ich ja, Dad hätte längst mit dir gesprochen.« Jack scheint es schwer zu fallen, sitzen zu bleiben, statt vor uns auf und ab zu tigern. »Ich sage ja auch nicht, dass ihr das toll finden müsst. Aber das sind andere Zeiten heute, andere Möglichkeiten. Warum darf ich es denn nicht wenigstens versuchen? Gewinnen werde ich doch höchstwahrscheinlich eh nicht. Aber gelernt habe ich dann eine Menge, Erfahrungen gemacht, Leute getroffen. Ich will nicht Bürokaufmann werden oder Anwalt, Onkel Morgan. Und ich will auch keine Abkürzung nehmen oder so. Ich will nur die Chance, etwas auszuprobieren – ohne dass mir jemand sagt, ich sei naiv oder würde meine Seele verkaufen oder so einen Mist.« Jack atmet tief durch. »Mal abgesehen davon ist es immer noch *meine* Seele.« Der letzte Satz ist nur noch gemurmelt, mit einem Anflug von kindlichem Trotz.

Obwohl ich selbst auch nicht viel für diese Sendungen übrig habe, die vermeintliche Stars und Sternchen schneller produzieren, als irgendjemand sich die Namen merken kann, verstehe ich, worum es Jack geht. Für mich klingt er abgeklärt genug, um vom knallharten Profitstreben hinter der vermeintlichen Talentförderung zumindest nicht völlig überfahren zu werden. Er ist erwachsen. Er muss seine eigenen Fehler machen. Wenn es denn einer ist.

Morgan hat noch nichts gesagt. Er sitzt nach vorn gebeugt an der Sofakante, den Blick auf seine Hände gerichtet. Bei dem Wort ›Anwalt‹ ist er sichtlich zusammengezuckt: Das war es, was sein Vater von ihm wollte, dass er Jura studiert wie er. Er hat sich geweigert, ist nach Deutschland gegangen und hat den Kontakt zu seinem Vater mehr oder weniger abgebrochen. Wobei es nach dem Wenigen, das ich mir aus Morgans gelegentlichen Andeutungen zusammenreimen kann, wohl nicht mehr viel abzubrechen gab.

»Onkel Morgan?« Als Jack die Stille unterbricht, die sich dagegen zu wehren scheint, klingt er wirklich wie ein Kind. Wie eines, das plötzlich sehr verunsichert ist.

»Wir reden mit Alex, mal sehen, was er sagt«, höre ich mich sagen – und möchte mir im selben Moment am liebsten die Zunge abbeißen. Das ist Morgans Entscheidung, nicht meine! Dabei spielt es nicht die geringste Rolle, dass Jack uns beide angesprochen hat, ich bin hier nur Gast.

Morgan sieht auf, und ich rechne mit einer scharfen Zurechtweisung. Stattdessen begegne ich einem zaghaften Lächeln. »Wir versuchen es«, sagt er, mehr zu mir als zu Jack. »Mehr kann ich nicht versprechen.«

Nachdem Jack gegangen ist, schaltet Morgan die Stereoanlage ein. Ein poppiger 80er-Jahre-Mix von Boytronic über Soft Cell bis Yazoo geht mit fröhlichem Trotz gegen die gedrückte Stimmung im Raum an, mit mäßigem Erfolg. Morgan bleibt schweigsam. Beinahe meine ich, die Aura von Unnahbarkeit, die ihn im Augenblick umgibt, als wabernden Schatten im stark gedimmten Licht sehen zu können.

Als die blauen Leuchtziffern des Blu-Ray-Players schließlich 22:30 Uhr anzeigen, beschließe ich, schlafen zu gehen. Da unser Ausflug wohl ausfällt und morgen erst Donnerstag ist, sollte ich ausgeruht genug sein, um etwas zu arbeiten. Ich stehe auf und gehe um das Sofa herum. Hinter Morgan bleibe ich stehen. Sobald er aufsieht, beuge ich mich über ihn und drücke einen Kuss auf seine Stirn. »Ich gehe schon mal ins Bett. Bis nachher.«

Er antwortet nicht, dreht sich aber auch nicht weg. Seine Augen wandern über mein Gesicht, als würde er etwas suchen, ohne selbst genau zu wissen, was es ist. Als ich mich schließlich aufrichten will, weil mir langsam das Kreuz wehtut, greift er nach oben und legt die Hand an meine Wange. Ich habe das Gefühl, ich sollte irgendetwas sagen, nur weiß ich nicht, was. Dann kommt Morgan mir zuvor. »Was war das denn, bitteschön? Ausgerechnet ich soll Alex also klar machen, dass es eine tolle Idee ist, wenn sein Sohn an der Zirkusveranstaltung teilnimmt, der vorzusitzen ich mich mit Händen und Füßen gewehrt habe ...« Sein Lachen klingt ein kleines bisschen verzweifelt. »Ich kann dir gar nicht sagen, wie froh ich bin, dass du hier bist!«

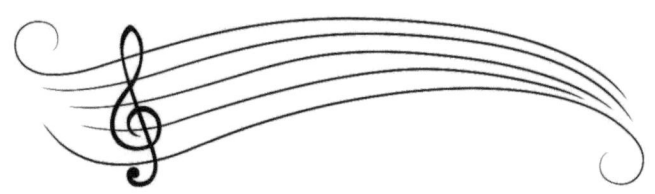

Sieben

Es muss kurz nach drei sein, als ich aufwache, weil die linke Hüfte zwickt, auf der ich liege. Als Seitenschläfer bin ich daran gewöhnt, nachts ein paar Mal von diesem Ziehen wach zu werden. Ich drehe mich dann einfach auf die andere Seite und schlafe weiter. Nur als ich mich jetzt umdrehe, vom Rand zur Mitte des Bettes hin, bin ich plötzlich richtig wach. Ich weiß auch mit geschlossenen Augen sofort, dass etwas anders ist. Etwas fehlt. Oder besser gesagt, jemand.

Wenig überraschend ist es dunkel, als ich die Augen öffne, aber diese Dunkelheit ist unvollkommen: Die Leuchtziffern meines Weckers und das Standby-Lämpchen des Fernsehers an der Decke geben gerade genug Licht, um die Umrisse einer zurückgeschlagenen Bettdecke erahnen zu können. Ich taste hinüber auf Morgans Seite. Die Matratze fühlt sich kühl an, da ist kein Rest von Körperwärme mehr wahrzunehmen.

Ein paar Minuten liege ich auf dem Rücken und warte. Darauf, dass Morgan zurückkommt oder dass ich einfach wieder einschlafe. Als weder das eine noch das andere eintreten will, reibe ich mir den letzten Rest von Schlaf aus den Augen und schlüpfe aus dem Bett. Ich öffne die

Schlafzimmertür und lausche einen Moment ins Dunkle. Als ich nichts höre, taste ich mich den Flur entlang zur Treppe. Die Glasfront zum Garten lässt erstaunlich viel Licht ins Erdgeschoss, sodass die Treppenstufen kein Problem darstellen. Sobald ich um die Ecke der Treppe herum bin, kann ich auch sehen, weshalb: Es hat geschneit in der Nacht; nicht wirklich viel, jedenfalls nicht für jemanden, der im Alpenvorland aufgewachsen ist, aber immerhin hat der Schnee eine geschlossene Decke gebildet und reflektiert jetzt das Licht des beinahe vollen Mondes.

Morgan steht mit dem Rücken zu mir am anderen Ende des Raumes, die Stirn und eine Hand an das kühle Glas der Terrassentür gelegt. Schwarze Jeans und Sweatshirt, er muss sich im Dunklen angezogen haben, sonst wäre ich früher aufgewacht. Dass er auch Schuhe anhat, zeigt mir, dass er eigentlich nach draußen wollte. Es sieht allerdings nicht so aus, als würde er erst seit einem Augenblick hier stehen und hätte nur einen Moment innegehalten, bevor er sein Vorhaben in die Tat umsetzt.

Ich gebe mir keine Mühe, leise zu sein, als ich zu ihm hinübergehe, aber natürlich machen meine nackten Füße kaum ein Geräusch auf dem Parkettboden. Morgan dreht sich nicht um. Erst, als ich fast neben ihm stehe, sagt er leise: »Hey. Hab ich dich geweckt?« Vermutlich hat er meine Reflexion in der Glasscheibe gesehen.

»Nein, nicht wirklich. Wie lang bist du schon hier unten?« Ich unterdrücke ein Gähnen.

Morgan schüttelt den Kopf, ohne die Stirn von der Scheibe zu nehmen. »Ich weiß nicht. Ich wollte eigentlich ...« Er macht eine wage Bewegung mit der Hand in Richtung Garten.

»Zu kalt?« Ich schaue durch mein Spiegelbild, das in seinem dünnen Schlafshirt zu frösteln scheint, hinaus auf die silbrig funkelnde Zuckerkruste auf Rasen, Büschen und Bäumen – eindeutig das Ergebnis winzig kleiner Schneeflocken, wie sie immer dann entstehen, wenn es richtig frostig ist.

Ein Schnauben von Morgan, das auch ein Lachen sein könnte. »Nein, die Temperatur würde mich nicht stören, ich hatte ja nicht vor, da draußen zu übernachten. Es ist nur ... Es gab in letzter Zeit genug Gerede. Und irgendjemand ist hier immer wach.«

Das ist die eine Hälfte der Wahrheit: Sicher hat Morgan keine Lust, seinen Nachbarn noch mehr Gesprächsstoff zu liefern. Das, was es Ende letzten Jahres bis in die Nachrichten geschafft hat, genügt vollauf. Andererseits ist der Garten von der Straße aus nicht einsehbar. Aus einer der umliegenden Villen möglicherweise – aus dem ersten Stock, wenn jemand gute Augen hat und nachts um drei aus dem Fenster auf ein unbeleuchtetes Grundstück starrt. Da ist also noch etwas anderes; weniger greifbar, aber deswegen nicht weniger real, jedenfalls nicht für Morgan. Etwas, das ihn treibt. Und etwas, das ihn zurückhält. Es ist nicht so, dass mich das überrascht. Ich kenne ihn ja. Ich habe auch wirklich nicht damit gerechnet, dass das aufhört, nur weil ich jetzt hier bin.

Aber gehofft hast du es, wider besseres Wissen. Sie klingt beinahe fröhlich, wie immer, wenn sie recht hat, meine innere Stimme.

Ich schätze, ich hatte zumindest gehofft, dass ich jetzt mehr tun könnte, als so etwas einfach nur auszuhalten. So, wie in seinem Song – vorausgesetzt, ich habe ihn richtig

111

interpretiert und projiziere nicht einfach nur meine Wünsche in diese Zeilen. Im Moment wäre es sogar schon genug, wenn es mir zumindest leichter fallen würde. Aber das tut es nicht, im Gegenteil: Im Waldhaus war es schwer – jetzt ist es beinahe unmöglich.

Ich wage es nicht, Morgan zu berühren, weil ich Angst habe vor dem Stich, den es mir versetzen würde, sollten seine Muskeln sich unter meiner Hand versteifen. Ich möchte ihn fragen, was er wirklich denkt, und weiß, dass ich darauf keine Antwort bekommen werde, jedenfalls keine, mit der sich etwas anfangen ließe. Genauso sicher weiß ich, dass er mir folgen würde, wenn ich ihn jetzt bitten würde, mit mir zu kommen, zurück ins Schlafzimmer. Aber er würde mitkommen, um mir einen Gefallen zu tun, und nicht, weil er selbst das wollte.

Ich merke, dass ich die Luft angehalten habe, und atme langsam aus, kontrolliert. Dann trete ich einen Schritt zurück von der Scheibe, deren Kälte auf mich abstrahlt und eine prickelnde Gänsehaut auf meinen nackten Armen und Schienbeinen entstehen lässt. Ich betrachte Morgan, der die Hand zurück ans Glas gelegt hat und wieder genauso dasteht, wie ich ihn gefunden habe.

Ich kenne das doch. Und nicht nur, weil ich *ihn* kenne. Es ist ein Leichtes, dieses Bild in meinem Kopf einfach umzudrehen, mich an die Scheibe zu stellen, den Blick nach draußen gerichtet, ohne wirklich etwas zu sehen; den Kopf voller Gedanken, die sich nicht in Worte fassen lassen. Vielleicht, weil es nicht mal wirklich Gedanken sind, eher ein Gefühl, oder ein ganzer Schwarm von Empfindungen, quirlig und silbrig wie winzige Fische. Wenn du im flachen Wasser eine Weile stehen bleibst, ohne dich zu bewegen, fangen sie an, zwischen deinen Knöcheln umherzuflitzen, helle huschende Schatten, die das Wasser aufwirbeln, ganz leicht nur, gerade so, dass du es als streifende Berührung auf der Haut spüren kannst; und gelegentlich ein blitzschnelles Knabbern an den Zehen, das schon wieder vorbei ist, ehe dir bewusst wird, welcher Zeh das Signal sendet und wo du also hinsehen musst. Du kannst sie nicht voneinander unterscheiden, und du weißt, dass es töricht wäre, auch nur den Versuch zu unternehmen, einen von ihnen zu fassen zu kriegen. Also siehst du einfach zu, wie sie wirbeln und geheimnisvolle Muster malen, bis sie plötzlich auf einen Schlag alle wieder verschwunden sind. Dann reibst du dir über die Augen und fragst dich kopfschüttelnd, was genau du hier eigentlich tust und wie viel Zeit wohl vergangen ist.

Ich würde wohl behaupten, ich hätte an meine Mutter denken müssen. Vielleicht auch an irgendeine nicht ganz einfache Übersetzung, eine englische Redewendung, für die mir partout keine griffige deutsche Entsprechung einfallen will. Das würde ich nicht sagen, weil ich nicht über meine Gedanken sprechen *möchte*. Sondern weil ich es schlicht nicht könnte. Weil sich dieses Wirbeln und Flimmern in meinem Kopf einfach nicht in Worte pressen lässt. Und weil es quasi unmöglich ist, das einem anderen Menschen zu erklären. Es sei denn, eine Erklärung wäre gar nicht nötig ...

»Fische«, sage ich schließlich zu Morgan, unsicher, ob er mittlerweile nicht schon wieder vergessen hat, dass ich neben ihm stehe.

Diesmal dreht er den Kopf nach mir, bleiches Mondlicht auf der linken Gesichtshälfte, nachtschwarze Schatten auf der rechten. Für einen Augenblick sieht er aus wie ein Wesen aus einem Traum, unbegreiflich und sehr weit weg. »Fische?«, fragt er mit einem Stirnrunzeln, das ich eher hören als sehen kann.

»Fische«, wiederhole ich. »Winzig, höchstens zwei oder drei Zentimeter lang, und silbern. Ein ganzer Schwarm funkelndes Zucken und Blitzen. Du hast keine Ahnung, wie man die Viecher nennt, und sie sind viel zu schnell, um einen festzuhalten und jemandem zu zeigen. Also gibt es eigentlich nichts zu erzählen.«

»Hm«, macht Morgan. Dann lächelt er. »Fische also. Ja, das trifft es wahrscheinlich ganz gut.«

Ich erwidere das Lächeln und streiche ihm diese eine vorwitzige Strähne aus der Stirn. »Du weißt, wo du mich findest, falls du doch einen erwischst.« Ich warte keine Antwort ab, sondern drehe mich um und gehe zurück Richtung Treppe und Schlafzimmer. Es fühlt sich an, als würde Morgan mir nachsehen: Ich spüre, wie mein Nacken sich erwärmt, als würde seine Hand dort liegen, aber ich schaffe es, nach oben zu gehen, ohne mich nach ihm umzusehen.

Es dauert noch gut über eine Stunde, bis er zurück ins Bett kommt. Das kann ich so genau sagen, weil ich selbst keinen Schlaf mehr finde. Bei allem, was ich weiß, über die Schatten, über Morgan und über mich ... Etwas zu wissen ist nicht dasselbe, wie es zu fühlen. Morgans Worte, im Waldhaus, über die Trennung. Über Nora. Es war immer Nora, bislang, wenn so etwas passiert ist. Nur ist Nora nicht mehr hier. Ich schon. Also wie soll ich mich denn bitte fühlen?

Jedenfalls nicht verantwortlich, kommt die Antwort, ungewohnt sanft. *Du glaubst doch nicht wirklich, dass es an Nora lag. Es war immer schon Morgan. Das ist Morgan, das weißt du doch.*

Ja, vermutlich schon. Eigentlich schon. Nur ist etwas zu wissen ...

Und als wären derartige Gedanken nicht schlafraubend genug, hat mich das, was er über Gerede gesagt hat, an die Dame im lavendelfarbenen Mantel erinnert. Auf die eine oder andere Weise habe ich ganz sicher für neuen Gesprächsstoff gesorgt. Das muss ich ihm sagen, bevor er es am Ende aus der Klatschpresse erfährt. Nur wann?

Der nächste Morgen ist jedenfalls kein günstiger Zeitpunkt, es ist ohnehin fast Mittag, bis wir uns aus dem Bett gequält haben. Meinen Wecker hatte ich einfach ausgeschaltet, allzu viel ist im Moment nicht zu tun, und falls nötig, kann ich ja am Wochenende arbeiten. Ich verbringe ein paar ziemlich unproduktive Stunden am Schreibtisch und bin heilfroh, als Morgan anklopft und fragt, ob wir uns zum Abendessen einfach Pizza bestellen sollen.

Etwa eine Dreiviertelstunde später ist die Kirchturmglocke mein Stichwort, es endgültig gut sein zu lassen. Ich will den Esstisch decken, aber Morgan trägt die Pizzakartons hinüber in den Wohnbereich. Er stellt sie auf den Couchtisch, und ich werfe dem Wurzelholzfuß einen warnenden Blick zu, während Morgan den Fernseher einschaltet. Anscheinend sollen heute mal andere das Reden übernehmen. So ganz unlieb ist mir das nicht.

Nach zwei Folgen ›Law & Order‹, die mich in ein angenehm belangloses Stimmengewirr gehüllt haben, schaltet

Morgan den Ton stumm. »Was hältst du davon, wenn wir Alex und Susanne zum Abendessen einladen, wegen Jack? Ich dachte, das macht es vielleicht irgendwie ...«

»Ungezwungener?«, helfe ich ihm aus. »Ich finde, das ist eine gute Idee.« Darüber hat er also nachgedacht! Beinahe seufze ich erleichtert.

Morgan nickt. »Okay. Dann bringen wir's am besten gleich am Wochenende hinter uns, falls die beiden Zeit haben. Ich ... ähm ... könnte Alex schnell eine WhatsApp schicken ...«

Dem Konjunktiv sollte wohl eigentlich ein ›wenn‹ folgen statt dieses verlegenen Zögerns, wie in ›wenn ich mein Handy hier hätte‹. Ich werfe Morgan einen prüfenden Blick zu: Sein Lächeln wirkt irgendwie matt, kraftlos, wie die Sonne an einem bewölkten Wintertag. »Wenn du mir verrätst, wo du dein Handy hingelegt hast, hole ich es dir.«

Es liegt in seinem Arbeitszimmer auf dem Schreibtisch. Als ich es hochhebe, bleibt das Display schwarz: Der Akku ist leer. Ich weiß nicht, wann ich Morgan das letzte Mal hier drin gesehen habe, bewusst erinnern kann ich mich nur an letzten Freitag, als ich ihm nachgegangen bin, nachdem ich mit meiner dummen Reaktion wegen dieser Schachtel beinahe einen Streit provoziert hätte. Falls das Handy seit sechs Tagen hier liegt, ist es jedenfalls kein Wunder, dass Jack immer nur die Mailbox erreicht hat.

Ich trage es in die Küche, wo eine Induktionsladeschale steht, und lege es auf die kreisrunde Fläche, deren durchsichtiger Rand daraufhin mit einem sanften blauen Leuchten zu pulsieren beginnt. Moderne Magie. Der Gedanke bringt mich zum Lächeln, zur Hälfte über mich selbst. Immer noch lächelnd gehe ich zurück zu Morgan. »Der Akku ist leer – und damit meine ich nicht nur das Handy. Alex kannst du auch morgen Bescheid geben, wir beide gehen jetzt ins Bett. Und ja, ich weiß, dass es erst halb zehn ist. Hopp, hopp, Mister.«

Morgan sieht mich aus großen Augen an. Dann springt er auf, steht stramm und salutiert vorschriftsmäßig – das alles ziemlich zackig für jemanden, dem gerade eben noch fast die Augen zugefallen sind. Das unsoldatisch breite Grinsen auf seinem Gesicht lässt mich ernsthaft bezweifeln, dass wir so bald zum Schlafen kommen werden.

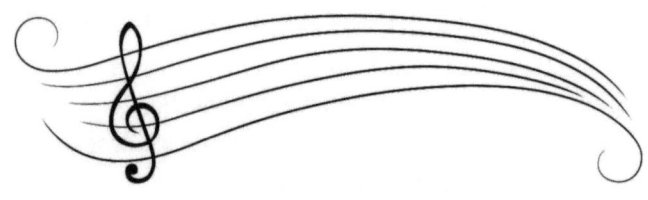

ACHT

Habe ich gestern die Tür von Morgans Arbeitszimmer hinter mir zugezogen, nachdem ich sein Handy geholt hatte? Ich kann mich nicht erinnern, aber ich bin ziemlich sicher, dass ich sie öffnen musste. Und als ich am Dienstag vom Joggen zurückgekommen bin, war sie ebenfalls zu. Was laut Luiza merkwürdig ist: Vorhin habe ich sie mit dem Staubsauger in der Hand im Flur angetroffen. Sie stand etwas ratlos vor der geschlossenen Tür, also habe ich ihr gesagt, sie könne ruhig hineingehen. Ich wusste ja, dass Morgan unten in seinem Studio ist, schon seit dem Frühstück. Er ist nicht mal zum Mittagessen nach oben gekommen. Luiza hat verwundert den Kopf geschüttelt und erklärt, Mister Garret würde die Türe sonst immer offen lassen, wenn er nicht im Zimmer sei.

Je länger ich darüber nachdenke, umso sicherer bin ich mir, dass sie gestern geschlossen war. Und die letzten Tage ebenfalls. Wenn ich aus meinem Arbeitszimmer komme, schaue ich ja praktisch genau darauf. Hm. Als ich zum ersten Mal hier war, im August vor zweieinhalb Jahren, da stand die Tür offen, *obwohl* Morgan im Zimmer war. Daher weiß ich, was sich in dem Safe befindet: weil ich ihn gesehen habe, mit der Pistole, die seiner Mutter gehört hat. Mit der sie ihrem Leben ein Ende gesetzt hat. Mit einiger Anstrengung verscheuche ich dieses Bild aus meinem Kopf, den Blick, mit dem Morgan die Waffe betrachtet: zärtlich, so wie andere vielleicht ein geliebtes Haustier ansehen. Wenn Luiza recht hat – und davon gehe ich aus, sie putzt dieses Zimmer seit mehr als zwanzig Jahren und wirkt auch nicht gerade so, als würde sie unter beginnender Demenz leiden –, was hat es dann mit dieser plötzlich geschlossenen Tür auf sich? Dass Morgan die Pistole vor mir verstecken wollen könnte, klingt höchstens im ersten Moment logisch. Aber zum einen wäre da noch der Safe, es ist ja nicht so, dass sie offen herumliegt. Und zum anderen weiß er, dass ich weiß, dass sie da ist. Vielleicht will er mir den Anblick des Safes ersparen, damit der mich nicht an seinen Inhalt erinnert?

Ich beschließe, es mit einem kleinen Experiment zu versuchen, und sage Luiza, sie solle die Tür offen lassen, ich hätte sie gestern versehentlich geschlossen. Als Morgan und ich abends ins Bett gehen, ist die Tür zu.

Für das Gespräch über Jack heute Abend hat Morgan sich einen Plan zurechtgelegt: Nach dem Essen will er Alex bitten, sich im Studio noch etwas anzuhören. So kann er das Thema unter vier Augen zur Sprache bringen. Soweit wir von Jack wissen, ist Susanne nämlich eher auf seiner Seite. Alex soll sich nicht als einer gegen drei fühlen.

Aber vorher müssen wir erst mal zum Einkaufen, Morgan möchte ein kreolisches Wok-Gericht ausprobieren. Während er das Frühstücksgeschirr in die Spülmaschine räumt, husche ich noch mal kurz nach oben. Ich bin heute ein wenig vor ihm aufgestanden und habe auf dem Weg nach unten die Tür zu seinem Arbeitszimmer geöffnet. Jetzt ist sie zu. Und er hat mich nicht darauf angesprochen. Das ist doch merkwürdig, oder? Ich meine, wenn ich die Tür zu meinem Zimmer schließe und jemand macht sie wieder auf, obwohl die Person keinen offensichtlichen Grund dafür hat, dann frage ich doch mal nach, oder nicht? Oder werde ich langsam wirklich paranoid? Immerhin bilde ich mir ja auch ein, von vampirischen alten Damen ausspioniert zu werden – wovon ich Morgan noch immer nichts gesagt habe ...

Der Supermarkt ist riesig und nicht unbedingt logisch sortiert, jedenfalls nicht für einen Kunden, der erwartet, ähnliche Produkte zusammen an derselben Stelle zu finden. Aus Sicht des Betreibers, der möchte, dass sich die Leute möglichst lange im Laden aufhalten und an jedem einzelnen Regal vorbei müssen, macht die Aufteilung sicher Sinn.

Wir drehen ein paar Runden, bis wir fast alle Zutaten zusammenhaben, inklusive spezieller Gewürze. Stefan wäre von dem Hin und Her gehörig genervt gewesen, während Morgan die Strecke noch zusätzlich verlängert, indem er im Zickzackkurs durch die Seitengänge streift, statt einfach einen der Hauptgänge zu nehmen.

»Vielleicht entdecken wir ja noch was, das uns sonst entgangen wäre.« Er zwinkert fröhlich unter der Kapuze seines Hoodies, die er sich möglichst tief ins Gesicht gezogen hat: eine kleine, aber offenbar effektive Tarnung gegen unerwünschtes Erkanntwerden. Zwar strömen keine kreischenden Massen zusammen, sobald er sich auf die Straße wagt, aber der ein oder andere No-Way!-Fan erwischt ihn immer mal wieder, wie die beiden Frauen in dem Café im Dezember. Trotz aller guten Laune ist ihm heute wohl nicht nach Selfies oder Autogramme-Geben.

»Genau das wollen die doch, dass wir irgendwas kaufen, das wir gar nicht brauchen.« Im Gegensatz zu Morgan bin ich heute ein wenig mürrisch. Gut möglich, dass das an dieser merkwürdigen Tür-Geschichte liegt.

»Dann tun wir ihnen doch den Gefallen – wetten, das bringt sie total aus dem Konzept? Was hältst du von Eis zum Nachtisch? Die haben hier sicher ein paar interessante Sorten.« Morgan nimmt eine Hand vom Griff des Einkaufswagens und legt mir den Arm um die Schultern.

Es ist unmöglich, ihm irgendetwas übel zu nehmen, wenn er so ist: als wäre die Welt der wunderbarste Ort und das Leben ein Spiel, bei dem es nur Gewinner gibt. Gerade weil ich weiß, dass solche Momente nie lange vorhalten, will ich sie ihm nicht kaputt machen. »Mango«, sage ich, »Sorbet.«

»Ausgezeichnete Wahl.« Morgan summt eine Melodie, die ich nicht erkenne, und fragt dann plötzlich, ohne jeden Zusammenhang: »Bist du eigentlich glücklich mit deinem Job?«

»Jetzt gerade?«, frage ich scherzhaft zurück und wedele mit unserer Einkaufsliste, auf der ich abhake, was wir schon gefunden haben. Zwei Paprikaschoten sind der letzte offene Punkt.

»Ich habe mich nur gefragt ... Wenn man sich für einen Beruf entscheidet, ist man doch meistens noch recht jung. Und hat im Grunde keine Ahnung, was es bedeutet, diese

Arbeit jahrzehntelang zu machen. Wenn du es dir heute ganz frei aussuchen könntest, einfach so – würdest du dann lieber etwas anderes machen?«

»Puh.« Ich versuche, etwas Zeit zu gewinnen, weil das keine Frage ist, die ich mit einem einfachen Ja oder Nein beantworten könnte. Bin ich glücklich damit, Romane zu übersetzen und Gutachten zu schreiben? Oder würde ich lieber ... Was? Mit zwölf oder dreizehn wollte ich Archäologie studieren oder Meeresbiologie – ist ja auch fast dasselbe. Heute finde ich die Vorstellung, stundenlang im Dreck zu knien, um mit einem Pinselchen antike Tonscherben freizulegen, nicht mehr ganz so faszinierend. Ebenso wenig wie wochenlang auf einem Forschungsschiff unterwegs zu sein, bei schwerem Seegang, und alles ist irgendwann feucht. »Ich hatte mal überlegt, Psychologie zu studieren«, antworte ich schließlich, weil das zumindest etwas ist, das ich immer noch spannend finde: wie Menschen ticken und warum. »Aber das habe ich mir damals nicht zugetraut.«

»Und heute?«, will Morgan wissen, »Würdest du es dir heute zutrauen?«

Noch so eine Frage. »Ich weiß nicht, frag mich was Leichteres – ich denke, ich würde es zumindest versuchen.« Ich sage einfach, was mir gerade durch den Kopf geht, ohne groß darüber nachzudenken. Manchmal hat Morgan diese Wirkung auf mich. »Es ist ja nicht so, dass man ein Studienfach nicht wechseln könnte, wenn es nicht funktioniert. Nur damals erschien mir allein die Möglichkeit einer schlechten Note wie der sichere Weltuntergang. Ganz zu schweigen von der Vorstellung, meiner Mutter gegenüber zugeben zu müssen, dass sie recht hatte, dass ich das nicht kann und doch besser Deutschlehrerin werde.« Wir sind inzwischen beim Gemüse angelangt, aber Morgan macht keine Anstalten, den Wagen zu den Auslagen zu steuern. Stattdessen schiebt er ihn in einen Seitengang. Und ich rede einfach weiter, auch ohne ein neues Stichwort. »Das ist es übrigens, das Alexandra und mich schon immer unterschieden hat: Ich war der Querulant, beziehungsweise die Zicke, wenn man unsere Mutter fragt. Sie war die brave Tochter: vernünftig, zuverlässig, Einser-Schülerin. Aber wenn es darauf ankam, hat sie sich durchgesetzt. Ganz ruhig und so bestimmt, dass selbst Mama wusste, sie braucht es gar nicht erst versuchen. Ich dagegen habe gekniffen. Oder Theater gemacht.«

»Auf mich wirkst du nicht sonderlich theatralisch«, sagt Morgan.

»Wart's ab.« Ich schneide eine alberne Grimasse, damit es nicht ganz so sehr nach Drohung klingt.

Morgan hat mich nicht mit Lukas erlebt. Und erst recht nicht danach. Als wir beide uns kennengelernt haben, er und ich, da hatte ich Stefan. Mein Fundament. Oder die Deckung, hinter der ich mich vor mir selbst versteckt habe. So oder so hat Stefan mich geerdet. Ich frage mich, ob etwas davon von Dauer ist, ob ich mich weiterentwickelt habe? Oder sollte ich mich besser darauf einstellen, meinen unangenehmsten Seiten wiederzubegegnen? Immerhin ist Morgan kein Fundament, sondern eher ein Hochseil, ohne Netz und doppelten Boden ...

»Weißt du, warum ich zuerst Deutsch auf Lehramt studiert habe?«, sage ich, um mich von diesem beunruhigenden Gedanken abzulenken. »Weil ich auch mal die *gute*

Tochter sein wollte. Weil ich wusste, dass Mama sich das wünscht: einen sichereren Job, der sich später mal gut mit einer Familie vereinbaren lässt. Und Alexandra hatte sie schon vor den Kopf gestoßen, als sie verkündet hat, sie würde Medizin studieren – weil sie mehr vom Leben wolle als einen Mann, der gut genug verdient, um sie und zwei Kinder durchzufüttern.«

›Mehr als du‹ hat meine Schwester damals nicht gesagt, aber die Worte standen praktisch mit Leuchtbuchstaben in die Luft geschrieben.

Es war das erste Mal, dass Alexandra unsere Mutter bewusst verletzt hat. Ich werde nie vergessen, wie blass Mama geworden ist. Wie sie sich von uns beiden weggedreht hat, um den Herd zu putzen, der ohnehin schon wie in der Ceraclen-Werbung geglänzt hat. Das Thema war damit allerdings erledigt. Soweit ich weiß, hat Alexandra sich bis heute nie mehr für ihren Job oder ihr Leben – mit Ehemann, aber ohne Kinder – rechtfertigen müssen. Anders als ich. Als ich damals endlich gebeichtet habe, dass ich auf ein Magisterstudium umgesattelt hatte, um danach in einem unbekannten kleinen Verlag zu arbeiten, gab es dramatische Szenen daheim. Was um des lieben Herrgotts Willen jetzt bloß aus mir werden solle, hat Mama gefragt – als ob ich angekündigt hätte, mit dem nächsten Wanderzirkus durchzubrennen, um die Elefantengehege auszumisten. Rückblickend betrachtet bin ich froh über ihre völlig überzogene Reaktion, die hat mich nämlich so wütend gemacht, dass gar nichts anderes mehr infrage kam, als es durchzuziehen.

Ein paar Jahre später kam die Trennung von Lukas und Mamas liebevoller Rat, ich solle mich in psychiatrische Be-

handlung begeben. Nachdem sie ihre allererste Mitleids-
bekundung mit dem Hinweis gekrönt hatte, dass man mit
achtundzwanzig heutzutage ja zum Glück noch nicht zu
alt sei, um eine Familie zu gründen. Wenigstens hatte ich
seitdem nie wieder das Bedürfnis, irgendetwas zu tun,
nur um ihr zu gefallen.

Morgan mustert mich von der Seite mit diesem leisen
Lächeln. »Du könntest es einfach ausprobieren, weißt
du.«

»Was, Psychologie studieren? Ja, klar!«

»Warum nicht?«

»Jetzt komm schon: Studienanfänger mit vierzig? Das
ist nicht dein Ernst.«

»Warum nicht?«, wiederholt Morgan. »Du wärst nicht
der erste Mensch, der seine Berufung erst etwas später
entdeckt.«

»So wie du vielleicht?«, necke ich ihn. Immerhin wusste
er schon mit neun, dass er Musiker werden wollte. Ich
hätte erwartet, dass er lacht, aber Morgan sieht nur einen
Moment an mir vorbei, an einen Ort oder wohl eher in eine
Zeit, die mir auf ewig verschlossen bleiben wird. Für einen
winzigen Augenblick spüre ich diesen kleinen, bitteren
Stich: So ein großer Teil seines Lebens hat ohne mich
stattgefunden.

»Ich fürchte, ich bin nicht das Maß aller Dinge.« Morgan knufft mich zärtlich. »Ich dachte ja auch nur, dass du
vielleicht einfach noch mal etwas anderes machen möchtest. Falls ja, wäre *jetzt* nämlich auf jeden Fall der bessere
Zeitpunkt als *später*.«

»Auf jeden Fall hole ich *jetzt* mal endlich die Paprika.«
Natürlich ist das ein Ausweichmanöver, und mir ist klar,

dass ich mir damit höchstens ein bisschen Zeit verschaffe, weil Morgan mich nicht so leicht wieder von der Angel lassen wird. Offensichtlich hat er diesmal nicht vor, einfach nur eine Bemerkung in den Raum zu werfen wie einen Stein ins Wasser und dann ganz in Ruhe abzuwarten, bis die Wellen das Ufer erreichen.

Dabei bin ich mir nicht sicher, wie sinnvoll es ist, überhaupt darüber nachzudenken: ob ich etwas anders machen möchte, einen anderen Job haben, ein anderes Leben führen. Wenn man nur lange genug nach einem Haar in der Suppe sucht, fällt schon irgendwann eins rein, richtig? Andererseits sollte ich mittlerweile wissen, wohin es führt, wenn man sich selbst einzureden versucht, man sei glücklich. Es ist definitiv besser, *jetzt* zu merken, dass man unzufrieden ist, als später! Also frage ich mich selbst, nur so unter uns sozusagen, ob ich Lust hätte, noch mal zu studieren. Ob ich es bereue, damals nicht Psychologie gewählt zu haben.

Hm.

Davon hängen eine ganze Menge Dinge ab: Wenn ich mich nicht für Germanistik entschieden hätte, hätte ich nicht im Einführungsseminar ›Neuere Deutsche Literatur‹ gesessen. Höchstwahrscheinlich wäre ich dann Lukas nie begegnet. Ohne die Beziehung mit Lukas hätte ich mich vermutlich nicht in Stefan verliebt. Und wenn Stefan nicht in diesen Burger King gewollt hätte …

Mal abgesehen davon gefällt mir mein Job. Nicht an jedem Tag gleich gut, aber das geht doch wohl wirklich jedem so, selbst Archäologinnen und Meeresbiologen. Ich arbeite gerne von zu Hause aus. Ich liebe Bücher. Vor allem mag ich die Menschen, mit denen ich beruflich zu tun habe, sehr sogar. Na ja, jedenfalls die meisten. Da gab es mal diese unsäglich selbstverliebte Autorin ... Aber das ist jetzt wirklich eine andere Geschichte.

Jetzt gerade, in diesem Moment, bin ich mir sehr sicher, dass ich mich wieder genauso entscheiden würde, trotz allem. Und dass ich bei genauerem Hinsehen wenig Lust verspüre, noch mal die Schulbank zu drücken, auch nicht an einer Uni. Es ist schön, etwas erreicht zu haben, irgendwo angekommen zu sein. Mich reizt es jedenfalls nicht, noch mal von vorne anzufangen. Das will ich eben Morgan mitteilen, als mich ein Räuspern links neben mir zusammenzucken lässt.

»Entschuldigung, kaufen Sie die nun oder nicht?«, fragt ein älterer Herr mit Gehstock. Dabei schaut er missbilligend auf die letzte gelbe Paprika, die ich vermutlich seit fünf Minuten in der Hand halte, während ich Löcher in die Luft starre.

»Ähm, nein, nehmen Sie sie ruhig, ich wollte eigentlich eine rote ...« Die roten Paprika im Korb neben dem leeren für ihre gelben Schwestern leuchten vermutlich mit meinem Gesicht um die Wette. Ich greife mir wahllos zwei Stück und flüchte vom Gemüseregal zu Morgan, der auf den Einkaufswagen gelehnt im Seitengang auf mich wartet und sich mühsam das Lachen verkneift.

»Und?«, fragt er, als ich ihn erreicht habe.

Ich lege die Paprika behutsam oben auf unsere anderen Einkäufe, bevor ich möglichst würdevoll antworte: »Ich bin zu dem Schluss gekommen, dass ich meinen Job mag. Und das Germanistikstudium. Und das Leben als arbeitender, erwachsener Mensch auch. Also keine weiteren Studentenjahre für mich, danke der Nachfrage.«

»Gut«, sagt Morgan und grinst.

Obwohl ich ihm eigentlich gerade am liebsten eine Paprika an den Kopf werfen möchte, spüre ich dieses verräterische Zucken in der Brust, das schließlich in prustendes Gelächter mündet. Also gut, das war komisch – *ich* bin urkomisch, manchmal. Vermutlich gibt es Schlimmeres.

Wir sind schon fast bei den Kassen, quasi auf der Zielgeraden, als ich so plötzlich stehen bleibe, als wäre ich gegen eine unsichtbare Wand geprallt: Vom Eingang her kommt uns ein lavendelfarbener Mantel nebst passendem Hut entgegen.

»Ach, herrje«, sagt Morgan. »Frau Landgraf. Sie und Nora hatten einen kleinen Privatkrieg. Dabei ging es um eine überfahrene Katze und die Frage, ob man Achtzehnjährigen unbedingt einen Porsche zum Geburtstag schenken muss. Nora hat ihre Meinung diesbezüglich wohl recht deutlich zum Ausdruck gebracht, jedenfalls hat Frau Landgraf ihr mit einer Klage gedroht. Wegen Beleidigung und weil sie sich angeblich bedroht gefühlt hat.« Die Erinnerung lässt Morgan schmunzeln. Kein Wunder, diese Frau Landgraf ist definitiv kein Gegner für jemanden wie Nora, weder in Sachen Schlagfertigkeit noch Stilbewusstsein. Für mich gilt das leider nicht. Ich schätze, meine Gesichtsfarbe hat sich bei einem leicht grünstichigen Weiß eingependelt. Morgans Schmunzeln weicht einem Stirnrunzeln. »Ich rate jetzt einfach mal: Ihr seid euch schon begegnet, richtig?«

Ich schließe kurz die Augen und nicke. Dann füge ich mich ins Unvermeidliche und erzähle Morgan von unserem Aufeinandertreffen. Das kurze Gespräch wiederhole ich wortwörtlich, es bestand ja ohnehin nur aus zwei

Sätzen: »Wohnen Sie jetzt dort?« – »Tut mir leid, dazu kann ich nichts sagen.«

Morgan starrt mich an. »Du hast *was* gesagt?«

Es fällt mir schwer, seinen Gesichtsausdruck zu deuten: Ist das noch Belustigung oder schon Fassungslosigkeit? Jedenfalls fühle ich mich unter diesem Blick wie ein Kind, das etwas unglaublich Dummes getan hat, selbst für sein junges Alter. Ich zucke die Achseln. »Tut mir leid. Ich wollte nicht ... was hätte ich denn bitte sonst sagen sollen?«

Es *war* Fassungslosigkeit: Morgan öffnet den Mund, klappt ihn wieder zu, nimmt einen neuen Anlauf und schüttelt dann doch nur den Kopf. »Keine Ahnung«, sagt er schließlich und hebt die Hände. »Wie wäre es denn zum Beispiel mit ›Ja‹ gewesen? Oder ist das so ein schwieriges Wort für dich?«

Das ist jetzt wirklich nicht fair! Schließlich wusste ich nicht, was ich sagen soll, weil ich *ihn* nicht in eine unangenehme Situation bringen wollte. Und jetzt tut er so, als läge es an mir, als würde ich mich davor drücken, eine Entscheidung zu treffen.

Wäre ja nicht das erste Mal, meldet sich prompt meine spezielle Freundin zu Wort, auf deren hilfreiche Unterstützung ich stets zählen kann. Vielen Dank dafür!

»Es tut mir leid«, wiederhole ich möglichst ruhig, »wirklich – ich wollte nicht einfach irgendwelche Tatsachen schaffen, bevor wir richtig darüber geredet haben. Und ich weiß doch nicht, wem diese Frau hinterher was erzählt. Am Ende steht plötzlich eine Horde Klatschreporter vor dem Haus. Ich dachte, das würdest du bestimmt nicht wollen, nach allem, was zuletzt passiert ist.«

Etwas flackert kurz in Morgans Blick, dann dreht er den

Kopf zur Seite. Zu allem Überfluss hat uns Frau Landgraf inzwischen bemerkt und steuert mit einem Lächeln, das selbst ein Android kaum künstlicher hinbekommen könnte, auf uns zu. Ich wette, man sieht uns nur allzu deutlich an, dass wir gerade nicht die Einkaufsliste durchgegangen sind.

»Hallo, Herr Garret«, flötet sie, »Wie nett, dass ich Sie mal wieder treffe. Wie geht es Ihnen?«

Morgan strafft sich und schlägt die Kapuze zurück. Dann reicht er Frau Landgraf die Hand. »Ganz wunderbar, vielen Dank. Und Ihnen?«

»Ach, dem Alter entsprechend.« Ein gekünsteltes Lachen, gefolgt von einem raschen Augen-Niederschlagen. Uh, das ist jetzt nicht wirklich das, wofür ich es halte, oder? Falls Frau Landgraf auf das übliche Kompliment wartet, nämlich dass man ihr ihr Alter nicht ansähe, wird sie jedenfalls enttäuscht. Nach einer kurzen, unbehaglichen Pause dreht sie sich zu mir. »Verzeihung, wir haben uns ja noch gar nicht richtig vorgestellt.« Sie gibt mir die Hand, streift dabei aber eigentlich nur meine Finger. »Ursula Landgraf. Auf eine gute Nachbarschaft, Frau ...?«

»Eibinger, Franziska Eibinger«, sage ich ganz automatisch.

»Frau *Eibinger*. Sehr erfreut. Ja, dann wünsche ich Ihnen beiden ein schönes Wochenende.« Noch so ein Lächeln. Was hat sie erwartet – oder besser gesagt befürchtet –, dass ich ›Garret‹ sage?

Als sie gegangen ist, schiebt Morgan den Einkaufswagen wortlos die letzten paar Meter zur Kasse. Ich bin nicht sicher, wie ich mich gerade fühle: ungerecht behandelt, peinlich berührt oder wütend auf mich selbst? So oder so ist es wohl geschickter, wenn ich vorläufig den Mund halte. Morgan scheint auch kein großes Interesse daran zu haben, unsere Unterhaltung fortzusetzen.

Während der Heimfahrt dehnt sich das Schweigen langsam, aber sicher aus, beansprucht immer mehr Raum. Bald wird es zu etwas herangewachsen sein, das Worte verschlingt, bevor sie ausgesprochen werden können. Ich riskiere einen Seitenblick zu Morgan: Er sieht müde aus. »Ich wollte auf gar keinen Fall ...«, beginne ich.

»Ich weiß.« Ruhig. Nicht verärgert, nicht so, als wollte er mir das Wort abschneiden. Aber auch nicht so, dass ich mich dazu eingeladen fühle, weiterzusprechen.

Wir haben das Villenviertel fast erreicht, doch statt abzubiegen, fährt Morgan einfach weiter geradeaus, bis die Einfamilienhäuser rechts und links hohen, winterlich kahlen Bäumen Platz machen. Nach weiteren zwei oder drei Kilometern biegen wir in eine schmale Straße ohne Mittelstreifen oder Randbefestigung ein. Morgan fährt jetzt langsamer, als würde er etwas suchen, und hält schließlich auf einem Flecken kahler Erde am Straßenrand, neben der Einmündung von etwas, das kaum mehr als ein geteerter Weg zu sein scheint, eher für Fahrräder gedacht als für Autos. Er steigt aus, und ich denke erst, er möchte einen Moment allein sein. Dann kommt er um den Wagen herum und hält mir die Tür auf. »Lust auf einen kleinen Spaziergang? Bei den Temperaturen halten sich die Einkäufe noch einen Moment.«

Die Lebensmittel sind gerade meine geringste Sorge. Ein paar Minuten gehen wir einfach nur den Weg entlang, beinahe quälend langsam. Ich könnte schwören, dass Morgan mehrmals dazu ansetzt, etwas zu sagen. Trotzdem bleibt das Knirschen der dünnen Schneeschicht unter unseren Schritten das einzige Geräusch.

Ich wünschte, ich wüsste, wie ich dieses Gespräch anfangen soll: Mir ist längst klar, dass es hier um mehr geht als die Möglichkeit, dass Frau Landgraf Kontakte zur Klatschpresse pflegt. Offenbar beschäftigt Morgan etwas, das in engen Räumen keinen Platz hat. Und das ihm selbst hier draußen die Luft zum Sprechen abschnürt. Nur weiß ich leider nicht, ob es etwas ist, bei dem ich ihm möglicherweise helfen könnte – oder ob *ich* das Problem bin. Wenn ich wetten müsste, würde ich allerdings auf Letzteres tippen. Habe ich einmal zu oft gezögert? In diesem Café habe ich ihn zum dritten Mal zurückgewiesen. Danach bin ich zwar zu ihm gefahren, aber als er mir das Arbeitszimmer angeboten hat, war meine erste Antwort nichts als Schweigen. Ich habe doch nicht ernsthaft erwartet, dass ihm so etwas nichts ausmacht, dass es einfach spurlos an ihm vorübergeht. Warum wollte er vorhin wohl wissen, ob ›ja‹ so ein schwieriges Wort für mich sei? Und *diese Sache*, die Nachrichtenmeldung, liegt gerade mal zehn Wochen zurück.

Ich kann kaum fassen, dass ich so blind war – oder genau genommen so sehr mit mir selbst beschäftigt. Die Art und Weise, wie ich Morgan an meinem Ärger über meine Mutter habe teilhaben lassen, kann wohl im besten Fall als ›unglücklich‹ bezeichnet werden. *Sie ist der Meinung, dass du der falsche Mann für mich bist.* So, wie er für Nora der Falsche war, nach Meinung ihres Vaters, die sich letztendlich bewahrheitet hat. Ach ja, und auf Morgans Versuch, das Ganze herunterzuspielen – *Ehrlich gesagt kommt es mir eher darauf an, was du darüber denkst –*, bin ich gar nicht erst ein-

gegangen. Ich sehe sein Gesicht vor mir, dieses maskenhafte Lächeln. Die undefinierbare Sehnsucht, mit der er
neulich Nacht in den Garten gestarrt hat. Seinen Blick, als
er diese graue Schachtel aus dem Schrank gezogen hat.
Ein paar Sachen von meinem Vater ... Und ich habe nur daran
gedacht, wie süß er aussieht, wenn er sich aufregt. Es
könnte nicht zufällig sein, dass die Tür zu seinem Arbeitszimmer genau seit diesem Tag geschlossen ist, oder? Ich
weiß es nicht, ich habe ja nicht darauf geachtet!

Eine plötzliche Übelkeit, die einer Mischung aus Scham
und Angst entspringt, drückt mir sauren Magensaft in die
Speiseröhre: Morgan ist stehen geblieben.

Er sieht nicht mich an, als er endlich etwas sagt, sondern nach oben, in die Äste der Bäume, in deren zarten
Schneehäubchen sich gelegentlich ein verirrter Sonnenstrahl fängt. »Ich wollte zu viel auf einmal, oder? Ich habe
überhaupt nicht bedacht, wie ungewohnt das alles für
dich sein muss – die Villa und ... andere Dinge. Normalerweise ist mein Privatleben nicht mehr so spannend für die
Presse, wenn ich nicht gerade mit Schusswaffen hantiere.
Trotzdem hätte ich mit dir darüber reden müssen. Wir
hätten Snuggles bitten können, eine Pressemitteilung
rauszugeben, so einen nüchternen Dreizeiler, der ohnehin niemanden interessiert, damit wäre das Thema erledigt gewesen.«

Morgan hält inne. Sammelt Kraft für das, was er mir eigentlich sagen möchte. Hätte, wäre – vergebene Chancen,
nicht mehr zu ändern. Ich wappne mich, so gut ich kann,
konzentriere mich auf den Frost in der Luft, auf das Taub-
heitsgefühl, das er auf der Haut auslöst, wenn man lange
genug wartet.

»Also wenn wir es fürs Erste lieber bei den Wochenenden belassen sollen, dann sag mir das bitte. Das ist okay, wirklich.«

Jetzt dreht er sich doch nach mir um. Ein Blick in seine Augen genügt, um mich wissen zu lassen, dass gerade rein gar nichts okay ist. Und dass es nur eine Sache gibt, die ich ihm wirklich sagen möchte: »Ich liebe dich, Morgan.«

MORGAN

Es ist schon eine seltsame Sache mit dem Glück: Ich könnte schwören, dass es seinen eigenen Willen hat. Es scheint uns auszutricksen, wenn wir versuchen, es zu planen – nur um dann lachend aus der Deckung zu springen, wenn wir am wenigsten damit rechnen.

Gerade als ich dachte, ich hätte alles in Gefahr gebracht, weil ich Franziska unbedingt bei mir haben wollte, sagt sie: »Ich liebe dich.« Als ich ihr angeboten habe, einen Schritt zurück zu machen, hat sie einen nach vorn gemacht.

Es schien so einfach zwischen uns in Florida und an diesen ersten Wochenenden, so selbstverständlich. Wie sich manchmal eine Note wie von selbst an die andere fügt und eine Melodie entsteht, die gar nicht anders klingen kann. Das hat mich all die Dinge vergessen lassen, die unweigerlich passieren, wenn zwei Menschen sich so nahekommen, dass es wehtut. Denn das tut es immer, früher oder später, auf die eine oder andere Weise. Niemanden verletzt man so mühelos und so treffsicher wie die Menschen, die man liebt.

Aber bis dahin, bis zu diesem ersten Mal ... Am Anfang scheint es unmöglich, dass so etwas passieren könnte, selbst für jemanden wie mich, der es längst besser wissen müsste. Also wollte ich mehr davon, mehr von dieser traumwandlerischen Selbstverständlichkeit, und das am besten sofort. Ich bin mir ja so schlau vorgekommen, als ich ihr das Arbeitszimmer angeboten habe, damit sie sich die acht Stunden Autofahrt pro Woche spart. Ein rein pragmatischer Vorschlag, ohne Druck, ohne das Gewicht von weitreichenden Entscheidungen. Und ohne vorher ein paar Dinge zu besprechen, die die ganze Sache dann doch ein wenig komplizierter gemacht haben.

Dafür lässt mich jetzt der Gedanke nicht mehr los, dass die graue Schachtel nach wie vor im Reich des Vergessens schlummern würde, wenn ich den Vorschlag nicht gemacht hätte. Wie ein Kind habe ich mich über das Gelingen meines kleinen Tricks gefreut. Zu früh? Ist sie das, die Schachtel, eine Warnung? Eine Erinnerung daran, dass unser Heute stets die Summe aller Gesterns ist, ohne Ausnahme? Vielleicht sollte ich sie einfach als Strafe dafür betrachten, dass ich Franziska manipuliert habe, statt ehrlich zu ihr zu sein.

Sechzehn Jahre hat die Schachtel in diesem Schrank gestanden. Wie lange hatte ich nicht mehr an sie gedacht? Und wie lange wird es demzufolge dauern, sie erneut zu vergessen?

Das ist genau die Sorte Gedanken, die Kopfschmerzen verursacht! Wäre es nach mir gegangen, gäbe es das Ding überhaupt nicht, und sein Inhalt wäre auf einer Müllkippe gelandet oder in einem Schredder oder wo immer eine Firma, die auf Wohnungsauflösungen spezialisiert ist, die persönlichen Unterlagen der Verstorbenen entsorgt. Denn darum handelt es sich beim Inhalt der Schachtel: ein gerahmtes Foto von meinem Vater und mir, das auf seinem Schreibtisch stand, wie sich das eben gehört; sein Pass, seine Geburtsurkunde und ein paar weitere Dokumente; seine Hamilton-

Armbanduhr, ein silberner Brieföffner und ein Füllfederhalter; und schließlich das, woran ich am wenigsten denken möchte: zwei Briefe meiner Mutter an meinen Vater, die sie ihm irgendwann nach der Scheidung geschrieben hat. Über zwei Jahrzehnte wusste ich nichts von diesen Briefen, bis mir netterweise die Schachtel zugestellt wurde. Darüber, was darin steht, kann ich nur spekulieren: Vielleicht Vorwürfe an meinen Vater, weil er uns im Stich gelassen hat; vielleicht fleht meine Mutter ihn auch an, zu ihr zurückzukommen. Ehrlich gesagt will ich das lieber gar nicht wissen. Falls sie jemals eine Antwort bekommen hat, weiß ich auch davon nichts. Ein paar Monate später war sie tot. Das ist alles, was ich weiß. Und wissen muss.

Warum mein Vater diese Briefe aufgehoben hat, entzieht sich ebenfalls meiner Kenntnis. Vielleicht kannte sogar er so etwas wie ein schlechtes Gewissen, möglich ist schließlich alles. Besser macht das allerdings gar nichts. Ich bin aus gutem Grund nicht zu seiner Beerdigung gefahren. Vielleicht hätte ich sein Haus wirklich langsam verrotten lassen sollen. Als ich Nora kennengelernt habe, stand es bereits seit acht Jahren leer. Als ich ihr davon erzählt habe, müssen es schon fast zehn gewesen sein. Anfangs wusste sie lediglich, dass meine Eltern nicht mehr leben. Was meine Mutter getan hat, nachdem mein Vater uns verlassen hatte, das habe ich ihr erst erzählt, als ich es nicht mehr vermeiden konnte. Ich dachte, sie würde verstehen, warum ich sein Haus und alles, was darin war, sich selbst überlassen habe. Aber Nora fand mein Vorgehen – oder besser gesagt mein Ausweichen – bescheuert, so hat sie das damals ausgedrückt: »Das ist doch bescheuert, was hast du denn davon? Warum verkaufst du das Haus nicht einfach und ziehst einen sauberen Schlussstrich?«

Ja, warum nicht? Womöglich, weil die Worte ›einfach‹ und ›Schlussstrich‹ im selben Satz meist einen erheblichen Widerspruch darstellen.

Jedenfalls ist es mir nicht gelungen, es ihr zu erklären. Dass sie vorgeschlagen hat, ich solle darüber vielleicht mal mit einem Psychologen sprechen, habe wiederum ich für eine bescheuerte Idee gehalten. Damit will ich nicht sagen, dass ich diesem Berufsstand grundsätzlich die Daseinsberechtigung abspreche. Ich halte es lediglich für ein sehr fragwürdiges Phänomen unserer Zeit, jede Krise gleich zur Krankheit zu erklären. Schließlich kommt auch niemand auf die Idee, den Regen abschaffen zu wollen, weil Sonnenschein doch viel schöner ist. Wir wissen ganz genau, dass wir ohne diese grauen, kalten Regentage von einer lebensfeindlichen Wüste umgeben wären. Trotzdem verdammen wir uns selbst zum ewigen Glücklichsein. Wir lassen uns einreden, dass das möglich, ja, dass es unsere Pflicht ist, und empfinden es als persönliches Versagen, wenn es uns nicht gelingt. Als einen Makel, den wir vor anderen verbergen müssen, und für den wir dann verzweifelt Abhilfe suchen.

Wir machen uns Sorgen darüber, wie immer menschlichere Interaktionsmöglichkeiten mit Maschinen unsere Gesellschaft verändern, indem sie die Grenzen verschwimmen lassen und neue moralische Fragen aufwerfen. Dabei haben wir uns längst selbst auf die Funktionalität von Maschinen reduziert, ob im Job, in der Familie oder in der Freizeit. Überall muss die bestmögliche Leistung erbracht und kontinuierlich Verbesserung angestrebt werden. Und das mit einem Lächeln im Gesicht. Wenn das nicht gelingt, kann nur ein Defekt vorliegen, der dringend repariert werden muss. Nur fragen wir uns nicht mal mehr, ob unser Funktionieren überhaupt irgendwem nützt. Oder ob es uns nur immer noch weiter voneinander entfremdet ...

Aber ich schweife ab, wie immer bei diesem Thema.

Vielleicht habe ich mich damals einfach zu sehr aufgeregt, vielleicht hätte ich es Nora erklären können, wenn ich es mehr als einmal versucht hätte. Stattdessen bin ich den vermeintlich leichteren Weg gegangen und habe zugestimmt, dass sie eine Firma organisiert, die das Haus leerräumt und anschließend verkauft. Bei der Gelegenheit hat sie dafür gesorgt, dass mir *einige persönliche Gegenstände*, wie es in dem Begleitschreiben hieß, *zur Erinnerung* zugeschickt wurden. Danach habe ich fast zwei Wochen nicht mit ihr geredet, die Schachtel ist aus meinem Blickfeld verschwunden und wir haben nie wieder darüber gesprochen.

Jetzt ist sie also wieder da, ein freundlicher Gruß aus meiner persönlichen Hölle. Sie scheint ein Loch in meinen Schreibtisch zu brennen. Jedes Mal, wenn ich den Raum betrete, kommt es mir vor, als würde sich ein dünnes Rauchfähnchen aus der Schublade kräuseln, in die ich sie gestopft habe. Momentan löse ich das Problem äußerst geschickt dadurch, dass ich mein eigenes Arbeitszimmer meide wie der Teufel das Weihwasser. Und Franziska dazu bringe, mir mein Handy zu holen – eine weitere Manipulation.

In der Nacht davor hat sie mich unten an der Glasfront erwischt. Ich könnte nicht mal mehr sagen, worüber ich eigentlich nachgedacht habe. Fische, hat Franziska gesagt, und das hat es ziemlich gut beschrieben.

»Du weißt, wo du mich findest, falls du doch einen erwischst.« Ich sehe ihr Lächeln vor mir, als sie sich umdreht und geht; ein Versprechen auf einen anderen Weg, eine andere Lösung.

Für einen Augenblick möchte ich ihr nachlaufen, mit langen Schritten, immer zwei Stufen auf einmal nehmend. Ich würde ihre Taille zu fassen bekommen, bevor sie den obersten Absatz erreicht hat, und sie zu mir herumwirbeln. Sie immer noch zwei oder drei Stufen über mir und wir beide für einen Moment von meinem Schwung schwankend. Sie würde mich an sich ziehen und alles wäre gut, für eine sekundenlange Ewigkeit.

Aber es ist zu spät, der Augenblick längst vorüber. Ich höre, wie sich oben sanft die Schlafzimmertür schließt.

Nein, das ist nicht wahr, ich bin nicht ehrlich, nicht einmal zu mir selbst: Ich könnte immer noch einfach nach oben gehen, zu ihr unter die Decke schlüpfen und mich in ihrer warmen Stille verlieren. Sie würde nichts fragen, keine Erklärung erwarten, nicht mal eine scherzhafte Bemerkung, um irgendetwas zu überspielen.

Ich könnte, aber ich kann nicht.

Etwas hält mich hier fest, presst mich gegen die Scheibe und entlockt mir ein leises Stöhnen. Ich kann auch nicht dort hinaus: Ich weiß nicht, warum – sicher möchte ich nicht, dass einer meiner Nachbarn sich fragt, was dieser verrückte Musiker nachts um drei bei Minusgraden in seinem Garten treibt; ganz besonders nicht derjenige, der Fernsehsender gern mit aufgeblähten Sensationsmeldungen versorgt. Aber das ist nicht der eigentliche Grund. Zwischen dem Garten und mir steht etwas, das sehr viel massiver ist als diese Scheibe. Undurchdringlich. Ich darf nur sehen, nicht berühren. Also nehmen meine Augen ihre ruhelose Wanderung wieder auf, ohne mir dabei jedoch ein Bild der schneebedeckten Pflanzen oder der Gartenmöbel unter ihrer Plane zu liefern – ich weiß, dass sie da sind, ich muss sie nicht sehen. Stattdessen gleitet mein Blick über Schwarz und Weiß, fein säuberlich getrennt. Unergründlich dichte Schatten und kaltes, hartes Licht, das scharfe Kanten zeichnet, klare Grenzen zieht. Etwas davon scheint durch die Scheibe hindurch zu sickern, und ich bemühe mich, es aufzusaugen, mich zu öffnen wie ein Schwamm. Beinahe kann ich die Luft da draußen schmecken, prickelnd und rein – nur für wenige Stunden noch, bis der Tag anbricht und die Grenzen wieder in trübem Grau verschwimmen; bis alles wieder falsch und richtig zugleich ist.

Was die Wahrheit meist besser trifft, als wir uns eingestehen wollen, wie ich nur allzu gut weiß. Einfaches Schwarz und Weiß gibt es kaum. Vermutlich sind wir deshalb so begierig darauf.

Mache ich mir etwas vor?

Ich habe es falsch angefangen, mit Franziska. Ich hätte offen mit ihr reden sollen, darüber, was ich wirklich möchte. Und was das für sie bedeutet: die Villa, Luiza, neugierige Nachbarn ... Auch wenn mein Leben längst nicht mehr so öffentlich ist, wie es schon mal war.

Nora hat das nie groß gekümmert, nicht einmal in den Zeiten, als hier tatsächlich noch Nacktfotos per Fanpost ins Haus geflattert sind. »Wir sollten die besten raussuchen und uns einen Kalender draus machen«, hat sie mal gesagt. Ich möchte mich nicht darauf verlassen, dass Franziska das so amüsant fände – was nicht heißen soll, dass ich sie für prüde halte oder mit alberner Eifersucht rechne. Nur hat Nora nie daran gezweifelt, wer sie ist. Oder wer sie sein kann, wenn sie das möchte. Und als Tochter eines erfolgreichen Fernsehproduzenten, die schon als Teenager für Kataloge gemodelt hat und in Werbespots aufgetreten ist, war sie an neugierige Augen ebenso gewöhnt wie an Kameras und Reporter. Für Franziska ist das alles neu, selbst in der Light-Version. Herrje, im Moment dürfte sie selbst ziemlich neu für sich sein. Vielleicht sollte ich mir lieber darüber ein paar Gedanken machen als über diese verdammte Schachtel!

Ich weiß natürlich, dass wir auch dieses Gespräch irgendwann führen müssen. Wie heißt es so schön? Einen Fehler zu *machen*, ist menschlich. Einen Fehler zu *wiederholen*, ist dumm. Ein weiterer Versuch, die Schachtel und das, wofür sie steht, durch hartnäckiges Ignorieren ungeschehen zu machen, würde wohl in letztere Kategorie fallen.

Aber zuerst werde ich in Ordnung bringen, was ich verbockt habe. Franziska verdient Ehrlichkeit – was nicht gleichbedeutend damit ist, dass ich meinen Müll bei ihr ablade.

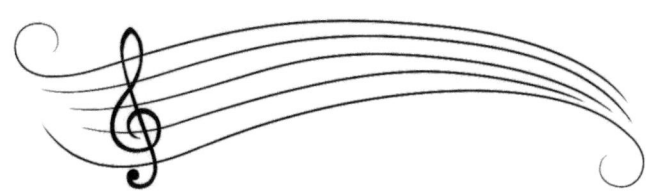

NEUN

Diesmal ist es nicht meine Hüfte, sondern Morgan, der mich aufweckt. Er hockt neben dem Bett und streicht mir das Haar aus dem Gesicht. »Komm«, flüstert er und schlägt schon meine Decke zurück, sobald ich auch nur ein Auge geöffnet und protestierend gestöhnt habe. Weil ich noch lange nicht wach genug bin, um ernsthaft Widerstand zu leisten, lasse ich mich aus dem Bett ziehen und hinunter ins Erdgeschoss führen. Ich fröstele, mehr vor Müdigkeit, als weil es wirklich kalt wäre. Im Vorbeigehen greift Morgan nach der Kuscheldecke auf dem Sofa. Er legt sie mir um die Schultern und schiebt mich dann sanft, aber bestimmt bis dicht an die Glasfront. Auf die Idee, Fragen zu stellen, käme ich selbst dann nicht, wenn ich nicht so verdammt müde wäre. Ich kann nur hoffen, dass er nicht vorhat, mit mir da hinauszugehen, in den Schnee – barfuß.

Als meine Nase fast die Glasscheibe berührt, bleibt Morgan hinter mir stehen und legt die Arme um mich und die Decke. Etwas strahlt von ihm aus, wortlos und stark, eine stille Freude.

Ich blinzele ein paar Mal, um den letzten Rest Schlaf zu vertreiben, dann sehe ich endlich wirklich nach draußen.

Der perfekte Kreis des Mondes stemmt sich eben hinter einer langen, faserigen Wolke empor. Er wirkt unglaublich groß und nah. Sein Licht scheint zu fließen, eine schimmernde Substanz, die sich kühl und cremig auf der Haut anfühlen muss, wie Milch. Es gleitet über die Hecke in den Garten hinein, breitet sich auf der überfrorenen Schneedecke aus und lässt die Zweige von Büschen und Bäumen funkeln, als wären sie zu einer Feenhochzeit mit winzigen Edelsteinen behängt. Ihre tiefschwarzen Schatten zeichnen filigrane Muster auf den leuchtenden Schnee, eine geheimnisvolle Schrift, wie die Botschaft aus einem Traum.

»Ist das nicht wunderschön?«, flüstert Morgan dicht an meinem Ohr.

Ich habe plötzlich Tränen in den Augen, obwohl ich gleichzeitig lachen möchte. Mit einiger Anstrengung winde ich den rechten Arm aus meinem Deckenmantel, um nach Morgans Hand zu greifen. Während ich meine Finger mit seinen verschränke, verspreche ich mir selbst, in Zukunft besser Acht zu geben auf diesen unglaublich wundervollen, widersprüchlichen Mann – und mich vor allem endlich zusammenzureißen! Er hat definitiv mehr von dem hier verdient und weniger von meinen seltsamen Anwandlungen wegen Stefan, Nora oder dem Eindruck, den ich möglicherweise bei Luiza hinterlasse. Von meiner Mutter will ich gar nicht erst anfangen.

Als wir dieses Mal zurück ins Bett gehen, gemeinsam, dauert es nicht lange, bis wir beide wieder eingeschlafen sind.

Am nächsten Morgen frage ich mich kurz, ob es an Morgans Gespräch mit Alex lag, dass er nachts wach war? Andererseits hat er nicht im Mindesten so gewirkt, als würde ihn etwas belasten, eher im Gegenteil. Und das Abendessen mit Alex und Susanne war unter dem Strich ein voller Erfolg. Vor allem Susanne, die selbst gerne kocht, ist aus dem Schwärmen über das Essen gar nicht mehr herausgekommen, und Morgan hat die Komplimente sichtlich genossen. Eine kleine Kröte hat Alex ihm dann allerdings doch noch zu schlucken gegeben, anscheinend hat er den Zweck dieser Einladung geahnt.

»Alex, dieser gerissene kleine Bastard, hat genau gewusst, weshalb er hier ist. Kaum waren wir im Studio, hat er's mir auf den Kopf zugesagt – und mir seine Bedingung genannt.« So hat Morgan es mir erzählt.

Und Alex' Bedingung dafür, dass er Jacks Teilnahme an der Castingshow ohne weitere Diskussionen akzeptiert, wenn er sie schon nicht gutheißen kann, ist ein Auftritt von No Way! in der Show. Die erste Single aus dem neuen Album soll dort exklusiv Premiere feiern, was eine Menge kostenloser Aufmerksamkeit rund um Band und Album generieren wird.

Ich denke, mit dem Auftritt an sich kann Morgan gut leben, das hat schließlich mit der Rolle als Juror, zu der sie ihn letztes Jahr drängen wollten, nichts zu tun. Aber dass Alex ihn sozusagen erpresst hat und Snuggles ohne Morgans Wissen bereits alles mit den Produzenten der Show vorbereitet hatte, das hat ihn getroffen. Abgesehen davon verkürzt sich durch die Vereinbarung das Timing für das neue Album ganz erheblich: Insgesamt würden sie fünf Wochen verlieren, hat Morgan gemeint, aber eine könnten sie wohl bei der Produktion wieder reinholen, sodass der Termin für den Beginn der Aufnahmen im Tonstudio *nur* um vier Wochen vorverlegt werden müsse. Bei diesem ›nur‹ hat er mit den Augen gerollt, als hätte jemand behauptet, dass man die Backzeit für einen Kuchen halbieren könne, indem man einfach die Temperatur verdoppelt.

Nach dem Frühstück vorhin hat er gesagt: »Entschuldigst du mich – ich muss noch schnell einen Hit für diese dämliche Show schreiben.« Aber es klang nur ein kleines bisschen grummelig. Ich würde sagen, er hat die Herausforderung angenommen.

Jetzt sitze ich an meinem Schreibtisch und überfliege ein letztes Mal den Text des Gutachtens, das ich Maike für nächste Woche zugesagt habe. Sie wird sich freuen, wenn sie es heute schon bekommt, sonntags kann sie nämlich »tatsächlich mal in Ruhe arbeiten«, wie sie mir jedes Mal erklärt, wenn ich ihr sage, sie solle mehr auf sich achten und sich wenigstens am Wochenende etwas Freizeit gönnen. Außerdem habe ich so noch einen kleinen Aufschub vor dem nächsten To-do auf meiner Liste.

Als ich die Mail abgeschickt habe, werfe ich einen Blick aus dem Fenster auf den winterlich überzuckerten Garten, dem eine blasse Februar-Sonne das ein oder andere Funkeln zu entlocken versucht. Sie tut sich deutlich schwerer damit als der Vollmond letzte Nacht. Ähnlich ergeht es mir mit meiner nächsten Aufgabe, die ich jetzt wohl nicht mehr länger vor mir herschieben kann: *Nora anrufen wg. Putzplan* steht auf meinem Block. Ich komme mir wirklich ziemlich lächerlich vor bei der Vorstellung, Nora danach zu fragen – allerdings nicht ganz so lächerlich wie bei dem Gedanken, Luiza übermorgen sagen zu müssen, dass ich noch immer vollkommen planlos bin, im wörtlichen und übertragenen Sinn. Also gebe ich mir einen Ruck und greife nach meinem Handy.

Nora klingt aufrichtig erfreut über meinen Anruf, hat aber wenig Zeit: Sie und Sören sind in den Allgäuer Alpen beim Skifahren. Erstaunlich, dass sie da oben Empfang hat.

»Ich will dich auch gar nicht lange aufhalten«, sage ich. »Ich wollte nur fragen, ob es sowas wie einen Putzplan ...« Mitten im Satz wird mir klar, dass ich Nora noch überhaupt nichts von meinem Daueraufenthalt in der Villa erzählt habe!

Ich komme ziemlich ins Stottern, aber Nora lacht einfach nur. »Na endlich! Ich habe mich schon gefragt, wie lange du noch zwischen deinem alten und deinem neuen Leben hin und her pendeln möchtest.«

So hatte ich das noch überhaupt nicht gesehen: dass es da eine räumliche Verbindung gibt zwischen Alt und Neu, eine Verbindung in Form einer Autobahn, die man hin- und wieder zurückfahren kann, zumindest, solange ich meine Wohnung noch nicht gekündigt habe. Allerdings steht diese Sorte Gedanken auf meiner Don't-Liste, also weg damit! Nora verspricht, mir morgen eine Mail zu schicken, und ich entlasse sie ziemlich erleichtert zurück auf die Piste.

Na also, war doch gar nicht so schwer – sie hat dich überraschenderweise weder gefressen noch ausgelacht.

Mir liegt eine säuerliche Entgegnung an mich selbst auf den Lippen, aber es macht einfach keinen Sinn, mit dieser Stimme zu streiten, am Ende gewinnt sie nämlich sowieso. Sollte eine innere Stimme nicht eigentlich so etwas wie ein siebter Sinn sein oder zumindest ein weiser Ratgeber? Meine ist jedenfalls weder noch. Meistens ist sie schnippisch, bisweilen auch zynisch oder gleich beides zusammen. Hin und wieder auch schadenfroh.

Manchmal stelle ich mir vor, dass ich tatsächlich zu einem Psychologen gehe und sage: »Ich höre da diese Stimme. In meinem Kopf.«

Dann sehe ich ihn – komisch, es ist immer ein *er* – mit einem Stirnrunzeln sein Notizbuch zücken. »Wie häufig hören Sie denn die Stimme?«

»Ganz unterschiedlich: manchmal mehrmals am Tag, dann wieder wochenlang gar nicht.«

»Und was sagt sie, gibt sie Ihnen Anweisungen?«

»Nein, das nicht. Meistens verspottet sie mich. Und ehrlich gesagt hat sie häufiger recht, als mir lieb ist.«

Daraufhin steckt mein Gegenüber sein Notizbuch kopfschüttelnd wieder weg. Ab und zu sagt er noch Dinge wie: »Sie sollten öfter mal an die frische Luft gehen. Treiben Sie eigentlich Sport? Powern Sie sich mal richtig aus.« Oder auch: »Haben Sie schon mal darüber nachgedacht, in einen Verein einzutreten oder in einen Buchclub?«

Als ich am Montagmorgen meinen Rechner einschalte, ist Noras Mail bereits da: Sie ist eben eine echte Frühaufsteherin. Ich schicke ihr einen Herzchen-Smiley zurück und vertiefe mich dann in ihren Plan für Luiza, aufgeteilt in Tätigkeiten, die wöchentlich zu erledigen sind, und solche, die in längeren Abständen anfallen. Darauf, dass man unbewohnte Gästezimmer alle paar Tage mal lüften und ungefähr einmal im Monat vom Staub befreien sollte, hätte ich mit etwas mehr gesundem Menschenverstand und etwas weniger Panik auch selbst kommen können. Und dass in Morgans Studio nur mit diesen speziellen Staubtüchern gewischt werden darf, damit kein Wasser in die Nähe der Instrumente und empfindlichen Geräte gelangt, weiß Luiza vermutlich im Schlaf. Trotzdem fühlt es sich gut an, dass ich das jetzt auch weiß. Als Nächstes werde ich eine Excel-Liste anlegen mit den Tagen, an denen Luiza hier ist, und die Arbeiten so verteilen, dass sie in jeweils vier Stunden zu schaffen sein müssten. Ich bin gespannt, was sie dazu sagt. Möglicherweise mag ich es ja doch, eine Putzfrau zu haben.

Morgan bekomme ich in den nächsten Tagen kaum zu Gesicht, die meiste Zeit steckt er unten in seinem Studio – eine direkte Folge von Alex' Vorpreschen in Sachen Promotion für das nächste Album: Die Uhr tickt sozusagen, und das scheint Morgan gut zu tun. Es lässt ihm weniger Zeit zum Grübeln und lenkt seine Gedanken stattdessen auf Dinge, die ihm Spaß machen. Er ist zwar so zerstreut wie der sprichwörtliche Professor, weshalb es wenig Sinn macht, ihn beim Frühstücken zu bitten, noch schnell Milch und Marmelade aus dem Kühlschrank zu holen, weil er stattdessen mit einem Salzstreuer zurückkommt. Dafür habe ich ihn aber auch noch nie so häufig lächeln sehen. Außerdem sind Sven und Alex jetzt wieder regelmäßig in der Villa, worüber ich mich wirklich freue, auch wenn ich sie praktisch nur beim Kommen und Gehen sehe.

Heute laufe ich Alex in der Küche über den Weg, als ich mir eben einen Kaffee holen möchte. Er hat denselben

Plan und will dazu noch die beiden Platten mit Canapés nach unten bringen, die Luiza nach allen Regeln der Kunst vorbereitet hat. Sie scheint sich ebenfalls zu freuen, dass in der Villa wieder mehr los ist. Mein Excel-Kalender ist auch gut angekommen, sie hat direkt gefragt, ob sie sich einen Ausdruck mit nach Hause nehmen kann.

Ich lasse Alex den Vortritt an der Kaffeemaschine und helfe ihm dann, drei volle Kaffeetassen, Teller und Platten nach unten zu tragen. Vor der Studiotür bleibt er stehen. Statt sie zu öffnen, dreht er sich zu mir um. »Wegen dieser Castingshow ...«, fängt er an, sichtlich unbehaglich. »Das läuft diesmal nicht so wie letztes Jahr. Ich wollte nur, dass du das weißt.«

›Letztes Jahr‹ – damit meint Alex den *Zwischenfall*. Er hat also auch keinen Namen dafür.

Damals wollte er unbedingt, dass Morgan als Juror an der Show teilnimmt, obwohl der schon den Gedanken gehasst hat. Da sei nichts Echtes an so einer Fernsehproduktion, hat er mir im Waldhaus erklärt, ganz anders als bei einem Konzert. Er wisse nicht mal, ob er das überhaupt könne, sich quasi selbst spielen. Außerdem kam in dieser Zeit auch noch die Trennung von Nora dazu, und ... na ja, meine eigene Rolle brauche ich wohl nicht extra zu erwähnen. Trotzdem hat Alex nicht aufgehört, Morgan zu drängen. Das ging so weit, dass er sich deswegen schuldig gefühlt hat nach dem *Zwischenfall*. Jedenfalls hat Morgan es mir so erzählt, in diesem Café.

Natürlich ist eine Fernsehpräsenz nach wie vor die beste Publicity, die man sich wünschen kann. So gesehen konnte ich Alex' Anliegen auch damals schon nachvollziehen. Und jetzt scheint er mit dem Gastauftritt von No

Way! ja auch eine Lösung gefunden zu haben, mit der alle Beteiligten leben können.

Ich mag Alex, auch wenn ich ihn nicht so gut kenne wie Sven. Gelegentlich erzählt er mal einen Witz zu viel, und über die Sprüche auf seinen Shirts kann man sicher streiten. Heute steht da: *Früher war alles besser – bis auf das Meiste*, wobei *Meiste* passenderweise etwas über seinem Bauch spannt. Dafür ist seine gute Laune fast immer ansteckend. Was letztes Jahr passiert ist, war definitiv nicht seine Schuld. Und dafür, dass er die Band voranbringen wollte, sollte er sich nicht entschuldigen müssen – schon gar nicht bei mir.

»Schon okay, Alex«, sage ich deshalb. »Letztes Jahr lag nicht an dir oder an der Castingshow. Und was dieses Jahr angeht, hat Morgan deinen kleinen Trick ganz ausgezeichnet verkraftet. Ich würde sogar sagen, er tut ihm gut.«

Ich lächle, aber Alex schüttelt den Kopf. »Das war doch kein Trick! Denkt ihr wirklich, ich würde meinen Sohn benutzen, nur um Morgan zu irgendetwas zu überreden?«

Seine Empörung ist echt. Ich schäme mich, weil wir etwas in der Art tatsächlich gedacht haben: Laut Morgan hat Alex bei ihrem Gespräch gar nicht erst versucht, seinen Standpunkt zu verteidigen – was eigentlich keine große Überraschung war, immerhin hat er, soweit wir wissen, noch nie etwas gegen Castingshows gehabt. Damit schien es so, als hätte die Auseinandersetzung mit Jack ihren Zweck erfüllt, nämlich Morgan zu diesem Auftritt zu bewegen.

»Ich bin immer noch dagegen, dass Jack an dieser Show teilnimmt«, sagt Alex. »Aber wenn alle anderen dafür sind, inklusive seiner Mutter und sogar Morgan – zumindest offiziell bekennender Gegner jeder Form von ›medialer Prostitution‹ –, dann wäre ich ein schöner Idiot, weiter den Spielverderber zu geben. Der Junge ist erwachsen, meine Erlaubnis braucht er ohnehin nicht. Und auf meinen Rat will er nun mal nicht hören.«

Jetzt bin ich mindestens so verwirrt wie neugierig: Alex hat sich richtig dafür eingesetzt, dass No Way! die Bühne nutzt, die die Show bietet, wortwörtlich wie im übertragenen Sinn. Was ist jetzt auf einmal anders? »Also wenn du selbst so gegen Castingshows bist, verstehe ich nicht …«

»Das habe ich nie gesagt!« Die Kaffeetassen auf dem Tablett in Alex' Händen schwanken bedenklich. »Anders als gewisse andere Leute habe ich kein Problem damit, wie die Unterhaltungsindustrie funktioniert – von der wir übrigens alle ganz gut leben, würde ich meinen. Ich finde nur … Ich mache mir Sorgen um Jack, klingt das wirklich so unglaubwürdig?« Er geht an mir vorbei, zurück Richtung Treppe, setzt sein Tablett auf einer Stufe in Hüfthöhe ab und sich selbst zwei Stufen darunter. Für einen Moment vergräbt er das Gesicht in den Händen, dann sieht er mit einem Seufzen zu mir auf. »Ich hatte wirklich gehofft, Morgan würde ihm das Ganze ausreden. Aber als ihr Susanne und mich dann zum Essen eingeladen habt, war mir sofort klar, was Sache ist. Oder habt ihr mich wirklich für so dämlich gehalten, auf das Theater von wegen ›wir müssen uns unbedingt mal wieder sehen‹ reinzufallen?«

Für dämlich haben wir Alex definitiv nicht gehalten, aber … Ich setzte mich rasch neben ihn auf die Treppe. Es ist nämlich sehr viel unauffälliger, jemanden *nicht* anzusehen, wenn man neben demjenigen sitzt, als wenn man ihm gegenübersteht.

Alex tut mir den Gefallen, nicht auf eine Antwort zu warten. »Als klar war, dass Morgan Jack unterstützen will, habe ich lediglich die Gelegenheit genutzt. Damit die Sache wenigstens etwas Gutes hat. Jedenfalls ist das meine Sicht der Dinge. Und gegen eine Chart-Platzierung oder ausverkaufte Konzerte hatte selbst Morgan noch nie etwas einzuwenden.«

»Ehrlich gesagt ist das alles mindestens zur Hälfte meine Schuld: Wer weiß, ob Morgan sich überhaupt eingemischt hätte, wenn *ich* Jack nicht versprochen hätte, dass wir mit dir reden …« Jetzt habe ich wirklich ein schlechtes Gewissen – nicht nur, weil ich Alex und seine Beweggründe offensichtlich falsch eingeschätzt habe, sondern auch, weil er sich gerade vor mir rechtfertigt, obwohl ich diejenige bin, die sich eine Meinung gebildet hat, ohne alle Fakten zu kennen.

»Du hast es sicher gut gemeint«, sagt Alex, und ich möchte am liebsten im Boden versinken.

»Ich hatte einfach den Eindruck, dass Jack ganz gut beurteilen kann, auf was er sich da einlässt. Er geht gar nicht davon aus, dass er die Show gewinnt, weißt du. Er will einfach nur Erfahrungen sammeln, vielleicht ein paar Kontakte knüpfen. Ich glaube nicht, dass es ihn allzu sehr entmutigt, wenn er nicht so weit kommt.«

Alex neben mir lacht auf. »Na dann ist ja alles prima! Wenn er in der zweiten Runde rausfliegt, muss ich mir ja keine Sorgen mehr machen!«

Ich begreife immer weniger, worauf er hinauswill. Sagt er das wegen der Abiturtermine oder so? Wegen verpasster Unterrichtsstunden? »Jack hat einen Terminplan wegen der Schule, er hat sich wirklich gründlich Gedanken gemacht.«

»Ihr versteht es einfach nicht, oder?« Alex steht auf, sodass er jetzt von oben auf mich heruntersieht. »Ich bin nicht besorgt, dass mein Sohn ein paar Schulstunden verpasst oder dass er deprimiert sein könnte, wenn er nicht gewinnt – ich habe Angst davor, *dass* er gewinnt! Jack ist gut, verdammt. Besser, als er selber denkt. Und es ist gut für *ihn*, dass er das noch nicht weiß. Talent braucht Zeit, um zu wachsen. Und ein Mensch braucht Zeit, um zu reifen. Hast du eine Ahnung, was passiert, wenn man einem jungen Menschen pausenlos erzählt, wie toll er ist?« Alex schnaubt, dann lässt er sich wieder neben mich fallen. »Tut mir leid, ich wollte nicht laut werden. Ist ja nicht deine Schuld, du kannst das nicht wissen – nicht mal Susanne kennt die Details, das war lang vor ihrer Zeit.«

»Vielleicht solltest du dann zuerst mal mit ihr ...«, sage ich zaghaft.

Aber Alex redet einfach weiter, als hätte ich ohne es zu merken irgendein Ventil geöffnet. »Ich war auch mal so: talentiert und jung und dumm. Wir hatten verdammt schnell Erfolg mit No Way!, unsere erste Single hat es gleich in die Top Ten geschafft. Sven hat das einfach nur zur Kenntnis genommen, du kennst ihn ja. Morgan war damals der Ehrgeizigste von uns dreien. ›Jetzt müssen wir dran bleiben‹, hat er ständig gesagt, pausenlos wollte er an neuen Songs arbeiten. Ich dagegen wollte vor allem feiern. Den Erfolg genießen. Partys, Mädchen ... und was sonst noch so dazu zu gehören schien, du weißt schon. Schließlich hat es richtig gekracht. Kurz nach unserer ersten Tour hätten wir uns beinah getrennt. Morgan hat mir vorgeworfen, die Band nicht ernst zu nehmen, nicht wirklich arbeiten zu wollen. Ich sei ein wandelndes Klischee von einem Möchtegern-Rockstar und kein Musiker, hat er gesagt.«

Alex dreht den Kopf und sieht mich an, wartet sekundenlang, bis ich seinem Blick begegne. »Er hatte recht«, sagt er dann. Sein rundliches Gesicht hat einen harten Zug angenommen. »Natürlich habe ich das nicht sofort eingesehen. Erst als ich etliche Tage später auf der Toilette irgendeiner Bar in meiner eigenen Kotze aufgewacht bin und Sven anrufen musste, damit er mich abholt, weil mein Geldbeutel leer und mein Konto heillos überzogen war. ›Ich möchte das nicht‹, hat Sven gesagt, ›und Morgan auch nicht – aber es würde auch ohne dich gehen, Alex.‹ Da wusste ich komischerweise sofort, dass er recht hat. Also habe ich einen Entzug gemacht und angefangen, richtig zu arbeiten, statt mich nur auf mein Talent zu verlassen. Die Erfahrung würde ich Jack wirklich gern ersparen.«

Bevor ich etwas sagen kann, geht schräg gegenüber die Tür zum Studio auf und bewahrt mich vor der schier unlösbaren Aufgabe, mich zwischen Mitgefühl, Respekt, Scham und dem Wunsch, Alex irgendwie zu trösten, entscheiden zu müssen.

»... mal nachsehen, was Alex da oben treibt. Es kann doch unmöglich so lange dauern, Kaffee zu machen«, höre ich. Dann steht Morgan vor uns im Flur. »Äh«, macht er. »Wir haben Sofas da oben. Oder da drin.« Er deutet mit dem Daumen auf die Tür hinter sich und wirft mir einen fragenden Blick zu.

Ich zucke die Achseln. »Ich mag Treppen.« Das ist nicht mal geschwindelt: Als Kind habe ich gern mit einem Buch auf der Treppe gesessen, auf der breitesten Eck-Stufe, etwa auf halber Höhe zwischen Erdgeschoss und erstem Stock. So habe ich alles mitbekommen, was im Haus passiert ist, ohne mir aufdringlich vorzukommen.

»Okay, soll ich Sven raus rufen, damit wir alle auf der Treppe essen, oder kommt ihr beide jetzt vielleicht einfach rein?« Morgan zwinkert mir zu. »Luiza meint es immer zu gut, das reicht locker für vier.«

Kurz geht mein Puls in die Höhe beim Gedanken daran, meiner Lieblingsband im Allerheiligsten Gesellschaft zu leisten. Es spielt wohl keine Rolle, wie gut ich die drei mittlerweile kenne: Entweder gibt es so etwas wie eine geheimnisvolle Popstar-Aura, die sie umgibt, sobald sie sich ihrer Arbeit widmen, oder ich habe mir eine Art kindliche Begeisterung bewahrt, der sich mit nüchternen Argumenten nicht beikommen lässt. Trotzdem schüttele ich den Kopf. »Danke, aber Luiza hat mich mittags schon reichlich versorgt. Sie hat darauf bestanden, dass es keine zusätzliche Mühe sei. Ich hätte mich selbst dann nicht getraut, Nein zu sagen, wenn es nicht so lecker ausgesehen hätte. Außerdem muss ich langsam mal zurück an meinen Schreibtisch. Lasst es euch schmecken – oh, und der Kaffee ist wahrscheinlich höchstens noch lauwarm, ich bringe euch schnell einen frischen.«

Morgan kommt mit nach oben, damit ich wegen des Kaffees nicht extra noch mal in den Keller muss. Alex trägt Canapés und Teller ins Studio. Sobald ich die Tür zufallen höre, sage ich: »Er mag dich, weißt du.«

»Alex?« Morgan neigt den Kopf zur Seite und mustert

mich auf diese seltsam eindringliche Weise. »Hm«, brummt er dann. »Ich mag ihn auch, meistens jedenfalls.«

»Vielleicht sagst du's ihm mal.«

Auf halbem Weg zur Küche bleibt Morgan stehen. »Was genau hat er dir erzählt?«

Ich gehe weiter, schaue aber über die Schulter zurück und lächle. Dieses Gespräch soll locker bleiben, beiläufig. »Wie das damals war, nach eurer ersten Tour. Er macht sich Sorgen, dass Jack zu früh Erfolg haben könnte.«

»Oh – das.« Morgan kommt mir nach.

Ich schütte den kalten Kaffee weg, spüle die Tassen kurz mit heißem Wasser aus und reiche sie Morgan, der den Kaffeeautomaten bedient.

Über das Brummen des Mahlwerks hinweg sagt er: »Das ist der weniger schöne Teil unserer strahlenden Erfolgsgeschichte. Wenigstens gab es damals noch kein Internet, und wir waren zum Glück noch zu unbekannt, als dass Alex' Eskapaden die Klatschpresse interessiert hätten. Er hat es dann auch erstaunlich schnell in den Griff bekommen, also haben wir Gras drüber wachsen lassen. Danach war es allerdings ... ich weiß auch nicht ... anders zwischen uns. Da sind ein paar ziemlich heftige Worte gefallen, auf beiden Seiten. Das hinterlässt wohl seine Spuren.« Behutsam setzt Morgan die vollen Kaffeetassen aufs Tablet, dann dreht er sich nach mir um. »Ich mag ihn wirklich. Alex ist mein Freund, auch wenn er mich gelegentlich wahnsinnig macht.«

Ich kann gar nicht anders, als ihn in den Arm zu nehmen, wie er da steht und mich ansieht, als wäre es an mir, ein Urteil zu fällen. »Ich weiß«, sage ich und atme den würzigen Patschuli-Duft von Morgans Aftershave ein, der sich mit dem Kaffee-Aroma mischt. »Und ich bin sicher, Alex weiß das auch, meistens jedenfalls.«

Unwillkürlich muss ich an den Abend denken, als Sven und Nora mich besucht haben, nach der Trennung von Stefan. Nora hat Sven und mir damals ein Geständnis gemacht. Das heißt, sie *wollte* uns gestehen, dass sie und Alex mal eine kurze Affäre hatten – nur dass Sven das bereits wusste. Es sei ziemlich offensichtlich gewesen, meinte er. Und Morgan habe es auch gewusst. Allerdings hat er nie etwas gesagt, weder zu Nora noch zu Alex. Weil wir alle mal Fehler machen.

»So langsam sollte ich mal wieder runter«, sagt der erschreckend wundervolle Mann in meinen Armen, »sonst muss ich den Jungs gleich ein paar ziemlich anzügliche Fragen beantworten.«

Ich lache. »Und dazu doch noch kalten Kaffee servieren.« Dann lasse ich ihn los, halte seinen Blick aber noch einen Moment fest. »Vielleicht machst du mal was mit Alex, nur ihr beide.« Mit Sven geht Morgan ab und zu mal etwas Trinken oder Billardspielen, Alex dagegen sieht er eigentlich nur, wenn alle sich treffen, oder eben zum Arbeiten.

Morgans Brauen ziehen sich ganz kurz zusammen. »Vielleicht mache ich das.« Er sieht mich ein weiteres Mal auf diese nachdenkliche Weise an, bevor er sich wieder auf den Weg in den Keller macht.

Wenn Alex da ist, machen die Jungs gegen sieben Schluss oder zumindest eine Pause, das weiß ich inzwischen. Also nütze ich die Gelegenheit, Morgan zur Abwechslung mal mit einem Abendessen zu überraschen. Nichts Großartiges, nur ein Nudelauflauf mit Lauchzwiebeln, Speck und ordentlich Käse. Der hat außerdem den Vorteil, dass es auf ein paar Minuten mehr oder weniger im Ofen nicht ankommt. Dank der offenen Raumgestaltung kommen die drei schon auf der Treppe hinter mein kleines Geheimnis und stehen kurz darauf witternd wie Jagdhunde in der Küche, also biete ich Sven und Alex an, zum Essen zu bleiben. Sven holt sich ohne Umstände ein Bier aus dem Kühlschrank. Alex lehnt dankend ab. Er wird daheim erwartet, und so, wie ich Susanne kenne, eher nicht zu einer Tiefkühlpizza.

»Ich bringe dich noch schnell zur Tür«, sage ich, bevor Morgan etwas Derartiges vorschlagen kann.

Während Alex sich in Winterstiefel, Mütze, Schal und einen dicken Parka zwängt, bis er beinahe aussieht wie das Michelin-Männchen, sage ich leise genug, als dass es in der Küche nicht zu hören ist: »Was du mir da vorhin erzählt hast – vielleicht sollte Jack das wissen. Er denkt, du würdest ihm den leichten Weg zum Erfolg missgönnen. Er weiß ja, dass ihr damals nicht jahrelang durch die Clubs getingelt seid, bis mal ein Plattenproduzent auf euch aufmerksam wurde. Also versteht er nicht, weshalb du so dagegen bist, dass er an dieser Show teilnimmt. Er glaubt, du willst einfach nicht, dass er Musiker wird.«

»Will ich auch nicht«, knurrt Alex hinter seinem Schal, der partout nicht unter den Jackenkragen passen will. »Aber nicht, weil ich damit angeben können will, dass mein Sohn Professor ist oder so. Er soll nur nicht ...«

»Unter die Räder kommen?«

Alex gibt den Kampf mit dem Schal auf und sieht mich an. »Hättest du keine Angst? Wenn er dein Sohn wäre?«

Ob ausgerechnet ich keine Angst hätte? Was für eine Frage! Alex hat recht: Jack ist gut. Und er ist süß. Richtig süß, in mehr als einer Hinsicht. Die Chancen, dass er Erfolg hat, stehen sicher nicht schlecht. Wie gut allerdings die Chancen stehen, dass er damit auch umgehen kann – und mit den Menschen, die ein solcher Erfolg zwangsläufig anzieht –, das kann ich nicht beurteilen, dazu kenne ich ihn viel zu wenig. »Doch«, sage ich deshalb nur, »die hätte ich ganz bestimmt. Sag ihm das, dass du Angst hast. Sag ihm, warum.«

Alex mustert mich einen Moment, dann nickt er. »Vielleicht mache ich das.«

Immerhin, zwei Mal ›Vielleicht‹. Eigentlich hätte das heute kaum besser laufen können. Ich gebe zu, ich bin gerade ausgesprochen zufrieden mit mir. Bleibt eigentlich nur noch diese ominöse Schachtel, der Morgan offenbar so dringend aus dem Weg gehen möchte, dass er sein eigenes Arbeitszimmer nicht mehr betritt und nicht mal den Anblick der offenen Türe erträgt. Allerdings habe ich noch keine Antwort auf die Frage gefunden, ob es ihm helfen würde, wenn ich dieses Thema anspreche, oder ob es besser ist zu warten, bis er von selbst darüber reden möchte.

Etwas eindeutiger verhält es sich bei meiner Mutter, leider: Da ich ihr schlecht für den Rest ihres Lebens aus dem Weg gehen kann, werde ich mich wohl oder übel bei ihr entschuldigen müssen, wenigstens für die Art und Weise, wie ich meine Meinung zum Ausdruck gebracht habe. Aber nicht heute. Jetzt gerade warten nämlich zwei hungrige Männer im Esszimmer auf einen Nudelauflauf, der unverschämt verführerisch nach geschmolzenem Bergkäse duftet.

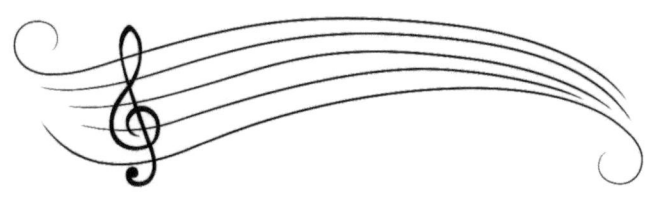

Zehn

Nach dem Abendessen und einer Runde Black Stories, die Sven eindeutig für sich entscheiden konnte, sind er und Morgan noch mal im Studio verschwunden. Dass Sven beim Lösen dieser schwarzhumorigen Kriminalfälle so treffsicher ist, sollte mich eigentlich nicht wundern. Schließlich scheint es in seinem Weltbild praktisch nichts zu geben, das zu absurd ist, um von Menschen getan zu werden. Es kommt mir ebenso unmöglich vor, ihn zu überraschen, wie ihn ernsthaft aus der Ruhe zu bringen.

Ich kann nicht sagen, wann Morgan schließlich ins Bett gekommen ist, es muss jedenfalls weit nach Mitternacht gewesen sein. Umso erstaunlicher war seine Energie um neun Uhr morgens: Während ich träge ins halbdunkle Schlafzimmer geblinzelt und darüber nachgedacht habe, ob ich mich zur Feier des Samstags einfach noch mal umdrehen soll, ist Morgan praktisch aus dem Bett gesprungen. Er war angezogen und mit den Worten »Ich mache uns Frühstück!« zur Tür hinaus, bevor ich mich ganz aufgesetzt hatte.

Wir belauern uns eben mit gezückten Gabeln über den Esstisch hinweg, um im richtigen Moment blitzschnell den letzten Pancake zu ergattern, als neben mir mein Handy vibriert. Ich bin eine Sekunde abgelenkt, und Morgan nutzt die Gunst der Stunde, harpuniert den Pancake und schwingt ihn mit einem triumphierenden Grinsen auf seinen Teller. Dort teilt er seinen Fang in zwei Hälften und hält mir den Teller hin, damit ich mir eine nehme.

Was ich nur aus dem Augenwinkel bemerke, weil ich – vermutlich mit finsterer Miene – auf Alexandras Profilbild auf meinem Display starre. Es ist nicht so, dass ich etwas gegen meine Schwester hätte. Wir stehen uns nur einfach nicht besonders nahe, im Grunde schon seit unserer Jugend nicht mehr. Mal abgesehen von den Telefonaten an unseren Geburtstagen und den Treffen bei unseren Eltern an Weihnachten, haben wir eigentlich keinen Kontakt. Dass sie jetzt anruft, kann also nur einen Grund haben: Mama hat sie darum gebeten, oder wohl eher damit beauftragt, mich »zur Vernunft zu bringen«. Am liebsten würde ich den Anruf einfach wegdrücken, aber ich kenne meine Schwester gut genug, um zu wissen, dass sie nicht so leicht aufgibt. Man könnte auch sagen, dass das Wort ›aufgeben‹ in ihrem Vokabular schlicht nicht vorkommt. Also gebe ich Morgan ein bedauerndes Zeichen, dass er den ganzen Pancake behalten darf, nehme das Gespräch an und melde mich mit einem freundlichen »Du kannst Mama ausrichten, dass ich jedes verdammte Wort so gemeint habe!«

Mir gegenüber zieht Morgan die Augenbrauen hoch, verzichtet aber auf einen Kommentar. Stattdessen steht er auf und trägt unsere leeren Kaffeetassen in die Küche.

»Hallo, kleine Schwester«, antwortet Alexandra, überraschend umgänglich in Anbetracht meiner Begrüßung. »Wegen mir kannst du ihr das gern selbst sagen, das war vermutlich überfällig. Nur bei der B-Note hast du anscheinend gepatzt: Nach Mamas Anruf hatte ich befürchtet, du würdest in fremden Zungen sprechen oder mindestens hysterisch Obszönitäten kreischen. Stattdessen klingst du höchstens ein kleines bisschen erregt. Das beruhigt mich ungemein.«

Für einen Moment bin ich tatsächlich sprachlos. Ich habe deutlich schärfere Kritik erwartet, zumindest aber die Bitte, mich um des lieben Friedens willen – und damit Alexandra wieder ihre Ruhe hat – bei Mama zu entschuldigen. Was ich ja ohnehin vorhatte, aber nicht auf Kommando, verdammt nochmal!

Als Nächstes sagt meine Schwester doch noch etwas, das ins Bild passt: »Dann bist du jetzt also mit einem Musiker zusammen?«

»Ja«, knurre ich. Wenn ich möglichst einsilbig bleibe, habe ich die besten Chancen, dieses Gespräch kurz zu halten. Morgan kommt aus der Küche und drückt meine Schulter, einen Augenblick später höre ich seine Schritte auf der Kellertreppe.

Alexandras nächste Äußerung bringt mich endgültig aus dem Konzept: »Cool!« – Ich hatte nicht die leiseste Ahnung, dass *dieses* Wort zu ihrem Vokabular gehört – »Jemand, den ich kenne?«

Die Frage überfordert mich. Anders als ich hat Alexandra sich nie besonders für Musik interessiert. Sie hat ihr Taschengeld lieber für Bücher ausgegeben als für CDs. Okay, da waren etliche Arztromane dabei, woran sie heute sicher nicht mehr gern erinnert wird. Später ist sie mit ihren Freundinnen ab und zu ins Kino gegangen oder in eine Bar, Diskotheken waren ihr zu laut. Ich zucke die

Achseln, ohne daran zu denken, dass sie das durchs Telefon nicht sehen kann.

»Franziska?«, fragt sie prompt, »Bist du noch dran?«

»Ja. Entschuldige. Die Band heißt No Way!, im Radio läuft öfter mal was in einer von diesen Achtziger-Shows; die neueren Sachen spielen sie eher selten.«

»Ah«, macht Alexandra. »Moment, warte mal – sind das nicht die, die du damals immer gehört hast? Du warst ganz verrückt nach denen, ein richtiger kleiner Groupie.«

Ich merke, wie ich rot werde, und bin froh, dass ich allein im Zimmer bin. So hätte ich es jetzt nicht formuliert, aber ich war sechzehn und … na ja. Wenn Mama sich nicht über die zu laute Musik beschwert hat, dann war es eben meine achtzehnjährige Schwester, die ich beim Lernen gestört habe. Weshalb ich mir schließlich einen ziemlich teuren Kopfhörer gekauft habe. Dafür war ich sogar ein paar Mal Babysitten, obwohl mir Kleinkinder unheimlich waren und ich pausenlos Angst hatte, ich könnte etwas falsch machen.

Alexandra stört sich nicht an meiner ausbleibenden Reaktion. »Na die Geschichte würde ich wirklich gern hören! Der Sänger, richtig? Alle Achtung! Also rein optisch kann man dich zu deiner Wahl ja nur beglückwünschen.«

Das gibt's nicht – hat sie Morgan tatsächlich gegoogelt, während wir telefonieren? Meine Gesichtsfarbe hat jedenfalls garantiert noch an Leuchtkraft zugelegt.

»Du bist nicht zufällig gerade bei ihm, oder?« Da ist etwas Lauerndes in Alexandras Ton, das mich warnen sollte, aber ich bin immer noch so perplex von der Entwicklung, die unser Gespräch genommen hat, dass ich einfach nur »Ja« sage.

»Fantastisch! Hier steht *lebt in der Nähe von Frankfurt.*
Wenn das mal kein Wink des Schicksals ist. Was meinst
du, nachdem unser Weihnachtstreffen ja ausgefallen
ist …?« Sie lässt den Satz unvollendet, aber bevor ich auch
nur die geringste Chance habe, mir irgendetwas einfallen
zu lassen, warum wir uns nicht treffen können, obwohl
ich gerade ganz in der Nähe bin – Alexandra und mein
Schwager Daniel sind vor neun Jahren nach Frankfurt gezogen, um eine Gemeinschaftspraxis zu übernehmen –,
redet sie schon wieder weiter. »Reitest du eigentlich noch?
Ich muss Lucky Luke heute Nachmittag noch bewegen.
Weißt du was, komm doch einfach mit! Ich gebe dir die
Adresse vom Reiterhof, das ist nur ein kleines Stück Richtung Taunus.«

Uff. Falls der Rest des Gesprächs irgendwelche Zweifel
daran geweckt haben sollte, dass ich wirklich mit meiner
Schwester telefoniere, dann hat sie dieser Überfall alle-
samt wieder ausgeräumt. Widerstand ist zwecklos, also
notiere ich brav die Adresse. Auf einem Pferd habe ich allerdings seit ein paar gemeinsamen Reitstunden in unserer Kindheit nicht mehr gesessen, was Alexandra eigentlich wissen müsste. Ich mag Pferde, aber eher vom Boden
aus.

»Ehrlich, Franziska, ich freue mich für dich«, unterbricht sie meine Gedanken, jetzt wieder deutlich ernster
im Ton. »Das habe ich immer, ich hoffe, das weißt du.«

Ja, das tue ich. Ich kann Alexandra schlecht übelneh-
men, dass wir so verschieden sind. Trotzdem ist es manchmal schwierig, nicht verletzt zu sein. Ich setze ein Lächeln
auf, das sie hoffentlich hören kann. »Natürlich weiß ich
das!« Dann sage ich, ohne richtig darüber nachzudenken,

warum oder welche Antwort ich erwarte: »Bist du eigentlich glücklich mit Daniel?«

Für einen Moment herrscht Stille in der Leitung.

»Warum fragst du das?« Alexandra klingt misstrauisch.

Habe ich einen Nerv getroffen? Oder denkt sie, ich wolle sie missionieren, ihr mein Verständnis von Glück aufdrängen? Früher haben wir uns gelegentlich deswegen gestritten, aber das ist Jahre her. Genau genommen sind es inzwischen Jahrzehnte.

So oder so: Ich will mich nicht mit ihr streiten, und jetzt schon gar nicht. »Tut mir leid«, sage ich deshalb. »Ich hab' mich unglücklich ausgedrückt. Ich wollte einfach nur hören, wie es dir geht, nachdem wir die ganze Zeit nur über mich gesprochen haben.«

»Ach so. Na ja, also mir tut's auch leid. Ich dachte nur ... Nicht so wichtig. Es geht mir gut. *Uns* geht es gut. Und ich freue mich, dich nachher zu sehen, kleine Schwester.« Damit legt sie auf, und ich fühle mich, als hätte mich eine Welle erfasst, die sich als deutlich größer und kraftvoller herausstellt als vermutet. Nach ein paar unerwarteten Unterwassersaltos setzt sie mich auf einem Strandabschnitt ab, der mir reichlich unbekannt vorkommt. Und da sitze ich jetzt und staune.

Morgans unheimlicher Instinkt lässt ihn nach oben kommen, kaum dass ich das Handy weggelegt habe. »Alexandra will sich mit mir treffen«, sage ich und stelle fest, dass es mehr wie eine Frage klingt, so, wie ich es betone.

Morgan zieht sich den Stuhl zurück, der ums Eck herum neben meinem steht. Er dreht ihn so, dass er mich direkt ansehen kann, setzt sich und sagt: »Aha.« Sonst nichts.

Ich lasse ein paar irritierende Sekunden verstreichen, in denen ich mich unter seinem aufmerksamen Blick wie eine soeben neu entdeckte Lebensform fühle, dann frage ich ihn, ob er nicht irgendetwas dazu sagen wolle.

»Also eigentlich warte ich ja darauf, dass du mir erklärst, was daran so außergewöhnlich ist. Oder so beunruhigend.«

Morgans Lächeln ist entwaffnend. Deshalb antworte ich ihm auch nicht, dass er das ganz genau wisse – schließlich habe ich ihm erzählt, dass meine Schwester und ich uns eigentlich nur noch an Weihnachten sehen –, sondern kaue einen Moment auf dem Gedanken herum. »Es irritiert mich einfach«, sage ich schließlich ziemlich lahm.

»Das ist das Leben, Siska.« Morgans Lächeln wird noch eine Spur wärmer, als er meinen Kosenamen benutzt. »In der Regel schickt es dir keine Termine, bevor es mit irgendetwas um die Ecke kommt. Geh einfach hin, finde es raus. Und wenn es dir nicht gefällt, fährst du wieder.« Er schiebt seine Finger behutsam zwischen meine, die unrhythmisch auf den Tisch trommeln, und hält sie fest. Fängt meinen Blick ein. Und sagt dann so leise, dass ich mir auch nur einbilden könnte, es zu hören: »Es spielt keine Rolle, was passiert – ich bin hier.«

Hier, im Wasser, wo es Wellen gibt und Unterströmungen und nichts so sicher und verlässlich ist wie auf meiner kleinen Insel, die ich mir mit Stefans Hilfe gebaut hatte. Ich weiß bis heute nicht, ob sie mir am Ende zu klein geworden ist, die Insel, ob ich von dort fort wollte – oder ob ich lediglich nicht ohne Morgan dort bleiben konnte. Ich weiß nur, dass es wichtig ist, warum ich ins Wasser gesprungen bin; dass ich die Antwort finden muss, weil sie eine Art Weiche darstellt für die Zukunft. Manchmal kommt es wohl doch auf das ›Warum‹ an und nicht nur aufs Ergebnis, beantworte ich mir selbst die Frage, die ich mir neulich beim Joggen gestellt habe. Puh. Was auf jeden Fall kommen wird, wenn ich so weitermache, sind Kopfschmerzen! Ich drücke Morgans Hand.

»Soll ich dich vielleicht hinfahren?«

Jetzt muss ich doch lachen. Immerhin reden wir über meine Schwester und nicht über ein fieses Vorstellungsgespräch oder eine ärztliche Untersuchung mit ungewissem Ausgang. »Nein, danke, mein Held.« Im Aufstehen drücke ich ihm einen schnellen Kuss auf die Wange. »Ich schaff' das schon.«

Als ich etwa drei Stunden später in der Garage stehe und eben in mein Auto steigen will, geht hinter mir die Tür auf. »Das hätte ich jetzt fast vergessen«, sagt Morgan. »Den wollte ich dir mitgeben. Er ist zwar noch nicht ganz fertig, aber du sollst ihn trotzdem schon mal haben. Hier.« Er drückt mir einen mattschwarzen USB-Stick in die Hand, in den mein Name eingraviert ist. *Siska* steht da in großen, geschwungenen Buchstaben, die ich als feine Risse fühlen kann, wenn ich mit dem Daumen über die kühle, leicht angeraute Oberfläche fahre. Ich muss weder raten noch nachsehen, was auf dem Stick gespeichert sein könnte: Es ist eine MP3-Datei, die noch keinen richtigen Namen hat. Der Song, der im Waldhaus seinen Anfang genommen hat. *Unser* Song. Ich umarme Morgan so fest, dass er leise grunzt.

Nach einer guten halben Stunde Fahrt durch Frankfurts südliche und westliche Außenbezirke und schließlich ein Stück landwirtschaftlich genutzter Gegend, das sich bis in die ersten Ausläufer des Taunus hineinzieht, erreiche ich die Adresse, die Alexandra mir gegeben hat. Ein rustikales Holzschild, in das in Großbuchstaben *Reiterhof Rosenthal* eingebrannt ist, weist mir den Weg eine schmale Straße hinauf. Kurz darauf stehe ich vor einer Hofeinfahrt, die von einem weiteren Holzschild überspannt wird, das mich herzlich willkommen heißt.

Den gekiesten Hof umgibt ein einfacher Holzzaun aus runden Pfosten und Balken. Das große Gebäude am anderen Ende ist vermutlich der Stall, rechts befindet sich ein ebenfalls eingezäunter Übungsparcours, dahinter die Reithalle, deren Tor weit offen steht. Eine Gruppe von fünf oder sechs Kindern führt eben ihre Pferde hinein.

Gleich links neben der Hofeinfahrt steht Alexandras geländegängiger Suzuki, der auch so aussieht, als wäre sie damit erst vor Kurzem einen schlammigen Feldweg entlang gefahren. Ich muss unwillkürlich lächeln, weil dieses Auto so ziemlich das Einzige im Leben meiner Schwester ist, das so gar nicht zum Klischee einer ebenso peniblen wie beliebten Fachärztin für Allgemeinmedizin passen will, und zwar nicht nur, weil es offensichtlich mal wieder gewaschen gehört. Daniel ist Kinderarzt, die gemeinsame Praxis läuft meines Wissens mehr als gut. Die beiden haben vor sieben oder acht Jahren gebaut, mit eigenem Pool im Keller, damit Daniel jeden Morgen seine anderthalb Kilometer schwimmen kann, ohne Zeit mit der Fahrt ins Hallenbad zu verlieren. Wenn wir uns am ersten Weihnachtsfeiertag bei unseren Eltern treffen, trägt Alexandra ein schickes Kostüm von irgendeinem namhaften Mode-designer, dazu dezenten Goldschmuck. Sie könnte sich ohne Weiteres einen fabrikneuen Oberklasse-SUV leisten, behält aber lieber den Suzuki, der schon etliche Jahre auf dem Buckel hat und auch unter dem Dreck die ein oder andere Gebrauchsspur aufweist. Sie reitet nicht einfach nur: der ganze Reiterhof ist ihr Hobby. Wenn sie Zeit hat, hilft sie bei allem mit, das hier so anfällt, ganz gleich, ob ein Pferdehänger irgendwo hingefahren oder eine Koppel neu eingezäunt werden muss. Ich schätze, der Suzuki ist für sie einfach ein Teil dieser Welt.

Ich parke direkt neben dem kleinen Jeep. Die Heck-klappe ist offen, meine Schwester sitzt auf der Kante des Kofferraums, neben sich zwei Reithelme und zwei Paar schwarze Stiefel. Sie steht auf, als ich aussteige, und hebt die Hand, als wolle sie mir winken, fährt sich dann aber doch nur rasch durchs Haar, das dunkler ist als meines und leicht gewellt. Um beides habe ich sie schon als Kind beneidet.

Wir umarmen uns etwas linkisch zur Begrüßung, zwei Fremde, die einander doch vertraut sein sollten. Alexandra lässt zuerst los und tritt einen Schritt zurück. Sie mustert mich aufmerksam, was sie hinter einem freund-lich-neutralen Gesichtsausdruck zu verstecken versucht. Wie bei der Anamnese ihrer Patienten, zumindest stelle ich es mir so vor.

»Du hast dich verändert«, sagt sie dann mit einem an-gedeuteten Lächeln. »Ich würde ja sagen, du hast zuge-nommen, aber so, wie ich dich kenne, wette ich darauf, dass das nicht der Fall ist. Jedenfalls bist du *mehr* gewor-den, wenn du verstehst, was ich meine. Präsenter.«

Ich denke, ich verstehe genau, was sie meint – aber dass es ihr auffällt, überrascht mich. »Äh ...«, mache ich und schiebe dem intelligenten Gesprächsbeitrag schnell noch ein »Danke« hinterher.

»Du meine Güte, Franziska, ich bin deine Schwester! Schau mich nicht so an, als müsstest du eine Prüfung bestehen, okay?«

›Dann solltest du mich vielleicht nicht so anstarren, als würdest du etwas prüfen‹, will ich sagen, verkneife es mir aber. Stattdessen sage ich: »Weißt du, dass ich mich mein halbes Leben lang so gefühlt habe, mit dir und Mama: als würde ich ständig durch eine Prüfung fallen?«

Alexandra runzelt die Stirn. »Wirklich? Mit mir?« Es klingt tatsächlich interessiert, nicht etwa gekränkt oder abwehrend. Also versuche ich mein Glück. Was soll schon passieren: dass wir nur noch an Weihnachten und Geburtstagen miteinander sprechen? Beinahe muss ich lachen.

Oberflächlich betrachtet ist Mama von uns beiden gleichermaßen enttäuscht: Keine ihrer Töchter hat den Weg eingeschlagen, den sie für uns vorgesehen hatte, nämlich das Leben, das sie selbst führt, mit Mann und mindestens zwei Kindern. Wenn sie wenigstens den Eindruck machen würde, glücklich zu sein, dann könnte ich ja verstehen, dass sie sich für uns dasselbe wünscht. Dann würde ich denken, dass sie eben einfach in diesen traditionellen Bildern von Glück verhaftet ist, sich nichts anderes vorstellen kann. Stattdessen denke ich gelegentlich, dass sie uns unsere Version von Glück in Wahrheit einfach nicht gönnt. Warum sollten wir es besser haben als sie, wo sie doch so viel für uns geopfert hat? Anschließend fühle ich mich erst recht mies, weil ich meiner eigenen Mutter so etwas zutraue.

Der Unterschied zwischen Alexandra und mir ist, dass sie sich schon als Kind erfolgreich zur Wehr gesetzt hat. Sie ist beharrlich und beneidenswert sachlich bei ihren Argumenten geblieben, die sie sich vermutlich wie ein Schachspieler im Voraus für mehrere Eventualitäten zurechtgelegt hatte. Die lauten und meist tränenreichen Zusammenstöße zwischen Mama und mir hat sie kopfschüttelnd beobachtet und mit einem Augenrollen quittiert. Ich muss ihr zugutehalten, dass sie häufig der Kollateralschaden war: Wenn Mama schon mal dabei war, ihrem Ärger Luft zu machen, hat sie fast immer auch etwas an Alexandra auszusetzen gefunden. Sprüche wie »Da siehst du, was für ein Beispiel du deiner kleinen Schwester bist, mit deiner ständigen Dickköpfigkeit« waren keine Seltenheit. Obwohl die beiden also ganz eindeutig auch nicht auf einer Seite standen, hatte ich immer das Gefühl, allein gegen zwei zu sein.

»Hm«, macht Alexandra, als ich ihr das erzähle. »So habe ich das noch nie gesehen. Ich wollte ja nur, dass du sie nicht so aufregst – nicht, dass du dir alles gefallen lässt. Dass du einfach ganz ruhig Nein zu ihr sagst, statt in Tränen auszubrechen oder herumzubrüllen.«

Ich schnaube. »Denkst du wirklich, ich hätte es nicht gern genauso gemacht wie du? Ich habe dich echt beneidet, wie du das hinbekommen hast.«

»Stefan hat dir gutgetan.« Alexandra klingt nachdenklich.

Das ist zwar keine Antwort, aber unrecht hat sie damit nicht. Stefans unaufgeregte Art hat mir geholfen, selbst ruhig zu bleiben. Auch wenn wir uns mal gestritten haben, was ohnehin kaum vorkam, ist es nie laut geworden. Und Tränen gab es erst ganz zum Schluss. Oder war ich nach Lukas einfach zu erschöpft, hatte meine ganze Energie aufgebraucht? Der Gedanke ist seltsam, fühlt sich aber nicht völlig falsch an. Es gibt nie nur eine Wahrheit, würde Morgan sagen. Überhaupt, Morgan: Die ersten Klippen haben wir umschifft, aber das war harmlos. Ich kann mir nicht vorstellen, dass es so bleibt, dazu sind wir beide zu ... na ja, ›kompliziert‹ ist bei allen Unzulänglichkeiten, die Sprache manchmal hat, wohl das Wort, das es am ehesten trifft. Ehrlich gesagt habe ich Angst davor, was passiert, wenn wir uns mal wirklich streiten. Dass ich mich dann heillos in meinen Gefühlen und Gedanken verheddere, bis ich kein vernünftiges Wort mehr herausbringe.

Da sagt Alexandra etwas, das mir zum dritten Mal an diesem Tag die Sprache verschlägt: »Anscheinend tut Morgan dir noch besser.« Tatsächlich grinst sie jetzt auch noch, was sie auf einen Schlag zehn Jahre jünger aussehen lässt. Dann klopft sie mir auf die Schulter. »Komm schon, die Pferde warten.«

Wir reiten einen Feldweg entlang, der auf einem Hügelrücken zwischen Wiesen und Äckern hindurchführt. Im Sommer stelle ich es mir hier wunderschön vor, den weiten Blick über die grüne Hügellandschaft mit den dunkel bewaldeten Hängen des Taunus zu unserer Linken. Im Moment sind die Bäume allerdings überwiegend weiß bereift, und aus der dünnen Schneedecke rings um uns herum ragt nur hier und da ein brauner Halm.

Von Alexandra weiß ich, dass die Stute, die sie für mich ausgesucht hat, daran gewöhnt ist, Lucky Luke zu folgen: Penny gehört einem älteren Herrn, wurde zuletzt aber überwiegend von dessen Enkelin geritten, die meine Schwester offenbar unter ihrer Fittiche genommen hatte. Ende letzten Jahres ist die Familie des Mädchens irgendwo ins Ruhrgebiet gezogen, seitdem hat Alexandra Penny meistens an einer Führleine mitgenommen, wenn sie mit Lucky ausgeritten ist. Pennys Besitzer kommt zwar regelmäßig, um sich um sie zu kümmern, und geht auch mit ihr spazieren, das Reiten traut er sich aber nicht mehr zu. Das bringt mich auf eine Idee. Ich frage Alexandra, ob sie sich vorstellen könne, dass der Mann an einer Reitbeteiligung Interesse hätte.

»Da bin ich sicher«, sagt meine Schwester und lacht. »Sag bloß, du möchtest wieder anfangen?«

»Also eigentlich dachte ich an die Tochter einer Freundin. Wenn das für dich okay ist, würde ich Susanne – so heißt die Mutter – einfach mal deine Nummer geben?« Weil Alexandra nicht sofort antwortet, schiebe ich schnell noch hinterher: »Falls du das lieber nicht möchtest, geht das völlig in Ordnung für mich. Ehrlich gesagt weiß ich nicht mal, ob Emily aktuell noch reitet und ob sie an einer Reitbeteiligung interessiert wäre. Vermutlich bin ich da gerade viel zu schnell vorgeprescht ...«

Alexandra zügelt Lucky, woraufhin Penny ebenfalls stehen bleibt, und sieht mit einem Stirnrunzeln zu mir hinüber.

Toll. Das habe ich ja wieder prima hinbekommen. Sie dachte wahrscheinlich, wir könnten in Zukunft mehr Zeit miteinander verbringen, stattdessen will ich ihr ein frem-

des Mädchen andrehen. Sehr feinfühlig, Franziska, bravo!
»Damit wollte ich nicht sagen ...«, beginne ich. Alexandra
verdreht die Augen, bevor ich zu ›dass wir das nicht ab
und zu wiederholen können‹ komme. Ich warte auf einen
bissigen Kommentar.

»Wartest du darauf, dass ich dir den Kopf abreiße?«,
fragt Alexandra. »So siehst du nämlich gerade aus! Du liebe Güte – ich habe lediglich einen Moment darüber nachgedacht, ob es nicht geschickter wäre, wenn ich dir die
Nummer von Günther gebe und ihr das direkt mit ihm
klärt. Kein sofortiges Ja ist doch noch kein Nein!«

»Tut mir leid«, sage ich ganz automatisch, und Alexandra schnaubt so laut, dass Luckys Ohren zucken und er
nervös mit dem Kopf schlägt. Sie beruhigt ihn, indem sie
ihm den Hals tätschelt. Was ich sicherheitshalber bei Penny ebenfalls tue, obwohl die sich nicht gerührt hat, seit wir
angehalten haben. Ich muss daran denken, was ich zu
Morgan sagen wollte, bei dem Besuch kurz nach seinem
Geburtstag letztes Jahr. Als ich ihn das erste Mal absichtlich
verletzt habe. ›Hör auf, dich bei der ganzen Welt dafür zu
entschuldigen, dass du du bist. Keiner von uns ist perfekt,
keiner macht den anderen immer nur das Leben leichter.‹
Das hatte ich sagen wollen, habe es aber nicht getan. Damit
er geht. Die Erinnerung tut auf eine Weise weh, die mir die
Röte in die Wangen treibt. Ich fühle mich schäbig. Ich hätte ihm einfach sagen können, was ich möchte. Oder nicht
möchte. Und zwar lange bevor es so weit war, dass ich ihn
durch diese Sorte Schweigen vertreiben musste.

*Vielleicht solltest du ab und an mal auf deine eigenen Rat-
schläge hören*, meldet sich meine innere Besserwisserin zu
Wort.

Vielleicht sollte ich es einfach noch mal versuchen, jetzt und hier, bevor die nächste Situation entsteht, die ich später bereue. Die Finger meiner rechten Hand lösen sich kurz vom Zügel, um die Kanten des USB-Sticks in meiner Hosentasche zu ertasten. Dann korrigiere ich meine zusammengesunkene Haltung im Sattel. »Okay, am besten fange ich noch mal von vorne an«, sage ich fest und lächle gleichzeitig, um Alexandra wissen zu lassen, dass ich ihre Reaktion verstehen kann. Jedenfalls irgendwie. »Ich möchte dich um einen Gefallen bitten: Die Tochter meiner Freundin Susanne hat vielleicht Interesse an einer Reitbeteiligung. Genau weiß ich es noch nicht, aber falls ja, würde ich Susanne gern deine Telefonnummer geben, damit sie sich mal mit dir austauschen kann, bevor wir diesen Günther involvieren. Ich vertraue da nämlich auf dein Urteil, und das würde ich auch Susanne so sagen.«

Alexandra grinst mich an, zum rekordverdächtigen zweiten Mal an diesem Tag. »Na also, geht doch! Den Gefallen tue ich dir sehr gern, kleine Schwester.«

Es dämmert bereits, als ich in die Garage der Villa fahre, was Anfang Februar allerdings nicht viel zu sagen hat. Im Haus brennt kein Licht, Morgan ist also vermutlich im Studio. Ich beschließe, erst mal zu duschen und mich umzuziehen, schließlich riecht so ziemlich alles an mir nach Pferd. Anschließend krame ich in der kleinen Schachtel in meiner Nachttischschublade, die mir als Schmuckkästchen dient. Darin liegt überwiegend Modeschmuck, den ich in meinen Zwanzigern gekauft und wahrscheinlich seit zehn Jahren nicht mehr getragen habe. Trotzdem mag ich mich nicht davon trennen. Irgendwo müsste da eigentlich auch noch ... Da ist sie ja! Ich halte eine dünne silberne Halskette in der Hand. Auf dem Nachttisch liegt der USB-Stick. Er ist flach und nur etwa zwei Drittel so lang wie mein kleiner Finger. Oben am Deckel hat er eine Aussparung, vermutlich, damit man ihn an einem Schlüsselanhänger befestigen kann. Ich ziehe stattdessen die Silberkette durch die Öffnung und hänge ihn mir um den Hals.

Als ich wieder nach unten komme, sitzt Morgan im Wohnzimmer. Er grinst, als er den Stick an meinem Hals bemerkt. Ich grinse zurück. »Pizza oder indisch?«, fragt er dann und hält zwei bunte Speisekarten in die Höhe.

»Indisch«, antworte ich, weil wir Pizza erst hatten. Ich bin froh, dass er mich nicht nach dem Treffen mit Alexandra fragt, jedenfalls nicht jetzt gleich. Im Grunde weiß ich nämlich immer noch nicht, was ich von der ganzen Sache halten soll: Es war schön, meine Schwester zu sehen; schöner, als ich erwartet hatte. Trotzdem war es auch anstrengend. Alexandra *ist* anstrengend, jedenfalls für mich. Ihre direkte, zielstrebige Art, die kein Ausweichen zulässt, führt oft genug dazu, dass ich nur noch die Flucht ergreifen möchte. Andererseits habe ich mich heute alles in allem doch ganz gut gehalten, oder nicht?

Eine andere Stimme als die, die mir regelmäßig auf die Nerven geht – leiser und deutlich sachlicher – fragt mich, ob es sein könne, dass meine Schwester den Umgang mit mir auch hin und wieder als anstrengend empfindet? Ob Stefan das wohl manchmal so gegangen ist? Wenn jemand so anders fühlt und denkt als wir, dass im Grunde jeder Satz, jedes Wort einer zusätzlichen Erklärung bedarf, weil alles, was wir sonst mühelos zwischen den Zeilen lesen, in einer Fremdsprache abgefasst zu sein scheint, dann kann das anstrengend sein. Und frustrierend. Nur schuld ist daran niemand, das sollte ich besser nicht vergessen.

Ich schiele zu Morgan hinüber, der so tut, als sei er völlig in den neuesten Roman von Stephen King vertieft. Er scheint zu wissen, dass ich noch nicht reden möchte.

Am Sonntagnachmittag ist es dann aber doch irgendwann so weit: Nach einem ausgiebigen Spaziergang in einer Mischung aus Graupelschauern und Schneeregen, die mich ohne Morgans Bewegungsdrang nach spätestens fünf Minuten wieder nach drinnen getrieben hätte, haben wir es uns auf dem mittleren Sofa unter der Kuscheldecke gemütlich gemacht. Der Fernseher ist wieder zum Kamin umfunktioniert, und wir spielen Wunschkonzert mit dem Musik-Streamingdienst auf Morgans Handy, das er mit der Stereoanlage gekoppelt hat. Immer abwechselnd darf jeder einen Song aussuchen. Meistens legen wir vorher noch ein paar Regen fest, zum Beispiel, dass die Namen der Bands alphabetisch aufeinander folgen müssen oder ein Song nicht aus demselben Jahrzehnt sein darf wie der davor, was bei unserer gemeinsamen Vorliebe für die Achtziger den Schwierigkeitsgrad definitiv erhöht.

Heute spielen wir ohne Regeln, dabei habe ich ausnahmsweise mal einen Hit aus den Neunzigern auf meiner Wunschliste: ›Bittersweet Symphony‹ von The Verve passt gerade perfekt zu meiner Stimmung. Die sehnsuchtsvoll-süße, fast fröhliche Melodie steht in deutlichem Kontrast zu den düsteren Lyrics. So, wie das warme, angenehm schwere Gefühl in meinem Inneren, das verdammt nah am Glücklichsein dran ist, mit einem Gedankenkarussell um meine Aufmerksamkeit ringt, das sich in endlosen Wiederholungen um den Streit mit meiner Mutter dreht, immer im Kreis herum, ohne Ergebnis. Ich weiß, dass ich mich bei ihr entschuldigen muss – aber ich kann mich nicht erinnern, wann mir das letzte Mal etwas so schwergefallen ist. Schon die bloße Vorstellung lässt die Muskeln an meinen Schultern hart werden. Trotzdem werde ich nicht darum herumkommen ...

Morgans Songauswahl reißt mich aus meinen fruchtlosen Überlegungen: Die ersten einzelnen Noten von ›(I want to live) In Harmony‹ fallen wie dicke, leuchtende Regentropfen in den Raum. Ich habe eine Schwäche für Boytronic und kenne den Text auswendig: Da ist von berechtigter Eifersucht die Rede und davon, dass ein Mann eben manchmal ein Mann sein muss.

Ich hebe eine Augenbraue, Morgan lacht. »Keine Sorge, damit will ich dir nicht sagen, dass es etwas zu sagen gibt.«

»Aha«, mache ich, vorsichtig reserviert.

»Das ist ein großartiger Song darüber, dass Menschen Fehler machen. Und wenn einer passiert ist, können wir nichts anderes tun, als uns dafür zu entschuldigen. Etwas ungeschehen zu machen, liegt leider außerhalb unserer Möglichkeiten, ganz gleich, wie sehr wir es uns wünschen.«

Das ist mir durchaus bewusst. Genau genommen möchte ich aber gar nichts ungeschehen machen. So verlockend die Vorstellung im ersten Moment auch sein

mag, das Telefonat mit Mama hätte gar nicht erst stattgefunden: den Inhalt meiner Worte *will* ich nicht zurück-
nehmen. Vielleicht ist das das eigentliche Problem? Ich
teile diesen Gedanken mit Morgan, der in weiser Voraus-
sicht die Musik leiser gemacht hat, sodass uns jetzt nur
noch ein sanftes Plätschern umgibt. Was deutlich nerven-
schonender ist, als es plötzliche Stille wäre.

»Ich bin sicher, dass deine Mutter jedes Wort verdient
hat. Nur scheinst du trotzdem nicht besonders glücklich
damit zu sein, oder?« Morgan hält meine Hand fest, die
auf der Decke über unseren Beinen seltsame Fingerübun-
gen vollführt. Ohne mein Zutun. »Ich bin auf deiner Seite,
okay? Ich weiß, wie das ist, wenn jemand meint, seine
Entscheidungen wären besser für dich als deine eigenen.«

Nach allem, was ich weiß, hat Morgans Vater in seinem
Leben deutlich mehr Schaden angerichtet, als es meine
Mutter selbst dann könnte, wenn ich noch immer nach ih-
rer Pfeife tanzen würde. Ich seufze.

»Lässt du mich dir bitte helfen?«

»Ich brauche aber überhaupt keine Hilfe«, sage ich
möglichst fest, obwohl ich mich im selben Moment frage,
ob es nicht vielleicht wichtig für Morgan wäre, dass ich *ihn*
brauche.

Er hat den Kopf zur Seite geneigt und betrachtet mich
mit diesem leisen Stirnrunzeln, das seinen Blick besonders konzentriert wirken lässt. Wenn er ein Superheld
wäre, würde er jetzt gerade Röntgenstrahlen aussenden.
Vermutlich weiß er längst, dass er recht hat: Ich bin tatsächlich alles andere als glücklich über das Ergebnis meines Ausrasters Mama gegenüber. Erstens, weil ich im
Grunde ganz genau weiß, dass wenigstens ein Teil meines

Ärgers mir selbst gegolten hat. Das alles wäre nicht passiert, wenn ich elender Feigling mich nicht davor gedrückt hätte, ihr von der Trennung von Stefan zu erzählen. Oder wenn ich schon vor Jahren wie ein normaler erwachsener Mensch dafür gesorgt hätte, dass sie meine Entscheidungen akzeptiert, ob sie ihr nun gefallen oder nicht. Zweitens läuft mir langsam die Zeit davon, um das wieder in Ordnung zu bringen: Elf Tage sind seit Mamas Anruf schon wieder ins Land gegangen, und wenn sie Alexandra auf mich ansetzt, ist ihre Geduld vermutlich reichlich strapaziert.

»*Ich* könnte sie ja mal anrufen«, sagt mein Superheld. »Ich sage ihr, dass ich sie unbedingt kennenlernen muss – die wunderbare Mutter dieses engelsgleichen Wesens, das aus dem Allgäuer Himmel herab gestiegen ist, um sich mir armem Sünder anzunehmen ...«

»Du wirst nichts dergleichen tun!«, quieke ich. Es hat mich praktisch vom Sofa in die Höhe gerissen, während Morgan lachend hintenüberkippt.

»Es wäre ... doch nur ... ein ganz kleines ... bisschen ... geschwindelt«, prustet er.

Ich stürze mich auf ihn.

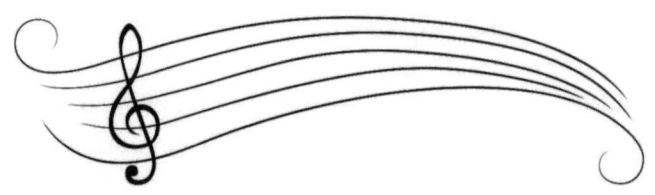

Elf

Noch vor vierundzwanzig Stunden wäre ich jede Wette eingegangen, dass das völlig unmöglich ist, jetzt habe ich den Gegenbeweis: Morgan kann mir auf die Nerven gehen, und zwar sogar gehörig! Man sollte wirklich meinen, dass er mit dem eng gewordenen Zeitplan für das neue Album genügend andere Dinge im Kopf hat, trotzdem schafft er es bei jeder unpassenden Gelegenheit, auf meine Familie zu sprechen zu kommen.

Beim Frühstück möchte er wissen, wo Alexandra und ich aufgewachsen sind: in einem Zweitausend-Seelen-Dorf, im vorletzten Haus am Ende einer Sackgasse; gar nicht so weit von dem Dorf im Allgäu entfernt, wo ich mit Stefan gelebt habe. Wie das so gewesen sei, mit einer Schwester, er sei ja – leider? – ein Einzelkind. Tja, und ich hatte immer schon eine Schwester, von Geburt an. Wie soll ich also wissen, wo der Unterschied ist? Man ist eben nie allein. Das ist manchmal gut und manchmal schlecht, wie so ziemlich alles andere im Leben auch.

Im Großen und Ganzen erinnere ich mich aber gern an meine Kindheit, schwierig wurde es erst später. Als Kinder hatten wir eigentlich eine Menge Freiheiten: Im Sommer sind Alexandra und ich mit den Fahrrädern ins

Freibad gefahren und haben uns am Kiosk eine Portion Pommes frites geteilt und anschließend ein Capri-Eis, bei dem man aufpassen musste, dass die Lippen nicht daran festgefroren sind. Für mehr hat das Taschengeld meist nicht gereicht, immerhin mussten ja auch noch Mickey-Maus- und Yps-Hefte finanziert werden, und Weiße Mäuse, Gummi-Schlümpfe und Saure Spaghetti, die beim Bäcker für ein paar Pfennige einzeln aus großen Bonbongläsern verkauft wurden.

Im Winter haben wir unseren Schlitten am Ende unserer Straße querfeldein über einen Streifen Wiese und dann über einen holprigen Acker gezogen, wo man bei jedem Schritt Acht geben musste, sich nicht den Fuß zu vertreten. Dahinter liegt ein kleiner Hügel. Während des Aufstiegs haben wir uns darum gestritten, wer zuerst hinunterrodeln darf. Unser gemeinsames Gewicht hätte den Schlitten viel zu langsam gemacht. Alexandra hatte meistens die besseren Argumente: Sie war die Ältere; weil sie die Ältere war, war sie auch stärker und hatte deswegen beim Ziehen des Schlittens mehr getan als ich; sie hatte in Mathe eine Eins geschrieben, ich nur eine Drei, und das, obwohl sie zwei Klassen über mir und ihr Stoff folglich schwerer war ... Bei der Erinnerung muss ich beinahe lachen, bevor ich einen mikroskopisch kleinen Stich Mitleid mit Mama empfinde: Anscheinend war es immer schon unmöglich, eine Auseinandersetzung mit meiner Schwester zu gewinnen.

Als wir uns nachmittags in der Küche auf einen Kaffee treffen, fragt Morgan, ob Mama berufstätig gewesen sei. Ich erzähle ihm, dass sie vor Alexandras Geburt ungefähr zwei Jahre als Erzieherin gearbeitet hat. Danach sei es ihre Pflicht gewesen, sich um die Familie zu kümmern, statt sich selbst zu verwirklichen – so hat sie es jedenfalls gern dargestellt. Möglicherweise hätte der Familie ein bisschen weniger Kümmern sogar ganz gut getan.

Während des Abendessens kommt Morgan dann rein zufällig darauf zu sprechen, dass die siebziger Jahre für Frauen noch eine schwierige Zeit gewesen seien: Einen Beruf auszuüben war ihnen nur erlaubt, solange das ihre Pflichten als Ehefrau und Mutter nicht beeinträchtigt hat – und ob das der Fall war, hat allein der Ehemann entschieden. Ja, das war ganz sicher für viele Frauen nicht leicht. Ich kann mir allerdings beim besten Willen nicht vorstellen, dass mein konfliktscheuer Vater meine herrische Mutter dazu gedrängt haben könnte, ihren Job aufzugeben. Außerdem glaube ich nicht, dass Mama hätte berufstätig sein wollen. Allerdings weiß ich auch nicht, was sie sonst wollte. Glücklich war sie ganz offensichtlich nicht, aber die einzigen Wünsche, die sie je geäußert hat, haben Alexandras Leben oder meins betroffen. Und zwar in einer Weise, die für uns nicht infrage kam.

Schließlich scheint Morgan der Meinung zu sein, er hätte mich ausreichend zermürbt. »Ich finde, wir sollten hinfahren«, sagt er, mitten in einem zugegebenermaßen nicht besonders spannenden Film mit Tom Cruise, den ich ehrlich gesagt eh nur als Lestat in ›Interview mit einem Vampir‹ richtig gut finde.

»Zu meinen Eltern?« Ich schnappe nach Luft. »Nichts für ungut, aber ich finde, das sollten wir *nicht* tun!«

»Wieso nicht?«, fragt Morgan aufreizend fröhlich. »Das Treffen mit deiner Schwester ist doch auch ganz gut gelaufen. Wir fahren hin, du stellst mich vor, dem Anstand ist Genüge getan und die Normalität wiederhergestellt. Oder hast du vielleicht Angst, ich könnte mich daneben benehmen?« Er versucht es mit einem Zwinkern und einem Grinsen, dem ich normalerweise nicht widerstehen kann.

Diesmal bleibe ich hart. »Nein, natürlich nicht. Aber ...«

»Vergiss mal das ›Aber‹, Siska. Vertraust du mir?«

Siska. Das ist nicht fair! So leicht werde ich mich auf keinen Fall umstimmen lassen. »Was ist denn das jetzt für eine Frage?«, grummele ich.

»Eine ganz einfache, würde ich meinen. Du kannst sie mit ›Ja‹ oder ›Nein‹ beantworten oder mit ›Vielleicht‹, wobei ich für ›Vielleicht‹ gern eine Erklärung hätte.«

»Und für ›Nein‹ nicht?«

Morgan rollt die Augen. »Wie wäre es zur Abwechslung mal mit einer Antwort?«

Ich seufze. »Natürlich vertraue ich dir. Es gibt schließlich keinen Grund, es nicht zu tun.«

»Aha. Schön.« Seine hochgezogenen Augenbrauen behaupten das Gegenteil. »Nicht, dass man dafür unbedingt einen Grund bräuchte, aber okay.«

Dieser Miene, einer hollywoodreifen Mischung aus gekränkter Unschuld und edelmütiger Duldung, kann ich dann doch nicht widerstehen. »Idiot«, murmele ich und zupfe an der vorwitzigen Haarsträhne, die ihm mal wieder über die linke Braue hängt. Beim Gedanken daran, wie oft ich in den letzten knapp drei Jahren den Impuls unterdrücken musste, mir diese Strähne um den Finger zu wickeln oder sie ihm aus der Stirn zu streichen, durchflutet mich eine plötzliche Hitze. *Ich* war der Idiot, blind und taub für mich selbst, weil ich so sicher war, zu wissen, was gut für mich ist. Morgan wusste es besser.

Er hat den Kopf auf die Sofalehne gelegt und sieht zu mir hoch. Eine seltsame Ruhe strahlt von ihm aus, konzentriert sich im Leuchten seiner Augen, in den winzigen goldenen Einsprengseln am Rand der Iris. Ich bin jetzt am Zug, es ist allein meine Entscheidung. Die Wärme aus meinem Inneren breitet sich auf meinem Gesicht zu einem Lächeln aus, bevor ich mich über Morgan beuge und ihn küsse, sanft und ohne den Blick von seinen strahlenden Augen zu lösen.

Schließlich lasse ich mich neben ihn sinken, damit ich den Kopf an seine Schulter lehnen kann. »Also gut, du hast gewonnen.« Ein bisschen muss ich ihn noch necken – immerhin hat er mich gerade dazu gebracht, in etwas einzuwilligen, das ich nach wie vor nicht wirklich gut finde. Auch wenn es am Ende meine Entscheidung ist. »Wir fahren hin, ich stelle dich vor, wie brave Töchter das so machen. Meine Mutter wird mich zwar trotzdem nicht zu meiner ausgezeichneten Wahl beglückwünschen, und mein Vater wird wahrscheinlich gar nicht merken, dass wir da sind, aber was soll's. Die Normalität wäre damit auf jeden Fall wiederhergestellt.«

»Fein«, sagt Morgan. Eindeutig zufrieden. Nach einer kurzen Pause folgt ein Räuspern. Und dann: »Versprichst du mir, dass du sie morgen anrufst?«

Ich stöhne. Er stellt tatsächlich sicher, dass ich mich nicht doch noch aus der Affäre ziehe, indem ich es einfach vergesse. Bei dem Gedanken merke ich, dass ich tatsächlich mit dieser Option geliebäugelt hatte. »Was willst du denn noch von mir?«, frage ich, erschöpft von etwas, das ich nicht genau benennen kann.

Morgan antwortet mit diesem leisen Lächeln, das seine

Stimme wie eine Decke aus Samt klingen lässt: »Das habe ich dir doch schon gesagt. In diesem Café, Anfang Dezember.«

Ich wünsche mir, dass du glücklich wirst – das waren seine Worte, nachdem *ich* ihm gesagt hatte, dass ich das nicht kann, das mit uns. Wegen der Schatten. Weil ich ein Feigling bin.

»Ach, verdammt!« Ich reibe mir mit dem Ärmel über die Augen. Wenigstens verspüre ich diesmal keinerlei Drang, mich zu wehren, als Morgan die Arme um mich legt. Die Melodie, die er summt, habe ich zwar erst zwei Mal gehört, erkenne sie aber sofort: Das ist der neue Song, der noch keinen Namen hat. Meine Hand wandert zu meinem Hals und schließt sich fest um den kleinen USB-Stick.

Mama anrufen! notiere ich als erste Amtshandlung auf einem Post-it, sobald ich am nächsten Morgen an meinem Schreibtisch sitze. Den kleinen blassgelben Zettel klebe ich an den oberen Rand meines Bildschirms, mitten in mein Blickfeld. Dort wird er mich so lange nerven, bis ich der Aufforderung nachkomme. Die Chancen stehen ganz gut, dass das heute noch der Fall sein wird, wie ich es Morgan versprochen habe.

Tatsächlich dauert es nur bis zum frühen Nachmittag, bevor ich aufgebe. Weil Luiza unten beschäftigt ist und ich uns beiden weitere Peinlichkeiten wirklich gern ersparen möchte, telefoniere ich diesmal in meinem Arbeitszimmer. Und weil ich weiß, dass ich quasi gleich versuchen werde, ohne Flugschein einen Jet zu landen, probiere ich es als Erstes bei Alexandra auf dem Handy. Vielleicht kann sie mir ja noch einen Tipp geben.

Nach dem dritten Klingeln geht sie ran: »Franziska, hallo.« Sie klingt etwas gehetzt, wahrscheinlich ist das Wartezimmer voll. »Rufst du wegen der Reitbeteiligung an?«

Mist, das habe ich vollkommen vergessen! Ich bin kurz davor, irgendeine Ausrede für meinen Anruf zu erfinden – dass ich noch wissen wollte, wie alt Penny sei, oder etwas in der Art. Stattdessen reiße ich mich zusammen und sage meiner Schwester die Wahrheit, dass ich nämlich so mit mir und Mama beschäftigt war, dass ich völlig vergessen habe, Susanne anzurufen.

»Das kann ich dir wohl kaum verdenken. Worum geht es denn dann?«

Sie ist in Eile, anders als ich kann sie sich ihre Arbeitszeit nicht frei einteilen. Also raus mit der Sprache! »Ähm, du hast nicht zufällig einen Tipp für mich, wie ich mich vor Mama diesmal nicht komplett zum Affen mache?«

Alexandra lacht. »Ich habe fünf Minuten«, sagt sie dann, und ich kann hören, wie sie eine Tür zumacht. »Sag mir, was du ihr sagen willst. Nur den entscheidenden Teil, okay?«

Das tue ich – oder ich versuche es zumindest, denn Alexandra unterbricht mich nach den ersten anderthalb Sätzen in einer Stimmlage, die Mamas auf unheimliche Weise ähnelt, und fängt an, mir Vorwürfe zu machen. Ich reagiere erstaunlich patzig, obwohl mir durchaus bewusst ist, dass ich mit meiner Schwester spreche und das hier nur eine Art Generalprobe ist.

»Genau *so* machst du es nachher nicht«, sagt Alexandra trocken. »Einfach nicht drauf eingehen. Fang deinen Satz ganz ruhig von vorn an, und zwar immer wieder, so lange, bis sie dich ausreden lässt. Du willst ihr etwas mitteilen, nicht mit ihr diskutieren. Lass dich gar nicht erst drauf ein, sonst übernimmt sie die Gesprächsführung.«

Das klingt im Grunde tatsächlich ziemlich einfach. Und vor allem so, als könnte es funktionieren, wenn ich mich nur ein kleines bisschen zusammenreiße. Ich bedanke mich ebenso herzlich wie aufrichtig und notiere *Susanne anrufen!* auf einem weiteren Post-it. Dann wähle ich den Eintrag *Mama & Papa* aus dem Telefonbuch meines Festnetztelefons und gehe auf *Anrufen*.

Das Gespräch mit Mama ist besser verlaufen als gedacht, was ich vor allem Alexandras Rat zu verdanken habe. Ich musste zwar ein paar Mal innerlich bis zehn zählen, habe mich aber tatsächlich auf keine Diskussion darüber eingelassen, welche Sorgen sie sich meinetwegen mal wieder hätte machen müssen. Stattdessen habe ich ihr vorgeschlagen, dass Morgan und ich sie gerne demnächst besuchen kommen, damit sie sich selbst davon überzeugen kann, dass es keinerlei Anlass zur Sorge gibt. Daraufhin war es bestimmt eine halbe Minute still in der Leitung, bis Mama – immer noch kühl, aber irgendwie auch ein kleines bisschen neugierig – gesagt hat: »Übernächsten Sonntag haben wir noch nichts vor. Ihr könnt um drei zum Kaffee kommen.«

Okay, eine herzliche Einladung hört sich anders an, aber darum ging es mir ja nicht. Mit einem äußerst selbstzufriedenen breiten Lächeln im Gesicht habe ich zugesagt, mich verabschiedet und aufgelegt.

Als ich Morgan beim Abendessen von meinem Erfolg erzähle, hat sich meine Euphorie allerdings schon wieder merklich gelegt. Er scheint sich nicht daran zu stören. »Das passt doch wunderbar«, sagt er fröhlich. »Wenn wir um zehn ganz gemütlich losfahren, haben wir einen Puffer, falls es unterwegs Stau gibt. Und abends können wir irgendwo übernachten, wo es schön ist, und ein, zwei Tage dranhängen. Dann kommen wir doch noch zu unserem kleinen Ausflug.«

»Ich bin mir nicht sicher, ob uns im Anschluss an dieses Kaffeekränzchen noch nach einem Ausflug zumute ist«, gebe ich zu bedenken. »Nur, damit keiner von uns von falschen Voraussetzungen ausgeht: Ein Spaß wird das sicher nicht.«

Für einen winzigen Augenblick erscheinen über Morgans schmaler Nase zwei steile Falten, die ein spitzes kleines Dach bilden. Dann sagt er: »Herrje – wenn es mir gerade darum ginge, Spaß zu haben mit dir, würde ich ... Nein, das sage ich jetzt lieber nicht, sonst hältst du mich noch für einen Chauvi.« Das unverschämte Grinsen, das seinen Worten folgt, lässt allerdings erst gar keinen Zweifel daran aufkommen, was Morgan lieber nicht ausspricht.

Die Tage bis zum Sonntag der Wahrheit vergehen schneller, als mir lieb ist. Susanne hat sich über meinen Anruf gefreut, die Idee mit der Reitbeteiligung findet sie super: Emily quengelt regelmäßig, dass sie ein eigenes Pferd haben möchte. Auch wenn sie dem Reiten jetzt schon seit acht Monaten die Treue hält, will Susanne sich trotzdem noch nicht darauf verlassen, dass ihre lebhafte, an allem interessierte Dreizehnjährige nicht in ein paar Wochen ein neues Lieblingshobby hat. Da wäre eine Reitbeteiligung ein guter Kompromiss. Sie will Alexandra anrufen, sobald sie mit Emily und natürlich Alex darüber gesprochen hat.

Und Morgan ist ein schusseliger Sonnenschein, der so voller Energie steckt, dass er an manchen Tagen sogar vor mir aufsteht und längst in seinem Studio ist, bis ich beim Frühstück sitze. Wenn ich möchte, dass er zu einer bestimmten Zeit zum Abendessen oben ist, weil irgendetwas sonst anbrennt, verkocht oder schlicht kalt wird, muss ich etwa eine Stunde vorher damit anfangen, ihm Bescheid zu geben, dass das Essen gleich fertig ist, und das Ganze zwei bis drei Mal wiederholen. Dann besteht eine reelle Chance, dass unser Abendessen noch genießbar ist, wenn er endlich auftaucht. Aber damit kann ich leben.

Sven und Alex wirken ähnlich gut gelaunt – nur einmal höre ich die Tür zum Studio zuknallen, als ich schon Feierabend gemacht und mich mit einem Buch ins Wohnzimmer gesetzt habe. Kurz darauf steht Sven neben mir, die Arme verschränkt, seine ganzen hageren eins sechsundneunzig vibrierend vor gerechtem Zorn. »Wenn diese beiden Kindsköpfe nicht gleich damit aufhören, ›The Final Countdown‹ zu covern, schlage ich allen beiden mit ihren Gitarren den Schädel ein!«

Bis gerade eben hätte ich einen Eid geschworen, dass man Sven praktisch nicht aus der Ruhe bringen kann. Er hegt also entweder einen tief sitzenden Groll gegen Europe. Oder es war die letzten Wochen einfach etwas viel, selbst für ihn.

»Magst du dich setzen?« Ich klopfe neben mir aufs Sofa.

Svens schmaler, glattrasierter Schädel hat etwas Raubvogelartiges, wenn er so von oben auf einen herunterschaut. Für einen Moment steht er noch unentschlossen da, dann fällt die Spannung ganz plötzlich ab und er setzt sich.

»Vielleicht solltet ihr mal ein paar Tage Pause machen«, sage ich und denke, dass der Besuch bei meinen Eltern zumindest für die Band einen positiven Effekt haben wird. Dann ergänze ich: »Ich mag Europe übrigens auch nicht besonders – zu effekthascherisch.«

Das wiederum entlockt Sven ein Lachen. »Du solltest die beiden mal sehen! Als hätten sie noch nie auf einer Bühne gestanden und würden sich gerade vorstellen, im Madison Square Garden aufzutreten! Dabei haben wir dank Alex tatsächlich einen Countdown am Laufen. Und damit meine ich nicht nur das vorgezogene Release-Datum, das uns volle vier Wochen kostet. Mit diesem Fernsehauftritt hat er uns quasi zwangsverpflichtet, einen Hit zu schreiben. Das Ding muss mindestens so gut werden wie ›Dreamhunter‹ oder ›Don't fight the rain‹, Herrgott noch mal! Sonst geht so ein vermeintlicher PR-Coup nämlich ganz schnell nach hinten los, und du kannst was von *alternden Stars aus den Achtzigern* lesen, die es nochmal hätten wissen wollen, damit aber nur bewiesen hätten, dass man es manchmal besser bei der Erinnerung an die gute alte Zeit belässt.«

In dem Moment geht unten ein weiteres Mal die Tür auf. Kurz ist das dissonante Dröhnen einer voll aufgedrehten E-Gitarre zu hören, das garantiert zu keinem NoWay!-Song gehört. »Sven?«, ruft Morgan. »Hey, Mann, komm schon. Ein bisschen Spaß muss auch mal sein – danach geht die Arbeit umso flotter von der Hand.«

Sven seufzt.

»Hier steckst du also!« Morgan hat uns gefunden. »Kommst du noch mal runter, oder sollen wir es für heute gut sein lassen?« Mein Duracell-Rockstar wippt auf den Fußballen, als wüsste er nicht, wohin vor lauter Energie.

Ich tätschele Sven mitfühlend die Schulter. Der wirft mir im Aufstehen einen vielsagenden Blick zu, den ich nicht so recht deuten kann.

»Ich glaube, für heute reicht es«, sagt er zu Morgan. »Ich sollte Liv mal wieder anrufen, sonst denkt sie noch, ich sei von Aliens entführt worden.«

Es ist schön, dass wieder mehr los ist in diesem großen Haus. Und Morgan tut es definitiv gut. Die Tür zu seinem Arbeitszimmer ist allerdings nach wie vor geschlossen. Gelegentlich sehe ich Luizas Stirnrunzeln, wenn sie daran vorbeigeht.

Am Sonntagvormittag stehen wir pünktlich um zehn mit gepackten Koffern für zwei Übernachtungen vor der Tür zur Garage. Als ich nach meinem Schlüsselbund greifen will, schüttelt Morgan den Kopf. »Ich fahre«, sagt er so bestimmt, dass mein »Okay« die einzig mögliche Reaktion darstellt. Traurig bin ich ohnehin nicht darüber: Sein SUV ist auf langen Strecken deutlich bequemer als mein Kleinwagen, der außerdem langsam in die Jahre kommt.

Die knapp vierhundert Kilometer gleiten unter den großen Reifen nur so dahin, und wir haben Glück mit dem Verkehr, sodass wir fast eine Stunde zu früh von der

Autobahn abfahren. Bis zu dem Dorf, in dem meine Eltern wohnen, brauchen wir höchstens noch fünfzehn Minuten.

Morgan bittet mich, nachzusehen, wo der nächste Blumenladen ist. Als ob ich dazu Google bräuchte – ich habe annähernd zwanzig Jahre meines Lebens hier verbracht. »Im Kreisverkehr die erste Ausfahrt, dann nach dem Ortsschild links abbiegen«, sage ich. »Aber ehrlich gesagt glaube ich nicht, dass ein paar Blumen Mama besänftigen werden.«

Ich meine, einen leisen Tadel in Morgans Blick wahrzunehmen, als er kurz zu mir herüber sieht. »Vermutlich nicht, aber darum geht es auch gar nicht: Ich will ihr keine Blumen mitbringen, um sie zu besänftigen, sondern weil sich das so gehört. Wir können nur selbst das Richtige tun, weißt du, auf die anderen haben wir wenig Einfluss.«

Dazu gibt es nichts weiter zu sagen, also gehen wir Blumen kaufen.

Weil wir anschließend immer noch zu früh dran sind, frage ich Morgan, ob wir noch einen Spaziergang machen wollen. Er hat nichts dagegen, sich ein bisschen die Beine zu vertreten, bevor wir weitere zwei oder drei Stunden sitzend verbringen. Ich lasse ihn ums Dorf herum fahren und dann in einen Feldweg einbiegen. Ein paar Hundert Meter weiter, wo zwei Wege sich kreuzen, bitte ich ihn, anzuhalten und am Wegrand zu parken. Von hier aus können wir nachher zum Haus meiner Eltern laufen.

Ich bleibe einen Moment stehen, nachdem wir ausgestiegen sind, und drehe mich langsam im Kreis. Wie lange ist es her, dass ich zum letzten Mal hier war? Nicht bei meinen Eltern, sondern hier draußen, wo ich die glücklichsten Stunden meiner Kindheit verbracht habe, wenn ich nicht gerade in Narnia, Avalon oder Mittelerde unterwegs war? Anders als in Frankfurt liegt hier noch eine geschlossene Schneedecke, die im trüben Licht dieses ersten Sonntags im März matt schimmert. Mein Blick gleitet über Wiesen und Felder, an deren Rändern Gruppen von Sträuchern wachsen. Vom nächsten Dorf ist lediglich die Kirchturmspitze zu sehen, die zwischen den Hügeln aufragt. Den Horizont markiert das Wäldchen, hinter dem sich unser Badesee befindet, wobei es eigentlich Badeteich heißen müsste. Ich zeige auf die höchste Erhebung schräg vor uns, auf deren Kuppe eine einzelne Eiche thront. Ihre mächtigen Äste tragen eine Krone aus Schnee. »Das war unser Schlittenhügel.«

»Hast du manchmal Heimweh?«, fragt Morgan, der neben mich getreten ist.

Die Eiche hat meinen Blick festgehalten: die Gralsburg meiner Kindheit, ein mystischer, magischer Ort zwischen den Welten, dessen Geheimnis mir allein gehört hat. Ich kann den Wind in ihren Blättern wispern hören und die hohen Grashalme spüren, die mein Gesicht kitzeln, wenn ich mich zwischen die dicken Wurzeln setze, den Rücken an den rissigen Stamm gelehnt. Für einen Moment schließe ich die Augen, um noch einmal ganz dort zu sein. Das Wort ›Zuhause‹ wird durch meinen Kopf geweht, bleibt aber nicht hängen. Das hier ist Vergangenheit, eine Kulisse für Erinnerungen, die ich ab und zu gerne besuche. Aber bleiben möchte ich nicht. Also schüttele ich den Kopf. »Und du?«

Morgan antwortet nicht sofort. Sein Blick scheint durch Hügel und Bäume hindurch zu gehen. Ich kann mir vorstellen, was er stattdessen sieht: eine schroffe, schwarz-grüne Steilküste, an deren Fuß sich gischtend der Pazifik bricht. »Manchmal«, sagt er dann langsam, fast wie in Trance. »Für einen Augenblick. Bevor ich mich daran erinnere, warum ich weggegangen bin.«

Weil es auch dazu nicht wirklich etwas zu sagen gibt, greife ich einfach nach seiner Hand. Für eine Weile spazieren wir händchenhaltend über die Wege meiner Kindheit. Das lässt mich lächeln, und als Morgan zu mir herübersieht, lächelt er ebenfalls.

Es ist exakt zwei Minuten nach fünfzehn Uhr, als wir vor meinem Elternhaus stehen und mein Finger den altmodischen runden Klingelknopf betätigt. Von drinnen ist ein gedämpftes Schrillen zu hören, dann Schritte, die sich der Haustür nähern. Ich atme sicherheitshalber noch mal tief durch.

Mama öffnet die Tür und schafft es doch tatsächlich, so etwas wie ein Lächeln auf ihr Gesicht zu zaubern. Morgan hält ihr die Hand hin, bevor ich irgendetwas sagen kann. »Es freut mich sehr, Sie kennenzulernen, Frau Eibinger. Ich hoffe, Sie mögen Tulpen?« Er überreicht ihr den bunten Frühlingsstrauß mit der Andeutung einer Verbeugung.

»Mama, das ist Morgan«, sage ich unnötigerweise. Etwas Sinnvolleres fällt mir nicht ein.

Meine Mutter nimmt den Strauß mit einem Ausdruck entgegen, den ich nur als Verwunderung deuten kann. »Mich freut es ebenfalls, Morgan. Bitte, kommen Sie doch herein. Und nennen Sie mich Gisela.«

Möglicherweise zeigen die Blumen mehr Wirkung, als ich dachte – oder Mama ist dasselbe passiert wie dem Rest der Welt: Morgans Lächeln ist eine Waffe. Ich habe den Verdacht, dass ihm das durchaus bewusst ist.

Papa wartet etwas verloren in der Küche darauf, Morgan die Hand zu geben und mich kurz zu umarmen. Anschließend setzen wir uns an den großen Esstisch, der mit Mamas Meissener Porzellan eingedeckt ist. Das hat sie von ihren Eltern zur Aussteuer bekommen, Alexandra und mir war es praktisch bei Todesstrafe untersagt, uns auch nur die Nasen am Glas der Vitrine plattzudrücken, in der es seinen Platz hat. Jetzt ist es an mir, zu staunen: Mitten auf dem Tisch steht ein selbstgebackener Kirschkuchen mit Streuseln, den ich mir früher immer zum Geburtstag gewünscht habe. Genau wie damals muss Mama jahreszeitlich bedingt tiefgefrorene Kirschen oder welche aus dem Glas verwendet haben, was sie eigentlich nicht mag. Ein Friedensangebot?

Sobald ich das erste Stück probiert habe, strahle ich Mama an und bedanke mich dafür, dass sie extra meinen Lieblingskuchen gebacken hat. Ich werde mit einem weiteren Lächeln belohnt, das diesmal schon deutlich weniger bemüht wirkt.

Da sitzen wir also und halten uns an unseren Kaffeetassen fest, jedenfalls Mama, Morgan und ich – Papa hat ja seine Zeitung. Sie ist praktisch von selbst in seine Hände gewandert, sobald er sich gesetzt hatte. Meine Anspannung hat sich noch nicht völlig gelegt und lässt meinen Blick unruhig über ein Stillleben wandern, das sich seit meiner Kindheit kaum verändert hat. Die großzügig geschnittene Wohnküche wirkt mit ihren rostbraunen Fliesen, massigen Küchenschränken und schweren braunen Vorhängen über weißen Gardinen kleiner, als sie ist. Dazu kommt, dass praktisch jedes freie Fleckchen Wand mit Ziertellern, Porzellanengeln und sonstigem Nippes bedeckt ist, darunter auch zwei annähernd runde Tonscheiben mit bunten Abdrücken von Kinderhänden und ein von Alexandra gehäkelter Topflappen, dessen Gegenstück nie fertig wurde. Neu sind dagegen die Sitzkissen: Ihr orange-gelbes Karomuster mutet gegen das Beige ihrer Vorgänger beinahe avantgardistisch an. Während ich mich umsehe, kommt mir die weiße Villa plötzlich vor wie ein ferner Traum: unwirklich in ihrer kühlen Schönheit und dabei so zerbrechlich wie eine altmodische Schneekugel aus mundgeblasenem Glas. Für einen absurden Moment erfasst mich eine Welle kalter Angst – das Gefühl, aufgewacht zu sein und nicht zurückzukönnen.

Unter dem Tisch greift Morgan nach meiner Hand und drückt sie sanft. Offensichtlich ist er genauso real wie diese Küche und meine Eltern. Das versetzt mir beinahe den nächsten Schock, als hätte ich es noch immer nicht wirklich begriffen: Er und ich, das ist kein Traum mehr, keine Auszeit vom Alltag an einem Ort außerhalb der Welt, wo eigene Gesetze gelten. Ich habe allerdings keine Ahnung, wie viele Beweise ich dafür eigentlich noch brauche. Oder warum der Gedanke mich derartig erschreckt, dass dem Mann neben mir ein Schmerzenslaut entfährt, weil ich gerade seine Finger zu Brei quetsche.

Eilig lasse ich Morgans Hand los und will Mama eben ein Kompliment über die neuen Kissen machen, um das Ganze möglichst unauffällig zu überspielen, als nebenan im Wohnzimmer etwas vernehmlich auf den Teppichboden plumpst. Als ich mich umdrehe, sehe ich, wie die Wohnzimmertür aufgeschoben wird. In dem Spalt erscheint ein runder, roter spitzohriger Kopf, dem nach kurzem Zögern ein stämmiger rot getigerter Körper folgt.

»Ihr habt eine Katze?«, entfährt es mir. Ein Haustier ist so ziemlich das Letzte, das ich meinen Eltern zugetraut hätte – direkt nach einem Rucksacktrip durch Indien.

»Das ist Felix. Er kommt uns ab und zu besuchen. Hat wohl ein Nickerchen auf der Couch gemacht.« Papa hat seine Zeitung weggelegt und lächelt den Kater an. »Na, Felix, hast du Hunger?« Er steht auf, kramt in der Anrichte herum und zieht eine kleine Plastikschüssel und einen Beutel mit Katzenfutter heraus. Das Futter drückt er etwas umständlich ins Schälchen, streicht den Beutel mehrmals glatt, damit auch sicher nichts drinnen bleibt, und setzt das Schälchen immer noch lächelnd vor Felix ab.

Ich brauche zwei Anläufe, um meinen Mund zuzuklappen. Und um zu begreifen, was mich im nächsten Moment, als ich Mamas missbilligendes Stirnrunzeln bemerke, die Zähne aufeinanderpressen lässt, dass es beinahe knirscht: ein vollkommen unsinniger – und gerade deshalb umso schmerzhafterer – Stich Eifersucht. Ein Kater also hat meinen Vater aus seiner Beobachterrolle hervorgelockt und ihn, wie es scheint, sogar dazu gebracht, sich gegen meine Mutter durchzusetzen. Ich gratuliere. Am liebsten würde ich aufstehen und gehen, jetzt sofort, unter irgendeinem Vorwand. Aber Morgan hat seine Hand auf mein Knie gelegt. Für seine Finger ist es definitiv sicherer so. Ihre Wärme sickert durch den Stoff meiner Jeans, wandert nach oben und löst dabei den Knoten, der sich in meiner Magengegend gebildet hat. Ich atme tief ein und aus und schaffe es tatsächlich, meine Gesichtszüge wieder zu einem freundlichen Ausdruck zu sortieren.

Felix der Rote hat inzwischen die Soße von den Fleisch-bröckchen geleckt, fährt sich mit einer kleinen rosa Zunge genießerisch über die Schnauze und schlendert in Richtung Tisch. Dort geht er Papa einmal um die Beine, um dann zu uns herüberzulaufen. Und mit einem anmutigen kleinen Hüpfer auf Morgans Schoß zu springen, wo er sich zweimal um sich selbst dreht und sich dann zusammenrollt. Morgans Finger wandern so selbstverständlich ins Katzenfell wie sonst zu Gitarrensaiten. Nach wenigen Sekunden ist ein zufriedenes Schnurren zu hören.

»Mögen Sie Katzen?«, fragt Papa.

Morgan lächelt. Und antwortet mit einem Seitenblick zu mir: »Ich habe eine Schwäche für alles, was seinen eigenen Kopf hat.«

Mama ist zu sehr in ihren Ärger über Papa und den Kater vertieft, um die Vorlage für einen bissigen Kommentar zu nutzen. Papa dagegen kuckt ein wenig verwirrt, als wäre er nicht sicher, was die Worte bedeuten sollen. Oder als würde er sich plötzlich an etwas erinnern ... Wie ein Leuchtsignal durchzuckt mich der Gedanke: Was wäre, wenn? Wenn er gar nicht immer schon so war, mein Vater – ein schweigender Beobachter?

Ich kenne genug Geschichten über Frauen, die sich einen Mann aussuchen, der eigentlich gar nicht zu ihnen passt. Weil sie felsenfest davon überzeugt sind, dass der einzige Beweis wahrer Liebe die Veränderung ist, die er ihretwegen früher oder später vornehmen wird. Oder weil sie das Gefühl brauchen, jemanden besser machen zu können, nach ihrer Definition. Indem sie zum Beispiel aus einem Träumer voller wunderbarer, aber leider wenig realistischer Ideen einen bodenständigen Familienvater formen. Erstaunlicherweise scheinen gar nicht so wenige Männer nur darauf zu warten, in ein solches Umerziehungsprogramm aufgenommen zu werden.

Ob mein Vater mal einer von denen war? Meiner Mutter würde ich durchaus zutrauen, ihre Bestimmung darin gesehen zu haben, einem »vielversprechenden jungen Geschichtsstudenten die Flausen auszutreiben«. Ich kann beinahe ihre Stimme hören: gravitätisch, mit diesem selbstbewussten Unterton, der über die Jahre die Überzeugung in dir reifen lässt, dass du einfach Unrecht haben *musst*.

Ich betrachte ihr mürrisches Gesicht, die tiefen Falten auf der Stirn und neben Nasenflügeln und Mundwinkeln, und plötzlich tut sie mir leid. Weil eine solche Lebensaufgabe zum Scheitern verurteilt ist, ganz gleich, wie viel Mühe man sich gibt. Weil eine solche Beziehung, wenn man das Teilen von Wohnraum denn so nennen möchte, zum Scheitern verurteilt ist, auch wenn sie nicht mit einer Scheidung endet. Und weil ihr das vermutlich bis heute nicht einmal bewusst ist. Sie hat getan, was man ihr beigebracht hat, hat sich an alle Regeln gehalten – und nie bekommen, was ihr versprochen wurde.

Es ist ein seltsames Gefühl, dieses Mitleid, nach all den Jahren voller Selbstzweifel, des Ringens um Anerkennung und schließlich der stummen Ablehnung. Ein seltsam befreiendes Gefühl.

Ich schiele zu Morgan hinüber, der nach wie vor den Kater krault. Kann es sein, dass seine bloße Gegenwart mich die Welt mit anderen Augen sehen lässt? Nein, falsch – nicht mit *anderen* Augen, mit *offenen* Augen! Als hätte er mir eine Tür zu mir selbst geöffnet, die ich vermutlich höchstpersönlich irgendwann zugeschlagen habe, weil ... Weil es anstrengend ist. Zu sehen, zu fühlen, zu denken – sich auseinanderzusetzen, jeden Tag. Weil es so viel einfacher ist, sich hinter den Rollen zu verstecken, die andere von uns erwarten, uns regelrecht aufdrängen. Eltern, Freunde, Partner, Chefs: Sie alle wissen im Zweifelsfall besser, wer wir sein sollen, als wir selbst. Also warum nicht einfach nachgeben, sich in das Unvermeidliche fügen?

Weil man sonst so endet wie mein Vater. In einer Art innerer Emigration, gleichgültig gegen das Leben, gegen Freude ebenso wie gegen Schmerz. Zumindest bis ein stämmiger roter Stubentiger auftaucht, der offensichtlich über mehr Geduld und Hartnäckigkeit verfügt als ich.

Ich lege den Kopf an Morgans Schulter, wozu ich mich ein wenig zusammensinken lassen muss, und lausche schmunzelnd Papas Bericht, wie Felix im letzten Frühjahr immer wieder in den Garten stolziert ist und ihm beim Heckeschneiden oder Unkrautjäten Gesellschaft geleistet hat, bis er sich grummelnd dazu herabgelassen hat, ihn zu streicheln. Als der Kater dann vor einem knappen halben Jahr im strömenden Regen vor der Terrassentür saß, stoisch, ohne zu maunzen oder an der Tür zu kratzen, da musste er ihn doch hereinlassen, oder etwa nicht? Dem können Morgan und ich nur zustimmen, während die Furchen auf Mamas Stirn wohl bald dem Mariannengraben Konkurrenz machen werden.

»Ich habe eine Katzenklappe einbauen lassen, damit er rein und raus kann, und Sie werden es nicht glauben, der kleine Teufel hat sofort begriffen, wie das Ding funktioniert!« Papa platzt beinahe vor elterlichem Stolz.

»Ein kleiner Einstein also«, flüstert Morgan dem Kater zu, der gähnend ein Vorderbein ausstreckt und eine Kralle in meine Jeans hakt.

Ich kraule Felix' Kopf und fühle mich auf eine Weise geborgen, die mich an meine Kindheit erinnert, an die Eiche und endlose Sommertage ohne Pflichten oder Sorgen. Eine klamme Furcht folgt dem Gefühl fast auf den Fuß, wie könnte es anders sein, aber ich verscheuche sie mit einem entschlossenen *Jetzt nicht!* und bin sogar ein kleines bisschen stolz auf mich.

Als es schließlich Zeit wird, sich zu verabschieden, kommt Papa mit in den Flur. Morgan hilft mir gerade in die Jacke, als mein Vater sagt: »Warum bleibt ihr nicht noch zum Abendessen, bis ihr daheim seid, ist es doch sicher viel zu spät zum Kochen?«

Ich habe meinen Eltern nicht erzählt, dass wir heute nicht mehr zurück nach Frankfurt fahren. Papa kann also nicht wissen, dass in einem Hotel am Ammersee ein Drei-Gänge-Menü auf uns wartet. Trotzdem frage ich mich, wie Mama an einem Sonntagabend ein – in ihren Augen angemessenes – Abendessen für vier Personen auf den Tisch zaubern soll, in einem Haushalt, in dem seit Jahren nur noch für zwei eingekauft wird. Ganz kurz stelle ich mir vor, wie ich ihr vorschlage, einfach Pizza zu bestellen. Dann erlöse ich sie. »Beim nächsten Mal sehr gerne, aber heute werden wir quasi schon zum Essen erwartet.«

Während der Fahrt Richtung Ammersee – wir nehmen die Autobahn, weil es ohnehin fast dunkel ist – ist Morgan ungewöhnlich schweigsam. Er hat das Radio eingeschaltet, was schon deshalb merkwürdig ist, weil er Musik normalerweise bewusst auswählt. Ich will ihn gerade fragen, ob alles in Ordnung ist, als mein Handy klingelt. Ein Blick aufs Display lässt mich lächeln. »Nora! Hi, wie geht's dir?«

Die Stille, die mir antwortet, und ein Knacken in der Leitung lassen mich erst glauben, dass die Verbindung direkt wieder unterbrochen wurde. Dann sagt Nora doch noch etwas, mit einer Stimme, die so von Schluchzern erschüttert wird, dass ich sie kaum erkenne: »Ich ... bin ... schwanger ...«

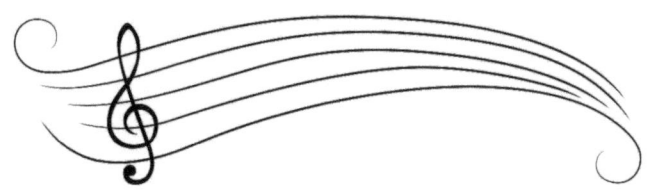

ZWÖLF

So habe ich Nora noch nie erlebt, in über zwei Jahren nicht, obwohl es mehr als eine handfeste Krise gab. Selbst der *Zwischenfall* im Dezember hat sie nicht derart aus der Bahn geworfen. Wir haben sie mit in die Villa genommen – ich wusste nicht, was ich sonst hätte tun können, und Morgan war sofort einverstanden. Es war das erste Mal, dass die beiden sich wiedergesehen haben, seit Nora ihn verlassen hat. Nach *dieser Sache* haben sie nur telefoniert.

Als ich Noras Anruf angenommen hatte, hat Morgan kurz zu mir herübergesehen. Dann hat er ohne ein weiteres Wort die nächste Ausfahrt genommen und wir sind zurückgefahren, über Memmingen nach Kempten. Ich habe Nora gesagt, dass wir kommen, ob sie will oder nicht. Sie hat sich etwas beruhigt oder auch einfach nur zusammengerissen, wollte sich noch frischmachen. Wir haben aufgelegt, und ich habe im Hotel Bescheid gegeben, dass wir unsere Buchung stornieren müssen.

Nora hat sich wirklich bemüht, gefasst zu wirken, als sie uns die Tür geöffnet hat. Aber als ich sie in den Arm genommen habe, sind ihr schon wieder die Tränen übers Gesicht gelaufen, das fleckig und verquollen war und so gar nicht mehr an eine Porzellanpuppe erinnert hat. Morgan stand hinter mir in der Tür, als wisse er nicht, ob er hereinkommen darf. Für einen Moment hat Nora ihn nur angesehen, nachdem sie sich von mir gelöst hatte. Dann ist sie zu ihm gegangen und hat ihn fest umarmt. Er hat über ihren Kopf hinweg zu mir herüber gesehen und gelächelt: ein wenig verlegen, ein wenig überrascht und sehr erleichtert. Das war sein Beweis, dass er nicht alles falsch gemacht hat, dass es Dinge gegeben hat, die gut waren. Und es immer noch sind. Ich denke, für ihn war Noras Umarmung fast eine Art Absolution. Die Verletzungen, die sie sich gegenseitig zugefügt haben, können nicht ungeschehen gemacht, aber sehr wohl vergeben werden.

Ich wollte sein Lächeln erwidern und musste feststellen, dass ich anscheinend vergessen hatte, wie das geht: lächeln. Meine Gesichtsmuskulatur hat sich steif angefühlt, als wäre ich stundenlang durch eisigen Wind gelaufen. Daraufhin ist Morgans Lächeln einem fragenden, fast besorgten Ausdruck gewichen, und ich habe es mit einiger Anstrengung doch noch geschafft, meine tauben Mundwinkel nach oben zu zwingen. Ich kann nur hoffen, dass es halbwegs überzeugend aussah. Dabei weiß ich bis jetzt nicht, was eigentlich mit mir los ist. Ich habe mir schließlich lange genug gewünscht, dass die beiden sich endlich wiedersehen, vor allem wegen Morgan. Ich weiß ja, dass Nora ihm nichts nachträgt, und ich wollte, dass er das nicht nur hört, sondern spürt. Damit er sich selbst vergibt.

Ich wollte das, genau so.

Es ist nur ... Ich wusste nicht, dass es *so* aussehen würde, dieses Bild: Morgan und Nora. So ..., so verdammt ...

›Richtig‹. *Das ist das Wort, das du suchst,* meldet sich meine alte Freundin zuverlässig zu Wort. Das ist genau die Art von Hilfe, die ich jetzt brauche! Und wenig überraschend hat sie recht: Es sah verdammt richtig aus, dieses Bild.

Gestern Abend haben wir auf der Heimfahrt einfach an einer Autobahnraststätte gehalten und ein paar Sandwichs und Kaffee für unterwegs besorgt. Bis wir wieder in der Villa waren, wollten wir alle drei nur noch ins Bett. Nora hat das Gästezimmer neben meinem Büro angesteuert, bevor ich es seltsam finden konnte, dass sie nicht in ihrem alten Schlafzimmer übernachten würde. Dafür wird das Frühstück heute zur Herausforderung: Ich kann mich einfach nicht entscheiden, wo ich Noras Gedeck hinstellen soll. Immerhin ist *ihr* alter Platz neben Morgan freigeblieben, weil ich noch immer auf *meinem* alten Platz ihm gegenüber sitze. Andererseits wäre das vermutlich mehr als seltsam für jeden von uns …

Nora, die eben mit dem Brotkorb aus der Küche kommt, wirft mir nur einen kurzen Blick zu. Dann nimmt sie mir das Gedeck aus der Hand und stellt es an den Platz neben meinem. Sie hat letzte Nacht in dem Haus, das siebzehn Jahre lang ihr Zuhause war, in einem Gästezimmer geschlafen. Und das nicht eben gut, den Schatten unter ihren Augen nach zu urteilen. Trotzdem findet sie mühelos die naheliegende Lösung. Vermutlich bin ich der einzige Mensch auf der Welt, der *nicht* sofort auf diese Idee gekommen ist.

Wir reden kaum beim Frühstücken: Nora ist unnatürlich still und in sich gekehrt. Und Morgan scheint sich in ihrer Gegenwart genauso hilflos zu fühlen wie ich. Wir sind es eben beide nicht gewöhnt, dass es Nora ist, die sich in ihren eigenen Gedanken verirrt hat. Während ich zum fünften Mal meinen Kaffee umrühre, um irgendetwas zu tun zu haben, sehe ich kurz zu Morgan hinüber, beinahe schuldbewusst, als würde ich etwas Ungehöriges tun. Er fängt meinen Blick auf, als hätte er mich die ganze Zeit beobachtet. Seine Mundwinkel deuten ein Lächeln an, das wohl niemand außer mir bemerken würde. Ich frage mich, ... Vielleicht wäre all das zwischen uns nie passiert, wenn wir in diesem Burger King nebeneinander gesessen hätten? Wenn wir uns nicht so selbstverständlich, so unauffällig hätten in die Augen sehen können? Vielleicht sind es viel öfter, als wir denken, die Kleinigkeiten, die den Unterschied machen?

Es dauert fast den ganzen Tag, bis ich Nora dazu bringe, mir zu erzählen, was passiert ist. Ich habe uns eine Kanne Tee gekocht, die ich auf ein Stövchen stelle, weil das tanzende Flämmchen eines Teelichts zumindest auf mich immer ein wenig beruhigend wirkt. Wir sitzen in ihrem ehemaligen Arbeitszimmer auf dem weinroten Plüschsofa, das sie hier gelassen hat. Für manche Dinge ist ein kleiner Raum mit geschlossener Tür einfach besser geeignet als die weiße Weite unten, obwohl wir da genauso ungestört wären: Morgan ist ins Fitnessstudio gefahren, das ist die letzten Wochen zu kurz gekommen, und Sven und Alex denken ja, dass wir erst morgen Abend zurückkommen.

»Ich habe eine Riesendummheit gemacht«, flüstert Nora schließlich. Sie umklammert ihre Teetasse mit beiden Händen. Ich muss mich nah zu ihr beugen, um sie verstehen zu können. »Ich dachte einfach nicht, dass es so schnell gehen würde. Ich habe die Pille genommen, seit ich siebzehn war, da kann es locker ein Jahr dauern, noch dazu in meinem Alter. Und ewig habe ich schließlich auch nicht mehr Zeit ... Und wir hatten doch darüber gesprochen!« In ihre Stimme kehrt ein klein wenig Kraft zurück.

Ich denke, die fehlenden Details kann ich mir zusammenreimen: Nora wollte immer Kinder haben. Vielleicht hat sie Morgan am Ende vor allem deshalb verlassen. Sören schien der Mann zu sein, mit dem ein solches Leben möglich ist; eine verlässliche Beziehung, eine planbare Zukunft. Eine Familie. Sie hat mir schon vor einer ganzen Weile erzählt, dass sie mit ihm über ihren Kinderwunsch gesprochen hat, und dass er sich darauf freuen würde, Vater zu werden. Irgendwann. So hat sie es mir gesagt: *Er freut sich schon richtig darauf, irgendwann Vater zu werden.*

Nora wird sechsunddreißig. Sie wartet im Grunde schon seit Jahren darauf, ihre biologische Uhr tickt, wie man so schön sagt. Sören ist knapp drei Jahre jünger als sie und hat vermutlich gerade erst angefangen, sich mit dem Thema auseinanderzusetzen. Nach allem, was ich von Nora weiß, ist er nicht gerade der häusliche Typ, jedenfalls noch nicht. Wenn er nicht arbeitet oder sich auf Skiern oder Fahrrad auspowert, ist er unterwegs, um Freunde und Bekannte zu besuchen, die über die halbe Welt verteilt sind. In seiner Vorstellung war ›irgendwann‹ vermutlich frühestens in ein paar Jahren.

Dann hat Nora beschlossen, die Pille abzusetzen – anscheinend, ohne mit ihm darüber zu sprechen, weil sie dachte, es würde ohnehin noch eine ganze Weile dauern, bis sie tatsächlich schwanger werden könnte. Jetzt *ist* sie schwanger und Sören offenbar alles andere als begeistert.

»Wahrscheinlich war euer Gespräch für Sören noch rein theoretisch. An den praktischen Teil muss er sich sicher erst mal gewöhnen.« Ich versuche, aufmunternd zu klingen.

Nora funkelt mich an. »Geschenkt – das gibt ihm aber noch lange nicht das Recht, mir vorzuwerfen, ich hätte ihn benutzt! Als ob ich jemanden brauchen würde, der Alimente zahlt! Wenn ich einfach nur ein Kind gewollt hätte, wäre ich zu einer Samenbank gegangen, verdammt noch mal. Ich wollte ihn – ein Leben mit ihm. Eine Familie. *Unsere* Familie ...«

Für einen Augenblick denke ich, dass jetzt doch noch mal die Tränen kommen, aber Nora blinzelt nur. Auf einmal erkenne ich unter ihren schönen, ewig mädchenhaften Zügen wieder diese gewisse Härte, diese Entschlossenheit, um die ich sie beneidet habe. Und für die, das weiß ich plötzlich so sicher, wie Licht und Schatten zusammengehören, Morgan sie geliebt hat. Weil sie das Gegenteil ist von unserem ständigen Zögern und Zweifeln, diese kraftvolle, manchmal vielleicht etwas eigensinnige Überzeugung. Nora hat Morgan Halt gegeben. Ganz anders und doch genauso stabil wie Stefan mir. Einen Halt, den ich ihm niemals werde geben können.

»Ist jetzt auch egal«, sagt Nora und setzt ihre Teetasse ab. »Danke, dass ihr mich hergeholt habt, Franziska. Ein bisschen Ablenkung kann ich gut gebrauchen. Was gibt es denn bei euch Neues – ihr wart bei deinen Eltern, hast du gesagt?«

Das ist definitiv wieder die Nora, die ich kenne.

Es gibt ein großes Hallo, als Sven Nora in der Villa vorfindet. Sie scheint sich ebenfalls richtig zu freuen, ihn mal wieder zu sehen. Zwischen Alex und Nora herrscht dagegen eine vorsichtige Freundlichkeit, als würden sie prüfen, ob ihr Waffenstillstand noch Bestand hat.

Abends bleibt Sven zum Essen und eröffnet uns, bevor Alex sich verabschiedet, dass Liv uns alle in ihr Restaurant einladen möchte.

Ich habe sie letztes Jahr an Morgans Geburtstag kennengelernt, und beim Silvesteressen war sie auch mit dabei, abgesehen davon habe ich sie aber nicht mehr gesehen. Zwar gab es auch keinen richtigen Anlass, trotzdem könnte ich mir vorstellen, dass sie sich ein bisschen ausgeschlossen fühlt. »Hört sich toll an!«, sage ich deshalb, weil irgendwer ja die erste Antwort geben muss.

Alex neben mir nickt begeistert, anscheinend hat Susanne schon mehrfach vorgeschlagen, Livs Restaurant mal auszuprobieren. Ich kann mich gut erinnern, wie die beiden Rezepte ausgetauscht haben.

Und Morgan, der die Arme um mich gelegt hat und mich im Takt eines Songs wiegt, den nur er hören kann, lässt Sven wissen, dass er ohnehin längst platzen würde vor Neugierde auf die Kochkünste, die ihn endlich wieder in eine Beziehung gelockt hätten. Sven wirft Morgan einen *Jeder Kommentar wäre unter meiner Würde*-Blick zu und sagt dann, zu Nora gewandt: »Alles klar, ich frage sie, wann sie einen Tisch für sechs Personen hat. Du kommst auch mit, keine Widerrede.«

»Als ob ich in diesem Haus noch irgendetwas zu sagen hätte.« Nora grinst, damit ich sie ja nicht falsch verstehe.

Livs Restaurant trägt den schönen Namen ›Hexenküche‹, sieht drinnen aber nicht annähernd so rustikal aus, wie der Name vermuten ließe. Champagner und Weinrot sind die vorherrschenden Farben, dazu ein dunkler, fast schwarzer Holzboden, filigrane silberne Kerzenleuchter auf den Tischen und darüber Miniatur-Kronleuchter mit unzähligen winzigen LED-Lämpchen. Liv strahlt richtig, als sie uns begrüßt und von Susanne, Nora und mir mit Komplimenten zum Ambiente überhäuft wird.

»Hebt euch noch ein bisschen Lob fürs Essen auf«, schmunzelt Sven. »Das hat es nämlich wirklich verdient.« Dafür wird er von Liv mit einem schnellen Kuss belohnt, wozu sie sich auf die Zehenspitzen stellen muss.

Schon die Speisekarte zu lesen, ist ein Genuss: Vom deftigen Wildschweinbraten über Saiblingsfilet an Zitronensahne bis zu vegetarischen Kräuternocken mit Joghurt-Minz-Sauce ist an jeden Geschmack gedacht. Ich schiele bereits auf eine Zabaione zum Nachtisch.

Wir haben eben mit dem Essen angefangen – und unisono mit dem Reden aufgehört –, als am Nachbartisch eine Familie Platz nimmt. Der Vater wirkt eher bullig als korpulent, sein offensichtlich teures Jackett spannt ein wenig um die Schultern und am Rücken. Seine Frau hat dagegen etwas Gazellenhaftes in ihrem schlichten, asiatisch anmutenden Kleid mit kurzen Ärmeln und einem kleinen Stehkragen. Ihr glänzend schwarzes Haar hat sie zu einer eleganten Hochsteckfrisur drapiert. Trotzdem ist es die Tochter der beiden, die uns alle von unseren Tellern aufblicken lässt. Mit einem kräftigen Ruck zieht sie ihren Stuhl vom Tisch weg, bevor der Kellner eine Chance hat, ihr behilflich zu sein. Dann lässt sie sich mit einem hörbaren Plumps auf die Sitzfläche fallen, streckt die Beine aus und verschränkt die Arme vor der Brust. Ihre Hände verschwinden in den Ärmeln eines übergroßen Hoodies, der vor etlichen Wäschen vermutlich mal schwarz gewesen ist. Kurz glaube ich, das Aufblitzen eines Nasen-Piercings zu sehen, bevor sie das Kinn auf die Brust senkt und lange schwarze Strähnen ihr Gesicht verdecken. Ich kann die Spannung, die in der Luft liegt, mit Händen greifen und merke, wie ich unwillkürlich die Schultern hochziehe.

»Du setzt dich jetzt *sofort* anständig hin«, sagt der Vater in einem Ton, der mich frösteln lässt. Die Tochter hebt den Kopf und sieht ihn aus schmalen Augen an, bevor sie der Aufforderung mit einem Schnauben nachkommt. Sie muss Druck auf den Stuhl ausüben, während sie ihn näher an den Tisch zieht, so, wie die Stuhlbeine auf dem Holzboden quietschen.

»Rebecca!« Der Vater lässt seine flache Hand auf den Tisch klatschen. Ich zucke zusammen, obwohl das schwere Tischtuch das Geräusch dämpft. Neben mir höre ich Morgan tief einatmen.

»Ich heiße Becs«, sagt das Mädchen aufreizend ruhig.

»Nein, tust du nicht! Kein vernünftiger Mensch will wie eine Biermarke heißen, Herrgott nochmal!« Mittlerweile sind auf den Wangen des Vaters deutlich zwei rote Flecken zu erkennen. Als seine Tochter nichts erwidert, dreht er sich zu seiner Frau. »Ich hatte dich ausdrücklich gebeten, dafür zu sorgen, dass sie sich was Anständiges anzieht! Ist das da etwa deine Vorstellung von ›anständig‹?«

Was die Mutter antwortet, kann ich nicht verstehen. Zum einen, weil sie so leise spricht, zum anderen, weil das Mädchen im selben Moment aufsteht, sich auf der Tischplatte aufstützt und sich fast angriffslustig nach vorne beugt. »Lass sie da raus und leg dich mit jemandem an, der sich wehren kann!«

Dass der Vater daraufhin explodiert, wundert glaube ich niemanden. »Es reicht, Rebecca!«, ruft er laut genug, um auch die Gäste an den entferntesten Tischen aufsehen zu lassen. »Ich habe mir deine Unverschämtheiten lange genug bieten lassen, jetzt ist Schluss. Du wartest im Auto, während deine Mutter und ich essen.«

Daraufhin nimmt Rebecca oder Becs seelenruhig wieder Platz. »Ach ja?«, sagt sie mit einem süffisanten Lächeln.

Ihr Vater ist sehr viel schneller aufgestanden und um den Tisch herum, als ich es ihm zugetraut hätte. Er hat sie am Arm gepackt und von ihrem Stuhl hochgezogen, bevor ihr klägliches »Au, du tust mir weh« ganz verklungen ist. Während er sie Richtung Ausgang zerrt, verbinden sich die Unmutsäußerungen der anderen Gäste zu einem anschwellenden Rauschen.

Im nächsten Moment steht Morgan neben Vater und Tochter, ohne dass ich sagen könnte, wie er da so plötzlich hingekommen ist. Er packt den freien Arm des Mannes und verdreht ihn mit einem Ruck auf dessen Rücken. »Lassen Sie sie los«, sagt er gerade laut genug, als dass es über den langgezogenen Schmerzenslaut zu hören ist. Aus dem Restaurant kommt vereinzelter Applaus. Mir gegenüber hat Susanne die Hand vor den Mund geschlagen, Sven ist bereits aufgestanden, Alex noch in der Bewegung.

Der Vater hat sofort losgelassen, aber Morgan wartet noch ein oder zwei Sekunden, bevor er den verdrehten Arm freigibt. Der Mann wendet sich nach seiner Frau um, während er sich die schmerzende Stelle reibt. »Wir gehen!« Dann macht er einen Schritt zurück und mustert Morgan ebenso kühl wie gründlich von Kopf bis Fuß. Zumindest vor sich selbst hat er seine Überlegenheit zurückgewonnen, wie sein hämisches Lächeln zeigt, als er sagt: »Und Sie hören von meinem Anwalt, Sie Möchtegern-Held.«

In der Tür des Restaurants dreht Becs sich noch einmal um und hebt grüßend die Hand. Sie wirkt eher vergnügt als ängstlich.

Morgan sieht starr geradeaus, als er an unseren Tisch zurückkehrt. Er vermeidet ganz bewusst den Blickkontakt, den etliche andere Gäste suchen. Ich bin mir ziemlich sicher, zwischen den wohlwollenden auch etliche missbilligende Blicke zu entdecken. Rechts von mir stößt Nora die Luft aus. »Das ging gerade noch mal gut«, murmelt sie.

Ich komme nicht dazu, zu fragen, was sie damit meint, weil Morgan sich in dem Moment wieder neben mich setzt. Und Alex ihn anfährt: »Was sollte *das* denn, bitteschön?«

Das wäre jetzt der richtige Moment für eine Ablenkung, für irgendeinen ebenso intelligenten wie unverfänglichen Satz – aber mir fällt absolut nichts ein. Mein Kopf ist leergefegt vom Schrillen der Alarmsirenen. Morgan vibriert vor mühsam unterdrückter Wut.

»Nicht jetzt, Alex«, sagt Nora scharf, die dasselbe kommen sieht wie ich. Aber da ist es schon zu spät. Mit einer geschmeidigen Bewegung weicht Morgan meiner Hand aus, die ich auf seine Schulter legen wollte, und steht wieder auf. Alex tut es ihm gleich.

»Na, na«, versucht es Sven. »Jetzt beruhigen wir uns erst mal alle, okay?«

Er wird von zwei Seiten niedergestarrt, bevor Alex sagt: »Ich habe recht, und das wisst ihr. Wir haben doch überhaupt keinen Schimmer, was in dieser Familie los ist! Habt ihr gesehen, wie das Mädchen aussah? Die Unschuld vom Lande ist sie jedenfalls auch nicht. Sich da einzumischen, ist einfach nur unüberlegt. Morgan hatte sich nicht unter Kontrolle – mal wieder. Und das Ergebnis ist mindestens eine Anzeige wegen Körperverletzung, und wenn es dumm läuft, kommen noch ein paar negative Schlagzeilen obendrauf.«

Morgan macht ein Geräusch, das mit viel Fantasie ein Lachen sein könnte. »Darum geht es dir also, um die Presse! Warum überrascht mich das jetzt nicht? Denkst du eigentlich gelegentlich auch mal an etwas anderes als an deinen eigenen Vorteil, Alex?«

»Okay, das reicht jetzt«, probiert Sven es ein weiteres Mal.

Aber Morgans Worte haben Alex getroffen, das sieht man ihm an. Er wird jetzt nicht einfach aufhören, das weiß ich schon, bevor Susanne zaghaft »Alex, Schatz …« sagt und er zu ihr herumfährt. »Willst du mir jetzt etwa auch noch in den Rücken fallen?« Eine solche Behandlung ist Susanne ganz offensichtlich nicht gewöhnt. Sie sieht ihren Mann nur sprachlos an, während Alex sich wieder Morgan zuwendet. »Ich gratuliere, Morgan! Das Publikum hast du wie immer auf deiner Seite! Offenbar finden die Damen es sogar irgendwie liebenswert, dass du dich permanent von deinen Impulsen leiten lässt, statt wenigstens ab und zu dein Hirn einzuschalten. Wenn ich allein an letztes Jahr denke ...« Alex lässt den Satz unvollendet, aber natürlich wissen wir alle, worauf er anspielt: *die Sache mit der Pistole.*

»Ich glaube wirklich nicht, dass du möchtest, dass ich mich so wie du verhalte, Alex«, sagt Morgan so leise, dass ich ihn kaum verstehe. Sein Blick zuckt ganz kurz zu Nora.

»Was soll das denn bitte heißen?« Alex klingt plötzlich nervös. Der Blick ist ihm nicht entgangen.

Morgan starrt ihn an, sucht Augenkontakt und hält ihn. Unerbittlich. Dann sagt er sehr langsam: »Du weißt verdammt genau, wovon ich rede – und vielleicht ist es verdammt noch mal Zeit, dass du kapierst, dass ich es auch weiß.«

Ich sehe unwillkürlich zu Nora hinüber, die den Kopf gesenkt hat und für einen Moment die Augen schließt, in Erwartung des Unvermeidlichen. Ich muss endlich irgendetwas tun, bevor Morgan tatsächlich Alex' Affäre mit Nora zur Sprache bringt, hier, vor Susanne! In Ermangelung irgendeiner besseren Idee stoße ich mein Weinglas um. Das leise Klirren, gefolgt von dunklem Rotwein, der sich wie Blut auf dem champagnerfarbenen Tischtuch ausbreitet, lässt die anderen nicht einmal blinzeln.

Ich sehe Alex und Morgan zeitgleich den Mund öffnen. Im selben Moment brüllt Sven: »Stopp!«, so laut, dass sich schon wieder sämtliche Köpfe im Restaurant nach uns umdrehen. Dann zischt er: »Raus hier! Alle beide! *Sofort!*«

Alex' Hals und Wangen leuchten mit meinem verschütteten Wein um die Wette, während Morgans Gesicht vollkommen blutleer wirkt. Aber beide lassen sich widerstandslos von Sven in Richtung Ausgang schieben.

»Scheiße«, sagt Nora.

Susannes Blick folgt den drei Männern, bis die Tür der Hexenküche hinter ihnen zufällt. Für einen winzigen Augenblick gleitet ein Schatten über ihr Gesicht. Er ist so schnell wieder verschwunden, dass ich mich frage, ob ich ihn mir nur eingebildet habe. Oder kann es sein, dass sie weiß oder zumindest ahnt, was vor vierzehn Jahren gewesen ist – aber beschlossen hat, es nicht zu wissen? Sie hat Nora gern, und sie liebt ihren Mann, das ist offensichtlich. Was geschehen ist, lässt sich nicht mehr ändern. Vielleicht fällt es leichter, nach vorne zu sehen, wenn man die Vergangenheit keiner allzu genauen Prüfung unterzieht?

Ich frage mich, ob ich das könnte: es einfach gut sein lassen. Nicht mehr darüber nachdenken. Ohne Groll nach vorne sehen. Oder ob ich, wie Morgan, so tun könnte, als ob ich nichts wüsste, um es anderen leichter zu machen.

Wenn ich ehrlich bin, weiß ich, dass ich diese Frage nur mit einem klaren Nein beantworten kann. Ich meine, wie zum Teufel hält man das aus, jeden Tag aufs Neue? Wie hat Morgan das ausgehalten? Wenn ich ihn fragen würde, was sein Trick bei dieser Sache war, würde er mir antworten, dass er keinen hat. Weil es ganz einfach keinen gibt. Weil sich die allermeisten Dinge im Leben nicht auf irgendeinen Trick oder eine einmal getroffene Entscheidung reduzieren lassen. Und weil manche Dinge uns nun mal jeden Tag vor dieselbe Herausforderung stellen, immer und immer wieder. Ich kann sehen, wie Morgan die Stirn runzelt und anfügt: »Ich dachte, gerade du wüsstest das.« Tue ich ja – einerseits. Andererseits macht es mich manchmal regelrecht wahnsinnig, wenn die einzige Antwort lautet, dass es keine allgemeingültige Antwort gibt, sondern nur lauter Wenns und Möglicherweises.

Manchmal wäre es wirklich schön, wenn irgendetwas einfach mal einfach wäre. Eins und eins ist zwei, basta. Wenn zwei Menschen sich lieben, können sie alles schaffen. Ohne Wenn und Aber, richtig? Falsch! Denn dann würde auch die bessere Mannschaft das Spiel gewinnen, und zwar ausnahmslos, der fähigere Mitarbeiter befördert werden und so weiter.

Ich seufze, was mir direkt einen besorgten Blick von Nora einbringt.

»Alles in Ordnung? Sven hat das im Griff, es war richtig, dass du hier geblieben bist. Das klären die Jungs besser untereinander.«

Ich nicke und muss lächeln, weil Nora wie eine Mutter klingt, die über einen Sandkasten-Streit spricht. Für einen Moment gebe ich mich der Hoffnung hin, dass es im Grunde tatsächlich nichts anderes ist; dass diese Auseinandersetzung zwischen Morgan und Alex einfach überfällig war und in ein paar Tagen Gras über die Sache gewachsen sein wird. Dann ist der Moment vorüber und ich muss mir eingestehen, dass nicht mal ich über so viel Fantasie verfüge, mir das ernsthaft auszumalen.

Nach etlichen zähen Minuten, die Susanne, Nora und ich damit verbringen, schweigend in unserem längst kalten Essen herumzustochern, während unser Kellner noch immer rücksichtsvoll Abstand hält, legt Nora ihr Besteck sorgfältig auf der Serviette ab und steht auf. »Ich sage Liv Bescheid – und dass es uns leid tut.«

Wie immer weiß sie, was zu tun ist. Und packt es an. Ich bleibe mit einer untypisch schweigsamen Susanne am Tisch zurück und komme mir zum wiederholten Mal heute Abend reichlich nutzlos vor.

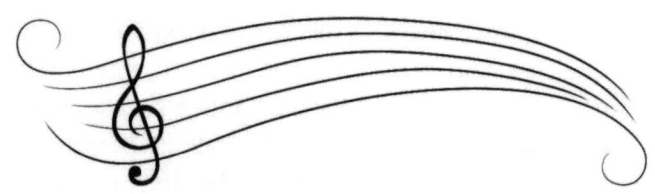

DREIZEHN

Die weiße Villa hat sich in den Palast der Schneekönigin verwandelt. Während draußen der Frühling immer energischere Comeback-Versuche unternimmt – ich kann von Tag zu Tag mehr Vögel im Garten beobachten, die trotz hartnäckiger Nieselregenschauer zwischen bunten Krokussen und Gänseblümchen im braunen Gras nach Insekten jagen –, herrscht hier drinnen winterliche Starre. Selbst Luiza hat gestern kaum ein Wort gesprochen. Nora hatte sie ja schon am Dienstag begrüßt, und anders, als ich erwartet hatte, schien sie es überhaupt nicht seltsam zu finden, ihre ehemalige Chefin jetzt als Gast zu behandeln. Offenbar sind alle hier sehr viel anpassungsfähiger als ich.

Ich versuche, mich mit Arbeit von derartigen Gedanken abzulenken, was mäßig erfolgreich ist. Nora hat sich in ihrem Gästezimmer verkrochen. Ich denke, sie will Morgan aus dem Weg gehen, um nicht aus Versehen – oder wohl eher, weil das eben ihre Art ist – etwas anzusprechen, das im Moment nur einen Streit auslösen würde. Dabei ist ihre Vorsicht eigentlich unnötig, weil Morgan jede wache Minute in seinem Studio verbringt. Sven hat der Band nach dem Streit wohl ein paar Tage Pause verordnet. Was rein gar nichts daran ändert, dass langsam die Zeit drängt: Es sind nur noch gut drei Wochen, bis das Tonstudio für die Aufnahmen gebucht ist. Bis dahin müssen mindestens zehn Songs gut genug sein, und mindestens einer davon muss das Zeug zum Hit haben, um für die Castingshow zu taugen. Bislang haben sie sich noch nicht auf einen Titel einigen können.

Ich habe allerdings den Verdacht, dass Morgan da unten nicht nur von früh bis spät an Textzeilen und musikalischen Arrangements tüftelt. Nach dem Wenigen, das ich von ihm erfahren habe, ist Sven stinksauer, weil Susanne beinahe der Kollateralschaden von Morgans Streit mit Alex geworden wäre. *Verdammt rücksichtslos* muss Sven das genannt haben. Morgan hat mich um meine ehrliche Einschätzung gebeten, gleich am nächsten Morgen. Er stand mit dem Rücken zu mir im Schlafzimmer, schon fertig angezogen, während ich eben in Jeans und Pulli geschlüpft bin. Es war so offensichtlich, dass er Angst vor meiner Antwort hatte, dass ich ihm am liebsten gesagt hätte, Sven würde übertreiben. Eine kleine, freundliche Lüge, die doch nur meine Meinung wiedergegeben hätte und keine unverrückbaren Tatsachen.

Ich habe zwei Anläufe gebraucht, um ihm die Wahrheit zu sagen, *meine* Wahrheit: das, was ich vielleicht auf Susannes Gesicht gesehen habe. Weil ich weiß, dass es das ist, was Morgan hören wollte, trotz allem: was ich wirklich denke; nicht, was ich denke, dass er möglicherweise würde hören wollen oder gar hören müssen, weil ich ihm nicht zutraue, die Wahrheit zu ertragen. Dabei gibt es nicht mal eine eindeutige Wahrheit. Nur Vermutungen.

Morgan hat genickt, immer noch mit dem Rücken zu

mir. Dann hat er gesagt: »Das hätte nicht passieren dürfen.« Und hinzugefügt, bevor ich die Chance hatte, ihn daran zu erinnern, dass wir alle Fehler machen: »Ich gehe jetzt mal besser arbeiten. Frühstück hole ich mir später, okay?«

Man kann sicher geteilter Meinung darüber sein, ob Morgan sich in die Auseinandersetzung zwischen Vater und Tochter hätte einmischen sollen. Und definitiv auch darüber, *wie* er es getan hat. Aber darum geht es längst nicht mehr.

Gestern hat Susanne angerufen, um mir Bescheid zu geben, dass die Reitbeteiligung für Emily steht. Sie hat sich noch mal sehr herzlich bedankt. Natürlich habe ich versucht, herauszuhören, wie es ihr geht, ohne den Abend bei Liv anzusprechen. Ich wollte vermeiden, dass irgendetwas, das ich sage oder auch nicht sage, am Ende aus einem bloßen Verdacht – wenn es ihn denn gibt – Gewissheit werden lässt. Über rohe Eier zu gehen, ohne sie dabei zu zerbrechen, ist vermutlich auch nicht viel schwerer.

Da hat Susanne plötzlich gesagt: »Weißt du, Alex hat es gerade nicht leicht. Ich habe erst gar nicht verstanden, warum er sich wegen Jacks Teilnahme an dieser Castingshow so aufregt, aber dann hat er mir etwas erzählt – du weißt schon, ihr habt darüber gesprochen –, und jetzt ist mir so einiges klar.«

Ich wollte ihr sagen, dass ich Alex keinerlei Schuld an dem gebe, was in Livs Restaurant passiert ist, und dass Morgan das auch nicht tut, da hat sie schon weitergeredet, ein bisschen zu schnell, als müsse sie etwas loswerden und hätte gleichzeitig Angst vor der eigenen Courage. »Vor ein paar Wochen hat Alex einen Joint in Jacks Zimmer gefunden. Der lag da einfach so rum, Jack hat nicht mal versucht, ihn zu verstecken. Er hielt das für keine große Sache. Alex ist regelrecht explodiert – weniger wegen des Joints an sich als wegen Jacks Haltung dazu. Ich habe ihn natürlich gefragt, ob er es ernsthaft besser fände, wenn unser Sohn das Ding vor uns versteckt hätte. Da habe ich ihn zum ersten Mal, seit wir uns kennen, so richtig brüllen hören: Das würde wenigstens zeigen, dass Jack den Hauch einer Ahnung davon habe, was er da tue.

Ein paar Stunden später hat Alex mir von seinem Entzug erzählt, und wie es dazu gekommen ist. Jetzt weiß ich, warum er so denkt, auch wenn ich nicht ganz seiner Meinung bin, was Jack angeht. Aber das ist ein anderes Thema. Dieses Mädchen im Restaurant ... Ich glaube, das hat ihn an eine neue Freundin von Jack erinnert, die er bei den ersten Aufnahmen für die Show kennengelernt hat. Ein paar Tage später hat Alex den Joint gefunden, und jetzt steht bald das erste Trainingslager an, wie die das nennen. Da wird Jack anderthalb Wochen mit diesem Mädchen zusammen sein. Du kannst dir sicher vorstellen, was Alex sich ausmalt. Ich denke, deswegen ist er so an die Decke gegangen. Morgan war eigentlich nur ein Vorwand.«

Danach haben wir noch fast eine Stunde über alles Mögliche geredet: wie es war, ohne Handy auf dem Dorf aufzuwachsen; was unsere Eltern bis heute besser nicht wissen; weshalb es manchmal schwierig ist, mit einem Künstler zusammenzuleben, der seine Kreativität nun mal nicht auf Knopfdruck einschalten kann, aber trotzdem Termine einhalten muss. Susanne ist sich sicher, dass der Streit auch deshalb so heftig ausgefallen ist. Sie meinte, sie kenne das schon von früher, wenn ein neues Album in die heiße Phase gegangen sei. Das war das längste und persönlichste Gespräch, das ich bislang mit Susanne hatte. Ich bin froh, dass Alex ihr erzählt hat, weshalb er sich solche Sorgen um Jack macht. Vielleicht kann sie zwischen den beiden vermitteln.

Morgan habe ich selbstverständlich bei nächster Gelegenheit erzählt, dass es Susanne meiner Einschätzung nach gut geht. Dass sie entweder nach wie vor nichts weiß oder es nach wie vor nicht wissen möchte. Dazu musste ich lediglich bis etwa zwei Uhr nachts wach bleiben, weil er wieder mal erst weit nach mir ins Bett gekommen ist. Er hat es zur Kenntnis genommen, ohne mehr dazu zu sagen als »danke«. Ich hatte nicht den Eindruck, dass es ihn sonderlich erleichtert hat.

Was Alex angeht: Ich bin mir nicht sicher, ob das, was Susanne erzählt hat, wirklich schon alles war. Je länger ich darüber nachdenke ... *Ich gratuliere, Morgan! Das Publikum hast du wie immer auf deiner Seite!* In diesen beiden Sätzen lag eine Bitterkeit, die mir sehr viel älter vorkommt als der Konflikt mit Jack oder der wachsende Zeitdruck fürs Album. Mir kommt etwas in den Sinn, das Nora gesagt hat, als sie Sven und mir von der Affäre erzählt hat: *Alex war nie mehr als eine Affäre für mich – entweder nimmt er mir das bis heute übel, oder er hat Angst, dass ich ihn doch noch auffliegen lasse.* Anschließend hat sie das Ganze noch einen *dummen Fehler* genannt. Für mich hat das damals vor allem das seltsam angespannte Verhältnis zwischen Alex und Nora erklärt. Aber was, wenn Alex seitdem nicht nur

Nora etwas übel nimmt, sondern in gewisser Weise auch Morgan? Ich will damit nicht sagen, dass ich glaube, dass er Nora immer noch liebt oder auch nur geliebt hat. Trotzdem war sie ihm immerhin wichtig genug, um seine Ehe aufs Spiel zu setzen. Dann musste er feststellen, dass sie ihn letztlich nur benutzt hat, um sich die Tränen abzuwischen, bildlich gesprochen. Um anschließend zu Morgan zurückzukehren, als wäre nichts gewesen. Könnte es sein, dass das bis heute irgendwie an ihm nagt – zusammen mit dem schlechten Gewissen, das er vermutlich ebenfalls hat, und zwar beiden gegenüber: seiner Frau und seinem Freund?

Denke ich gerade wirklich, dass Alex in gewisser Weise eifersüchtig auf Morgan sein könnte?

Ich komme nicht dazu, mir die Frage zu beantworten – und mich als Nächstes zu fragen, wohin derartige Überlegungen eigentlich führen sollen –, weil jemand mit den Fingerknöcheln an die Tür meines Arbeitszimmers hämmert, dreimal schnell hintereinander. Das muss doch wehtun ...

Nora stößt die Tür auf, ohne mein »Komm rein« abzuwarten. »Ich glaube, ich ersticke gleich hier drin«, sagt sie und klingt tatsächlich ein wenig atemlos. »Hast du Lust, was zu unternehmen?«

Ich werfe einen Blick auf die Uhr an meinem Bildschirm: Es ist fast halb sechs und immerhin Freitag. Außerdem hatte ich eine viel zu kurze Nacht und war ohnehin nicht sonderlich produktiv. »Klar«, sage ich, während ich meinen Rechner herunterfahre.

Nora gibt mir großzügige zwanzig Minuten, um mich »schick« zu machen. Was genau sie damit gemeint hat, begreife ich erst, als ich aus dem Schlafzimmer komme und sie im Flur stehen sehe – in einem taubenblauen Cocktailkleid, das ihre tizianroten Locken zum Leuchten bringt.

»Äh ...« mache ich, »wo wollen wir gleich noch mal hin?«

Nora mustert meine Garderobe mit einem leichten Stirnrunzeln, dem ein entschiedenes Kopfschütteln folgt. Als sie mein dezentes Make-up inspiziert, das praktisch nur aus Wimperntusche besteht, rutscht ihr ein »Dafür hast du jetzt nicht wirklich zwanzig Minuten gebraucht, oder?« heraus, das ich lieber unbeantwortet lasse. »Los, komm schon«, sagt sie dann und winkt mich zu ihrem Zimmer.

Etwa zehn Minuten später stehen wir wieder auf dem Flur. Nora hat sich nicht erweichen lassen und mich erst in einen weich fließenden weißen Rock und ein ärmelloses schwarzes Top gesteckt, dessen hochgestellter Kragen über einem breiten V-Ausschnitt angeblich meinen Hals betont. Anschließend ist sie mir mit Rouge, Eyeliner und Lidschatten zu Leibe gerückt, um das Make-up nachzubessern.

Was Rock und Top angeht, kommt mir zugute, dass ich schlank bin und Nora trotz ihrer zierlichen Figur über ausreichend weibliche Rundungen verfügt. Der Rock zeigt bei mir zwar mehr Bein, als er das bei ihr täte, reicht aber immerhin bis knapp auf meine Knie. Das qualifiziert ihn für mich – ebenfalls gerade so – als tragbar. Ich hatte nämlich selbst mit zwanzig nicht das Bedürfnis, der Welt meine Unterwäsche zu zeigen, wenn ich mich bücke. Und wer will schon einen ganzen Abend lang über jede Bewegung nachdenken müssen?

Bei den Schuhen war allerdings Schluss: Meine Füße sind und bleiben etwa zwei Nummern größer als Noras. Zum Glück besitze ich ein Paar schlichte schwarze Pumps, das zu so ziemlich allem passt.

Zumindest weiß ich jetzt, was in diesem riesigen Koffer war, den Nora in kürzester Zeit gepackt hatte. Offenbar gehört Abendgarderobe in mehreren Ausführungen zur Grundausstattung, wenn sie für mehr als eine Nacht das Haus verlässt.

Nora will mir nicht verraten, wohin wir fahren. Stattdessen lotst sie mich erst nach Frankfurt hinein und dann etwa eine Viertelstunde lang quer durch die Stadt. Schließlich zeigt sie auf eine Parklücke an einer ziemlich belebten Straße.

»Perfekt!«, sagt sie, als ich eingeparkt habe. »Direkt vor der Tür!«

Mein Blick bleibt an dem Wort *Cocktails* hängen, das in grünen Leuchtbuchstaben über einer wuchtigen dunklen Holztür schräg vor uns prangt. Das muss dann wohl unser Ziel sein. Morgan hat meine Einladung, uns zu begleiten, wenig überraschend ausgeschlagen. Immerhin hat er mein Outfit mit einem Lächeln gewürdigt und Nora scherzhaft gebeten, ein Auge auf mich zu haben.

»Schlüssel«, sagt Nora, als wir ausgestiegen sind, und streckt mir ihre Handfläche entgegen. Ihr Kommandoton trifft offenbar einen Nerv, jedenfalls händige ich ihr ganz automatisch meinen Autoschlüssel aus. Anscheinend schaue ich dabei aber so verwirrt, dass sie sich doch noch zu einer Erklärung herablässt. »Für mich kommen eh nur alkoholfreie Cocktails infrage, und du willst nachher sicher nicht mehr heimfahren. Vertrau mir.« Die letzten beiden Worte unterstreicht sie mit einem schelmischen Grinsen. Ehrlich gesagt bezweifle ich, dass mir so früh am Abend und auf nüchternen Magen nach einem Trinkgelage ist, aber ich will Nora nicht den Spaß verderben, also lächle ich brav und ziehe die Tür auf.

»Wow«, mache ich im nächsten Moment. So stelle ich mir die Bar in einem Country Club vor: holzgetäfelte Wände, gedimmtes Licht aus kugelförmigen Glaslampen, ein Billardtisch in einer Ecke und eine hufeisenförmige Bar in der Mitte des Raums. Drum herum sind ein paar runde Tische verteilt, ebenfalls hoch genug für die Barhocker, die die einzigen Sitzgelegenheiten darstellen.

Nora schlängelt sich an mir vorbei und steuert einen Tisch auf der gegenüberliegenden Seite des Raumes an, weit weg von einem möglichen Zug von der Tür und mit gutem Blick auf den Billardtisch, wie mir ebenfalls nicht entgeht. Bis ich bei ihr bin, thront sie bereits auf einem Barhocker und greift nach der dünneren der beiden hohen Karten, die im Schlitz eines kleinen Metallwürfels stecken. Die dickere ist die Cocktail-Karte, ich vermute also, dass es hier auch etwas zu essen gibt.

»Ich bin am Verhungern!«, sagt Nora wie zur Bestätigung.

Auf der Speisekarte stehen bestimmt fünfzehn verschiedene Mini-Burger, die man auch als gemischte Platte für zwei Personen bestellen kann. Nicht alle fünfzehn auf einmal, versteht sich, sondern jeweils acht Stück, zusammengestellt nach den Themen *Caribbean Barbecue*, *Say Cheeeese* und *Fish & Chicken*. Dazu gibt es Süßkartoffel-

Pommes-frites, wahlweise mit Chili-Cheese-Dip oder süßscharfer Barbecue-Sauce.

»Welche Platte sollen wir nehmen«, fragt Nora, »karibisch oder käsig?«

Für Huhn oder Fisch auf dem Burger bin ich ebenfalls nur schwer zu begeistern, also überfliege ich ihre Auswahl, lese Zutaten wie *karamellisierte Zwiebeln*, *Gorgonzola* und *Mango-Chutney* und sage aus vollstem Herzen »Ist mir völlig egal!«, während mir das Wasser im Mund zusammenläuft.

Ich spiele gerade Ene-Mene-Muh mit den vier entzückenden kleinen Burgern auf meiner Hälfte der Platte, als Noras Handy klingelt. Sie wirf einen Blick aufs Display, zieht die Augenbrauen hoch und drückt den Anruf weg.

»War das Sören?«, frage ich.

»Ich bin noch nicht so weit, ihn nicht anzuschreien«, antwortet Nora und dreht den Kopf demonstrativ Richtung Billardtisch, wo sich ein sportlicher Geschäftsmann in einem perfekt sitzenden Anzug eben erstaunlich weit nach vorne beugt, um seine letzte Kugel zu versenken. »Außerdem will ich jetzt lieber die Aussicht genießen. Und das Essen.« Statt wie ich auf Messer und Gabel zurückzugreifen, nimmt Nora die Finger und schafft es tatsächlich, einen halben Burger auf einmal in ihrem Mund verschwinden zu lassen. Sie kaut genießerisch mit vollen Backen, was der Partner des Billardspielers mit einem anerkennenden Grinsen quittiert. Nora neigt mit einem leichten Lächeln den Kopf: eine Künstlerin, die ihren verdienten Applaus entgegennimmt. Dann dreht sie sich wieder zu mir, bevor der Mann sich aufgefordert fühlen könnte, an unseren Tisch zu kommen.

Jetzt fehlt nur noch ein zufriedenes Schnurren! Mit Mühe und Not schaffe ich es, erst zu schlucken und dann zu lachen. »Du könntest an jedem Finger zehn Kerle haben, wenn du wolltest – Sören ist ein Idiot, wenn er das nicht weiß.«

Nora hebt in einer fließenden Bewegung die Schultern und lässt sie wieder fallen. »Mag sein. Nützt aber nichts, wenn der Eine, den du willst, nicht dabei ist, oder?« Ihr Blick wandert weg von meinem Gesicht zu einem Punkt irgendwo über meiner linken Schulter. »Oder wenn du ihn zwar für dich gewinnen, aber nicht halten kannst«, sagt sie dann leise, wie zu sich selbst.

Ich weiß plötzlich sehr sicher, dass sie jetzt gerade an Morgan denkt und nicht an Sören. Nora hat Morgan nicht verlassen, weil sie ihn nicht mehr geliebt hat. Sondern weil sie gewusst hat – oder zu wissen glaubte –, dass sie ihn längst verloren hatte. Oder nie wirklich gehabt hat. Was natürlich Unsinn ist. Schließlich weiß ich verdammt gut, wie sehr er sie geliebt hat ... Irgendwo in meinem Hinterkopf fängt diese verflixte kleine Stimme an zu summen. Es dauert höchstens eine Sekunde, bis ich den Song erkenne: ›Sometimes love just ain't enough‹. Das ist eine dämliche Binsenweisheit! Trotzdem hat Patty Smith leider vollkommen recht, mit so ziemlich jeder einzelnen Zeile.

»Hey, wo bist du denn gerade schon wieder?« Nora durchbohrt mich mit ihrem *Red' dich jetzt bloß nicht raus*-Blick. Ich setze versuchsweise ein Lächeln auf, was Nora mit einem trockenen »Aha« quittiert. »Morgan also. Ich kenne diese Sorte Lächeln, weißt du. Meines war zeitweise mit den Scheinwerfern eines Fotografen oder Kameramanns gekoppelt: *Bling!*« Sie schnippt mit den Fingern und zieht dabei die Mundwinkel nach oben, was irgendwie schmerzhaft aussieht.

Ich nicke. Mein Lächeln war zeitweise mit dem Wecker gekoppelt, jedenfalls kommt es mir rückblickend so vor. Damals habe ich mir keine großen Gedanken darüber gemacht. In gewisser Weise war es mein Make-up: eine perfekte Tarnung.

»Manchmal habe ich Morgan darum beneidet, dass er sich einfach weigert, auf Kommando zu funktionieren«, sagt Nora. »Und manchmal hätte ich ihn erwürgen können, weil er sich so wenig Mühe gegeben hat, sich anzupassen. Kompromisse zu schließen.«

»Bedeutet ein Kompromiss denn wirklich, dass man sich in eine Rolle fügen muss, so sehr, dass man sich dabei selbst verliert?« Ich bin mir nicht ganz sicher, ob ich gerade über Morgan spreche oder über mich, deshalb ergänze ich: »Ich meine, hat Morgan nie irgendetwas getan, das er eigentlich nicht tun wollte?«

Nora schnaubt. »Interviews gegeben, Fernsehauftritte absolviert, solchen Kram? Klar, andauernd. Und meistens sogar lächelnd.«

»Das meine ich nicht ...«

»Ich weiß. Entschuldige. Du hast ja recht, natürlich hat er das. Nur manchmal kam es mir so vor, als würde er ... Ich weiß auch nicht. Seine ganze Anpassungsenergie nach außen aufwenden und sich zuhause dann einfach gehen lassen. Wahrscheinlich war das sogar so, und wahrscheinlich ging es auch gar nicht anders. Die ersten Jahre hatten wir ja kaum eine ruhige Minute: Songs schreiben, Studio, Promotion, Tour, noch mehr Promotion, nur ja nichts absagen, niemanden vor den Kopf stoßen, den man später vielleicht noch mal brauchen könnte. Und währenddessen schon wieder an neuen Songs arbeiten, schließlich muss jedes Jahr ein neues Album raus.

Ich wollte ja unbedingt einen Star damals – ich wollte ihn, mit diesem strahlenden Lächeln, dieser quirligen Lebendigkeit ... O Gott, ich war wirklich ein dummer, unreifer Teenager! Ich wollte *den* Morgan, den ich auf der Bühne gesehen hatte, tatsächlich für vierundzwanzig Stunden am Tag! Ist das denn zu fassen, warum fällt mir das erst jetzt auf?« Nora schüttelt den Kopf voll kindlicher Verwunderung. »Oje«, sagt sie dann. »Kann es sein, dass ich da noch die ein oder andere Kleinigkeit aufzuarbeiten habe?«

Ich muss wieder daran denken, was sie damals im Rokoko zu mir gesagt hat: dass es vielleicht hätte funktionieren können, wenn sie Morgan erst später begegnet wäre, in einem reiferen Alter. Allerdings bin ich nicht sicher, ob die Reife in diesem Fall nur mit dem Alter zu tun hat. Manche Dinge kann man erst mit einem gewissen Abstand wirklich erkennen. Dass die Erde eine Kugel ist, zum Beispiel. Oder auch sich selbst. Vor allem sich selbst.

Nur was bedeutet das für Nora und Morgan – und damit auch für mich? Seit ich die beiden in Noras Wohnungstür gesehen habe, geht mir der Gedanke nicht mehr aus dem Kopf: wie richtig dieses Bild aussah. Bevor mich der Mut verlässt – oder vielleicht auch nur die Wirkung des Cocktails – gebe ich mir einen Ruck und frage Nora einfach ganz direkt, ob sie ihn sich zurückwünscht, wenigstens manchmal.

Nora starrt mich an, als hätte ich vorgeschlagen, ein Casino auszurauben. Oder wenigstens ein Spaceshuttle zu entführen. »Nein!«, platzt es dann aus ihr heraus. »Herrje, Franziska, es tut mir so leid, falls ich irgendetwas gesagt oder getan habe ...«

»Hast du nicht! Wirklich nicht.« Ich nehme einen großen Schluck von meinem Mai Tai, der mindestens so gut ist, wie Nora versprochen hatte. »Das liegt an mir, ich bin einfach nur ...«

»Verunsichert. Ich seh's.« Ihre Augen werden schmal, als sie über den Tisch nach meiner Hand greift. »Hat Morgan etwa ...?«

»Nein!« Ich drücke ihre Finger etwas fester als nötig, damit sie mir auch ja glaubt. »Nicht mal ansatzweise, im Gegenteil.« Plötzlich muss ich fast über mich selbst lachen: Wie albern kann man sein, mit neununddreißig? Ich greife nach der Silberkette um meinen Hals, um den USB-Stick unter dem Top hervorzuziehen. Nora hat meinen ungewöhnlichen Anhänger mit einem fragenden Blick bedacht, als ich mich umgezogen habe, aber da war irgendwie nicht der richtige Zeitpunkt für diese Geschichte. Jetzt offenbar schon.

Nora hält meine Hand fest, während ich rede. Als ich fertig bin, lächelt sie genauso breit wie ich. »Puh, so ein Glück – einen Moment lang dachte ich wirklich, ich müsste ihm den Kopf abreißen.«

Ich kichere immer noch, als ich mich in der Garage der Villa aus dem Beifahrersitz meines Autos schäle. Nach drei Runden Cocktails, die einfach zu perfekt zu den Burgern gepasst haben, hatte ich nicht die geringsten Einwände,

Nora noch in einen Club zu begleiten. Immerhin war es eine Achtziger-Party.

Ich gebe gerne zu, dass ich ohne Nora vermutlich erst mal in einer Ecke stehen geblieben wäre, um mich in Ruhe umzusehen und einfach nur die Musik zu genießen. Stattdessen hat sie mich nach einer Gnadenfrist von einem halben Song einfach mit sich auf die Tanzfläche gezogen. Es überrascht mich immer wieder, über wie viel Kraft diese kleine Person verfügt, von ihrer Hartnäckigkeit ganz zu schweigen. Ich hätte mich schon zu Boden fallen lassen müssen oder etwas in der Art, um mich ihr zu entziehen.

Der Club hatte eben erst geöffnet und war noch entsprechend leer – genau wie die Tanzfläche. Für ein paar äußerst unangenehme Sekunden habe ich mich gefühlt wie eine Zirkusattraktion und wollte schon die Flucht ergreifen. Dann hat Nora über die fröhlichen Beats von Trans X' ›Living on video‹ gerufen: »Nicht die anschauen, schau mich an. Oder den DJ. Der liebt uns nämlich gerade heiß und innig, weil wir den Fluch der leeren Tanzfläche gebrochen haben!«

Tatsächlich hat uns der DJ mit zwei nach oben gereckten Daumen und einem breiten Grinsen seine Begeisterung signalisiert. Noras und sein Enthusiasmus waren einfach ansteckend – mal abgesehen davon ist es aber auch ziemlich schwierig, auf ›Living on video‹ *nicht* zu tanzen. Jedenfalls, wenn man gerade keinen Umzugskarton schleppen muss.

Wir haben fast eine Stunde durchgetanzt, bis Noras Top praktisch überall an mir geklebt hat, wo es Hautkontakt hatte. Nach einer kurzen Verschnaufpause hat Nora dann das gemacht, was sie bei Club-Besuchen anscheinend immer tut: Sie ist zum DJ-Pult gegangen und hat sich einen Song von No Way! gewünscht. Es war seltsam, Morgans Stimme diesen Raum ausfüllen zu hören, während die Leute auf die Tanzfläche geströmt sind – und gleichzeitig zu wissen, dass der Mann, der hier für lächelnde Gesichter sorgt, gerade allein zu Hause sitzt und mit sich selbst hadert.

Kaum stand Nora wieder neben mir, hat sich endlich der junge Kerl zu uns herüber getraut, der sie schon eine ganze Weile von der Bar aus beobachtet hatte. Er hat sie erwartungsgemäß gefragt, ob er sie auf einen Drink einladen dürfe. Nora hat ihm gesagt, dass sie sich sehr geschmeichelt fühle. Ihre nächsten Worte waren: »Aber auch, wenn man das bei dem schlechten Licht hier nicht sieht: Ich bin leider ein paar Jahre zu alt für dich. Außerdem bin ich schwanger. Und ich glaube wirklich nicht, dass du schon Papa werden möchtest.«

Ich habe in meinem ganzen Leben noch nie Gesichtszüge so schnell entgleisen sehen! Der Arme ist fast über seine eigenen Füße gestolpert bei dem Versuch, sich schleunigst in Sicherheit zu bringen. Nora und ich haben alles getan, um nicht zu lachen, bevor er sich schließlich umgedreht hatte.

Wir haben immer noch gelacht, als wir eine ganze Weile später wieder im Auto saßen. Eben hat Nora gefragt: »Hast du gesehen, wie ihm beinahe die Augen aus dem Kopf gefallen sind? Als würde ich jetzt sofort ein Kind zur Welt bringen und ihn bitten, mal kurz die Nachgeburt zu halten ...«

Kichernd ziehe ich die Tür zum Haus auf. Und staune: Im ganzen Erdgeschoss brennt Licht, und zwar, soweit ich das auf den ersten Blick sagen kann, jede einzelne Lampe. Es ist so hell, dass die Glasfront zum Garten als schwarze Wand erscheint.

»Morgan?«, ruft Nora, bekommt aber keine Antwort.

»Komisch«, sage ich. »Er ist wohl kaum ins Bett gegangen und hat die ganzen Lichter hier einfach angelassen. Ich schaue mal unten nach. Vielleicht wollte er nur noch kurz ins Studio und hat darüber die Zeit vergessen.«

Als ich die Studiotür öffne, weiß ich sofort, dass Morgan nicht hier ist. Der Raum ist nämlich genauso stockfinster, wie es oben taghell ist. ›Hier ist er nicht‹, will ich eben rufen, als ich von oben einen spitzen Schrei höre.

»Das gibt's doch nicht!« Nora klingt eher verärgert als erschrocken, weswegen ich beschließe, nicht zu rennen.

Oben angekommen sehe ich sie hinten an der Terrassentür stehen, die sie aufhält. Offenbar für Morgan, der gerade versucht, sein T-Shirt auszuwringen. Es hat genieselt, als wir aus dem Club kamen, aber kaum stark genug, um die Scheibenwischer zu beschäftigen. Wie lange muss er da draußen gewesen sein, um patschnass zu werden? Und warum hat er keine Jacke angezogen – oder wenigstens Schuhe? Es hat höchstens vier Grad, Herrgott!

Ich zögere nur einen winzigen Moment, hin- und hergerissen zwischen dem Wunsch, zu ihm zu laufen, und der Stimme der Vernunft, die sagt: *Handtuch. Badewanne. Hopp, hopp!* Dann streife ich meine Pumps ab, haste die Treppe nach oben in unser Bad und lasse heißes Wasser in die Wanne. Anschließend schnappe ich mir ein Handtuch und ein Badetuch und laufe wieder nach unten.

»Kann man dich denn nicht mal ein paar Stunden allein lassen!«, höre ich Nora schimpfen.

»Das ist nur ein bisschen Wasser, Nora« antwortet Morgan beschwichtigend. »Kein Grund zur Aufregung. Es war etwas stickig hier drin, und ich wollte kurz frische Luft schnappen. Dabei sind mir ein paar Sachen durch den Kopf gegangen ...«

Ich versuche schon auf dem Weg zu den beiden, Nora durch Blicke zu verstehen zu geben, dass sie es gut sein lassen soll. Zumindest im Moment ist eine Standpauke wohl kaum das, was Morgan braucht. Unter ihm auf dem Parkett hat sich inzwischen eine Pfütze gebildet, das nasse Haar klebt ihm in der Stirn und lässt kleine Rinnsale über sein Gesicht laufen, und ich kann sehen, dass er versucht, ein Zittern zu unterdrücken.

Nora hat meine stumme Botschaft wohl verstanden. »Ich gehe einen Lappen holen«, grummelt sie und verschwindet in Richtung Küche.

Morgan weicht meinem Blick aus, als ich ihm das Handtuch reiche. Das Badetuch lege ich ihm um die Schultern. »Danke«, murmelt er. Und dann, fast trotzig: »Mir geht es gut. Ihr müsst mich nicht betüddeln wie ein Kleinkind, weißt du.«

»Ja, das weiß ich«, sage ich ruhig. »Oben läuft Wasser in die Wanne.«

Jetzt sieht er mich doch an. Überrascht. Unsicher. Und irgendwie hilflos. Was hat er wohl eher erwartet: dass ich ihm Vorwürfe mache oder ihm hysterisch um den Hals falle? Seltsamerweise ist mir momentan nach keinem von beiden. Ich würde ihn nur gerne fragen, was los war, aber das hat Zeit.

»Danke, Siska«, flüstert Morgan. Er blinzelt zwei Mal, bevor er sich ruckartig abwendet und mit langen Schritten zur Treppe geht.

Irgendetwas habe ich anscheinend gerade richtig gemacht. Ich seufze erleichtert.

Es dauert eine ganze Weile, bis ich das, was mich da Zentimeter um Zentimeter aus dem Tiefschlaf zieht, endlich zuordnen kann: Morgan bewegt sich unruhig hin und her. Ein weiterer Moment vergeht, bis ich erkenne, dass er sich nicht wirklich bewusst bewegt. Er zittert, und zwar ziemlich heftig. Offenbar hat das heiße Bad nicht gereicht, um derartige Folgen seiner kleinen Frischluftkur zu verhindern. Also setze ich mich auf, schüttele den letzten Rest Schlaf ab und lege meine Bettdecke auf Morgans. Dann schlüpfe ich unter den Deckenberg und kuschele mich an ihn. Er hält mich so fest wie seit dieser Dezembernacht in seinem Hausflur nicht mehr, sodass ich die Kontraktion jedes einzelnen Muskels in seinem Körper spüren kann, wieder und wieder, unrhythmisch und doch auf seltsame Weise im Einklang – wie Wellenrauschen, nur deutlich weniger beruhigend.

Wenigstens ist es diesmal nur Schüttelfrost, denke ich bei der Erinnerung an eine andere Nacht, eine andere Umarmung in Morgans Haustür. Damals konnte ich ihn beinahe sehen, den Abgrund, der dort lauert, wo die Schatten am dichtesten sind. Wer sich in der Dunkelheit verirrt und ihm zu nahe kommt, kann seine Anziehung spüren: ein sanftes, aber beharrliches Ziehen; lockend; werbend; bis du keine Angst mehr hast zu fallen, sondern fallen möchtest.

In Morgans Nähe ist der Abgrund niemals fern. Meiner oder seiner, das macht keinen Unterschied, jedenfalls nicht für mich. Habe ich mich inzwischen so sehr daran gewöhnt, dass ich ihn nicht mehr spüre – kein warnendes Frösteln, kein Kribbeln im Nacken? Bin ich sorglos geworden? Oder gibt es ganz einfach nichts, um das ich mir Sorgen machen müsste?

Ich drehe mich im Kreis, schon wieder! Angst ist ein ziemlich besitzergreifendes Gefühl und eifersüchtig noch dazu. Wo sie sich breit macht, bleibt wenig Raum für anderes. Und dummerweise verschwindet sie nicht einfach, nur, weil wir beschlossen haben, mutig zu sein.

Manchmal beneide ich Morgan um seine Fähigkeit, das Denken abzuschalten. Hin und wieder scheint er sich einfach fallen zu lassen, direkt auf den Abgrund zu. Aber wo ich in Panik geraten und immer schneller stürzen würde, gelingt es ihm, in eine Art Gleitflug überzuwechseln und sich Stück für Stück wieder nach oben zu schwingen, ins Licht. Vielleicht ist das die Antwort auf meine Frage: Im Grunde spielt es keine Rolle, ob es Grund zur Sorge gibt oder nicht. Weil ich im Moment ohnehin nichts anderes tun kann, als darauf zu vertrauen, dass Morgan besser mit diesen Dingen umgehen kann als ich.

Als das Zittern schließlich aufgehört hat und Morgan tief und gleichmäßig atmet, rutsche ich vorsichtig zurück auf meine Seite des Bettes und hebe meine Decke zu mir herüber. Dann beuge ich mich doch noch einmal über ihn und fahre mit den Fingerspitzen durch sein Haar. »Was ist denn bloß los mit dir, hm?«, murmele ich in der Gewissheit, dass er schläft.

Aber Morgan dreht den Kopf und sieht zu mir hoch.

Seine Augen glänzen fiebrig in der unvollkommenen Dunkelheit. »Sven hat angerufen, um Bescheid zu geben, dass er morgen für ein paar Tage nach Norwegen fährt. Liv hat Schluss gemacht.« Und dann, nach einer Pause, in der meine Gedanken Karussell fahren und ich beim besten Willen nicht weiß, was ich antworten soll: »Alles bricht auseinander ...«

Statt weiter nach Worten zu suchen, die die Freundlichkeit haben könnten, irgendeinen Sinn zu ergeben, schmiege ich mich mit dem Rücken an Morgan, ziehe seinen Arm über mich und halte seine Hand fest. Er legt seine Stirn an meinen Nacken und atmet tief ein und aus. Erstaunlicherweise können wir beide so schlafen.

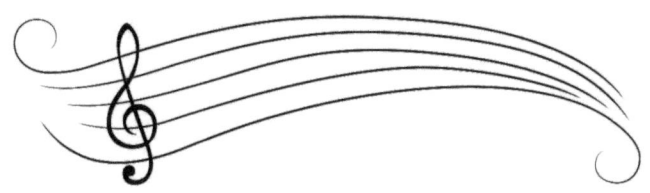

Vierzehn

Als ich um kurz nach neun in die Küche komme, sitzt Nora bereits mit einem Kaffee und einer Müslischale an der Theke. Morgan schläft noch. Nachdem ich mich behutsam aus seiner Umarmung befreit hatte, habe ich ihm den Handrücken an die Stirn gehalten, wie meine Mutter es bei mir gemacht hat, als ich noch klein war. Unter einem dünnen Schweißfilm konnte ich so deutlich die Hitze fühlen, dass sich weiteres Fiebermessen wohl erstmal erübrigt.

Ich lasse mir einen großen Kaffee aus der Maschine – nach Frühstück ist mir noch nicht – und setze mich neben Nora. Dann fange ich in Gedanken an zu zählen. Ich komme tatsächlich bis fünfzehn, bis Nora vernehmlich schnauft. Als ich bei neunzehn bin, fragt sie: »Willst du denn gar nichts sagen? Hat er dir irgendwas erzählt? Das war doch vollkommen verrückt gestern, selbst für seine Verhältnisse.«

Sie hält inne, als sie meinen Gesichtsausdruck bemerkt. Ich bin auf mehr als eine Weise müde, nicht nur wegen der letzten beiden Nächte, die eindeutig zu kurz waren. Trotz aller Versuche, mich selbst vom Gegenteil zu überzeugen, habe ich noch immer das Gefühl, dass da etwas ist, etwas sein *muss*, ganz nah, gerade eben so außerhalb meines Gesichtsfelds. Etwas, dessen huschende Bewegung ich gelegentlich im Augenwinkel erahnen kann – aber immer nur dann, wenn das Licht nicht reicht, um sicher sein zu können, dass es keine bloße Einbildung war. Etwas, das in den Schatten Verstecken mit mir spielt.

Gleichzeitig sagt mir jeder vernünftige Gedanke: *Hör auf, dir Gespenster einzubilden wie mit Nora, bevor du das hier kaputt machst! Du bist verliebt bis über beide Ohren und hast einfach nur Angst, das wieder zu verlieren. Das ist zwar verständlich, aber alles andere als hilfreich. Also hör auf damit!* Meine innere Stimme, die sonst zu allem etwas zu sagen hat, hat in diesem Fall offenbar beschlossen, sich nicht einzumischen. In jeder anderen Situation wäre ich froh darüber. Jetzt frage ich mich, wohin das Vertrauen verschwunden ist, das ich gestern Nacht noch beschworen habe. Bin ich einfach nur übermüdet?

»Liv hat sich von Sven getrennt«, sage ich zu Nora, um die fruchtlosen Grübeleien zu beenden, wenigstens für den Moment. Außerdem gibt es keinen Grund, es ihr nicht zu sagen. »Sven hat Morgan gestern Abend angerufen. Ich schätze, deswegen war er draußen. Er hat zwar nichts Derartiges gesagt, aber ich traue mich wetten, dass er sich nach dem Streit im Restaurant irgendwie verantwortlich fühlt.« Ich gehe ebenfalls jede Wette ein, dass Morgan auch die Ursache für Sörens Trennung von Nora bei sich sucht. *Alles bricht auseinander*, das waren seine Worte. Und er ist das verbindende Element.

»Scheiße!«, sagt Nora, zum zweiten Mal innerhalb von fünf Tagen. Soweit ich weiß, ist das ein neuer Rekord.

Knapp zwei Stunden später sitze ich in meinem Auto, auf dem Weg zu Sven, und frage mich, wann genau ich Nora das Kommando über mein Leben übertragen habe. Nach einem weiteren, herzhaften »Scheiße nochmal!« ist sie von ihrem Barhocker gerutscht und hat angefangen, Kreise um die Frühstückstheke zu ziehen wie eine Löwin, die ein Jagdgebiet auskundschaftet. Die Beute war ich, nur war mir das da noch nicht klar.

Zuerst hat Nora sich furchtbar über Liv aufgeregt – wie sie so dumm sein könne, ob sie von allen guten Geistern verlassen sei, dabei habe sie wirklich gedacht, Sven hätte diesmal endlich die richtige Wahl getroffen. Dann hat sie gesagt: »Das ist doch alles Bullshit! Ich rufe sie jetzt an.«

Meinen vorsichtigen Einwand, dass das vielleicht keine so gute Idee sei, hat sie mit einem Augenrollen abgetan. Weil sie keine private Nummer von Liv hat, hat sie in der Hexenküche angerufen und hatte Glück, wenn man so will: Liv war da und bereit, mit Nora zu sprechen. Nora hat ihr gesagt, dass ich neben ihr säße, und ihr Handy auf Lautsprecher geschaltet.

Livs »Hallo« fiel verständlicherweise eher kühl aus. Dann hat sie uns erklärt, dass sie sich denken könne, warum wir anrufen. »Ich finde es ja schön, dass Sven Freunde hat, die sich um ihn sorgen«, hat sie gesagt. »Dafür habe ich vollstes Verständnis. Respektiert ihr aber bitte umgekehrt, dass ich meine Entscheidung getroffen habe. Ich habe mir das nicht leicht gemacht, das könnt ihr mir glauben. Und es ist auch nicht so, dass ich darüber mit Sven nicht schon mehr als einmal gesprochen hätte. Er wusste von Anfang an, dass ich nicht an einer bloßen Freizeit-Beziehung interessiert bin. Ich habe jetzt zehn Monate gewartet – in meinem Alter hat man einfach nicht mehr ewig Zeit für Experimente. Versteht das bitte.« Damit hat sie aufgelegt.

Nora hat etwas ungläubig auf ihr Handy gestarrt. Es passiert ihr nicht allzu oft, dass sie bei einem Gespräch praktisch nicht zu Wort kommt. Nach ein paar weiteren Runden um die Theke hatte sie die nächste geniale Idee: Sven anzurufen, »um dieses dumme Missverständnis aus der Welt zu schaffen, bevor es noch mehr Schaden anrichtet!« Ich habe gar nicht erst versucht, sie davon abzuhalten.

Sven war noch kürzer angebunden als Liv und hat Nora erst gar nichts sagen lassen. »Sorry, Nora, aber mir ist gerade nicht nach reden. Das ist nicht persönlich gemeint, das weißt du.« Schon war die Verbindung wieder unterbrochen. Ihre nächsten drei Anrufe hat er weggedrückt.

Ich hatte inzwischen den Kopf in die Hände gestützt, weil mir von ihrem Kreisen langsam schwindlig geworden ist. Wahrscheinlich habe ich deswegen den Moment verpasst, in dem ich ihr vielleicht noch hätte entkommen können.

Irgendwann ist sie in meinem Rücken stehen geblieben. Es hätte mich warnen sollen, dass sie so lange nichts gesagt hat. Und so ruhig klang, fast fröhlich, als sie mich schließlich doch noch an ihren Gedanken hat teilhaben lassen. »Sven kann manchmal ein bisschen unnahbar wirken.« – Ja, den Gedanken hatte ich auch schon, ich habe es ›verschlossen‹ genannt – »Aber das ist er nicht, nicht wirklich. Nur scheint Liv das nicht zu wissen.« Ich hatte nicht die leiseste Ahnung, worauf Nora hinauswollte. Bis sie gesagt hat: »Wahrscheinlich ist Sven umgekehrt nicht klar, dass Liv glaubt, es wäre ihm nicht ernst mit ihr. So deutlich hat sie ihm das bestimmt nicht gesagt. Jemand sollte das schleunigst nachholen, damit er nochmal in Ruhe mit ihr reden kann.« *Jemand.* In dem Moment hat mein inneres Warnsystem endlich Großalarm ausgelöst, aber da war es längst zu spät. »Ich fürchte, dafür kommst gerade nur du infrage, Franziska. Er mag dich. Am besten fährst du hin. Wenn du vor der Tür stehst, wird er dich schon nicht wegschicken.«

Ich war so überrumpelt, dass ich einfach nur »Was?« gesagt habe.

Nora hat das Kunststück fertiggebracht, gleichzeitig einen strengen Blick aufzusetzen und dabei bettelnd mit den Wimpern zu klimpern. »Ich hab's doch schon versucht! Du hast für so etwas einfach das bessere Händchen, das muss ich neidlos zugeben. Sven hat sich übrigens letztes Jahr nicht lang bitten lassen, zu dir zu fahren …«

Damit war ich schachmatt, noch bevor ich den ersten Zug hätte machen können. Natürlich habe ich ihr gesagt, dass ich auf gar keinen Fall irgendetwas tun werde, ohne vorher mit Morgan zu sprechen.

Daraufhin hat Nora mich umarmt. »Du bist die Beste! Danke!«

Morgan war wach, als ich ihm Frühstück und eine Kanne Tee gebracht und ihm von Noras Plan erzählt habe. Er war sich zwar, anders als Nora, keineswegs sicher, ob Sven tatsächlich mit mir reden wird, wenn ich einfach so bei ihm auftauche, trotzdem sei es einen Versuch wert. Ehrlich gesagt hatte ich erwartet, dass er sich gegen eine Einmischung aussprechen würde. Aber dann habe ich diesen Funken Hoffnung in seinen Augen gesehen. Er wünscht sich so sehr, dass es funktioniert, dass er seine eigenen Überzeugungen hintenanstellt.

Deshalb bin ich jetzt hier und parke am Straßenrand vor einer Doppelhaushälfte im Osten Frankfurts – wegen Sven ebenso sehr wie wegen Morgan. Die Gegend wirkt gepflegt, einige Häuser sind allerdings schon ein bisschen in die Jahre gekommen. Svens alter Mercedes steht vor einer Garage, die direkt an die des Nachbar-Doppelhauses angebaut ist. Die schlichte, fast strenge Fassade mit ihren quadratischen Fenstern lässt mich auf die Siebziger als Baujahr dieser Häuser tippen. Während ich die obligatorischen drei Stufen zur Haustür hinaufsteige, frage ich mich, ob das Haus ebenso wie der Mercedes eine Art Statement ist: Svens Weg, die Welt wissen zu lassen, dass Ruhm und Reichtum ihn nicht kümmern oder etwas in der Art. Dann bin ich oben und drücke auf den Klingelknopf.

Sven öffnet die Haustür gerade so weit, dass sein geknurrtes »Nein« durch den Spalt passt, und schlägt sie wieder zu. Bevor ich allerdings entscheiden kann, ob ein weiterer Versuch bessere Chancen auf Erfolg verspricht, geht die Tür schon wieder auf, diesmal richtig. Sven sieht ein klein wenig zerknirscht aus. »Hör mal, Franziska ...«, fängt er an.

Sein Gesichtsausdruck ermutigt mich, ihn einfach zu unterbrechen. »Kann ich vielleicht wenigstens auf einen Kaffee reinkommen? Wenn ich jetzt gleich zurückfahre, schickt Nora mich direkt wieder los. Du kennst sie doch.« Sven seufzt. »Ich hätte mir denken können, dass das nicht deine Idee war. Also gut, komm rein.«

Er führt mich an Küche und Essbereich vorbei ins Wohnzimmer. Dort lässt er mich einen Moment allein, um Kaffee zu machen. Ich stehe etwas unschlüssig vor zwei
kamelhaarfarbenen Sofas und einem Couchtisch mit
Schieferplatte. Hinter dem einen Sofa gibt ein Fenster
den Blick auf einen kleinen Garten frei. Einen Fernseher
suche ich vergeblich, dafür wird jeder freie Zentimeter
Stellfläche von einer Bücherwand eingenommen, die ein
Schreiner maßangefertigt haben muss, so perfekt, wie sie
über Tür- und Fensterstöcke passt. An der Wand neben
den Sofas sind die Fächer um einiges tiefer. Dort steht
eine Stereoanlage. Und eine ziemlich umfangreiche Plat-
tensammlung.

»Ein Löffel Zucker, viel Milch«, sagt Sven, als er mir
eine bauchige Tasse in die Hand drückt. Er hat sich tatsächlich gemerkt, wie ich meinen Kaffee trinke. »Stört es
dich, wenn ich mich setze?«

Obwohl er keine Miene verzogen hat, weiß ich natürlich, dass er versucht, einen Scherz zu machen, also antworte ich: »Haben wir denn so viel Zeit?«

Sven verdreht die Augen, und ich beeile mich, ihm gegenüber Platz zu nehmen, bevor er es sich noch anders
überlegt.

»Du hast Glück, dass ich überhaupt noch hier bin«, sagt
er dann. »Der Mercedes hat ausgerechnet heute beschlossen, eine neue Batterie zu brauchen. Bis ich die hatte, war
es zu spät, um die letzte Fähre zu bekommen. Ehrlich gesagt frage ich mich seitdem, ob ich wegen zwei Übernachtungen wirklich zweimal vierzehn Stunden im Auto sitzen will.«

Ich hatte völlig vergessen, dass Morgan mir gestern

Nacht noch gesagt hatte, Sven wolle nach Norwegen fahren. Anscheinend hat Morgan vorhin auch nicht mehr daran gedacht.

Sven besitzt ein Ferienhaus in der Nähe von Kristiansand, in das er vor anderthalb Jahren auch Stefan und mich eingeladen hatte, um seinen fünfzigsten Geburtstag zu feiern. Damals sind wir von München aus geflogen, alles andere wäre zeitlich Wahnsinn gewesen. Deshalb weiß ich, dass Kristiansand einen Flughafen hat. Und mir ist klar, dass Sven sich wegen des Albums höchstens zwei, drei Tage Auszeit nehmen kann – die er vermutlich dringend braucht. Er ist ohnehin eher hager als schlank und sehr viel besser darin, zu verbergen, was er fühlt, als Morgan oder ich. Aber heute wirkt sein Gesicht selbst für die randlose Brille zu schmal. Und in diesem Haus ist es dunkler, als es sich allein durch das graue Märzwetter draußen erklären ließe.

»Warum nimmst du nicht einfach den Flieger?«, wundere ich mich.

Sven beginnt, sehr konzentriert in seinem Kaffee zu rühren, in den er, das habe *ich* mir gemerkt, Unmengen Zucker schüttet, aber keine Milch. »Tradition«, sagt er, ohne aufzusehen. »Nicht weiter wichtig. Vermutlich war es ohnehin keine gute Idee. Wir haben jetzt schon vier Tage verloren und immer noch keinen passenden Song für diese verflixte Show.« Er atmet hörbar aus und fährt sich mit beiden Händen über den glattrasierten Schädel. Dann sieht er mich an. »Heißt es nicht ›Arbeit ist die beste Medizin‹? Was denkst du, können wir es riskieren, die beiden Chaoten wieder zusammen in einen Raum zu lassen?«

Er wirkt nicht im Mindesten so, als wäre er wütend auf Morgan. Der ganz sicher nicht nochmal auf Alex losgehen wird, was andersherum genauso gilt, wie ich von Susanne weiß. Andererseits liegt Morgan aber gerade mit Fieber im Bett. »Äh ...« mache ich. Dann erzähle ich Sven der Einfachheit halber die ganze Geschichte, angefangen von Jacks Besuch und Morgans Ärger wegen Alex' vermeintlichem Trick, mit dem er den Auftritt in der Castingshow durchgesetzt hat, über mein Gespräch mit Alex auf der Treppe und was mir Susanne nach dem Streit über den Joint erzählt hat, bis zu Morgans Aufenthalt auf der Terrasse gestern.

Sven stöhnt. »Was für ein verfluchtes Chaos! Wie schlimm hat es ihn erwischt?«

Ich schüttele den Kopf. »Ich bin kein Arzt, aber heute Morgen hatte er Fieber, und seine Stimme klingt kratzig. Vielleicht können Alex und du erst mal ohne ihn ...?«

»Ohne Morgan geht gar nichts«, fällt Sven mir ins Wort, untypisch heftig. »Dir brauche ich das ja wohl nicht sagen, du warst doch schon in seine Stimme verliebt, lang bevor du ihn kennen gelernt hast. Und in seine Songs, auch wenn du das nicht wusstest, weil wir immer alle drei im Copyright stehen. Aber Alex und ich sind eher so etwas wie Sparringspartner. Von ein paar Ausnahmen mal abgesehen.«

»Ich weiß, dass Morgan das anders sieht«, sage ich vorsichtig. *Bis keiner mehr so genau weiß, was eigentlich von wem ist* – das hat er mir mal über die Entstehung ihrer Songs gesagt. Den Teil von Svens Worten, der mir eine peinlich berührte Röte ins Gesicht treiben will, blende ich aus. Dafür ist jetzt keine Zeit.

Sven antwortet mit einem kräftigen Schnauben. »Morgan ist ein netter Kerl – nein, um ehrlich zu sein, ist er der anständigste Mensch, den ich kenne. Wenn er nicht gerade völlig austickt, aber das lassen wir jetzt mal bei Seite. Fakt ist nun mal, dass Alex und ich ersetzbar wären. Er nicht. Ohne ihn würde es No Way! nicht geben.«

»Und ohne dich würde es ihn nicht geben – ohne euch und No Way!«, sage ich und weiß, während ich mich reden höre, wie viel Wahrheit in diesen Worten steckt, auf mehr als eine Weise, obwohl meine Zunge mal wieder schneller war als mein Hirn.

Sven wirft mir einen schrägen Blick zu. »Morgan hat recht: Du hast wirklich ein unheimliches Talent dafür, im richtigen Moment die richtigen Dinge zu sagen.«

Habe ich das? Vielleicht. Ich wünschte nur, es wäre größer als mein Talent, im falschen Moment die falschen Dinge zu tun. »Wie war Morgan eigentlich damals, als ihr euch kennengelernt habt – wie alt wart ihr, sechzehn?«, frage ich, auf der Suche nach einer unverfänglichen Ablenkung. Im Waldhaus, bei unserem Ausflug zum See, hat Morgan mir erzählt, dass Sven Austauschschüler an seiner Highschool war. Sie sind sich rein zufällig begegnet. Wenn man an Zufälle glaubt.

Offenbar habe ich das richtige Thema erwischt, denn Sven wird ungewöhnlich gesprächig. »Siebzehn – na ja, Morgan fast und ich gerade noch. Im Grunde war er damals schon wie das Wetter im April: die meiste Zeit für jeden Unsinn zu haben, aber hin und wieder sind urplötzlich Gewitterwolken aufgezogen. Außerdem hatte er eine ausgeprägte rebellische Ader. Hat sich mit sämtlichen Lehrern angelegt, allerdings immer auf der sachlichen Ebene. Er war gut. Alle waren überzeugt, dass er mal ein hervorragender Anwalt werden würde.« Sven schüttelt den Kopf und grinst. »Alle, außer Morgan, versteht sich. Er hatte damals schon eine Band, die bei Schulveranstaltungen aufgetreten ist, auch wenn der Rest das nicht annähernd so ernst genommen hat wie er. Wir haben abends meistens in einem Schuppen rumgehangen, den die Eltern des Schlagzeugers als Probenraum zur Verfügung gestellt hatten. Alle haben gekifft, Morgan auch, aber er ist fuchsteufelswild geworden, wenn die anderen dann zu lethargisch zum Üben waren. Hat mir ganz ernsthaft erklärt, wer mit dem Zeug nicht umgehen könne, solle gefälligst die Finger davon lassen.«

Das klingt nach einem unbekümmerten Morgan, der noch nicht entdeckt hat, dass die Welt voller Widersprüche ist. Dass es selten einfach nur Entweder-oder gibt. Ich kann ihn in all seinem gerechten Zorn beinahe vor mir sehen und muss lachen, und Sven stimmt mit ein. Weil es gerade so gut läuft, frage ich, ob er vielleicht Fotos aus der Zeit hat.

Sven runzelt die Stirn. »Wir hatten keine Handys damals, und Filme waren teuer. Aber warte mal, ich glaube …« Er steht auf, öffnet eine Schublade im Esszimmer und kramt kurz darin herum. Als er zum Sofa zurückkommt, hält er etwas in der Hand und reicht es mir. »Das hat Morgan vor ein paar Jahren mal mitgebracht. Er hatte vor seinem Flug nach Deutschland damals extra noch einen zweiten Abzug nachmachen lassen und es dann über dem ganzen Trubel um die Bandgründung vergessen. Ich schätze, das ist eine echte Rarität.«

Das Foto ist ein etwas verblasster Schnappschuss von zwei Teenagern vor einer Ziegelwand. Sven erkenne ich auch mit wuscheligem braunem Haar und ohne Brille an dem schmalen Gesicht und seinem ernsten Lächeln. Morgan hat ihm den Arm um die Schultern gelegt und grinst in die Kamera, während er mit der freien Hand den Mittelfinger zeigt. Seine Haare sind an den Seiten kurz rasiert, vom Oberkopf hängen sie ihm lang ins Gesicht und über das linke Auge. Beide tragen ausgewaschene Röhrenjeans, Morgan mit einem breiten Riss über dem linken Knie, dazu ein viel zu weites ärmelloses T-Shirt in Blassrosa. Krafttraining hat er allem Anschein nach auch damals schon gemacht. Ein besonderer Hinkucker sind allerdings die weißen Tennissocken, die zwischen klobigen Turnschuhen und engen Hosenbeinen hervorleuchten.

Mit einem Schmunzeln gebe ich Sven das Foto zurück. »Ich wette, er war ein richtiger Mädchenschwarm.«

»*War*?«, feixt Sven. Ich habe ihn selten so aufgeräumt erlebt, fast schon zu fröhlich. »Damals hat er allerdings zielsicher die Falschen geküsst – die, die mehr an seinem guten Aussehen interessiert waren als an seinen Gedanken. Obwohl, vielleicht hat er auch einfach nur jede Woche eine andere mit nach Hause genommen, um seinen Vater zu ärgern. Würde mich nicht wundern.«

Mich auch nicht. Morgan spricht zwar praktisch nie über seinen Vater, aber wenn er es doch tut, lauert eine toxische Mischung aus Zorn und Verachtung unter der Oberfläche abgeklärter Sachlichkeit.

Bevor ich die Chance nutzen kann, Morgans jüngeres Ich noch etwas besser kennenzulernen, steht Sven schon wieder auf. »Ich habe viel zu lange nicht mehr auf die guten alten Zeiten angestoßen.«

Er verschwindet in der Küche und kommt gleich darauf mit einer gut halbvollen Flasche schottischem Whisky und zwei Gläsern zurück. Die Gläser stellt er auf den Couchtisch und schenkt jeweils einen Fingerbreit der bernsteinfarbenen Flüssigkeit ein, die sofort einen intensiven Duft nach altem Wald und dunklem Honig verströmt.

»Auf die guten alten Zeiten!« Sven hebt sein Glas, also stoße ich mit ihm an und nippe vorsichtig. Der Whisky ist nicht annähernd so scharf, wie ich erwartet hatte. Zu den würzigen, leicht nussigen Aromen gesellt sich im Mund noch eine fast fruchtige Note, die sogar Süße erahnen lässt. Sven schenkt sich nach, lehnt sich zurück und kippt sein Glas leicht hin und her, sodass der einzelne verirrte Sonnenstrahl, der es irgendwie durch Wolken, Häuser und Gartenbepflanzung hindurch bis hier herein geschafft hat, goldene Lichtreflexe über die Bücherwand tanzen lässt. Svens Blick folgt dem Licht mit einem leichten Stirnrunzeln, bevor er sein Glas langsam leert, wieder auffüllt und den Vorgang wiederholt.

Ich merke, dass ich mich an meinem Glas festhalte, während ich ihn beobachte. Das hier ist ungewohntes Terrain: Etwas fehlt, etwas Entscheidendes, das ich auch von Morgan kenne. Eine Art unsichtbarer Kokon, gewebt aus freundlicher Distanziertheit. Svens emotionaler Sicherheitsabstand.

»Offenbar ist heute ein guter Tag für Geschichten«, sagt er schließlich. »Eigentlich wollte ich ja nach Norwegen fahren, um der Vergangenheit einen kleinen Besuch abzustatten. ›Wenn du nicht weißt, wo du hin sollst, erinnere dich daran, wo du herkommst‹, hat meine Oma immer gesagt. Stattdessen streikt mein Auto, und du tauchst hier auf. Hat Morgan mal erwähnt, dass er nicht an Zufälle glaubt? Er ist der Meinung, was wir für Zufall halten, ist meist nur das Ergebnis einer Ereigniskette, die zu komplex ist, als dass wir sie durchschauen könnten. Oder das Ergebnis von Entscheidungen, die wir uns nicht eingestehen wollen. Der Zufall als Ausrede, sozusagen. Ich sehe das ein bisschen anders, obwohl er bei den Entscheidungen einen Punkt hat. Entgegen unserer eigenen Überzeugung basieren die wenigsten davon auf bewusstem Denken, wusstest du das?« Sven trinkt einen Schluck und schenkt sich direkt wieder nach.

Das und die Tatsache, dass in seiner Stimme etwas mitschwingt, eine Art Unterströmung, die nicht zum heiteren Plauderton passen will, lässt mich auf eine Antwort verzichten. Ich lächle einfach nur und nippe an meinem Whisky, um ihm Zeit zu geben, weiterzusprechen. Dabei fällt mir ein, was er vorhin darüber gesagt hat, warum er unbedingt mit dem Auto nach Norwegen fahren wollte: *Tradition.*

»Dieses Ferienhaus haben meine Eltern im Sommer immer für uns gemietet«, bestätigt Sven meine unausgesprochene Vermutung. »Auf schöne Erinnerungen!« Er stößt ein weiteres Mal mit mir an.

Kann es sein, dass seine Eltern damals einen Mercedes hatten? Dass das Auto gar kein Statement ist, sondern so eine Art ... Nabelschnur in die Vergangenheit? Ich dachte, ich hätte mir inzwischen ein ziemlich gutes Bild von Sven gemacht. Was habe ich noch übersehen? Ich leere mein Glas in mehreren kleinen Schlucken, um noch etwas Zeit zu gewinnen, und weil dieser Whisky mir tatsächlich schmeckt. Natürlich füllt Sven beide Gläser umgehend wieder auf.

»Weißt du eigentlich, wie sehr ich Morgan manchmal beneide?« sagt er dann. Ich sehe das Wetterleuchten am Horizont und will das Thema wechseln, aber Sven kommt mir zuvor. »Mir ist schon klar, was du jetzt denkst.« Er kippt den Inhalt seines vierten oder fünften Glases in einem Zug hinunter. »Ich bin allerdings höchstens betrunken genug, um die Dinge auszusprechen, die ich sonst vernünftiger Weise für mich behalte. Alkoholgenuss verwandelt uns keineswegs in andere Menschen, er macht uns lediglich ein wenig echter. Das ist auch etwas, um das ich Morgan beneide: dass er dieses Zeug nicht braucht, um er selbst zu sein.« Sven starrt sein Glas an.

Ich bin nicht sicher, ob Morgan jetzt gerade er selbst sein möchte, aber das ist ein anderes Thema.

»Und um dich. Aber das weißt du ja«, sagt Sven. Provozierend. Er sieht mir direkt in die Augen, wartet auf meine Reaktion.

Er *ist* betrunken, auch wenn man es ihm nicht anhört. Betrunken und verletzt und an einem Punkt, wo er das Gefühl hat, dass es auf nichts mehr ankommt, dass er nichts zu verlieren hat. Und Morgan ist nicht hier. Ich begreife viel zu spät, wie blind wir waren, Nora, Morgan und ich. Dieser Plan war ein riesiger Fehler, ich habe hier nichts verloren! Ich habe mich zwischen Morgan und Sven gedrängt, unabsichtlich zwar, aber das ändert nichts am Ergebnis. Sven ist seit vierzehn Jahren geschieden, und Morgans Beziehung mit Nora war mehr als kompliziert – eine Art Gleichgewicht, das ich verändert habe.

Und Liv hat es gerade endgültig kippen lassen. Dass ausgerechnet ich hier bin, um Sven zu trösten, tut ihm nur weh, anstatt zu helfen.

Trotzdem beuge ich mich über den Tisch und berühre seinen Handrücken. Ich kann einfach nicht anders. Wahrscheinlich sollte ich mich besser erst mal verabschieden und das Ganze morgen, wenn er wieder nüchtern ist, mit einem Scherz abtun. Aber ich kann nicht. Er hat sich um mich gekümmert, als ich allein war. Ich kann ihn jetzt nicht einfach hier sitzen lassen.

»Hey«, sage ich und lächle, »das willst du doch gar nicht. Du würdest Morgan nie ...«

Sven unterbricht mich mit einem rauen Lachen. »Hast *du* eine Ahnung, was *ich* will, jetzt gerade! Du und Nora – was denkt ihr euch eigentlich dabei? Schaust du gelegentlich mal in den Spiegel? Was erwartet ihr von mir, dass ich dir mein Herz ausschütte und mir dann ein Taschentuch reichen lasse? Vielleicht bin ich ja etwas einfacher gestrickt als der gute Morgan, der philosophische Gespräche und Händchenhalten bevorzugt.« Er knallt sein Glas auf den Tisch und starrt mich an, rote Flecken auf Hals und Wangen.

Ich erwidere seinen Blick, offen, ohne Herausforderung. Nach einem philosophischen Gespräch sah zwar weder das Mädchen aus, das uns damals im Waldhaus die Tür geöffnet hat, noch Morgans verstrubbeltes Haar. Aber dieser Hinweis würde mir wohl kaum aus der Klemme helfen, in die ich mich selbst gebracht habe, also halte ich einfach den Mund. Sekunden gerinnen um irgendetwas herum zu einer Minute, schließen es ein und zerfallen mitsamt ihrem Inhalt zu Staub. Was immer es war, jetzt ist es fort.

Mir gegenüber setzt Sven seine Brille ab und schließt die Augen. »Das ... ist ein Albtraum. Hoffentlich.«

Ich würde mich jetzt wirklich gern neben ihn setzen, aber das ist vermutlich das Letzte, was er möchte. Also fülle ich sein Glas auf und schiebe es zwischen seine Finger, die die Brille halten. »Ich habe nichts gehört, von dem du nicht wolltest, dass ich es höre, okay? Morgen ist einfach ein neuer Tag.«

Sven rührt das Glas nicht an, legt stattdessen die Brille auf den Tisch und vergräbt das Gesicht in den Händen. »Du musst mich für ein Riesen-Arschloch halten.«

»Das tue ich ganz sicher nicht«, sage ich und stehe doch auf, weil es Dinge gibt, die sich ohne Worte überzeugender sagen lassen. Als ich neben ihm sitze, lehne ich meine Schulter gegen seine. »Tu ich nicht«, wiederhole ich. »Und bevor du dir Gedanken darüber machst: Morgan müssen wir das nicht erklären. Er würde es verstehen, deshalb ist es erst recht unnötig.«

Es gibt sicher Menschen, die diese Logik merkwürdig finden würden, aber Sven nickt. Für die Dauer von ein paar Atemzügen sitzen wir schweigend Schulter an Schulter, dann rückt er ein Stück von mir ab und setzt seine Brille wieder auf. Vor lauter Erleichterung greife ich nach seinem Glas und leere es mit zwei großen Schlucken. In meinem Magen breitet sich fast sofort eine angenehme Wärme aus, die mir ein breites Lächeln entlockt.

Sven mustert mich kopfschüttelnd. »Gewöhn dir das bloß nicht an.«

»Was, Whisky trinken? Ehrlich gesagt dachte ich, ich könnte das Zeug nicht ausstehen, aber der hier ist richtig gut!«

»Wenn das so ist ...« Sven schiebt mir die Flasche zu, und ich übernehme das Nachschenken.

Während der Nachmittag ganz gemächlich dem Abend weicht und von draußen die Dämmerung hereinkriecht, plaudern wir über Belanglosigkeiten. Sven holt Snack-Salami, Käsewürfel und eine Knabbermischung aus der Küche, dann gibt er Abenteuergeschichten vom Angeln und Nächten am Lagerfeuer in Norwegen zum Besten. Das lässt die Erinnerung an die Nachtwanderung, die wir auf Klassenfahrt in der Grundschule gemacht haben, aus dem vorletzten Winkel meines Gedächtnisses aufsteigen. Mir fällt tatsächlich auch noch eine der Gruselgeschichten ein, die wir uns anschließend im Schein einer Taschenlampe erzählt haben. Es ging um den Geist eines Mädchens, das im Jenseits nicht allein sein will und versucht, andere Kinder in den Tod zu locken.

»Ziemlich starker Tobak für Grundschüler«, sagt Sven und steht auf, um die indirekte Beleuchtung im Bücherregal einzuschalten. Überall um uns herum erscheinen kleine Inseln aus goldenem Licht, die den Raum nicht wirklich heller machen. Das Wohnzimmer wirkt dadurch gleichzeitig gemütlicher und irgendwie größer, als würde es sich an seinen dunklen Rändern in Unendlichkeit verlieren. Und es bleibt genügend Raum für die Schatten, in denen Unausgesprochenes auf den richtigen Moment wartet.

Als könne er das genauso deutlich spüren wie ich, beginnt Sven zu erzählen, wie Alex, Morgan und er im Keller seines Patenonkels ihre ersten Songs aufgenommen haben. Anders als die beiden hatte er gar nicht erst angefangen zu studieren, sondern stattdessen in einem

Tonstudio und bei einem Fachhändler für Elektronik gejobbt, um sich seine ersten Synthesizer leisten zu können.
Zwar waren seine Eltern von seinen beruflichen Plänen so
wenig begeistert wie die von Alex oder Morgans Vater,
aber sein Patenonkel hat an die drei geglaubt. Und der
hatte einen Freund oder Bekannten, der bei einem Radio-
sender gearbeitet hat.

»Das waren verrückte Zeiten damals«, schmunzelt
Sven. »Morgan hat praktisch in diesem Keller gewohnt, ab
und zu hat er auch mal bei Alex oder mir übernachtet,
meistens dann, wenn unsere Eltern nicht da waren. Als ich
ihn vom Flughafen abgeholt habe, hatte er einen Ruck-
sack in der einen und seinen Gitarrenkoffer in der anderen Hand, das war's. Sein Vater hat ihm wenig überraschend sofort den Geldhahn zugedreht, damit er zurückkommt und sein Studium beendet. Wusstest du, dass
Morgan eine vielversprechende Karriere als Englisch-
Nachhilfelehrer vor sich hatte?«

Das lässt uns beide lachen. Dann greift Sven nach der
Whiskyflasche und mustert den kläglichen Rest ihres In-
halts. »Oha. Du solltest heute vielleicht lieber nicht mehr
Auto fahren. Entweder rufe ich dir ein Taxi, oder du
nimmst das Gästezimmer oben.«

Ich werfe einen Blick auf die Leuchtziffern an seiner
Stereoanlage: Viertel nach zehn. Morgan schläft vermutlich schon, zumindest hoffe ich das, so, wie es ihm heute
Morgen ging. »Wenn du mich noch ein bisschen erträgst,
nehme ich gern das Gästezimmer.« Zum einen besteht
dann nicht die Gefahr, dass ich Morgan aufwecke – zum
anderen haben Sven und ich bislang noch nicht über das
Thema gesprochen, dessentwegen ich überhaupt hier bin.

Bilde ich mir das ein, oder unterzieht er mich wirklich einer nachdenklichen Musterung? Bin ich denn so leicht durchschaubar, oder haben er und Morgan einfach nur denselben Kurs in Gedankenlesen besucht?

»Okay«, sagt Sven. Er klingt tatsächlich ein wenig misstrauisch. »Dann lege ich dir schnell Bettwäsche raus.«

Ich nutze die Zeit, um Morgan eine WhatsApp zu schicken. Schließlich soll er sich keine Sorgen machen, wenn er morgen früh aufwacht und ich nicht da bin. Als Sven sich wieder neben mich setzt, hat er eine neue Flasche Whisky in der Hand. »Irgendwie glaube ich, dass ich die noch brauchen werde«, brummt er.

Beinahe kann ich meine Assistenten in den Schatten die Köpfe heben und sich genüsslich dehnen und strecken sehen. Sie warten schon zu lange auf ihren Einsatz, also gebe ich mir einen Ruck und sage: »Morgan hat mir von deiner Schwester erzählt.« Verflixt – laut ausgesprochen klingt das, als hätte er einfach so etwas zutiefst Persönliches ausgeplaudert! Eilig schiebe ich hinterher: »Aber nur, weil ich ihn gefragt habe.«

Sven runzelt die Stirn. »Du hast Morgan nach Sofia gefragt?«

Kein Wunder, dass er irritiert ist, immerhin hat er sie mir gegenüber noch kein einziges Mal erwähnt. Ich schüttele den Kopf. »Entschuldige, das war jetzt völlig missverständlich formuliert. Ich wollte wissen, warum du so ... verschlossen bist. Darauf hat Morgan mir von dem Unfall erzählt, und dass deine Eltern sich deswegen getrennt haben. Er meinte, du seist nicht verschlossen, sondern vorsichtig. Weil du früh gelernt hättest, was Worte anrichten können.« Ich sehe Morgan und mich am See, ein paar

Stunden nach unserem eigenen Beinahe-Unfall, wie er die schützende Sonnenbrille absetzt, um mir vom Tod eines kleinen Mädchens zu erzählen.

»Hm«, macht Sven. »Du hältst mich also für verschlossen?«

Ich muss lächeln, weil er so erstaunt klingt – und gleichzeitig ein wenig gekränkt. »Jetzt nicht mehr, aber am Anfang schon, ja. Du hast ziemlich unnahbar gewirkt. Freundlich, aber unnahbar.«

Ein weiteres »Hm«, danach schweigt Sven eine ganze Weile. »Manchmal erinnerst du mich ein bisschen an sie«, sagt er dann. »Sofia war gerade mal fünf Jahre alt, als der Unfall passiert ist. Wahrscheinlich kann man bei einer Fünfjährigen noch nicht sagen, wie ihre Persönlichkeit sich später entwickelt hätte. Aber sie war ein unheimlich sanftes und gleichzeitig fröhliches Kind. Kam jeden Morgen singend in die Küche gehüpft ... Na ja, wenigstens in meiner Erinnerung. Du konntest sie nicht mit einem Spielzeug in den Kindergarten oder auf den Spielplatz gehen lassen, weil sie es garantiert verschenkt hat. Irgendein anderes Kind hatte sich wehgetan, war geärgert worden oder was auch immer.«

Ein warmes Leuchten wandert über Svens Gesicht. »Dabei hatte sie das Zeug keineswegs im Überfluss, davon haben unsere Eltern nichts gehalten. Ich kann mich auch nicht erinnern, dass es ihr je leidgetan hat oder sie etwas hätte wiederhaben wollen. Und wenn sie gesehen hat, dass jemand von uns traurig ist, ist sie hingegangen, hat sich neben dich gesetzt und deine Hand genommen. Sie hat nie was gesagt, ist einfach nur sitzen geblieben, hat mit den Beinen gebaumelt und gewartet, bis du sie ange-

lächelt hast. Ich war neun damals und habe aus unerfind-
lichen Gründen gern im Haus Fußball gespielt. Du kannst
dir sicher denken, was meine Eltern dazu gesagt haben.
Ich war ziemlich oft ... *traurig*.« Sven nimmt seine Brille ab
und poliert die Gläser mit seinem Hemd. Er geht sehr
gründlich dabei vor.

Ich weiß, dass ich nicht einmal erahnen kann, welche
Lücke dieser Verlust in sein Leben gerissen hat. Oder in
das seiner Eltern. Es gibt Dinge, die kann man nicht nach-
fühlen. »Danke«, sage ich, und Sven sieht stirnrunzelnd
von seinem Putzprojekt auf. »Für das Kompliment.«

»Mhm.«

»Du bist nicht verschlossen.«

»Nein?« Sven poliert immer noch, haucht auf die Gläser, reibt darüber, wiederholt das Ganze.

»Nein. Nur vorsichtig.«

Endlich setzt Sven mit einem Seufzen die Brille wieder
auf. »Weshalb denke ich bloß, dass da gleich noch ein
›Aber‹ folgt?«

Weil das mein Stichwort ist. Für einen Moment kämpfe
ich mit meinem schlechten Gewissen: Er hat sich mir geöffnet, und das werde ich nutzen, um das Gespräch endgültig in eine Richtung zu lenken, die ihm nicht gefallen
wird. Dann sage ich: »Du kennst mich eben schon eine
Weile. Also, *aber*: Man kann auch *zu* vorsichtig sein.«

»Na das sagt die Richtige!« Sven ist aufrichtig empört,
vermutlich weniger wegen der Worte an sich als wegen
meines Schachzuges. »Darf ich dich an einen Abend mit
indischem Essen in deiner Wohnung erinnern, wo du
Nora und mir erklärt hast ...«, liefert er mir unfreiwillig die
nächste Steilvorlage.

»Und darf *ich* dich daran erinnern, was du mir da über Rüstungen gesagt hast und Visiere?«, unterbreche ich ihn.

Liebe ist das Zeug, das jede Rüstung rosten lässt. Wenn es gut läuft, macht sie dich frei. Wenn nicht, wünschst du dir eine stabilere Rüstung. Und dann schleppst du diesen Panzer mit dir herum und wunderst dich, warum dir die Luft zum Atmen fehlt. Hast du schon mal durch ein vergittertes Visier geschaut? Es schützt die Augen – aber die Aussicht ist scheiße.

Ganz offensichtlich bin ich nicht die einzige, die so ihre Schwierigkeiten damit hat, ihren eigenen Ratschlägen zu folgen. Falls dieser Gedanke allerdings irgendwie dafür sorgen sollte, dass ich mich besser fühle, verfehlt er seine Wirkung. Er macht mich lediglich traurig.

Neben mir richtet Sven seine eins sechsundneunzig zu voller Länge auf. »Hör zu, Franziska, ich weiß es wirklich zu schätzen, dass du extra hergekommen bist, sehr sogar ...«

»Weshalb denke ich bloß, dass da gleich noch ein ›Aber‹ folgt?« Meine dramatisch hochgezogene Augenbraue hat den gewünschten Effekt, Sven muss lachen, wenn auch, wie es aussieht, gegen seinen Willen.

»Du willst mich mit meinen eigenen Waffen schlagen, oder?«, sagt er und klingt leicht resigniert.

»Wenn es sein muss.«

»Also gut. Du hast recht. *Man* kann grundsätzlich auch *zu* vorsichtig sein. Aber mir gefällt mein Leben nun mal so, wie es ist, okay?«

»Dann wolltest du heute nur nach Norwegen fahren, um da ganz spontan mal wieder nach dem Rechten zu sehen?« Ich weiß genau, dass ich ihm jetzt gerade gehörig auf die Nerven gehe. Aber so leicht wird er mich nicht los. Und sich selbst auch nicht. Trotzdem befürchte ich für einen Moment, dass ich den einen Schritt zu weit gegangen bin. Dann entspannt sich sein schmales Gesicht.

»Kannst du nicht einfach nur irgendeinen mitleidsvollen sentimentalen Blödsinn absondern wie andere Frauen auch«, brummt er.

Ich greife nach seiner Hand und lasse sie gleich wieder los, weil der Anblick mich schlaglichtartig daran erinnert, was er mir eben von seiner Schwester erzählt hat. Sven sieht mich an. Etwas Dunkles zuckt über sein Gesicht, und ich nehme seine Hand ein zweites Mal und halte sie fest. »Weiß Liv von deiner Schwester«, frage ich sanft, »oder von deinen Eltern?«

»Ich will jetzt wirklich nicht über Liv reden.« Sven hat sich von mir weg gedreht, drückt aber im nächsten Moment meine Hand.

Ich warte, schweigend.

»Was macht das überhaupt für einen Unterschied!«, bricht es plötzlich aus ihm heraus. »Muss ich jemandem vielleicht jede alte Geschichte aus meinem Leben erzählen, damit derjenige sich einreden kann, mich zu kennen? Sie konnte doch jeden Tag sehen, wer ich bin!«

Er weiß, dass das, was er da sagt, nur ein Teil der Wahrheit ist. Dass es nicht um *irgendwelche* alten Geschichten geht und auch nicht darum, eine Art Offenbarungseid abzulegen. Sondern darum, Vertrauen zu haben und das auch zu zeigen. Nähe zuzulassen, indem man sich verletzbar macht. Im Grunde geht es darum, die Rüstung abzulegen. Er weiß auch, dass ich das weiß, deshalb muss ich es nicht sagen. Ich warte weiter.

»Mal abgesehen davon, dass sie das jetzt wohl kaum noch interessiert.« Bitter.

»Ich bin *ziemlich* sicher, dass es das nach wie vor tut«, sage ich. »Nicht hundertprozentig, aber ziemlich.«

»Du kennst sie doch kaum, woher willst du das wissen?«

»Herrje, Sven – weil sie eine Frau ist! Die meisten von uns haben ein paar Dinge gemeinsam, auch wenn das bei der annähernd kultischen Verehrung der Individualität, die wir heutzutage betreiben, kaum jemand zugeben mag. Sie hat dich nicht verlassen, weil sie dich satt hat oder ihr ein anderer besser gefällt, soweit ich weiß.«

Sven zuckt die Achseln. »Spielt das eine Rolle? Sie hat ihre Entscheidung getroffen.«

»Menschen tun gelegentlich Dinge, um damit eine Reaktion auszulösen, weißt du. Hast du als Kind nie Fangen gespielt? Einer läuft weg, damit der andere hinterherrennen muss. Das ist zwar weder sonderlich emanzipiert noch unabhängig, aber wenn sie ehrlich sind, geben die meisten Frauen zu, dass sie sich hin und wieder genau das wünschen: dass ihr uns nachgelaufen kommt und uns unsere Unentbehrlichkeit in eurem Leben versichert.«

Diesmal lässt Sven mehrere Minuten verstreichen, bevor er, den Blick noch immer auf den Fußboden gerichtet, schließlich sagt: »Ehrlich gesagt weiß ich nicht, ob ich das wirklich will – jemanden, der unentbehrlich ist in meinem Leben.«

Hier schließt sich der Kreis. Ich könnte jetzt wieder auf die Rüstung zu sprechen kommen, aber das hatten wir schon. Also spiele ich meinen letzten Trumpf aus. Den hat Morgan mir quasi heute Morgen noch zugesteckt, bis dahin wusste ich nur, dass Sven geschieden ist. Jetzt weiß ich, dass seine Exfrau seine große Liebe war. Die ihn schließlich verlassen hat, weil sie einfach nicht glauben konnte, dass er sie nicht bei jeder Gelegenheit betrügt. Die Wahrheit habe dabei überhaupt keine Rolle gespielt, hat Morgan gemeint. Und dass Sven gar nicht erst versucht habe, gegen die Windmühlen einer Gewissheit zu kämpfen, die keine Beweise gebraucht hat. Mit Liv muss es ihm genauso vorgekommen sein: als wäre er bereits verurteilt worden, ohne Prozess und ohne dass es darauf angekommen wäre, was er wirklich gesagt oder getan hat. »Morgan hat mir auch von Isabell erzählt«, sage ich und kann hören, wie in den Schatten etwas flüstert.

Svens Kopf ruckt nach oben. Für einen Moment erinnert sein Profil mich an einen Raubvogel im Käfig, dem ganz plötzlich die Gitterstäbe bewusst werden, die ihn von der Freiheit trennen. Dann ist der Augenblick vorüber, Sven seufzt und schüttelt den Kopf. »Das ist verdammt lange her.«

Offensichtlich nicht lange genug. Ich drücke ein weiteres Mal seine Hand, bevor ich sie ganz behutsam loslasse. Daraufhin schenkt er mir dieses schiefe Lächeln, von dem ich mittlerweile weiß, dass es Freunden vorbehalten ist, Menschen, denen man auch die Brüche zeigt, nicht nur die glatte Oberfläche.

Es ist unfair zu behaupten, Sven wäre nicht bereit, sich zu öffnen, eine echte Beziehung einzugehen. Er tut das lediglich etwas zögerlicher und vielleicht auch weniger offensichtlich als andere. Immerhin hat er mindestens drei gute Gründe, vorsichtig zu sein; drei Narben, die ihn für immer daran erinnern werden, wie schmerzhaft ein Verlust sein kann. Er hätte lediglich etwas mehr Zeit gebraucht – Zeit, von der Liv glaubt, dass man sie in ihrem Alter nicht mehr für Experimente zur Verfügung habe. Deshalb sage ich Sven, was Liv zu Nora und mir gesagt hat, und auch, wie Nora das richtigerweise zusammengefasst hat: »Sie glaubt, es sei dir nicht ernst mit ihr.«

Sven nickt. »Vielleicht hat sie recht«, sagt er leise. »Sie wollte mit mir reden, weißt du, nach dem Theater in der Hexenküche. Ursprünglich hatte ich an dem Abend bei ihr bleiben wollen, aber nach dem Streit war mir weder nach Gesprächen noch nach Gesellschaft. Und schon gar nicht nach einer weiteren Diskussion darüber, ob ich mich zu sehr vereinnahmen lasse. Sie hat No Way! mal mit ihrem Restaurant verglichen, nur hat sie dabei übersehen, dass sie mit ihren Angestellten nicht befreundet ist. Jedenfalls war das mein Argument. Möglicherweise habe ich aber auch schlicht kein Interesse daran, ihr mehr Platz in meinem Leben einzuräumen. Das würde zumindest erklären, warum ich auch ihre nächsten beiden Gesprächsversuche abgeblockt habe – bis sie mir am Freitag eine Sprachnachricht geschickt hat: Es tue ihr leid, es mir auf diese Weise zu sagen, aber ich würde ihr ja keine andere Wahl lassen. Ich schätze, sie hat tatsächlich einfach recht mit dem, was sie denkt.«

Ich habe Sven mit zwei anderen Freundinnen erlebt, bevor er uns Liv vorgestellt hat. Wenn ich einen Tipp abgeben müsste, würde ich sagen, dass etwas anders war mit ihr. Nicht so deutlich, dass es direkt ins Auge gesprungen ist, aber es war da. Denke ich. Liebe ist ein Chamäleon. Sie zeigt sich selten so unverkennbar, wie wir es gern hätten. Und manchmal nimmt sie seltsame Formen an. Nicht alles, was danach aussieht, *ist* Liebe. Und nicht alles, was *nicht* danach aussieht, ist keine. Was am Ende auf Liv zutrifft, kann nur Sven entscheiden. Vielleicht muss er es aber auch erst noch herausfinden. Als ich ihm das sage, schenkt er mir ein weiteres schiefes Lächeln.

Während sich freundschaftliches Schweigen wie eine warme, schwere Decke um unsere Schultern legt, merke ich endlich, wie müde ich eigentlich bin. Ich schaffe es gerade so, ein Gähnen zu unterdrücken. »Wenn du meine ganz private und völlig unprofessionelle Meinung hören willst«, sage ich schließlich, um nicht im Sitzen einzuschlafen. »Ihr seid alle drei keine zwanzig mehr. Vielleicht waren die letzten zwei Monate einfach ein bisschen zu viel, auf die eine oder andere Weise.« An den meisten Tagen waren sie mindestens acht oder neun Stunden zusammen im Studio, teilweise auch am Wochenende. Und es ist ja nicht die Zeit allein: Kreatives Arbeiten kann auch emotional erschöpfend sein. Bei Alex kommt noch seine Sorge um Jack dazu, und bei Morgan ... Mir steht plötzlich überdeutlich diese Schachtel vor Augen, wie er regelrecht davor zurückzuckt. Und die geschlossene Tür seines Arbeitszimmers.

»Was hältst du davon, wenn wir es für heute gut sein lassen?«, fragt Sven. »Du siehst ungefähr so müde aus, wie ich mich fühle.«

Dieses Kompliment kann ich nur zurückgeben, und da Sven ja Gedanken lesen kann, wenigstens meine, muss ich ihm nicht sagen, dass gerade kein guter Zeitpunkt ist, um wichtige Entscheidungen zu treffen – wie zum Beispiel *nicht* um jemanden zu kämpfen, an dem ihm etwas liegt.

Nachdem er mir das Gästezimmer und das Bad im ersten Stock gezeigt hat, putze ich mir nur noch schnell behelfsmäßig mit dem Zeigefinger die Zähne, bevor ich ins Bett krieche. Aus Gewohnheit werfe ich noch einen Blick auf mein Handy: keine neuen Nachrichten. Alles andere hätte mich auch gewundert, Morgan wird meine WhatsApp sicher erst morgen lesen.

MORGAN

Franziskas Nachricht entlockt mir ein Lächeln: Wenn sie noch immer bei Sven ist und *whiskybedingt* über Nacht bleibt, scheint es ganz gut zu laufen. Noras Idee war vielleicht besser, als ich dachte. Ich überlege kurz, ihr süße Träume zu wünschen, lasse es dann aber sein. Ich will sie nicht mitten im Gespräch stören, und sie geht ohnehin davon aus, dass ich schlafe.

Was ich beinahe den ganzen Nachmittag getan habe, weshalb ich mich jetzt gerade schon fast wieder fit fühle. Ich weiß natürlich, dass der Schein trügt: Sobald ich mich der Herkulesaufgabe stelle, mir etwas anzuziehen, werde ich merken, dass es – vorsichtig formuliert – nicht besonders schlau war, gestern Nacht wer weiß wie lange im Regen zu stehen. Ehrlich gesagt habe ich nicht mal erwartet, dass es irgendetwas ändert – mich reinwäscht oder etwas in der Art oder mir auch nur das Gefühl gibt, lebendig zu sein. Nichts für ungut, Depeche Mode: Ich liebe ›But not tonight‹, besonders in der Live-Version. Aber ich habe es lediglich hier drinnen nicht mehr ausgehalten. Kein Licht konnte die Schatten vertreiben, die aus jeder Ecke gekrochen sind, sobald ich ihr den Rücken zugewandt hatte. Dieses unangenehme Kribbeln im Nacken, als würde jemand direkt hinter dir stehen und dich anstarren, genau auf die Stelle, an der die Halswirbelsäule in den Schädelknochen mündet.

Draußen war es besser. Stiller. Obwohl es dunkel war. Vielleicht auch gerade deswegen, wer kann das schon so genau sagen? Dieses Flüstern war fort, das seinen Ursprung in meinem Arbeitszimmer hat. Oder in der Vergangenheit. Draußen war ich allein mit den sanften, unrhythmischen Geräuschen, die Nieselregen macht, wenn Bäume und Büsche noch kaum Blätter haben. Ich weiß nicht, warum ich die Kälte nicht gefühlt habe oder zumindest das Verstreichen von Zeit. Vielleicht, weil ich es nicht wollte. Was ich wollte, war eine Pause, und die habe ich bekommen. Leider ist eine Pause nichts weiter als ein Aufschub.

Ich habe nicht die leiseste Ahnung, wie lange dieser Aufschub dauern wird. Oder was ich tue, wenn das Flüstern wieder so laut wird, dass es mir Kopfschmerzen verursacht. Ich weiß nur, dass ich es nicht noch mal so weit kommen lassen darf wie mit Alex. *Rücksichtslos* hat Sven mich genannt. Ich würde sagen, das war ein Euphemismus. Ich habe mich wie ein zynisches Arschloch benommen, wie jemand, der seine Befriedigung daraus zieht, etwas Gutes kaputtzumachen, ganz egal, was und um welchen Preis. Beinahe hätte es geklappt. Was, wenn Sven nicht da gewesen wäre?

Was, wenn es beim nächsten Mal Franziska trifft?

Ich schüttele mich, schlüpfe aus dem Bett und greife wahllos eine Jeans und ein Sweatshirt aus dem Schrank. Mir ist ein bisschen schwindelig, abgesehen davon fühle ich mich besser als gedacht. Es gibt nur eine logische Konsequenz, nur einen Ausweg aus dieser Falle, die schon darauf wartet, ein weiteres Mal zuzuschnappen. ›Den Stier bei den Hörnern packen‹, lautet die passende Redensart.

Seit acht Wochen versuche ich jetzt, dieser Schachtel aus dem Weg zu gehen. Und je mehr ich mich bemühe, nicht an sie zu denken, desto präsenter wird sie. Ich kann spüren, wie sie aus dieser Schublade heraus mein ganzes Haus vergiftet. Damit muss Schluss sein, ein für alle Mal!

Weil ich darüber aber nicht ausgerechnet mit Nora diskutieren möchte, öffne ich die Schlafzimmertür nur einen Spalt und spähe hinaus. Alles ist dunkel, wunderbar. Ich brauche kein Licht für die paar Meter über den Flur bis zu meinem Arbeitszimmer, und auch nicht, um mich an meinen Schreibtisch zu setzen und die Schachtel aus der Schublade zu holen. Erst als ich sie behutsam auf der Tischplatte abgesetzt habe, greife ich nach dem Lichtschalter. Und zögere.

»Willst du etwa jetzt noch kneifen?« Ich habe laut genug gesprochen, um ein unangenehmes Kratzen im Hals zu spüren, dem direkt ein kleiner Hustenanfall folgt. Na prima. Ab Montag sind es noch exakt drei Wochen, bis das Studio für die Albumaufnahmen gebucht ist – ein ganz hervorragender Zeitpunkt für eine Erkältung. *Du bist wirklich ein Idiot, Morgan! Jetzt bring das gefälligst hinter dich und dann zurück ins Bett und Daumen drücken, dass du nur ein, zwei Tage heiser bist.*

Mit einem leisen *Klack* wirft meine altmodische Schreibtischlampe einen dottergelben Lichtkegel mitten auf die Tischplatte, wo die graue Schachtel steht. Ich hebe den Deckel ab. Wenig überraschend hat sich der Inhalt nicht geändert, seit ich das Ding zum ersten und bislang letzten Mal geöffnet habe: Zuoberst liegt das Foto, das mich und meinen Vater zeigt, außerdem seine Armbanduhr, ein alter Brieföffner und ein Füllfederhalter; darunter die Mappe mit Dokumenten; und ganz unten, im Augenblick noch unsichtbar, die beiden Briefe meiner Mutter.

Ich brauche tatsächlich eine oder zwei Minuten, in denen ich mir selbst stumm Kommandos gebe. Dann nehme ich den schlichten silbernen Bilderrahmen in die Hand. Das Foto muss im Frühjahr 1979 entstanden sein, ungefähr ein halbes Jahr, nachdem ich nach Oregon gezogen war. Mein Vater und ich stehen vor seinem Haus, er hat mir die Hand auf die Schulter gelegt. Ich gebe mir keinerlei Mühe zu lächeln. Hat Mary das Foto geschossen? Plötzlich kann ich sie ganz deutlich »Say ›cheeeese‹, Morgan!«, sagen hören. Sie hat mich oft zum Lachen gebracht, an diesem Tag aber offenbar nicht. Ich habe seit Jahren nicht an sie gedacht – vielleicht, weil ich mich nicht mal von ihr verabschiedet habe, bevor ich in einer Nacht- und Nebel-Aktion nach Deutschland geflüchtet bin, um eine Band zu gründen. Und nie wieder zurückzublicken. Na das hat ja mal prima funktioniert.

Warum mein Vater dieses Foto auf seinem Schreibtisch stehen hatte, ist mir nach wie vor schleierhaft. Ich hätte jedenfalls nicht jeden Tag in mein finsteres Gesicht blicken wollen. Aber vielleicht hat er das auch gar nicht, vielleicht hat er es nicht mal mehr wahrgenommen, wie die meisten Dinge, die wir irgendwo herumstehen haben und gelegentlich von Staub befreien, ohne sie richtig zu bemerken. Weil sie irgendwie schon immer da waren oder ein Geschenk, das aus Höflichkeit dort steht, oder eben etwas, das sich so gehört, wie ein Familienfoto. Und das Abstauben hat ziemlich sicher Mary übernommen.

Ich lege das Foto umgedreht zurück in die Schachtel, hebe die Dokumentenmappe an und ziehe die beiden Briefumschläge heraus. Der erste ist deutlich dicker als der zweite. Beide sind ordentlich beschriftet, vorne mit der Adresse des Empfängers in den USA, hinten mit dem Absender in

Deutschland. Für einen langen Moment starre ich auf die paar kümmerlichen Buchstaben in der runden, sorgfältigen Handschrift meiner Mutter. Mit derselben Sorgfalt hat sie die vier Worte auf diesen Zettel geschrieben, den ich damals aus ihrer Hand gezogen habe, als ... Nein, nicht jetzt!

Ich kann meine Zähne knirschen hören, während ich dieses Bild zurückschiebe in die Dunkelheit, dahin, wo es keinen Schaden anrichten kann, jedenfalls vorläufig. Es scheint das Gewicht eines Wandreliefs aus Marmor zu haben, aber wenn mir das jetzt nicht gelingt, werde ich hier nicht weiterkommen. Und das muss ich! Es ist verdammt noch mal allerhöchste Zeit, diesen Schlussstrich zu ziehen. Das bin ich mittlerweile nicht nur Franziska schuldig, sondern auch Alex. Und sogar Sven.

Also gut. Mich fröstelt trotz des gefütterten Sweatshirts, und meine Finger fühlen sich taub an, als ich versuche, den ersten Brief aus dem Umschlag zu ziehen. Er verkantet sich, sodass es mir erst im dritten Anlauf gelingt. Vielleicht liegt es auch daran, dass meine Hände zittern. Vorsichtshalber lege ich die Blätter auf den Schreibtisch, bevor ich sie auseinanderfalte und glatt streiche. Erst dann riskiere ich einen ersten Blick.

Bonn, am 19. März 1978 steht oben rechts in der Ecke. Mein eigenes hysterisches Auflachen lässt mich zusammenzucken: Das ist das Datum von heute, von der Jahreszahl abgesehen, versteht sich. Was für ein niedlicher Zufall.

Ich muss mich dringend zusammenreißen, sonst wird das hier nichts! Nach einem tiefen Atemzug zwinge ich meine Augen, die auf der Suche nach einer Fluchtmöglichkeit kreuz und quer durch den dunklen Raum geirrlichtert sind, zurück aufs Papier.

Mein Liebster, ich weiß nicht, wie ich diesen Brief beginnen soll. Es gibt so vieles zu sagen, auch wenn nichts davon mehr etwas ändern wird. Mir war nicht klar, wie sehr ich dich vermissen würde, sonst hätte ich vielleicht zumindest versucht, dich noch ein weiteres Mal umzustimmen, obwohl ich weiß, dass du recht hast.

Ich höre die Stimme meiner Mutter, ein helles Glockenspiel. Sie scheint direkt aus den Schatten zu flüstern, die sich außerhalb dieser gelben Pfütze Licht auf meinem Schreibtisch verdichten und näher an mich heranrücken. Tröstend? Neugierig? Ich weiß es nicht.

Sie war eine fröhliche Frau, als ich noch klein war. Ihr Lachen perlt durch jede meiner frühesten Erinnerungen, wie sie mich aus meinem Kinderbett hebt und durch die Luft schwingt, während sie zu einem Rock'n'Roll-Song tanzt ... Im Lauf der Jahre ist sie immer stiller geworden. Weil er sie zu Hause eingesperrt hat, in einem goldenen Käfig, den sie ohne ihn nicht verlassen durfte. Was sollen denn die Leute denken? Nur dummerweise war er nie da!

Ich schließe für einen Moment die Augen, lasse die sanfte Welle schmerzlicher Sehnsucht ebenso über mich hinwegrollen wie den stürmischen Brecher kalter Wut auf meinen Vater und den Sog von Schuld, der ebenso untrennbar mit jeder Erinnerung an meine Mutter verbunden ist. Er hat sie verlassen – aber ich habe sie allein gelassen. Weil ich es nicht ausgehalten habe, nachdem er fort war, sie entweder schweigen zu hören oder wie sie kitschige Geschichten von früher erzählt. Ich war derjenige, der es nicht ertragen hat, einfach nur da zu sein, ohne etwas tun zu können. Ja, ich war erst dreizehn damals, aber das macht es nicht besser. Nicht für mich. Damals konnte ich es nicht aushalten – dann muss ich es eben heute tun.

Nachdem ich mich so weit gesammelt habe, nehme ich die nächsten Sätze in Angriff, obwohl ich eigentlich gar nicht wissen will, womit mein Vater recht gehabt haben soll. Was auch immer es ist, es ändert gar nichts …

Denke ich. *Weil ich es denken muss!* Weil alles andere alles infrage stellen würde – alles, woran ich je geglaubt, worauf ich mich verlassen habe. Was mich ausmacht. Wer ich bin. Jede Überzeugung, jedes verdammte Gefühl! Ich starre auf diese Zeilen, und sie verschwimmen vor meinen Augen, fließen auseinander und verbinden sich mit den Schatten um mich herum zu etwas, das zu kreisen beginnt, immer schneller, immer enger, bis es mir die Luft zum Atmen nimmt. Das ist kein Abgrund, in den man stürzen, aus dem man aber auch wieder herausklettern kann – das ist ein Mahlstrom! Ein schwarzes Loch, das alles verschlingt, was in seine Nähe kommt, unerbittlich. Wer ich zu sein geglaubt habe … woran ich mich festgehalten habe … wird mir aus den Händen gerissen … wird eingesaugt und löst sich auf in einer konturlosen wirbelnden Wolke, die nichts ist, nicht mal eine Erinnerung …

Mit einem Schrei knülle ich das Papier zusammen, werfe es mit dem Umschlag und dem zweiten Brief in die Schachtel, schaffe es irgendwie, den Deckel zu schließen, und befördere das Ganze unsanft zurück in die Schublade. Anschließend stehe ich auf, wozu ich mich am Tisch abstützen muss, und schalte sämtliche Lichter ein: das an der Decke, den Strahler, der auf meinen Safe gerichtet ist, und diese alberne Deko-Lampe in Form der Freiheitsstatue, die Nora mir mal geschenkt hat. Meine Hände zucken über meinen Oberkörper – Brustkorb, Arme, Schultern, Rücken –, als wollten sie sich versichern, dass alles noch an Ort und Stelle ist, hätten im nächsten Moment aber schon wieder vergessen, was sie bereits überprüft haben. Mein Atem geht keuchend, wie nach einem Marathon. Ich merke, dass ich zum Fenster getaumelt bin, und schaffe es gerade eben so, mich umzudrehen, bevor ich die Faust durch die Scheibe stoßen kann.

Das muss aufhören, *sofort*! Irgendwie muss ich diese Nacht hinter mich bringen. Morgen ist ein neuer Tag. Nur ein paar Stunden, und das hier ist Vergangenheit. Etwas, das ich hinter mir lassen kann, Schritt für Schritt. Ich muss es nur wirklich wollen, richtig? Und ich wüsste verdammt noch mal nicht, was ich lieber täte!

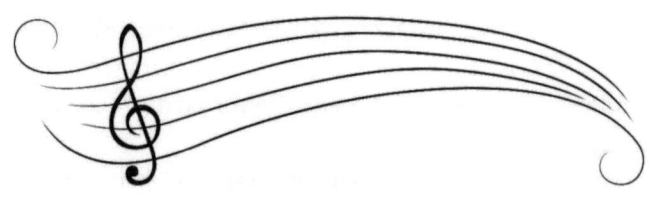

FÜNFZEHN

Durch das Rollo vorm Fenster von Svens Gästezimmer sickert bereits eine ordentliche Menge Licht, als ich zum ersten Mal richtig wach werde. Nach einem Blick auf mein Handy, das gerade mal kurz nach acht anzeigt, beschließe ich, noch mindestens eine Stunde zu schlafen. Die letzten Nächte waren einfach zu kurz. Ich will das Handy eben zurück auf den Nachttisch legen, als es in meiner Hand zu vibrieren beginnt. Vor Schreck lasse ich es beinahe fallen. Noras Profilbild auf dem Display vertreibt dann auch den letzten Rest von Schläfrigkeit. Dass sie anruft, kann eigentlich nur bedeuten, ... »Was ist passiert?«, melde ich mich energischer als beabsichtigt. Für einen Moment ist es still in der Leitung, ich hoffe, Nora ist nur überrumpelt.

»Ich weiß es nicht«, sagt sie dann. »Aber er benimmt sich merkwürdig, selbst für seine Verhältnisse. Anscheinend hat er die Nacht im Arbeitszimmer verbracht. Und wo steckst du überhaupt – bist du etwa noch bei Sven?« Sie klingt leicht gereizt.

»Du wolltest doch, dass ich ...«, fange ich an. »Ach, egal. Ich mache mich gleich auf den Weg, Sven wird nicht traurig sein, wenn ich ihn nicht noch weiter piesacke.«

Nachdem ich mich angezogen und mir im Bad mit beiden Händen kaltes Wasser ins Gesicht geschüttet habe, stehe ich im Flur und kann mich nicht recht entscheiden: Ich will Sven nicht wecken, aber einfach so verschwinden will ich auch nicht. Ich frage mich gerade, ob ich gestern irgendwo einen Notizblock oder etwas in der Art gesehen habe, um ihm eine Nachricht zu hinterlassen, als die Tür zu seinem Schlafzimmer aufgeht. Sven erscheint blinzelnd im Türrahmen, in Boxershorts und T-Shirt und ohne Brille. »Dachte ich mir doch, dass ich was gehört habe.« Er gähnt ausgiebig.

»Entschuldige, ich wollte dich nicht wecken. Nora hat angerufen – Morgan benimmt sich merkwürdig.«

»Na das ist ja mal ganz was Neues.« Sven gähnt ein weiteres Mal, worauf ich ihm sage, er solle zurück ins Bett gehen. Wenigstens einer von uns sollte die Chance nutzen, sich mal richtig auszuschlafen. Er hat keinerlei Einwände.

Als ich schon auf der Treppe bin, drehe ich mich noch mal um. Sven steht in der Schlafzimmertür und sieht mir nach. »Wenn du reden willst, meldest du dich, okay? Oder komm vorbei. Morgan würde sich freuen.«

Svens leichtes Stirnrunzeln wird von einem Nicken abgelöst. »Jetzt mach schon, dass du hier rauskommst«, sagt er dann. Ich kann ihn lächeln hören.

Nora wartet im Wohnzimmer auf mich. Sie sitzt im Schneidersitz auf dem mittleren Sofa und zappt durchs Fernsehprogramm, hat aber den Ton stumm geschaltet. Sie erzählt mir, dass sie heute Morgen im Flur beinahe mit Morgan zusammengestoßen sei. »Er kam aus seinem

Arbeitszimmer und hat gerochen wie ein Schnapsladen, wie meine Mutter sagen würde – nicht nach frischem Alkohol, sondern wie jemand, der vor einer Weile zu viel getrunken und ziemlich geschwitzt hat. Kein Wunder, ich schätze, er hat immer noch Fieber. Bevor ich ihn fragen konnte, ob alles okay ist, hat er etwas gemurmelt von wegen er habe nachts nicht schlafen können und sich an seinen Rechner gesetzt, sei dann aber dort eingeschlafen und wolle jetzt einfach nur ins Bett, weil ihm alles weh täte und die Nacht nicht sehr erholsam gewesen sei, wie ich mir sicher denken könne. Und weg war er. Hat mich nicht ein Mal richtig angesehen. Ich habe nur kurz gewartet, bis ich sicher war, dass er nicht nochmal zurückkommt, dann bin ich in sein Arbeitszimmer gegangen.«

Sie macht eine Pause, sieht mich an und sagt dann trotzig: »Er lässt einem ja praktisch keine andere Wahl! Ich meine, hast du ihn schon mal an seinem Rechner sitzen sehen? Das Ding steht doch nur in seinem Büro, weil es zur Grundausstattung gehört. Benutzen tut er nur die Computer im Regieraum, also was sollte das? Er kann unmöglich gedacht haben, dass ich ihm das abkaufe!«

Ich nicke, zucke die Achseln und warte darauf, dass Nora weiterspricht.

»Ich rege mich zu sehr auf, oder? Immer noch.« Sie fährt mit den Fingern durch ihre roten Locken. »Wie schaffst du das, dass du so ruhig bleibst?«

»Gar nicht.« Ich lächle ein wenig. »Ich versuche nur, es nicht schlimmer zu machen.« Es scheint, als wüsste ich instinktiv, dass es nichts bringt, ungehalten oder ängstlich zu reagieren, wenn jemand ohnehin schon aus der Bahn geworfen ist. Die simple Wahrheit dahinter ist möglicherweise, dass ich das einfach umgekehrt schon zu oft erlebt habe: Meine Mutter hat sich jedes Mal fürchterlich aufgeregt, wenn ich einen »hysterischen Anfall« hatte, wie sie das genannt hat. Stefan dagegen ist einfach ganz ruhig geblieben. Und sachlich. Meistens hat das geholfen. Außerdem gibt es keinen akuten Grund, sich Sorgen zu machen, wenn Morgan im Schlafzimmer ist. Das sage ich Nora. Den zweiten Gedanken, den ich hatte, als sie das Arbeitszimmer erwähnt hat – die geschlossene Tür, die graue Schachtel und dass es mit dem Teufel zugehen müsste, wenn es da nicht einen Zusammenhang gibt –, erwähne ich nicht. Ich möchte nicht, dass sie sich jetzt auch noch schuldig fühlt, weil sie dafür gesorgt hat, dass Morgan die Schachtel bekommt.

Nora schnaubt. »Mag sein, dass es *jetzt gerade* keinen Grund gibt. Aber in seinem Zimmer waren sämtliche Lichter an – obwohl es längst hell war. Und auf dem Schreibtisch stand eine leere Wodkaflasche. Nur die Flasche, kein Glas. Er trinkt sonst nie Wodka! Den haben wir vor ein paar Jahren mal für eine Silvesterparty zum Mixen gekauft, dann aber doch nicht verwendet. Ich bin sicher, dass die Flasche immer noch voll war, als ich hier ausgezogen bin.«

Ich muss automatisch an die Nacht im Waldhaus denken, als ich ihn in der Küche gefunden habe: Da stand eine Flasche Whiskey auf dem Tisch, und er hatte definitiv ein Glas benützt. Die Scherben lagen vor der Spüle, wahrscheinlich ist es ihm aus der Hand gerutscht, als er es abspülen wollte.

»Was machen wir jetzt?«, fragt Nora.

»Keine Ahnung.« Ich schüttele den Kopf. »Abwarten,

schätze ich. Ich denke nicht, dass es eine gute Idee ist, einen grantigen Bären beim Winterschlaf zu stören.«

Das sollte ein Scherz sein, aber Nora tut mir nicht den Gefallen zu lächeln. Sie sieht ausgesprochen unzufrieden aus. Ich weiß, wie sehr sie es hasst, nichts tun zu können. Das kann ich nur zu gut verstehen. Etwas zu tun, hilft gegen die Hilflosigkeit.

Seltsamerweise macht Noras Unruhe es mir sogar leichter, ruhig zu bleiben. Außerdem gibt es da durchaus etwas, das wir tun können. Ich stehe auf. »Komm, lass uns eine Runde um den Block gehen. Die Sonne scheint!«

Nora macht einen Schmollmund, aber davon lasse ich mich nicht erweichen und ziehe sie schwungvoll vom Sofa hoch. Auf dem Weg nach draußen frage ich Google, wo die nächste Apotheke mit Sonntagsdienst ist. Wenn wir Morgan so ein Wundermittel gegen sämtliche Erkältungsbeschwerden besorgen, hat Nora vielleicht das Gefühl, etwas Sinnvolles getan zu haben. Möglicherweise hilft das Zeug sogar.

Zum Laufen ist die Apotheke zu weit weg, also nehmen wir mein Auto. Und weil wir schon mal unterwegs sind, lade ich Nora noch zum Brunchen ein. Auf unserem Spaziergang bestehe ich anschließend trotzdem. Ich parke in dem Waldstück in der Nähe des Villenviertels an derselben Stelle, an der Morgan vor ein paar Wochen angehalten hatte, nach der Begegnung mit Frau Landgraf im Supermarkt. Wo damals Weiß, Grau und Schwarz vorgeherrscht haben, begrüßt uns heute der Frühling mit leuchtenden Farben: Der Himmel strahlt nach den letzten Regentagen in frischgewaschenem Blau, an den Ästen der Bäume sitzen dicke grüne Knospen und aus dem alten braunen Laub am Wegrand spitzen die ersten Leberblümchen.

Der Anblick neuen Lebens könnte wunderschön sein und erhebend und sogar tröstlich – käme nicht just in diesem Moment ein lavendelfarbener Mantel nebst passendem Hut um die Kurve, den hechelnden Chihuahua im Schlepptau. Der Mantel ist offen – kein Wunder, es ist eigentlich zu warm für Winterkleidung –, sodass darunter ein weiß-goldener Sportanzug zu sehen ist, der sicher teuer war. Ich bleibe auch diesmal so ruckartig stehen, als wäre ich gegen eine Wand gelaufen.

Nora neben mir hält ebenfalls an. »Ach herrje, Frau Landgraf.« Sie benutzt tatsächlich dieselben Worte wie Morgan. Dann hakt sie mich unter und zieht mich mit sich. Als wir nahe genug heran sind, ruft sie fröhlich: »Frau Landgraf, hallo, wie schön, Sie mal wieder zu sehen!«

Davon ist Frau Landgraf ganz offensichtlich so überrascht, dass es ihr die Sprache verschlägt. Sie starrt uns ein oder zwei Sekunden lang mit offenem Mund an, bevor sie etwas verspätet beginnt, die üblichen Höflichkeiten auszutauschen. Nora hat derweil den Kopf an meine Schulter geschmiegt und ihren Arm eng um meine Taille geschlungen. Frau Landgraf versucht beinahe schon verzweifelt, nicht hinzusehen, ohne uns dabei unhöflicherweise nicht anzuschauen. Ich wahre nur mit Mühe die Contenance. Nach ein paar Sätzen verabschiedet Nora sich elegant mit Verweis auf den kleinen Hund, der sicher müde sei und nach Hause wolle, und zieht mich weiter. Fertig ist sie aber noch nicht. Bevor Frau Landgraf außer Hörweite ist, dreht Nora sich noch einmal um und ruft:

»Das ist wirklich ein schicker Mantel, Frau Landgraf!«
Wir schaffen es gerade so um die Kurve, bevor wir in prustendes Gelächter ausbrechen, bis uns die Tränen übers Gesicht laufen.

Morgan lässt sich den ganzen Nachmittag nicht blicken. Dass er schließlich zum Abendessen herunterkommt, werte ich als positives Zeichen. Als Nora ihm das Grippemittel gibt, bedankt er sich und meint, das sei eine hervorragende Idee gewesen, jetzt müsse es nur noch möglichst schnell helfen.

Ich komme trotzdem nicht umhin zu bemerken, dass er meinem Blick genauso ausweicht wie Noras. Und dass er nicht nach Sven fragt. Er wirkt, als wäre er gar nicht wirklich hier, würde nur mechanisch auf antrainierte Reize reagieren. Das beunruhigt mich mehr, als ich Nora gegenüber zugeben möchte. Irgendetwas muss letzte Nacht passiert sein – etwas, das Licht genauso schluckt wie Worte, und das den Schatten mehr Substanz verleiht. Ich spüre das vertraute Frösteln und frage mich ernsthaft, ob ich froh darüber sein sollte, dass mein Alarmsystem offenbar doch noch funktioniert.

Nach dem Essen geht Morgan direkt ins Wohnzimmer hinüber und schaltet den Fernseher ein. »Irgendwelche besonderen Wünsche?«

Nora wirft mir einen fragenden Blick zu, worauf ich ein Kopfschütteln andeute, das Morgan hoffentlich nicht sieht. Ich weiß, dass es ihr nicht ums Fernsehprogramm geht: Sie möchte wissen, ob ich mit Morgan reden möchte, ob sie uns allein lassen soll. Allerdings hat er gerade ziemlich deutlich zu verstehen gegeben, dass er jetzt nicht reden will, und ich werde ihn ganz sicher nicht drängen. Noras Brauen hüpfen kurz nach oben, dann setzt sie sich links neben Morgan, sodass für mich der Platz auf seiner rechten Seite frei bleibt. Morgan zappt derweil durch die Programme wie Nora heute früh.

»Lass das doch kurz laufen«, sagt sie, als eine ernst dreinblickende Nachrichtensprecherin auf dem Bildschirm auftaucht.

Jetzt, wo ich darüber nachdenke, fällt mir auf, dass Morgan und ich noch kein einziges Mal Nachrichten angeschaut haben. Wenn ich es nicht einfach vergesse, lese ich morgens die *Top News* auf meinem Handy oder schaue in der Kaffeepause auf einer Nachrichtenseite, was es Neues gibt.

Während die aktuellen Meldungen über den Bildschirm flackern – ›Kampfhandlungen‹, die niemand ›Krieg‹ nennen möchte, mit zivilen Opfern hier, eine Naturkatastrophe, wahrscheinlich infolge des Klimawandels, dort und ein weiterer Korruptionsskandal, der vermutlich nicht einmal die Spitze des Eisbergs ist, als Dreingabe –, kann ich spüren, wie Morgan sich neben mir versteift. Und mir geht es nicht anders: Die hochauflösenden Bilder von Leichensäcken, Trümmerteilen und Menschen, deren Gesichter seltsam leer wirken, als hätten sie keine Kraft mehr für Trauer oder Wut, sind etwas völlig anderes als nüchterne Worte, selbst wenn sie Todeszahlen enthalten. An diesen stetigen Strom von Schreckensmeldungen habe ich mich längst gewöhnt – an die dazugehörigen Bilder werde ich mich hoffentlich nie gewöhnen.

»Diese Welt ist einfach kein Ort für Kinder«, murmelt

Morgan, als die Kamera das Gesicht einer unterernährten Dreijährigen heranzoomt, deren riesige Augen viel zu groß wirken für das knochige Gesichtchen. Zu groß und doch noch immer voller Neugierde auf ein Leben, das sie vermutlich nie kennenlernen wird ... Ich muss schlucken, wende die Augen ab und komme mir dabei wie ein Verräter vor.

Morgan hat leise gesprochen, mehr mit sich selbst als mit uns, aber nicht leise genug. Nora legt instinktiv die Hände über ihren Bauch, der im Moment natürlich noch sportlich-flach ist. Ihr Blick ist auf den Fernseher gerichtet, ihre Miene starr. »Ohne Kinder gibt es keine Hoffnung.«

Das ist die andere Hälfte der Wahrheit, und selbstverständlich entschuldigt Morgan sich sofort bei ihr. »Tut mir leid, Nora – das war furchtbar dumm und gedankenlos von mir. Ich wollte damit nicht sagen ... Vergiss es bitte einfach, okay? Ich bin gerade keine gute Gesellschaft, fürchte ich.« Er hat sich zu ihr gedreht, sodass ich nur seinen Rücken sehe, aber seine Hand findet meine und drückt sie kurz. »Ich gehe am besten wieder ins Bett, lasst ihr euch bitte nicht den Abend verderben.«

Nora sieht ihm nach, als er zur Treppe geht. In ihren Augen schimmern Tränen. Ich rutsche zu ihr hinüber und nehme sie in den Arm. »Er hat es nicht so gemeint«, sage ich wider besseres Wissen.

»Doch, das hat er!« Nora schluckt und blinzelt dann ein paar Mal kräftig. »Morgan ist überzeugt davon, dass die Welt zum Teufel geht, und zwar eher früher als später. Weil Dinge uns wichtiger sind als Menschen. Weil wir besitzen müssen, was uns gefällt; und wenn wir es erst haben, wird es selbstverständlich, verliert seinen Wert und muss schließlich durch etwas Neues, vermeintlich Besseres ersetzt werden. Weil wir nur immer mehr wollen, seit wir aus den Bäumen gestiegen sind – das fasst es wohl am besten zusammen. So sieht Morgan die Welt! Was glaubst du, warum Kinder bei uns nie wirklich ein Thema waren – oder auch nur Heiraten?«

Ich hatte bislang nicht den Eindruck, dass Morgans Blick auf die Menschheit grundsätzlich so negativ ist, auf einzelne Menschen jedenfalls ganz sicher nicht. Und ich habe immer noch seine Worte im Waldhaus im Ohr, als er mir von Noras Kinderwunsch erzählt hat: *Wir haben keine bekommen, weil das zwischen uns nie stabil genug schien.* Offenbar ist seine Wahrheit hier eine andere als ihre. Ich kann nur vermuten, dass Nora sehr viel länger an die Möglichkeit einer dauerhaften Beziehung geglaubt hat als Morgan. Das würde erklären, warum es für sie einen anderen Grund geben muss.

Morgans Wahrheit und meine scheinen die meiste Zeit dicht beieinander zu liegen, auf dem Rücken im Gras, den Blick auf die Sterne gerichtet und den Kopf voller Fragezeichen. Nur ob das gut ist, weiß ich nicht. Vielleicht sorgt es lediglich dafür, dass der Abgrund tiefer wird.

»Ach verdammt, irgendwie ist es immer dasselbe.« Nora seufzt. »Ich ärgere mich darüber, dass er so ist, wie er ist – oder wohl eher darüber, dass ich das nicht früh genug kapiert habe. Und jetzt gerade ...« Sie sieht nach unten auf ihren Bauch und schüttelt den Kopf. »Vielleicht habe ich auch einfach nur Angst davor, dass er recht hat. Dass es keine so gute Idee ist ...«

Ich rücke ein wenig von ihr ab, damit ich ihren Blick festhalten kann. Dann sage ich das einzig Mögliche:

»Wenn unsere Eltern so gedacht hätten, gäbe es uns jetzt nicht. Das fände ich ziemlich schade.«

Als ich am nächsten Morgen nach unten komme, weiß ich sofort, dass jede Diskussion sinnlos ist: Noras Koffer steht im Durchgang zum Flur. Ich finde sie in der Küche, wo sie gerade ihre Müslischale in die Spülmaschine räumt.

»Kann ich irgendetwas sagen, um dich umzustimmen?« Ich muss es wenigstens versuchen, ganz gleich, wie aussichtslos es sein mag.

Nora schenkt mir ein klägliches Lächeln. »Ich kann hier nicht bleiben, wenn er so ist. Nicht gerade jetzt.«

Ich hätte beinahe vergessen, dass sie erst vor zwei Wochen vom Vater ihres Kindes verlassen wurde. Ihre energische Art verbirgt eine tiefe Wunde, die Zeit braucht, um zu heilen. Ohne ständig gestreift zu werden, und sei es auch aus Versehen.

»Außerdem ist es leichter für dich, an ihn ranzukommen, wenn ich nicht dabei bin, das wissen wir beide.«

Da hat sie recht, es wäre Unsinn, zu widersprechen. Trotzdem möchte ich sie nicht einfach so gehen lassen ...

Bevor ich etwas sagen kann, macht Nora einen schnellen Schritt auf mich zu und umarmt mich fest. »Ich weiß, was du denkst – ich bin okay, ehrlich, Franziska. Danke, dass du mich hergeholt hast. Es war schön, trotz allem. Und bis zum Sankt Nimmerleinstag hätte ich mich hier eh nicht verkriechen wollen. Irgendwann muss ich ja auch noch mal mit Sören reden.«

Ich halte sie so lange fest, bis sie sich schließlich energisch losmacht und nach ihrem Handy auf der Theke greift, um sich ein Taxi zu rufen. Mein Angebot, sie wenigstens zum Bahnhof zu fahren, lehnt sie ab.

»Sei mir nicht böse, aber ich habe nichts übrig für lange Abschiede. Und so weit ist Kempten jetzt auch nicht weg. Wir sehen uns sicher bald wieder.«

Als das Kirchturmglockengeläut die Ankunft des Taxis ankündigt, bittet Nora mich noch, Morgan und Sven lieb von ihr zu grüßen. Diesmal gibt es nur eine ganz kurze Umarmung, dann greift sie ihren Koffer, zieht die Haustür auf und geht zum Taxi, dem ich das Tor geöffnet habe, sodass es bis vors Haus fahren konnte. Der Fahrer hilft ihr mit dem Koffer, Nora winkt mir zu, lächelt, steigt ein und ist verschwunden. Schlagartig fühlt sich das Haus um einige Grad kühler an – was sicher nur daran liegt, dass die Tür zu lange offen stand.

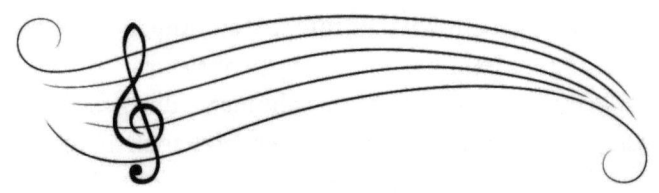

Sechzehn

Seit Nora heimgefahren ist, sind gerade einmal sechs Tage vergangen – gefühlt sind es eher sechs Wochen. Morgan schweigsam zu nennen wäre, als würde man den Mount Everest als Hügel bezeichnen. Wenigstens hat es seiner Stimme geholfen, dass er sie so gut geschont hat: Er ist wieder mit Alex und Sven im Studio, meistens ab neun Uhr morgens, ohne Frühstück, dafür bleiben die beiden jetzt bis abends um zehn.

Weil Morgan nicht möchte, dass ich neben meiner Arbeit »einen Catering-Service für die Band« betreibe, hat er einen ebensolchen damit beauftragt, zweimal am Tag etwas zu Essen zu liefern. Zum Abendessen setzen wir uns zwar alle gemeinsam an den Tisch, richtige Gespräche wollen trotzdem nicht zustande kommen. Die drei scheinen auf verbalen Zehenspitzen umeinander herumzuschleichen, um sich nur ja keinen Anlass für eine Unstimmigkeit zu liefern, und sei sie noch so klein. Als könne der winzigste Funke eine Explosion auslösen.

Ich frage mich, wie sie so miteinander arbeiten können, aber es scheint zu funktionieren. Obwohl an ein freundschaftliches Köpfe-Einschlagen wohl kaum zu denken ist. Die Frage, welcher Song in der Castingshow ex-

klusiv Premiere feiern soll, haben sie fürs Erste ausge-
klammert.

So schlimm wie im Moment war es noch nie, jedenfalls
nicht, seit ich Morgan kenne. Was andererseits aber auch
noch nicht einmal drei Jahre sind. Wo ist nur der Mann
geblieben, mit dem ich gerade noch bei meinen Eltern
war? Die Antwort echot durch meinen Kopf, ein Gruß vom
letzten Sommer: Er ist das eine und gleichzeitig sein Gegenteil.

Tatsächlich fühle ich mich, als würde ich mit zwei ge-
gensätzlichen Zwillingen zusammenleben, die sich einen
Spaß daraus machen, immer dann die Plätze zu tauschen,
wenn ich am wenigsten damit rechne. Manchmal ist Morgan auf eine Weise anlehnungsbedürftig, die neu für
mich ist: Ich meine, er gehört definitiv nicht zu der Sorte
Mann, die Körperkontakt nur im Bett sucht; aber bislang
konnten wir auch durchaus mal nebeneinander sitzen
oder stehen oder zumindest etwas essen, ohne dass er
mich gleich an sich gezogen oder wenigstens meine Hand
festgehalten hat. Dann wieder weicht er selbst der kleinsten freundlichen Geste aus, mit einem unwilligen, beinahe schon verärgerten Ausdruck in den Augen. Als wäre *ich*
es, die permanent wie eine Klette an *ihm* hängt. Bislang ist
es mir nicht gelungen, den Wetterumschwung rechtzeitig
zu bemerken. Was dazu führt, dass ich der wenigen Zeit,
die wir allein miteinander haben, mit einer gewissen Unruhe entgegensehe.

O Gott, das klingt furchtbar! Das *ist* furchtbar.

Dass Ostern ist, merke ich nur am Schneeregen draußen, der Frühling hat wie üblich eine Pause eingelegt.

Ist es wirklich möglich, den eigenen Geburtstag zu vergessen, auch ohne Alzheimer? Offenbar schon: Als ich vorhin aufgewacht bin, habe ich lediglich daran gedacht, dass Morgan kaum noch schläft. Er kommt jetzt fast immer erst weit nach mir ins Bett und ist meist schon aufgestanden, wenn ich wach werde. Ich habe mich angezogen, bin in die Küche gegangen – und da stand er, mit einem riesigen Strauß samtig schimmernder weinroter Rosen in den Händen.

Ich muss ihn so irritiert angeschaut haben, dass er gedacht hat, ich wäre verärgert. »Entschuldige, ich weiß, das ist ein blödes Klischee«, hat er gesagt. »Die Wahrheit ist: Es ist mir viel zu spät eingefallen, um dir ein richtiges Geschenk zu besorgen. Das hier ist nur ein Platzhalter, versprochen.«

In dem Moment hat es dann doch endlich *Klick* gemacht bei mir. Ich bin in ein leicht hysterisches Lachen ausgebrochen, das Morgan ein dickes Fragezeichen ins Gesicht gezaubert hat, bis ich gesagt habe: »Du meine Güte, ich habe tatsächlich meinen eigenen Geburtstag vergessen!« Was umso erstaunlicher ist, weil es sich um einen runden handelt: Ab heute steht eine Vier vorne dran.

Meine Worte haben Morgan immerhin ein Lächeln entlockt, das allerdings gleich darauf von einem bestürzten Ausdruck abgelöst wurde. »Das ist meine Schuld, tut mir leid, Siska. Die letzten Wochen waren ...«

Den Rest habe ich mit einem langen Kuss erstickt, wozu ich mich durch vierzig rote Rosen drängen musste. »Die letzten Wochen interessieren mich gerade nicht die Bohne. Danke für die Rosen, die sind wunderschön.«

Ich weiß natürlich, dass diese Wochen nicht einfach

vorüber sind. Die ominöse Schachtel, die Morgan in meinem Arbeitszimmer gefunden hat, hat etwas ausgelöst, das noch immer nachwirkt. Das ist längst nicht mehr zu übersehen. Vielleicht hat es auch gerade erst zu wirken begonnen in der Nacht, die ich bei Sven verbracht habe. Das ist der Gedanke, der mir wirklich Angst macht: dass da noch mehr kommt.

Aber jetzt gerade, während ich auf einem Barhocker sitze, die Nase in einem duftenden Rosenstrauß vergraben, und Morgan dabei zusehe, wie er uns Pancakes macht – er hat Sven und Alex gebeten, heute erst später zu kommen –, ist es geradezu unverschämt einfach, sämtliche Sorgen und düsteren Gedanken für eine Weile beiseitezuschieben. Alles hat seine Zeit, oder nicht?

Morgan hat sämtliche Pancakes zu einem eindrucksvollen Turm aufgeschichtet. Sobald ich am Esstisch sitze, zaubert er eine von diesen kleinen Geburtstagskerzen mit Halterung hervor, steckt sie oben in den Stapel und zündet sie an. »Na los, wünsch dir was!«

Ich beuge mich über den Tisch und puste die Kerze aus, den Blick auf Morgans Gesicht geheftet, auf dem sich ein Lächeln ausbreitet wie ein Sonnenaufgang im Zeitraffer. Wie lange habe ich das jetzt nicht gesehen? *Ich will dich nicht verlieren*, schießt es mir durch den Kopf, ungefragt. Zählt das als Wunsch?

Als Morgan sich ein weiteres Mal dafür entschuldigen will, dass er mir noch kein richtiges Geschenk besorgt hat, schüttele ich energisch den Kopf und fuchtele dazu noch ein bisschen mit meiner Gabel herum, weil ich den Mund definitiv zu voll zum Sprechen habe. Sobald ich geschluckt habe, sage ich mit einem spitzbübischen Grinsen: »Das habe ich doch längst bekommen.« Ich lasse ihn erst ein bisschen rätseln, bevor ich mich seiner ratlosen Miene erbarme und an dem USB-Stick zupfe, der wie üblich an seiner Kette um meinen Hals hängt. »Der Waldhaus-Song – weißt du nicht mehr?«

Bilde ich mir das nur ein, oder huscht ganz kurz der Widerschein dieses Leuchtens über Morgans Gesicht, das ihn damals im Studio erfüllt hat? Das bringt mich auf eine Idee, etwas gewagt vielleicht, aber den Versuch ist es wert. Ich bin sicher, dass dieser Song nicht Teil der Auswahl fürs Album ist. Irgendetwas sagt mir, dass Morgan mir das erzählt hätte. Genauso sicher bin ich, dass er mehr als gut genug ist. Das sage ich zwar als Fan, nicht als Musikexperte, aber hey, wem muss das Album denn am Ende gefallen?

Morgan schweigt eine ganze Weile, als ich ihn frage, ob der Waldhaus-Song der richtige Titel für die Castingshow sein könnte. »Würdest du das wirklich wollen?«, sagt er dann.

Ich muss ihn nicht fragen, was er damit meint: Er hat diesen Song nicht geschrieben, um ihn zu veröffentlichen. Er ist auf eine Weise persönlich, wie es die meisten anderen Titel nicht sind. Andererseits hat er selbst mir mal gesagt, dass in jeder kreativen Arbeit immer auch ein Teil des Künstlers steckt. Weil der Schöpfungsfunke, oder wie immer man es nennen will, nur aus uns selbst kommen kann. Was es umso nerviger mache, wenn man bei jedem Song gefragt werde, ob es einen autobiografischen Hintergrund gäbe.

»Natürlich gibt es den!«, hat er gegrummelt. »Schließlich macht man die Kunst, die man macht, weil man der Mensch ist, der man ist – und der ist man nun mal infolge des Lebens, das man gelebt hat. Aber die suchen nur nach etwas, das sich eins zu eins übersetzen lässt. Bei jedem fröhlichen Lovesong fragen sie, ob du frisch verliebt bist, und bei jedem traurigen, ob es in der Ehe kriselt oder du die aktuelle Trennung verarbeitest. Was für ein Bullshit! Irgendwann werde ich mal einen Song über mein Frühstück schreiben – nur, um denen sagen zu können, dass mich ein Spiegelei zu diesem Meisterwerk inspiriert hat!« Um die Ironie dahinter zu verstehen, müsste man allerdings wissen, dass Morgan keine Spiegeleier mag: Für ihn muss es entweder Rührei oder Omelett sein.

Die andere Hälfte der Wahrheit ist die: Man muss etwas nicht zwangsläufig selbst erlebt haben, um es fühlen zu können. Die Magie, die das möglich macht, heißt ›Empathie‹. Abgesehen davon ist Kunst immer mehr als nur die Preisgabe persönlicher Erlebnisse. Sie macht aus etwas Individuellem wieder etwas Allgemeingültiges. Kunst muss also nicht echt *sein* – sie muss sich echt *anfühlen*. Für mich macht das die Frage überflüssig, ob einem Künstler etwas exakt so persönlich widerfahren ist. Und wenn sie oder er sich nicht dazu äußert, kann die Nachwelt bis in alle Ewigkeit darüber rätseln.

»Warum denn nicht?«, sage ich deshalb zu Morgan. »Niemand weiß, was wir wissen. Und am Ende des Tages ist es ein Song, kein Tagebucheintrag.«

»Hm.« Morgan nickt langsam. »Da hast du wohl recht. Also gut, warum eigentlich nicht? Würdest du dir trotzdem noch etwas anderes anhören und mir deine Meinung dazu sagen?«

Selbstverständlich würde ich das! Diesmal bittet Morgan mich nicht, auf dem Sofa Platz zu nehmen, als wir unten im Studio sind, also bleibe ich einfach zwischen den Boxen stehen. Morgan verschwindet im Regieraum. Als er zurückkommt und ganz kurz dieses statische Knistern aus den Lautsprechern dringt, tritt er hinter mich, zieht mich an sich und legt sein Kinn auf meine Schulter. So haben wir letztes Jahr, an seinem Geburtstag, auf der Dachterrasse gestanden, nur dass ich ihn diesmal nicht daran hindern muss, mich gleich wieder loszulassen. Jetzt gerade hätte ich Mühe, mich zu befreien. Und doch ist da etwas gerade außerhalb dieses kleinen Raums, der uns gehört, von dem ich nicht weiß, wie lange wir es noch werden aussperren können.

Dann umspülen uns die ersten Takte des Intros, sanft und verspielt, fast ein wenig zuckrig. Auch, als Morgans Stimme einsetzt, denke ich noch an eine Ballade – bis der Song mit der dritten Zeile plötzlich Schwung holt und mit stürmischer Wucht irgendwo zwischen Verzweiflung, Wut und Kampfgeist pendelt, bevor er sich wieder zu sanfteren Klängen abschwächt, nur um mit der nächsten Strophe einen neuen Anlauf zu nehmen.

> Can you see the stars, shining oh so bright,
> and can you see the moon, its gentle silver light?
> Now can you see my eyes flickering in pain –
> do you really want to tell me, that it's all in vain?
>
> Your love is like the dark side of the moon:
> mysterious, miraculous and hidden by yourself!
>
> Still I know it's there, just on the other side,
> and still I yearn and care and swallow all my pride.

There has to be a way through fear and grief and pain
Do you really want to tell me, that it's all in vain?

Your love is like the dark side of the moon:
mysterious, miraculous and hidden by yourself!

Don't you feel my heart still cheering in delight,
whenever there's a sign that we could win this fight?
I won't give up myself to hopelessness and pain!
Do you really want to tell me, that it's all in vain?

Your love is like the dark side of the moon:
mysterious, miraculous and hidden by yourself!
Your love is like the dark side of the moon:
mysterious, miraculous and hidden by yourself ...
Your love is like the dark side of the moon –
still I am here to share your darkness, too.

Die letzten beiden Zeilen greifen das Intro auf und klingen so zärtlich wie Sommerregen – eine emotionale Achterbahnfahrt, die mich, als die letzten Noten verklungen sind, ein wenig atemlos zurücklässt. Ich brauche einen Moment, um mental einen Schritt zurückzutreten; um nicht den Fehler zu begehen, ab sofort jeden seiner Songs auf mich zu beziehen, nur weil es da diesen einen gibt. Auch das hier ist schließlich kein Tagebucheintrag.

»Wow«, sage ich dann, ehrlich beeindruckt. »Der ist gut!«

»Aber nicht so gut wie der Waldhaus-Song, obwohl da noch das komplette Feintuning fehlt.« Morgan weiß, dass er recht hat, er braucht meine Bestätigung nicht. Ich nicke trotzdem, immerhin wollte er meine Meinung wissen. Sein warmer Atem kitzelt mein Ohr, als er seufzt. »Ich weiß nicht, ob ich das schaffe, jetzt gerade.«

Den Waldhaus-Song fertigzustellen, meint er. So, dass man ihn veröffentlichen kann. Mir ist klar, dass das nicht an uns liegt, an diesen letzten Wochen. Das ist *ein* Grund, weshalb wir hier so stehen: Ich soll wissen, dass er nicht an dem zweifelt, was der Songtext sagt. Aber das, was zwischen den Noten schwingt, diese warme, hoffnungsvolle Kraft, das fehlt ihm im Moment. Er weiß schlicht nicht, wie er zu dem Gefühl zurückfinden soll, das den Song trägt. Mir ist ebenfalls klar, dass ich ihm dabei nicht helfen kann. Es geht nicht darum, was ich tue oder nicht tue – das, was ihn beschäftigt, liegt so viel weiter zurück als unsere erste Begegnung. Und es sitzt viel zu tief, als dass ein paar freundliche Worte oder Gesten etwas daran ändern könnten.

Irgendwo in meinem Hinterkopf arbeitet es, etwas will sich Gehör verschaffen, ich muss nur ... Na klar, das ist es! Eventuell gibt es noch eine ganz andere Möglichkeit – keine dauerhafte Lösung, aber zumindest einen Ausweg, für den Moment. »Vielleicht lässt du einfach erst mal Sven und Alex dran«, sage ich vorsichtig. »Ihr könntet doch probehalber mal schauen, was sie draus machen. Wenn es nicht funktioniert, könnt ihr euch immer noch für einen der anderen Songs entscheiden.«

Wieder bleibt Morgan eine ganze Weile stumm. Er wiegt mich sanft hin und her, während er nachdenkt. »Ich schätze, das ist die beste Option, die wir haben«, sagt er schließlich. Er klingt zumindest ein wenig optimistisch. »Ist es okay, wenn ich den beiden sage, dass sie jetzt gleich rüberkommen sollen?« Natürlich ist es das, ich weiß schließlich, wie knapp die Zeit geworden ist.

Als wir wieder oben sind, bleibt Morgan auf halbem Weg zum Telefon plötzlich stehen und dreht sich nach mir um. »Nicht weglaufen – okay?«

Ich kann den Ausdruck auf seinem Gesicht nicht deuten, er ist zu schnell wieder verschwunden. Aber ganz sicher meint er nicht, dass ich hier warten soll, bis er mit Telefonieren fertig ist. »Ich denke nicht mal dran«, sage ich und lächle, um diese verflixten Tränen zurückzudrängen, die offenbar nur auf eine Gelegenheit zu warten scheinen. Aber nicht mit mir, ich habe das im Griff! Jedenfalls so lange, bis mir endlich etwas Besseres einfällt, als abzuwarten und zu hoffen, dass Morgan allein wieder aus dem Labyrinth herausfindet, in das er momentan nur immer noch tiefer zu stolpern scheint. Andererseits muss man bei einem Labyrinth für gewöhnlich erst die Mitte finden, bevor man sich auf die Suche nach dem Ausgang machen kann, oder?

Den Nachmittag verbringe ich in meinem Arbeitszimmer mit Telefonieren und dem Beantworten diverser Glückwunsch-Mails von Auftraggebern und ehemaligen Kolleginnen, was oft genug auf dieselbe Person hinausläuft.

Direkt nach Nora ruft Maike an und nimmt sich tatsächlich eine ganze halbe Stunde Zeit, mitten unter der Woche. Wir schwelgen ein bisschen in Erinnerungen an unsere wilden Zwanziger, bevor sie sich schließlich verabschiedet und noch schnell hinterherschiebt: »Wehe, du meldest dich nicht bei mir, wenn du mal wieder in München bist! Ich weiß ja schon gar nicht mehr, wie du aussiehst.«

Ich schlage ihr spontan vor, dass wir uns ja auf jeden Fall im Oktober auf der Frankfurter Buchmesse treffen können, immerhin muss ich mich jetzt nicht mehr mit den horrenden Preisen von Hotelzimmern zu Messezeiten herumschlagen. Erst als wir aufgelegt haben, wird mir bewusst, was das bedeutet: dass ich ganz selbstverständlich davon ausgehe, im Oktober immer noch hier zu sein. »Wohnen Sie jetzt dort?«, hat Frau Landgraf gefragt. Warum zum Teufel habe ich nicht einfach Ja gesagt?

Weil du ... kommt eine ungebetene Antwort auf eine rein rhetorische Frage.

Ich schüttele sie aus meinem Kopf und gebe mir die Antwort selbst: »Weil ich mich idiotisch benommen habe, ich weiß!« Und weil ich mich meinem inneren Hofnarren gerade so schön nahe fühle, schneide ich noch schnell eine lustige Grimasse, mache ein Selfie und schicke es Maike mit dem Kommentar *Vierzig ist das neue Zwanzig! Ich zahle die Cocktails, du sorgst für die Häppchen.* Maike antwortet mit einem tränenlachenden Smiley und einem nach oben gereckten Daumen.

Anschließend muss ich Mama zurückrufen, von der ich mittlerweile zwei verpasste Anrufe angezeigt bekomme. Papa möchte mich tatsächlich selbst sprechen, statt mir wie sonst seine Glückwünsche ausrichten zu lassen. Er hört sich ausgesprochen fröhlich an. Ich erkundige mich nach Felix dem Roten, der mittlerweile offenbar ab und zu eine tote Maus als Geschenk mitbringt. Arme Mama. Das Grinsen kann ich mir trotzdem nicht verkneifen. Dann höre ich Papa rufen: »Gisela? Es ist doch in Ordnung, wenn ich Franziska und Morgan mal wieder einlade, oder? ... Nein, selbstverständlich nicht gleich nächste Woche, ich weiß doch, dass du da deinen Buchclub hast! ... Ja, gut, das sage ich ihr.«

Zum Glück kann Papa das dümmliche Gesicht nicht sehen, das ich vermutlich gerade mache, während er mir erklärt, wie sehr Mama und er sich freuen würden, wenn wir sie demnächst mal wieder besuchen kämen. Und dass wir diesmal zum Abendessen bleiben müssten und gern auch übernachten könnten, wegen der langen Fahrt.

Ich bin ernsthaft versucht zu prüfen, ob ich die richtige Nummer gewählt habe. Oder zu fragen: ›Wer bist du und was hast du mit meinem Vater gemacht?‹ Stattdessen sage ich ihm, dass wir sehr gerne kommen – allerdings wird es so bald wohl eher nicht klappen: Bis Anfang Mai ist Morgan praktisch ausgebucht mit dem Fertigstellen der Songs und den Aufnahmen fürs Album. Ich könnte mir vorstellen, dass er danach erst mal eine kleine Pause braucht. Dann muss noch der Auftritt in der Castingshow vorbereitet werden, und irgendwann müssen sie sich auch Gedanken über die Setlist für die Tour und Live-Arrangements der ausgewählten Songs machen. Und proben natürlich.

Papa bringt ungewohnt wortreich sein Verständnis zum Ausdruck. Es sei ihm ein wenig peinlich, aber er wäre nie auf die Idee gekommen, dass so viel Arbeit in etwas steckt, das so unangestrengt daherkommt wie ein Popsong. Dann sagt er noch, dass sie sich alle beide wirklich *sehr* freuen würden, wenn wir sie nach dem ganzen Trubel besuchen kämen. Ich solle mich einfach melden, wenn wir einen passenden Termin absehen könnten. Das verspreche ich ihm.

Ich habe eben die letzte Mail beantwortet, als ich von unten Stimmen höre, gefolgt von einem hellen Lachen. Etwas verwundert schaue ich auf die Uhr: Erst kurz nach sechs, das ist eigentlich noch zu früh für das Catering zum Abendessen, außerdem habe ich die Kirchturmglocke nicht gehört. Neugierig, wie ich nun mal bin, gehe ich nachsehen – und bleibe mitten auf der Treppe stehen, sobald der Eingangsbereich in mein Blickfeld gerät.

»Überraschung!«, ruft Sven, während Alex gerade Susanne und Alexandra die Jacken abnimmt und Morgan meinen Schwager Daniel begrüßt.

Viel zu spät eingefallen hin oder her, offenbar hat Morgan es irgendwie fertigbekommen, mir auf die Schnelle noch eine kleine Geburtstagsparty zu organisieren. Ich nehme die letzten Stufen in Rekordzeit und drücke ihm die Luft aus den Lungen, bevor ich mich von meinen Gästen umarmen und beglückwünschen lasse.

Auf der Theke in der Küche ist bereits alles für Aperitifs vorbereitet. Als jeder versorgt ist, gehen wir hinüber ins Wohnzimmer, wo die drei Sofas endlich mal wieder ihren eigentlichen Zweck erfüllen dürfen, statt lediglich als Staubfänger zu dienen. Susanne bestellt mir herzliche Glückwünsche von Jack, der heute ins Trainingslager für die nächste Runde der Castingshow gefahren ist. Alexandra ist offenbar ganz begeistert von Emily, der »kleinen Pferdeflüsterin« – die laut Susanne wiederum so beeindruckt von Alexandra ist, dass sie jetzt Ärztin werden möchte.

Ich beglückwünsche mich im Stillen zu der arg spontanen Idee mit der Reitbeteiligung, die sich nach einem etwas holprigen Start ausgesprochen gut zu entwickeln scheint. Da sagt Alexandra: »Einen Toast auf meine kleine Schwester, die mit nur einer Idee drei Menschen und ein Pferd glücklich gemacht hat!«

»Vier Menschen!« Susanne hebt ihr Glas.

»Fünf.« Alex grinst und stößt klirrend mit uns an. »Emily hat *ihr* Pferd, und *meine* Pferdchen können in der Garage bleiben.« Susanne hat ihn ab und an damit aufgezogen, dass zwei Pferdenarren im Haus einer zu viel seien und seine kleine Ferrari-Sammlung wohl bald einem Pferdestall für Emily weichen müsse.

Im allgemeinen Gelächter, das auf Alex' Toast folgt, geht hoffentlich die Röte unter, die ich gerade überdeutlich auf meinen Wangen spüre: In Alexandras Stimme hat etwas Ungewohntes mitgeschwungen. Eine Art von Respekt, der neu ist, oder den ich zumindest zuvor noch nie bemerkt habe. Sie lächelt mich immer noch an, seltsam aufmerksam. Dann beugt sie sich etwas näher zu mir und sagt leise: »Ich freue mich für dich, Franziska. Du bist genau am richtigen Platz.« Bin ich das? Ich wüsste jedenfalls nicht, wo ich lieber wäre als genau jetzt und hier. Aber seit wann macht meine Schwester sich über solche Dinge Gedanken?

Bevor ich entscheiden kann, ob es eine gute Idee wäre, sie einfach zu fragen, kündigt die Kirchturmglocke das Abendessen an. Während Morgan den Caterer hereinlässt, hilft Sven mir, den Esstisch zu decken.

»Dieser Song ist genau das, was wir gebraucht haben«, sagt er, sobald wir für einen Moment allein in der Küche sind. »Du bist wirklich unglaublich, weißt du das eigentlich?« Diesmal laufe ich garantiert dunkelrot an, und zwar bis zum Haaransatz.

»Nicht du auch noch«, entfährt es mir leicht verzweifelt. »Was ist denn heute bloß los? Habe ich etwa aus Versehen die Welt gerettet, ohne es zu merken?«

Sven zuckt die Achseln. »Morgan ist ein verdammter Glückspilz«, brummt er dann. »Falls er das mal vergessen sollte, trete ich ihm eigenhändig in den A...llerwertesten.«

Ich stöhne. Kurz überlege ich, Sven darauf hinzuweisen, dass das Treten mit den Händen schwierig werden könnte. Weil er aber vermutlich sogar Spaß an einer Diskussion über Sinn und Unsinn sprachlicher Genauigkeit hätte und ich ihn im Moment einfach nur loswerden will, drücke ich ihm stattdessen einen Stapel Teller in die Hand. »Kannst du die schon mal rüberbringen? Ich brauche jetzt dringend ein paar Eiswürfel!« Ich kann ihn lachen hören, während er die Teller ins Esszimmer trägt.

Der Rest des Abends ist zum Glück erfreulich normal verlaufen: Daniel hat mit Alex und Sven über den Einfluss von Kraftwerk auf den Synthiepop gefachsimpelt. Ich wusste nicht, dass er sich überhaupt für Musik interessiert, geschweige denn für die elektronischen Spielarten. Derweil hat Susanne Alexandra und mich in ein Gespräch über Lieblingsbücher verwickelt, das wir problemlos die ganze Nacht hätten fortsetzen können. Morgan schien zwar froh zu sein, anderen das Reden überlassen zu können, aber zumindest lag die meiste Zeit ein halbes Lächeln auf seinem Gesicht. Und er ist mitgekommen, als ich ins Bett gegangen bin. Dass ich noch nicht sonderlich müde war, schien ihn nicht im Geringsten zu stören.

Was die allgemeine Stimmung angeht, war mein Geburtstag allerdings lediglich die Ausnahme, die die Regel bestätigt. Es ist nicht zu übersehen, wie der Countdown, der unerbittlich heruntertickt, an Morgans Nerven zerrt. Und nicht nur an seinen: Das Auf-den-Zehenspitzen-Schleichen ist definitiv beendet, an manchen Tagen kann ich die Studiotür gleich zwei oder drei Mal zuknallen hören. Einmal brüllt Alex so laut, dass ich in meinem Arbeitszimmer zusammenzucke: »Dann macht doch, was ihr wollt, wenn ihr sowieso alles besser wisst!«

Ich kann nur hoffen, dass das alles in allem ein gutes Zeichen ist: Wenn sie wieder miteinander streiten können, kommt vielleicht auch das Lachen zurück, sobald die nächsten Wochen überstanden sind. Immerhin hat der Waldhaus-Song jetzt einen offiziellen Titel: ›Don't fear the tides‹.

Den Sonntag vor Beginn der Albumproduktion haben die drei sich überraschend frei genommen. Morgan und ich gehen ein bisschen im Viertel spazieren. Das Wetter ist zwar wenig einladend und wechselt apriltypisch in schneller Folge zwischen böigem Wind, vereinzelten Sonnenstrahlen und Graupelschauern, aber Morgan war jetzt seit über drei Wochen nicht mehr vor der Tür, selbst wenn man seinen nächtlichen Ausflug auf die Terrasse mit einrechnet.

Wir biegen eben in eine schmale Wohnstraße ein, die auf beiden Seiten von großzügigen Einfamilienhäusern gesäumt wird, als uns ein großer roter Ball vor die Füße springt. Morgan stoppt ihn, bevor er auf die Straße rollen kann, und hebt ihn auf. Aus dem Garten des Eckhauses kommen lachend zwei Kinder angerannt, ein Junge und ein Mädchen, beide im Grundschulalter, würde ich schätzen. Morgan wirft dem Mädchen den Ball zu. »Dankeschön!«, ruft sie, wirbelt herum, wirft den Jungen ab und springt mit einem gejubelten »Du bist!« davon.

Ich muss ganz automatisch schmunzeln. »Na die werden heute Abend anständig müde sein.«

Morgan sieht den Kindern noch einen Moment nach. Der Schatten, der auf seinem Gesicht liegt, als er sich wieder zu mir umdreht, rührt ganz sicher nicht von den Wolken am Himmel. Ich mache unwillkürlich einen Schritt auf ihn zu.

»Ich habe dich nicht ein Mal nach Sven gefragt – und nach Nora auch nicht, seit sie heimgefahren ist«, sagt Morgan. Und dann, bevor ich irgendetwas antworten kann: »Oder wohl besser, bevor ich sie vertrieben habe. Schon wieder.«

Diese beiden Sätze treffen mich eine Handbreit oberhalb der letzten Rippe, ein kurzer, heftiger Stich. Vollkommen absurd, das weiß ich, trotzdem bleibt mir für einen Moment die Luft weg. *Du dumme Kuh!*, schelte ich mich selbst. *Hier geht es ausnahmsweise mal nicht um dich.* Mir war klar, dass er sich Vorwürfe macht, wie unberechtigt sie auch sein mögen. Wer sich schuldig fühlen will, findet immer einen Grund. Also sage ich so sanft wie möglich: »Ich bin sicher, dass es beiden gut geht, im Rahmen der Umstände. Was da passiert ist, die Trennungen, das lag nicht an dir – das weißt du doch, oder?«

Morgan winkt ab. »Ich brauche keine Absolution! Ich gebe mir keine Schuld am Scheitern einer Beziehung, die nicht meine eigene ist. So anmaßend bin ich nicht. Andererseits muss ich dir ja wohl kaum erklären, dass eine Trennung in den seltensten Fällen aus heiterem Himmel kommt. Was Sven betrifft: Ich kann mich nicht mal mehr erinnern, wann wir das letzte Mal wirklich geredet haben. Du kennst ihn, du weißt, dass er sich nicht aufdrängt. Und ich war zu sehr mit mir selbst beschäftigt. *Das* ist meine Schuld – und zwar unabhängig davon, ob es irgendetwas geändert hätte. Bei Nora liegt der Fall ein bisschen anders. Vielleicht hätte sie sich mehr Zeit gelassen, die Pille abzusetzen, wenn sie jünger gewesen wäre. Vielleicht auch nicht, das werden wir nie erfahren. Was nichts daran ändert, dass sie acht Anläufe gebraucht hat, um von mir loszukommen. Ich wusste immer, dass ich sie irgendwann würde gehen lassen müssen. Trotzdem habe ich es ihr so schwer wie möglich gemacht, jedes Mal wieder. *Das* war egoistisch, dafür gibt es kein netteres Wort.«

Morgan hat die Hände in die Taschen seiner Jacke gestopft und sieht an mir vorbei die Straße hinunter. Vermutlich wäre es nicht besonders hilfreich, ihn darauf hinzuweisen, dass er Nora schlecht gleichzeitig vertrieben und ihr die Trennung schwer gemacht haben kann. Ich schätze, er hätte sogar eine plausible Erklärung dafür, dass er das doch konnte: Ein Jo-Jo lässt man ja auch erst fallen, um es anschließend wieder zurücktanzen zu lassen.

Der Mann, der sich Kategorien wie Entweder-oder hartnäckig entzieht, betrachtet seine Schuhspitzen. »Wir können nicht ändern, was wir getan oder versäumt haben. Wir können nur versuchen, es in Zukunft besser zu machen. Aber wie soll das gehen, wenn wir uns unsere Fehler nicht bewusst machen, hm?« Als er aufsieht, bitten seine Augen mich stumm um Zustimmung.

Er ist müde, er will nicht streiten – so wenig wie ich. Ich möchte doch nur ... Ich gehe zu ihm, nehme ihn in den Arm und warte, bis diese hauchdünne Starre verschwunden ist, die ich in letzter Zeit immer wieder spüre, wenn ich ihn berühre. Als ob Wasser gerade eben zu gefrieren begonnen hätte, eine Eisschicht, so dünn wie Seidenpapier. Dann sage ich dicht an seinem Ohr: »Ich wünsche mir, dass du glücklich bist.« Seine Worte, damals, im Café. Vielleicht ist es Zeit, sie zurückzugeben.

Morgan gibt einen seltsam schmerzlichen Laut von sich, löst sich aus meiner Umarmung und nimmt mein Gesicht in beide Hände. »Ich bin *nicht* unglücklich, okay? Und schon gar nicht mit dir! Das musst du doch wissen ... Oder?« Er sieht mich so eindringlich an, dass ich blinzeln muss.

Ich nicke. »Natürlich weiß ich das.« Das ›Aber‹, das mir auf der Zunge liegt, schlucke ich mühsam hinunter.

Morgan seufzt. Erleichtert. »Gut. Das ist gut. Ich bin einfach nur ... müde. Das geht vorbei. In vier Wochen sind wir durch mit dem Album, danach wird es besser. Versprochen.«

Wird es das? Ich kann nichts gegen die Zweifel tun; gegen das Wissen, dass das hier schon vor der intensiven Arbeit an diesem Album begonnen hat. Warum sollte es also in vier Wochen einfach so vorüber sein?

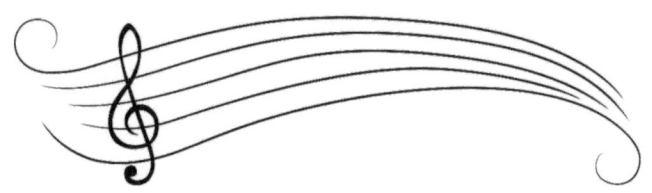

Siebzehn

Immerhin eine der vier Wochen, die für die professionelle Produktion der Songs samt Editing, Mixing und Mastering eingeplant sind, ist vorbei. Ich hatte eigentlich gedacht, es würde mir gefallen, wenn die Atmosphäre im Haus wieder ein bisschen entspannter wäre, aber das Gegenteil ist der Fall: Von knallenden Türen zu dröhnender Stille innerhalb eines Tages war dann wohl doch zu viel auf einmal. Dazu kommt, dass ich ausgerechnet jetzt absolut nichts zu tun habe. Die letzte Übersetzung ist raus, und noch ist kein neuer Auftrag eingetrudelt. Ich weiß zwar, dass das höchstens ein paar Tage dauern wird, und normalerweise würde ich mich über die Pause freuen und die ungeplante Freizeit genießen wie ausgefallenen Unterricht, aber jetzt gerade fällt mir einfach nur die Decke auf den Kopf. Ja – obwohl sie drei Meter hoch ist!

Gestern habe ich Luiza bestimmt eine halbe Stunde lang vom Arbeiten abgehalten, nur um endlich mal wieder jemanden reden zu hören in diesem riesigen Haus. Immerhin weiß ich jetzt, dass sie seit über dreißig Jahren verheiratet ist, keine Kinder hat und nie im Hausmeisterservice ihres Mannes mitarbeiten wollte, weil es wichtig sei, etwas Eigenes zu haben in einer Ehe.

Zuerst habe ich mich gefreut, dass No Way! diesmal mit einem neuen Tonstudio in Frankfurt zusammenarbeiten. Bislang waren sie meistens in Berlin, einmal auch in London. Das war nicht nur der Ausstattung der Studios geschuldet, sondern sollte auch dabei helfen, den Fokus ausschließlich auf die Band zu richten. Möglicherweise wäre das im Moment aber sogar kontraproduktiv.

Wie auch immer, das Berliner Studio war für den vorgezogenen Termin nicht zu bekommen. »Ein weiterer Pferdefuß dieser unseligen Castingshow-Geschichte«, wie Morgan meinte. Jedenfalls dachte ich, es wäre schön, dass er abends nach Hause kommt.

Im Moment scheint seine Anwesenheit aber lediglich das Gefühl seiner Abwesenheit zu verstärken. Er ist noch schweigsamer als in den Tagen nach meinem Besuch bei Sven, obwohl ich nicht gedacht hätte, dass das überhaupt möglich ist. Falls er mal früh genug daheim ist, um mit mir zu Abend zu essen und vielleicht noch ein wenig fernzusehen, ist er nicht mal dazu zu bewegen, harmlosen Smalltalk über die Sendung zu machen. Ich habe es mit scherzhaften Bemerkungen und mit direkten Fragen versucht. Seine Reaktion war ein zustimmendes Murmeln – auf eine Frage! – und gerade eben erst ein Lächeln, das mir eine Gänsehaut über den ganzen Körper gejagt hat. Es war, als würde ich in einen Spiegel schauen, statt in ein anderes Gesicht. Dieses Lächeln war eine reine Reflexion, dazu gedacht, die Wünsche und Erwartungen seines Gegenübers zu projizieren, ohne etwas von Morgan selbst preiszugeben. Ich bin froh, dass ich dieses Lächeln noch nie zuvor gesehen habe.

In Anbetracht der Umstände kann ich ihn ja sogar irgendwie verstehen: Weil Murphys Law offenbar auch für Musikproduktionen gilt, laufen die Aufnahmen alles andere als rund. Das fing mit dem neuen Tonstudio an, das es offenbar sehr viel aufwändiger macht als in vertrauten Räumlichkeiten, alles so aufzubauen und einzustellen, dass das gewünschte Ergebnis erzielt wird. Ich verstehe zwar absolut nichts von Akustik oder Aufnahmetechnik, aber selbst mir ist klar, dass ein Raum den Klang beeinflusst. Nimmt man dazu, dass weder Morgan noch Alex oder Sven zurzeit in ihrer allerbesten Verfassung sind, hätte das allein vermutlich schon gereicht, um diese vier Wochen anstrengend zu gestalten.

Aber dann hat sich Mike – der Schlagzeuger, der No Way! auch auf Liveauftritte begleitet – gleich am zweiten Tag das Handgelenk verstaucht. Ein Unfall mit einem rowdyhaften Radfahrer, mehr wollte Morgan nicht dazu sagen. Die ganz große Katastrophe ist das im Moment zwar noch nicht, weil die Instrumente einzeln nacheinander aufgenommen werden, aber es bringt den Ablauf durcheinander. Normalerweise startet wohl der Schlagzeuger, um den Rhythmus für die anderen Tonspuren vorzugeben, als eine Art Gerüst sozusagen. Das Ganze scheint eine Wissenschaft für sich zu sein.

Jedenfalls hoffen sie im Moment, dass Mike rechtzeitig wieder fit wird. Bis dahin werden die anderen Instrumente und der Gesang für die einfacheren Titel auf Basis der Drum Machine aufgenommen, die in Morgans Studio das Schlagzeug ersetzt. Eine »beschissene Krücke« hat er das genannt und gemeint, falls sie tatsächlich doch noch einen Ersatz für Mike brauchen sollten, müsste derjenige schon Wunder vollbringen können, um seine Drums auf bereits vorhandene Tonspuren von Songs einzuspielen, die er nicht wirklich kennt, und dabei das Feeling einer Band zu treffen, mit der er noch nie gearbeitet hat. Und das bitteschön unter Zeitdruck. Deshalb sucht Snuggles auch sicherheitshalber jetzt schon nach einem Backup-Schlagzeuger, der sich mit den Songs vertraut machen und für den Fall des Falles bereithalten soll. Weil wirklich gute Profi-Musiker, die gerade nichts zu tun haben, aber auch nicht auf Bäumen wachsen, gestaltet sich die Suche schwierig.

Ehrlich gesagt war mir nicht wirklich klar, wie viel Aufwand in einem Musikalbum steckt, *nachdem* die Songs mit Text, Melodie und allem geschrieben wurden und eigentlich fertig sind. *Eigentlich* heißt, dass das, was da scheinbar fertig ist, eben nur die Grundlage darstellt für die Arbeit an dem, was später auf dem Album zu hören ist. Allein die Aufnahmen für einen einzelnen Song dauern mindestens acht bis zehn Stunden, je nachdem, wie viele Instrumente zum Einsatz kommen. Und dann hat man noch immer keinen Track für ein Album, sondern lediglich lauter einzelne Tonspuren.

»Sei mir nicht böse, aber ich muss ins Bett«, sagt Morgan neben mir und steht auf. Es ist kurz nach zehn, und der Krimi, den wir uns ansehen – wenn wir nicht gerade mit den Gedanken woanders sind –, läuft höchstens noch zehn Minuten. Aber das ist es nicht, was ich ihm übel nehme: Es ist dieses maskenhafte Lächeln, das zweite an diesem Abend. Ich hatte eigentlich gedacht, so etwas wäre zwischen uns nicht nötig. Morgan wartet keine Antwort ab, ich kann ihm nur noch ein »Schlaf gut« hinterherrufen.

In der Cocktailbar hat Nora darüber geklagt, Morgan habe sich zuhause einfach gehen lassen. Falls sie damit gemeint hat, dass er zu ehrlich war, zu wenig bemüht, den Schein zu wahren, dann wäre mir das deutlich lieber als das hier. Mit offen gezeigter Erschöpfung, Reizbarkeit oder Sorge könnte ich umgehen. Denke ich jedenfalls. Ich könnte für ihn da sein, irgendwie. Aber solange er so tut, als sei im Wesentlichen alles in Ordnung, gibt es nur eines, das ich tun kann, nämlich rein gar nichts.

Ich hätte nicht gedacht, dass mir Nichtstun mal so schwer fallen würde. Und dabei weiß ich noch nicht mal, ob er glaubt, *mir* irgendetwas nicht zumuten zu können, oder ob er schlicht Angst davor hat, es sich selbst zuzumuten.

Was sagt es über mich, dass ich Letzteres gleichzeitig hoffe und befürchte?

Fast drei Wochen geschafft, wir nähern uns der Ziellinie. Daran muss ich glauben, das ist die einzige Hoffnung, die ich noch habe. *Danach wird es besser*, hat Morgan versprochen. Und das muss es auch: Da steht nämlich eine Glasscheibe zwischen uns, die mittlerweile mindestens drei Zentimeter dick ist. Ich kann ihn auf der anderen Seite zwar noch sehen, aber das war es dann auch schon. Gerade habe ich ihn nach Mike gefragt. Er hat ihn nicht mehr erwähnt seit dem Unfall, und so langsam müsste doch feststehen, ob er das Schlagzeug nun einspielen kann oder nicht.

Morgan sieht mit einiger zeitlicher Verzögerung von seiner Tiefkühlpizza auf. Um etwas kochen oder bestellen zu können, hätte ich wissen müssen, wann er heimkommt, wenigstens ungefähr, und das konnte er mir nicht sagen. Weder heute Morgen noch irgendwann tagsüber per WhatsApp.

Beinahe erwarte ich, dass er fragt, ob ich etwas gesagt habe, dicke Glasscheiben schlucken schließlich auch Schall. Aber dann sagt er: »Mikes Hand ist zum Glück schon seit ein paar Tagen wieder in Ordnung. Wir haben am Dienstag angefangen, die restlichen Songs wie geplant aufzunehmen, danach spielt er noch das Schlagzeug für die Titel ein, bei denen wir uns mit der Drum Machine beholfen haben. Er glaubt, dass er's hinbekommt, ohne dass ein Unterschied zu hören ist. Mike ist ein echter Zauberer mit seinen Sticks, also glaube ich, was er glaubt.«

Gefühlt waren das gerade mehr Worte am Stück als in den letzten drei Wochen zusammen, mein erleichtertes Lächeln gilt also gar nicht mal so sehr Mikes Handgelenk. Und es wird erwidert, wenn auch nur für einen Moment. Dass Morgans Lächeln so schnell wieder verschwunden ist, beweist, dass es echt ist, kein bloßes Ablenkungsmanöver: ein winziger Riss in der Wolkendecke, durch den es ein einzelner Sonnenstrahl geschafft hat, bevor der Wind die Wolken weitertreibt. Meine Hand bewegt sich ganz von allein über den Tisch und auf Morgans zu. Vielleicht ist er das ja endlich, der Moment, der die Worte zurückbringt.

Die Hoffnung endet abrupt, als Morgan seine Hand zurückzieht. »Nicht jetzt, okay? Ich kann jetzt nicht *darüber* reden.«

Er hat mich so mühelos durchschaut. Dann muss er doch auch wissen ... »Ich dachte, wir können über alles re-

314

den. Zumindest konnten wir das doch mal, oder nicht?«
Die Worte rutschen mir einfach so heraus, nicht einmal
besonders laut, eigentlich ist es nur ein Flüstern.

Auf Morgans Stirn sind trotzdem einige tiefe Furchen
erschienen. »Wir *können* über alles reden – nur nicht gerade jetzt! Ist das denn so schwer zu verstehen?«

Nein, natürlich nicht ... Oder doch, irgendwie schon!
»Es ist ja nicht nur heute oder jetzt gerade«, höre ich mich
sagen. »Woher soll ich denn noch wissen, wann ein geeig-
neter Zeitpunkt ist?«

Morgan stöhnt, als müsse er einen besonders begriffs-
stutzigen Zeitgenossen in die tieferen Weihen der Kern-
physik einführen. »Willst du jetzt vielleicht ein Codewort
ausmachen? Oder soll ich mir als Zeichen eine Rose ins
Knopfloch stecken oder etwas in der Art?«

Okay, jetzt hat er mich wirklich verärgert. Das fühlt sich
wenigstens etwas besser an als die Hilflosigkeit der letzten
Wochen. »Das ist ja wohl deine Entscheidung, schließlich
legst *du* ja auch den Zeitpunkt fest.«

Für ein paar Sekunden halten unsere Blicke einander
fest, ein stummes Ringen, bei dem niemand nachgeben
will. Dann sieht Morgan überraschend zur Seite. »Also
gut«, murmelt er, »warum nicht jetzt, ist ja auch egal.« Er
strafft sich, sieht mich wieder an, beinahe herausfordernd
jetzt. »Du möchtest also wissen, was *mit mir los ist*, ja?« Er
betont die vier Worte auf eine weinerliche Weise, die mir
einen Stich versetzt. »Erinnerst du dich noch an diese
Schachtel, die, deren Auffinden dich so amüsiert hat?« Ein
weiterer Stich – ich dachte, dieses Missverständnis hätten
wir damals direkt ausgeräumt. Warum zum Teufel macht
er das, *will* er mir etwa wehtun?

Morgan zuckt die Achseln, als hätte er eine Antwort erwartet und würde jetzt beschließen, dass er doch keine braucht. »Da waren zwei Briefe drin, die meine Mutter an meinen Vater geschrieben hat, ungefähr in der Halbzeitpause zwischen der Scheidung und ihrem spontanen Ableben.« Sein Tonfall, die zynische Lockerheit darin, lässt mich schlucken. So habe ich ihn noch nie über seine Mutter sprechen hören. »Damals, als Nora netterweise dafür gesorgt hatte, dass ich sie bekomme, wollte ich nicht wissen, was drin steht«, sagt er mit einer furchtbaren Heiterkeit. »Jetzt eigentlich auch nicht – aber hey, irgendwann muss man schließlich mal reinen Tisch machen, mit seiner Vergangenheit abschließen, damit man nach vorn sehen kann und so weiter. Davon seid ihr doch alle überzeugt, oder nicht? Dass ich ein bedauernswerter Trottel bin, weil ich diese Schachtel einfach nur vergessen wollte.«

»Niemand hält dich für einen Trottel ...«

Meine Worte werden unwirsch beiseite gewischt. »Wieso nicht? Ihr hattet ja recht! Hat nämlich nicht funktioniert, das Vergessen. Also habe ich den ersten Brief gelesen, in der Nacht, als du bei Sven warst. Damit ich nicht noch mal wie so ein Vollidiot im Regen auf meiner Terrasse rumstehe. Willst du raten, was drin stand?« Diesmal wartet er erst gar keine Antwort ab, sondern schleudert mir die nächsten Sätze regelrecht entgegen: »Mein ganzes Leben ist eine Lüge! Das ist los!«

Morgan atmet jetzt schwer, die Hände hat er unwillkürlich zu Fäusten geballt. Ich möchte ihn berühren, aber sein Blick schießt von meinem Gesicht zu meiner ausgestreckten Hand, und ich ziehe sie sofort zurück. Er ist noch nicht fertig, auch wenn ihm jedes Wort wie Galle im

Mund zu brennen scheint. »Ich habe meinen Vater jahrelang für etwas gehasst, zu dem er jedes Recht hatte. Zu was für einem Menschen macht mich das wohl? Und meine Mutter ... Wenn sie das nicht klugerweise selbst getan hätte, dann würde ich sie am liebsten ...« Der Rest geht in einem Zähneknirschen unter, einer beinahe übermenschlichen Anstrengung, nicht irgendetwas kurz und klein zu schlagen. In eine Kälte hinein, die sich wie Wasser nach einem Rohrbruch im Raum ausbreitet, sagt Morgan plötzlich wieder vollkommen ruhig: »Nein, das sage ich jetzt besser nicht.«

Aber das hat er bereits, wenn auch nicht mit Worten. Ich starre ihn an, unfähig, einen klaren Gedanken zu fassen, geschweige denn, irgendetwas zu sagen.

»Mache ich dir etwa Angst?« Für einen Moment verzerrt ein höhnisches Grinsen sein Gesicht.

›Ja!‹, will ich sagen, ›nur habe ich keine Angst *vor* dir, sondern *um* dich!‹ Aber ich schaffe es einfach nicht, das in Worte zu packen, die diesen GAU irgendwie entschärfen könnten. Stattdessen stammele ich sinnloses Zeug: »Das ... das ist ... Ich wusste doch nicht ... Es tut mir so leid ...«

Mein ganzes Leben ist eine Lüge. Ich habe nicht die leiseste Ahnung, was er damit gemeint hat, aber ich kann sehen, wie furchtbar es für ihn ist. Und ich kann ihn nicht trösten – im Gegenteil: Ich habe ihn überhaupt erst dazu gebracht, das auszusprechen, obwohl er ganz offensichtlich noch nicht bereit dazu war. Man geht nicht bei Dunkelheit in den Wald, wenn man den Weg nicht kennt. Man wartet bis zum Tag oder zumindest, bis der Mond aufgegangen ist. Morgan wollte fort von da, wo es zu dunkel ist, um einen Weg zu finden. Und ich habe ihn gezwungen, dahin zurückzugehen.

»Ist ja nicht deine Schuld«, sagt Morgan und lächelt kalt. »Ich denke sowieso die meiste Zeit an nichts anderes, also warum sollten wir nicht ein bisschen darüber plaudern. Wenn es dir nichts ausmacht, gehe ich jetzt ins Bett. Ich hatte eh keinen Hunger.«

Ich weiß nicht, wie lange ich noch am Tisch sitze und ins Leere starre. Das war das Schlimmste, das hätte passieren können, der falscheste Zeitpunkt, der überhaupt denkbar ist. Er kann jetzt nur versuchen, diese Glasscheibe zwischen uns – zwischen sich und dem Rest der Welt – in etwas sehr viel Stabileres zu verwandeln, das überhaupt nichts mehr durchlässt. Weil er morgen früh zurück ins Tonstudio muss, um Songs aufzunehmen, die Menschen Freude schenken sollen; die Hoffnung vermitteln oder Trost oder das Gefühl, nicht allein zu sein. Jedenfalls nicht diese zerstörerische Wut oder gar Selbsthass.

Als ich schließlich doch aufstehe und die kalten Pizzareste in den Biomüll fallen lasse, denke ich ernsthaft darüber nach, in einem der Gästezimmer zu schlafen. Aber dann könnte Morgan glauben, dass ich tatsächlich Angst vor ihm habe. Das will ich auf gar keinen Fall, deshalb lege ich mich neben ihn. Ich glaube nicht, dass er schläft, aber er tut so als ob, also tue ich dasselbe.

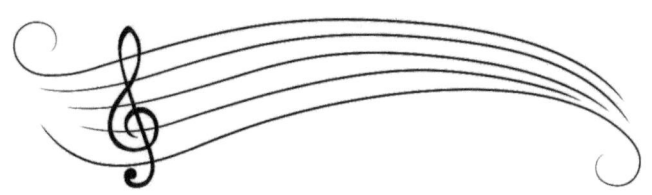

ACHTZEHN

Weil ich nicht weiß, was ich sonst machen soll, schleiche ich jetzt sozusagen auf Zehenspitzen durch die Villa. Ich versuche, alles zu vermeiden, was auch nur im Entferntesten an unseren Streit erinnert. Das Problem ist, dass *ich* ihn vermutlich daran erinnere, jedes Mal, wenn er mich ansieht. Was allerdings nicht mehr allzu oft vorkommt. Trotzdem trage ich sogar den USB-Stick jetzt unter der Kleidung, weil ich nicht will, dass Morgan ihn vielleicht als eine Art stummen Vorwurf betrachtet oder als Erinnerung an eine Hoffnung, die sich nicht erfüllt hat – jedenfalls nicht im Moment.

Wenn ich mir die Kette morgens überstreife, liegt das Metall des Sticks unangenehm kalt auf meiner Haut. Es dauert jedes Mal eine ganze Weile, bis mein Körper genug Wärme abgegeben hat, um das zu ändern. Ich habe darüber nachgedacht, die Kette einfach für eine Weile in meine Nachttischschublade zu legen, aber das käme mir vor, als würde ich aufgeben.

Weil Morgan verständlicherweise kein Bedürfnis zu verspüren scheint, über irgendetwas zu reden, beschränken unsere Gespräche sich auf »Möchtest du noch etwas essen?« – »Nein danke, nicht nötig« und »Schlaf gut« – »Du auch«. Ich zähle die Tage bis zum Ende der Albumproduktion und bin gleichzeitig unglaublich erleichtert und furchtbar nervös, als Morgan am Donnerstagabend sogar früher als sonst heimkommt und verkündet: »Das war's, wir sind durch. Sogar Sven ist endlich zufrieden. Morgen werden nur noch die Masterfiles erstellt, dafür brauchen sie mich nicht. Willst du Pizza bestellen?«

Warum nicht – Kalorienzählen habe ich zum Glück noch immer nicht nötig, und Pizza gehört zu den wenigen Dingen, die ich tatsächlich jeden Tag essen könnte. Na gut, *fast* jeden Tag.

Morgan schaltet den Fernseher ein, während ich unsere Bestellung aufgebe. Dann holt er eine Flasche Rotwein und zwei Gläser aus der Küche. Ich denke, dass er anstoßen möchte, aber als ich mein Glas hebe und »Auf das Album« sage, mustert er mich nur nachdenklich, bevor er mir zuprostet und erwidert: »Darauf, dass ich so bald kein Tonstudio mehr von innen sehen muss.«

Ich weiß nicht, was ich erwartet habe: sicher nicht, dass er Freudensprünge macht. Eher so etwas wie Erleichterung. Vielleicht ist es dafür ja einfach noch zu früh. Ich kann nur vermuten, dass ihn gerade diese letzten Tage mehr Kraft gekostet haben, als er eigentlich gehabt hätte. Er hat abgenommen, das ist nicht zu übersehen, und er war vorher schon schlank. Die tiefen Schatten unter seinen Augen haben sie ziemlich gut weggeschminkt an den Tagen, an denen Fotos fürs Booklet gemacht wurden, aber heute sind sie ein stummes Mahnmal.

Möglicherweise geht es ihm allerdings auch wie mir: Mir ist klar, dass wir irgendwann werden reden müssen. Nein, nicht irgendwann – bald. Seit er vorhin heimgekommen ist, gibt es keinen Grund mehr, das noch sehr viel länger aufzuschieben. Das war es, was diesen kalten Klumpen in meinem Magen hat entstehen lassen. Weil ich weiß, wie schwer es werden wird, die Mauer zu überwinden, zu der diese Glasscheibe geworden ist. Werden musste. Ich bin sicher, dass Morgan das auch weiß. Ihm muss dieses Hindernis noch sehr viel unüberwindbarer erscheinen als mir. Unwillkürlich taste ich nach dem Stick unter meinem Pulli und höre seine Stimme, damals im Studio:

Trembling seconds, shaking hours,
and no chance of breaking free,
till your touch of tender mercy
questions all, that's meant to be.

So selbstverständlich, so voller Vertrauen. Aber das war vor der Mauer. Ich wünschte, ich könnte ihn jetzt berühren – wirklich berühren, nicht nur anfassen.

Kann es sein, dass ich die Situation völlig falsch eingeschätzt habe? Dass es gar nicht ums miteinander reden *Können* geht, sondern ums *Wollen*? Morgan geht mir aus dem Weg – wie sonst lässt sich erklären, dass er tatsächlich noch weniger Zeit in der Villa verbringt als in den letzten vier Wochen? Da hat er nämlich wenigstens noch hier geschlafen.

Als er am Freitagmorgen gleich nach dem Frühstück gesagt hat, er wolle endlich mal wieder ins Fitnessstudio, habe ich mir nichts dabei gedacht. Als er nachmittags um zwei noch immer nicht wieder da war, habe ich versucht, mir nichts dabei zu denken. Als Luiza um fünf gegangen ist, ohne dass Morgan aufgetaucht wäre, habe ich mich gefragt, was *sie* wohl denkt: Ich hatte ihr mittags gesagt, er sei noch im Fitnessstudio, müsse aber eigentlich jeden Moment zurückkommen. Sie hat mir immerhin den Gefallen getan, nicht nachzufragen.

Als abends um halb neun die Tür zur Garage aufging, wusste ich beim besten Willen nicht, wie ich ihn fragen soll, wo er den ganzen Tag gesteckt hat, ohne dass es wie ein Vorwurf klingt. Also habe ich gar nichts gesagt. Eine knappe Stunde später meinte er, er wolle noch ein bisschen spazieren gehen, ich solle nicht auf ihn warten. Er hat das Auto genommen, eine schnelle Runde um den Block war demnach wohl nicht geplant. Ich bin um elf ins Bett gegangen, ohne Morgan. Gegen halb drei habe ich ihn ins Schlafzimmer kommen hören. Vielleicht hat mich auch seine Alkoholfahne geweckt. Ich kann nur hoffen, dass er unten noch etwas getrunken hat.

Die letzten drei Tage hat sich dieses Spielchen wiederholt. Sobald er etwas gefrühstückt hat – was zuletzt allerdings erst gegen Mittag war –, will er ins Fitnessstudio. Das ist es jedenfalls, was er mir sagt. Der Ausgleich würde ihm guttun, nach den ganzen Wochen ohne Sport. Immerhin wurde die Geschichte um die Komponente erweitert, dass er anschließend wahrscheinlich noch in die Sauna gehen werde, ich solle mich also nicht wundern, wenn er erst etwas später zurückkäme.

Wer geht denn bitteschön vier Tage in Folge ins Fitnessstudio? Oder in die Sauna? Ich weiß nicht, ob er wirklich erwartet, dass ich ihm das glaube – oder ob er vielleicht sogar darauf wartet, dass ich es *nicht* tue. Dass ich ihn aufhalte, wenn er dann abends »nochmal kurz frische Luft schnappen« will, nur um für weitere Stunden bis tief in die Nacht verschwunden zu bleiben. Er hat mich nicht ein Mal gefragt, ob ich mitkommen möchte.

Gestern habe ich Nora angerufen, weil ich einfach wissen musste, ob er sich früher schon mal so verhalten hat. Von den Briefen habe ich ihr nichts erzählt, sie hat genug eigene Sorgen. Ich habe sie lediglich gefragt, ob er manchmal ruhelos gewesen sei nach einer Albumproduktion. Mir ist ja durchaus klar, dass man in ein Loch fallen kann, wenn etwas, das einen vollkommen ausgelastet hat, ganz plötzlich vorüber ist.

Nora hat meinen Verdacht nur teilweise bestätigt. »Hm. Nach einer Tour hat er die ersten Tage meistens mit jeder Menge Aktivitäten gefüllt, als hätte er immer noch zu viel Energie, statt wie jeder normale Mensch einfach mal erschöpft zu sein. Ich habe das sein persönliches Trägheitsgesetz genannt: Selbst bei einer Vollbremsung gibt es einen Bremsweg. Seiner war so ein, zwei Wochen lang.« Nach einer kurzen Pause hat sie noch ergänzt: »Ich kann mich zumindest nicht daran erinnern, dass sowas auch nach dem Tonstudio mal vorgekommen wäre. Andererseits hatten sie diesmal aber auch enormen Druck. Vielleicht ist es eine Art Stressreaktion? Ist denn sonst alles okay zwischen euch?«

Das habe ich bejaht – was hätte ich auch anderes sagen sollen?

Heute haben wir immerhin mal wieder zusammen zu Abend gegessen, wenn auch vor dem Fernseher. Danach stand eine leere Weinflasche auf dem Couchtisch, obwohl ich mein erstes Glas noch kaum angerührt hatte. Als Morgan, kaum dass wir die Teller in die Spülmaschine geräumt hatten, »noch kurz raus« wollte, habe ich erst ihn angesehen und dann die leere Flasche, die ich noch in der Hand hatte. Ich habe mir einen Ruck gegeben und gesagt: »Vielleicht läufst du heute einfach nur ein bisschen um die Häuser, ja?«

Der Anflug von Ärger auf seinem Gesicht war so schnell wieder verschwunden, dass ich ihn mir auch eingebildet haben kann. »Ich fahre doch nur ein Stück Richtung Wald«, hat er gesagt. »Weder in die Stadt noch auf die Autobahn. Da ist um die Uhrzeit absolut nichts mehr los. Niemandem wird etwas passieren, okay?«

Nein, das ist verdammt noch mal *nicht* okay! Da gibt es Tiere oder verspätete Spaziergänger oder eine scharfe Kurve mit einem Baum nebendran ... Gar nichts ist hier im Moment okay! Mir wäre es wirklich lieber, wenn er wütend auf mich wäre. Wenn er mich spüren lassen würde, dass er mir dieses Gespräch nachträgt, zu dem ich ihn gedrängt habe. Dass es ihn verletzt hat, dass ich nicht warten konnte. Irgendetwas!

Stattdessen behandelt er mich, als wäre nichts geschehen. Und zwar absolut gar nichts, nie. Als hätte es das Waldhaus nicht gegeben und auch nicht all die Male davor. Als gäbe es nichts zu sagen. Selbst die Mauer scheint verschwunden zu sein. Da ist einfach nur ... Leere.

Vielleicht ist er es, der verschwunden ist, irgendwo in den Schatten.

War ich damals so, nach Lukas? Nach den Tränen und der Wut, als meine Trauer stiller geworden war? Ich weiß es nicht, ich müsste Stefan fragen, ob er manchmal das

Gefühl hatte, mich nicht wirklich erreichen zu können. Er wäre sicher hocherfreut, wenn ich ihn deswegen anrufen würde.

Ich liege im Bett und starre an die Decke. Es ist exakt ein Uhr fünfzehn. Probehalber zähle ich langsam bis sechzig, bevor ich das nächste Mal auf die Uhr sehe. Ein Uhr sechzehn – wow, gar nicht schlecht! Eins ... zwei ... drei ... vier ... fünf ...

Warum zum Teufel ist es hier so kalt? Wie an dem Morgen, als die Haustür offenstand. Ich öffne die Schlafzimmertür und will das Licht im Flur einschalten, finde aber den Schalter nicht, obwohl ich die ganze eisige Wand abtaste. Plötzlich sehe ich einen Lichtschimmer am anderen Ende des Flurs: ein schmaler, senkrechter gelber Streifen; als ob die Tür zu Morgans Arbeitszimmer, die wochenlang geschlossen war, jetzt einen Spaltbreit offen stünde. Ich gehe darauf zu, oder zumindest denke ich, dass ich das tue. Nur scheint das Licht nicht wirklich näher zu kommen. Vielleicht will ich aber auch gar nicht wirklich dorthin? Ich fühle mich, als müsste ich gegen unsichtbaren Treibsand kämpfen, als würde ich meinen Muskeln gleichzeitig den Befehl erteilen, sich zu bewegen und stillzuhalten. Irgendwie habe ich es dann auf einmal doch durch den Flur geschafft. Das Licht kommt tatsächlich aus Morgans Arbeitszimmer. Allerdings zuckt und flackert es jetzt – wie eine ersterbende Flamme, nicht wie der Widerschein einer ganz normalen elektrischen Lampe. Im nächsten Moment ist es stockdunkel. Ich will eben nach der Türklinke greifen, weil ich es einfach wissen muss, da erschüttert ein Knall das Haus, der am ehesten an einen Silvesterböller erinnert.

Mit einem Schrei fahre ich hoch und strample die Decke weg, die sich um meine Unterschenkel geknotet hat. Kein Wunder, dass ich friere. Mir ist sofort klar, dass ich nur geträumt habe, trotzdem dauert es etliche mühsam beherrschte Atemzüge, bis sich mein Puls normalisiert hat. Das Bett neben mir ist leer – ich hatte auch nichts anderes erwartet. Ich ziehe die Knie an die Brust, lege mir die Decke um und wickele mich so fest wie möglich ein. Dann warte ich, bis das Zittern aufhört. Immerhin gelingt es mir, die Tränen zurückzuhalten.

Ich bin nicht sicher, ob ich das noch einen einzigen Tag länger aushalte, geschweige denn eine weitere Woche. Nicht zu wissen, wo er ist, und das meine ich gar nicht so sehr körperlich; obwohl auch dieses leere Bett auf eine Weise wehtut, die ich von Nacht zu Nacht schwerer ertrage.

Bislang habe ich mich für jemanden gehalten, der nicht anfällig ist für Eifersucht. Und Morgan hat mir absolut keinen Grund gegeben, an seiner Treue zu zweifeln. Trotzdem beschwört der Anblick des leeren Bettes automatisch das Gesicht des blonden Mädchens herauf, das uns damals die Tür vom Waldhaus geöffnet hat, und Morgans völlig zerwühltes Haar ...

Ich schüttele mich kräftig. Was um Himmels Willen steht bloß in diesem Brief? Ich kann noch immer seine Zähne knirschen hören nach diesem furchtbaren Satz: *Wenn sie das nicht klugerweise selbst getan hätte, dann würde ich sie am liebsten ...* Seine Hände haben ihn verraten, die geballten Fäuste, die unwillkürlich eine Drehbewegung gemacht haben, auch wenn er die Worte nicht ausgesprochen hat. Woher kommt diese unheilvolle Wut, die mindestens ebenso sehr gegen ihn selbst gerichtet ist, darauf schwöre ich jeden Eid?

Ich kann ihn nicht danach fragen, weil ich ihn gerade überhaupt nichts mehr fragen kann, nicht einmal, wo er den ganzen Tag gewesen ist. Oder die halbe Nacht. Er hat mir die Tür vor der Nase zugeschlagen – nein, eigentlich hat er sie klammheimlich geschlossen, Zentimeter für Zentimeter und so unauffällig, dass ich es schlicht nicht bemerkt habe. Oder ich wollte es nicht merken, ich weiß es nicht. Ich weiß nur, dass sie jetzt schon seit Wochen geschlossen ist. Und abgesperrt. Und ich habe keinen Schlüssel. Ich könnte natürlich klopfen oder sogar dagegen hämmern, nur würde das nichts ändern. Er würde es vermutlich nicht mal hören.

Wie öffnet man eine abgesperrte Tür, wenn man keinen Schlüssel hat? Man ruft den Schlüsseldienst, klar. Aber wen genau soll ich jetzt rufen? Nora? Oder Sven? Ich kann Noras ungläubiges Gesicht vor mir sehen, wenn ich sie bitte, mal mit Morgan zu reden, weil ich es nicht kann. Und Sven? Er würde mir raten, abzuwarten. *Gib ihm Zeit, Franziska. Du weißt doch, wie das läuft.*

Genau das ist leider der Haken an der Sache: Ich dachte, ich wüsste, wie es läuft. Aber das tue ich nicht, jedenfalls nicht mehr. Sonst wäre es wohl kaum so weit gekommen. Was soll denn weiteres Warten noch bringen? Im Grunde warte ich doch jetzt schon seit über drei Monaten. Seit diese Schachtel aufgetaucht ist. Seit die Tür seines Arbeitszimmers plötzlich geschlossen war. Beinahe muss ich lachen – eine geschlossene Tür, was für ein symbolträchtiges Bild! Und ich habe es nicht kapiert. War abgelenkt von kindischen Ängsten und meiner Unfähigkeit, mit meiner Mutter zurechtzukommen. Es war ja auch viel bequemer, sich darauf zu verlassen, dass ich nur warten muss. Dass er mir schon sagen wird, was los ist, sobald er dazu bereit ist.

Ich stöhne auf und vergrabe das Gesicht in den Händen. Hat es denn überhaupt mal so funktioniert? Als Morgan sich damals in seinem Studio eingeschlossen hatte, habe ich Nora jedenfalls nicht gesagt, sie solle sich beruhigen, er würde da schon irgendwann wieder rauskommen und uns dann alles erzählen. Ich bin hingefahren und habe ihn wissen lassen, dass ich da bin und warte. Okay, dieses Mal war ich körperlich bereits vor Ort – aber ich habe ihm nicht das kleinste Signal gegeben, dass ich weiß, dass da irgendetwas ist. Dass ich da bin, wenn er darüber reden möchte. Und auch, wenn er das nicht möchte.

Ich Idiot habe so getan, als wäre alles in Ordnung! Ich habe mir sogar die längste Zeit selbst weisgemacht, dass es das wäre! Gott, ich würde jetzt wirklich gern den Kopf gegen eine Wand schlagen, wenn das irgendetwas ändern würde. Wie konnte ich so dumm sein? Ich habe ihn damit allein gelassen und dann im falschesten Moment gequengelt, weil *ich* mich allein gefühlt habe!

Jetzt ist die Tür zu. Und der Schlüsseldienst ist keine Option. Also was ist die Alternative?

Eine verdammte Brechstange. Oder eine Axt. Auf jeden Fall etwas Gewaltsames. Ich stöhne ein weiteres Mal. Mir ist durchaus klar, worauf das hier hinausläuft. Wofür ich mir gerade Argumente zurechtlege. Vielleicht hat mein innerer Quälgeist deshalb nichts dazu zu sagen. Was auch immer in diesem Brief steht – ich bin sicher, es hat das Zeug zur Brechstange. Das oder dass er heimkommt und mich bei dem erwischt, was ich jetzt tun werde.

Ich schalte das Licht ein, steige aus dem Bett und ziehe mich an. Eilig habe ich es dabei nicht. Vielleicht kommt Morgan ja in diesem Moment nach oben, dann soll es wohl nicht sein. Aber niemand stört mich, also mache ich auch das Licht im Flur an. Das restliche Haus ist ebenso dunkel wie still, was wohl bedeutet, dass Morgan noch immer unterwegs ist. Ich gehe den Flur hinunter zu seinem Arbeitszimmer, langsam, fast wiederstrebend, wie in meinem Alptraum. Trotzdem habe ich meine Entscheidung längst getroffen. Ich öffne die Tür und betätige zum dritten Mal einen Lichtschalter. Das sieht er auf jeden Fall schon von der Einfahrt aus. Vielleicht wäre es am besten so: wenn er jetzt heimkäme und mich hier finden würde. Vielleicht könnten wir es auf diese Weise am schnellsten hinter uns bringen, so minimalinvasiv wie möglich.

Aber er taucht nicht auf; keine Tür fällt ins Schloss, keine Schritte auf der Treppe. Das Haus bleibt stumm. Nach einem Moment, der mir wie eine Ewigkeit vorkommt, setze ich mich auf Morgans Bürostuhl und beginne systematisch, die Türen und Schubladen seines Schreibtisches zu öffnen. Im tiefen Schubfach unten rechts werde ich fündig. Ich hole die graue Schachtel heraus, stelle sie auf die Schreibtischplatte und hebe den Deckel ab.

Das erste, was ich sehe, ist zusammengeknülltes Papier, das sich auf den zweiten Blick als die Seiten eines Briefes erweist. Schräg darüber liegt ein leicht zerknitterter Luftpostumschlag, darunter ein weiterer, der unberührt aussieht.

Das sind sie also, die beiden Briefe. Ich frage mich unwillkürlich, ob Morgan den ersten komplett gelesen hat. Das hier sieht aus, als hätte es schnell gehen müssen. Als wäre er unterbrochen worden – oder hätte selbst etwas unterbrochen. Wenn er einfach nur wütend gewesen wäre, hätte er diesen Brief doch wohl eher in kleine Stücke zerrissen oder auch verbrannt. Und den zweiten gleich mit.

Du liest zu viele Krimis, kommt es prompt.

Nein, das tue ich nicht! Ich übersetze sie. Und meistens sind es Thriller, das ist ein Unterschied. Trotzdem mag es sein, dass ich hin und wieder zu viel in Details hineininterpretiere.

Morgan hat von einer Lüge gesprochen, davon, dass sein Vater im Recht gewesen sei: *Ich habe meinen Vater jahrelang für etwas gehasst, zu dem er jedes Recht hatte*. Ich krame in meinem Gedächtnis nach den wenigen Bruchstücken, die Morgan hier und da über seine Eltern preisgegeben hat. Am Anfang steht der zweite Abend, den ich bei ihm in der Villa verbracht habe, damals, nach seinem überraschenden Anruf. Da hat er mir von der Pistole erzählt: *Sie hat meiner Mutter gehört. Ein halbes Jahr nach der Scheidung hat sie sich damit umgebracht. Ich war dreizehn und habe sie nach der Schule im Badezimmer gefunden. Danach hat mein alter Herr mich zu sich in die USA geholt.* Seine Worte haben sich in mein Gedächtnis eingebrannt, weil sie klangen, als hätte er sie auswendig gelernt. Wie etwas, das ihn gar nicht wirklich betrifft.

Über seinen Vater weiß ich eigentlich nur, dass er Amerikaner war, im diplomatischen Dienst gearbeitet und deshalb etliche Jahre in Deutschland gelebt hat. Nach der Scheidung wollte er dann aber wohl zurück in die USA.

Später hat er darauf bestanden, dass Morgan Jura studiert wie er. Aber Morgan hat sein Studium abgebrochen und ist zurück nach Deutschland gegangen. Sven hat mir bei meinem Überfall-Besuch erzählt, dass Morgan während der Gründungsphase von No Way! als Nachhilfelehrer gejobbt hat, weil sein Vater ihm den Geldhahn zugedreht habe.

Soviel zu den Fakten, kommen wir zu den Vermutungen. Ich hatte von Anfang an den Eindruck, dass Morgan seinem Vater eine Mitschuld am Tod seiner Mutter gibt – genau wie sich selbst. Was den dreizehnjährigen Morgan angeht: Für mich steht fest, dass es objektiv gesehen keinen Grund für diese Schuldgefühle gibt. Auf logisch nachvollziehbare Gründe legen Schuldgefühle allerdings oft genug keinen Wert. Bei seinem Vater sieht die Sache anders aus, im Grunde sogar recht einfach: Morgan hat geglaubt, seine Mutter habe sich aus Verzweiflung über die Trennung das Leben genommen. Dafür hat er seinen Vater gehasst. Wenn das eine Lüge war, warum hat sie es dann getan?

Die Antworten auf meine Fragen stehen in diesen beiden Briefen. Ich muss sie einfach nur lesen, statt weiter Zeit zu schinden. Wie es aussieht, wird Morgan nicht auftauchen, um mich daran zu hindern. Also breite ich die zerknüllten Seiten auf dem Schreibtisch aus und streiche sie glatt. Insgesamt sind es drei Blätter liniertes Briefpapier. Die Handschrift ist rund, schwungvoll und sehr ordentlich: Kein Buchstabe tanzt über die Linien, Breite und Höhe harmonieren perfekt; wie bei einer Schönschreibübung.

Als mein Blick auf das Datum fällt, das, wie es sich früher gehört hat, oben rechts in der Ecke steht, muss ich schlucken. Der neunzehnte März war der Abend, den ich bei Sven verbracht habe. Morgan hat diesen Brief also exakt achtunddreißig Jahre, nachdem er geschrieben wurde, gelesen. Es muss ihm vorgekommen sein wie eine Botschaft aus dem Jenseits.

Nach etwa zwei Dritteln der ersten Seite kann ich mir denken, was Morgan gemeint hat. Damit, dass sein Vater im Recht war und sein Leben auf einer Lüge aufbaut. Ich schließe kurz die Augen, bevor ich die entscheidenden Sätze ein weiteres Mal lese, auch wenn es wehtut. Ich mag mir gar nicht vorstellen, wie Morgan sich dabei gefühlt haben muss.

Ich möchte dir dafür danken, dass du mir zwei Mal vergeben hast. Ich weiß, dass du es ein drittes Mal nicht konntest, selbst wenn du es gewollt hättest. Ich habe dich nicht darum gebeten, weil ich das wusste. Und weil du noch immer nicht die ganze Wahrheit kennst. Dreizehn Jahre sind eine lange Zeit. Ich will dich nicht mit den Details verletzten, ich möchte nur, dass du weißt, dass es nicht das war, wofür du es hältst. Ich liebe dich, Charles. Ich habe immer nur dich geliebt. Die anderen waren nur für den Augenblick. Ich will versuchen, es dir zu erklären, so gut ich kann. Damit du weißt, dass ich dich immer lieben werde.

Morgan hat seine Mutter für das Opfer eines Mannes gehalten, der sie so sehr verletzt hat, dass sie nicht weiterleben wollte. Und das hat er diesem Mann, seinem Vater, ein Leben lang nachgetragen. *Vielleicht hat er auch einfach nur jede Woche eine andere mit nach Hause genommen, um seinen Vater zu ärgern. Würde mich nicht wundern*, hat Sven gesagt. *Mich auch nicht*, habe ich gedacht. Weil wir beide wussten, welche Gefühle Morgan seinem Vater entgegenbringt, auch Jahre nach dessen Tod.

Aber dieser Brief ändert alles: Er macht aus dem Opfer eine Täterin, eine Ehebrecherin, deren Mann es schließlich nicht mehr ausgehalten hat. Obwohl er es versucht hat, immerhin hat er ihr zwei Mal verziehen. Und dafür wurde er von seinem eigenen Sohn gehasst. *Zu was für einem Menschen macht mich das wohl?* Morgans Worte. Was in diesem Brief steht, stellt alles auf den Kopf, was er von seinen Eltern zu wissen geglaubt hat. Es lässt die Regeln, die sein Leben bestimmt haben – was warum geschehen ist, geschehen *musste* –, wie blanken Hohn erscheinen. Jedes Argument, jede Schlussfolgerung – eine Lüge.

Dabei sind die Dinge höchstwahrscheinlich nicht so eindeutig, wie Morgan gerade denkt. Seine Mutter war wohl weder die Heilige, für die er sie sein Leben lang gehalten hat, noch die Hure, für die er sie jetzt hält. So wenig, wie sein Vater das Monster war, das sie in den Tod getrieben hat. Es gibt nie nur Schwarz oder Weiß, nicht wahr? Warum kann er das nicht sehen, obwohl er es doch weiß?

Weil er ein Kind war. Weil er etwas gebraucht hat, an dem er sich festhalten konnte. Eine Erklärung. Eine Wahrheit – nicht all die verschiedenen, die sich gegenseitig zu widersprechen scheinen. Du kennst das.

Ein Seil, um aus dem Abgrund zu kommen. Ja, das kenne ich. In seinem Fall scheint sich dieses Seil im Lauf der Jahre aber in eine Kette verwandelt zu haben, die ihn stets in der Nähe dieses Abgrunds hält, und deren Gewicht ihn wieder hineinzieht, sobald er mal nicht aufpasst. Der Einzige, der diese Kette sprengen kann, ist er selbst. Aber dazu muss er es wollen. Und im Moment tut er das Gegenteil.

Mit einem tiefen Seufzer lese ich weiter. Als ich am Ende angelangt bin, habe ich Tränen in den Augen. Aus diesen Zeilen spricht so viel Verzweiflung, eine so tiefe Trauer. Angelika – ihre Unterschrift verrät mir ihren Vornamen – hat ihren Mann geliebt und ihn trotzdem betrogen. Ich weiß nicht, ob sie wirklich nur sicherstellen wollte, dass er von ihrer Liebe weiß, oder ob dieser Brief nicht vielmehr ein Versuch war, sich selbst zu erklären, was da passiert ist. Sie schreibt, sie habe sich oft einsam gefühlt, gefangen zwischen Kinderbett und Küche. Ich kann nur hoffen, dass Morgan das nicht mehr gelesen hat: Es wäre Wasser auf die Mühlen seiner Schuldgefühle, auch wenn Angelika das sicher nie gewollt hätte. Die Affären, schreibt sie, hätten ihrem Leben das Funkeln zurückgegeben; sie habe sie gebraucht, obwohl sie wusste, was sie damit riskierte. Vielleicht sogar gerade deswegen.

Mittlerweile glaube ich, dass Morgan nicht über die erste Seite hinausgekommen ist; dass er es gar nicht konnte. Dass er den zweiten Brief nicht gelesen hat, weiß ich: Er hat nur vom ersten gesprochen. Abgesehen davon kann ich wohl ausschließen, dass er den zweiten wieder ordentlich in den Umschlag gesteckt hätte, so, wie der erste aussah.

Ich glätte die Blätter von Brief Nummer eins ein weiteres Mal, bevor ich sie falte und zurück in den leeren Umschlag schiebe. Irgendwie kommt es mir so richtig vor. Dann nehme ich den zweiten Brief aus der Schachtel. Auch das kommt mir richtig vor, obwohl meine Fragen bereits beantwortet sind: Ich bin hier, immer noch ungestört, also sollte ich zu Ende bringen, was ich angefangen habe.

Diesmal ist es nur ein Blatt, und die Rückseite ist nur etwa zur Hälfte beschrieben. Ich wünsche mir schon nach den ersten Sätzen, ich hätte Taschentücher hier. Das ist ein Abschiedsbrief!

Hat Morgans Vater das geahnt? Falls ja, wie muss er sich gefühlt haben, als er die Nachricht von ihrem Tod erhalten hat? Vielleicht hat er die Briefe auch erst danach gelesen, das werden wir wohl nie erfahren.

Angelika schreibt, sie habe jedes Verständnis dafür, dass Charles ihr nicht geantwortet hat. Sie würde diesmal auch keine Antwort erwarten. Sie hoffe trotzdem, dass er ihr eines Tages glauben könne, wie sehr sie ihn geliebt habe. Danach entschuldigt sie sich ein weiteres Mal für die Verletzungen, die sie ihm zugefügt hat, und bringt ihre Hoffnung zum Ausdruck, er möge glücklich werden und die Liebe finden, die er verdient. Ich fahre mir zum vierten oder fünften Mal mit dem Ärmel über die Augen, bevor ich zum vorletzten Satz komme. Und mir der Atem stockt. Ich zähle die Worte – elf Stück – und lese sie ein weiteres und danach noch ein drittes Mal. Sie bleiben hartnäckig bei ihrer Botschaft. Das ist nicht gut. Gar nicht gut.

Falls ich noch einen Beweis gebraucht hätte, dass Morgan diesen Brief nicht gelesen hat: Hier ist er. Wenn er das wüsste, dann … Für einen furchtbaren Moment wünsche ich mir, dass er mich hier findet, jetzt. Damit wir es hinter uns bringen können. Weil ich nicht mit ihm zusammenleben und ihm *das* verschweigen kann. Aber wenn ich es ihm sage, wird es ihn zerstören. Es wird die Schuld, die er empfindet, vertausendfachen. Es wird einen Felsbrocken zu einem Berg anschwellen lassen. Und niemand kann einen Berg den Berg hinaufrollen. Niemand.

Er darf das nicht wissen, also muss ich hier raus. Schnell! Ich gebe mir trotzdem Mühe, das Blatt an den bereits vorhandenen Knicken zu falten und in den Umschlag zu stecken, ohne mit meinen zitternden Händen das dünne alte Papier zu beschädigen. Anschließend lege ich beide Briefe zurück in die Schachtel, schließe den Deckel und räume sie wieder in die Schublade, in der ich sie gefunden habe.

Auf gar keinen Fall kann ich mich jetzt einfach wieder ins Bett legen. Also gehe ich hinunter ins Wohnzimmer und mache es wie Nora: Ich schalte den Fernseher ein, stelle aber den Ton stumm und drücke alle paar Sekunden auf die Programmwahltaste der Fernbedienung. Die unzusammenhängenden Bilder, die über die Mattscheibe flimmern, senden Störsignale an mein Gehirn und verhindern erfolgreich, dass ich mich in meinen Gedanken verliere.

Gegen halb vier ist endlich das leichte Kratzen zu hören, mit dem die Brandschutztür an einer Stelle über den Garagenboden schabt. Morgan ist zurück. Jetzt muss ich irgendetwas sagen. Vielleicht hätte ich zumindest *darüber* nachdenken sollen …

»Nanu, was machst du denn hier?«, begrüßt er mich. Heiter, um nicht zu sagen angeheitert, und zwar reichlich. Na prima. Er kommt herüber, setzt sich neben mich und schaut mich an, wobei er den Kopf hin und her bewegt, als könne er so besser sehen. »Da war ein Fuchs im Wald, der hat genauso große Augen gemacht, als er mich gesehen hat, wie du gerade. Aber deine sind schöner.« Morgan lächelt versonnen.

Im Ernst? Wenn ich es nicht besser wüsste, könnte ich denken, er hätte irgendwelche Drogen genommen. Moment mal – weiß ich es denn wirklich besser? O nein, bitte nicht auch das noch!

»Ich habe keine Drogen genommen oder so«, sagt Morgan neben mir fröhlich. »Es sei denn, Alkohol zählt als Droge ... Sollte er eigentlich, oder? Also gut, dann wohl doch Drogen. Aber ich bin nicht gefahren – ich habe mich und das Auto heimfahren lassen. Gut, nicht wahr? Hat dem netten jungen Mann fünfzig Euro plus eine kostenlose Taxifahrt nach Hause eingebracht. Ich denke, das war ein fairer Deal.«

Ich nicke und schaffe es sogar, sein Lächeln zu erwidern. Es ist halb vier Uhr morgens. Er ist betrunken. Und er lächelt mich an, ein echtes Lächeln, alkoholisiert zwar, aber keine Maskerade. Ich habe keine Ahnung, wann ich das zum letzten Mal gesehen habe.

Zusammengenommen bedeutet das wohl, dass jetzt einfach nicht der richtige Zeitpunkt für irgendeine Art von klärendem Gespräch ist. Noch dazu, wo ich im Moment gar nicht wüsste, wie ich anfangen soll. Schwierigen Aufgaben widmet man sich ohnehin besser dann, wenn man wach ist und geistig fit, richtig? Auch auf mich trifft im Moment keines von beidem zu. Also sage ich: »Ich konnte nicht schlafen«, was ja zumindest nicht gelogen ist. »So ein blöder Alptraum – hatte ich schon ewig nicht mehr. Würdest du mit mir ins Bett kommen, wenn ich ganz lieb Bitte sage?«

Morgans Lächeln wird noch eine Spur breiter. »Als ob du mich darum bitten müsstest! Na dann komm.«

Er steht auf, hält mir die Hand hin und zieht mich vom Sofa hoch. Dann schiebt er mich sanft vor sich her zur Treppe. Als wir oben im Flur angekommen sind, geht plötzlich das Licht aus. Ich habe aus dem Augenwinkel eine Bewegung schräg hinter mir gesehen und weiß also, dass Morgan den Lichtschalter gedrückt hat – allerdings nicht, was er damit bezweckt. Der Flur ist lang und wirklich ganz schön dunkel.

Im nächsten Moment spüre ich Morgans Hände an meiner Taille. Er zieht mich näher zu sich und dreht mich dann mit einer ruckartigen Bewegung herum. Das bringt mich zum Schmunzeln, weil mir jetzt sehr wohl klar ist, was er vorhat. Vielleicht ist das die beste Idee des heutigen Tages, schließlich helfen Worte uns gerade nicht weiter.

Ich lege die Arme um Morgans Nacken, und er schiebt mich ein paar Schritte zur Seite, bis ich mit dem Rücken gegen eine Tür stoße. Dahinter befindet sich eines der Gästezimmer; dasjenige, in dem ich bei meinem ersten Besuch hier übernachtet habe. Vor dieser Tür hat Morgan mich damals geküsst, im Dunkeln, so, wie er es jetzt auch tut. Nur war mein Körper da nicht zwischen seinem und der Tür regelrecht festgeklemmt, und er hat auch nicht nach meinen Händen gegriffen, um sie über meinem Kopf gegen das Holz zu drücken und festzuhalten.

Ich schwanke zwischen Neugierde und einem leisen Unbehagen, aber ehe ich mich entscheiden kann, was überwiegt, lässt Morgan meine Hände los und drückt die Klinke hinter mir herunter, sodass die Tür unter unserem gemeinsamen Gewicht nach innen aufschwingt und ich rückwärts in den Raum stolpere. Morgan fängt mich ab, bevor ich ernsthaft in Gefahr gerate, zu fallen, trotzdem schnappe ich erschrocken nach Luft.

Anders als im Flur ist es im Zimmer nicht richtig dunkel: Weil hier im Moment niemand schläft, sind die Rollos nicht heruntergelassen. Durch die Fenster dringt ein fahler Schimmer herein, genug, um Möbelstücke zu erkennen. Und Morgans Gesicht. Eigentlich wollte ich ihn nach meiner unfreiwilligen Akrobatik-Einlage doch noch fragen, was das hier werden soll. Aber die Mischung aus Sehnsucht und zorniger Verzweiflung in seinem Blick lässt mich verstummen. Falls es noch eines zusätzlichen Hinweises bedurft hätte, erinnert mich das Whiskey-Aroma in seinem Atem daran, dass wir uns gerade nicht in den Gefilden der Vernunft befinden.

Morgan zieht mich erneut fest an sich. Dieser Kuss ist zärtlich und verheißungsvoll, während ich in Richtung Bett geschoben werde. Als ich die Bettkante in den Kniekehlen spüre, signalisiert mir ein kurzer Druck auf die Schulter, dass ich mich setzen soll. Morgan bewegt sich mit mir mit, ohne den Kuss zu unterbrechen. Für einen Moment hockt er auf meinem Schoß, während seine Finger in Rekordzeit erst den Verschluss meines BHs und anschließend die beiden Knöpfe und den Reißverschluss meiner Jeans öffnet. Dann zieht er mich mit sich nach unten auf die Matratze und rollt uns beide herum, bis wir quer im Bett liegen.

Es werden nur diejenigen Kleidungsstücke ausgezogen, die derart im Weg sind, dass sie sich nicht einfach zur Seite schieben lassen. Sich aus einer Jeans zu winden, ist gar nicht so einfach, wenn man die Hände kaum zu Hilfe nehmen kann, weil man sich in einer ringkampfartigen Umklammerung befindet. Noch dazu, wenn man zwischen zwei Küssen, die abwechselnd sanft, fast entschuldigend und ungewohnt fordernd sind, kaum zum Luftholen kommt.

Während der ganzen Zeit wird kein Wort gesprochen, unser keuchender Atem und das Knarren der Matratze sind die einzigen Unterbrechungen im Schweigen der Nacht. Schließlich liegt Morgan halb auf mir. Die Finger seiner rechten Hand sind noch immer mit denen meiner linken verschränkt. Mit der freien Hand fahre ich ihm durchs Haar und lausche Atemzügen, die langsam tiefer und gleichmäßiger werden.

Irgendwann muss ich doch eingeschlafen sein, obwohl ich hätte schwören können, dass ich in dieser unbequemen Lage – noch halb angezogen und unter Morgan eingeklemmt – kein Auge zu machen würde. Als ich in den heraufziehenden Morgen blinzele, der mich dank der offenen Rollläden nach nicht einmal anderthalb Stunden schon wieder geweckt hat, liegen wir noch genauso da. Vielleicht habe ich mich beim Aufwachen bewegt, jedenfalls gibt Morgan ein unwilliges Brummen von sich und rollt von mir herunter. Dabei wird offensichtlich auch er richtig wach.

»Verdammt, ist das hell hier.« Seine Stimme wird durch das Kissen gedämpft, in das er sein Gesicht gedrückt hat.

»Anscheinend hat heute Nacht keiner mehr daran gedacht, die Rollos runterzulassen.« Ich gähne herzhaft.

»Hmpf«, kommt es aus dem Kissen.

»Ich wäre ja noch aufgestanden, aber irgendjemand hat mich vom Flur bis gerade eben quasi bewegungsunfähig gemacht.« Den Satz kann ich mir einfach nicht verkneifen. Bei der Erinnerung an letzte Nacht ist meine Gefühlslage ähnlich diffus wie an der Tür: Während mein Körper nicht die leisesten Bedenken hatte, fragt mein

Kopf sich gerade, ob ich es wirklich mag, wenn man mir praktisch keine Wahl lässt.

Das ist doch Unsinn, du hättest jederzeit Nein sagen können – hast du aber nicht, meldet sich zuverlässig eine ebenso vertraute wie lästige Stimme zu Wort.

Ja, okay, natürlich hätte ich das tun können, aber ...

Aber du wolltest nicht. Also wo ist das Problem?

Neben mir hat Morgan sich auf einen Ellenbogen aufgestützt. »Es hat nicht gerade so gewirkt, als hätte es dir nicht gefallen«, sagt er mitten in meine Gedanken.

Ausnahmsweise bin ich tatsächlich zu verärgert, um rot zu werden. »Darum geht es nicht!« Meine Stimme klingt schärfer als beabsichtigt. Ich weiß, dass es richtig ist, was ich sage, weil es hier um etwas Grundsätzliches geht, nicht wahr? Das tut es doch – oder etwa nicht?

Aber du wolltest nicht. Also wo ist das Problem? Das Problem ist nicht vielleicht, dass ich etwas wollte, von dem ich gleichzeitig *nicht* wollte, dass ich es will, oder? Wegen tausend Dingen, die zwar nicht das Geringste mit mir – mit uns! – zu tun haben, mich aber dennoch beeinflussen, weit unterhalb des bewussten Denkens. Konventionen, Normvorstellungen, Vorurteile, die irgendwann in mein Unterbewusstsein gesickert sind. Subroutinen sozusagen, die jetzt mein Fühlen und Denken beeinflussen, selbst gegen meinen Willen ...

Andererseits habe ich dieses Gespräch aber nun schon angefangen, also sollte ich es auch zu Ende bringen. Immerhin gibt es da noch etwas, das nichts mit meinem selbstgemachten Problem zu tun hat. »Das war schon etwas ... seltsam. Jedenfalls im Vergleich zu sonst«, sage ich betont versöhnlich. »Ich wüsste einfach gern, was in dir vorgegangen ist.« Morgans Gesichtsausdruck, nachdem wir ins Zimmer gestolpert waren, steht mir so deutlich vor Augen, als hätte er sich als Negativ in meine Netzhaut gebrannt. Die Verletzung, der Zorn in seinem Blick, die haben nicht mir gegolten, das ist mir klar. Dennoch waren sie da, in diesem Moment. Die Frage ist: Wo war er?

»Was in mir ...? Nach was hat es denn bitteschön ausgesehen, hm? Tut mir leid, aber mir war nicht klar, dass es so was wie einen festgelegten Ablauf gibt, wenn wir miteinander schlafen. Oder dass ich es vorher anmelden muss, wenn ich davon mal abweichen will.« Morgan starrt mich an.

Das war jetzt definitiv vollkommen daneben! Und ebenso definitiv gibt es dazu nichts zu sagen. Einen Moment erwidere ich seinen Blick, kühl, wie ich hoffe, dann schlage ich die Decke zurück, schlüpfe aus dem Bett und verschwinde im Gästebad. Ich werfe meine ohnehin reichlich zerknitterten Klamotten in eine Ecke; die Kette mit dem USB-Stick landet etwas unsanft oben auf dem Haufen. Dann stelle ich mich unter die Dusche. Irgendwie habe ich das dringende Bedürfnis, so einiges abzuwaschen, nicht nur den Schweiß von zwei Stunden mit Pullover im Bett.

Als ich eben das Wasser abgestellt habe und durch die halb geöffnete Tür der Duschkabine nach einem Handtuch angeln will, das logischerweise nicht da ist, weil das Zimmer ja eigentlich gerade nicht benutzt wird, kommt Morgan ins Bad. Er reicht mir ein Handtuch.

»Das hätte ich nicht sagen dürfen. Kannst du ... Kannst du das bitte einfach vergessen? Wenn ich irgendetwas getan habe, das du nicht wolltest ...« Er hebt in einer hilflosen Geste die Hände und wirkt sehr viel nackter, als ich mich fühle, obwohl er vollständig angezogen ist. Seine Haut hat eine ungesunde Blässe angenommen, die die Schatten unter Augen und Wangenknochen nur umso deutlicher hervortreten lässt.

Ich habe ihn im Arm, bevor mir einfällt, dass ich mich noch gar nicht abgetrocknet habe. Egal, ihn scheint es jedenfalls nicht zu stören. Er vergräbt das Gesicht in meinem feuchten Haar und flüstert: »Ich weiß, dass ich mich gerade furchtbar benehme. Aber das bleibt nicht so, versprochen. Wir kriegen das hin, okay?«

»Natürlich tun wir das«, sage ich und versuche, nackt und nass, wie ich bin, nicht allzu sehr zu zittern.

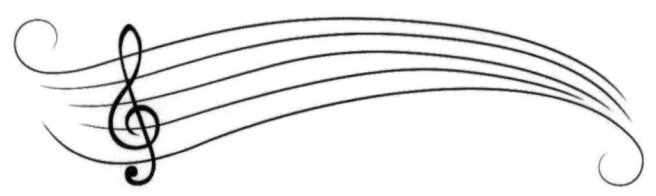

NEUNZEHN

Es ist bestimmt fünfzehn Jahre her, dass ich das letzte Mal um drei Uhr nachmittags gefrühstückt habe. Nach meiner Dusche gegen halb sechs hat Morgan vorgeschlagen, uns noch mal hinzulegen. Er hatte schon das Schlafzimmer abgedunkelt, immerhin ist das Bett da auch bezogen. Dass er gefragt hat, ob er mich im Arm halten dürfe, sobald wir im Bett lagen, hat sich wie ein Ring aus Stahl um meine Brust gelegt. Ich kann immer noch nicht richtig atmen. Statt einer Antwort habe ich ihn an mich gezogen.

So kann das nicht weitergehen, für keinen von uns. Ich fühle mich wie zweimal durch den Fleischwolf gedreht: matschig und durcheinander. Und Morgan schafft es kaum, mir in die Augen zu sehen, obwohl er sich bemüht. Es steht einfach zu viel zwischen uns – und dabei weiß er noch nicht mal, wie viel es tatsächlich ist. Was ich getan habe. Oder was ich erfahren habe.

Für mich ist das hier etwas völlig Neues. Von Lukas habe ich mir geradezu zwanghaft gewünscht, dass er mich liebt. Ich habe ebenso verzweifelt nach unwiderlegbaren Beweisen dafür gesucht wie nach solchen dagegen. Bei Stefan wollte ich mich einfach nur sicher fühlen und geborgen. Morgan möchte ich mit einer Dringlichkeit beschützen, die ich von mir selbst nicht kenne. Bislang habe ich es jedenfalls nicht vermisst, gebraucht zu werden – ich habe ja nicht mal ein Haustier! Trotzdem sehnt sich jede einzelne Faser meines Körpers danach, diesen Schmerz von ihm fernzuhalten. Obwohl ich ganz genau weiß, dass ich das gar nicht kann.

Offensichtlich stecke ich mitten in einem unauflösbaren Dilemma.

Wir müssen endlich wieder miteinander reden; richtig reden, nicht nur in Andeutungen. Morgan muss wissen, dass ich die Briefe gelesen habe. Dass ich weiß, warum er sich *furchtbar* benimmt. Diese andere Sache, die aus dem zweiten Brief, die kann ich für mich behalten, bis … Ich weiß es nicht. Bis ich es eben nicht mehr kann. Aber das muss ich nicht jetzt entscheiden. Jetzt zählt nur, dass ich weiß, dass es ihm nicht einfach von alleine wieder besser gehen wird, ganz gleich, wie viel Zeit noch vergeht. Der Unterschied zwischen Verarbeiten und Verdrängen ist im Grunde ganz einfach: Verdrängen ist nie eine dauerhafte Lösung; dafür ist Verarbeiten eine Lösung, die dauert. Und zwar bis in die Ewigkeit, wenn man nicht irgendwann damit anfängt.

Es hilft alles nichts – die Nacht war ein Aufschub, aber wenn ich jetzt den Mut nicht finde, schaffe ich es vielleicht nie. Ich nippe noch mal an meinem Kaffee, eine letzte Galgenfrist, dann hole ich tief Luft. »Morgan? Ich muss dir etwas sagen. Ich … Also ich denke, ich weiß, was mit dir los ist. Gestern Nacht, als du nicht heimgekommen bist … Ich hatte diesen Alptraum und …« *Verdammt, so wird das nichts, raus damit – jetzt!* Ich versetze mir mental einen kräftigen

Stoß, und die Worte purzeln endlich heraus. »Ich habe die Briefe gelesen. Mir ist klar, dass ...«

Weiter komme ich nicht. Morgans Miene gefriert im Sekundenbruchteil. Sein Blick, der nicht mal direkt auf mich gerichtet ist, mich lediglich streift, irgendwo zwischen Schulter und Wange, lässt weitere Worte zu Staub zerfallen, bevor sie sich auch nur als Gedanken formen können. Seine Stimme senkt die Raumtemperatur so drastisch, dass ich Eiskristalle knistern höre, während sich die Luft verdichtet. »Wie man sich doch in einem Menschen täuschen kann. Ich bin wirklich ein Idiot.«

Zwei Sätze voller eisiger Granatsplitter. Unwillkürlich ziehe ich den Kopf ein, mache mich klein, um möglichst wenig Angriffsfläche zu bieten, obwohl ich weiß, dass es dafür längst zu spät ist. Die Wut kann ich verstehen, damit habe ich gerechnet, wenn auch nicht in dieser Ausprägung. Die bittere Enttäuschung allerdings, die von der Wut mit größter Mühe niedergerungen wird, die schnürt mir die Kehle zu.

»Mehr hast du nicht zu sagen?«, fragt Morgan in mein hilfloses Schweigen hinein.

Ich brauche mehrere Anläufe, um eine Antwort hervorzupressen, dünn und substanzlos und so leise, dass ich mir nicht sicher bin, ob ich mich überhaupt selbst höre. »Es tut mir so leid – alles, von Anfang an. Ich wollte doch nur ...«

Jetzt zuckt sein Blick doch zu mir, weg von dem Punkt über meiner Schulter, und bohrt sich in meinen wie ein Messer aus Eis. »Ich denke nicht, dass ich wissen möchte, was *du* wolltest. Es scheint dich ja auch nicht besonders zu interessieren, was *ich* will.« Er schiebt seinen Stuhl zurück und steht auf. Für einen Moment sieht er beinahe unschlüssig auf mich herab. Ich schaffe es nicht, seinem Blick standzuhalten, starre stattdessen in meine Kaffeetasse. »Damit ist dann wohl alles gesagt«, sagt Morgan.

Ich höre, wie seine Schritte sich entfernen, dann das lautere Klimpern der metallenen Garderobenbügel, als er nach seiner Jacke greift, und das leisere, als er seine Schlüssel vom Schlüsselbrett nimmt. Kurz darauf fällt die Tür zur Garage zu, ein dumpfer, gewichtiger Laut, der mich zusammenzucken lässt. Ich verschütte etwas von meinem Kaffee, den ich umklammert hatte, als könne seine Wärme etwas gegen die Kälte ausrichten, die mich lähmt, mich stumpf und teilnahmslos macht. Als würde nichts mehr eine Rolle spielen. Aber das tut es!

Als ich es endlich schaffe, mich aufzurappeln, und mich schwerfällig hinter dem Tisch hervorwinde, höre ich etwas, das mich endgültig aus meiner Lethargie reißt: das Geräusch eines Motors, der beschleunigt. Ich stürze zur Haustür, reiße sie auf und sehe gerade noch, wie das Heck von Morgans SUV durch das Tor vom Grundstück verschwindet. Der linke Blinker ist gesetzt. Ich kann mich nicht gegen den Gedanken wehren, dass dieses orange Zwinkern das Letzte ist, was ich von Morgan sehen werde. Nach einem endlosen Moment schließen sich die Torflügel hinter seinem Wagen, als wäre nichts geschehen.

Ich weiß nicht, wie lange ich noch dastehe wie hypnotisiert und das geschlossene Tor anstarre, bevor ich zurück ins Esszimmer gehe, mich wieder an den Tisch setze und meine Kaffeetasse in beide Hände nehme. Während ich für eine weitere Ewigkeit einfach nur ins Leere starre, verfliegt nach und nach auch das letzte bisschen Wärme zwischen meinen Fingern.

In meinem Kopf zanken zwei Personen, die ich nicht kenne. Oder wohl eher nicht kennen möchte. Die eine ergeht sich hauptsächlich in Selbstmitleid. Ihr weinerlicher, leicht hysterischer Ton zupft hingebungsvoll an genau den Nerven, deren Schmerzempfinden in meine Backenzähne strahlt. Die andere klingt wie meine Mutter. Wenig überraschend feuert sie Vorwürfe aus einem Schnellschussgewehr ab.

Ich hätte nicht geglaubt, dass ich das mal sagen würde, aber ich vermisse meine innere Stimme. Wirklich. Schmerzlich. Sogar ihre herablassend ruhige Art und ihren zielsicheren Zynismus. Wenn sie mir jetzt etwas raten würde, würde es mir ganz sicher nicht gefallen. Ebenso sicher wäre es das einzig Richtige. Weil diese dämliche Stimme nämlich der Teil von mir ist, der sich nicht drückt – nicht einmal vor mir selbst.

Vielleicht schweigt sie, weil ich im Grunde ganz genau weiß, was ich tun muss. Es gibt schließlich nur eine echte Option. Darauf zu kommen, ist selbst bei dem Getöse in meinem Kopf nicht schwer: Ich könnte mich ins Auto setzen und versuchen, Morgan zu finden. Aber selbst wenn ich wüsste, wo ich suchen soll – er kann ebenso gut zum Waldhaus gefahren sein wie zu einer der zahllosen Bars in Frankfurt oder einfach nur ziellos durch die Gegend; Alex und Nora kann ich wohl ausschließen, und Sven ist vorgestern nach Norwegen gefahren, was nicht heißen muss, dass Morgan nicht gerade dorthin unterwegs ist –, selbst wenn ich also wüsste, wo ich ihn finde, was würde ich dann machen? Was könnte ich sagen? Eben: gar nichts!

Es gibt also nur diese eine Option: warten.

Zeit ist relativ, nicht wahr? Je älter man wird, desto schneller verfliegt sie. Sechs Wochen Sommerferien sind im Alter von sieben oder acht Jahren noch eine verheißungsvolle Ewigkeit. Wenn man in unserem Alter Mitte November einmal blinzelt, ist praktisch schon Weihnachten. Leider gilt das nur, wenn man nicht gerade auf etwas wartet. Vor allem, wenn dieses Etwas im günstigsten Fall schmerzhaft ist und du nicht die leiseste Ahnung hast, wie lange die Vorfreude darauf dauern wird.

Natürlich wird Morgan irgendwann zurückkommen. Das ist sein Haus. Für einen absurden Moment überfällt mich der Gedanke, dass er es vielleicht einfach verkauft – mit mir darin. Dass in ein paar Wochen die Haustür aufgeht und ein Fremder im Flur steht, der bei meinem Anblick erschrocken zusammenfährt, bevor er mich irritiert fragt, was ich hier mache.

»Warten«, flüstere ich heiser und wische mir ein paar Spinnweben aus dem Gesicht ...

Ich schüttele heftig den Kopf. Das muss aufhören, sofort! Ich muss mich zusammenreißen, das Ganze vernünftig betrachten. Wir haben gestritten, und nicht gerade über eine Kleinigkeit. Das ist schlimm, aber auch kein Weltuntergang, oder? Alle Paare streiten früher oder später über etwas Essenzielles. Fehler werden gemacht, es gibt Verletzungen. Und Versöhnung. So läuft das nun mal, oder etwa nicht?

Glaubst du das wirklich?

Da ist sie ja wieder, meine innere Stimme. Ruhig, fast freundlich. Ihre Frage klingt nicht mal rhetorisch, obwohl sie genau das ist. Weil ich das selbstverständlich *nicht* wirklich glaube. Ich würde es nur gerne glauben: dass wir uns lediglich schlimm gestritten haben und ein wenig Zeit und eine richtig gute Entschuldigung alles wieder in Ordnung bringen können.

Aber die Wahrheit ist, dass es nicht mal einen richtigen Streit gab. Was ich getan habe, hat Morgan so sehr verletzt, dass er aus seinem eigenen Haus geflohen ist. Ich konnte es in seinen Augen sehen, für einen winzigen Moment, bevor er sich hinter diese schützende Mauer aus eisigem Zorn zurückgezogen hat. Seine Fassungslosigkeit und dann den Schmerz, gegen den er vollkommen wehrlos war, weil er nicht einmal im Traum damit gerechnet hätte, dass ausgerechnet ich sein Vertrauen missbrauchen würde. Und damit meine ich nicht, dass ich mich in sein Büro geschlichen und in seinen Sachen herumgeschnüffelt habe. Ich meine das, was ich *nicht* getan habe. Das, worauf er sich blind verlassen hat; was mich ausgezeichnet hat, bislang.

Nämlich dass ich es aushalte. Dass ich ihn so sein lasse, wie er nun mal ist, auch in den dunklen Momenten. Dass ich an seiner Seite bleibe, ganz gleich, wie nahe er dem Abgrund kommt. Und zwar ohne ihn vor sich selbst retten zu wollen.

> I know, the storm ain't far away,
> still I rely on you to stay.

Aber ich bin nicht geblieben – ich habe die Flucht nach vorn angetreten. Und Flucht ist Flucht, ganz gleich in welche Richtung.

Ich habe es *nicht* ausgehalten. Nicht mehr.

Es ist etwas anderes, vor einer geschlossenen Tür zu warten, wenn sich dahinter ein Freund befindet, als wenn es dein Geliebter ist. Ich wusste das und habe es doch nicht begriffen. Irgendwann habe ich etwas in der Art sogar mal zu Nora gesagt: dass es leichter sei für mich, weil ich nur eine Freundin bin. Ich habe das nicht gesagt, um sie zu trösten, sondern weil es wahr ist. Ich habe es so gemeint. Aber begriffen habe ich es nicht. Und das, obwohl mir durchaus klar war, dass sich etwas ändert in dem Moment, in dem ich mir eingestehe, dass ich ihn liebe. Nur hat sich eben nicht *etwas* geändert, sondern einfach alles …

Dabei war sie doch in Wahrheit von Anfang an da, diese Liebe. Ich habe sie nur geleugnet, und das allein hat gereicht, um es mir leichter zu machen. Dann habe ich mir doch tatsächlich eingebildet, ich hätte den Mut gefunden, mich meinen Gefühlen zu stellen. Ich war sogar stolz auf mich. Als hätte ich etwas Heldenhaftes getan, als ich mich ins Auto gesetzt habe, um hierherzukommen. Die Wahrheit, die eigentliche Wahrheit ist: Ich habe versagt.

Endlich ist er da, der Gedanke, dem ich seit fast zwei Stunden auszuweichen versuche. Er trifft mich nicht mit der vernichtenden Wucht, vor der ich solche Angst gehabt habe. Stattdessen bringt er sogar eine gewisse Erleichterung, weil zumindest *dieses* Warten jetzt vorüber ist. Für einen Augenblick fühle ich nichts als Ruhe, fast so etwas wie inneren Frieden.

Dann erkenne ich, dass ich mich geirrt habe. Als ich ausatme, zerbirst die Illusion in tausend Stücke. Wie ein gigantischer Faustschlag in die Magengrube trifft mich der Schmerz, rotglühend und heiß. Mein Oberkörper kippt vornüber, ich presse mir beide Hände auf den Bauch und ringe nach Luft. *Ich habe versagt. Es ist vorbei. Es spielt keine Rolle, ob oder wann er zurückkommt. Ich. Habe. Ihn. Verloren.*

Vor meinen Augen laufen schwarze Flecken ineinander und bilden träge neue Formen wie bei einem kaputten Kaleidoskop. Ich atme flach und viel zu schnell, weil in meinem Brustkorb einfach kein Platz mehr ist für Luft. Da ist nur noch Schmerz. Und Dunkelheit.

Als ich an meinem Augenwinkel etwas fühle, das gleich darauf warm und kitzelnd neben meiner Nase herunterläuft, richte ich mich jäh auf. Ich schnappe nach Luft, wische die Träne weg und grabe meine Zähne in den Handballen, bis ich Blut schmecke. Salz und Eisen. Igitt! Ich lasse los, betrachte den ovalen Abdruck, aus dem an zwei Stellen jeweils ein kleiner Blutstropfen quillt. Die rechte Hand, wie dumm! An der linken würde es die nächsten Tage weniger stören ... Der absurde Gedanke löst einen krächzenden Lacher aus, der in Schluckauf übergeht. Egal, Hauptsache keine Tränen. Tränen darf ich nicht zulassen, noch nicht. Weil ich sonst so lange weinen werde, bis ich in meinen eigenen Tränen ertrinken kann.

Warum eigentlich nicht, denke ich, und im selben Moment *Nein*. Sonst nichts, einfach nur *Nein*.

Dann stehe ich wie ferngesteuert auf, trage meine Kaffeetasse in die Küche, schütte den kalten Kaffee ins Spülbecken und stelle die Tasse in die Spülmaschine. Anschließend gehe ich zurück ins Esszimmer und räume den Tisch ab. Ich trage jedes Teil einzeln in die Küche: meinen Kaffeelöffel, meine Untertasse, meinen Teller, mein Messer, dann das Ganze auf Morgans Seite des Tisches, dann den Brotkorb, die Butter, die Milch, die Zuckerdose, den

Streichkäse, die Marmelade ... Und bei jedem Schritt, bei jeder Handbewegung hallt ein rhythmisches Nein durch meinen Schädel. *Nein – Nein – Nein – Nein – Nein – Nein – Nein – Nein ...*

»Nein – Was?«, brülle ich schließlich, als ich diese nervtötende Dauerschleife von vier Buchstaben nicht länger ertrage. Dazu knalle ich das Marmeladenglas heftiger als beabsichtigt auf die Küchentheke. Das Klirren von Glas auf Marmor vibriert schmerzhaft in meinen Zähnen. Nein, ich werde nicht losheulen? Nein, ich werde mich nicht in der Badewanne ertränken oder etwas noch Dümmeres versuchen? Oder nein, ich habe Morgan noch nicht verloren?

Der letzte Gedanke löst zwei Dinge gleichzeitig aus: Meine rechte Hand zuckt zu der Stelle über meinem Brustkorb, wo der USB-Stick hängt, den ich mir nach der Dusche – war das wirklich erst heute Morgen? – wieder umgelegt hatte. Im selben Moment löst sich ein Wutschrei aus meiner Kehle und ich reiße die Hand zurück, bevor sie ihr Ziel erreicht. Etwas in mir will mich zwingen zu hoffen, gegen jede Vernunft. Ich *will* aber nicht hoffen! Ich will nicht hier sitzen und warten und hoffen, dass er zurückkommt, und dass mir bis dahin etwas einfällt, irgendetwas, um vielleicht doch ... Ich will das nicht, verdammt! Was ich jetzt wirklich will, ist eine Auszeit! Eine Auszeit vom Denken, und von allem anderen.

Weil der Fernseher letzte Nacht schon erstaunlich gut funktioniert hat, haste ich ins Wohnzimmer, schnappe mir die Fernbedienung – und lande beim Einschalten ausgerechnet in einer RomCom. Der Kanalwechsel führt mich zu einer Arztserie, mitten in eine dramatische Szene

mit Sanitätern, die im Laufschritt eine Trage in die Notaufnahme schieben.

Ich drücke hektisch auf den Aus-Knopf und versuche,
dieses Bild aus meinem Kopf zu verscheuchen, zusammen mit den Gedanken, die es unweigerlich heraufbe-
schwört. Mein Blick zuckt durch den Raum, prallt von der
Glasfront zum Garten ab und trifft schließlich auf etwas,
an dem er sich festhalten kann: Da ist ein Fussel auf dem
Boden! Ich laufe in den Flur und reiße den tiefen Schrank
gegenüber der Garderobe auf, der als Abstellkammer
dient. Mit einem ziemlich dämlichen, triumphalen Grinsen greife ich mir den Staubsauger und stürzte mich in
den Kampf gegen Fussel und seine Freunde, die selbst in
dieser blankgeputzten Villa irgendwo in den Ecken und
Winkeln lauern müssen.

Der dank Luiza vollkommen sinnbefreite Hausputz beschäftigt mich immerhin für volle drei Stunden. Während
ich sauge, wische und blitzblanke Toiletten scheuere, sage
ich alle Gedichte auf, die ich je auswendig gelernt habe.
Schillers ›Die Bürgschaft‹ ist eine echte Herausforderung.
Ich brauche etliche Anläufe, bis ich glaube, alle zwanzig
Strophen halbwegs korrekt beieinander zu haben. Anschließend wabert wohltuender Nebel durch meinen
Kopf, dick und sirupartig. Von den Gedanken, die darin
herummäandern, erhasche ich höchstens Bruchstücke.
Ist wohl besser so.

Inzwischen ist es zwanzig Uhr durch und meine Au-
genlider verwandeln sich gerade von feinkörnigem in
grobkörniges Schleifpapier. Die letzte Nacht war ja praktisch ein Totalausfall. Mein Handy hat mir nur mitzutei-
len, dass es keine neuen Nachrichten gibt.

Ich gähne zum wer weiß wievielten Mal, dass mein Kiefer knackt. Schlaf wäre jetzt wirklich eine Wohltat – trotz allem oder gerade deswegen, spielt das wirklich eine Rolle? Trotzdem kann ich nicht einfach nach oben gehen. Im Schlafzimmer fehlt Morgan im Grunde seit Wochen. Ich bin sicher, dass dieses Fehlen einen glühenden Abdruck im Raum hinterlassen hat. Manchmal hat die Abwesenheit von jemandem mehr Substanz als dessen Anwesenheit; eine Substanz, die in den Schatten lauert und mit klammen Fingern nach dir greift, und deren Umklammerung nur immer fester wird, je mehr du dich ihr zu entziehen versuchst.

Immerhin gibt es für dieses Problem zur Abwechslung eine einfache Lösung: Ich greife nach der Kuscheldecke und rolle mich auf dem linken Sofa zusammen, das mit dem Rücken zur Wand steht. Dann schließe ich die Augen und warte auf den Schlaf.

Der Mittwoch beginnt mit einem steifen Hals und einem fiesen Kribbeln in meinem eingeschlafenen rechten Arm, auf dem ich gelegen habe. Sehr viel Schlaf habe ich nicht bekommen: Bei jedem noch so winzigen Geräusch wie dem Surren irgendeines elektrischen Geräts oder dem *Plopp*, mit dem ein Nachtfalter gegen eine Glasscheibe gestoßen ist, bin ich hochgeschreckt und habe gelauscht, ob es nicht doch die Servomotoren des Garagentors sind oder eine Tür, die möglichst leise geöffnet wird.

Dreimal bin ich sogar aufgestanden und habe das Licht eingeschaltet, um ganz sicher zu sein, dass der Schatten am anderen Ende des Raumes wirklich nicht Morgan ist.

So viel zu meiner erschreckend perfekt ausgeprägten Fähigkeit, wider besseres Wissen das Unmögliche für möglich zu halten. Da könnte ich mir doch wenigstens auch mal ein Einhorn einbilden.

Jetzt ist es noch nicht ganz sechs Uhr morgens. Die Sonne geht gerade auf, und das erste, noch deutlich gelbstichige Licht wabert durch die Glasfront ins Wohnzimmer. Ich spritze mir im Gästeklo Wasser ins Gesicht und bringe den Kaffeeautomaten in der Küche dazu, mir einen ganz normalen Kaffee zu machen, ohne irgendeinen Schnickschnack. Mit drei Löffeln Zucker darin weckt das Zeug meine verbliebenen Lebensgeister. Anschließend zwinge ich mich, etwas zu frühstücken. Die halbe Schale Müsli, die ich hinunterbringe, werte ich als Erfolg.

Die Küchenschränke auszuräumen, durchzuwischen und wieder einzuräumen beschäftigt mich bis gegen halb neun. Um zwölf habe ich ein weiteres Mal im ganzen Haus gesaugt, in den Gästezimmern die Matratzen gewendet und die Schränke ausgewischt, außerdem die Garage ausgekehrt und die Siebe von Spülmaschine und Waschmaschine gereinigt – nicht, dass etwas Nennenswertes darin gewesen wäre. Ein Blick auf mein Handy verrät weiterhin: nichts.

Ich riskiere es ein weiteres Mal mit dem Fernseher, wähle diesmal aber direkt beim Einschalten einen Doku-Kanal aus. Wenn da nicht gerade eine Sendung über kulturelle und biologische Aspekte des Küssens läuft, sind die nächsten Stunden gerettet. Glück gehabt, es geht in einer mehrteiligen Reihe um ›Die größten Rätsel des Universums‹. Seltsam, dass es keine Folge über mich gibt ...

Um drei halte ich es nicht mehr aus. Es ist fast vierundzwanzig Stunden her, dass Morgan die Villa verlassen hat. Ich greife wieder nach meinem Handy, starre ein paar Sekunden auf sein Foto in meinen Kontakten – das habe ich gemacht, als wir über Weihnachten in Florida waren, gleich am ersten Tag am Strand – drücke auf das grüne Hörer-Symbol und schließe die Augen. Zeitgleich mit dem Freizeichen ertönt in meinem Rücken etwas blechern das Intro von ›Don't fight the rain‹. Morgans Handy liegt auf dem Sideboard neben der Garagentür, das als Ablage für alles Mögliche dient. Er hat es nicht mitgenommen, wozu auch? Wenn er hätte reden wollen, wäre er hier geblieben.

Er braucht Zeit. Und Abstand. Das sollte dich wirklich nicht überraschen.

Ich bin nicht überrascht, verdammt noch mal – ich bin kurz vorm Durchdrehen! Was ist, wenn es einen ganz anderen Grund dafür gibt, dass er noch nicht wieder hier ist, dass er sich nicht mal gemeldet hat? Was ist, wenn er es nicht kann, weil ... Nein, den Gedanken werde ich ganz sicher nicht denken! Weder jetzt noch später! Ich habe es vierundzwanzig Stunden lang geschafft, diesen beschissenen Gedanken zu vermeiden, da können ein paar Stunden mehr doch nicht so schwer sein! Oder?

Ich habe die Briefe gelesen. Mit diesem Satz wollte ich die Tür aufbrechen, damit wir endlich wieder miteinander reden können. Jedenfalls habe ich mir das eingeredet. Es klang ja auch ziemlich überzeugend. Nur ist mein Brecheisen dummerweise abgerutscht und mitten in Morgans Herz gelandet. *Wie man sich doch in einem Menschen täuschen kann.* Als hätte ich alles verraten, woran er noch geglaubt hat. Ich denke, ich kann mir ungefähr vorstellen, wie er sich jetzt fühlt. Die Wut ist ein Schutzschild, mehr nicht. Was, wenn er nicht hält?

Ich höre mich stöhnen, tief und kehlig. Ich muss dringend irgendetwas tun! Der Staubsauger wird mich kein drittes Mal vor mir selbst retten, also hole ich mein Laptop aus dem Arbeitszimmer und setze mich an den Esstisch. Als Erstes frage ich Google nach allen Frankfurter Krankenhäusern mit Notaufnahme, notiere mir die Telefonnummern und telefoniere sie nacheinander ab, ohne Ergebnis. Die Gespräche verlaufen im Grunde immer gleich:

»Hallo, mein Name ist Franziska Eibinger. Können Sie mir sagen, ob bei Ihnen ein Morgan Garret eingeliefert wurde? Ich bin seine Lebensgefährtin und mache mir langsam Sorgen, weil er nach einem Streit gestern nicht nach Hause gekommen ist …«

»Das tut mir leid, Frau Eibinger. Wissen Sie denn das Geburtsdatum von Herrn … Wie war der Name?«

»Garret – Gustav, Anton, zwei Mal Richard, Emil, Theodor. Der Zweiundzwanzigste Siebte Neunzehnfünfundsechzig.«

»Mhm, einen Moment bitte … Nein, tut mir leid, bei uns wurde kein Patient mit diesem Namen aufgenommen.«

»Okay, danke Ihnen fürs Nachsehen.«

Nach einer kurzen Pause, die nur wenig mit Erleichterung zu tun hat, lasse ich mich darüber aufklären, wann in Deutschland ein erwachsener Mensch polizeilich als vermisst gilt: wenn er aus unerklärlichen Gründen verschwunden ist und eine akute Gefahr für Leib und Leben angenommen werden kann. Ersteres trifft schon mal nicht zu, den Grund für Morgans Fernbleiben kenne ich nur zu gut. Und Letzteres? Natürlich könnte ich der Polizei erklären, dass es da eine Vorgeschichte gibt. Der Vorfall mit der Pistole letztes Jahr ist sicher aktenkundig. Ich müsste den Beamten nur erzählen, dass das keineswegs ein Versehen war ... Und für den Fall, dass Morgan nicht gerade auf dem Geländer einer Autobahnbrücke balanciert oder seinen Wagen mit Tempo zweihundert auf einen Baum zusteuert, würde er mir das nie verzeihen. Vermutlich selbst dann nicht. Die Briefe – vielleicht. Eines Tages, um unserer Freundschaft willen, wenn er so weit ist, zu erkennen, dass ich es nicht mit böser Absicht getan habe, dass ich nur einfach nicht stark genug war. Wahrscheinlich nicht, aber ein Vielleicht bleibt mir zumindest. Aber das – niemals.

Also gibt es nichts, was ich noch tun könnte.

Es ist jetzt fünfundzwanzig Stunden her, dass ich Morgan zum letzten Mal gesehen habe. Und mehr als achtundvierzig Stunden, dass ich das letzte Mal richtig geschlafen habe. Ich bin übermüdet und mit meinem Latein am Ende. Und es gibt nichts, das ich noch versuchen könnte.

Nichts, außer ... Ich habe Svens Nummer gewählt, bevor ich den Gedanken zu Ende gedacht oder mir überlegt habe, was ich ihm eigentlich sagen will. Worte bringe ich zunächst ohnehin nicht heraus: Als ich seine Stimme höre, brechen endgültig alle Dämme.

»Hey, was ... Franziska? Was ist denn los? ... Hey, ganz ruhig – atme erstmal tief durch, okay? Schon gut, versuch dich zu beruhigen, bitte ... Franziska? Ehrlich, du machst mir Angst ...«

Es tut mir furchtbar leid, dass ich Sven so einen Schrecken einjage, trotzdem brauche ich mehr als nur einen tiefen Atemzug, bevor ich endlich etwas sagen kann. Als ich ihm schließlich die ganze Geschichte erzählt habe, herrscht für einen langen Moment Schweigen in der Leitung.

»Also gut«, sagt Sven dann. »Du kennst Morgan. Das ist seine Art, mit so etwas umzugehen. Vielleicht nicht besonders sozialverträglich, aber so ist er nun mal. Ich bin sicher, wenn irgendetwas passiert wäre, wüsstest du das. Er ist mit seinem Auto unterwegs, also könnte er identifiziert werden. Ich werde ihm trotzdem zum hundertsten Mal sagen, was ich von dieser Unart halte, einfach abzuhauen, ohne Laut zu geben. Ich fahre los, sobald ich gepackt habe, dann treiben wir ihn aus dem Loch, in das er sich verkrochen hat.«

Svens sachlicher Tonfall hilft mir, endgültig die Kontrolle zurückzugewinnen, wenigstens für den Moment. »Du brauchst nicht extra ...«

Sven unterbricht mich sofort. »Weiß ich. Wir sehen uns nachher. Tu mir den Gefallen und schlaf ein bisschen, okay?« Damit legt er auf.

›Nachher‹ ist gut, er braucht mindestens vierzehn Stunden von Kristiansand bis hierher, wenn er nicht noch auf die Fähre warten muss.

Obwohl sich nicht wirklich etwas geändert hat, nur weil Sven jetzt Bescheid weiß – und sich meinetwegen nach gerade mal zwei Tagen schon wieder auf den Heimweg macht, trotz der mehr als tausend Kilometer –, fühle ich mich ein kleines bisschen besser. Gut genug jedenfalls, um zu merken, wie müde ich bin. Vielleicht wäre etwas Schlaf wirklich eine gute Idee.

MORGAN

Ich fasse es einfach nicht, dass sie das wirklich getan hat! Warum habe ich das nicht kommen sehen, verdammt? Nora hat mich nicht ein einziges Mal so kalt erwischt, nicht bei einer unserer insgesamt acht Trennungen! Von allen Menschen, die ich kenne ... *Fuck!* Selbst von Sven hätte mich das weniger überrascht als ausgerechnet von ihr! War das mein Fehler, war ich zu naiv? *Wollte* ich es nur einfach nicht für möglich halten, dass sie am Ende genauso ist wie alle anderen? Ganz gleich, was sie auch tun – sie rechtfertigen es damit, dass sie doch nur helfen wollten. Der Zweck heiligt die Mittel. Wenn ich das schon höre: »Ich möchte nur helfen«! Ach ja, wem denn? Wer soll sich denn am Ende besser fühlen: der edelmütige Helfer oder der, der einfach nicht ins Schema passt und deswegen per Definition Hilfe benötigt, ob er sie nun will oder nicht?

Ein Schild, das die Ausfahrt zu einem Parkplatz ankündigt, lässt mich spontan abbiegen. Ein Ziel habe ich ohnehin nicht, vielleicht ist es besser, wenn ich für einen Moment anhalte und aussteige, bevor ich hier drin noch einen Hebel abreiße oder ein Pedal einfach durchs Bodenblech trete.

Ich ertrage das einfach nicht mehr! Ich habe genug davon, mich ständig zu rechtfertigen. Grenzen verteidigen zu müssen, die außer mir offensichtlich niemand wahrnimmt. Dieses endlose Ringen, die fruchtlosen Versuche, etwas zu erklären, das sich nicht erklären lässt. Das sich der Vernunft entzieht, weil es eben ein Gefühl ist – eine ganz und gar subjektive Empfindung. Es gibt keine Argumente, keine Beweise. Ich dachte, Franziska würde das verstehen, weil sie es auch fühlt. Die Seelenschatten, ihre Bezeichnung dafür, sehr treffend. Wie zum Teufel konnte sie dann nur ...?

Ich habe schließlich nie behauptet, mein Weg sei der einzig richtige, nicht einmal für mich selbst. Trotzdem ist es verdammt nochmal *mein* Weg – habe ich nicht das Recht, herauszufinden, wohin er mich führt? Selbst dann, wenn ich am Ende feststelle, dass ich dort überhaupt nicht sein möchte?

Meine Hände schließen und öffnen sich krampfhaft, aber es ist nichts hier, das ich werfen könnte. Nichts, das beim Aufprall ein halbwegs befriedigendes Geräusch verursachen würde. Ich verzichte darauf, gegen den Kotflügel zu treten, weil das dumpfe Knacken von Blech nicht annähernd das ist, was ich jetzt brauche. Zum ersten Mal in meinem Leben bin ich froh, dass ich meine Gitarren nicht hier habe, weil ich sonst vielleicht ...

Oder auch nicht, vielleicht bin ich *nicht* froh: Vielleicht würde ich gerne hören, wie etwas zerbricht, das mir so viel bedeutet. Weil es das nämlich ohnehin tut, seit über zwei Stunden schon, immer und immer wieder, aber ohne den geringsten Laut zu verursachen. Dabei sollte es dröhnen wie eine hundert Meter hohe Glocke. Es sollte dröhnen, bis mir das Blut aus den Ohren läuft. Stattdessen: nichts. Nur Stille.

The Sisters of Mercy in voller Lautstärke zu hören, hilft auch nicht wirklich. Der rockig-düstere Sound passt zwar perfekt zu meiner Stimmung – aber nur, bis die Zufallswiedergabe ausgerechnet ›Under the Gun‹ auswählt. Andrew Eldritch will wissen, ob meine Liebe stark genug ist, wenn es unbequem wird. Ob sich mein Kopf anfühlt, als sei er mit Donner gefüllt, und die Fragen niemals aufhören. Die Antwort gibt er gleich selbst: »... Kein Wunder / Es kommt alles wieder zurück / Lebst du für die Liebe?«

Mit einem Wutschrei schlage ich die Autotür zu. Das Universum hat einen beschissen geschmacklosen Sinn für Humor! Leider ist die Dämmung meines Wagens nicht annähernd so gut, wie ich es mir jetzt gerade wünsche. Außerdem muss ich den Song gar nicht hören, um ihn zu hören. Es hilft nichts – ich zwinge mich, tief durchzuatmen, öffne die Tür wieder und tippe auf ›nächster Song‹. Der Algorithmus, der für mich entscheidet, hält Dorsetshire für eine passende Alternative zu den Sisters. Dagegen ist rein gar nichts einzuwenden. Und prinzipiell auch nicht gegen den Kult-Hit der Band, der Anfang der Neunziger in jedem schwarzen Club hoch und runter lief: ›Straße der Verdammnis‹. Jetzt gerade bin ich allerdings nicht sicher, ob das Universum weiß, was es da tut. Wozu es mich da auffordert. »Begehe die Straße der Verdammnis! / Gehe den weiten Weg zurück! / ... / Begehe die Stufen deines Wahnsinns! / So lange hast du dafür geübt.« Offenbar nicht lange genug.

Mit einem grimmigen Blick in den Himmel, der niemanden trifft, schalte ich das Radio aus. Vielleicht ist Stille doch besser. Vermutlich würde mich jetzt gerade jeder Song an etwas erinnern, an das ich nicht denken möchte. Weil es nämlich momentan nichts gibt, an *das* ich denken möchte.

Das Schöne an den meisten Songs ist ja, dass man fast alles hineininterpretieren kann, vor allem, wenn man nur einen Ausschnitt nimmt. Das weniger Schöne an meinem Verstand ist, dass er sich offenbar genau die Dinge aussucht, an die ich am allerwenigsten erinnert werden will. Zum gefühlt hundertsten Mal in diesen letzten zwei Stunden sehe ich Franziskas Gesicht vor mir, riesige Augen, die mich anflehen ... Was auch immer! Ich will sie packen und durchschütteln, sie von mir wegstoßen und sie einfach nur festhalten – alles auf einmal. Ich will ... Dinge, die unmöglich sind, verdammt nochmal!

Ich sehe mich um, nach irgendetwas, das mich ablenken könnte, aber da ist nichts. Ich bin nach wie vor allein auf diesem Parkplatz. Vermutlich sollte mich das nicht wundern. Oder gar enttäuschen. In gewisser Weise wäre ich auch dann allein, wenn der Parkplatz voller Menschen wäre. Und ein Gespräch würde ich ohnehin mit niemandem anfangen wollen.

Denke ich. Tatsächlich frage ich mich nämlich noch immer ab und zu, wie sich das wohl anfühlt: Wenn es sich eben *nicht* so anfühlt, als würde da eine feine Trennlinie verlaufen zwischen dir und dem Rest der Welt, unsichtbar für alle anderen, nur nicht für dich. Man gewöhnt sich an dieses Gefühl, wie an den eigenen Herzschlag, und nimmt es irgendwann gar nicht mehr bewusst war. Trotzdem ist es da, in jeder einzelnen Sekunde; wie ein Schatten.

Andererseits gibt es da aber auch diese Momente ... Auf der Bühne, da verläuft die Linie nicht zwischen mir und allen anderen, da verläuft sie zwischen *uns* und dem Rest da draußen. Da ist mein Platz nicht am Rand, sondern mittendrin. Für eine Weile. Genau deswegen habe ich vor jedem Auftritt Angst, auch nach dreißig Jahren noch: nicht davor, dass ich den Text vergesse oder einen Ton nicht treffe – das passiert jedem irgendwann. Bezieh dein Publikum ein, dann nimmt dir das keiner übel, im Gegenteil. Es macht dich höchstens menschlicher, nahbarer. Nein, Angst habe ich jedes Mal nur davor, dass heute der Moment gekommen ist, an dem es anders ist;

der Tag, an dem der Funke nicht mehr überspringt und ich außen vor bleibe, ausgesperrt.

Franziska schien diese Linie tatsächlich sehen zu können. Ich weiß nicht, wie oft ich gedacht habe, jetzt gerade hat sie sie bemerkt – und dann hat sie einfach einen Schritt darüber gemacht, als wäre es nicht mehr als ein Strich im Sand.

Ich kann mich selbst lachen hören. Es ist kein angenehmes Geräusch. Ganz gleich, wohin ich meine Gedanken auch wende, sie kommen immer wieder am selben Punkt heraus: bei ihr.

Ich drehe mich im Kreis, ohne Aussicht auf Erlösung. Die Straße der Verdammnis ist kein Ort, sondern ein Zustand! Und die Wahrheit, die den Weg weist? Eine Illusion! Ein frommer Wunsch ... Meine letzte Wahrheit ist eben erst in tausend winzige Splitter zersprungen. Ich kann das Klirren zwar nicht hören, aber es vibriert in meinem ganzen Körper in einer Frequenz, die jeden einzelnen Nerv in schmerzhafte Schwingungen versetzt. Wenn ich jemals wieder aus diesem Höllenkarussell aussteigen will, brauche ich etwas Radikaleres als Selbstmitleid! Mir sind keine Wahrheiten mehr übrig geblieben, also gibt es keinen Weg; jedenfalls keinen nach draußen. Was wohl bedeutet, dass ich mich in die andere Richtung wenden muss.

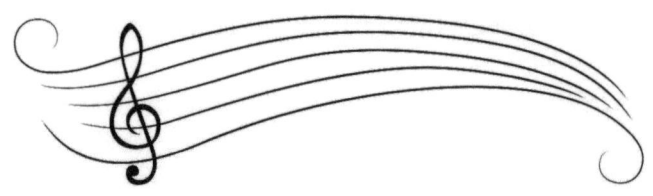

ZWANZIG

Diesmal habe ich mir das Bett in demjenigen Gäste-zimmer bezogen, in dem ich bislang noch nie ge-schlafen habe, weder allein noch mit Stefan oder Morgan. Immerhin ist es schon fast halb acht, bis ich endgültig wach bin. Mein erster Blick gilt meinem Handy, das wenig überraschend keine neuen Nachrichten anzeigt.

Ich gehe duschen und hole mir anschließend aus dem Schlafzimmer etwas Frisches zum Anziehen. Dann mache ich mir einen Kaffee und setze mich an den Esstisch. Als Erstes rufe ich im Waldhaus an. Nicht weil ich denke, dass Morgan dort ist – ich habe das deutliche Gefühl, dass er das nicht ist. Trotzdem will ich eine Nachricht auf dem Anruf-beantworter hinterlassen, für alle Fälle. Nach dem obliga-torischen Piepton sage ich so ruhig wie möglich: »Bitte ruf kurz an oder lass es wenigstens einmal klingeln – ich will nur wissen, dass es dir gut geht.« Als ich aufgelegt habe, möchte ich am liebsten direkt noch mal anrufen und mich für meine dämliche Wortwahl entschuldigen. Es geht ihm natürlich *nicht* gut! Aber was hätte ich stattdessen sagen sollen? Ich will nur wissen, dass du am Leben bist?

Der Gedanke ist ein weiterer Faustschlag in den Magen. Ich beiße die Zähne aufeinander, schließe die Augen und schiebe jeden Anflug irgendeines Gefühls so weit weg, wie ich kann. In der Dunkelheit hinter meinen Lidern nimmt ein Schemen Gestalt an, eine tiefe Schwärze, die mich ins Bodenlose zu saugen scheint. Dem Abgrund zeige ich den gestreckten Mittelfinger. Dann öffne ich die Augen wieder, langsam, weil es keinen Grund gibt, sich zu beeilen. Ebenso langsam greife ich nach dem Zettel, der noch von gestern auf dem Tisch liegt, um ein weiteres Mal die Krankenhäuser abzutelefonieren. Ich lausche eben dem Freizeichen von Nummer vier, als ich etwas höre, das mich wie elektrisiert von meinem Stuhl hochfahren lässt: das leicht knirschende Geräusch, mit dem sich ein Schlüssel im Schlüsselloch der Haustür dreht!

Mein Herz will anscheinend meine Rippen zertrümmern, während meine Lungen plötzlich nicht mehr zu wissen scheinen, wie man Sauerstoff verarbeitet. Ich nähere mich dem Geräusch mehr wankend als gehend – und stoße beinahe mit Luiza zusammen. Sie reißt erschrocken die Hände nach oben und ruft etwas, dem noch etliche deutlich ruhigere Worte folgen. Das Meiste geht in dem Rauschen in meinen Ohren einfach unter. Ich taste mit einer Hand nach der Wand, stütze mich ab und atme ein paar Mal möglichst tief ein und aus. Luiza mustert mich besorgt.

»Es geht schon wieder, ich habe mich nur erschrocken«, sage ich und versuche, dabei auch wie jemand auszusehen, der nur mal eben ein kleines bisschen erschrocken ist. Wie dumm von mir, Morgan wäre ja wohl aus der Garage gekommen und nicht durch die Haustür. Luiza hat mit ihm gesprochen. Soviel zumindest habe ich verstanden. Ich werde mich jetzt also schön zusammenreißen und ihr keinen Anlass geben, den Notruf zu wählen. Apropos Notruf: »Hallo?«, dringt die Stimme der Empfangsdame von Klinik Nummer vier aus dem Mobilteil, das ich noch immer in der Hand halte. Ich drücke das rote Hörer-Symbol, ohne mich wenigstens für die Störung zu entschuldigen.

»Mister Garret hat mich angerufen«, wiederholt Luiza jetzt geduldig und ganz langsam. Offenbar hat sie gemerkt, dass ich eben kaum etwas mitbekommen habe. »Ich soll Ihnen sagen, dass Sie sich keine Sorgen machen müssen. Er hat im Hotel übernachtet. Ich soll ihm ein paar Sachen holen.«

Diesmal ist der Rest auch angekommen. Sie hat nicht gesagt, dass Morgan nicht mit mir reden möchte, aber das versteht sich wohl von selbst. Ich ziehe das letzte Taschentuch aus der Packung auf dem Esstisch, schnäuze mich und schäme mich dabei für den unappetitlichen Haufen zerknüllten Papiers, der dort noch von gestern Abend liegt. Also gut. Ich werde das jetzt anständig hinter mich bringen. Während ich den Müll zusammenräume und in die Küche trage, frage ich Luiza, ob sie allein zurechtkäme oder ob ich ihr irgendwie helfen könne.

Sie lächelt verlegen. »Er hat gesagt: ›Packen Sie einfach einen Koffer, Luiza, tun Sie so, als ob es für Ihren Mann wäre.‹ Mein Gerd packt immer selbst ...«

»Kein Problem, Luiza. Kommen Sie, wir machen das zusammen.« Ich wünschte, ich würde mich auch nur halb so zuversichtlich fühlen, wie ich mich anhöre.

Während Luiza Morgans Koffer aus dem Abstellraum im Keller holt, gehe ich nach oben ins Bad und packe seinen Kulturbeutel. Dann lege ich an Kleidungsstücken aufs

Bett, was mir sinnvoll erscheint, und Luiza verstaut alles im Koffer. Als wir fertig sind, sagt sie: »Mister Garret wollte auch noch seine Pässe haben, im Schreibtisch, in der Schublade, hat er gesagt ...« Anscheinend ist ihr schon der Gedanke unangenehm, in Morgans Schreibtisch herumzukramen.

Ich lächle aufmunternd, beglückwünsche mich innerlich zu dieser oscarreifen Leistung und gehe in Morgans Arbeitszimmer. An die Pässe kann ich mich von meiner nächtlichen Suchaktion sogar erinnern. Für einen Moment will ich die unscheinbare graue Pappschachtel aus ihrer Schublade holen und aus dem Fenster werfen oder auch darauf herumtrampeln, aber der Augenblick vergeht so schnell, wie er gekommen ist. Stattdessen öffne ich die flachere Schublade in der Mitte: Neben einem Locher und einem Tacker, die unbenützt aussehen, liegen zwei Reisepässe, ein deutscher und ein amerikanischer. Dass Morgan beide haben möchte, kann eigentlich nur bedeuten, dass er vorhat, in die USA zu fliegen.

Luiza wartet draußen im Flur auf mich. Ich reiche ihr die Pässe, dabei berühren sich unsere Hände, und sie drückt meine leicht. Dann lächelt sie noch mal, dreht sich um und trägt den Koffer die Treppe hinunter. Als ich die Haustür zufallen höre, gestatte ich es mir endlich, laut aufzuschluchzen.

Nachdem die Tränen versiegt sind, fühle ich mich mit einem Mal unendlich müde. Als hätte ich auch letzte Nacht nicht geschlafen, schon gar nicht in einem Bett. Oder als wären in diesem Koffer neben Morgans Sachen auch meine letzten Kräfte gelandet. Es geht ihm – den Umständen entsprechend – gut. Er hat einen Plan, ein

Ziel, das wird ihm helfen, darüber hinwegzukommen. *Über mich.* Seltsam, dass dieser Gedanke keine neue Flut von Tränen auslöst, aber das tut er nicht. Genau genommen löst er überhaupt nichts aus. Ich warte auf das Echo von irgendetwas, aber da ist nichts. Nur Stille.

Vielleicht hat mit Luiza auch der letzte gute Geist dieses Haus verlassen. Ich gehe langsam hinunter ins Erdgeschoss, drehe eine Runde durch die Küche, dann durch Esszimmer und Wohnzimmer, bewundere das kühle, saubere, immergleiche Weiß und die eindrucksvollen Bilder vom Meer an den Wänden, die das genaue Gegenteil zeigen: ewige Veränderung, vom behutsamen blaugrün leuchtenden Wandel bis hin zum tosenden Chaos. Der unauflösbare Widerspruch zwischen dem, wonach wir uns sehnen, und dem, was wir bekommen können. Dabei vermag ich nicht zu sagen, was eigentlich was ist – nicht für mich und auch nicht für Morgan.

Mit einem leisen Seufzer wische ich die befremdlichen Gedanken beiseite und sehe die Villa als das, was sie ist: ein wunderschönes, elegantes Haus, das versucht, sanft zu sein und freundlich, obwohl es doch voller harter Oberflächen und Kanten steckt. Jetzt gerade quillt es allerdings vor Leere regelrecht über. Weil es das Zuhause eines anderen ist, nicht meines.

Auf einmal fühle ich doch etwas, während ich mich ein weiteres Mal in diesem riesigen Raum umsehe: nämlich wie klein ich eigentlich bin. Es war nie die Villa, die zu groß war – ich bin einfach nur zu klein. Für dieses Haus. Für dieses Leben. Für Morgan.

Ich packe nur das Nötigste ein: mein Laptop, die Ordner mit Geschäftsunterlagen, ein paar Lieblingskleidungsstücke. Meine Wohnung ist ja noch komplett eingerichtet, den Rest werde ich also später holen. Viel später. Wenigstens habe ich jetzt ebenfalls ein Ziel, auch wenn meines in vier Stunden mit dem Auto zu erreichen ist. Ob Morgan wohl schon am Flughafen ist? Verdammt – musste das jetzt sein? Warum haben wir eigentlich so wenig Kontrolle über unsere eigenen Gedanken?

Ich fahre das Auto aus der Garage und parke es vorm Haus. Die Fernbedienung für Garagen- und Grundstückstor lege ich aufs Schlüsselbrett, die brauche ich nicht mehr: Von innen wird das Tor zur Einfahrt über einen Bewegungsmelder gesteuert. Als ich gerade meinen Koffer zum Auto trage, schwingen plötzlich wie von Geisterhand die beiden Torflügel auf. Der Koffer fällt mir aus der Hand und mein Herz setzt zu einem olympiareifen Sprint an, während ich gleichzeitig die Luft anhalte. Keine gute Kombination. Die Hoffnung stirbt nur deshalb zuletzt, weil sie dich vorher umbringt ...

Natürlich sind Morgan und Luiza nicht die Einzigen, die den Code für das Tor kennen. Und den alten Mercedes, der eben in die Einfahrt rollt, kenne *ich* ziemlich gut. Mist – ich habe Sven komplett vergessen! Ich habe ihn nicht mal wissen lassen, dass Morgan inzwischen wieder aufgetaucht ist, sozusagen. Das hätte zwar nichts daran geändert, dass er schon unterwegs war, aber er hätte wenigstens direkt nach Hause und in sein Bett gekonnt. Eigentlich braucht er nämlich nach der Trennung von Liv und den anstrengenden letzten Wochen dringend mal etwas Erholung. Stattdessen ist er völlig umsonst die ganze

Nacht durchgefahren. In meinem Kopf singt Cindy Lauper hoffnungsvoll-verzweifelt und komplett unpassend ›I drove all night‹. Ist es das, was ich für Morgan empfinde – ein Fieber, eine Krankheit, die mich von innen heraus verbrennt?

Egal, das spielt keine Rolle mehr. Und dass ich Sven diese Fahrt zugemutet habe, kann ich jetzt auch nicht mehr ändern. Ich stehe da wie der sprichwörtliche begossene Pudel, während er aussteigt.

»Da bin ich ja gerade noch rechtzeitig gekommen«, begrüßt mich Sven mit einem Blick auf mein Auto und den Koffer zu meinen Füßen. Er versucht sich tatsächlich an einem lockeren Lächeln. Ich gebe ihm drei von zehn Punkten für den guten Willen. Als ich nicht gleich antworte, weil ich noch nach Worten suche, um mich bei ihm zu entschuldigen, streckt er die Hand nach mir aus und berührt mich leicht an der Schulter. »Schon in Ordnung, du musst nichts sagen. Ich kann verstehen, dass du im Moment nur hier wegwillst, ging mir ja genauso. Aber wie wir beide wissen, ist Weglaufen keine Lösung. Also los, gehen wir rein und reden.«

Ich seufze. »Tut mir leid, Sven, aber da gibt es nichts mehr zu reden. Das hätte mir schon gestern Abend klar sein müssen. Und ich hätte dich nicht herfahren lassen dürfen, das war dumm von mir und furchtbar egoistisch. Wir können einen Kaffee trinken, wenn du magst, aber danach fahre ich nach Hause.«

»Morgan und du ...«, sagt Sven, weiter kommt er nicht.

»Bitte nicht!« Ich spüre, wie von irgendwoher, aus einem scheinbar unerschöpflichen Brunnen, tatsächlich neue Tränen aufsteigen. »Bitte fang jetzt nicht damit an, dass wir einfach zusammengehören. Es ist lieb, dass ihr das immer wieder sagt, aber die Wahrheit ist ganz offensichtlich, dass wir uns zu ähnlich sind, Morgan und ich.« Zu viele Schatten, zu wenig Licht. Zu tiefe Abgründe, denen wir gemeinsam nicht trotzen, sondern in die wir uns gegenseitig stoßen ... Ich schniefe ein bisschen, suche in meinen Hosentaschen nach einem Taschentuch und finde keins.

Mit einem Stirnrunzeln zieht Sven ein Päckchen Tempos aus seiner Jackentasche und reicht mir eines. »Was soll denn das heißen, ›zu ähnlich‹? Langweilt ihr euch vielleicht miteinander, weil ihr zu allem dieselbe Meinung habt, dieselben Dinge auf dieselbe Weise tut, sodass vom Partner nie ein neuer Input kommen kann? Das wäre mir noch nicht aufgefallen.«

Nein, mir auch nicht, wirklich nicht. Also schüttele ich stumm den Kopf. Ich habe weder die Kraft noch die Lust, Sven ausgerechnet jetzt in einer völlig sinnlosen Diskussion die Stirn zu bieten.

»›Zu ähnlich‹ seid ihr euch allerhöchstens in eurer Sturheit«, murmelt Sven, der meinen mangelnden Widerstand als das erkannt hat, was er ist: der Versuch, dieses Gespräch irgendwie zu beenden, egal wie. Hauptsache, ich kann endlich in mein Auto steigen und das hier hinter mir lassen. Aber Sven steht zwischen mir und meinem Fluchtweg.

Als ich, ohne ihn anzusehen, nach meinem Koffer greife, spüre ich seine warmen Hände über meinen kalten. Ich sehe auf und begegne einem sanften Kopfschütteln. »Du musst nicht mit mir reden«, sagt Sven und zieht meine Hand behutsam vom Koffergriff, »aber wegfahren lasse ich dich auch nicht, jedenfalls nicht heute. Verkriech dich von mir aus unter der Bettdecke, aber da drinnen.« Er greift nach meinem Koffer, dreht mich mit der freien Hand zur Haustür um und schiebt mich sacht, aber bestimmt zurück in die Villa.

Natürlich könnte ich mich wehren, seine Hand abschütteln und ihm unmissverständlich klar machen, dass er mich gefälligst in Ruhe lassen soll. Aber ich kann nicht. Oder ich will nicht. Es ist die Mühe nicht wert, so einfach ist das. *Nicht heute*, hat er gesagt. Ich werde also tun, was er vorgeschlagen hat: mich unter der Bettdecke verkriechen und warten. Morgen oder übermorgen oder am Tag danach, irgendwann wird er aufgeben, und dann kann ich nach Hause fahren.

Ich bin gerade dabei, mich auszuziehen – von Pullis im Bett habe ich vorläufig genug –, als mein Handy klingelt. Auf dem Display steht *Luiza*. Mein Herzschlag beschleunigt sich ein weiteres Mal abrupt, aber diesmal hat es nichts mit Hoffnung zu tun. Säure flutet meine Magengegend, während ich den Anruf annehme. *Bitte lass nicht doch noch etwas passiert sein ...*

»Frau Eibinger? Er war allein – Mister Garret. Ich finde, das sollten Sie wissen.« Ich kann Luiza lächeln hören. »Ich komme dann morgen zum Putzen. Wenn ich Ihnen etwas mitbringen kann, schicken Sie mir einfach eine Nachricht. Bis morgen, Frau Eibinger.« Sie legt auf, ohne eine Antwort abzuwarten.

Was gut ist, weil mir nämlich die Worte fehlen. Woher hat sie das gewusst? Ich habe mir nicht mal selbst eingestanden, dass ich – neben der Sorge um Morgan – als Schemen irgendwo im Hinterkopf die ganze Zeit auch dieses blonde Mädchen vom Waldhaus gesehen habe. Morgan hat sie weggeschickt, nachdem wir da waren, Sven, Alex und ich. Aber nach der Trennung von Nora wollte er sie bei sich haben. Beziehungsweise wollte er nicht allein sein. Ich denke, das trifft es eher. Vermutlich hatte er Angst davor, in einer solchen Stimmung mit sich allein zu sein. Was ich nur zu gut verstehe, wenn ich an dieses Ding in seinem Safe denke, dem Morgans Arbeitszimmer ein frisch verputztes Loch in der Decke verdankt.

Ein Teil von mir – ein sehr kleiner, sehr tief drinnen – wollte sogar hoffen, dass er die letzten beiden Nächte ... Ich kann diesen Gedanken nicht mal jetzt zu Ende denken! Dabei ist mir durchaus klar, dass auch das keine Rolle mehr spielt. Keine mehr spielen darf, für mich. Morgan ist fort. Ich weiß nicht, wie oft ich mir das noch sagen muss, damit ich es endlich glaube.

Aber Luiza hat gesagt, er war allein. Und ganz sicher wollte sie *mir* damit etwas sagen. Etwas, bei dem es um mehr geht als um die Frage, ob nur eine Hälfte des Bettes benutzt war. Diesmal kommen mir die Tränen, weil ich weiß, dass ich den Kampf gegen die Hoffnung verloren habe.

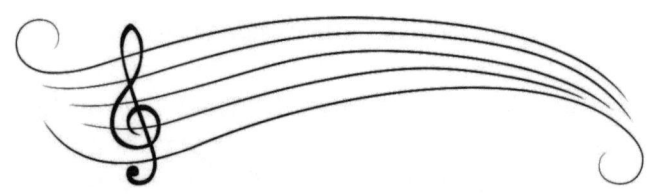

EINUNDZWANZIG

Ein energisches Klopfen an der Zimmertür reißt mich endgültig aus dem Halbschlaf, in den ich mich in den letzten Stunden immer wieder erfolgreich geflüchtet habe. Schon halb zehn – kaum zu glauben, immerhin habe ich gestern den halben Tag im Bett verbracht.

»Franziska?«, höre ich Sven durch die geschlossene Tür rufen. »Wenn du magst, sage ich Luiza, dass sie heute nicht kommen muss. Dann müsstest du mir aber ihre Nummer geben. Und ich habe Nora angerufen, sie kommt gegen Nachmittag. Wir finden, deine Schwester sollte auch dabei sein. Deren Nummer brauche ich also auch. Oder du rufst sie selbst an. Ich gehe jetzt erst mal einkaufen. Bis nachher.«

Ich lausche mit geschlossenen Augen, wie Svens Schritte sich den Flur hinunter entfernen. Das war jetzt nicht sein Ernst, oder? Er hat Nora einbestellt und will auch noch Alexandra herbitten? Warum nicht gleich noch den Weihnachtsmann? Der könnte mir wenigstens einen Wunsch erfüllen.

Ich will nicht gemein sein, ich weiß, dass sie es gut meinen, Sven und Nora, und sicher auch Alexandra, wenn ich sie lasse. Aber ich möchte nicht reden, mit niemandem.

Über gar nichts. Morgan würde das verstehen; dass etwas in Worte zu fassen nicht automatisch alles besser macht ...

Verdammt, schon wieder! Ich reiße die Augen auf, um Morgans Lächeln zu verscheuchen, bevor mich die nächste Welle von Tränen überschwemmt. Meine Lider sind noch von gestern verquollen und fühlen sich auf eine trockene Weise klebrig an. Wenigstens lässt sich dieses Problem mit etwas kaltem Wasser lösen. Auf dem Weg ins Bad öffne ich das Rollo und stöhne im nächsten Moment auf. Das helle Sonnenlicht sticht in meinen Schädel, als wäre ich verkatert!

Während ich mir das Gesicht wasche, ohne im Bad das Licht anzumachen, versuche ich erfolglos, nicht an das zu denken, was mir bevorsteht: wohlmeinende Menschen, die auf mich einreden, mich ermahnen, nicht aufzugeben, weil immer noch Hoffnung besteht ... Zum Teufel mit der Hoffnung! Ich will einfach nur meine Ruhe haben!

Oder?

Ist es wirklich das, was ich will? Ich drehe mich um, werfe aus dem Bad einen Blick auf mein zerwühltes Bett und kneife sofort die Augen zusammen, um das gnadenlose Licht auszusperren. Will ich mich wirklich wieder unter dieser Decke verkriechen und ... warten? Darauf, dass sich dieser ganze Mist in Wohlgefallen auflöst, einfach so, von ganz allein? Das wird nämlich nicht passieren. Also was will ich in diesem verdammten Bett?

Die Augen noch immer zusammengekniffen, gehe ich ins Zimmer zurück, zögernd, als könnte sich jeden Moment ein Loch im Boden auftun. Was will ich? Ich weiß es nicht. Ich weiß nur, was ich *nicht* will: Das hier! Warten. Der Zeit beim Verstreichen zusehen und dabei auch noch ertragen müssen, dass jemand versucht, mich zu trösten, obwohl es keinen Trost gibt. Weil mein Problem sich nämlich nicht lösen lässt, denn das Problem bin ich ...

Ich schrecke aus meinen Gedanken auf, als meine Finger eine leicht angeraute, metallisch kalte Oberfläche berühren. Das ist definitiv weder eine Türklinke noch ein Fenstergriff! Ich öffne die Augen und starre auf Morgans Safe.

Wie zum Teufel bin ich hierhergekommen?

Ich meine, ich kenne natürlich den Weg: Aus dem Gästezimmer sind es nur ein paar Schritte den Flur entlang. Aber wann habe ich die Türen geöffnet, erst die vom Gästezimmer, dann die von Morgans Arbeitszimmer? Ich kann mich nicht erinnern – und das ist mehr als nur ein bisschen gruselig. Einerseits. Andererseits ist es völlig egal. Ich bin da, wo ich hin wollte, das weiß ich so sicher wie meinen Namen. Wo etwas in mir hinwollte. Ein Etwas, das jetzt meinen Blick auf das kleine Tastenfeld neben dem Türgriff lenkt.

Im Grunde sieht dieser Safe nicht viel anders aus als die, die ich aus Hotelzimmern kenne. Das Tastenfeld zeigt die Ziffern von eins bis neun in Dreierreihe, darunter befindet sich noch eine vierte Reihe mit Raute, null und Sternchen. Meine Fingerspitzen streichen über die Tasten – als ob ich die Kombination einfach erspüren könnte. Aber das muss ich gar nicht, ich kenne sie nämlich. Darauf verwette ich alles, was noch von mir übrig ist. Ich knie mich vor den Safe, drücke nacheinander 1-5-0-8-1-9-7-8 und ziehe sanft am Griff. Nichts. Dann lächle ich über meine eigene Dummheit und drücke 0-8-1-5-1-9-7-8. Ein kaum hörbares *Klick*, und die Tür schwingt mir entgegen.

Die amerikanische Schreibweise, das hätte ich mir auch gleich denken können.

Obwohl ich mir so sicher war, dass ich recht haben würde, spüre ich jetzt doch einen Druck auf der Brust, weil Morgan ausgerechnet dieses Datum gewählt hat. Warum, um sich selbst zu quälen? Als eine Art Mahnung? Oder einfach nur, weil er wusste, dass er diese Zahlen selbst dann nicht vergessen würde, wenn andere Erinnerungen längst im Nebel verschwunden wären?

Der fünfzehnte August war der zweite Abend meines ersten Besuchs hier in der Villa. Der Abend, an dem Morgan »nur mal kurz nach oben« wollte – wo ich ihn am Tag zuvor mit der Pistole in der Hand gesehen hatte. Als ich ihn darauf angesprochen habe an diesem Abend, hat er mir von seiner Mutter erzählt, als könne er sich nicht wehren gegen die Worte, die wie auswendig gelernt klangen. Und als ich ihn daraufhin gebeten habe, nicht zu gehen ... Ich werde nie vergessen, wie er mit den Händen über dem Kopf am Boden gekauert ist, als würde er sich inmitten eines tobenden Sturms befinden, der Trümmerteile wie Blätter durch die Luft wirbelt.

Seine Mutter hat sich das Leben genommen, als Morgan dreizehn Jahre alt war. 1978 also. Der fünfzehnte August 1978. Nicht sonderlich schwer zu erraten, oder? Für einen Moment will ich die Safetür einfach nur wieder zudrücken. Stattdessen fahre ich mir über die Augen und ziehe sie auf.

Aus dem dunklen Raum dahinter wabert ein herber und zugleich süßlich-scharfer Geruch. Tatsächlich liegt dort nichts außer dem, was ich erwartet, was ich gesucht habe, eingeschlagen in ein weiches gelbes Tuch.

Ich schlage das Tuch noch im Safe auseinander. Dabei berühren meine Fingerspitzen etwas, das darunter liegen muss: ein Stück Papier. Ich taste danach und ziehe einen Zettel aus dem Safe. In der ordentlichen, runden Handschrift, die ich bereits von Angelikas Briefen kenne, stehen vier Worte auf dem karierten Blatt, das wohl aus einem kleinen Block gerissen wurde: *Ich kann nicht mehr.* Sonst nichts.

Ich presse mir die Hand auf den Mund, um den Brechreiz zu unterdrücken, mit dem mein Körper sich gegen dieses Zuviel an Leid wehren will. Dass dieser Zettel mit der Pistole im Safe liegt, kann schließlich nur eines bedeuten: Ich halte Angelikas Abschiedsbrief an ihren Sohn in der Hand. Vier nüchterne Worte, mehr nicht. Warum hat sie ihm nicht wenigstens ein paar liebevolle Zeilen hinterlassen, wenn schon keine Entschuldigung oder den Versuch einer Erklärung?

Vielleicht hat sie es versucht und einfach nicht die richtigen Worte gefunden. Vielleicht hat sie auch geglaubt, dass nichts, das sie sagen könnte, einen Unterschied machen wird.

Ja. Vielleicht. Auf eine verdrehte Art ergibt das durchaus Sinn. In gewisser Weise enthalten diese Worte ja eine Erklärung und sogar so etwas wie eine Entschuldigung. Und wenn Angelika auch nur einen Moment lang daran gedacht hätte, dass Morgan sich die Schuld an ihrem Tod geben könnte, dann hätte sie es wohl kaum zu Ende bringen können.

Ich starre eine ganze Weile blicklos vor mich hin, bevor ich erneut die Hand ausstrecke, den Zettel zurücklege und mit dem Zeigefinger über den kalten, glatten Lauf der Pistole fahre. Ich habe nicht die leiseste Ahnung, woran man erkennt, ob eine Waffe geladen ist oder gesichert. Dementsprechend vorsichtig hole ich die Pistole jetzt aus dem Safe, indem ich sie mit spitzen Fingern gerade so weit anhebe, dass ich die linke Hand darunter schieben und sie herausziehen kann.

Sie ist schwerer – und größer –, als ich sie mir vorgestellt hatte. Als sie damals in Morgans Hand gewirkt hat. Ich habe ihn nie gefragt, wie seine Mutter überhaupt an eine Schusswaffe gekommen war. Das hier ist jedenfalls kein zierlicher kleiner Damenrevolver, wie man sie manchmal in Filmen sieht. Das Gewicht lastet schwer auf den weit gespreizten Fingern meiner linken Hand. Also lege ich die rechte Hand um den Griff, der an den Seiten aus einem leicht geriffelten Material besteht. Das soll vermutlich für einen besseren Halt sorgen. Ich hebe die Pistole an und drehe die Hand mit der Waffe darin vor meinem Gesicht hin und her. Ich betrachte den gekrümmten Abzug, von dem mein Zeigefinger sich ängstlich fernhält, den öligen Glanz des erstaunlich breiten Laufes, die kleine Kimme obendrauf.

Ich glaube zu verstehen.

Was es so leicht macht, so verlockend.

Nur eine winzige Fingerbewegung, mehr ist nicht nötig. Dann musst du auf nichts mehr warten und keine Erwartungen mehr erfüllen; keine Kämpfe mehr ausfechten, kein Leid und keine Hoffnung mehr ertragen.

Mein Verstand schreit mich an, ich solle mich wie eine vernünftige, verantwortungsbewusste Erwachsene benehmen. Dieses Ding sofort zurücklegen. *Das* nicht einmal denken – was auch immer.

Ein anderer Teil von mir stellt nur eine einzige Frage,

ganz entspannt, beinahe aufreizend ruhig: *Warum denn nicht?*

Mir ist sofort klar, wie gefährlich diese Frage ist. Zwar gibt es tausend gute Gründe, noch nicht einmal darüber nachzudenken. Leider gibt es aber eben auch Momente, in denen keiner dieser Gründe etwas zählt. Oder zu zählen scheint. Weil wir nämlich, wenn es wirklich darauf ankommt, keine Gründe brauchen, um etwas *nicht* zu tun, und seien sie noch so gut. Was wir stattdessen brauchen, ist ein Grund, nur diesen einen einzigen, um etwas zu *tun*. So sind wir gestrickt.

Ich erinnere mich nur zu gut an die Autofahrt zum See, Morgans herausfordernde Frage, was so schlimm daran wäre – an der Möglichkeit eines Unfalls und dem, was er nach sich ziehen könnte. *Dass du das morgen möglicherweise anders siehst,* wollte ich ihm antworten, just in dem Moment, als das Reh auf die Straße gesprungen ist und beinahe tatsächlich etwas passiert wäre. Ist das der Grund – morgen? Nicht zu wissen, was die Zukunft bringt, und nicht ausschließen zu können, dass es sich lohnt, darauf zu warten?

Ist das nicht die Essenz von Hoffnung?

Ich höre mich lachen. Wollte ich Morgan wirklich diesen banalen Rat geben: zu hoffen, dass morgen etwas anders sein könnte, irgendetwas? Eine Winzigkeit vielleicht nur, die trotzdem seine Sicht auf die Dinge ändert?

Ich wollte nicht hoffen, weil ich längst weiß, dass Hoffnung ein Vampir ist. Ich kenne kein kräfteraubenderes Gefühl! Es ist anstrengend, verdammt nochmal, und schmerzhaft. Es höhlt dich aus, bis deine Widerstandskraft aufgebraucht ist, und dann kommt die Enttäuschung. Ich weiß, wovon ich rede, ich habe das alles schon durch. Auf eine Wiederholung kann ich wirklich gut verzichten! Abgesehen davon kann ich mir nicht mal mit viel Fantasie vorstellen, dass morgen etwas Entscheidendes anders sein könnte als heute. Oder übermorgen. Oder am Tag darauf. Oder ...

Unten fällt mit einem Beben, das die ganze Villa zu erschüttern scheint, die Haustür ins Schloss. Ich schrecke so heftig zusammen, dass meine Hand sich um den Pistolengriff krampft, als wollte sie ihn zerquetschen. Dabei zuckt mein Zeigefinger fast von selbst in Richtung Abzug.

»Franziska?«, ruft Sven. Offensichtlich ist deutlich mehr Zeit vergangen, als mir bewusst war, wenn er schon wieder zurück ist.

Ich beiße mir auf die Lippe, um einen Schrei zu unterdrücken, und lasse ganz langsam den Abzug los, den ich höchstens zu einem Drittel angezogen hatte. Was habe ich mir bloß dabei gedacht? Was, wenn die Pistole tatsächlich geladen ist? Was, wenn jemand ins Zimmer gekommen wäre, und ich hätte vor Schreck ...?

Meine Hände zittern so stark, dass ich es kaum schaffe, die Pistole zurück in den kleinen Safe zu befördern, ohne abwechselnd rechts und links an der Öffnung hängen zu bleiben. Ich schlage mehr schlecht als recht das gelbe Tuch wieder zusammen und drücke die Tür zu, bis sie einrastet.

»Franziska? Hey, bist du etwa immer noch im Bett?« Sven ist dem Klang nach schon auf der Treppe.

Das scheint meine Kräfte zu beflügeln, jedenfalls komme ich praktisch im Handumdrehen auf die Füße und stehe völlig unverfänglich im Flur, als Svens Kopf über der obersten Stufe auftaucht.

Ich bemühe mich um eine grimmige Miene, die erwartet er sicherlich angesichts seines Vorstoßes mit Nora. Dann nicke ich in Richtung der Tür zu meinem Arbeitszimmer. »Ich wollte dir eben die Nummern aufschreiben.« Dass mein Handy auf dem Nachttisch im Gästezimmer liegt und nicht auf meinem Schreibtisch, weiß Sven ja nicht. Wenn er jetzt also nicht darauf besteht, mitzukommen ...

Er mustert mich zwar etwas seltsam – was allerdings auch daran liegen könnte, dass ich noch mein Schlafshirt anhabe, dessen dünner Stoff nicht viel kaschiert, mal abgesehen davon, dass es mir nur knapp auf die Oberschenkel reicht –, zuckt dann aber lediglich die Achseln. »Okay. Soll ich schon mal Kaffee machen, oder brauchst du noch ein bisschen?«

»Ich bin gleich unten.« Hoffentlich klinge ich angemessen kühl und verärgert, und nicht so beschämt und gleichzeitig fürchterlich erleichtert, wie ich mich fühle. Ich werde mir jetzt etwas anziehen, nach unten gehen und Sven sagen, ich hätte es mir anders überlegt und würde Alexandra und Luiza selbst Bescheid geben. Sie haben nicht verdient, dass ich mich drücke. Was Luiza angeht, tue ich uns beiden einen Gefallen, wenn ich es ihr erspare hier zu sein, während das Kriseninterventionsteam anrückt.

Als Erstes habe ich mich bei Luiza bedankt, dass sie bei Morgan war und mich anschließend angerufen hat. Dann habe ich ihr gesagt, dass Sven hier ist und Nora und meine Schwester später noch kommen werden. Mehr musste ich ihr gar nicht erklären. »Wenn Sie heute nichts brauchen, komme ich einfach am Dienstag wieder, Frau Eibinger«, hat sie gesagt.

Alexandra habe ich ohne Umschweife erzählt, was ich getan habe, und dass Morgan seitdem verschwunden ist; dass ich von Luiza weiß, dass er in einem Hotel ist beziehungsweise war, weil er nämlich seine Pässe haben wollte, was wohl bedeutet, dass er inzwischen in einem Flieger in die USA sitzt. Sie hat einfach nur gefragt, ob sie herkommen soll, mehr nicht. Über das Ausbleiben irgendwelcher Kommentare oder wenigstens irritierter Nachfragen war ich so perplex, dass mir für einen Moment die Worte gefehlt haben. »Du musst mich nicht bitten, Franziska«, hat Alexandra daraufhin gesagt. »Ich komme gern, sobald ich hier fertig bin – außer, du möchtest das nicht.« Was hätte ich ihr da anderes antworten können, als dass ich mich wirklich freuen würde?

Als die Kirchturmglocke läutet, erwarte ich eigentlich Nora, aber es ist Alexandra. »Ich bin früher fertig geworden.« Sie umarmt mich etwas linkisch direkt in der Tür, um mich dann auf Armeslänge zurückzuschieben und gründlich zu mustern. »Wann hast du das letzte Mal etwas gegessen?«

Ich seufze. Keine Ahnung, heute jedenfalls noch nicht. Sven hat mir eine belegte Semmel vom Einkaufen mitgebracht – die er natürlich ›Brötchen‹ nennt –, mich aber netterweise nicht genötigt, sie zu essen.

Alexandras Stirnrunzeln lässt mich vermuten, dass sie mich jetzt in die Küche kommandieren wird, stattdessen lächelt sie plötzlich und schüttelt den Kopf. »Da musst du jetzt durch, kleine Schwester. Du bist zäher, als du denkst, also los, reiß dich zusammen!«

Da ist er ja schon, der erste gutgemeinte Rat. Ich seufze ein weiteres Mal. »Was denkst du, was ich hier tue? Immerhin habe ich noch keinen Gartenzaun überfahren ...«

Alexandra hängt ihre Jacke in die Garderobe und geht an mir vorbei ins Esszimmer, um Sven zu begrüßen. Über die Schulter sagt sie: »Du vergleichst das hier nicht ernsthaft mit Lukas, oder?«

Meine Anspielung hat sie also verstanden. »Womit denn sonst?«, antworte ich müde. Genau aus meiner Zeit mit Lukas kenne ich sie doch viel zu gut, diese bittersüße Mischung aus Sehnsucht, Verzweiflung und Hoffnung, die mir den Magen zuschnürt. Als würden meine Schuldgefühle wegen der Briefe – und jetzt auch noch wegen der Pistole – nicht mehr als ausreichen, um mir den Appetit zu verderben.

Sven stellt Kaffeetassen, Gläser und eine Wasserflasche auf den Tisch und zieht sich dann wortlos in die Küche zurück. Alexandra setzt sich, also tue ich das auch. Wie sie schon gesagt hat: Da muss ich jetzt durch. Es wird sicher noch lustiger, wenn Nora erst hier ist.

»Also mal ehrlich, Franziska, bei allem Verständnis dafür, dass du gerade nicht wirklich klar denken kannst: Lukas und du wart die sprichwörtlichen Gegensätze, die sich anziehen. Das hat beim Musikgeschmack angefangen und bei der Lebensplanung noch lange nicht aufgehört. Jeder konnte das sehen, bis auf euch beide.«

Ich war immer der Meinung gewesen, Lukas und ich hätten uns ergänzt. Als ich Alexandra das sage, rollt sie die Augen.

»Nach dem Wenigen, das ich an deinem Geburtstag hier gesehen habe, wage ich jetzt einfach mal eine Ferndiagnose: Morgan und du, ihr ergänzt euch. Er scheint eine ähnliche Sicht auf die Welt zu haben wie du. Nicht genauso, sondern ähnlich. Das ist Ergänzung. Gegensätze ergänzen sich nicht, sie stoßen sich früher oder später ab. Wie ein Körper ein fremdes Organ abstößt – es sei denn, du unterdrückst diese Reaktion mit Medikamenten. In einer Beziehung halte ich das nicht für ein sinnvolles Konzept.«

Ich zucke die Achseln. Was soll ich dazu auch sagen? Außerdem bin ich zu dem Schluss gekommen, dass es einfacher wird, wenn ich mich möglichst wenig an diesem Gespräch beteilige.

Alexandra wartet trotzdem noch auf eine verbale Reaktion meinerseits, nippt an ihrem Kaffee und dreht dabei den Kopf ein wenig hin und her, wie eine Eule. Als ich hartnäckig stumm bleibe, sagt sie seltsam beiläufig: »Wusstest du eigentlich, dass Lukas mir mal etwas anvertraut hat, auf der Silvesterparty von deiner Uni-Freundin? Er hat gesagt, er würde dich lieben, obwohl du manchmal so ein Nerd seist.«

»Ich bin ja wohl kein Nerd!«, fahre ich auf und denke im selben Moment *Mist, jetzt hat sie mich*. Der beiläufige Tonfall hätte mir eine Warnung sein sollen.

Auf Alexandras Gesicht ist ein listiges kleines Lächeln erschienen, das langsam breiter wird. Sie weiß, dass sie gewonnen hat. »Du sortierst deine Bücher danach, ob die Autoren sich mögen würden. Das ist schon ein wenig nerdig, oder?«

»Du liebe Güte, das ist doch bloß ein kleiner persönlicher Spaß! Außerdem geht es nicht ums Mögen, sondern darum, ob sie interessante Gesprächsthemen hätten. Ich stelle mir eben gern vor, worüber Steven King wohl mit E. T. A. Hoffmann reden würde.«

Aus der Küche höre ich Svens leises Lachen. Na prima – das hat man von einem offenen Wohnkonzept ohne Türen! Alexandra grinst jetzt richtiggehend. »Sagte ich doch: nerdig. Wie auch immer, ich gehe jede Wette ein, dass Morgan dich nicht trotzdem, sondern genau deswegen liebt.«

»Das hat er sicher mal«, erwidere ich postwendend und ohne darüber nachzudenken. Die Worte waren einfach da. Die Bitterkeit darin kann ich nicht nur hören, sondern sogar schmecken. Ich greife gerade nach meinem Wasserglas, als die Kirchturmglocke erneut durchs Haus hallt.

Sven lässt Nora herein, die zuerst Alexandra Hallo sagt und mich dann sehr lange in den Arm nimmt – so lange, dass mir beinahe die Tränen kommen. »Sven hat mir das Meiste erzählt«, sagt sie dabei. »Was für ein Schlamassel! Es tut mir so leid, Franziska.«

Bis wir schließlich alle um den Tisch herumsitzen, habe ich mir einen Plan zurechtgelegt. Es wird Zeit, in die Offensive zu gehen. »Ich freue mich wirklich, dass ihr hier seid«, beginne ich und schaffe es sogar, zu lächeln. »Danke, dass ihr alles habt stehen und liegen lassen, bloß meinetwegen.«

Sven und Alexandra murmeln etwas, das wie »ist doch selbstverständlich« klingt, während Nora nach meiner Hand greift und mir in die Augen sieht. »Nichts, das du nicht schon mehr als einmal für mich getan hättest«, sagt sie. Prompt kämpfe ich schon wieder mit den Tränen.

Okay, Alexandra hat gesagt, ich solle mich zusammenreißen, und wo sie recht hat ... Ich atme tief durch und schlucke dieses weiche, warme Gefühl, das mich innerlich
zerfließen lässt, einfach zusammen mit dem Kloß in meinem Hals hinunter. Dann nehme ich den nächsten Anlauf,
dem Gespräch eine neue Richtung zu geben.

»Ich glaube, ihr versteht das nicht richtig. Wenn ihr
mich trösten wollt, ist das in Ordnung – aber ändern könnt
ihr nichts, und ich auch nicht, nicht mehr.« Sven öffnet
den Mund, um mir zu widersprechen. Mit einem Kopfschütteln schneide ich ihm das Wort ab. »Gerade du müsstest das wissen, Sven, du kennst Morgan am längsten. Die
Schuldgefühle, die er mit sich herumschleppt ...« Ich schließe kurz die Augen, um mich zu sammeln, weil ich weiß,
wie weh es mir tun wird, das laut auszusprechen. Rechts
neben mir greift Nora über die Ecke des Tisches nach meiner Hand. Auf meiner linken Seite tut Alexandra dasselbe.
Ich weiß selbst nicht, warum mich das so überrascht.

»Er hat seiner Mutter keinen Grund gegeben, um weiterleben zu wollen«, sage ich schließlich leise. »Das ist seine Schuld: dass er nicht liebenswert genug war, für sie.
Liebenswert zu sein bedeutet doch nichts anderes, als es
wert zu sein, geliebt zu werden. Wenn ein Kind daran
zweifeln muss ... So gesehen ist es mehr als nur ein kleines
Wunder, was für ein Mann aus Morgan geworden ist. Und
ich habe ihn enttäuscht.«

»Du wolltest ihm helfen«, sagt Alexandra so leise wie
ich eben. Ich glaube nicht, dass ich schon mal so viel Mitgefühl in ihrer Stimme gehört habe. »Schlechte Tat aus
guten Absichten. Ich finde, das hat mildernde Umstände
verdient.«

»Darum geht es nicht.« Ich drücke ihre Hand, um sie wissen zu lassen, dass ich trotzdem dankbar bin für ihre Worte. »Wie auch immer er es gemacht hat, irgendwie ist er damit zurechtgekommen. Wahrscheinlich, weil er seinem Vater eine Mitschuld geben konnte. Aber dieser Brief hat alles komplett auf den Kopf gestellt.«

Ich mache eine Pause, weil ich mit Fragen rechne, trotzdem überrascht es mich nicht, dass niemand etwas sagt. Sie wollen die Details nicht wissen, weil nur Morgan das Recht hat, sie ihnen zu erzählen. Und natürlich, weil dieses Wissen nichts am Ergebnis ändern würde. Also zwinge ich mich, ihnen auch noch den Rest zu sagen.

»Jetzt fühlt er sich doppelt schuldig, seiner Mutter *und* seinem Vater gegenüber. Im Grunde versucht er doch schon seit Wochen, vor sich selbst davonzulaufen. Vor dieser Version von sich, der ins Gesicht zu sehen er nicht erträgt. Und ich habe ihn wissen lassen, dass ich diese Version jetzt kenne. Das ist der Grund, warum er fort ist. Und deshalb wird er nicht zurückkommen, jedenfalls nicht zu mir.«

Diesmal verliere ich den Kampf gegen die Tränen. Worte lassen Gedanken real werden. Sie machen aus Befürchtungen Gewissheiten. Das war mir noch nie so deutlich bewusst wie jetzt gerade.

Um mich herum hebt ein liebevolles Stimmengewirr an, das ich einfach ausblende. Bis Alexandra etwas lauter als die anderen sagt: »Darf ich? Du hast recht, Franziska – das ist furchtbar. Ehrlich gesagt mag ich mir gar nicht ausmalen, was Morgan durchmacht. Und ich kann sehen, was *du* durchmachst. Trotzdem benimmst du dich jetzt gerade ein wenig ... hysterisch.«

Mein Kopf ruckt wie ferngesteuert nach oben, als das Reizwort fällt, mit dem Mama mich regelmäßig abgekanzelt hat, wenn ich versucht habe, mich gegen irgendetwas zu wehren, das sie für das Richtige hielt. Sven und Nora wollen beide etwas sagen, ob zu meiner oder Alexandras Unterstützung, ist mir herzlich egal, ich will es nicht hören.

»Ach ja?«, schleudere ich meiner Schwester entgegen. »Ich habe den einzigen Menschen verjagt, der einfach alles an mir verstanden hat – selbst die Dinge, die ihm nicht gefallen haben. Darf ich das vielleicht wenigstens beschissen finden?«

Alexandra hat offensichtlich Mühe, ihre Mimik zu kontrollieren. Es zuckt verräterisch um ihre Mundwinkel herum. »Sieh mal an – es steckt noch Leben in den alten Knochen!«

Zitiert sie tatsächlich aus ›Interview mit einem Vampir‹? So langsam reicht es mir mit den Überraschungen: Die Alexandra, die ich kenne, schaut keine Vampirfilme, und falls doch, dann höchsten aus Versehen und nicht so, dass sie anschließend daraus zitieren könnte!

Das könnte darauf hindeuten, dass du nur denkst, *sie zu kennen.* ›Denken ist Glückssache‹ *heißt es doch so schön. Na, wundervoll! Die hat mir noch gefehlt, jetzt gerade!*

Neben mir zieht Alexandra die Augenbrauen zusammen. »Herrje, Franziska. Du bist doch sonst nicht so kurzsichtig! Du hast einen Fehler gemacht, okay, sogar einen wirklich schlimmen. Menschen machen schlimme Fehler, haben sie immer schon getan und werden sie immer tun. Dafür wurde die Vergebung erfunden – nicht für die kleinen Fehler, die keine Rolle spielen! Denkst du wirklich, Morgan glaubt, er könne das, was er jetzt über sich weiß, einfach wieder vergessen, indem er den Menschen aus dem Weg geht, die es auch wissen? Oder hältst du ihn für unfähig, zu verzeihen – sich selbst und dir?«

Nein, selbstverständlich denke ich nicht, dass Morgan das glaubt! Er ist vieles, aber ganz sicher nicht dumm. Und dass er anderen verzeihen kann, sogar scheinbar Unverzeihliches, das wüsste ich auch dann, wenn mir Nora bei dieser Frage nicht fast die Hand zerquetscht hätte. Das Sich-selbst-Verzeihen ist allerdings ein anderes Thema.

Ich klappe den Mund auf, um Alexandra aus ungefähr tausend Gründen zu widersprechen, aber sie redet einfach etwas lauter weiter. »Ich sage ja nicht, dass es einfach wird oder schnell geht, oder dass danach alles wieder ist, wie es war. Aber abgesehen von allem anderen ...« – sie macht eine dramatische Pause und klingt dann wie ein Anwalt, der ein unwiderlegbares Plädoyer vorträgt – »... wäre er der erste Mann, der, um eine Frau loszuwerden, sein eigenes Haus verlässt, anstatt sie einfach vor die Tür zu setzen. Das muss dir selbst in diesem ... sagen wir *emotionalen* Zustand einleuchten.«

Das letzte Argument ist zumindest nicht völlig von der Hand zu weisen: Er hätte ja einfach Luiza bitten können, mir zu sagen, ich möge meine Sachen packen. »Wer sagt dir denn, dass er das nicht noch tut: mich vor die Tür setzen«, sage ich, aber es klingt nicht sehr überzeugt.

Alexandra schneidet mir eine Grimasse. »Der gesunde Menschenverstand! Ich bin sicher, ihr seid euch irgendwo schon mal begegnet, könnte allerdings eine Weile her sein.« Bevor mir eine giftige Erwiderung einfällt, lächelt sie schon wieder. »Du hast gesagt, er wollte seine Pässe haben, was eigentlich nur bedeuten kann, dass er in die

USA will. Spontane Urlaubspläne können wir wohl aus-schließen. Also, was will er da?«

Ich ziehe ratlos die Schultern hoch, während meine Hände noch immer auf beiden Seiten festgehalten wer-den. »Woher soll ich das wissen – vielleicht war ihm das Waldhaus nicht weit genug weg von mir?« Diese Vermu-tung kommentiert Alexandra mit einem Augenrollen. Weitere Worte ist ihr mein Selbstmitleid offenbar nicht wert. Wenn ich ehrlich bin, ist mir der Satz jetzt schon peinlich, und einiges andere auch.

Ich will mich eben bei meiner Schwester entschuldi-gen, als Sven sich räuspert und sagt: »Ich hätte da viel-leicht eine Idee.«

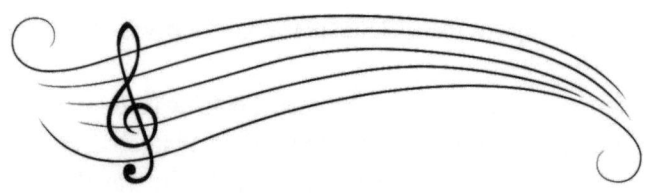

ZWEIUNDZWANZIG

Svens Erklärung klingt so einleuchtend, dass ich mich frage, warum ich nicht selbst darauf gekommen bin. An den Tatsachen hat sich seit Morgans Verschwinden rein gar nichts geändert – daran, wie ich mich fühle, schon. Ist das nicht seltsam?

Nachdem ich mich oben kurz frisch gemacht habe, schlage ich vor, Pizza zu bestellen, was Sven mit einem »Na endlich« kommentiert.

Nora schnappt sich als Erste die Karte. »Pizza ist jetzt genau das Richtige«, seufzt sie. Ich frage mich, ob die Schwangerschaft ihren Appetit auf Junkfood erhöht hat, obwohl man noch immer nichts davon sieht.

Alexandra telefoniert in der Küche mit Daniel, um ihm zu sagen, dass sie erst später heimkommt. Ich sehe kurz zu Sven, der über Noras Schulter gebeugt ebenfalls die Pizza-Karte studiert, und gehe dann hinüber zu meiner Schwester, die ihr Telefonat eben beendet. Während sie mir hilft, unsere Kaffeetassen in die Spülmaschine zu räumen, spüre ich schon wieder ihren prüfenden Blick auf mir.

»Du bist noch nicht ganz überzeugt, oder?«, sagt sie schließlich.

Ich nicke und schüttele gleichzeitig den Kopf. »Ich ... doch, schon ..., aber ... ich weiß auch nicht. Vielleicht ... ist es besser so.«

»*Besser so*? Wieso das denn, um Himmelswillen?« Alexandra klingt ein kleines bisschen verzweifelt.

Ich habe keine Ahnung, warum ich ihr das jetzt sage – möglicherweise, weil ich es endlich mal jemandem sagen *muss*. »Morgan ist etwas Besonderes. Ich weiß nicht, wie ich es besser beschreiben soll. Dagegen bin ich einfach nur ... gewöhnlich. Das macht mich irgendwie zu klein, verstehst du?«

Natürlich versteht sie es nicht. »Du ... *was*? Entschuldige, was hast du gesagt? Ich habe mich nämlich ganz sicher verhört!«

»Ich. Bin. Gewöhnlich«, wiederhole ich langsam, Wort für Wort, fast ein bisschen trotzig. »Soll ich es dir vielleicht aufschreiben?«

Meine Schwester starrt mich an, versucht regelrecht, mich mit ihrem Blick zu durchbohren. Mit einem Kopfschütteln gibt sie schließlich auf. »Ehrlich, Franziska, du machst mich fertig. Wie kommst du bloß auf so einen Blödsinn? ›Gewöhnlich‹ ist so ziemlich die letzte Beschreibung, die mir zu dir einfällt. Nerdig – okay. Anstrengend – manchmal. Emotional – auf jeden Fall. Abgesehen davon: einfühlsam, rücksichtsvoll, hilfsbereit, klug und hin und wieder sogar lustig.«

Jetzt bin ich mit Anstarren an der Reihe. »Ehrlich? So siehst du mich?«

»Ist das wirklich so eine Überraschung, wie deine fassungslose Miene gerade behauptet? Was hast du denn gedacht – dass ich dich nicht leiden kann?«

Das sollte ein Scherz sein, das ist mir klar, und ganz sicher hätte ich es nicht so ... drastisch ausgedrückt. Trotzdem senke ich betreten den Blick.

Alexandra schnaubt. »Ich fasse es nicht! Daniel hat recht! Selbst meine kleine Schwester denkt, dass ich sie nicht mag.«

Das hört sich eher traurig an als verärgert, wahrscheinlich sollte ich jetzt also einfach irgendetwas Nettes sagen, nämlich, dass das so nicht stimmt, aber da war ein Detail, das mich seltsam elektrisiert hat. »Was hat Daniel denn damit zu tun?«, frage ich deshalb.

»Äh ...«, macht Alexandra und wird tatsächlich rot. Mit einem »Oje« dreht sie sich von mir weg und stützt sich auf die Küchentheke auf.

Von draußen höre ich Nora und Sven leise miteinander reden, ohne verstehen zu können, was sie sagen. Ich gehe die zwei Schritte zu meiner Schwester hinüber und nehme sie in den Arm, vorsichtig, als hätte ich vergessen, wie so etwas geht.

Sie versteift sich für eine Sekunde, bevor sie sich kurz an mich lehnt und sich dann behutsam losmacht. »Schon okay, irgendwann wollte ich dir das eh erzählen: Daniel und ich – es läuft gerade nicht so gut. Wobei es jetzt besser ist, als es schon mal war. Ich ... mache eine Therapie, weißt du.« Sie sieht mich von der Seite an, als hätte sie Sorge, ich könne ihr deswegen böse sein.

Vermutlich sollte mich das nicht überraschen angesichts der heftigen Auseinandersetzungen, die ich mit Mama zu dem Thema hatte. Trotzdem trifft es mich, dass Alexandra fürchtet, ich könne ihr diese Entscheidung übel nehmen. »Wenn du das möchtest und es dir hilft, ist eine

Therapie etwas Gutes! Und wegen Daniel – das tut mir leid, ehrlich.« Ich streiche etwas unbeholfen ihren Arm.

Alexandra winkt ab. »Das muss es nicht. Wir arbeiten dran. Wir wollen beide, dass es funktioniert, also stehen die Chancen gut, dass wir das hinbekommen. Ich hab's dir nicht gesagt, weil ... also ... meine Therapeutin ... Sie hat mir geraten, mit dir zu sprechen. Mich auszutauschen, über früher. Und über uns. Ich wollte nicht, dass du denkst, dass ich dich nur deswegen sehen wollte. So, jetzt ist es raus.«

Ich spüre, dass ich lächle. »Es kommt doch nicht darauf an, was oder wer den Ausschlag gegeben hat! Ich bin froh, dass du mich sehen wolltest.« Als ich sie diesmal umarme, drückt sie mich und hält mich einen Moment fest.

»Was ist denn überhaupt passiert?«, frage ich, als wir uns schließlich nebeneinander an die Theke lehnen. Darüber, dass meine Schwester sich verstohlen eine Träne aus dem Augenwinkel zu wischen versucht, ohne dass ich es merke, sehe ich großzügig hinweg. Wir müssen ja nicht gleich alle eingeübten Rollen auf einmal verlassen.

»Wahrscheinlich das Übliche, irgendwie.« Alexandra seufzt. »Wir waren beim Einkaufen, standen gerade an der Supermarktkasse, als Daniel gesagt hat: ›Ich glaube, ich bin dabei, mich in eine andere Frau zu verlieben.‹ Ich dachte erst, er macht einen Scherz – einen schlechten, aber das ist bei ihm ja nichts Besonderes.«

Trotz allem muss ich schmunzeln, weil Daniel tatsächlich richtig mies ist, wenn es um Witze geht.

»Wer sie war, wollte ich lieber nicht wissen. Ich tippe auf eine Arzthelferin: Wir hatten eine, die nach zwei Monaten schon wieder gekündigt hat. Vielleicht hat Daniel sie darum gebeten. Sie war frisch geschieden, gerade erst hergezogen, mit einer Tochter im Teenageralter. Ab und zu habe ich sie mit Daniel lachen sehen und mir nichts dabei gedacht. Warum auch? Ich war sicher, dass wir glücklich sind. Die Praxis war von Anfang an unser Traum, schon als wir uns kennengelernt haben. Den hatten wir uns erfüllt. Daniel hatte sein Schwimmbad und seine Bowling-Truppe, und ich Lucky und den Reitstall. Alles lief bestens.«

»Hat dir denn gar nichts gefehlt – nicht mal gelegentlich, in einem stillen Moment?« Die Frage kann ich mir einfach nicht verkneifen.

Alexandra schüttelt den Kopf. »Wenn du nach etwas suchst, das dir fehlen könnte, wirst du immer fündig, oder? Ich denke, ich wollte glücklich sein, und das Leben hat mir keinen Grund gegeben, es nicht zu sein. Daniel offenbar schon. Er hat mir vorgeworfen, gefühlsarm zu sein, und dass es in unserer Ehe nur noch um die Praxis gehen würde. Dass er das Gefühl hätte, er sei austauschbar für mich ...«

»Du bist nicht gefühlsarm!« Bei allem, was uns trennt, kenne ich meine Schwester immer noch gut genug, um das mit absoluter Sicherheit zu wissen. »Du bist nur ...«

»Was? Bitte sei ehrlich zu mir, Franziska.«

Ich denke einen Moment darüber nach, suche das passende Wort. Dabei sehe ich Alexandra an, damit sie weiß, dass ich nicht versuche, auszuweichen. Es gab eine Zeit, während meines Studiums, da habe ich mich häufig gefragt, was zwischen uns passiert ist – zwischen den Kindern, die miteinander gespielt und gelacht haben, und den Erwachsenen, die nicht mehr zu wissen schienen, worüber sie miteinander reden sollen. »Zu beherrscht«, sage ich, als ich mir sicher bin. »Manchmal – oder sogar meistens – gibst du dir zu viel Mühe, deine Gefühle zu kontrollieren. Das kann wirken, als ob du keine hättest.« Ich halte den Atem an, warte auf eine verbale Ohrfeige.

Alexandra atmet tief ein und wieder aus. »Autsch. Und danke, dass du ehrlich warst. Vielleicht hast du recht – ich gebe mir meistens Mühe, meine Gefühle zu kontrollieren. Ich bin Ärztin, ich kann nicht dauernd in Mitleid zerfließen, wenn es jemandem schlecht geht ...«

»Und du willst keine Angriffsfläche bieten«, murmele ich, aber sie hört mich trotzdem und verstummt. »Mama«, sage ich etwas lauter. »Das hat sie dir beigebracht – ich war offenbar komplett begriffsstutzig bei dem Thema, aber du nicht.«

Nach einem langen, prüfenden Blick, der mich ausnahmsweise kein bisschen nervös macht, sagt Alexandra: »Das ist mal eine durchaus interessante Analyse.«

In dem Moment läutet zum dritten Mal heute die Kirchturmglocke: Die Pizza ist da. Ich zucke nur ganz kurz zusammen.

Beim Essen herrscht unausgesprochene Einigkeit, nicht über Morgan, Beziehungen, Mütter oder andere Themen mit Konfliktpotenzial zu sprechen. Ich merke, dass ich tatsächlich richtig Hunger habe. Irgendwann sagt Sven: »Wisst ihr eigentlich, dass heute die erste Folge dieser neuen Castingshow ausgestrahlt wird, ›Next Star‹ oder so ähnlich?«

»›*New* Star‹«, korrigiert Nora sofort. »Ja, stimmt, hatte

ich mir extra ins Handy gespeichert. Wollen wir uns anschauen, wie Jack sich geschlagen hat?«

»Jack ist der Sohn von Susanne und Alex«, erkläre ich Alexandra und sehe an ihrem Grinsen, dass Emily ihr offenbar schon von ihrem großen Bruder vorgeschwärmt hat. »Hast du Lust, noch ein bisschen zu bleiben und die Sendung mit uns anzuschauen?« Ich muss zugeben, dass ich Jack und die Show über den Dramen der letzten Wochen fast vergessen hatte. Offenbar hat er die ersten Auswahlrunden erfolgreich überstanden, sonst hätten wir sicher etwas gehört. Natürlich versetzt mir dieses ›wir‹ prompt einen Stich.

Alexandra nickt. »Klar, gerne. Ist das ein Live-Auftritt?«

»Noch nicht«, antwortet Nora, die definitiv besser informiert ist als ich. »Die ersten Sendungen wurden alle aufgezeichnet. Nur die beiden Halbfinales und das Finale sind live. Sag mal, Franziska, gibt es irgendwo noch was zu knabbern? Zu so einer Castingshow gehören wenigstens Chips, wenn ich schon keinen Prosecco trinken kann.«

Ich scheuche die drei schon mal aufs Sofa, weil ich plötzlich das Gefühl habe, einen Moment für mich zu brauchen. Alle Hilfsangebote lehne ich energisch ab, während ich Teller und Besteck einsammle und damit in der Küche verschwinde. Es ist ein eigenartiges Gefühl, hier die Gastgeberin zu spielen, Chips für Nora zu holen und drei Flaschen Bier für alle, die nicht schwanger sind. Prosecco ist keiner da, abgesehen davon hätte ich weder Sven noch meiner Schwester damit eine Freude gemacht. Ein eigenartiges Gefühl, aber keineswegs schlecht. Ehrlich gesagt hätte ich absolut nichts gegen mehr davon einzuwenden. Ach, dämliche Hoffnung …

Da wir alle schlank sind – jedenfalls noch, wie ich schmunzelnd denke, während Nora mit leuchtenden Augen die Chipstüte aufreißt –, passen wir zu viert auf das mittlere Sofa. Sven, der wahrscheinlich schon unzählige Abende auf dieser Couch verbracht hat, hat bereits die Fernbedienung in der Hand und sucht den richtigen Sender. Die Show läuft erst seit ein paar Minuten, wir haben noch nichts verpasst. Nora kommentiert hingebungsvoll die Ausstattung des Studios und die Outfits der beiden Moderatoren sowie der vier Juroren: zwei Frauen und zwei Männer, die alle »extrem erfolgreich im Musik-Business« sind, wie die Moderatorin eben erklärt. Von einer der Frauen sagt mir zumindest der Name etwas, den habe ich schon mal im Radio gehört; die anderen drei kenne ich nicht, was aber wenig heißen will: Musikalisch bewege ich mich eben eher in vergangenen Jahrzehnten.

Noras spitzzüngige Bemerkungen bringen Sven tatsächlich zum Lachen. Alexandra betrachtet das Ganze mit vorsichtiger Neugierde. Es würde mich nicht wundern, wenn das die erste Castingshow wäre, die sie sich ansieht. Ich lehne mich zurück und genieße die Show – die hier im Wohnzimmer, die im Fernseher interessiert mich eigentlich nicht so besonders, solange Jack nicht auftritt.

»Wow«, sagt Alexandra unwillkürlich, als Jack nach etwas mehr als einer Stunde endlich die Bühne betritt und vorgestellt wird. »Das ist Emilys Bruder?«

Für seinen ersten Auftritt haben sie Jack als eine Art seltsam unschuldig wirkenden James Dean gestylt, mit roter Lederjacke zu ausgewaschenen, über dem Knie zerrissenen Bluejeans und am Oberkopf nach vorne gekämmtem Haar. Er begleitet sich selbst auf der Gitarre, nimmt lässig auf einem Barhocker Platz und zeigt der Kamera ein selbstbewusstes, freches Lächeln, bei dem die Zähne blitzen. Keine Spur von Unsicherheit – als hätte er das schon tausend Mal gemacht. Den Blick noch immer in die Kamera gerichtet, beginnt Jack zu spielen.

Sven, Nora und ich geben im selben Moment einen erstaunten Laut von uns: Das ist das Intro von ›Hotel California‹! Die Eagles sind nicht unbedingt die einfachste Wahl für den ersten Auftritt außerhalb der Schulband. Als Jack anfängt zu singen, wirkt er auf einmal alles andere als unschuldig.

»Ach du Scheiße!«, platzt es aus Sven heraus. »Wo hat er *das* denn gelernt? Der Bengel war ja immer schon gut an der Gitarre und er hat eine schöne Stimme, aber so einen Auftritt hinzulegen ...«

Das erinnert mich unwillkürlich an mein Gespräch mit Alex auf der Kellertreppe. Ich kann mich nicht recht entscheiden, ob ich mich jetzt für Jack freuen soll, dass es offensichtlich so gut läuft, oder ob doch eher Sorge angebracht ist. Wenn ich zwischen sechzehn und fünfundzwanzig wäre, würde ich allerdings garantiert keinen Gedanken an solche Nebensächlichkeiten verschwenden.

Dass Jack am Ende der Show bei denen war, die eine Runde weitergekommen sind, hat niemanden von uns überrascht. Für Alexandra war es gegen halb elf dann wirklich Zeit, nach Hause zu fahren, und Sven und Nora haben sich wenig später ins Bett verabschiedet. Das heißt, Nora *wollte* schlafen gehen, aber ich habe sie gefragt, ob sie noch einen Moment Zeit für mich hätte. Den hatte sie ganz selbstverständlich, wie schon den ganzen Tag. Und ich hatte mich nicht ein Mal nach Sören erkundigt! Es war wirklich höchste Zeit, das nachzuholen.

Statt einer direkten Antwort hat Nora gefragt: »Weißt du, was das größte Problem mit Morgan ist?«

Was auch immer mir eingefallen wäre, wäre sicher nicht das gewesen, an das sie gedacht hat; das hat mir ihr schelmisches Lächeln verraten. Also habe ich den Kopf geschüttelt.

»Dass man ihm einfach nicht dauerhaft böse sein kann, ganz egal, was er anstellt. Er macht es ja nicht aus Rücksichtslosigkeit oder weil es ihm egal ist. Das ist es nämlich ganz und gar nicht! Er ist nur ...«

»Kompliziert«, habe ich Noras Satz vollendet, in Erinnerung an unser Gespräch damals nach der Nachrichtenmeldung.

Nora hat gegrinst. »Genau! Furchtbar kompliziert ab und zu, aber definitiv nicht egoistisch.« Dann hat sie die Stirn in dekorative nachdenkliche Falten gelegt – ich wünschte, ich wüsste, wie man dieses Kunststück hinbekommt. Ihr Tonfall ist genauso locker geblieben wie davor, trotzdem war mir klar, dass sie jetzt keine Gegenargumente hören möchte, als sie gesagt hat: »Ich bin mir noch nicht sicher, ob das auf Sören auch zutrifft. Verstehst du?«

Ich denke, ich verstehe das sehr gut: Er hat sie tiefer getroffen, als ihm das vermutlich selbst bewusst ist, mit seinem Vorwurf, sie hätte ihn benutzt. Bei Morgan wusste sie immer, dass er sie nicht verletzen will – selbst dann, wenn er genau das getan hat. Aber ihr Vertrauen in Sören ist nachhaltig erschüttert. Sie fragt sich, was er in ihr sieht: ob er wirklich an *ihr* interessiert ist und nicht nur an einer hübschen Oberfläche. Falls ja, weshalb kannte er sie dann nach neun Monaten so wenig, dass er ihr so etwas zutraut? Vielleicht ist die Antwort ganz einfach: Vielleicht sind neun Monate zu wenig Zeit; vielleicht hat Sören auch etwas erlebt, das ihn misstrauisch gemacht hat; vielleicht beides. Ich kenne ihn nicht, deshalb weiß ich nicht, was ich Nora wünschen soll: dass sie sich versöhnen, oder dass sie ihn hinter sich lässt und einen Mann findet, der sie wirklich verdient?

Gesagt habe ich ihr nur, dass ich ganz genau verstehe, was sie meint. Und dass ich für sie da sein möchte, wenn sie irgendwann das Bedürfnis hat, das Für und Wider aus-zudiskutieren. Dass ich kein Problem damit hätte, Sörens Position einzunehmen, zum Üben, sozusagen.

Das hat Nora wieder zum Lachen gebracht. »Das glaube ich sofort! Du hättest garantiert ein paar gute Argumente zu seinen Gunsten. Vielleicht probieren wir das irgend-wann aus, nur heute ist mir noch nicht danach, okay?«

Damit haben wir uns nochmal fest umarmt und uns eine gute Nacht gewünscht.

Jetzt sitze ich mit meinem Laptop auf dem Schoß und den Stöpseln des Kopfhörers in den Ohren im Bett. Das ist nämlich meine Art, mit so etwas umzugehen: Musik. Je-denfalls war es das früher mal, bevor ich versucht habe, den Schatten aus dem Weg zu gehen. Weil ich mich so furchtbar darin verlaufen hatte, dass ich allein vielleicht nie mehr hinausgefunden hätte. Aber das ist jetzt schon sehr lange her – so lange, dass es sich manchmal anfühlt wie ein anderes Leben. Vielleicht bin *ich* auch eine andere heute. Jedenfalls hoffe ich das: Es wäre ziemlich enttäuschend, wenn all diese Jahre spurlos an mir vorübergegangen wären. Die Jahre und Morgan ...

Manchmal habe ich in den Songs nach Antworten gesucht, meistens nach Trost oder dem Riegel für das Schleusentor zu erlösenden Tränen. Was ich heute suche, weiß ich ehrlich gesagt selbst nicht so genau. Tränen sind es jedenfalls nicht, davon hatte ich mehr als genug. Vielleicht ist es ... nennen wir es ›Inspiration‹; den Anfang eines Gedankens, einer Idee. Vielleicht die Erinnerung an eine verloren gegangene Gewissheit, vielleicht den Zugang zu einem Gefühl, das ich noch nicht richtig zu fassen bekomme.

Ich starre jetzt schon mehrere Minuten auf diesen einen Ordner, ganz am Ende meiner MP3-Sammlung, mit drei großen ›Z‹ am Anfang, damit er auch da unten bleibt: *ZZZ Bad Days.* Angelegt hatte ich den Ordner noch vor Lukas, die meisten Songs sind allerdings in der Endphase unserer Beziehung dazugekommen. Seitdem ist er auf vier oder fünf Rechner umgezogen, einen neuen Song hinzugefügt habe ich zum letzten Mal einen oder zwei Monate, bevor ich mit Stefan zusammengezogen bin. In den letzten zehn Jahren meines Lebens habe ich einfach nicht mehr an diesen Ordner gedacht.

Viele der Songs darin, vielleicht sogar die meisten, fallen in die Kategorie ›kathartisch‹ oder eben ›Schleusentor-Öffner‹: Wegweiser in die Mitte des Labyrinths. Manchmal muss etwas tatsächlich erst noch ein bisschen mehr wehtun, damit es besser werden kann. Als ich ein Teenager war, hat das wunderbar funktioniert, wie Pickelausdrücken. Aber je älter ich wurde, desto länger schien der Weg aus den Schatten zurück ans Licht zu werden.

Das war *ein* Grund, weshalb ich irgendwann versucht habe, erst gar nicht mehr an dunkle Orte zu geraten. Ein anderer war Stefan: Er sollte nicht das Gefühl haben, dass er sich all die Mühe mit mir vergebens gemacht hat.

Wie der Versuch am Ende ausgegangen ist, steht mir noch lebhaft vor Augen, das ist immerhin erst ein gutes halbes Jahr her. Was lässt mich dann immer noch zögern, diesmal einen anderen Weg zu probieren? Was wäre so schlimm an ein paar Tränen mehr? Dass ich morgen noch furchtbarer aussehe als heute? Der Gedanke bringt mich immerhin zum Grinsen.

Ich gebe mir einen letzten Ruck, wähle den Ordner im Player aus und aktiviere die Zufallswiedergabe. Falls mir das Universum irgendetwas mitteilen will, hat es jetzt die Gelegenheit dazu. Dann klicke ich auf ›Play‹. Für zwei oder drei lange Sekunden bleibt es geradezu unheimlich still in meinem Kopfhörer, bis ein Knacken eine ältere, qualitativ nicht besonders hochwertige MP3-Datei ankündigt. Was folgt, lässt mich erst laut auflachen, bevor mir dann doch eine Träne über die Wange kullert: ›Everybody hurts‹ von R.E.M.

Ich bin nicht sicher, ob ich den Song eher in die Kategorie ›tröstlich‹ oder ›kathartisch‹ einordnen würde, vielleicht irgendwo dazwischen. Auf jeden Fall ist er ein Volltreffer. Tage, die nur aus Nacht bestehen, kenne ich nämlich viel zu gut. Aber damit bin ich ganz offensichtlich nicht allein: »Denn jeder wird mal verletzt / Finde Trost bei deinen Freunden ...«

Insgesamt fünf Mal lasse ich ›Everybody hurts‹ laufen, bis ich ganz sicher bin, dass mir nicht mehr nach Heulen zumute ist. Dann fahre ich meinen Rechner herunter, wasche mir das Gesicht und lege mich schlafen. Morgen werde ich gleich noch etwas tun, das ich seit Jahren nicht mehr gemacht habe.

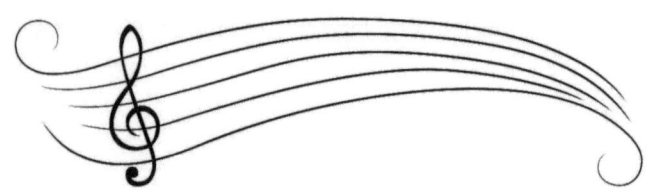

DREIUNDZWANZIG

Damals nach Lukas, an dem Tag, als ich Stefan beinahe überfahren hätte, habe ich zu ihm gesagt, ich hätte das Gefühl, mein Leben würde nicht mehr mir gehören. Dass ich so nicht sein wolle – ein hysterisches Wrack, das rote Ampeln überfährt –, dass ich aber absolut nichts dagegen tun könne. Vielleicht wurde meine Ehrlichkeit auch durch diesen furchtbaren Kaffee mit Rum begünstigt.

Stefan hat einfach nur genickt. Er hat nicht gesagt ›Dann musst du es eben immer wieder versuchen‹ oder gar ›Dann musst du dich eben mehr bemühen‹. Was er schließlich gesagt hat, war: »Nach meiner Erfahrung können wir nicht einfach ändern, wie wir uns fühlen, selbst wenn es uns noch so wenig gefällt. Aber irgendetwas können wir immer ändern. Fang doch einfach mit etwas Kleinem an. Es muss ja nichts Weltbewegendes sein, und es muss auch nicht von heute auf morgen alles anders machen. Es soll dir nur zeigen, dass du immer noch die Entscheidungen triffst. Der Rest kommt dann irgendwann von ganz allein.« Ich denke, in dem Moment habe ich angefangen, mich in ihn zu verlieben.

Am nächsten Morgen habe ich seinen Rat befolgt. Ich

habe mit etwas sehr Kleinem begonnen, etwas, das für den Rest der Welt vollkommen unbedeutend war. Aber mich hat es jedes Mal, wenn ich auf meine Füße geschaut habe, daran erinnert, dass ich nach wie vor Einfluss auf mein Leben habe: Ich habe zwei verschiedenfarbige Socken angezogen.

Natürlich hat mir das Lukas nicht zurückgebracht, und es wird mir Morgan genauso wenig zurückbringen. Aber es ist ein Anfang.

Absurderweise freue ich mich beinahe darauf, aufzustehen. Ich schlüpfe aus dem Bett, werfe einen prüfenden Blick durch den Türspalt auf den Flur – wenn ich es vermeiden kann, möchte ich Sven nicht unbedingt nochmal im Schlafshirt gegenübertreten – und husche ins Schlafzimmer. Als Allererstes, bevor ich mich um Unterwäsche, Jeans und Pulli kümmere, ziehe ich eine schwarze Socke über meinen linken Fuß und eine weiße über meinen rechten. Nicht weil es irgendetwas zu bedeuten hat, sondern einfach nur, weil ich es kann.

Als Nora und Sven kurz nacheinander in die Küche kommen, habe ich bereits den Tisch fürs Frühstück gedeckt. »Guten Morgen!« Ich begrüße meine beiden besten Freunde höchstens ein kleines bisschen zuversichtlicher, als ich mich fühle. »Danke, dass ihr da seid – ich weiß nicht, was ich ohne euch gemacht hätte.« Wie zur Antwort jagt mir die Erinnerung an das kalte Metall der Pistole in meiner Hand einen Schauer über den Rücken. Nora, die mich gerade fest an sich drückt, scheint davon zum Glück nichts zu bemerken.

»Ich mache dann mal Kaffee«, sagt Sven einfach nur, grinst dabei aber untypisch breit.

Während wir frühstücken, erkläre ich den beiden, dass ich nachher eine Weile spazieren gehen möchte, allein, um mir über ein paar Dinge klar zu werden. Noch habe ich nicht entschieden, in welche Richtung er führen soll, mein nächster Schritt.

Nora ist damit offensichtlich nicht einverstanden und möchte etwas sagen, aber Sven hindert sie daran, indem er ihr kurz die Hand auf den Arm legt. »Lass sie«, sagt er ruhig. »Jeder hat sein eigenes Tempo.« Dann dreht er sich zu mir. »Ich weiß, dass Morgan dir ›Dark side of the moon‹ vorgespielt hat.«

Ich nicke, und weil ich ahne, worauf das hinausläuft, schiebe ich gleich noch hinterher: »Ich habe den Text nicht auf mich bezogen, falls du das denkst.«

Sven lächelt, schon wieder. »Na immerhin! Dieses ›Du‹ ist nämlich mehr Selbstgespräch als Dialog. Das ist ein Trick, den er in vielen seiner Songs verwendet. Ich wollte nur sichergehen, dass du das weißt.«

Ich möchte mir die Hand vor die Stirn schlagen, weil ich nicht schon vor Jahren auf den Gedanken gekommen bin. Vermutlich mag ich einfach die Vorstellung zu gern, dass ein Song mit *mir* spricht, mir einen Rat geben, mich trösten möchte, was auch immer. Dabei ist es eigentlich ziemlich offensichtlich, wenn ich nur an ›Dreamhunter‹ denke: Wem wollte er mit Don't you dare to let your fears / take control and put your soul / in that cage of broken dreams wohl zuallererst Mut machen? Das führt mich unweigerlich zu der Frage, wer dann wohl das ›Ich‹ ist, das sich in ›Dark side of the moon‹ am Ende jeder Strophe beinahe trotzig weigert, aufzugeben. Oder wohl besser, wer dieses ›Ich‹ hätte sein sollen ... Wie konnte ich nur so verdammt blind sein? Und taub offenbar noch dazu. Er hat es mir gesagt, und ich habe nicht zugehört. Stattdessen habe ich nur gehört, was er *nicht* gesagt hat.

Ich blicke in die schon wieder leicht besorgten Gesichter von Sven und Nora und schüttele den Kopf, um diese Gedankenspirale zu unterbrechen. »Alles okay. Ich schätze, ich werde noch ein paar weitere Aha-Momente haben, da muss ich jetzt wohl durch.«

Etwa eine Stunde später parke ich mein Auto neben der Einmündung zu dem geteerten Feldweg, auf dem ich schon mit Morgan und später mit Nora spazieren gegangen bin. Eine weitere Begegnung mit Frau Landgraf bleibt mir hoffentlich erspart, aber falls nicht, werde ich auch das überstehen.

Sven hat mich mit den Worten verabschiedet: »Wenn du zum Abendessen nicht daheim bist, gibt es Ärger, junge Dame«, ohne eine Miene zu verziehen. Für einen ebenso intensiven wie flüchtigen Moment habe ich den Drang verspürt, ihn zu küssen.

Der Himmel hängt voller dickbauchiger, graumelierter Wolken, und es weht ein kräftiger, für Mai ziemlich kühler Wind, den die Bäume um mich herum dank großzügiger Zwischenräume nicht wirklich abhalten. Das hier ist eben kein dichter Allgäuer Fichtenwald, in dem es allerdings bei der Beleuchtung auch deutlich düsterer wäre. Immerhin tragen die Bäume frisches hellgrünes Laub.

Nach fünf Minuten stecke ich die Hände in die Jackentaschen und gehe etwas schneller, nach weiteren fünf Minuten überlege ich ernsthaft, es gut sein zu lassen mit der Frischluftkur. Vor mir macht der Weg eine Biegung. Vielleicht bläst mir dahinter der Wind wenigstens nicht mehr ins Gesicht.

Auf dem Scheitelpunkt der Kurve bleibe ich stehen, weil durch ein Wolkenloch ein einzelner Sonnenstrahl wie ein Bühnenscheinwerfer genau auf eine hoch aufragende Buche fällt. Ihr junges Laub scheint von innen heraus zu leuchten. Auf einem der unteren Äste sitzt ein kupferrotes Eichhörnchen, die spitzen Ohren mit den kleinen Fellbüscheln aufmerksam nach vorn gerichtet, den buschigen Schwanz seitlich zu einem eleganten Bogen geformt. Es sieht aus, als hätte es mich erwartet. Ich kann nicht sagen, wie lange wir uns ansehen. Ich bewege mich nicht, weil ich es nicht erschrecken möchte, obwohl es nicht so wirkt, als würde es sich meinetwegen Sorgen machen. Irgendwann neigt es den Kopf ein wenig zur Seite, lässt ein leises Keckern hören und verschwindet mit zwei Hüpfern Richtung Stamm. Ich kann es noch ein paar Mal kupferrot durch grüngoldene Blätter schimmern sehen, während es der Krone entgegenturnt.

Lächelnd gehe ich weiter und kehre erst eine ganze Weile später zum Auto zurück. Ich lächle immer noch, als ich – deutlich vor der Abendessenszeit – die Villa betrete. Svens fragenden Blick beantworte ich mit: »Da war ein Eichhörnchen. Und der ganze Baum hat geleuchtet«, woraufhin er ebenfalls lächelt. So langsam hat er den Bogen raus!

Ich denke, ich weiß jetzt, was ich tun muss – nein, nicht muss, sondern möchte. Wozu ich mich entschieden habe, weil ich es so will. Wobei das, was ich nicht will, dabei auch keine ganz unerhebliche Rolle spielt.

Natürlich habe ich Musik gehört während meines Spaziergangs, aus dem *Bad days*-Ordner: ›Against All Odds‹ von Phil Collins zum Beispiel. Es fühlt sich einerseits an wie ein Sakrileg und ist gleichzeitig ungemein tröstlich, dass alles, was ich gerade erlebe, nicht neu ist. Nicht zum ersten Mal passiert. Dass andere dieselben Erfahrungen gemacht haben. Trotzdem hoffe ich, dass ich mehr tun kann, als nur auf ein Wunder zu warten. Oder mit gebrochenen Flügeln zu fliegen. Danke, Bonnie Bianco, für ›Miss You So‹. Und Roxette für ›Spending My Time‹: Ich habe mich schon so oft zu klein gefühlt. Aber ich will nicht für den Rest meines Lebens die Wand anstarren!

Ein Song war dabei, der mich herausgefordert hat: ›Freelove‹ von Depeche Mode. Ich dachte, ich wüsste, wie das geht: Nähe ohne Fesseln. Jemanden kommen und gehen zu lassen, wie es nun mal seinem Wesen entspricht. Weil er nur wiederkommen wird, wenn du nicht versuchst, ihn festzuhalten. Jemandem vertrauen. Sich selbst vertrauen, dass man es wert ist, dass er wiederkommt. Der Liebe vertrauen.

Vertrauen.

Ein freundliches Wort, neun harmlose Buchstaben, leicht dahingesagt, ohne groß darüber nachzudenken. Wenn man die ersten drei weglässt, erkennt man seine tiefere Bedeutung: Es braucht Mut, um sich etwas zu trauen. Tatsächlich braucht es jede Menge Mut, um zu vertrauen. Und ich hatte immer nur Angst.

Auch ohne es zu wollen, habe ich Morgan eine Kette um den Hals gelegt, geschmiedet aus meinen Ängsten und

Befürchtungen. Und als ich diese Briefe gelesen habe, habe ich die Kette zugezogen.

Ich habe mir eingeredet, ich wolle ihm helfen, ich müsse das tun, ich würde es ihm damit leichter machen ... Was für ein Bullshit! Und Morgan hat nicht einmal eine Sekunde gebraucht, um das alles zu durchschauen. Um mich zu durchschauen. Um zu begreifen, dass er sich getäuscht hat, dass er machen kann, was er will: Er wird mir die Angst niemals nehmen können. Und um zu erkennen, dass er nicht mit dieser Kette um den Hals leben kann.

Diese Wahrheit steht in Leuchtbuchstaben vor meinem geistigen Auge: Morgan kann mir meine Angst nicht nehmen – er wird im Gegenteil immer wieder das Öl im Feuer sein. Und ich kann sie nicht einfach abschalten, nur weil ich sie jetzt durchschaut habe. Ich kann lediglich versuchen, mich ihr zu stellen, immer wieder. Denn das ist keine einmalige Sache: dem Feind ins Auge blicken, ihn niederstarren, bis er sich wimmernd und auf ewig geschlagen in das elende Loch flüchtet, aus dem er gekrochen ist. So funktioniert das nicht. Meine Angst ist ein Teil von mir, genau wie die Schatten. Ich kann mich vor ihnen verstecken, mir die Decke über den Kopf ziehen und Zeit verstreichen lassen, bis sie wieder zu etwas Grauem, Harmlosem verblassen – und mit ihnen auch alle anderen Farben. Womit wir bei dem angelangt sind, was ich *nicht* will: dahin zurück, wo alles irgendwie grau ist.

Was ich wirklich will, wozu ich mich entschieden habe, ist, Morgan zumindest zu sagen, dass es mir leid tut. Die Sache mit der Kette, nicht nur die mit den Briefen. Er soll wissen, dass er sich nicht völlig in mir getäuscht hat. Und er soll wissen, dass ich ihn liebe, unverändert, was auch immer er von sich selbst denkt. Was danach passiert, liegt nicht in meiner Hand. Ganz gleich, wie es ausgeht: Es wird wehtun. Hoffentlich noch deutlich öfter als dieses eine Mal.

Denn da ist auch etwas, das *ich* nicht für Morgan tun kann: Ich kann ihn nicht glücklich machen. Jedenfalls nicht so, dass er nie wieder an der Glasfront stehen und in die Nacht starren würde, auf der Suche nach etwas, das er nicht einmal benennen kann. Andererseits aber doch glücklich genug, als dass er irgendwann, auch wenn es vielleicht Stunden dauert, zurück ins Bett kommt, zu mir. Reicht das etwa nicht?

Ehrliche Antwort? Ich weiß es nicht. Aber ich würde es gern herausfinden. Wenn er mich lässt.

Ich frage mich ganz bewusst nicht, ob er mich überhaupt noch will. Die Frage ist natürlich da, hämmert mit den Fäusten gegen die Tür in meinem Kopf, die ich ihr vor der Nase zugeschlagen habe, und kratzt mit spitzen Fingernägeln quietschend über meine Gedanken wie über eine Schiefertafel. Aber ich ignoriere sie, gebe ihr keinen Raum, um zu wachsen, sich auszubreiten und ihr lähmendes Gift zu versprühen. Stattdessen buche ich online ein Flugticket nach Oregon. Denn das ist Svens Vermutung: dass Morgan den Kreis durchbrochen hat. Um etwas zu finden oder zu Ende zu bringen; vielleicht auch, um eine Entscheidung zu treffen. Wie auch immer, Sven ist überzeugt, dass Morgan an den ersten Ort zurückgekehrt ist, von dem er geflohen ist, vor beinahe zweiunddreißig Jahren. Dorthin, wo er mit seinem Vater zu Hause war.

Ich habe den frühesten Flug gebucht, der zu haben war, der Preis war mir egal. Je weniger Zeit mir bleibt, um doch noch einen Rückzieher zu machen, desto besser. Mein erstes Ziel wird Portland sein, nach einem Zwischenstopp zum Umsteigen in Chicago. Dann werde ich mir einen Mietwagen nehmen und die Pazifikküste hinunter Richtung Süden fahren, bis nach Newport. Dort hat Sven Morgan bei seinem Schüleraustausch kennengelernt, abgesehen davon steht die Adresse auch auf den Umschlägen der Briefe. Wie es in Newport weitergeht, weiß ich noch nicht. Etwas sagt mir, dass das Haus, das Morgans Vater gehört hat, nicht der Ort ist, an den er wollte. Aber irgendwo muss er schließlich übernachten, also werde ich mich einfach durchfragen.

Mein Koffer ist schnell gepackt. Nach einigem Zögern gebe ich einem inneren Drang nach und hole die beiden Briefe aus Morgans Arbeitszimmer. Immerhin ist da noch dieser vorletzte Satz, die eine Sache, die Morgan nach wie vor nicht weiß. Nur mal angenommen, dass ich das überhaupt könnte, dass ich es fertigbringen würde – für Jahrzehnte, wenn alles gut geht: Darf ich ihm dieses Wissen wirklich vorenthalten? Darf ich entscheiden, was gut für ihn ist?

Etwas in mir sagt *Nein!*, sehr laut und sehr deutlich. Weil er das nämlich nicht wollen würde. *Ich wollte nicht wie einer von diesen Idioten klingen, die besser wissen, was das Beste für dich ist, als du selbst.* Das hat er damals im Café zu mir gesagt. Soll ich jetzt etwa einer von diesen Idioten sein?

Ein anderer Teil von mir wiederholt einfach nur, was ich beim Lesen dieses Satzes gedacht habe: *Das würde ihn zerstören.*

Zwei Wahrheiten – und vielleicht stimmen beide. Trotzdem muss ich eine Entscheidung treffen, Entweder-oder, denn ein Sowohl-als-auch gibt es nicht. Das heißt, ich *werde* eine Entscheidung treffen müssen. Ein kleiner Aufschub bleibt mir noch. Bis dahin sind die Briefe in meiner Laptoptasche sicher aufgehoben.

Jetzt gibt es nur noch eine letzte Sache zu tun, bevor Sven und Nora mich nachher zum Flughafen fahren. Bevor ich *wirklich* aufbrechen kann, nicht nur körperlich, muss ich mit etwas abschließen. Sonst wird es mich immer weiter verfolgen, wie es das in den letzten Monaten hin und wieder getan hat. Es wird seinen Schatten über alles werfen, was noch kommen mag. Und wenn ich eines nicht gebrauchen kann, dann sind das zusätzliche Schatten. Deshalb wähle ich Stefans Nummer.

»Franziska«, sagt er nur, statt sich zu melden. Er klingt weder überrascht noch erfreut, aber zumindest auch nicht verärgert.

»Es tut mir leid ... Das wollte ich dir nur sagen.«

»Was tut dir leid?« Eine nüchterne Frage, ohne Provokation oder einen versteckten Vorwurf.

Ich zögere, weiß plötzlich nicht mehr, wie ich Worte finden soll, die dieses Chaos ordnen; die Trauer über das Verlorene; das, was ich noch immer für Stefan empfinde; mein schlechtes Gewissen ihm gegenüber und der Wunsch, es irgendwie wiedergutzumachen, obwohl ich ganz genau weiß, dass ich das nicht kann.

Stefan wartet.

»Dass ich ..., dass ich dir nicht dasselbe geben konnte wie du mir«, sage ich schließlich. »Und dass ich das nicht selbst begriffen habe. Dass du das auch noch für mich tun musstest ...« Meine Stimme verliert sich. Ich schlucke und bin froh, dass wir nur telefonieren, dass Stefan mein Gesicht nicht sehen kann. Mit der freien Hand wische ich Tränen weg – schon wieder. Er würde sie höchstwahrscheinlich für Selbstmitleid halten oder für einen billigen Versuch, ihn milde zu stimmen.

Stefan seufzt. »Wir hatten eine schöne Zeit zusammen, oder nicht?«

»Ja«, sage ich und meine es genau so, »die hatten wir.«

»Gut. Ich hätte mir gewünscht, dass das so bleibt, aber im Leben läuft eben nicht immer alles so, wie wir uns das wünschen. Damit komme ich klar. Ansonsten würde ich jetzt gern nach vorne schauen, und das würde ich dir auch empfehlen. Wie sagt man so schön? ›Es bringt nichts, über vergossene Milch zu jammern.‹ Wenn sie weg ist, ist sie weg. Da kann man nur beim nächsten Mal besser Acht geben.«

Der Satz hätte von mir sein können. Ich muss lächeln und frage mich nicht zum ersten Mal, weshalb es mir eigentlich so schwer fällt, mich an meine eigenen klugen Ratschläge zu halten. *Etwas zu wissen ist nicht dasselbe, wie es zu fühlen*, höre ich das zarte Echo von Morgans Stimme irgendwo in meinem Hinterkopf. Immer hat er die Antworten ... Nein, nicht immer. Nicht alle. Aber die, auf die es ankommt. Für mich. Das sollte ich ihm sagen, ich glaube nämlich nicht, dass er das weiß. Ich sollte ihm eine ganze Menge Dinge sagen ...

»Danke – für alles«, sage ich stattdessen erst mal zu Stefan. »Du hast recht, es ist Zeit, nach vorne zu schauen. Ich wünsche dir wirklich alles Gute.«

»Ich dir auch«, antwortet er. Und damit legen wir auf.

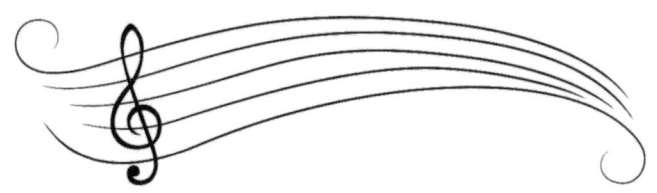

VIERUNDZWANZIG

Mehr als achtzehn Stunden, nachdem ich die Villa verlassen habe, landet die Boeing 737, in die ich in Chicago umgestiegen bin, in Portland. Es ist ein Uhr nachts Ortszeit. In Frankfurt ist es jetzt zwar zehn Uhr am Montagmorgen, trotzdem bin ich müde: Ich habe fast den gesamten Flug genutzt, um zu arbeiten. Zu Hause habe ich nämlich vier Tage verloren, an denen ich schlicht nicht arbeitsfähig war, und die nächsten Tage werde ich hoffentlich eher wenig Zeit am Computer verbringen. Weil mir klar war, dass ich müde sein würde – und wohl auch, weil ich es deutlich weniger eilig habe, je näher ich meinem Ziel komme –, habe ich von unterwegs ein Hotel am Flughafen gebucht, das einen Rund-um-die-Uhr-Shuttleservice anbietet. Ein kurzer Anruf, während ich auf mein Gepäck warte, genügt, und ich werde abgeholt.

Ich habe besser geschlafen als erwartet und fühle mich trotz Jetlag und der kurzen Nacht einigermaßen fit, als ich gegen halb zehn Uhr morgens wieder im Flughafen stehe, diesmal am Schalter von Alamo, um meinen Mietwagen abzuholen. Weil außer mir niemand ansteht, sitze ich schon fünfzehn Minuten später in einem kleinen silbernen Toyota, auf dem Weg nach Newport.

Ich habe beschlossen, nicht die kürzeste Route quer durchs Landesinnere zu nehmen, sondern mich erst mehr Richtung Westen zu halten, um dann ein etwas längeres Stück an der Küste entlang nach Süden zu fahren. Die Oregon-Coast soll landschaftlich ein echtes Highlight sein, und das will in der Heimat von Grand Canyon und Yellowstone Park schon etwas heißen.

Wenn ich ganz ehrlich bin, habe ich es jetzt gerade aber auch noch weniger eilig als gestern Nacht ... Ich weiß natürlich, dass ich das Unvermeidbare nur hinausschiebe. Und dass es manchmal besser ist, nicht zu viel über etwas nachzudenken, weil man sich sonst nur selbst sabotiert. Andererseits werde ich mit Fahren beschäftigt sein und damit, die Aussicht zu bewundern. Ich hoffe jetzt einfach mal, dass das meine Nerven beruhigt, statt mir die Gelegenheit zu geben, doch noch Gründe für eine sofortige Umkehr zu finden.

Etwa anderthalb Stunden fahre ich durch eine überwiegend flache, stark landwirtschaftlich genutzte Gegend – Portland liegt mitten in einem ausgedehnten, offenbar äußerst fruchtbaren Tal –, bevor die Wiesen und Felder nach und nach durch dichten Wald abgelöst werden und es merklich hügeliger wird. Ich habe das westliche Küstengebirge erreicht. Etwa eine halbe Stunde später lotst mich das Navi endlich auf den berühmten Highway 101, und ich sehe zum ersten Mal den Pazifik.

Beim ersten Viewpoint halte ich an, steige aus dem Wagen und atme tief die frühlingshaft frische, leicht salzige Luft ein, die sich mit den würzigen Aromen von Kräutern und Nadelhölzern mischt. Die mittägliche Sonne glitzert auf der sattblauen, nur leicht bewegten Weite des Stillen

Ozeans, der seinen Namen heute zurecht trägt. Träge rollen flache Wellen mit weißen Schaumkrönchen auf den graubraunen Strand ein gutes Stück unter dem Aussichtspunkt und mir, und über dem Horizont hängt eine zarte Wolkenbank wie ferner Nebel.

Mit jedem Atemzug scheint meine Brust sich ein wenig mehr zu weiten, scheinen die Wochen, die hinter mir liegen, von einer leichten Brise fortgetrieben zu werden, hinaus aufs Meer. Ich denke an Noras Abschiedsworte am Flughafen: *Ich werde hier sein, wenn du zurückkommst – wie auch immer es ausgeht.* Und plötzlich habe ich keine Angst mehr. *Das Schlimmste, was du tun kannst, ist überhaupt nichts,* höre ich Alexandra sagen und weiß, dass sie recht hat. Ich bin hier, um mein Bestes zu geben, und das werde ich tun. Falls das am Ende trotzdem nicht reichen sollte, gibt es nichts, wofür ich mich schämen oder was ich für den Rest meines Lebens bedauern müsste.

Die letzte Stunde Fahrt mit Oregons überwältigend schöner Küste zu meiner Rechten verfliegt geradezu: Über mir strahlt ein blauer Mai-Himmel mit den glitzernden Wellen um die Wette. Die Straße verläuft die meiste Zeit direkt an der Küste; mal auf Meereshöhe, sodass ich sogar Strandabschnitte sehen kann, mal schlängelt sie sich eine Anhöhe hinauf. Überall wächst und blüht irgendetwas. Manchmal versperrt mir dichtes, intensiv leuchtendes Grün den Blick auf den Ozean, manchmal auch die bunt gestrichenen Holzfassaden der Häuser, wenn ich durch eine Ortschaft fahre. Alle paar Minuten lädt ein Parkplatz dazu ein, anzuhalten und die Aussicht zu genießen, aber ich verkneife mir weitere Stopps. Sonst bleibe ich vielleicht einfach hier und vergesse, was ich im Leben sonst noch wollte.

Weil es nicht nur mir so geht mit dieser Küste, gibt es auch in Newport zahlreiche Unterkünfte für Touristen. Für den Anfang meiner Suche habe ich die großen Hotels und die Low-Budget-Motels aussortiert. Von den übrig gebliebenen Adressen will ich mich zunächst auf die beschränken, die möglichst nah am Meer liegen. Wenn Morgan in keinem dieser Hotels abgestiegen ist, werde ich meine Suche Stück für Stück ausweiten.

Laut Navi habe ich noch etwa zehn Minuten bis zu meinem ersten Ziel, als mir am Straßenrand ein fröhliches Schild mit einer großen gemalten Sonne ins Auge springt. Es fordert mich auf, an der nächsten Kreuzung links abzubiegen, um zum *Sunny Hills Motel* zu gelangen. Ich zögere nicht lang, setze den Blinker und ordne mich auf der Linksabbiegerspur ein. Dieses Motel ist keins von denen, die ich mir näher angesehen habe. Es liegt nicht am Meer, sondern im Landesinneren, also ist es eher unwahrscheinlich, dass Morgan dort ist. Genau deswegen ist es perfekt für mich. Schließlich könnte es ziemlich aufdringlich wirken, wenn ich mir gleich im selben Hotel ein Zimmer nehme.

Nach knappen zwei Kilometern auf einer für amerikanische Verhältnisse untypisch kurvigen Straße heißt mich am rechten Straßenrand ein weiteres Schild mit Sonne willkommen. Darunter verkündet ein deutlich kleineres Leuchtschild in grünen Großbuchstaben, dass es freie Zimmer gibt. Ich fahre auf den Parkplatz und stehe vor einem typischen Motel wie aus einem Film: ein zweistö-

ckiges, L-förmiges Gebäude mit Außentreppe und über-
dachten Gängen, die oben und unten zu zehn oder zwölf
Zimmern führen. Das ganze Haus ist leuchtend blau an-
gestrichen, und auf der Stirnseite vom Fuß des L prangt
die dritte lachende Sonne.

Der Parkplatz ist zwar bis auf einen älter aussehenden
weißen Kombi komplett leer, ich vermute als Grund dafür
aber eher die Nebensaison als die Qualität der Unter-
kunft, also stelle ich meinen Mietwagen vor dem Zimmer
mit der Nummer 03 ab. Falls es frei ist, nehme ich es.
Wenn aller guten Dinge drei sind, muss die Drei ja wohl
eine Glückszahl sein.

Die Rezeption ist gleich im Fuß des L untergebracht,
nur wenige Meter von meinem Parkplatz entfernt. Allerdings stehe ich erst mal vor einer geschlossenen Tür, hinter deren verglaster oberer Hälfte ich einen verwaisten
Tresen sehen kann. An dem Glas ist mit Tesafilm ein hand-
geschriebener Zettel befestigt. *Bin gleich zurück* steht da,
und darunter *Einfach anrufen* und eine Handynummer.

Also gut, jetzt bin ich schon mal hier, und irgendwie gefällt mir dieses sonnige Motel. Ich hole mein Handy aus
dem Auto und tippe die Nummer ein. Nach dem zweiten
Klingeln begrüßt mich eine muntere Frauenstimme. Sie
fragt weder, was ich will, noch, ob es mir etwas ausmacht,
noch etwas zu warten. Stattdessen lässt sie mich wissen,
wie sehr sie sich freue, dass ich da sei, und dass sie ausnahmsweise ihre Enkelin vom Kindergarten abhole, weil
ihre Tochter länger arbeiten müsse. In weniger als zehn
Minuten sei sie bei mir, um mir meinen Schlüssel zu geben und das Zimmer zu zeigen.

Es dauert tatsächlich gerade mal fünf oder sechs Minuten, bis ein dunkelgrüner Pickup auf den Parkplatz rollt und im hinteren Bereich anhält, wo er keine der Gästeparkflächen blockiert. Eine grauhaarige Frau steigt aus und befreit ein quirliges Mädchen aus dem Kindersitz auf der Rückbank. Die Kleine rennt voraus und winkt mir zu. Ich winke ganz automatisch zurück.

Mit einem breiten Lächeln kommt dann auch die Frau auf mich zu. Ihr Gang, ihre Mimik, ihre ganze Haltung strahlen etwas Selbstsicheres, Zupackendes aus, das in mir unwillkürlich ein Gefühl von Geborgenheit weckt. Sie hätte sicher eine gute Ärztin abgegeben, auch wenn sie nicht gerade so gekleidet ist: Über Jeans zu stabil aussehenden Boots hängt ein blau-weiß kariertes Flanellhemd, und in ihrem kurzen Haar steckt eine große blaue Sonnenbrille. Noch im Gehen streckt sie mir eine knotige Hand entgegen, die erstaunlich kräftig zufasst. »MaryLou Miller – nenn mich Mary, das machen hier alle.«

»Franziska Eibinger«, stelle ich mich vor und ergänze: »Sag einfach Fran zu mir.« Englischsprachige Menschen haben so ihre Schwierigkeiten mit dem Z, und etwas, das auch nur entfernt nach ›Siska‹ klingt, möchte ich im Moment lieber nicht hören.

Mary nimmt mich mit hinein zum Empfangstresen, und während wir die Formalitäten erledigen – das Zimmer Nummer 03 ist tatsächlich verfügbar –, fragt sie mich die üblichen Dinge: Woher ich komme und was mich herführt.

Eine ganz normale Smalltalk-Frage, die man einem Gast an der Rezeption eben stellt. Trotzdem muss ich schlucken. Ich druckse erst etwas herum, weil ich diese nette, fröhliche Frau nicht anlügen und etwas von Urlaub erzählen will, wie ich es noch bei der Einreise ganz selbstverständlich getan habe. Amerikanische Grenzbeamte irritiert man besser nicht mit komplizierten Geschichten, aber hier ... Mein Gestammel lässt mich rot werden, und plötzlich denke ich *ach, was soll's!* und sage ihr, dass ich jemanden suche, der früher hier gelebt hat. Der Rest sprudelt dann einfach so aus mir heraus: »Wir hatten einen schlimmen Streit, und ich glaube, dass er hier ist, um ... etwas zu klären. Ich will nur sichergehen, dass es ihm gut geht. Und mich bei ihm entschuldigen.«

Mary mustert mich eine ganze Weile. Etwas an ihrem Gesichtsausdruck ist seltsam. »Du weißt also nicht, wo er ist?«, fragt sie schließlich.

»Nein. Er ... hat gelegentlich diese Angewohnheit. Erst mal zu verschwinden. Wenn ... er mit etwas nicht zurechtkommt. Aber das ist meine Schuld, nicht seine – ich habe etwas getan, das ... ihn vertrieben hat. Sozusagen.« Mein Gesicht glüht jetzt regelrecht. Was habe ich mir nur dabei gedacht? Eine Motel-Managerin ist doch keine Beichtschwester, da hätte ich mich mal besser an die nächste Bar gesetzt!

Mary unterbricht meine Gedanken mit einem Räuspern. »Magst du mir vielleicht sagen, wie er heißt? Ich habe mein ganzes Leben in Newport verbracht und kenne hier praktisch jeden.« Sie klingt plötzlich viel vorsichtiger als zuvor, beinahe schüchtern.

Ich zögere nur ganz kurz. Absolut nichts an Mary macht den Eindruck, als hätte sie die Nummern von ein paar Yellow-Press-Journalisten auf Kurzwahl gespeichert – mal ganz abgesehen davon, dass Morgan nicht Robby Williams ist, wie mir inzwischen klar sein sollte.

»Morgan Garret«, sage ich deshalb. »Er hat mit seinem Vater hier gewohnt, in der Pine Street, bis Mitte der Achtziger.«

Marys Reaktion überraschend zu nennen, wäre die Untertreibung des Jahrhunderts: Ihre Augen weiten sich so sehr, dass es schmerzhaft aussieht, dann schlägt sie sich die Hand vor den Mund und macht seltsame Geräusche, die am ehesten nach einer Mischung aus Kichern und Nach-Luft-Schnappen klingen.

»Äh ... ist alles in Ordnung?«, frage ich vorsichtshalber. »Geht es dir gut?«

Mit der freien Hand winkt sie ab. Ich höre sie noch ein paar Mal laut atmen, dann beugt sie sich hinter die Theke, kramt kurz darin herum und kommt mit einer halbvollen Wasserflasche wieder zum Vorschein. Sie schnauft noch zwei oder drei Mal, während sie den Deckel abschraubt. Nachdem sie einen großen Schluck getrunken hat, fängt sie schallend an zu lachen.

»Entschuldige, du musst mich für eine Verrückte halten«, sagt sie, als sie sich wieder halbwegs beruhigt hat. Und greift mit beiden Händen über den Tresen hinweg nach meiner Rechten, die sie kräftig zusammendrückt. »Dass du ausgerechnet hier bei mir gelandet bist, kaum zu glauben! Es freut mich wirklich sehr, dich kennenzulernen, Fran. Weißt du was, ich mache uns jetzt erst mal Kaffee! Du trinkst doch Kaffee, oder? Wir sollten uns wirklich in Ruhe unterhalten.« Jetzt schmunzelt sie schon wieder vergnügt, und mir bleibt praktisch nichts anderes übrig, als zu nicken und zu versuchen, kein allzu dämliches Gesicht zu machen.

Mary wartet nicht auf mich, sondern steigt einfach aus. Den Schlüssel lässt sie stecken. Ihr Pickup parkt neben einem schwarzen Mustang, der bittersüße Erinnerungen ans Waldhaus weckt, auch wenn das hier die Cabrio-Version ist: Morgan am See, wie er vorgibt, nach einem Frosch zu suchen, den ich ins Wasser werfen soll, damit er sich in einen Prinzen verwandelt. Stattdessen bin ich es dann, die von ihm ins Wasser getragen wird. Sein Lachen. *Unser* Lachen ... Und natürlich der Beinahe-Unfall, Morgans Frage: Was wäre so schlimm daran?

Auch ohne dieses schwarz glänzende Zeichen auf vier Rädern und Marys Gewissheit, nachdem sie gestern nach unserem Gespräch noch telefoniert hat, bin ich sicher, dass Morgan hier ist. Als könne ich es irgendwie spüren – was natürlich Unsinn ist. Es passt nur einfach perfekt, viel besser als jedes Hotel, dieses mit weißem Holz vertäfelte Ferienhaus etwas außerhalb der Stadt, am Ende einer schmalen, waldgesäumten Zufahrt. Es steht auf einer Anhöhe über dem Pazifik, den ich hinter einer leicht abschüssigen Grasfläche sehen, hören und riechen kann.

Während ich mich noch mit klammen Fingern und steifen Gelenken aus dem Auto schäle, als wäre ich ganz plötzlich um fünfzig Jahre gealtert oder hätte in diesem Sitz übernachtet statt in einem ausgesprochen bequemen Bett, steht Mary schon an der Haustür und drückt ohne Umstände die Klingel. Ich stöhne leise auf und zwinge meine wackligen Beine, etwas schnellere Schritte zu machen.

So hatte ich mir das nicht vorgestellt – wobei ich ehrlich gesagt auch nicht darüber nachgedacht habe, wie es aussehen würde, das Wiedersehen mit Morgan. Ich wollte lieber einen Schritt nach dem nächsten machen und vor allem der Angst keinen Raum geben, dass er mir vielleicht einfach die Tür vor der Nase zuschlägt.

Dann hat Mary mich heute Morgen direkt im Frühstücksraum abgepasst. Was nicht schwierig war, weil außer mir nur noch ein älteres Ehepaar im Sunny Hills Motel zu übernachten scheint. »Wenn du gefrühstückt hast, fahre ich dich rüber«, hat sie gesagt. Lächelnd, aber in einem Ton, der keine Widerrede duldet.

Mary, die ehemalige Haushälterin von Morgans Vater, wie sie mir gestern gleich zu Beginn unserer Unterhaltung eröffnet hat. Die Morgan offenbar nach wie vor von Herzen gernhat, obwohl sie ihn seit 1984 weder gesehen noch auch nur gesprochen hat.

Ich habe ihr von den Briefen erzählt – dass ich sie gelesen habe, nicht, was darin steht –, und sie konnte sich noch sehr gut an die Tage erinnern, als sie eingetroffen waren.

Morgans Vater, den sie einfach Charles nennt, hat Mary gegenüber nie auch nur ein Wort verloren über seine Scheidung oder den Grund dafür. Aber nachdem er die Briefe erhalten hatte, sei er wie ein Geist durch sein eigenes Haus gelaufen: blass und schweigend. Als dann die Nachricht vom Tod seiner Exfrau kam, sei er sogar noch stiller geworden. Bis Morgan angekommen sei. Ab da habe er sich bemüht, sehr sogar. Trotzdem habe Mary vom ersten Tag an sehen können, dass zwischen Vater und Sohn ein unüberwindbarer Graben klaffte. Ihr haben beide leidgetan: so offensichtlich zutiefst verletzt und ebenso offensichtlich nicht in der Lage, einander zu trösten. Auch damals sei Morgan manchmal einfach verschwunden, meist nur für ein paar Stunden, einmal aber auch über

Nacht. Und meistens habe sie ihn an einem Ort ein gutes Stück außerhalb der Stadt finden können, auf einer Klippe über dem Meer, auf der heute ein Ferienhaus steht.

Und da schließt sich der Kreis.

Es gibt etwas, das Mary Morgan sagen möchte. Sie ist der Meinung, das müsse von Angesicht zu Angesicht passieren, und Morgan müsse bereit sein, er müsse es hören wollen. Deshalb hat sie nie versucht, ihn zu kontaktieren, nachdem er nicht auf die Beerdigung seines Vaters gekommen war. Was es ist, hat sie mir nicht gesagt, und ich habe auch nicht gefragt. Ich denke, wenn sie gewollt hätte, hätte sie es erzählt. Ich denke auch, dass es etwas mit seinem Vater zu tun hat, womit auch sonst? Und irgendetwas lässt mich glauben – oder vielleicht auch einfach nur hoffen –, dass es etwas Gutes ist. Im Gegensatz zu dem, was ich ...

Die Tür geht auf, meine Schonfrist ist abgelaufen.

Zum dritten Mal sehe ich Morgan so in einem Türrahmen stehen: barfuß, in einem zerknitterten T-Shirt und mit dunklen Schatten auf den Wangen und unter den Augen. Trotzdem sieht er besser aus als die anderen beiden Male. Entschlossener? Oder vielleicht weniger ... vom Weg abgekommen?

Bevor ich mir darüber klar werden kann, tritt Mary vor und zieht Morgan in eine sehr herzliche Umarmung wie einen verlorenen Sohn. »Es ist gut, dass du hier bist, Morgan. Wir werden uns unterhalten, aber das hat Zeit.« Sie lässt ihn los und dreht sich zu mir. »Heute Abend bringe ich dir dein Gepäck vorbei.«

Morgan ist bislang nicht mehr als ein überraschter Laut über die Lippen gekommen.

»W ... warte mal ...«, stammele ich, zu Mary gewandt, aber die ist schon fast bei ihrem Wagen und gibt vor, mich nicht zu hören. War das etwa von Anfang an ihr Plan? Mich hier quasi einfach auszusetzen? Und Morgan keine Wahl zu lassen? Das geht doch so nicht ...

Hinter mir räuspert Morgan sich, zwei Mal. »Es bringt nichts, ihr zu widersprechen«, sagt er dann leise. »Das wusste selbst mein Vater. Falls du lieber im Hotel übernachten möchtest, kann ich dir nachher ein Taxi rufen.«

»Was möchtest *du* denn?«, frage ich. Scheu. Ich schaffe es nicht, ihn wirklich anzusehen.

»Du hast mir gefehlt.« Morgans Worte sind kaum mehr als ein Flüstern.

Das ist zwar keine direkte Antwort, aber so viel mehr, als ich auf dem Weg hierher zu hoffen gewagt habe, dass ich es jetzt endlich doch wage, ihn zu berühren. Meine Fingerspitzen streichen über seinen Arm, fühlen warme Haut und winzige Härchen, die sich unter meiner Berührung aufzurichten scheinen, und Morgan zieht mich an sich. Sein Brustkorb hebt und senkt sich zu schnell, genau wie meiner. Unsere Herzen stolpern über ihren eigenen Rhythmus vor lauter Sehnsucht. Und Angst. Wortlos stehen wir auf einer Türschwelle, mal wieder. Ich bin so unglaublich erleichtert. Und so unglaublich erschöpft. Hierherzukommen, das war trotz aller positiven Gedanken wie gegen Treibsand zu kämpfen. Und es ist noch nicht vorbei.

Das weiß auch Morgan, der sich jetzt behutsam von mir löst. »Wir müssen reden, bevor wir irgendetwas entscheiden.« Seine sonst so samtige Stimme klingt rau und kratzig.

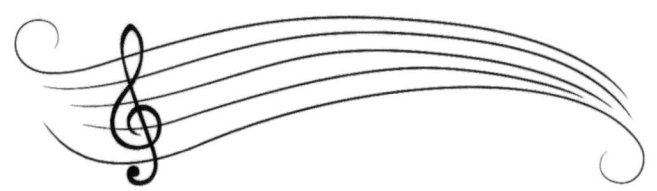

FÜNFUNDZWANZIG

»Ich bin immer noch wütend auf dich«, sagt Morgan, nachdem er mich hinein gebeten hat. Er richtet die Worte in den Raum, ohne mich dabei anzusehen.

»Ich weiß.«

»Und auf mich auch.«

Auch das weiß ich, also nicke ich nur.

»Ehrlich gesagt weiß ich nicht, wie ich damit umgehen soll.«

Das ist so offensichtlich, dass ich nichts dazu sagen muss. Stattdessen sehe ich mich um, um Morgan ein bisschen Zeit zu geben. Wir stehen in einem großzügig geschnittenen Wohnraum. Linker Hand geht es in eine offene Küche; rechts lädt eine Sitzgruppe dazu ein, es sich unter großen Fenstern gemütlich zu machen, die den Blick aufs Meer freigeben. Eine zweiflüglige Glastür führt hinaus auf die Veranda. Auf einem der Sessel lehnt eine schwarze Gitarre. Sie sieht neu aus, ohne die abgegriffenen Stellen im Lack von Hals und Korpus, die von jahrelangem Gebrauch erzählen. Natürlich gibt es auch einen Fernseher, außerdem einen offenen Kamin. Weiter hinten im Zimmer steht ein Esstisch aus dunklem Holz mit sechs Stühlen. Mein Blick wandert zurück zu Morgan.

»Warum gehen wir nicht erst mal nach oben?«

»*Was?*« Morgan scheint ernsthafte Zweifel zu haben, dass er mich richtig verstanden hat.

Ich lächle als Antwort, drehe mich um und gehe voraus, ohne seine Reaktion abzuwarten. Es dauert fast zehn Sekunden, was ungefähr zehn Stufen entspricht, bevor ich seine Schritte auf der Treppe hinter mir höre. Die Tür zum Schlafzimmer steht offen, sodass ich nicht erst suchen muss.

Morgan bleibt im Türrahmen stehen. Ich kann seinen Blick spüren, während ich mich ausziehe, als intensive Wärme auf jedem Zentimeter Haut, den ich entblöße. Gleichzeitig hütet er sich davor, den Raum zu betreten, fluchtbereit. Zwei gegensätzliche Pole, wie eben in der Haustür: ein Verlangen nach Nähe, nach Vergewisserung, nach Trost, das mit nichts anderem zu vergleichen ist; und eine mindestens ebenso große Angst, verletzt zu werden.

Ich kann nicht sagen, was überwiegt, das weiß ich ja nicht mal bei mir selbst. Und ich kann ihm die Entscheidung nicht abnehmen. Ich kann ihm nur zeigen, dass ich sie getroffen habe. Dass ich bereit bin, das Risiko einzugehen. Immer noch und immer wieder.

Ich halte nichts von Versöhnungssex, also Sex, der die Aufgaben einer Versöhnung übernimmt. Das funktioniert nicht, es übertüncht höchstens das Problem, für eine Weile. Ich bilde mir also nicht ein, dass ein wenig körperliche Nähe ungeschehen machen könnte, was ich getan habe. Oder was ich versäumt habe zu tun. Eigentlich bilde ich mir gar nichts ein: Ich hatte keinen Plan, als ich vorgeschlagen habe, nach oben zu gehen. Es hat sich einfach richtig angefühlt, und das tut es immer noch, obwohl ich es zugleich vom ersten Schritt an hinterfrage.

Das mit dem Denken ist so eine Sache: Meistens ist es nützlich; manchmal verkompliziert es die Dinge aber auch nur. Ich will jetzt nicht denken – ich will fühlen, was auf dem Spiel steht. Was ich vielleicht bereits verloren habe, weil sich die Uhr nun mal nicht zurückdrehen lässt.

Morgan und ich haben einander zwar auch vorher schon verletzt. Da war die Dachterrasse an seinem fünfzigsten Geburtstag und der Flur von Stefans Haus nur wenige Tage später. Aber diesmal ist es anders. Ich habe etwas Essentielles beschädigt: sein Vertrauen in mich, in mein Verständnis – nein, in unser *gemeinsames* Verständnis für den Umgang mit Schatten und Abgründen. Und ich habe das Bild beschädigt, das er von sich selbst in meinen Augen gesehen hat. Ob dieser Schaden repariert werden kann, muss sich erst noch zeigen.

Im Moment sind all diese Gedanken allerdings müßig. Nackt zu sein, stelle ich fest, hilft dabei, sich aufs Fühlen zu konzentrieren. Ich fühle den dicken cremefarbenen Teppich unter meinen bloßen Füßen und den frischen Luftzug, der durchs gekippte Schlafzimmerfenster hereinweht, meine nackte Haut streift und mich frösteln lässt, während ich mich auf das Kingsize-Bett lege.

Die ordentlich aufgeschlagene übergroße Decke am Fußende lasse ich liegen, wo sie liegt. Dann stütze ich mich auf den Ellenbogen auf und sehe Morgan an. Er soll wissen, dass ich genauso viel Angst habe wie er. Und dass ich mir trotzdem nichts mehr wünsche, als dass er endlich hierherkommt, zu mir. Mit der freien Hand löse ich den

Haargummi, der meinen Pferdeschwanz zusammenhält. Weiche Strähnen gleiten sanft auf meine Schultern.

Ich weiß, dass ich gerade sämtliche ungeschriebenen Regeln breche. Und er weiß schlicht nicht, wie er reagieren soll, was er jetzt gerade von sich selbst erwartet. Ob er auf die Stimme der Vernunft hören soll, die ihm befiehlt, auf Distanz zu bleiben, in Sicherheit; einen Schritt nach dem anderen zu machen. Oder auf diese andere Stimme, der alle Argumente völlig gleichgültig sind; die einfach nur loslassen will, sich in den Augenblick fallen lassen, ohne Rücksicht auf die Konsequenzen.

Morgan steht noch immer in der Tür. Er hat die Augen geschlossen, als ob es das leichter machen würde, aber das Gegenteil ist der Fall. Als er mich wieder ansieht, schluckt er hörbar. »Du frierst«, stellt er unnötigerweise fest.

»Du könntest mich ja wärmen.«

Mit einem halb erstickten Laut gibt er sich geschlagen und lässt die Dinge ihren Lauf nehmen. Als er neben mir liegt, den Kopf auf meiner Brust, zieht er die Decke bis auf Hüfthöhe hoch.

In Zeitlupe lasse ich meine Fingerkuppen über seine Wirbelsäule wandern, als wäre jedes Stückchen Haut Neuland für mich, das es behutsam zu erkunden gilt: vom Haaransatz bis hinunter zu der Kuhle, die die Lendenwirbelsäule bildet. Am Ende dieses Tales kehren meine Finger um, verfolgen ihren Weg zurück und beginnen wieder von vorn; jede getupfte Berührung kaum mehr als eine verheißungsvolle Ahnung. Winzige Schauer rieseln über Morgans Körper. Sein Atem streicht über meine Haut, mit jedem Ausatmen ein kleines bisschen schneller. Inzwischen zieht sein Daumen Kreise um meinen Bauchnabel, die langsam größer werden. Als die Kreise ihren maximal möglichen Radius erreicht haben, dreht er mich zu sich auf die Seite. Ich lege mein Bein über ihn, und unsere Körper finden mühelos zueinander. Wir bewegen uns kaum, gerade so viel, dass winzige Wellen die Wasseroberfläche kräuseln.

Morgan betrachtet mich mit einer ebenso undefinierbaren wie unstillbaren Sehnsucht. Seine Augen sind so dunkel, dass sie fast schwarz wirken. Irgendwo tief auf ihrem Grund liegt die Erinnerung an das, was er verloren hat; fundamentale Gewissheiten, die keine mehr sind. Und ich bin ein Teil davon.

Wie zum Trotz macht sich eine kugelförmige Wärme genau unter meinem Brustbein bemerkbar. Ich konzentriere mich auf dieses kraftvolle Flackern, lasse es wachsen und kann fühlen, wie es aufsteigt und mein Gesicht zum Leuchten bringt, bis sich dieses Leuchten in Morgans Augen spiegelt. Mit einem Seufzen schließt er sie und legt seine Stirn an meine. Wir lassen uns vom Rhythmus unseres Herzschlags tragen, der jetzt das Tempo unserer Bewegungen bestimmt, bis die Wellen zur Flut werden.

Falls das hier am Ende ein Abschied wird, dann ist es wenigstens ein guter; einer, den das zwischen uns verdient hat. Allein dafür hat es sich gelohnt, herzukommen. Trotzdem kann ich nicht verhindern, dass mir eine Träne übers Gesicht läuft. Ich wische sie im selben Moment weg, indem ich sie spüre, aber Morgan hat sie schon bemerkt.

»Ich weiß«, sagt er heiser.

Es ist mein Schmerz, den ich in seiner Stimme höre, also ziehe ich ihn einfach nur so fest wie möglich an mich.

Irgendwann muss sich der Jetlag doch noch zu seinem Recht verholfen haben: Als ich aufwache, bin ich ordentlich zugedeckt. Das Fenster ist geschlossen, aber das Rollo ist oben. Goldenes Nachmittagslicht flutet den Raum. Ich ziehe mich gemächlich an – wieder einmal habe ich es absolut nicht eilig – und gehe nach unten.

Morgan finde ich draußen, von der Veranda aus kann ich ihn hinten an der Klippe sitzen sehen, mit dem Rücken zu mir. Ich schlendere zu ihm hinüber, den Blick auf den Horizont gerichtet, den wie gestern schon eine fedrige Wolkenbank verhüllt. Alles und nichts könnte sich in ihr verbergen, und doch ist ihre Zartheit höchstens Schutz und keine Bedrohung. Es gibt keinen Grund zur Furcht.

Im Näherkommen stelle ich fest, dass die Klippe auf der linken Seite einigermaßen sanft zu einer kleinen Bucht hin abfällt. Dort führt sogar ein Trampelpfad hinunter. Am vorderen Ende, wo Morgan einen knappen Meter von der Kante entfernt im Gras sitzt, scheint sie steiler zu sein und bis ans Wasser zu reichen. Weiter draußen ragen ein paar schroffe schwarze Felsen aus den Wellen. Etwas an diesem Anblick kommt mir seltsam vertraut vor.

Morgan scheint mich immer noch nicht hören zu müssen, um zu wissen, dass ich da bin. Ohne sich umzusehen, klopft er neben sich auf den Boden, bevor ich ihn ganz erreicht habe. Also setze ich mich. Er muss auch nichts sagen, um mich wissen zu lassen, dass jetzt nicht einfach alles wieder gut ist zwischen uns. Das wusste ich die ganze Zeit. Das Schlafzimmer war lediglich so etwas wie ein erster Schritt; eine Möglichkeit, die Sprachlosigkeit zu überwinden. Ob es geholfen hat, werde ich gleich sehen.

»Es tut mir so leid, Morgan. Das sind furchtbar kleine Worte für das, was ich getan habe, ich weiß. Und dass sie nichts ändern, weiß ich auch. Du sollst einfach nur wissen, dass ich es weiß – was ich kaputt gemacht habe ...« Ich habe stundenlang nach einer Entschuldigung gesucht, die angemessen gewichtig klingt, aber am Ende war jedes weitere Wort nur eine Hülse, aufgeblasen und effekthascherisch.

»Ich habe dir praktisch keine andere Wahl gelassen.« Morgan sieht mich auch jetzt nicht an. Er hat sich das, was er sagen will, offenbar sorgfältig zurechtgelegt, trotzdem fällt es ihm schwer, es auszusprechen. Ich hole Luft, aber er hebt die Hand, um mich zu stoppen. »Sag jetzt bitte nicht ›Man hat immer eine Wahl‹. Mir ist schon klar, dass du die Briefe nicht lesen musstest. Du hättest auch nichts tun und alles ewig so weiterlaufen lassen können. Theoretisch. Mir ist auch klar, dass das keine echte Option war.«

Er macht eine Pause, sucht nach einem Stein und dreht ihn ein paar Mal zwischen den Fingern hin und her, bevor er ihn aus dem Handgelenk in flachem Bogen über die Klippe schnippt, sodass er fast sofort außer Sicht gerät. »Du hättest auch einfach gehen können, so wie Nora, wenn ich sie so behandelt habe. Aber darüber hast du nicht mal nachgedacht, oder?«

Ich schüttele stumm den Kopf. Nein, das habe ich tatsächlich nicht.

Morgan wirft einen weiteren Stein. »Ich bin froh, dass du das nicht getan hast. Was nicht heißt, dass ich auch froh bin über das, was du getan hast. Andererseits wäre ich jetzt nicht hier, wenn du nicht ... Offenbar habe ich also etwas in der Art gebraucht. Und wenn ich ehrlich bin, weiß ich nicht, was ich mir stattdessen von dir wünschen sollte, wenn wir die Möglichkeit hätten, das Ganze zu wiederholen. Das ist das Dilemma. Anscheinend hat man manchmal tatsächlich nur die Wahl zwischen zwei Übeln. Ich denke, du hast das kleinere gewählt. Trotzdem weiß ich nicht, ob ich ...« Er hebt die Hände, schüttelt den Kopf.

Ob ich dir verzeihen kann. Ob ich da weitermachen kann, wo wir aufgehört haben. Ob es von da, wo wir jetzt sind, einen Weg in die Zukunft gibt.

Es gibt sicher noch viele Obs, und sie gelten alle zugleich. Wir können nicht wissen, was passieren wird, was möglich ist und was nicht. Wir können es nur herausfinden. Wenn wir das wollen.

Morgan nickt, als ich ihm das sage. »Ich weiß nicht, ob ich gerade wirklich weiß, was ich will ...«

»Möchtest du, dass ich gehe? Für den Moment, meine ich, nicht grundsätzlich?«

»Nein!« Das kam prompt. Ein weiterer Stein fliegt über die Klippe, diesmal in hohem Bogen. Er segelt so weit ins goldene Licht hinaus, dass er nicht mehr zu erkennen ist, als er schließlich fällt. *Falls* er das tut ... »Möchtest du ein paar Tage hierbleiben – auch, wenn ich dir nichts versprechen kann?« Morgan hat so leise gesprochen, dass ich ihn über das dumpfe Rollen der Brandung kaum verstanden habe.

»Das möchte ich sehr gerne.« Als er mich jetzt endlich doch ansieht, unterdrücke ich den Drang, zu lächeln – beruhigend, vertrauenerweckend –, weil ich fürchte, dass er an einem solchen Lächeln abrutschen würde, als wäre es mit Teflon beschichtet. Plötzlich fühle ich mich auf eine Weise müde, die nichts mit dem Jetlag zu tun hat. ›Ausgelaugt‹ trifft es ganz gut, und leer, als hätte ich meine letzten Reserven verbraucht, um hierherzugelangen. Und mit ›hierher‹ meine ich gar nicht so sehr diesen Ort. Ich kann nicht umhin, mich zu fragen, wie oft ich das wohl noch schaffen werde. Und wie oft es noch notwendig sein wird – selbst wenn es mir in Zukunft gelingt, eine so dumme Aktion wie die mit den Briefen zu vermeiden. Wäre ich vielleicht doch besser nicht gekommen, hätte ich es gut sein lassen sollen?

Ich gestatte mir den Gedanken, ohne ihn gleich zu bewerten und in einer Schublade verschwinden zu lassen. Er bringt widersprüchliche Gefühle mit sich: Da ist eine gewisse Resignation, weil ich tief in mir weiß, dass das hier keine einmalige Sache ist, ganz gleich, wie es ausgeht. Ich kann den Schatten nicht entkommen, weder Morgans noch meinen. Und ich kann niemanden vor ihnen retten, weil es keine Rettung gibt vor etwas, das ein Teil von uns ist. Es wird neue Briefe geben, neue Verunsicherung und neue Verletzungen. Ich kann das nicht verhindern. Ich kann es nur aushalten, immer wieder. Falls ich das denn kann.

Auf der anderen Seite empfinde ich auch eine Art Stolz, weil ich etwas getan habe. Weil ich hier bin und mich nicht einfach unter der Bettdecke verkrochen und gewartet habe, dass die Zeit vergeht. Weil ich mich überwunden habe. Wenn ich das dieses Mal geschafft habe, warum sollte ich es dann nicht wieder schaffen? Von Erschöpfung kann man sich erholen. Und es gibt so viele Dinge, die mir Kraft geben, auf der anderen Seite der Schatten, im Licht. Unwillkürlich berühren meine Finger den USB-Stick, der auch heute unter meinem T-Shirt um meinen Hals hängt.

> love ain't solving any problems,
> but love is all I've got, my dear.

Was könnte ich mir denn sonst noch wünschen? Liebe ist doch so viel mehr als dieses mal zärtliche, mal leidenschaftliche Gefühl, das wir für gewöhnlich meinen, wenn wir dieses kurze, große Wort verwenden.

Wenn sie ganz ist und nicht nur ein Bruchstück ihrer selbst, ist sie das größte Geschenk, das jemand uns machen kann. Denn dann wird sie ohne Bedingungen gegeben, ohne Erwartungen und ohne Ketten. Ja, diese Liebe ist eine Utopie. Aber Utopien sind möglich, wenn wir uns um sie bemühen. Nicht einmalig, sondern ständig, immer wieder von vorn.

> Please, don't run and hide,
> just turn around
> again
> over and over – for me.

Kann ich das? Ich weiß es nicht – aber dass ich es versuchen will, wieder und wieder, das weiß ich mit absoluter Sicherheit.

Unter mir wiegt sich der Pazifik in einem langsamen, beruhigenden Rhythmus. Das an- und abschwellende Rollen der Brandung erinnert ein wenig an tiefe Atemzüge. Mein eigener Atem hat sich unmerklich angepasst. Ich kann spüren, wie mein Brustkorb sich weitet und Raum schafft für mein Herz, dem es dort so lange zu eng gewesen ist. Jetzt streckt es sich in alle Richtungen.

Ich glaube, ich habe mich noch nie so frei gefühlt wie

in diesem Augenblick, obwohl ich gar nichts Besonderes tue. Zum zweiten Mal heute lasse ich es zu, einfach nur zu fühlen: die krümelige Erde unter meinen Fingern, die endlose Weite über meinem Kopf, einen vorwitzigen Windhauch auf meiner Wange, der sich in einer Haarsträhne verfängt und mich kitzelt. Und die schmerzliche Wärme, die sich in meiner Brust ausbreitet, weil ich weiß, dass Morgan mich noch immer von der Seite betrachtet. Ich weiß auch, dass er jedes Gefühl sehen kann, das ich in den letzten Tagen hatte, die guten ebenso wie die schlechten. Er nimmt sie einfach zur Kenntnis. Warum sollte ich das dann nicht auch können?

»Ich habe nicht gedacht, dass du kommst«, sagt er endlich. »Ich schätze, ich habe es gehofft, mich aber nicht getraut, daran zu glauben ...«

Ich rutsche näher an ihn heran. »Ich werde es immer wieder versuchen.« Mehr gibt es dazu nicht zu sagen.

Nach einem Augenblick lehnt Morgan den Kopf an meine Schulter. »Ich weiß nicht, wie ich das aushalten soll – dir wehzutun, immer wieder«, flüstert er.

Das ist eine Last, die ich ihm nicht abnehmen kann. »Das müssen wir dann wohl beide aushalten. Mir persönlich ist ›immer mal wieder‹ jedenfalls deutlich lieber als ›für immer‹. Mal abgesehen davon gilt das umgekehrt genauso, weißt du.« Immerhin habe ich ihn dieses Mal mindestens so sehr verletzt wie er mich.

Aber ich weiß jetzt, dass ich mir ein Leben ohne Morgan nicht mal mehr vorstellen mag. Ganz gleich, wie dunkel die Schatten manchmal sein mögen: Das Licht ist nur umso heller. Allerdings weiß ich nicht, ob er das genauso sieht. Im Moment scheint er das selbst nicht zu wissen.

Und bevor er seine Entscheidung trifft, werde ich ihm noch mehr Schmerz zumuten müssen. Einen schlimmeren als je zuvor, fürchte ich.

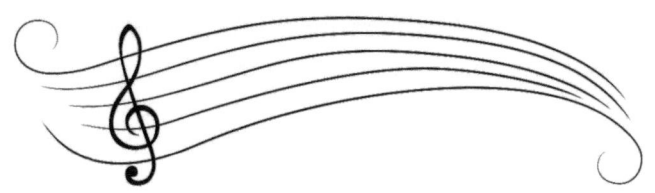

SECHSUNDZWANZIG

Morgan schläft noch tief und fest, als ich aufwache. Kein Wunder, immerhin habe ich gestern den halben Tag verschlafen, außerdem hatte sein Körper ein paar Tage mehr, um sich an die Zeitverschiebung zu gewöhnen: In Deutschland ist es jetzt halb vier Uhr nachmittags, während hier ganz gemächlich der Morgen dämmert. Für eine perfekte Viertelstunde bleibe ich einfach im Bett liegen, lausche Morgans gleichmäßigen Atemzügen und dem Zwitschern der Vögel, die den Tag begrüßen. Dann stehe ich auf, vorsichtig, um Morgan nicht zu wecken, ziehe mich an und setze mich unten an den Esstisch, um ein wenig zu arbeiten.

Mary ist wie versprochen gestern Abend noch mal hier gewesen und hat mir meinen Koffer und die Laptoptasche gebracht. Morgan wollte sie überreden, zum Essen zu bleiben, aber sie hat mit einem Lächeln den Kopf geschüttelt und gesagt: »Dafür ist es noch zu früh! Kommt mich besuchen, wenn ihr so weit seid. Es gibt da noch etwas, das ich dir gern erzählen würde, Morgan.« Und schon war sie wieder verschwunden. Natürlich hat Morgan mich gefragt, ob ich wisse, worüber Mary mit ihm reden wolle. Das konnte ich guten Gewissens verneinen.

Es ist immer noch früh, als ich Morgans Schritte auf der Treppe höre. Im selben Moment kann ich bereits die Unruhe spüren, die in Wellen von ihm ausstrahlt und den ganzen Raum leise vibrieren lässt. Ich konzentriere mich auf das Gefühl, das ich hatte, als ich neben ihm aufgewacht bin: diesen *Alles ist genau so, wie es sein soll*-Moment.

»Kaffee?«, frage ich, als er um die Ecke kommt.

Morgan bleibt stehen. Sein Blick huscht durch den Raum, streift mich dabei vorsichtig. Unsicher. Dann schüttelt er langsam den Kopf. »Danke ... Ich glaube, ich ... gehe erst mal frische Luft schnappen.«

Aber er steht immer noch da, fast, als würde er noch auf etwas warten. Bin ich nicht auch hergekommen, um etwas anders zu machen? Es wenigstens zu versuchen? Ich gebe mir einen Ruck und frage ihn, ob ich mitkommen kann.

Ich denke erst, dass wir in die Bucht hinuntergehen, weil Morgan sich vorm Haus nach links wendet. Aber er geht an dem Trampelpfad vorbei und steuert auf eine Gruppe Bäume hinter dem Haus zu. Als wir dort sind, erkenne ich einen weiteren schmalen Pfad, der sich oberhalb der Bucht zwischen duftenden Nadelbäumen, dickblättrigen Sträuchern und gelb und blasslila blühenden Kriechgewächsen entlangschlängelt.

Morgan scheint es nicht eilig zu haben: Er bleibt immer wieder stehen, um ein Blatt zwischen die Finger zu nehmen oder sich nach einem Vogel umzusehen, der von einem Ast herunterruft. Einmal hebt er einen alten Kiefernzapfen auf, um ihn gründlich zu studieren und dann ganz behutsam genau dorthin zurückzulegen, wo er ihn gefunden hat. Ich lächle und folge ihm schweigend.

Als wir die andere Seite der Bucht erreicht haben und das üppige Grün den Blick auf den Fuß der Klippe freigibt, halte ich unwillkürlich den Atem an. Dort unten, wo die morgendlichen Sonnenstrahlen noch nicht hingelangen, hängen lauter zarte Nebelfetzen in den Sträuchern und zwischen den kleineren schwarzen Felsen, die am linken Rand der Bucht weit ins Meer hinausreichen. Als hätten Feen hier gebadet und wären vom Morgenlicht überrascht worden, sodass sie bei ihrem überhasteten Aufbruch ihre hauchzarten Gewänder zurücklassen mussten.

»Als würden sich nachts die Geister hier versammeln«, murmelt Morgan.

Er ist schon an der felsigen Spitze der Klippe angelangt, direkt über den schwarzen Steinen im Meer, bis ich es endlich schaffe, mich von dem märchenhaften Anblick zu meinen Füßen loszureißen. Von dort vorn fliegt der Blick automatisch nach Westen, angezogen von der blauen Weite des Ozeans, Meile um Meile über eine Distanz, die unmöglich zu schätzen ist. Bis Himmel und Meer sich in einer leicht gekrümmten Linie berühren, die uns wie das Ende der Welt erscheint. Und die wir doch nie erreichen können. Der Horizont ist eine von diesen Wahrheiten: so offensichtlich sichtbar, und doch nicht existent.

»Früher bin ich immer hierhergekommen, wenn ... ich wütend war«, sagt Morgan, sobald ich neben ihm stehe. »Vor zweiunddreißig Jahren bin ich von hier aus zum Flughafen gefahren. Damals war ich wütend auf meinen Vater. Wegen des Studiums und ... allem anderen. Deshalb erschien es mir logisch, als Erstes hierher zu fahren. Da wusste ich noch nichts von dem Ferienhaus, das gab es damals noch nicht. Die Besitzerin lebt in Florida. Schräg, oder?«

Ich nicke. Von dieser Seite aus betrachtet kommt mir der Anblick der Bucht nicht mehr nur vage vertraut vor: Ich weiß plötzlich ganz genau, wo ich diese leuchtend grünen Büsche, das strahlend blaue Meer, das die Sonne spiegelt, und die von weißer Gischt umtanzten urzeitlichen schwarzen Felsen schon mal gesehen habe.

Morgan geht in die Hocke und hebt einen Stein auf. Wie gestern dreht er ihn langsam in den Fingern hin und her. »Dieses Mal war ich wütend auf meine Mutter. Und auf dich. Und mich. Und so ziemlich jeden anderen, schätze ich. Damals habe ich ernsthaft geglaubt, ich könnte meine Wut einfach hier zurücklassen ...« Morgans Stimme verliert sich. Er wippt leicht auf den Fußballen und sieht sich um, als würde er nach Spuren der letzten zweiunddreißig Jahre suchen.

»Bist du deswegen nie wieder hier gewesen?«

Ein angedeutetes Achselzucken. »Auch«, sagt Morgan nach einer Weile. »Und wegen all der anderen Dinge, an die ich einfach nicht mehr denken wollte – schlechte *und* gute. Das Verrückte ist, dass die Wut nie lange vorgehalten hat, wenn ich hier war. Meistens ist sie nach einer Weile einfach verschwunden, wie eine Wolke, die Wind und Sonne aufgelöst haben. Aber manchmal habe ich mich danach schlimmer gefühlt als vorher. Leer und ... einsam?«

Das letzte Wort klingt wie eine Frage. Als wüsste er bis heute nicht genau, wovor ihn seine Wut beschützt hat, manchmal jedenfalls. Ich muss an den Schmerz denken, den ich nach der Trennung von Lukas nicht loslassen konnte, weil er so eng mit dem Glück verbunden war, das ich gehabt hatte. Ohne das eine, so kam es mir damals wenigstens vor, hätte ich auch die Erinnerung an das andere endgültig verloren. Und für eine Weile war diese Erinnerung alles, was ich noch hatte. In gewisser Weise war es dieser Schmerz, der etwas in mir am Leben gehalten hat. Der verhindert hat, dass nur eine leere Hülle zurückbleibt.

War es mit Morgans Wut genauso?

Morgan lächelt zu mir hoch, wenn auch nur ein wenig. Als hätte er meine Gedanken gelesen, mal wieder. »Wenn man jung ist«, sagt er dann, den Blick in eine unbestimmbare Ferne gerichtet, »glaubt man manchmal, dass man irgendwo anders nicht nur einfach neu anfangen könnte. Man glaubt, man könnte dadurch auch jemand anderes sein, befreit von den begangenen Fehlern, von Schmerz, von unerfüllbaren Erwartungen ... Jedenfalls habe ich das geglaubt. Ich musste fast einundfünfzig werden, um endlich zu kapieren, dass die Vergangenheit nicht an einen Ort gebunden ist.« Er wirft den Stein hoch und fängt ihn wieder auf. »Hier bin ich also wieder. Ich schätze, das bedeutet, Weglaufen hat nicht funktioniert.« Sein selbstironisches Lächeln wird kurz zu einer Grimasse, als er sich doch noch hinsetzt und die Beine ausstreckt.

Ich setze mich neben ihn und sehe die Bilder in seinem Wohnzimmer vor mir, die diese Bucht zu den unterschiedlichsten Tages- und Jahreszeiten zeigen, sodass er sie täglich vor Augen hatte. Für jemand anderen wäre das vielleicht ein Widerspruch, aber nicht für Morgan.

Wie zur Antwort auf meine Gedanken sagt er: »Falls du jetzt an die Bilder im Wohnzimmer denkst – die sind Ausdruck der Schizophrenie meiner Überzeugungen. Ich bin kein besonders gradliniger Mensch, falls du das noch nicht bemerkt haben solltest.«

Das entlockt mir ein Lächeln. »Danke für den Hinweis, da wäre ich sonst in hundert Jahren nicht draufgekommen.«

»Siehst du, das Problem ist …«, sagt Morgan, schlagartig wieder ernst. »Nein, falsch. Nicht *das* Problem – eines. Leider nur eins. Also: *Ein* Problem ist, dass ich einfach nicht mehr weiß, wer ich bin.«

Das ist mir vollkommen klar. Und auch, wenn mir ebenso klar ist, dass es mehr als dieses eine Problem gibt, auch zwischen uns, halte ich es in gewisser Weise für den Anfang von allem. Für die Frage aller Fragen, sozusagen. Auf die es keine einfache Antwort gibt. Vielleicht nicht mal eine eindeutige. Außer natürlich … »Du bist immer noch der Mann, den ich liebe – alles andere ist mir ehrlich gesagt ziemlich egal«, höre ich mich sagen. Da war meine Zunge mal wieder schneller als meine Gedanken. Na prima.

Morgan sieht mich einen Moment lang einfach nur an. Dann lacht er plötzlich. »Du würdest mich also auch lieben, wenn ich … sagen wir mal … Steuerberater wäre?«

Ich verziehe keine Miene. »Warum nicht? Steuerberater sind nützlich.«

»Hm. Straßenkehrer?«

»Auch nützlich.«

»Okay – arbeitslos?«

»Dann hättest du wenigstens immer Zeit für mich.« Jetzt muss ich doch grinsen.

»Und wenn ich ein selbstgerechter Idiot wäre?«

»Bist du aber nicht. Na ja, ein Idiot vielleicht schon,

manchmal. Aber auch nicht öfter als andere, weißt du. Jedenfalls nicht öfter als ich.«

Morgan schüttelt den Kopf, etwas in seinem Blick ist seltsam. Wir balancieren schon die ganze Zeit auf einer Art Wippe hin und her, die über den Rand eines Abhangs ragt. Und unten wartet der Abgrund. Jetzt gerade neigt die Wippe sich wieder in die falsche Richtung. Wenn einer von uns eine unbedachte Bewegung macht ...

»Ich glaube nicht, dass du schon mal jemandem ...« fängt Morgan an.

Ich weiß genau, was er sagen will – ›jemandem den Tod gewünscht hast‹ –, und unterbreche ihn sofort. »Nicht! Sag das nicht. Das hast du auch nicht. Nicht wirklich, nicht in letzter Konsequenz. Es gibt mehr als eine Art Wunsch, das wissen wir beide doch gut genug.«

Morgans Schweigen ist weder ein Ja noch ein Nein. Vielleicht habe ich mich getäuscht: Vielleicht ist die Frage aller Fragen doch eine andere. Nämlich die nach der Schuld. Oder die beiden Fragen sind in Wahrheit nur eine?

Es hilft nichts, ich bin weiter am Zug und muss den nächsten Schritt auf der Wippe machen, ohne das fragile Gleichgewicht zum Kippen zu bringen. *Das Schlimmste, was du tun kannst, ist überhaupt nichts*, echot Alexandra durch meinen Kopf, gefolgt von Noras *Ich werde hier sein, wenn du zurückkommst – wie auch immer es ausgeht.* Aber es ist Morgans Stimme, die mir den letzten, nötigen Schubs gibt.

Don't fight the rain, don't flee the sun,
don't fear the tides, their up and down.

The darkest shadows call for shining light—
there's always gentle warmth
and peace
and laughter
on the other side.

Die Wärme, die meinen Brustkorb flutet, ist überwälti-gend, wie an jenem Tag in seinem Studio. Als würde eine Sonne aufgehen zum Beweis dessen, was ich doch eigent-lich schon immer wusste: Es gibt keine Schatten ohne Licht.

Wut. Und Schuld. Eine unheilige Allianz. Schuldgefühle hinterlassen Wunden, die nicht heilen können. Und Schmerz, der nicht vergeht, verursacht Wut.

Damals, nach Angelikas Tod, konnte Morgan nicht wü-tend sein auf seine Mutter, dabei hätte er jedes Recht dazu gehabt: Sie hat ihn allein gelassen, obwohl er sie ge-braucht hat. Gefühlt hat er trotzdem etwas anderes, näm-lich Schuld. Vielleicht, weil er für sie nicht Grund genug war, um weiterleben zu wollen; vielleicht auch einfach nur, weil er es nicht verhindert hat. Vielleicht aus beiden Gründen und noch hundert anderen dazu – warum auch immer, die Schuldgefühle waren da. Und irgendwann auch die Wut.

Bloß ist es abgesehen von allem anderen ziemlich schwierig, auf eine Tote wütend zu sein. Es fühlt sich falsch an, kleinlich. Die Wut auf einen Lebenden zu rich-ten, war Morgans einziger Ausweg. Und sein Vater hat ihm – scheinbar – ja auch genug Gründe geliefert. Aber heute sind beide seit Jahren tot. Es gibt niemanden mehr, dem er wenigstens einen Teil der Schuld abgeben könnte.

Niemanden, auf den er wütend sein könnte. Außer auf sich selbst. Und warum? Weil er eine Lüge geglaubt hat? Er konnte die Wahrheit doch gar nicht kennen.

Genau das sage ich ihm: »Du warst ein Kind, Morgan. Du wusstest nur, was sie dich haben wissen lassen.«

Für einen Augenblick sehe ich den Zettel aus seinem Safe vor mir. *Ich kann nicht mehr.* Wie auch immer es gemeint war, für den Jungen, der seine tote Mutter im Badezimmer gefunden hat, muss es wie ein Vorwurf geklungen haben. Ich greife nach Morgans Hand, drücke sie kurz und gebe sie wieder frei, bevor er das Bedürfnis hat, sich loszumachen. »Du musstest deinem Vater die Schuld geben an ihrem Tod. Was auch immer du dir gewünscht hast – du warst doch nur ein Kind, verdammt nochmal. Und du wusstest nicht, was du jetzt weißt.«

Angelika hat ihren Mann betrogen. Obwohl sie ihn geliebt hat. Und er hat sie verlassen. Obwohl er sie geliebt hat. Ihrem Sohn haben sie nie die ganze Wahrheit gesagt. Und als Angelika Morgan verlassen hat, ist er mit dem Monster zurückgeblieben, das seine Mutter in den Tod getrieben hat. Das war die Geschichte, seine Geschichte, achtunddreißig Jahre lang. Dann hat er den Anfang von Angelikas Brief gelesen, und plötzlich waren die Rollen von Opfer und Täter ins Gegenteil verkehrt. Aber man kann eine Geschichte nicht nachträglich einfach umschreiben. Schon gar nicht, wenn sie längst zu Ende erzählt ist. Also ist nur *ein* Monster übriggeblieben. Und das starrt Morgan aus dem Spiegel entgegen, wann immer er nicht aufpasst. Ich kann nur hoffen, dass er in meinen Augen etwas anderes sieht.

Jetzt gerade sieht er Dinge, die ich nicht sehen kann. Er

fährt sich grob mit dem Handrücken über die Augen, holt weit aus und lässt den Stein fliegen, den er die ganze Zeit festgehalten hat. Er segelt ein gutes Stück über die Klippe hinaus, steigt dabei erst in den blauen Himmel auf, als hätte er seine Verbindung zur Erde einfach gelöst, um dann zu fallen und aus unserem Blickfeld zu verschwinden. Das Geräusch seines Aufpralls auf dem Wasser wird vom Rauschen von Wind und Brandung verschluckt. Der Stein ist fort, als hätte es ihn nie gegeben. Gleichzeitig ist er noch immer da. Und er hat Spuren hinterlassen, auch wenn wir sie nicht sehen können: einen Abdruck in der Erde, winzige Wellen auf der Wasseroberfläche, ein paar verschobene Sandkörner am Grund ... Alles hinterlässt Spuren.

»Du warst noch ein Kind, Morgan«, wiederhole ich sanft, bevor das Schweigen zu tief wird.

Morgan schüttelt den Kopf, heftig, als wolle er etwas wegschleudern. »Trotzdem hätte ich zuhören können! Er hat versucht, es mir zu sagen, Franziska!«

Im nächsten Moment ist er aufgestanden und geht ein paar schnelle Schritte am Rand der Klippe entlang. Mit dem Rücken zu mir bleibt er stehen. »›Deine Mutter war nicht der Mensch, für den ich sie gehalten habe‹ – das waren seine Worte an meinem ersten Abend bei ihm in Newport. Aber anstatt wenigstens zu fragen, was er damit meint, anstatt zu begreifen, was er mir damit eigentlich sagen wollte – dass sie nämlich auch nicht der Mensch war, für den *ich* sie gehalten habe –, habe ich ihn nur angeschrien, er hätte sie eben überhaupt nicht gekannt.«

Ich stehe ebenfalls auf und gehe langsam zu ihm hinüber, nicht zu nah. »Du warst dreizehn Jahre alt. Vielleicht hätte dein Vater sich etwas deutlicher ausdrücken müssen.«

»Und seinem Sohn sagen, dass seine Mutter eine ...« Morgan bricht ab. Er hat die Schultern hochgezogen, als er sich nach mir umsieht. »Ich will dieses Wort nicht in den Mund nehmen.«

Hure. Noch gibt es für ihn keine andere Bezeichnung für die Frau, die er bis vor kurzem noch für eine Heilige gehalten hat. Er steckt noch immer zwischen diesen zwei Extremen fest, die beide so weit von der Wahrheit entfernt sind wie die Erde von der Sonne. Ich habe die Hand schon nach ihm ausgestreckt, ziehe sie aber zurück, als ich seinem Blick begegne: zu wund, zu roh, um eine Berührung als Trost zu empfinden. Er steckt nicht fest zwischen diesen Extremen – er wird dazwischen zerrissen. Und das, obwohl er noch immer nicht alles weiß ... Ich *muss* es ihm sagen. Ich *kann* es ihm nicht sagen. Auf keinen Fall kann ich es ihm *jetzt* sagen!

Also wiederhole ich meine Worte von gerade eben. »Du warst dreizehn. Er war der Erwachsene. Er hätte es weiter versuchen müssen. Es war seine Aufgabe, eine Lösung zu finden, nicht deine.« Ich sage das so sachlich und bestimmt wie möglich, nicht als Trost, sondern lediglich als Feststellung von Tatsachen.

Morgan schüttelt den Kopf, langsam diesmal, den Blick auf seine Finger gerichtet, die er so fest miteinander verhakt hat, dass die Knöchel weiß hervortreten. »Es wäre meine Aufgabe gewesen, zuzuhören«, sagt er und klingt dabei, als würde ihm das Sprechen Schmerzen bereiten. »Aber ich hatte mein Urteil ja längst gefällt. Er ist gegangen und hat sie einfach zurückgelassen wie ein Spielzeug, das langweilig geworden ist. Deshalb ist es passiert – deshalb, und weil *ich* es nicht verhindert habe. Damals dachte ich nämlich noch, dass man das könne, jemanden einfach daran hindern, selbst über sein Leben zu bestimmen. Und anstatt wenigstens seine Schuld einzugestehen, hat mein Vater sich elegant aus der Affäre gezogen mit der Behauptung, sie sei nicht der Mensch gewesen ... Das war meine Wahrheit, jahrzehntelang. Die einzige, die ich habe gelten lassen. Er habe nicht wissen können, dass sie so etwas tun würde – so habe ich diesen Satz interpretiert, als fadenscheinige Entschuldigung. Und ihm vorgeworfen, er würde es sich zu leicht machen. Dabei wollte er es *mir* leichter machen ...«

Weit draußen über dem Meer gleitet ein sehr großer Vogel durch den Morgenhimmel, ohne einen Flügel zu bewegen. Ein Albatros vielleicht? Für einen Augenblick bringt die Sonne das helle Gefieder an seinem Bauch zum Leuchten. Das sieht aus, als würde er von Licht getragen. Ich warte darauf, dass die Wippe aufhört zu schwingen, während wir dem Flugkünstler zusehen, bis er außer Sicht gerät.

Dann sage ich zum fünften Mal: »Du warst noch ein Kind. Du konntest nicht so denken und handeln oder auch nur fühlen, wie du es heute kannst. Deshalb hast du deinem Vater die Schuld gegeben. Aber das macht *dich* nicht zum Schuldigen. Manchmal ...«

... ›ist einfach niemand schuld‹, möchte ich sagen, aber Morgan unterbricht mich. »Ich möchte überhaupt niemandem mehr die Schuld geben.« Er klingt müde.

»Auch nicht dir selbst?«

»Wollen und Können ist nicht immer dasselbe, weißt du.«

Das weiß ich allerdings nur zu gut. Ich seufze. »Wenn ich als Kind mein Zimmer aufräumen sollte, habe ich die Sachen manchmal einfach nur schnell in den Schrank gestopft, statt sie ordentlich einzuräumen. Dann ging die Tür nicht richtig zu. Und wenn man diese Tür dann versehentlich gestreift hat, ganz leicht nur ...«

»... ist sie aufgeschwungen, und der ganze Mist ist dir vor die Füße gefallen.« Endlich dreht Morgan sich zu mir um. Er versucht zu lächeln. »Ich weiß genau, was du meinst. Trotzdem – können wir nicht einfach die Zimmertür absperren und diesen Schrank sich selbst überlassen? Oder am besten gleich umziehen, irgendwohin, wo es keine Schränke gibt ...«

Ich nehme ihn in den Arm und er lehnt sich gegen mich, sodass ich die Füße etwas fester in den Boden stemmen muss. Für einen Moment schließe ich die Augen und lasse Sekunden zur Ewigkeit werden, angefüllt mit der Wärme von Morgans Gewicht an meinem Körper und dem Duft von Patschuli, Salz und warmem Stein. »Wenn du denkst, dass das funktioniert, dann versuchen wir's«, sage ich schließlich.

Es dauert eine Weile, bis Morgan antwortet. »Danke«, murmelt er so dicht an meinem Ohrläppchen, dass ich eine Gänsehaut bekomme. »Ich gehe jede Wette ein, dass das *nicht* funktioniert, aber danke, dass du es versuchen würdest.«

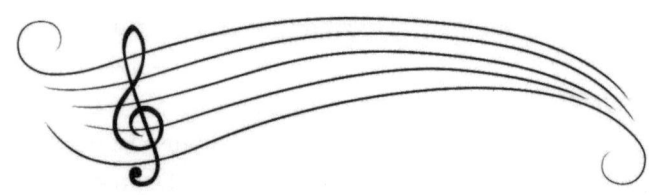

Siebenundzwanzig

Wir sitzen beim Abendessen, das wir fast beendet haben, als Morgan es nicht mehr nur bei gelegentlichen stirnrunzelnden Seitenblicken belässt. »Also gut. Was ist es, das du jetzt schon den ganzen Tag nicht anzusprechen versuchst?«

Oje. Ich hätte ahnen müssen, dass das nicht klappt! Wir waren in Newport, haben die farbenfrohen Holzfassaden bewundert und sind durch den Hafen spaziert, wo die Masten von kleinen und größeren Segelbooten einen surrealen Wald auf dem Wasser bilden. Auf einigen hölzernen Docks hatte es sich eine Gruppe Seelöwen in der Sonne gemütlich gemacht, denen wir bestimmt fast zwei Stunden zugesehen haben. Es gab wirklich mehr als genug Ablenkung, trotzdem sind meine Gedanken ständig um diesen zweiten Brief gekreist wie ein Planet um seine Sonne. Oder wohl eher um ein schwarzes Loch, das ihn auf immer engere Umlaufbahnen zwingt, bis es ihn schließlich einfach verschluckt.

»Ach, nichts, ich war nur in Gedanken ... Es ist nichts, wirklich«, sage ich reflexhaft, obwohl ich weiß, dass Morgan mir nicht glauben wird. Ich bin eine miserable Lügnerin, nicht mal ich würde mir glauben.

Zu meiner Überraschung bohrt Morgan nicht weiter nach, sondern belässt es bei einem weiteren Stirnrunzeln. Vielleicht will er es so wenig wissen, wie ich es ihm sagen möchte. Ich *kann* ihm das einfach nicht sagen! Und wenn er den zweiten Brief nicht liest, dann wird er es nie erfahren. Wäre das besser, für ihn? Aber was, wenn er ihn irgendwann doch liest? Er wird wissen, dass ich es wusste. Wird er sich dann nicht doppelt von mir betrogen fühlen? Für einen langen Moment sehne ich mich nach der Klarheit von ›richtig oder falsch‹ zurück, die das Leben zu haben schien, als ich jünger war. Schwarz *oder* weiß. Eindeutig. Fraglos. Unverrückbar.

Ich kann nicht verhindern, dass mir das Blut aus dem Gesicht weicht, als ich mir klar mache, dass ich es im Grunde nur hinauszögere. Ganz einfach, weil ich nicht das Recht habe, diese Entscheidung für Morgan zu treffen.

»Was?«, fragt er jetzt doch, deutlich alarmiert. »Franziska, bitte mach das nicht mit mir. Ich glaube nicht, dass ich im Moment ...«

Ich habe bereits nach meiner Laptoptasche gegriffen, die auf dem Stuhl neben mir steht, und die Klarsichthülle herausgeholt, in die ich die dünnen Luftpostumschläge sicherheitshalber gesteckt hatte. Bevor Morgan ausgeredet hat, bevor ich es mir noch anders überlegen kann, ziehe ich den zweiten Umschlag heraus und lege ihn zwischen uns auf den Tisch. »Ich weiß beim besten Willen nicht, wie ich dir sagen soll, was da drin steht. Aber ich denke, du würdest es wissen wollen. Falls ich mich irre, falls du es lieber nicht wissen möchtest, sag es einfach, dann stecke ich den Brief wieder ein und wir reden nie wieder darüber.«

Morgan mustert den blau-weiß-rot umrandeten Umschlag, als könne er eine Bombe enthalten. Was gar nicht so weit von der Wahrheit entfernt ist. »Hältst du das wirklich für eine gute Idee? Wir haben gerade erst wieder angefangen zu reden.«

Ich nicke, weil mir die Kraft für weitere Worte fehlt. Davon, das für eine *gute* Idee zu halten, bin ich meilenweit entfernt. Aber ich halte es für notwendig. Für uns, weil das sonst ewig zwischen uns stehen würde. Was aber noch viel wichtiger ist: Ich bin mir wirklich beinahe sicher, dass Morgan es wissen wollen würde. Beinahe. Es kann sein, dass ich falsch liege. Dann wird das hier der größte Fehler, den ich in dieser ganzen Sache gemacht habe. Und mit Sicherheit der letzte, den ich in Morgans Leben machen werde. Es gibt keine Möglichkeit, das durch Nachdenken herauszufinden. Aber Angst zu haben, etwas aus Angst *nicht* zu tun, hat mich noch nie irgendwohin geführt, oder? Etwas zu tun, obwohl ich Angst davor hatte, dagegen schon. Zu Morgan, zum Beispiel.

Ich schiebe den Umschlag ein Stück näher an ihn heran und sehe ihm in die Augen. In meinen wird er alles finden, was ich gerade nicht aussprechen kann: eine Bitte, eine vorweggenommene Entschuldigung und die drei wichtigsten Worte der Welt.

Morgans Augenbrauen wandern mit jeder Zeile, die er liest, ein wenig weiter nach oben. Ich schätze, er ist kurz davor, den Brief einfach auf den Tisch zu werfen, als er ihn umdreht. Der letzte Satz lautet schlicht *Leb wohl*. Beim vorletzten Satz stockt Morgan, genau wie ich. Er liest ihn ein weiteres und dann ein drittes Mal, bevor er den Kopf hebt und mich anstarrt; fassungslos, ungläubig und gleichzeitig von der verzweifelten Hoffnung erfüllt, ich könne das irgendwie auflösen. Ich hätte mir vielleicht einfach nur einen furchtbar geschmacklosen Scherz mit ihm erlaubt.

Als er wirklich zu begreifen beginnt, was er gerade gelesen hat, fangen seine Hände an zu zittern. Sie umklammern den Brief jetzt so fest, dass ich mir Sorgen um das dünne Papier mache. Morgan schluckt, erst ein Mal, dann ein zweites Mal. Dann kommt er unsicher auf die Füße, lässt dabei den Brief fallen. Er will etwas sagen, presst sich stattdessen die Hand auf den Mund und stolpert in Richtung Bad. Kurz darauf höre ich würgende Geräusche.

Ich warte, bis es wieder still ist, und dann zur Sicherheit noch weitere zwei Minuten, die sich nach zwei Jahren anfühlen. Erst dann stehe ich auf, gehe in die Küche und fülle ein Glas mit Wasser; aus einer Flasche, nicht aus dem Hahn – das gechlorte Zeug ist wirklich schwer genießbar, wenn man deutsches Leitungswasser gewöhnt ist.

Die Badezimmertür steht halb offen. Ich klopfe einmal kurz, bevor ich sie ganz aufziehe. Morgan hockt neben der Toilette auf dem Boden, die Stirn auf den Knien. Er sieht nicht auf, aber das habe ich auch nicht erwartet. Ich stelle das Glas neben ihn und schließe beim Gehen die Tür. Im Wohnzimmer schalte ich den Fernseher ein, damit er weiß, dass er so viel Zeit hat, wie er braucht.

Es dauert über eine Stunde – die letzten drei Innings eines Baseball-Spiels und eine halbe Nachrichtensendung –, bis Morgan im Durchgang zum Flur auftaucht, wo er sich mit einer Hand abstützt. Ich gehe zu ihm und halte ihn fest, wortlos, weil es im Moment einfach nichts zu sagen gibt. Nach einem zittrigen Atemzug vergräbt er das Gesicht an meiner Halsbeuge.

Ich weiß nicht, wie lange wir so dastehen, bis Morgan schließlich fragt, so leise, dass ich ihn über das Stimmengewirr aus dem Fernseher fast nicht verstehe: »Warum hast du mir das nicht gesagt?«

Ich schüttele den Kopf. »Weil ich nicht wusste, wie.«

Der vorletzte Satz in Angelikas zweitem Brief lautet: *Danke, dass du Morgan immer wie deinen eigenen Sohn geliebt hast.*

»Warum?«, fragt Morgan nochmal.

Seine Stimme klingt zu hoch, und ich weiß, dass er nicht mich meint. Ich kann nichts weiter tun, als ihn festzuhalten. Während ich auf stumme Tränen lausche, geht mir ein seltsamer Gedanke durch den Kopf. Obwohl, eigentlich ist es eher ein Gefühl, als würde ich das Ende von etwas zu fassen bekommen, das die ganze Zeit schon um mich herum huscht, immer gerade so außerhalb meines Gesichtsfelds. Was ist man bereit, auf sich zu nehmen für jemanden, den man liebt?

»Vielleicht ...«, sage ich langsam, halb zu mir selbst, »möglicherweise ... wollte er nicht, dass du es weißt, weil ihr sie beide geliebt habt. Weil du nicht schlecht von ihr denken solltest. Oder er hat gespürt, dass du diese Wut brauchst, dass sie dir Kraft gibt ...« Oder alles zusammen. Wie oft haben wir denn wirklich nur den einen, bewussten, gut überlegten Grund für das, was wir tun?

Morgan hebt den Kopf und sieht mich an. Die Verlorenheit in seinem Blick schnürt mir die Luft ab. Sie hat seinen Zügen die Kanten genommen, die ihnen die Jahre verliehen haben, und sie wieder so weich und verletzlich gemacht, wie sie gewesen sein müssen, als er noch ein Kind war. »Weil ich sonst aufgegeben hätte«, flüstert er. »Du denkst, er wollte, dass ich ihn hasse, damit ich nicht aufgebe, so wie sie. Ich habe mir so oft gewünscht, er wäre tot, nicht sie. Dann habe ich mir gewünscht, dass ich es wäre, damit ich bei ihr sein kann. Aber ich hätte ihm nicht gegönnt, uns beide los zu sein. Ich wollte es ihm nicht so leicht machen ... Mein halbes Leben lang habe ich Dinge getan, weil ich wusste, dass sie ihn ärgern würden. Ich meine, ich *wollte* Musiker werden – aber ich weiß nicht, ob ich den Mut gehabt hätte, alles hinzuschmeißen und es einfach zu versuchen, wenn ich nicht so verdammt wütend auf ihn gewesen wäre ...«

Inzwischen zittert Morgan am ganzen Körper, mindestens so heftig wie in der Nacht, als er Schüttelfrost hatte. So deutlich hat er sich das bislang wahrscheinlich noch nicht einmal selbst eingestanden, geschweige denn es laut ausgesprochen. »Ich ... weiß ... einfach ... nicht ...«, stammelt er.

Ich fröstele von einer plötzlichen Kälte, die nichts mit der Raumtemperatur zu tun hat. Was Morgan zu sagen versucht, hat uns auf einen nackten schwarzen Felsen mitten im Ozean katapultiert. Über uns brodelt ein stahlgrauer Himmel mit Wolkenmassen, die so tief hängen, dass ich sie fast mit den Fingerspitzen berühren kann. Und um uns herum tobt die See, wirft sich mit solcher Gewalt gegen das bisschen Stein, auf dem wir stehen, dass der Boden unter meinen Füßen bebt und mir das Atmen schwerfällt, weil die Luft gesättigt ist mit salziger Gischt. Aber all das ist nichts gegen diese dunkle Wand am Horizont, die trügerisch langsam heranzurollen scheint: ein gigantischer Tsunami. Ich weiß verdammt gut, dass das nicht die Sorte Welle ist, von der man sich einfach mitreißen lassen kann, to the shore of another day – diese wütende Wasserwand wird uns nirgendwohin tragen, sondern uns einfach am nächstbesten Felsen zerschmettern.

Ich will Morgan anschreien: Wag es ja nicht! Wag es nicht, diesen Satz zu sagen, dieses ›Ich weiß nicht, wie ich das ertragen soll‹. Weil ›das‹ nämlich nicht das Leben meint, die Dinge, die dir zustoßen – sondern dich selbst. Die Dinge, die du tust, die du getan hast und die du ganz sicher noch tun wirst. Wir sind alle manchmal Monster, obwohl wir doch eigentlich nur Helden sein wollen. Wir sind grausam, selbstsüchtig und verletzend. Wir machen Fehler, manche sogar mit Absicht. Trotzdem *sind* wir nicht unsere Fehler, verdammt nochmal! Und es ist ganz sicher keine Wiedergutmachung, sich in diesen verflixten Abgrund zu stürzen!

So plötzlich, wie er gekommen ist, ist der Augenblick auch wieder vorüber. Der Felsen, der Sturm, die Flutwelle – verschwunden. Morgan blinzelt. Offenbar *habe* ich ihn angeschrien ...

»Ich weiß nicht, was ich sagen soll«, sagt er.

Ich auch nicht. »Egal. Hauptsache, nicht *das*. Gar nichts ist auch okay.« Morgan nickt, und ich ergänze: »Dieses Gefühl geht vorbei. Tut es immer.« Ein weiteres Nicken.

Nach einem tiefen Atemzug sagt Morgan: »Kommst du mit nach draußen? Ich fühle mich gerade wie in dieser Müllpresse auf dem Todesstern: Die Wände rücken immer näher.«

Jetzt bin ich es, die nickt. Die Erleichterung lässt mich

lächeln. Von mir aus können wir auch draußen schlafen, wenn er sich dann besser fühlt. Wenn nur dieser Satz seine Macht verliert.

Wir setzen uns an derselben Stelle ins Gras, vorn an der Klippe, an der ich Morgan gestern Nachmittag gefunden habe. Die Sonne ist schon vor einer Weile untergegangen, aber dicht über dem Ozean glimmt der Horizont noch in einem zarten Pfirsichton, während sich der Himmel über uns mit Abermillionen Sternen zu füllen beginnt. Wir haben im Haus kein Licht angelassen, nichts hindert die Nacht daran, für eine Weile die Welt zu erobern. Trotzdem bilde ich mir ein, in der Lücke zwischen Morgan und mir einen Schimmer erahnen zu können; ein sanftes Leuchten, das durch einen Türspalt dringt und Geborgenheit verspricht.

Morgan hat Steinchen aufgesammelt, aber statt sie dem nächtlichen Meer anzuvertrauen, legt er sie zu einem Kreis. »Trotz allem, was du gesagt hast: Ich kann das nie wiedergut machen ...«

»Das tust du jeden Tag«, widerspreche ich, ohne genau zu wissen, was ich damit meine. Während ich einfach weiterrede, erscheint es mir aber auf einmal so offensichtlich, dass ich mich frage, wieso er das ebenso offensichtlich nicht sehen kann. »Menschen wie du machen diese Welt besser, Morgan. Menschen, die tolerant sind. Und verständnisvoll. Weil sie wissen, wie es ist, Fehler zu machen. Vielleicht wärst du heute nicht so, wenn ... Ich meine, es geht doch im Leben nicht darum, alles richtig zu machen. Das schafft niemand. Vielleicht geht es einfach nur darum, zu lernen. Zu versuchen, es beim nächsten Mal besser zu machen. Und darum, dass es dir nicht egal ist, ob du jemanden verletzt.«

Morgan gibt einen unwilligen Laut von sich. »Denkst du wirklich, Nora ist der Meinung, ich hätte ihr Leben besser gemacht?«

»Ja«, antworte ich, ohne zu zögern. »Denkst *du* denn wirklich, sie wäre sonst siebzehn Jahre lang bei dir geblieben? Hältst du sie für so schwach, dass sie nicht hätte allein sein können oder wollen?«

»Natürlich nicht!« Er klingt beinahe empört über meine Unterstellung, die ja auch ziemlich abwegig ist. »Trotzdem hätte ich sie viel früher loslassen müssen.«

»So wie ich Lukas«, sage ich leise. »Und Stefan wäre mir sicher auch nicht böse, wenn das mit uns anders gelaufen wäre. Soll ich deshalb vielleicht lieber von der nächsten Klippe springen, damit ich nie wieder jemandem wehtue?«

›Damit ich *dir* nicht noch mal wehtue‹ hängt unausgesprochen in der Luft zwischen uns. Morgan weiß das so gut wie ich. Sein Kopf fährt zu mir herum. Er funkelt mich an. »Das ist nicht witzig!«

Ich halte seinem Blick stand. »Ich habe es auch nicht als Scherz gemeint.«

Während wir uns sekundenlang anstarren, ohne zu blinzeln, wird mir wieder bewusst, was für eine unbändige Kraft in seinem Blick liegt, wie durchdringend diese Augen mich mustern können. Als gäbe es nichts, das ich vor Morgan verbergen kann, wenn er es wirklich wissen will. Ich fühle mich roh unter diesem Blick, nicht einfach nur nackt, sondern so, als hätte er mir die Haut abgezogen, sodass das empfindliche Fleisch darunter vollkommen ungeschützt ist.

Trotzdem ist er es, der zuerst zur Seite schaut. Weitere Sekunden vergehen, sammeln sich quälend langsam wie Wasser an einem undichten Hahn, bis der Tropfen endlich groß genug ist, um sich die Schwerkraft zunutze zu machen und weiterzuziehen. Beinahe kann ich es platschen hören, als Morgan endlich wieder aufsieht. Etwas ist vorüber. Die dunkle Glut in seinem Blick ist etwas anderem gewichen, etwas Weichem, Hilflosem. »Wenn du irgendwann mal ernsthaft darüber nachdenkst, irgendwo runterzuspringen – sagst du mir bitte vorher Bescheid?«

»Nur, wenn du mir auch Bescheid sagst«, sage ich und lächle die Tränen weg, denen es vollkommen egal ist, dass ich sie gerade überhaupt nicht brauchen kann.

Diese Welle haben wir genommen. Ich bin mir ziemlich sicher, dass es nicht die letzte war, aber höchstwahrscheinlich die heftigste. Wenn die Flut ihren Höhepunkt erreicht hat, lässt die Brandung langsam nach, nicht wahr?

MORGAN

Wahrscheinlich ist es ganz normal, dass ich keinen Schlaf finde in dieser Nacht. Nach dieser Eröffnung. Der zweiten innerhalb von zwei Monaten, die mein Leben komplett auf den Kopf gestellt hat. Ich frage mich unwillkürlich, ob es das jetzt war, oder ob das nächste vergiftete Geheimnis schon in den Schatten darauf lauert, mich anzufallen?

Weil ich Franziska nicht versehentlich wecken will, stehe ich auf, greife nach meinen Sachen und gehe nach unten, ohne Licht zu machen. Die Fenster im Wohnzimmer lassen den Mond herein, sodass ich auch hier keine Lampe brauche.

Auf der Veranda bleibe ich einen Moment stehen und bewundere die Nacht in ihrer klaren, ungetrübten Schönheit. Die schwarzen Silhouetten der Bäume trennen sich kaum vom tiefschwarzen Himmel über dem Pazifik, der die Sterne wie kleine Juwelen funkeln lässt. Das weiße Haus hinter mir reflektiert das Mondlicht und schimmert blass und ein wenig schüchtern, als wüsste es, dass es eigentlich nicht hierher gehört. Ich gehe vor zur Klippe, um den Ozean zu betrachten, dessen gläsernes Schwarz von lauter dünnen silbernen Linien durchzogen ist, wo die Wellenkronen das Mondlicht spiegeln.

Ich kenne nichts, das gleichzeitig eine so kraftvolle Lebendigkeit und eine derart tiefe Ruhe ausstrahlt wie das Meer.

Außer Franziska vielleicht, manchmal ... Ihr größter Fehler, ihr einziger womöglich, wenn wir von echten Fehlern reden und nicht nur von schlechten Angewohnheiten, ist, dass sie sich für schwach hält. Dass sie glaubt, Angst haben zu müssen. Ich wette, sie ist überzeugt davon, dass ich keine Angst habe. Vor den Schatten oder davor, sie zu verlieren. Dabei gibt es einen Unterschied, wenn auch nur einen hauchdünnen, zwischen der Angst selbst und dem Glauben, Angst haben zu müssen. Nur habe ich nicht die leiseste Ahnung, wie ich ihr diesen Unterschied erklären soll. Vielleicht ist das eines der Dinge, die ein Mensch nur selbst herausfinden kann. *Denken muss jeder für sich selbst*, hat Sven mal gesagt. Fürs Fühlen gilt das wohl umso mehr.

Im Grunde müsste Franziska sich einfach nur auf sich selbst verlassen und dem vertrauen, was sie fühlt, statt auf das zu hören, was sie zu wissen meint ...

Einfach. Als ob das so einfach wäre! Verdammt, habe ich das denn getan? Habe ich mich nicht genauso von meinen Befürchtungen leiten lassen und von dem, was ich zu wissen geglaubt habe? Über meine Eltern zum Beispiel? Und welche Angst hat mich davon abgehalten, der Wahrheit in dieser Schachtel schon vor Jahren gegenüberzutreten?

Eine ziemlich banale Antwort auf diese Fragen lautet: Ich habe eine Geschichte geglaubt, weil ich sie glauben wollte. Die Geschichte von meiner schönen jungen Mutter und meinem tyrannischen Vater; von der sensiblen Frau und dem gefühlskalten Mann; von der Prinzessin im Turm und ihrem grausamen Wärter. Und ich wollte nicht, dass irgendetwas meinen Glauben daran zerstört. Es ist ja auch eine gute, eine überzeugende Geschichte, die alles hat, was wir erwarten. Vermutlich habe ich es deshalb immer gespürt – dass sie nicht wahr ist, jedenfalls nicht zur Gänze. Und genau davor hatte ich Angst.

Ich fühle mich substanzlos, so leicht, als könnte ich fliegen; mich vom nächsten nächtlichen Windhauch erfassen und über das schwarze Wasser tragen lassen, fort vom Land, hinein in diese betörende Mischung aus Dunkelheit und Funkeln, bis zum unsichtbaren Horizont und darüber hinaus ... Ich merke, dass ich schwanke, als wäre ich betrunken, und trete instinktiv einen Schritt zurück, weg von der Kante.

Seltsam.

Eine Erinnerung schiebt sich vor die friedliche Nacht, in Bildern, die klarer und schärfer sind, als sie es damals waren: Ich sehe Alex vor mir an jenem Abend, *dem* Abend, der mich anschreit, zusammenhangloses Zeug, mit den Händen fuchtelt und mir dann eine Ohrfeige verpasst, die mich zwei Schritte zurücktaumeln lässt. Während ich die Hand an die Wange hebe und versuche, in dem Alkoholnebel in meinem Schädel, der jetzt auch noch wie eine Glocke dröhnt, so etwas wie einen Gedanken zusammenzukratzen, sinkt Alex mit dem Rücken an der Wand nach unten, weiß im Gesicht, die Augen, diese ständig lachenden Augen, voller Tränen.

Ich starre ihn sekundenlang an, ohne zu begreifen.

Wenig später steht Sven vor der Tür, eine Sporttasche über der Schulter. »Bei mir ist die Heizung ausgefallen«, sagt er und zieht für die nächsten fünf Tage bei mir ein, bis ich ihn frage, ob *ich* vielleicht mal mit den Handwerkern reden soll.

Ich höre Noras Stimme am Telefon, da ist es schon zwei Tage her, und sie klingt trotzdem, als müsse sie barfuß über Glasscherben laufen.

Und ich sehe Franziska in diesem klinisch-kühlen Café, sehe die tiefe, unnatürliche Blässe unter den verblassten Resten ihrer Sommerbräune, die dunklen Schatten unter ihren Augen und die noch dunkleren darin: einen Schmerz, eine Angst, die ich ihr nicht mehr nehmen kann, weil ich sie überhaupt erst verursacht habe ...

Ich schlucke und mache einen weiteren Schritt rückwärts. Dann sehe ich auf meine Hände hinunter, die ich vor mir ausgestreckt habe, Handflächen nach oben, als würde ich etwas gegeneinander abwiegen. Hat Schmerz ein Gewicht?

Es gab mal eine Zeit, da konnte ich ... Nein, da *dachte* ich, ich könne Entscheidungen nur für mich treffen, weil niemand sonst ein Anrecht hatte; weil ich niemandem etwas schuldig war. Weil all die Menschen um mich herum Fremde waren, schwer zu begreifende Geschöpfe, die ihren seltsamen Verrichtungen hinter unsichtbaren Glasscheiben nachgingen. Ameisen in einer Ameisenfarm. Ich war ein Beobachter, der keiner sein wollte – und dabei der einzig echte Fremde, ohne es selbst zu merken. Ich habe mich für den einzigen widerwilligen Schauspieler in diesem Absurditätenkabinett gehalten, für den Einzigen, der hinter den billigen, schreiend bunten Kulissen die leere, nüchterne Wahrheit erkennt – was ist die Matrix? –, ohne zu begreifen, dass wir alle Masken tragen. Und wie vielfältig die Gründe sein können, die jemanden an eine Rolle fesseln.

In welche Rolle habe ich Nora gedrängt? Oder meinen Vater?

Und Franziska? Mit Stefan hat sie es irgendwie geschafft, sie selbst zu bleiben unter all den Masken, sich etwas von dem zu bewahren, das sie aus der müden grauen Masse hat herausleuchten lassen wie das erste tapfere Schneeglöckchen, wenn der Winter noch gar nicht ganz vorbei ist.

Was sie getan hat – welchen Anteil habe ich daran?

Als wir gestern an der Klippe saßen, hätte sie auch sagen können, dass die Hälfte der Schuld mich trifft, dass ich sie erst so weit getrieben habe. Stattdessen hat sie mich einfach alles sehen lassen: ihre Scham; ihre Angst; ihre Erschöpfung. Und ihre Hoffnung. So unerschütterlich. Diese winzige Flamme, die so unendlich viel Licht spendet, weil sie sich einfach weigert, zu erlöschen. Als ob es nur darauf ankäme – auf den Willen. Als ob es keine Naturgesetze gäbe, keinen Sturm, kein Wachs, das immer weniger, keinen Docht, der immer kürzer wird. Nur die Flamme, die sein will. Womit habe ich das verdient?

Gar nicht, höre ich Franziska so deutlich sagen, als würde sie hier neben mir stehen. *Liebe kann man sich nicht verdienen.* Ich kann sogar ihr Lächeln sehen, mit diesem kleinen vorwitzigen Funkeln in den Augen.

Sie hat natürlich recht: Liebe ist ein Geschenk, keine Belohnung. Das bedeutet aber nicht, dass wir uns nicht bemühen sollen, diesem Geschenk gerecht zu werden. Der Gedanke führt mich zu der Frage, ob ich mich genug bemüht habe? Und zwar nicht bei den Dingen, die mir leicht fallen in einer Beziehung, sondern da, wo es mir schwerfällt?

Damals im Café habe ich ihr gesagt, sie alle würden sich verantwortlich fühlen, weil sie es so wollten; es sei ihre Entscheidung, so zu fühlen, die aber nichts mit den Tatsachen zu tun hätte. Das stimmt ja auch insofern, als niemand verantwortlich ist für das, was ich getan habe, außer mir selbst.

Und doch ist es nur die halbe Wahrheit. Weil alles, was wir tun, Auswirkungen hat. Actio und Reactio; der Stein, der ins Wasser fällt und Kreise zieht ... Wie können wir wissen, was ein einzelnes Wort noch Jahre später bewirken kann, wenn es plötzlich bei einem Menschen, den wir womöglich längst vergessen haben, aus der Erinnerung aufsteigt und wie ein Steinchen auf eine Waagschale fällt? Der Flügelschlag eines Schmetterlings, der am anderen Ende der Welt einen Sturm auslöst: Es gibt unzählige Bilder dafür, dass nichts, was wir sagen oder tun, im luftleeren Raum stattfindet; und dass die Auswirkungen oft genug unüberschaubar und unvorhersehbar sind. Die einen sagen ›Gott‹ dazu oder ›Schicksal‹, die anderen ›Zufall‹. Was, wenn es weder noch ist? Weder Chaos noch eine höhere Macht – einfach nur wir selbst?

Die entscheidende Frage ist aber keineswegs metaphysisch, sondern sehr konkret: Wie konnte ich das einfach vergessen? Nicht, welche Auswirkungen die Worte oder Taten von anderen auf mich hatten – sondern was meine Handlungen, meine Entscheidungen mit den Menschen machen, an denen mir etwas liegt. Erst habe ich ihnen gesagt, dass ich allein verantwortlich sei, dass niemand sich schuldig fühlen müsse, ja dürfe. Nur um mich direkt wieder aus der Verantwortung zu verabschieden, indem ich so getan habe, als wäre überhaupt nichts geschehen. Und indem ich erwartet habe, dass sie ebenfalls so tun. Wie konnte ich ernsthaft glauben, das würde funktionieren?

Vielleicht, weil ich längst selbst zu dem selbstgerechten Arschloch geworden bin, für das ich meinen Vater gehalten habe.

Ich bin hierhergekommen, um mit etwas abzuschließen, ein für alle Mal, damit es mich nicht für den Rest meines Lebens beherrscht, mich immer wieder vorführt wie einen Tanzbären an der Kette. Jedenfalls dachte ich das, nur ist das vielleicht gar nicht möglich. Vielleicht bin ich nur hier, um das endlich zu begreifen. Was meine Eltern getan oder nicht getan haben, kann ich nicht ändern. Ändern kann ich nur, was *ich* tue. Ich kann ändern, was ich denke, damit sich irgendwann auch ändert, was ich fühle. Vielleicht bin ich also hier, um etwas anzufangen. Etwas, dessen Richtung ich selbst bestimme, weil ich akzeptiere, was gewesen ist, statt dagegen anzukämpfen.

Ich frage mich, ... Was spricht eigentlich dagegen, hinunter in die Bucht zu gehen und mal kurz in dieses schwarz glitzernde Wasser einzutauchen, das aussieht wie der Spiegel des Universums? Oder der Anfang der Schöpfung. Ein universelles Taufbecken ... Jetzt muss ich doch grinsen. Vielleicht sollte ich es nicht gleich übertreiben – ich will nur schwimmen gehen, nicht neu geboren werden.

Okay, es ist fast drei Uhr morgens und ziemlich frisch, immerhin haben wir erst Mai. Außerdem eignet sich die Bucht wegen der Felsen und der Strömung nicht wirklich zum Schwimmen, und das Wasser wird eiskalt sein, jedenfalls für meinen mittlerweile arg verwöhnten Körper. Mit sechzehn bin ich im Mai längst das ein oder andere Mal beim Baden gewesen, auch in dieser Bucht. Natürlich kann ich die Zeit nicht zurückdrehen. Das will ich auch gar nicht, denn damit würde ich auch all die Dinge ungeschehen machen, die gut sind an meinem Leben. Aber ich würde gern eine neue Richtung einschlagen, von hier aus. Eine, die nicht mehr versucht, die Brücken zur Vergangenheit abzubrechen, sondern die stattdessen neue baut. Warum nicht mit einem vollkommen unvernünftigen nächtlichen Bad im Meer? Meinem sechzehnjährigen Ich hätte das gefallen. Ich muss ja nicht tief reingehen.

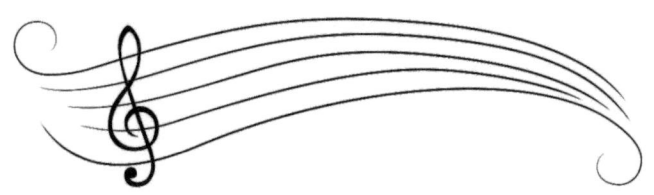

ACHTUNDZWANZIG

So langsam wird das zu einer lästigen Gewohnheit: dieses halbe Aufwachen nachts mit einem unguten Gefühl, das innerhalb weniger Augenblicke auch den letzten Rest von Schlaf vertreibt. Ich taste gewohnheitsmäßig auf die andere Seite der Matratze hinüber, obwohl ich schon weiß, was ich dort finden werde: nichts. Auch keinen Rest von Körperwärme.

»Okay, beruhig dich«, sage ich laut in den dunklen Raum, weil ich mir fest vorgenommen habe, nicht bei der kleinsten Kleinigkeit in alte Muster zurückzufallen. Wahrscheinlich steht er unten auf der Veranda oder er ist ein Stück spazieren gegangen. Immerhin hat er eine Menge zu verarbeiten.

Eine riesige Menge.

Aber das Schlimmste haben wir hinter uns.

Richtig?

Oder etwa nicht? So viel ist in so kurzer Zeit passiert – vielleicht war es zu viel? Habe ich nur gesehen, was ich sehen wollte? Im Grunde hat Morgan doch viel gefasster reagiert, als ich erwartet hätte, dafür, dass ihm dieser zweite Brief gerade zum zweiten Mal innerhalb von ein paar Wochen den Boden unter den Füßen weggerissen haben muss: Jetzt ist es nicht mehr nur das falsche Bild, das er von seinen Eltern all die Jahre hatte, die falschen Schuldzuweisungen aus den falschen Gründen. Jetzt kommt auch noch dazu, dass der Mann, dem er die ganze Zeit über Unrecht getan hat, noch nicht einmal durch Blutsbande mit ihm verbunden war, auf Gedeih und Verderb. Was Charles Garret getan hat, hat er aus Liebe getan. Er war sicher kein perfekter Vater, aber er *wollte* Morgans Vater sein, trotz allem. Ich mag mir gar nicht vorstellen, wie es sich anfühlt, sich nicht mal entschuldigen zu können. ›Ich weiß nicht, wie ich das ertragen soll‹, wollte Morgan sagen, aber das habe ich ihn nicht aussprechen lassen. Stattdessen hat er etwas später gesagt: »Ich kann das nie wiedergut machen.« Ich habe versucht, ihn etwas anderes sehen zu lassen. Und ich dachte, das hätte funktioniert. Was, wenn ich mich irre? Wenn der Höhepunkt der Flut erst noch bevorsteht?

Inzwischen kribbelt mein ganzer Körper, als würde ich in einem Ameisenhaufen sitzen. Ich gebe den Versuch auf, mich zum Nichtstun zwingen zu wollen, stehe auf und ziehe mir etwas an. Immerhin wollte ich auch nie mehr so tun, als wäre nichts, wenn mir mein Gefühl etwas anderes sagt. Also werde ich jetzt nachsehen gehen, wo Morgan steckt – ganz in Ruhe. Wenn es nichts zu bereden gibt, so wie in dieser Nacht an der Glasfront, kann ich ihm einfach eine Weile Gesellschaft leisten. Oder ich gehe zurück ins Bett, wenn er noch etwas Zeit für sich braucht. Auf jeden Fall weiß ich dann, dass es keinen unmittelbaren Grund zur Sorge gibt. Und dieses Wissen brauche ich jetzt verdammt dringend!

Im Haus ist es fast genauso dunkel wie im Schlafzimmer, nirgendwo brennt Licht. Als ich auf der Treppe stehe, rufe ich leise nach Morgan. Keine Antwort. Ich rufe ein zweites und sogar ein drittes Mal, obwohl ich längst weiß, dass er nicht im Haus ist. Okay, das muss überhaupt nichts heißen. Wahrscheinlich ist er einfach nur nach draußen gegangen, ein bisschen frische Luft schnappen. Kein Grund zur Sorge!

Ich versuche wirklich, daran zu glauben, mich auf ein Bild von Morgan zu konzentrieren, der vor dem Haus steht und in den Sternenhimmel hinaufsieht. Stattdessen blitzt vor meinem inneren Auge etwas kalt und metallisch auf. Diese verdammte Pistole ist mehr als achttausend Kilometer weit weg, Herrgott nochmal!

Ich schüttele mich kräftig, wovon sich mein Kopfkino leider nicht beeindrucken lässt. Statt der Pistole sehe ich jetzt den Rand der Klippe vor mir, mondbeschienen, und dahinter, dunkel träumend, das Meer. Vor dem nachtblauen Himmel zeichnet sich deutlich eine schwarze Silhouette ab. Obwohl ich kein Gesicht erkennen kann, weiß ich, dass der Mann aufs Meer hinaussieht. Dann breitet er die Arme aus, als wären es Flügel. Und kippt vollkommen lautlos über den Rand und aus meinem Blickfeld.

Meinen Aufschrei kann ich nur unterdrücken, indem ich mir beide Hände auf den Mund presse. »Schluss!«, schreie ich stattdessen mich selbst an. Und füge etwas sanfter hinzu: »Du machst es nur schlimmer. Mach dir nicht selbst Angst – warte gefälligst wenigstens, bis du einen Grund dazu hast.«

Das scheint zu helfen, zumindest für den Moment. Statt zu rennen, gehe ich bewusst langsam nach draußen, über die Wiese und vor zur Klippe. Morgan kann ich nirgendwo entdecken; was aber überhaupt nichts zu sagen hat, weil da nämlich Bäume und Sträucher wachsen und es außerdem dunkel ist! Trotz des Vollmonds, oder vielleicht auch gerade deswegen, denn die dreißig oder vierzig Meter hohen Douglasien und Hemlocktannen werfen eindrucksvolle Schatten. Er muss nur ein paar Schritte in irgendeine andere Richtung gegangen sein, um für mich praktisch unsichtbar zu sein. Oder er ist unten am Strand: Den kann ich von hier aus nur teilweise einsehen, weil mir ein paar Bäume im Weg sind und es außerdem ziemlich schattig ist da unten. Hatte ich schon erwähnt, dass es Nacht ist?

Ich bleibe stehen und versuche, meinen Atem zu beruhigen, bevor ich ein viertes Mal nach Morgan rufe. Schließlich will ich nicht wie eine hysterische Irre klingen. Dass ich auch jetzt keine Antwort bekomme, ist bestimmt dem gemächlichen Rauschen der Brandung geschuldet.

Ich gehe die letzten Meter nach vorn, wo die Klippe leicht vorkragt, sodass ich um diejenigen Bäume herum sehen kann, die mir den Blick auf einen Teil der Bucht versperrt haben. An der Stelle, an der wir schon zwei Mal im Gras gesessen sind, sehe ich mich ein weiteres Mal in alle Richtungen um. Noch immer keine Spur von Morgan. Also trete ich mit zwei schnellen Schritten ganz nach vorn an die Kante; dorthin, wo meine überreizte Fantasie mich eben noch eine dunkle Silhouette hat stehen sehen lassen. Erst als ich nach unten schaue, auf einen steilen, von Geröll und kriechendem Grünzeug bedeckten Hang – und sonst nichts –, merke ich, dass ich die Luft angehalten habe. Mit einem Seufzen schüttele ich den Kopf über mich selbst. Nach unten sind es höchstens zwanzig, vielleicht fünfundzwanzig Meter. Wenn man sich hier einfach fallen ließe, würde man auf dem Hang aufprallen und hinunterrollen, um unten auf einem Fuß aus schroffem Fels zu landen, an dem sich träge die Wellen brechen. Ganz sicher eine schmerzhafte Idee, die vermutlich einen Krankenhausaufenthalt nach sich ziehen würde. Trotzdem würde man für das, an das ich gedacht habe, wohl eine andere Stelle wählen.

Morgan sitzt wahrscheinlich entweder unten am Strand, wo ihn der Schatten eines Felsens vor meinem Blick verbirgt und er mich über die Brandung nicht hören kann. Oder er ist nochmal oben um die Bucht herumgelaufen und steht jetzt gerade auf der anderen Seite, um den Vollmond zu bewundern. Der hängt bereits tief über dem Horizont: Eine schimmernde Straße aus silbrigem Licht scheint von den schwarzen Felsen unter mir über den sanft bewegten Ozean hinweg direkt zu der großen milchweißen Scheibe zu führen.

Wunderschön, denke ich, und höre eine vertraute Stimme irgendwo hinter mir: »Franziska? Was machst du denn hier draußen?«

Ich drehe den Kopf nach Morgan. »Ich habe dich gesucht.«

»Du solltest hier nicht allein im Dunkeln herumlaufen. Komm da bitte weg.«

Da ist eine gewisse Schärfe in Morgans Stimme, hat er etwa Angst? Herrje, ich habe definitiv nicht vor, von dieser Klippe zu springen – oder von irgendeiner anderen.

»Siska, bitte.« Er kommt auf mich zu, die Hand ausgestreckt, als könnte ich mich tatsächlich jeden Moment einfach fallen lassen.

»Schon gut«, sage ich lächelnd. »Ich wollte nur …« Ich mache eine Bewegung mit dem rechten Arm nach hinten, in Richtung der Mondlichtstraße. Dabei muss ich mein Gewicht unmerklich verlagert haben, ganz leicht nur. Der brüchigen Erde unter meinen Fersen ist das egal. Mit einem leisen Knurren gibt ein ganzes Stück davon nach, rutscht einfach weg und prasselt und rauscht den Felsen am Fuß des Abhangs entgegen.

Der Moment dehnt sich zur Ewigkeit, als gäbe es noch irgendetwas, das ich tun könnte, um den Sturz zu verhindern. Eine Entscheidung, die ich endlich treffen, eine magische Formel, die ich einfach nur aussprechen muss. Wie oft habe ich heimlich gehadert: mit mir selbst, weil ich nicht so bin, wie ich gern wäre; mit dieser Welt und uns Menschen, weil manches manchmal eben einfach nur zum Heulen ist; und mit diesem süßen Schmerz, der sich wie eine zarte Melodie durch mein Leben zieht, gerade eben so an der Grenze des Hörbaren die meiste Zeit, um gelegentlich ganz zu verschwinden und zu anderen Zeiten machtvoll anzuschwellen. ›Sehnsucht‹ ist ein kleines Wort dafür, aber ein besseres kenne ich nicht. Wonach? Das kann ich bis heute nicht sagen, selbst jetzt nicht, in diesem unwirklichen Moment, in dem ich weiß, dass ich fallen werde.

Manchmal hat selbst die Ewigkeit ein Ende, und ein ziemlich abruptes obendrein. Der endlose Augenblick schnurrt zu einem Sekundenbruchteil zusammen, ich komme nicht einmal dazu, aufzuschreien. Meine Arme rudern wild durch die Luft, während ich nach unten gerissen werde.

Im nächsten Moment schließt sich etwas schmerzhaft

fest um meinen linken Unterarm. Der kräftige Ruck, der meinen Fall stoppt, reißt mir beinahe die Schulter aus dem Gelenk. Ich öffne die Augen – mir war gar nicht klar, dass ich sie geschlossen hatte – und sehe nach oben, in Morgans Gesicht. Er muss nach vorn gehechtet sein wie ein Footballspieler, um mich zu fassen zu kriegen. Jetzt liegt er flach auf dem Boden und greift mit der freien Hand nach meiner Rechten, um mich hinaufzuziehen. Ich kann ihm nicht nennenswert dabei helfen, die Erde unter mir ist noch immer in Bewegung und rieselt einfach unter meinen Knien und Zehen weg.

Erst als Morgan mich ganz sanft auf die Füße gestellt hat – meine Beine zittern immer noch, als würden ständig kleine Stromstöße durch die Muskulatur jagen –, fällt mir auf, dass sein T-Shirt feucht ist. Ich berühre einen etwas größeren Fleck direkt über seinem Herzen. »Was ...«

Morgan greift nach meiner Hand und hält sie fest. »Ich war schwimmen; nicht richtig, nur im Wasser, da, wo es flach ist, höchstens hüfttief. Es war eisig. Und sehr ... erfrischend. Aber das ist jetzt nicht wichtig. Warum warst du da vorne an der Klippe, Siska?«

»Ich habe dich gesucht – das habe ich doch schon gesagt. Ich hatte ganz sicher nicht vor, da runterzufallen, falls du das denkst.« Für einen Moment wird mir schwindlig; der Boden scheint zu schwanken, nur leider nicht im selben Rhythmus wie meine Knie. Ich muss die Augen schließen und mich an Morgans Schulter festhalten, wenn ich mein Abendessen nicht nochmal sehen möchte. Wenn er nicht da gewesen wäre, läge ich jetzt da unten und hätte vermutlich größere Probleme als wacklige Knie und ein paar Schrammen.

Morgan wartet, bis ich ihn wieder ansehe. »Warum warst du da vorne an der Klippe?«, wiederholt er dann seine Frage.

Habe ich mir gerade nur eingebildet, dass ich ihm geantwortet habe? »Das habe ich dir doch gerade ... Ich bin aufgewacht, du warst nicht da. Also habe ich dich gesucht.«

»Warum?«

»Warum ich dich gesucht habe? Du warst nicht da, und ... Verdammt, ich habe mir Sorgen gemacht, Morgan!«

»Warum?«

Ruhig, aber bestimmt. Offenbar weiß er sehr genau, warum, will aber, dass ich es ausspreche. Jetzt frage ich mich, warum. »Das kannst du dir doch denken«, versuche ich es müde.

Morgan hält noch immer meine Hand an seiner Brust fest. »Was genau soll ich mir denken können?«

Ganz kurz verspüre ich den Impuls, mich loszureißen, dann platzt es endlich aus mir heraus: »Zum Teufel, Morgan, was soll das? Letztes Jahr – die Pistole – was willst du denn bitte hören?«

»Wovor du solche Angst hast, dass du dich selbst in Gefahr gebracht hast.« Er fängt meinen Blick ein. Seine Wangenmuskeln zucken und er blinzelt ein paar Mal, schaut aber nicht weg.

Ich schlucke. »Ich hatte Angst, dass du ... dass du ...« Es hat keinen Zweck, ich kann das nicht aussprechen, noch immer nicht.

»Dass ich mir das Leben nehme«, hilft Morgan mir weiter.

»Wolltest du?« Ich weiß selbst nicht genau, was ich damit meine. Oder besser gesagt, wann: heute Nacht – oder letztes Jahr im November.

Wir haben nie wirklich darüber geredet. *Er wollte, aber er konnte nicht, das hat Nora mir gesagt, weil Alex es ihr erzählt hat. Ehrlich gesagt habe ich darauf gewartet, dass das irgendwann mal passiert. Dass er es ausprobiert. Ich schätze, er musste an diesen Punkt gehen, über das reine Gedankenspiel hinaus.* Svens Worte, am Telefon, als er mir versichert hat, dass es nicht meinetwegen passiert sei. Und im Café hat Morgan zu mir gesagt, dass er gewusst habe, was er tut. Und dass er sich sicher gewesen sei oder das zumindest dachte. Vor allem aber wollte er mir nichts versprechen, von dem er nicht mit absoluter Gewissheit sagen könne, dass er es auch werde halten können. Er musste nicht deutlicher werden, ich weiß sehr gut, was er gemeint hat: Er wollte mir nicht versprechen, dass *es* nie wieder vorkommen wird. Weil er es nicht ausschließen kann, nicht mit einhundertprozentiger Sicherheit.

Nüchtern betrachtet ist *es* immer eine Option, eine Möglichkeit unter unzähligen. In den allermeisten Fällen eine miserable, die schlechteste überhaupt. Aber manchmal ... Wer mag sich denn anmaßen zu beurteilen, wie viel Schmerz, wie viel Verzweiflung, wie viel Aussichtslosigkeit ein anderer Mensch ertragen kann?

»Denkst du wirklich, ich wäre ständig kurz davor, der Welt den Rücken zu kehren?«

Morgan klingt hilflos. Trotzdem kann ich nicht umhin zu bemerken, dass das keine direkte Antwort auf meine Frage ist.

Er versucht ein weiteres Mal, meinen Blick festzuhalten.

»Denkst du, du könntest mich keine fünf Minuten allein lassen, ohne dass etwas Schlimmes passiert?«

Shadows cover me
like some sort of crazy cancer,
though you are by my side …

Seine Worte.

Ja – aber nur ein Song, kein Tagebucheintrag!

Oder?

Ich fahre mir übers Gesicht in dem sinnlosen Versuch, Tränen wegzuwischen, die sofort durch neue ersetzt werden. »Ich weiß es nicht … Ich bekomme einfach dieses Bild nicht aus dem Kopf, von dir und der Pistole. Ich weiß selbst, wie verlockend der Gedanke sein kann, einfach allem zu entkommen. Und wie leicht es dieses Ding macht!«

Morgan antwortet mit einem Laut, der ein freudloses Lachen sein könnte. »Nicht so leicht, wie du denkst, das kannst du mir glauben.« Dann streckt er die linke Hand nach meinem Gesicht aus. Sein Daumen streicht über meine Wange und fängt eine Träne auf, die sich in seinen Augen spiegelt. »So kommen wir nicht weiter, Siska.« Er versucht zu lächeln, was mich den Schmerz in seinen Zügen nur umso deutlicher erkennen lässt. »Wir können nicht ständig Angst haben – ich auch nicht. Wenn ich jedes Mal befürchten muss, dass so etwas wie heute passiert, weil ich etwas Zeit für mich brauche … Ich will nicht der Grund dafür sein, dass du so …« Er schüttelt stumm den Kopf.

Jetzt habe ich Angst, und zwar richtig! Seltsamerweise

lähmt sie mich nicht wie sonst, sondern scheint mich einmal kräftig durchzuschütteln, sodass die Tränenflut zum Erliegen kommt, als hätte ein Erdrutsch die Quelle zugeschüttet. »Ich weiß«, sage ich erstaunlich gefasst. »So geht das nicht – ich will das auch nicht! Ich weiß nur nicht, was ich dagegen machen soll.« ... keeping hope alive echot Morgans Stimme durch meine Gedanken. So geht die Strophe weiter. Kann die Antwort wirklich so einfach sein? *Als ob das einfach wäre!*, widerspreche ich mir im selben Moment. Like seagulls ride the storm, / knowing they'll survive. Von der Möwe, die ich in dem Café für einen Moment vor Augen hatte, habe ich ihm nie erzählt. Natürlich gehören Möwen, Meer und Sturm ganz selbstverständlich zusammen, also nur ein Zufall, mehr nicht. Wenn man an Zufälle glaubt.

Morgan mustert mich für eine gefühlte Ewigkeit. Die kühle Nachtluft lässt ihn in seinem feuchten T-Shirt frösteln, aber das scheint er gar nicht zu bemerken. Über uns hat die Nacht ein Zelt aus Abermillionen Sternen aufgespannt. Tröstlich funkelnde Lichtpunkte, die wir nicht sehen könnten, wenn es nicht so dunkel wäre. Hinter mir ist der Gesang der Wellen zu einem sanften Murmeln verebbt; ein Schlaflied für die Sterne, denn bald wird der Morgen dämmern.

> Don't fight the rain, don't flee the sun,
> don't fear the tides, their up and down.
> Please, don't run and hide,
> just turn around
> again
> over and over – for me.

Das ist meine Antwort; niemand hat gesagt, dass es einfach wäre. Als ich spüre, dass ich lächle, hebe ich die freie Hand und lege sie an Morgans Wange. »Hierfür bist *du* der Grund – nicht für das andere. Das kann ich auch allein.«

Er blinzelt kurz, dreht dann den Kopf und schmiegt sein Gesicht in meine Hand. Jetzt wärmt sein Atem meine linke Handfläche, während er meine rechte über seinem Herzen noch ein bisschen fester hält. »Habe ich uns hier hineinmanövriert, weil ich mir eingeredet habe, es hätte Zeit, dieses Gespräch? Weil ich mich davor gedrückt habe?«, sagt er endlich. »Ich wollte einen richtigen Anfang für uns, unbeschwert. Ich hätte es besser wissen müssen, oder?«

Ich weiß nicht, was ich antworten soll. Schließlich hätte ich ihn auch fragen können, wenn ich darüber hätte reden wollen. Meine Ausrede war, dass ich das nicht tue, um ihn nicht mit der Erinnerung zu belasten. Aber die Wahrheit ist, dass ich nicht damit umgehen konnte. Das sage ich Morgan.

Er atmet tief durch. »Also gut. Besser spät als nie. Du hast recht: Die Vorstellung, mit einem einzigen Schritt allem entkommen zu können, kann verlockend sein. Ich habe mit dem Gedanken gespielt, ab und zu. Zu wissen, dass es diese Möglichkeit gibt, hat es manchmal leichter gemacht.«

Ich weiß viel zu gut, was er meint. Vielleicht ist das der eigentliche Grund für meine Angst. Würde ich ihm denn auch dann so einfach zutrauen, diese Entscheidung zu treffen, wenn ich es mir selbst *nicht* zutrauen würde? Der Gedanke lässt mich frösteln.

Morgan sieht mich an und nickt kaum merklich. »Sollen wir reingehen? Da steht ein Kamin im Wohnzimmer. Vielleicht ...«

Vielleicht sollte man manche Dinge nicht der Nacht anvertrauen, wie friedlich sie auch sein mag. Morgan hatte den Kamin schon vorbereitet, sodass bereits die ersten hungrigen Flammen übers Holz züngeln, als ich mit der Bettdecke aus dem Schlafzimmer wieder nach unten komme. Wir kuscheln uns aufs Sofa, als wollten wir uns einen Film ansehen, einen romantischen.

Erst als mein Kopf an seiner Brust liegt, beginnt Morgan wieder zu sprechen. »Du wolltest wissen, ob ich sterben wollte: Ja. Und nein. Was ich sagen will, ist: Ich hatte eine Entscheidung getroffen, und das war kein spontaner Entschluss an irgendeinem Abend, an dem ich mal kurz ins Schleudern geraten bin. Ich hatte darüber nachgedacht. Und war zu dem Schluss gekommen, dass es aufhören muss – das alles. Dieses Gefühl, die falschen Entscheidungen zu treffen, wenn es wirklich darauf ankommt. Die Menschen zu verletzten, die mir wirklich etwas bedeuten. Und damit meine ich gar nicht zuallererst dich, Siska.«

Als wollte er seine Worte gleichzeitig widerlegen und bestätigen, streicht Morgan mir durchs Haar und drückt einen Kuss auf meinen Hinterkopf. Sein Herzschlag ist so ruhig und gleichmäßig, dass ich die Augen schließen und einschlafen könnte, als würde er mir lediglich eine Gute-Nacht-Geschichte erzählen. Ich atme ganz bewusst tief ein und aus und konzentriere mich auf die gelbroten Flammen, deren fröhliches Flackern mit jedem Wort, mit jedem Atemzug an Kraft gewinnt und zuckende Schatten um uns herumtanzen lässt.

»Meine Mutter, Nora, Sven, Alex – sogar die Songs, die Alex freundlicherweise ›zu experimentell‹ genannt hat, obwohl wir beide wussten, dass sie Mist sind ...« Mit einem Seufzen spricht Morgan weiter. »Ich schien niemandem geben zu können, was sie wirklich von mir gebraucht hätten. Und mir selbst auch nicht. Ein Teil von mir wollte einfach nur, dass das aufhört. Keine Fragen mehr, keine Zweifel. Keine Sehnsüchte, keine Hoffnungen und keine Enttäuschungen, für niemanden mehr.

Dem anderen Teil war das herzlich egal. Er wollte einfach nur leben. Warum, wofür – das hat in dem Moment nicht wirklich eine Rolle gespielt. Nicht, dass ich keine Gründe hätte finden können. Es kam nur gar nicht darauf an. Das ist nicht gerade etwas, an das ich mich gern erinnere. Ich würde lieber sagen: ›Ich habe es nicht getan, weil mir klar geworden ist, was ich euch damit antun würde‹ oder ›Ich habe es nicht getan, weil ich erkannt habe, dass das Leben zu wertvoll ist, um es einfach wegzuwerfen‹. Aber nichts davon wäre wahr.

Die nackte Wahrheit, ohne die tröstenden Schnörkel einer guten Geschichte, ist ziemlich prosaisch: Etwas sehr viel Urtümlicheres als mein bewusster Wille hat für einen Moment die Kontrolle über mein Handeln übernommen. Mein Finger hat den Abzug in einer fließenden Bewegung durchgedrückt wie geplant, ohne Stocken, ohne Zögern. Bloß war der Lauf der Waffe da schon auf die Decke gerichtet, statt an meiner Schläfe zu liegen.

Ich ... habe selbst eine Weile gebraucht, um das zu akzeptieren. Danach ... Ich weiß auch nicht. Vielleicht dachte ich auch, ich hätte kein Recht, euch diese Wahrheit zuzumuten. Sie dir zuzumuten ...« Morgans Stimme verliert sich im Zischeln und Knacken des Feuers.

Das gleichmäßige Klopfen an meinem Ohr hat sich verändert: erst ein Aussetzer, dann zwei rasche Schläge hintereinander, und jetzt ein unruhiger Wechsel von langen und kurzen Schlägen. Ich schiebe meine Hand unter sein T-Shirt und lege sie dahin, wo sie draußen schon die ganze Zeit lag. Bilde ich mir das nur ein, oder wird der Rhythmus wieder gleichmäßiger? Dann richte ich mich auf, damit ich ihn ansehen kann. Er hat den Kopf ganz leicht zur Seite geneigt, und natürlich ist diese eine Strähne in seine Stirn gerutscht. Aus seinen Augen spricht dieselbe Angst, die ich empfinde: vor einem Verlust, der so viel schwerer wiegen würde als alles, was ich bisher kannte. Aber aus der Andeutung eines Lächelns, das seine Mundwinkel hebt, kaum merklich, aber deutlich genug für mich, spricht etwas viel Wichtigeres.

Es kommt nicht im Mindesten darauf an, was er mir versprechen kann oder eben nicht, weil er weiß, dass er *nicht* weiß, was noch passieren wird. Im Grunde glaube ich doch gar nicht an Versprechen: Ein Versprechen ist nur eine Wette auf die Zukunft. Im besten Fall die Zusicherung, etwas ernsthaft zu versuchen.

Worauf es wirklich ankommt, ist das, was er sich wünscht. Mit aller Kraft, trotz allem und wegen allem, selbst in der Dunkelheit zwischen den Schatten. Und das kann ich sehen, er muss es mir nicht sagen. Außerdem hat er das längst, mehr als einmal.

Das alles in Worte zu fassen, die weniger wirr klingen als meine Gedanken, ist eine Herausforderung, der ich mich im Moment nicht gewachsen fühle. Weil Worte manchmal tatsächlich bedeutungslos sind, nähere ich mich Morgans Gesicht, bis ich die winzigen goldenen Sprenkel in seiner Iris ganz deutlich sehen kann. Während ich mich in die warme Tiefe dieser dunklen Augen fallen lasse, in denen ich fliegen kann, ganz gleich, wie bodenlos ihr Abgrund sein mag, finden meine Lippen seine, um ihm alles zu sagen, was er jetzt gerade wissen muss. Dann ziehe ich ihm endlich dieses feuchte T-Shirt aus.

In die Atempause zwischen zwei Küssen flüstert Morgan: »Du könntest mich auch einfach fragen, ob ich froh darüber bin, wie es ausgegangen ist. Diese Antwort wäre nämlich ganz einfach: und wie!«

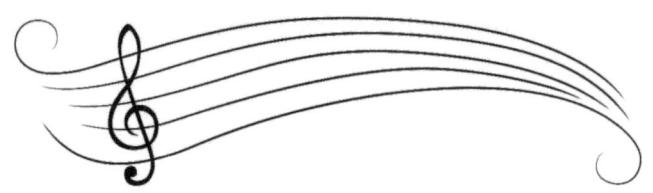

Neunundzwanzig

Diesmal ist es fast Mittag, bis wir aufstehen – vom Sofa, weil wir beide keine Lust mehr hatten, noch nach oben zu gehen. Wir sind eingeschlafen, während das orange Glimmen des verlöschenden Feuers von der ersten Morgenröte abgelöst wurde.

Morgan kümmert sich um den Kaffee, während ich dusche. Als er im Bad ist, entdecke ich im Kühlschrank ein paar Eier, Spitzpaprika und eine Packung Garnelen und mache uns Rührei.

Beim Essen erzähle ich ihm von Jacks Auftritt in der Castingshow und was Susanne mir am Telefon gesagt hat, ein paar Tage nach dem Streit in Livs Restaurant: der Joint in Jacks Zimmer und das Mädchen, das er bei den Aufnahmen für die Show kennengelernt hat und an das diese Becs Alex erinnert hat. Morgan hört mir aufmerksam zu, ohne mich zu unterbrechen. Also spreche ich zum Schluss auch noch meine Vermutung wegen Nora an: dass Alex einerseits bis heute ein schlechtes Gewissen hat, und zwar nicht nur Susanne gegenüber; und dass er andererseits schlicht gekränkt ist, weil Nora sich damals für Morgan entschieden hat.

Ein kurzes Zucken seiner Augenbrauen ist Morgans

einzige Reaktion darauf, dass ich von der Affäre weiß. Offenbar ist er nicht sonderlich überrascht deswegen, oder es ist einfach nicht wichtig, jetzt gerade. »Du denkst, ich sollte mit Alex reden, richtig?«

Ich nicke.

Zu meiner Überraschung lächelt Morgan. »Ich schätze, du hast recht. Das ist wohl mehr als überfällig.« Dann steht er auf und holt die schwarze Gitarre vom Sessel im Wohnzimmer. Er zupft prüfend an ein paar Saiten, dreht an zwei Stimmwirbeln und probiert sich dann mit einem Zwinkern zu mir an ›Hotel California‹, bevor er nach ein paar stufenartigen Akkorden zu einem Song wechselt, der normalerweise mit zarten Beats und einem warm anschwellenden Synthesizer-Intro beginnt, weshalb ich einen Moment brauche, bis ich die Gitarrenversion erkenne: ›Stay on these roads‹ von A-ha.

Wenn du Glück hast, gibt es ein paar Songs, die dir jederzeit die Augen feucht werden lassen können, selbst in den unpassendsten Momenten. Weil sie etwas berühren, tief in dir, das du normalerweise sorgsam verschlossen hältst. Etwas Empfindsames, das der Welt nicht wirklich etwas entgegenzusetzen hat. Früher oder später bauen wir alle eine harte Schale um unseren weichen Kern, nicht wahr? Umso wichtiger ist es, dass diese Schale hin und wieder Risse bekommt, damit sie den Kern nicht erstickt. Es spielt keine Rolle, ob ›Stay on these roads‹ ein Lovesong ist oder ein Lied übers Durchhalten, weil das eine das andere nicht ausschließt. Mehr als eine Wahrheit, mal wieder. Es geht darum, weiterzumachen, nicht vom Weg abzuweichen. Weil du an etwas glaubst, auch wenn es gerade nicht danach aussieht. Weil du Vertrauen hast.

Morgan lächelt den ganzen Song hindurch. Und ich frage mich, ob es etwas verändert hat für ihn, dass er *an diesen Punkt* gegangen ist, wie Sven das ausgedrückt hat, *über das reine Gedankenspiel hinaus*. Dass er froh ist, wie es ausgegangen ist. Falls er je wieder darüber nachdenken sollte, wird diese Erfahrung dann seine Entscheidung beeinflussen? Ich werde ihn nicht danach fragen, weil ich weiß, dass er das nicht wissen kann. Dass diese Gedanken in meinem Kopf herumspuken, werde ich einfach aushalten müssen.

Hat es denn für mich etwas verändert, die Pistole in der Hand gehalten zu haben? Ich bin mir sicher, dass ich dieses Ding nie wieder anfassen möchte. Aber bedeutet das auch, dass ich niemals über einen endgültigen Ausweg nachdenken werde, ganz gleich, was auch passiert? Dafür möchte ich zumindest nicht die Hand ins Feuer legen müssen.

Sobald Morgan ›Stay on these roads‹ beendet hat, sage ich: »Da ist noch etwas, das ich dir sagen muss.« Bevor er mich stoppen kann, weil es definitiv viel zu viel war in den letzten vierundzwanzig Stunden, erzähle ich ihm von der Pistole.

Morgan unterbricht mich auch jetzt nicht, holt nur ein paar Mal tief Luft. Als ich fertig bin, ist er sichtlich blass. »Warum?« sagt er. Sonst nichts.

Ich hebe die Schultern und schüttele den Kopf, bevor ich sie wieder fallen lasse. »Ich weiß es nicht. Ich habe nicht wirklich an etwas gedacht. Eigentlich war es nicht mal eine bewusste Entscheidung. Ich wollte einfach nur ...« *Irgendetwas tun.* War es das?

»Irgendetwas tun«, sagt Morgan. »Etwas kontrollieren, egal was. Kannst du nächstes Mal bitte einfach ein Glas an die Wand werfen oder meinetwegen auch gleich mehrere?« Er versucht zu lächeln, was ihm sogar beinahe gelingt.

»Du solltest sauer sein«, sage ich, weil mir das hier irgendwie falsch vorkommt. Er sollte es mir nicht so leicht machen.

»Sollte ich das? Auf wen – auf dich oder auf mich? Wie zum Teufel hast du es überhaupt geschafft, den Safe zu öffnen?«

»Ich habe geraten. Das Datum schien mir naheliegend.«

»Das konntest du doch überhaupt nicht wissen ...«

»Wieso nicht? Der Tag, an dem du bei meinem ersten Besuch plötzlich nach oben wolltest und mir dann erzählt hast, wie deine Mutter gestorben ist – das war der fünfzehnte August. Du hast gesagt, du warst dreizehn, das Jahr konnte ich also ausrechnen.«

Morgan starrt mich an. »Ich habe also dafür gesorgt, dass du den Code kennst«, murmelt er. »Und es nicht mal gemerkt. Auf wen sollte ich gleich noch mal sauer sein?«

Er macht es mir definitiv zu leicht! »Du bist nicht für meine Entscheidungen verantwortlich, Morgan«, sage ich fest.

»Hast du nicht gerade gesagt, es war gar keine Entscheidung?«

Da ist etwas in seiner Stimme ... Aber seine Miene ist unbewegt, also antworte ich: »Das ist Haarspalterei, und das weißt du. Du bist auch nicht für meine Handlungen verantwortlich.«

»Nein?«

»Nein! Was soll denn das jetzt?« In dem Moment sehe ich es: das verräterische Funkeln in seinen Augen. Gleich darauf zucken seine Mundwinkel, als würden sie erfolglos versuchen, sich zur Wehr zu setzen, bevor sie sich zu einem schelmischen Lächeln verziehen, das gerade vollkommen unangebracht ist. Oder? Habe ich eigentlich auch noch ein paar Antworten statt immer nur neue Fragen?

»Jetzt habe ich dich«, sagt Morgan unangemessen vergnügt. »Eine Gleichung gilt nämlich immer in beide Richtungen: Wenn *ich* also nicht für *deine* Handlungen verantwortlich bin ...«

Darauf will er also hinaus, ernsthaft? »Das ist doch etwas vollkommen anderes«, fange ich an, aber Morgan unterbricht mich mit einem energischen Kopfschütteln.

»Der Kern ist immer derselbe: Was du tust oder lässt, hat Auswirkungen auf andere. Das macht dich verantwortlich. Trotzdem trifft jeder Mensch seine eigenen Entscheidungen. Das macht ihn verantwortlich oder sie. So etwas nennt man dann wohl Pattsituation. Wir können uns jetzt endlos darüber streiten, wer sich weswegen schuldig fühlen darf, oder es einfach gut sein lassen. Die Vergangenheit können wir nicht mehr ändern, Siska – die Zukunft schon. Wenigstens ein bisschen.«

Das schiefe Lächeln sagt mir, dass er sehr wohl weiß, dass jetzt nicht einfach alles anders wird, nur weil wir uns über ein paar Dinge ausgesprochen haben. Dabei bin ich mir gar nicht so sicher, ob ich das überhaupt will: dass alles anders wird. Wenn ich so darüber nachdenke ... Nein, eigentlich nicht. Sogar ganz sicher nicht! Definitiv nicht alles. Vielleicht sogar gar nichts. Denn irgendwie ...

Don't fight the rain, don't flee the sun,
don't fear the tides, their up and down ...

493

Was, wenn es nicht nur Angst ist, die meinen Magen flattern lässt vor diesem Auf und Ab, vor den Strömungen, die Ebbe und Flut verursachen? Vor den Schatten, die manchmal das Licht zu schlucken scheinen, obwohl das nicht im Mindesten in ihrer Macht liegt?

The darkest shadows call for shining light. Was, wenn das alles erst dafür sorgt, dass ich mich lebendig fühle? Wirklich lebendig, und nicht nur als funktionierendes Rädchen im Getriebe einer Welt, die ebenso gut ohne mich auskäme? Die letzten Wochen waren ... anstrengend, das möchte ich gar nicht abstreiten. Aber sie waren auch bemerkenswert, im wahrsten Sinne des Wortes. Ich werde mich für den Rest meines Lebens an jeden einzelnen Augenblick erinnern, an die hellen ebenso wie an die dunklen. Über wie viele Tage kann ich das sonst sagen?

Morgan weckt mich mit einem klimpernden Geräusch aus meinen Gedanken. Er lässt seinen Schlüsselbund vor meiner Nase baumeln. »Draußen scheint die Sonne. Oder möchtest du lieber hier sitzen bleiben und weiter Löcher in die Luft starren?«

Heute Abend sind wir bei Mary eingeladen. Morgan hat sie gestern angerufen, nachdem wir den halben Nachmittag einfach nur an der Küste entlang gefahren sind. Langsam, um die Aussicht zu genießen und das Cabrio-Feeling. Es war tatsächlich mein erstes Mal oben ohne: Wenn man den Kopf in den Nacken legt und die Arme ausbreitet, fühlt es sich an, als würde man im Himmel schwimmen. Morgan hat nicht viel gesagt, aber so ziemlich jeden Song mitgesummt, den seine schier unerschöpfliche Playlist ausgespuckt hat. Bei ›That's what love is for‹ hat er die Musik lauter gedreht. Amy Grants Definition, wofür Liebe da ist, kann man eben nur zustimmen: um unsere Abwehr zu überwinden und uns die Kraft zu geben, es nochmal zu versuchen. Immer und immer wieder, wenn es sein muss.

Jetzt gerade parkt Morgan den Mustang auf einem großen, gepflegten und bis auf eine ganze Batterie von Containern zur Mülltrennung vollkommen leeren Parkplatz zwischen eindrucksvoll hohen Bäumen. Wir sind ein Stück ins Landesinnere gefahren, weil er noch etwas erledigen möchte, bevor wir Mary besuchen. Deutlicher ist er nicht geworden, und ich habe nicht nachgebohrt, weil er es mir sagen wird, wenn der richtige Moment gekommen ist.

Hinten rechts zeigt ein Schild mit der Aufschrift *Picnic Area* auf einen breiten Weg, aber Morgan wendet sich nach links, wo ein etwas schmalerer Wanderweg zwischen die Bäume führt. Schon nach wenigen Metern beschleicht mich das Gefühl, wir seien unbemerkt in eine andere Zeit gereist, durch ein unsichtbares Portal, das nicht einmal die Luft hat flimmern lassen. In eine Zeit, als der Mensch noch ein scheuer und höchst gefährdeter Bewohner einer Welt war, die so viel älter, mächtiger und dauerhafter wirkte, als er es je sein würde: Ich stehe mitten in einem Urwald.

Die Kronen der Nadelbäume, zwischen die sich hier und da auch ein paar niedrigere Laubbäume mischen, scheinen bis in den Himmel zu reichen. Sie filtern das Licht, das hier unten golden und ein wenig staubig wirkt. Von den unteren Ästen hängen Flechten dicht an dicht wie

dickes, grünes Haar. Und der Boden zwischen den be-
moosten Stämmen leuchtet grün von meterhohen Farnen
und Kriechgewächsen, deren Namen ich nicht kenne. Es
riecht nach Feuchtigkeit und warmem Holz und nach der
würzigen Mischung aus lebenden und toten Pflanzen, die
es so nur in Wäldern gibt.

Morgan ist stehen geblieben, um auf mich zu warten.
Als ich meinen Mund zugeklappt und zu ihm aufgeschlos-
sen habe, lächelt er versonnen und setzt sich deutlich
langsamer als zuvor wieder in Bewegung.

»Mein Vater ist gern hierher gefahren zum Spazieren-
gehen«, sagt er nach ein paar Minuten und einem tiefen
Atemzug. »Manchmal war ihm der Wald lieber als das
Meer. In den ersten Jahren hat er mich immer wieder mitgenommen, obwohl ich nicht gerade darum gebeten
habe ...« Neben einem besonders hohen Nadelbaum mit
rötlich-brauner Rinde bleibt er stehen und lässt den Blick
den breiten Stamm hinaufwandern. »Wusstest du, dass
unsere red cedars gar keine Zedern sind? Echte Zedern
wachsen nur im Mittelmeerraum und in Asien. Was wir
wegen des würzigen Geruchs ›cedar‹ nennen, sind Thujas
oder Lebensbäume. ›Merk dir das gut, Morgan‹, hat mein
Vater dazu gesagt. ›Für viele Menschen sind Unterschiede
bedeutsamer als Gemeinsamkeiten – aber für manche ist
es auch andersherum.‹«

Das wusste ich tatsächlich nicht. ›Lebensbaum‹ scheint
mir jedenfalls ein sehr passender Name für diese eindrucksvollen Riesen. »Das klingt, als wärst du nicht immer nur wütend auf ihn gewesen.«

Morgan betrachtet das raschelnde, duftende Leben um
uns herum zwischen goldenen Sonnenflecken und schat-

tig-dunklem Grün. »Nein«, sagt er dann langsam, fast wie in Trance. »Offenbar nicht. Es gab auch diese Momente, wo ich beinahe vergessen hätte, warum wir nur zu zweit waren, er und ich. Dann war ich wütend auf mich selbst.«

Für einen Sekundenbruchteil meine ich, aus dem Augenwinkel ein schemenhaftes Bild zu sehen, zwei, drei Meter abseits vom Weg, zwischen den Bäumen: einen Vater mit seinem Sohn, die über irgendetwas reden, lachen; dann sieht der Junge abrupt zur Seite und das Gespräch erstirbt. Zwei Menschen, die einander gebraucht hätten und beide in ihrer eigenen Einsamkeit gefangen waren. Ich glaube, ich habe mich in meinem ganzen Leben noch nie so hilflos gefühlt. Ich kann nicht ändern, was damals passiert ist. Ich kann den Schaden nicht reparieren, den es angerichtet hat. Niemand kann das. Ich weiß nicht, was ich sagen soll, also sage ich genau das.

Das Nicken, mit dem Morgan mir antwortet, ist sanft und trotzig zugleich. »Das alles ist so lange her – trotzdem ist es nicht vorbei.« Er sieht sich um, als würde er etwas suchen. Dann macht er ein paar Schritte weg vom Weg, in die Schatten zwischen zwei Baumriesen, und legt den Kopf in den Nacken. Er steht exakt an der Stelle, die ich eben aus dem Augenwinkel beobachtet habe. »Wie versöhnt man sich mit einem Toten?«

Ein simples Kopfschütteln oder Achselzucken hilft hier nicht, denn Morgan steht mit dem Rücken zu mir. »Ich weiß es nicht«, sage ich ehrlich. Irgendwo krächzt ein Vogel misstönend in das melodische Zwitschern und Pfeifen, das uns die ganze Zeit schon wie eine sanfte Hintergrundmelodie umgibt. Als wollte er mich tadeln. Also ringe ich mich dazu durch, auch das zu sagen, was ich eben noch gedacht habe: »Vielleicht genauso wie mit einem Lebenden? Indem du ihm sagst, dass es dir leidtut?«

Morgan schnaubt. »Und damit ist es dann getan, oder? Ich sage einfach: ›Sorry, Dad, war nicht böse gemeint, dass ich so ein Arschloch war‹, und alles ist gut? Sehr praktisch, dass Tote nicht antworten und schon gar nicht widersprechen können!«

»Ist dir schon mal der Gedanke gekommen, dass jede Entschuldigung im Grunde eine ziemlich einseitige Sache ist? Ich meine, am Ende liegt es nicht in deiner Hand, ob jemand dir verzeiht. Du kannst das nicht irgendwie bewirken, du kannst nur darum bitten. Vielleicht ist es das, worum es dabei wirklich geht.«

Dass auch eine noch so wortreich geäußerte Vergebung nichts nützt, wenn man sich selbst nicht verzeihen kann, sage ich nicht. Auf den Gedanken kommt Morgan von ganz allein. Stattdessen sage ich: »Ich bin kein gläubiger Mensch, aber ich glaube an Rituale. Ich denke, dass Menschen von Anfang an Begräbnisstätten errichtet haben, weil die Toten ein Bestandteil unseres Lebens bleiben. In unseren Herzen existiert die Verbindung nach wie vor, nur auf der anderen Seite ist ein loses Ende, das wieder irgendwo befestigt werden muss. Zum Beispiel an einem Grab. Vielleicht sagst du es ihm da. Oder du schreibst es auf, verbrennst den Brief und verstreust die Asche hier im Wald. Vielleicht fällt dir auch etwas ganz anderes ein. Es kommt nur darauf an, dass es sich richtig anfühlt.«

Morgan antwortet nicht sofort. Sein Blick scheint sich einen Weg durch das dichte Grün hindurch zum unsichtbaren Horizont zu suchen, während seine Fingerspitzen Gebirgszüge und Täler der Rinde eines mächtigen Lebensbaums erforschen. Schließlich dreht er sich nach mir um. »Das klingt ziemlich ... normal, wenn du es so sagst. Als wäre es keine große Sache.«

»Ist es ja auch nicht.« Ich lächle, um meinem nächsten Vorstoß die Kanten zu nehmen. »Denkst du wirklich, du wärst der einzige Mensch auf der Welt, der jemanden falsch eingeschätzt hat? Oder der sich unfair verhalten hat?«

»Für so besonders halte ich mich nun auch wieder nicht«, grummelt Morgan.

»Nein, du erwartest lediglich von dir, dass du besser bist als alle anderen, in so ziemlich jeder Disziplin, oder?«

Für einen Moment lodert in Morgans Augen etwas auf, das den ganzen taugetränkten Wald im Nu in ein brüllendes Flammenmeer verwandeln könnte. Ich halte unwillkürlich den Atem an. Dann schüttelt er sich und sagt: »Wo hast du bloß gelernt, den Finger so zielsicher in die Wunde zu bohren, hm? Nein, sag's nicht, lass mich raten – so etwas übt man am besten an sich selbst, richtig?«

Jetzt zucke ich doch die Achseln. Meine innere Stimme ist sicher nicht der schlechteste Lehrmeister.

»Vielleicht bin ich einfach noch nicht so weit.« Morgan seufzt. »Kommt vor der Erlösung nicht immer erst das Fegefeuer?«

»Ich glaube nur an die Hölle, die wir uns selbst bereiten. Und davon hattest du meiner Meinung nach in den letzten Wochen genug. Wir beide, wenn ich ehrlich sein soll.«

Morgan senkt den Blick und kickt einen unsichtbaren Stein zur Seite. »Du hast recht – ich hab' dich da mit reingezogen. Und dann war ich sauer auf dich, weil du versucht hast, einen Ausgang für uns beide zu finden.« Ein bitteres Lachen. »Scheint, als würde ich mich immer noch wie ein Arschloch aufführen!«

»Stopp!«, sage ich, nicht besonders laut, aber mit Nachdruck. »Jetzt gerade ziehst du mich mit rein. Und ich bin nicht bereit, dein Kerkermeister zu sein. Ich habe mir die letzten Wochen selbst schwer gemacht. Ich will nicht sagen, dass du mir nicht dabei geholfen hast, aber ich hätte deine Hilfe ja nicht annehmen müssen. Was mich angeht, bist du immer noch das Beste, was mir je passiert ist. Ehrlich gesagt ist es völlig egal, was zwischen uns noch alles schiefgeht: Das wird daran nicht das Geringste ändern. Und komm jetzt bloß nicht auf die blöde Idee, mich zu fragen, woher ich das wissen will – ich weiß es. Basta!« Ich wische mir etwas gröber als nötig eine Träne von der Wange, die sich irgendwie herausgemogelt hat. Dämlicher Wasserdrang!

Morgan starrt mich an, schon wieder. Dann macht er drei große Schritte zu mir herüber und zieht mich in eine sehr feste Umarmung. Er sagt nichts, aber ich kann ihn mehrmals schlucken hören. »Ach, verdammt«, murmelt er schließlich, und ich muss lachen, weil ich weiß, dass ich gerade gegen den Abgrund gewonnen habe, jedenfalls ein bisschen.

Wir sitzen noch eine ganze Weile in einvernehmlichem Schweigen auf einem hellen Felsbrocken am Ufer eines kleinen, unwirklich blauen Sees. Das Wasser wirkt so tief und dabei gleichzeitig so klar, beinahe leuchtend, dass man denken könnte, hier wäre ein Stück Himmel zwischen die Bäume gefallen. Am gegenüberliegenden Ufer sprudelt eine Quelle unter einer gewölbten Baumwurzel hervor. Und genau dort, über der Wurzel, taucht wie aus dem Nichts ein graubraunes, dreieckiges Gesicht mit großen spitzen Ohren auf. Aus dem Halbschatten leuchten gelbe Augen zu uns herüber.

Morgan hat nach meiner Hand gegriffen. »Ein Kojote«, flüstert er, ohne den Kopf zu drehen. »Nicht bewegen, sonst erschreckst du ihn.«

Da bin ich mir nicht so sicher: Immerhin hat das Tier ungefähr die Größe eines Huskys, sieht aber sehr viel ... wilder aus. Ob er wirklich vor mir erschrecken würde?

Morgan drückt sanft meine Hand. »Warum nur reagieren wir fast automatisch mit Angst auf etwas Unbekanntes? Selbst wenn davon keinerlei Bedrohung ausgeht – jedenfalls solange wir nicht aus lauter Furcht aggressives Verhalten zeigen?«

»Hoffentlich weiß der Kojote das auch, dass er keine Bedrohung darstellt«, murmele ich nicht lauter als Morgan. Sein leises Lachen sickert als Wärme in meinen Körper.

Ich könnte schwören, dass der Kojote direkt zu mir herüber sieht. Sein linkes Ohr zuckt, das rechte ist aufmerksam nach vorn gerichtet. Obwohl er eher jung auf mich wirkt, ist da etwas Altes in seinem Blick, etwas Ungezähmtes, das mehr über mich zu wissen scheint als ich selbst. Für einen flüchtigen Augenblick fühle ich mich ihm auf eigentümliche Weise verbunden. Plötzlich spüre ich ganz genau, welche Stellen meiner nackten Haut an den Armen und im Gesicht von einem Flecken Sonnenlicht gewärmt werden und welche nicht. Aus dem Rascheln des Windes in den Bäumen und dem Plätschern der Quelle höre ich deutlich das Summen einzelner Insekten hinter und über mir heraus. Neben meiner rechten Hand krabbelt ein Käfer mit kratzenden Bewegungen über den Stein, auf dem wir sitzen. Durch die Fingerspitzen meiner linken Hand, die Morgans Finger berühren, fließt ein sanfter Strom.

Dann bewegt der Kojote den Kopf, und der Zauber ist gebrochen. Er stellt die Vorderpfoten auf die Wurzel, senkt die Schnauze zum Wasser hinunter und trinkt. Anschließend dreht er sich gemächlich um und verschwindet geräuschlos wieder in der Tiefe des Waldes.

Morgan seufzt. »Was denkt er jetzt wohl über uns?«

»Hm, vielleicht: ›Ein Menschenpärchen, wie putzig. Und so gut erzogen! Sie haben gar nicht in meinem Wasser herumgeplantscht. Das Weibchen ist zwar etwas ängstlich, aber das Männchen macht seine Sache wirklich gut.‹«

»Ob er da wohl richtig liegt?« Morgans nachdenklicher Blick gleitet über unsere verschränkten Hände.

»Da bin ich ganz sicher!«

Ich werde mit einem Lächeln belohnt, das beinahe zuversichtlich wirkt.

Als wir wieder im Mustang sitzen und gemächlich einen leeren, baumgesäumten Highway entlangrollen, der ebenso gut ans Ende der Welt führen könnte wie zurück nach Newport, schaltet Morgan das Radio ein und drückt so lange den Suchlauf, bis er einen Sender gefunden hat, der Oldies spielt. Sobald ein Song von Bill Haley angekündigt wird, stellt er das Radio lauter. Kaum ist der Song vorüber, schaltet er es aus.

Die plötzliche Stille wird vom warmen Grollen des V8-Motors gefüllt, für etwa zwei oder drei Minuten. Dann sagt Morgan: »Bill Haley & His Comets, das war ihre Lieblingsband. ›Shake, Rattle and Roll‹ und ›See You Later, Alligator‹ habe ich wahrscheinlich häufiger gehört als jeden anderen Song auf der Welt, meine eigenen eingeschlossen. Und die höre ich gefühlt schon mindestens tausend Mal, bis sie endlich auf einem Album landen ...«

Seine Finger trommeln aufs Lenkrad, ohne einem bestimmten Rhythmus zu folgen. Ich lege meine Hand auf sein Knie, behutsam und bereit, sie sofort zurückzuziehen, sollte er auch nur mit einem Zeh zucken. Er sieht kurz zu mir herüber, dann legt er seine Hand über meine. Schalten muss er ja nicht, der Mustang hat ein Automatikgetriebe.

»Ich weiß nicht, wie oft sie mir das erzählt hat: diese romantische Geschichte, wie sie ihn kennengelernt hat, ihre große Liebe ... So hat sie ihn jedenfalls genannt, damals, nach der Scheidung: ›Dein Vater war meine große Liebe‹, hat sie gesagt, wenigstens einmal am Tag. Später habe ich gedacht, das hätte mich warnen müssen, dass sie so oft von ihm gesprochen hat. Dass sie eigentlich nur noch von der Vergangenheit gesprochen hat ...« Ich will etwas sagen, aber Morgan schüttelt ganz leicht den Kopf. »Das ist nicht das, was ich dir eigentlich erzählen wollte. Also. Die Version, die ich kenne, ihre Version, geht so:

Es war der Sommer nach ihrem Schulabschluss, und sie war mit einer Freundin bei einem Tanzabend in einer Bar, in der immer viele Amerikaner waren. Das hatte etwas vom Duft der großen weiten Welt, hat sie gesagt. Jedenfalls hat sich die Freundin dort heimlich mit einem

Jungen getroffen, und meine Mutter war auf sich allein gestellt. Eine Weile hat sie den Pärchen beim Tanzen zugeschaut, und dann hat sie ihn gesehen, auf der anderen Seite der Tanzfläche, an der Bar. Er hat ihr zugelächelt, ein richtiger Mann, kein halbes Kind mehr wie der Freund ihrer Freundin – mein Vater war gut acht Jahre älter als meine Mutter –, und da wusste sie einfach, dass sie ihn kennenlernen muss.

Also wollte sie sich durch das Gedränge auf der Tanzfläche schlängeln, aber ein junger Mann dachte, sie wolle mit ihm tanzen, und hat sie einen endlosen Song lang herumgewirbelt. ›Einen endlosen Song, und mir wurde fast schlecht, weil ich immer den Hals gedreht und gereckt habe, um deinen Vater nicht aus den Augen zu verlieren, falls er die Bar verlässt‹, das waren ihre Worte. Ich habe sie immer vor mir gesehen, in einem butterblumengelben ärmellosen Sommerkleid, mit breitem Gürtel um die Taille und weit schwingendem Rock, wie sie sich auf einem verkratzten Linoleumboden zu einem Rock'n'Roll-Song dreht und dabei nur Augen für meinen Vater an der Bar hat; eine Art Humphrey Bogart im Anzug, komplett mit Krawatte, Einstecktuch und Zigarette im Mundwinkel. Es gibt Fotos aus der Zeit, da sehen sie wirklich aus wie aus einem Hollywoodfilm.

Na jedenfalls, als der Song zu Ende war, stand sie tatsächlich vor der Bar – nur mein Vater war verschwunden, er musste wohl während ihrer letzten Umdrehung gegangen sein. Das dachte sie zumindest, denn als sie sich eben enttäuscht abwenden will, da steht er plötzlich direkt neben ihr und fordert sie zum Tanzen auf. ›Und das, obwohl er nie gern getanzt hat, dein Vater, aber das konnte ich damals natürlich nicht wissen. Den restlichen Abend hat er mich über die Tanzfläche gewirbelt, als wäre er Fred Astaire. Und weil ich meine Freundin nicht mehr gefunden habe, hat er mich schließlich nach Hause gebracht, ganz Gentleman, nur einen schüchternen Kuss auf die Wange hat er mir gegeben.«

Morgan hält einen Moment inne und drückt meine Finger. »Ich habe das so oft gehört, dass ich es auswendig aufsagen kann, immer noch ... Darüber, dass mein Vater nicht gern getanzt hat und überhaupt auch nicht gern ausgegangen ist, hat meine Mutter sich oft beklagt. Es sei ein grausamer Scherz des Schicksals gewesen, dass sie sich ausgerechnet auf diese Weise kennengelernt hätten, hat sie dann gesagt. Das war an den weniger hellen Tagen, von denen es immer mehr gab, je älter ich wurde ...«

Ein weiterer, fast entschuldigender Druck auf meine Finger. »Sie haben damals ziemlich schnell geheiratet, obwohl meine Mutter noch nicht als volljährig galt; da musste man in Deutschland noch einundzwanzig sein. Aber weil ich schon unterwegs war, haben ihre Eltern zugestimmt, was blieb ihnen auch anderes übrig. Und jetzt frage ich mich ... na ja, ich schätze, das kannst du dir denken.«

Warum er sie geheiratet hat, obwohl sie von einem anderen schwanger war. »Weil er sie geliebt hat«, gebe ich Morgan dieselbe Antwort wie mir selbst. »Welchen Grund hätte er denn sonst haben können?«

»Geld war es jedenfalls nicht!« Morgan hebt unsere ineinander verschränkten Hände und lässt sie wieder fallen. »Denkst du, er wusste es? Vielleicht hat sie es ihm erst später gesagt?«

Ich würde ihn jetzt wirklich gern umarmen – so fest ich kann. Weil das in einem Auto, noch dazu in einem fahrenden, aber nicht geht, erwidere ich nur den Druck seiner Finger. »Ich habe das Gefühl, dass er es wusste. Vielleicht wegen dieses ›immer‹.« Ich muss Morgan nicht sagen, welches ›immer‹ ich meine, er wird diesen Satz so wenig vergessen können wie ich: *Danke, dass du Morgan immer wie deinen eigenen Sohn geliebt hast.* »Das ist etwas, das du nie mit Sicherheit wissen wirst. Aber ist es denn wirklich wichtig? Er hat es lange genug gewusst, oder nicht? Und er hat euch geliebt, alle beide. So gut er eben konnte.«

Morgan braucht eine ganze Weile, ehe er antwortet. Erst als wir abgebogen sind und ich auf unserer linken Seite wieder das Meer sehen kann, sagt er: »Wahrscheinlich hast du recht. Mit allem. Ich tue mich nur immer noch schwer ...

In meiner Erinnerung war mein Vater kaum zu Hause, hat immer lange gearbeitet, manchmal auch am Wochenende. Und meine Mutter hat sich in dem großen Haus mit zwei Angestellten, die auch ohne sie wunderbar zurechtgekommen sind, tödlich gelangweilt. Ich weiß, dass es da zwei junge Männer gab, einen amerikanischen Soldaten, der als Fahrer für meinen Vater gearbeitet hat, und jemanden, den sie noch von ihrer Schule kannte. Mit denen ist sie gelegentlich zum Tanzen gegangen, aber nicht annähernd so oft, wie sie gewollt hätte. Mein Vater hat das nicht gern gesehen – was mich aus meiner heutigen Perspektive auch wirklich nicht wundert!

Aber als Teenager habe ich mich oft gefragt, was für ein egoistischer Tyrann seiner einsamen jungen Frau nicht mal das kleinste Vergnügen gönnt und sie dann auch noch sitzen lässt, nur weil sie ab und zu für ein paar Stunden aus ihrem goldenen Käfig ausbricht. Es schien einfach so perfekt zu passen: meine junge, schöne Mutter, deren Generation gerade anfing, die alten Rollenbilder infrage zu stellen; und mein selbstgerechter Vater mit seinen Regeln und Normen und all den Dingen, die man zu tun und vor allem zu unterlassen hatte. Ich habe ja selbst oft genug erlebt, wie wenig er von seiner Meinung abzubringen war. In seinem Universum gab es nur den geraden Weg zum Ziel – und absolut keinen Grund, etwas auszuprobieren, das andere, Eltern zum Beispiel, bereits als Irrweg identifiziert hatten. ›Du wirst in deinem Leben noch genug eigene Fehler machen, mein Sohn, keine Sorge. Diesen kann ich dir ersparen‹, das war einer seiner Lieblingssätze. *Mein Sohn* ... Ich wäre nicht im Traum auf die Idee gekommen ...« Morgan lässt den Satz unvollendet und schüttelt den Kopf.

Ich ahne, worüber er nachdenkt. »Würdest du es wissen wollen?«, frage ich leise. »Wer es gewesen ist?«

Für die Dauer eines tiefen Atemzugs gleitet der Schatten einer Wolke über Morgans Gesicht, obwohl der Himmel vollkommen klar ist. »Nein«, sagt er dann langsam, zögerlich. »Nein, ich glaube nicht. Was würde das denn ändern? Ich bin nicht auf der Suche nach einem Vater, ich hatte ja einen. Ich wünschte nur ... Entschuldige.«

Mit einem etwas abrupten Manöver, das niemanden stört, weil der Highway hinter uns leer ist, bringt Morgan den Mustang auf dem rechten Seitenstreifen zum Stehen, steigt aus und geht ein paar Schritte vom Wagen weg. »Ich wünschte, ich hätte es gewusst«, sagt er zu der blauen Weite über unseren Köpfen und allem, was sich dahinter verbergen mag. Seine Stimme klingt rau. »Ich wünschte, ich hätte gewusst, was er für mich getan hat, dieser dämliche Mistkerl. Dann hätte ich ... Ach, fuck!«

Diesmal lässt sein Tritt echten Kies aufspritzen und einen etwas größeren Stein in hohem Bogen zwischen die Bäume fliegen, wo es wie zur Antwort knackt und raschelt, bevor die Stille zurückkehrt. Morgan hat die Hände zu Fäusten geballt und murmelt ein paar weitere »Fuck« in das unergründliche Schweigen von Wald und Himmel. Dem ist absolut nichts hinzuzufügen. Manchmal hat das Leben einfach ein beschissenes Timing.

Ich warte, bis er wieder eingestiegen ist, und greife erneut nach seiner Hand. Er sieht mich eine ganze Weile an. Dann lächelt er ein *Ich will es versuchen*-Lächeln, das meine Augen feucht werden lässt. »Das genügt mir. Mehr als!«, sage ich, nur für den Fall, dass er gerade keine Gedanken lesen kann.

Dieses Mal bin ich sicher, dass ich mich nicht täusche: Die Wellen werden flacher; die Flut ebbt ab.

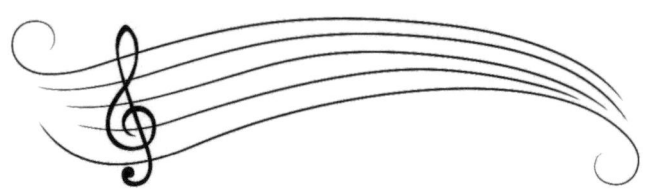

DREISSIG

Wir sind auf die Minute pünktlich bei Mary, die uns allein in der Wohnung über der Rezeption des Sunny Hills Motel empfängt: Ihren Mann hat sie, wie sie uns mit einem liebevollen Schmunzeln erklärt, in den Pub geschickt, damit er uns nicht stört.

Ich war ja gleich nach meiner Ankunft auf einen Kaffee und ein unerwartet hilfreiches Gespräch hier oben, aber Morgan kennt die Wohnung noch nicht und sieht sich um, während Mary uns ins Esszimmer führt. Hier ist alles entweder cremefarben, blau oder grün, wobei für das Grün eine ganze Armada von Zimmerpflanzen zuständig ist.

In der Mitte des Raumes steht ein hell lasierter Holztisch, auf dem blaue Platzdeckchen liegen. Die Stühle sind blau gepolstert, und blaue Vorhänge rahmen die beiden großen Fenster ein. Zwischen den Fenstern hat eine Anrichte Platz gefunden, auf der in einer eigens dafür konstruierten Halterung eine alte, dickbauchige Flasche liegt. Darin segelt die detailgetreue Miniatur eines dreimastigen Schoners für immer neuen Horizonten entgegen. Ein paar getrocknete Seesterne und Muscheln leisten dem Flaschenschiff Gesellschaft. Über der Anrichte hängt ein Gemälde, das den Blick zwischen hohen, im Schatten stehenden Nadelbäumen hindurch aufs ferne Meer zeigt. Im Zentrum des Bildes, wo das Wasser in der Sonne leuchtet, tanzt ein kleines Schiff mit stolz geblähten Segeln auf den Wellen.

Das Zimmer mit der Nummer 03, das ich beinahe bezogen hätte, war ganz ähnlich eingerichtet, mit zwei Schiffen aus bemaltem Holz an den Wänden und Bettwäsche mit blau-weißem Wellenmuster. Es hätte mir hier gefallen und ich wäre gern länger geblieben, aber vielleicht bietet sich ja irgendwann eine neue Gelegenheit.

»Ich hoffe, ihr habt Hunger mitgebracht.« Mary nötigt uns, Platz zu nehmen. »Das Essen ist fertig, ich muss es nur noch holen.«

Morgan, der noch gar nicht richtig sitzt, steht direkt wieder auf. »Lass mich dir helfen, okay?«

Die Küche ist gleich nebenan, und Morgan lässt die Tür offen, sodass ich auch seinen nächsten Satz mühelos höre. »Es tut mir so leid, dass ich mich nie mehr gemeldet habe.« Er klingt ebenso beschämt wie nervös.

»Das muss es nicht, du hattest deine Gründe. Aber mir tut es leid. Du warst ein guter Junge, Morgan«, antwortet Mary in einem Ton, als hätte er ihr bereits widersprochen.

Als die beiden mit dampfenden Schüsseln und einer Servierplatte wieder aus der Küche kommen, wirkt Morgan etwas ruhiger. Zum Glück für seinen Magen, denn ganz offensichtlich will Mary den Grund unseres Hierseins erst nach dem Essen erörtern, und es wäre mehr als schade, wenn er das hier nicht genießen könnte: Mary serviert mit geübten Handgriffen fangfrischen gegrillten Fisch, dazu gibt es buntes Ofengemüse und einen köstlich gewürzten, mit Käse überbackenen Kartoffelstampf.

Zum Glück für meinen Magen hat Morgan mich vorge-
warnt, sodass ich trotzdem noch etwas Platz lasse für
Marys legendären Apple Pie, mit dem sie uns dann tatsächlich zum Nachtisch überrascht.

Bislang hat Mary uns das Reden abgenommen und im
Plauderton von ihrer Familie erzählt: In der Hauptsai-
son arbeitet ihr Mann im Motel mit und fährt Touristen
mit seinem Boot die Küste entlang, in der Nebensaison
geht er Fischen oder hilft bei Bootsreparaturen. Ihre
Tochter ist alleinerziehend, seit ihr Schwiegersohn für
einen Job ans andere Ende des Landes gezogen ist. Zwei
Jahre haben sie es mit einer Fernbeziehung versucht,
dann haben sie sich getrennt. Im Guten, wie Mary sagt:
»Sie haben beide gemerkt, dass es Zeit ist weiterzuziehen.«

Als Morgan fragt, wie lange Mary das Motel schon habe,
ändert sich etwas im Raum, beinahe unmerklich. Die
fröhliche Leichtigkeit weicht einem gewissen Ernst. Wir
nähern uns wohl dem Kernthema unseres Besuchs.

»Seit einundneunzig«, antwortet Mary und sieht dabei
nur Morgan an. »Dein Vater hat mir einen Teil seines Ver-
mögens vermacht.«

Ist es das, was sie ihm sagen wollte? Damit hätte ich
jetzt nicht gerechnet.

»Ich weiß.« Morgan lächelt. »Das hat mir der Testa-
mentsvollstrecker damals schon gesagt. Du hast doch hoffentlich nicht geglaubt, ich hätte ein Problem damit?«

»Nein, das habe ich nicht.« Mary erwidert sein Lächeln.
»Trotzdem ist es gut, das von dir selbst zu hören! Das ist
allerdings nicht der Grund, weshalb ich mit dir sprechen
wollte: Dein Vater hat mir etwas gesagt, ein paar Wochen

vor dem Unfall. Ich denke nicht, dass du das weißt – du solltest es aber wissen.«

Morgan versucht, Marys Blick standzuhalten. Es fällt ihm offensichtlich schwer. Sie wartet ganz selbstverständlich, bis er sich gesammelt hat. Als würde sie solche Gespräche jeden Tag führen.

Dann sagt sie: »Er hatte geplant, nach Deutschland zu fliegen, um ein Konzert von euch zu besuchen. Er war stolz auf dich, Morgan.«

Auch damit hätte ich nicht gerechnet – und Morgan erst recht nicht. Für einen winzigen Moment scheint die Zeit rückwärts zu laufen, während die kindliche Verwunderung in seinen Zügen die letzten achtunddreißig Jahre einfach wegwischt. Als die Welt sich wieder vorwärts dreht, kehren Schuld und Scham zurück. Doch ab jetzt sind sie nicht mehr allein. Morgan steht auf und steuert zügig, aber nicht überstürzt auf die Tür zu.

Mein Blick trifft Marys, im selben Moment schütteln wir beide ganz leicht den Kopf. »Ich bin wirklich froh, dass er dich getroffen hat«, sagt sie und greift über den Tisch, um kurz meine Hand zu drücken.

»Ich auch. Er ist nämlich wirklich das Beste, was mir je passiert ist.« Ich habe nur ein wenig lauter gesprochen, aber laut genug, denke ich, als dass Morgan es gehört hat.

Nachdem wir uns von Mary verabschiedet haben, frage ich Morgan, ob es okay wäre, wenn wir getrennt zurückfahren, damit ich meinen Mietwagen zum Ferienhaus bringen kann. Er tut mir den Gefallen und macht keinen Scherz darüber, ob ich mich wirklich traue, ihn allein zu lassen. Wir ermahnen uns gegenseitig, vorsichtig zu fahren, dann trennen wir uns für etwa zwanzig Minuten.

Ich nutze die Fahrt zum Nachdenken: Sie werden tatsächlich flacher, die Wellen, und das bedeutet, dass es Zeit ist für den nächsten Schritt. Für uns beide. Meiner wird mir schwer fallen, aber er wird auch nicht leichter, wenn ich ihn aufschiebe. Und für Morgan ist jetzt vermutlich der perfekte Zeitpunkt, um ihm etwas zu beweisen, das er wissen muss. Sicher wissen, nicht nur glauben oder hoffen.

Als ich beim Ferienhaus ankomme, steigt Morgan eben aus dem Mustang. Er wartet auf mich, stellt aber keine Fragen. Ich werde es ihm morgen sagen, heute wurde genug geredet.

Den Samstag verbringen wir beim Haus, hauptsächlich auf der Veranda. Morgan muss noch immer eine Menge Dinge sortieren: echte und falsche Erinnerungen, widersprüchliche Gefühle und miteinander streitende Gedanken. Heute will er das offenbar beim Gitarrespielen tun. Er webt scheinbar zufällig Teile von allen möglichen Songs zu einem Medley ineinander, und ich spiele ein kleines Musikquiz mit mir selbst und versuche, die Titel nur anhand der Fragmente zu erraten, während ich den Blick aufs Meer genieße. Ich könnte vermutlich ewig so hier sitzen, losgelöst vom Rest der Welt, in dieser Blase aus Gitarrenklängen, die von leisem Wellenrauschen untermalt werden. Selbst der gelegentliche schrille Ruf einer Möwe oder eines Austernfischers fügt sich harmonisch in das Gefühl von Frieden, das mich bis ins letzte Atom durchdringt.

Morgan lächelt zu mir herüber, als wüsste er wieder einmal genau, was ich gerade denke. Ich schließe die Augen und lasse mich noch für eine kleine Weile auf einem See aus frühlingshafter Wärme treiben, während eine sanfte Brise meine Nase mal mit dem Duft von Kiefernnadeln und mal mit frischer Seeluft kitzelt.

Sobald Morgan sein Spiel unterbricht, um uns etwas zu trinken zu holen, gebe ich mir den letzten nötigen Ruck und gehe ihm nach. Dass ich ihm wie ein Hündchen bis in die Küche hinterhertrotte, entlockt ihm ein freundlich-fragendes Stirnrunzeln, also komme ich direkt zur Sache, bevor ich es mir doch nochmal anders überlege. »Mein Flug geht morgen. Ich könnte ihn zwar noch umbuchen, aber ich denke, dir würde hier noch ein Moment für dich guttun. Und wenn du Alex wegen der Castingshow und der Tour nicht völlig in Panik versetzen willst ...«

»Sollte ich mit dem Heimflug nicht mehr ewig warten.« Morgans Blick wird seltsam weich. »Und du bist sicher, dass du mich hier allein lassen kannst, mit all diesen Klippen?«

Bin ich das? »Ich habe da ein gutes Gefühl – und die Klippen waren offensichtlich eher für mich ein Problem als für dich.« Ich stupse ihn zärtlich. »Außerdem bin ich eigentlich sowieso nur hergekommen, weil du immer so von Oregon geschwärmt hast. Damit du mir alles zeigen kannst.«

Die Erinnerung an unser Treffen in dem Café, knapp zwei Wochen nachdem Morgan sich *nicht* das Leben genommen hat, lässt uns beide kurz innehalten.

»Würdest du denn wiederkommen wollen?«, fragt er dann.

Ich kann den Unterton in seiner Stimme nicht deuten: als wäre er von seiner eigenen Frage überrascht – oder als würde er nicht nur mich meinen? Über meine Antwort muss ich dagegen nicht nachdenken: »Auf jeden Fall! Ich habe doch höchsten die Hälfte gesehen bislang. Außerdem hat Mary ja quasi schon einen Termin zum Whale Watching für uns vereinbart.« Ihre genauen Worte waren: *Wenn ihr das nächste Mal hier seid, zeigt Bill euch unsere Grauwale.* Eine Feststellung, keine Frage oder Einladung.

Morgan lacht. »Ja, das hat sie. Und du hast nicht mal ein Viertel gesehen. Wir könnten wahrscheinlich Wochen damit verbringen, jede einzelne malerische Bucht zu erkunden. Und Monate, wenn du nur die Hälfte aller lohnenswerten Wandertouren machen möchtest.«

Ich sehe einen weißen Leuchtturm auf schwarzen Klippen überm blauen Meer und einen mit goldenem Licht getupften Wanderweg, der sich zwischen flechtenbehangenen Urwaldriesen hindurch zu einem rauschenden Wasserwall schlängelt, und grinse breiter als die Cheshire Cat in Alice' Wunderland.

Viel zu schnell ist es Sonntagmittag und damit Zeit für mich, nach Portland aufzubrechen. Statt großer Abschiedsworte küssen wir uns einfach nur lange. Ich habe mit Morgan vereinbart, dass er mich nicht zum Flughafen bringt. Ich denke, wir wollen beide keine große Sache daraus machen. Es ist ja nur für ein paar Tage.

Zumindest ist das der Gedanke, an dem ich mich festhalte: während der Autofahrt, beim Check-in, beim Warten am Gate. Denn natürlich kann ich nicht wissen, was passieren wird; nicht mit absoluter Gewissheit, das kann niemand. Ich kann nur darauf vertrauen, was ich fühle. Jedenfalls, solange es sich bei diesem Gefühl nicht um die wage Angst handelt, dass doch noch irgendetwas schiefgeht, versteht sich.

Manchmal habe ich den Eindruck, die Angst wird stärker, je mehr ich versuche, sie mit vernünftigen Argumenten zu bekämpfen. Okay, ich wusste ja, dass das keine einmalige Sache ist – aber so langsam geht es mir dann doch auf die Nerven! Gehe ich mir auf die Nerven ...

Es dauert tatsächlich noch fast zwei Stunden der Flugzeit von Chicago nach Frankfurt, bis ich endlich die Lösung für mein Problem finde, und zwar an meinem Hals. Da hängt nämlich immer noch der USB-Stick, und ich habe mein Laptop samt Kopfhörer als Handgepäck dabei.

Die unfertige Version von ›Don't fear the tides‹ klingt haargenau so, wie Morgan sie mir im Studio vorgespielt hat. Sobald ich die Augen schließe, bin ich da, zusammen mit ihm. Wärme flutet meinen Körper und lässt keinen Raum für Angst. Ich lasse den Song auf Dauerschleife laufen, während ich mich endlich mal wieder meiner Arbeit widme. Normalerweise kann ich mich mit Musik nicht richtig konzentrieren, weil meine Aufmerksamkeit ständig zwischen dem Text des Songs und dem der Übersetzung hin und her springt. Aber in diesem Fall muss ich nicht auf den Songtext hören, die Worte sind längst in meinem Herzen. Und sie halten alle negativen Gedanken fern, jedenfalls für eine Weile.

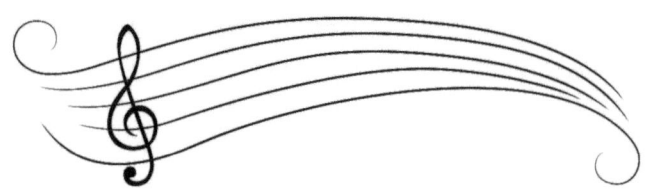

Einunddreissig

Wie versprochen stehen Nora und Sven gleich hinter dem Ausgang der Zollkontrolle, um mich abzuholen. Sie müssen mich nicht fragen, wie es gelaufen ist: Offenbar sieht man mir das an. In den letzten Stunden hat mich praktisch jeder Mensch angelächelt, dem ich begegnet bin – von der Stewardess, die mir das Abendessen gebracht und gemeint hat: »Sie strahlen ja so, das sieht man heute viel zu selten«, bis zu dem Zollbeamten, der mich eben tatsächlich lächelnd durchgewunken hat.

Sobald wir in der Villa angekommen sind und mein Koffer im Schlafzimmer steht, setze ich mich an meinen Schreibtisch, schließe mein Laptop an und schalte es ein. Es gibt da nämlich etwas, das ich jetzt sofort erledigen möchte, noch bevor ich mich ans Auspacken mache. Etwas, das längst überfällig ist. Ich öffne ein Dokument mit meinem Briefkopf und tippe *Kündigung meines Mietverhältnisses* in die Betreffzeile. Meinem netten Vermieter erkläre ich so freundlich wie möglich, dass ich aus privaten Gründen leider nach nur acht Monaten schon wieder umziehen muss. Denn selbst falls Morgan es sich doch noch anders überlegen sollte mit uns – was ich weder glaube noch vollkommen ausschließen kann –, werde ich nicht in diese Wohnung zurückkehren. Es wird Zeit für einen echten Neuanfang, eine bewusste Entscheidung, und dazu muss ich diese Tür hinter mir schließen, endgültig. Provisorien haben nämlich die hinterhältige Angewohnheit, klammheimlich zur Dauerlösung zu mutieren.

Anschließend verbringe ich einen gemütlichen Nachmittag mit Nora und Sven, denen ich ausführlich alles erzähle, von dem ich nicht denke, dass Morgan es ihnen lieber selbst sagen möchte. Nora braucht zwei Mal ein Taschentuch; wir schieben es alle drei auf die Schwangerschaft. Abends sehen wir uns Jacks zweiten Auftritt in der Castingshow an, die Nora extra für mich aufgenommen hat. Streng genommen sind es der zweite und der dritte Auftritt: Jack ist diesmal schon als Dritter an der Reihe und covert völlig respektlos – und das meine ich als Kompliment – ›Like a prayer‹ von Madonna. Wir fragen uns etwa eine Stunde lang, wie er das noch toppen will. Dann singt er Nick Caves ›Where the wild roses grow‹ im Duett mit einer Konkurrentin. Ich bekomme tatsächlich Gänsehaut.

»Bei den Live-Shows werden es jeweils drei Songs sein«, erklärt Nora. »In den Halbfinales ein Popsong, etwas Rockiges und nochmal ein Duett mit der Konkurrenz, und im Finale ist der dritte Auftritt dann zusammen mit einem von vier geheimnisvollen Top-Acts, die erst im zweiten Halbfinale bekannt gegeben werden. Spekuliert wird natürlich jetzt schon überall, und die Macher von ›New Star‹ lassen es sich nicht nehmen, jeden Tag mindestens zwei neue Gerüchte zu streuen. Von Marketing verstehen die was, das muss man ihnen lassen. Welcher Finalist dann mit welchem Musik-Promi auftritt, soll am

Ende vom zweiten Halbfinale groß ausgelost werden, mit Zuschauer-Voting, Gewinnspiel und allem Drum und Dran.«

»Der arme Top-Act, der das Pech hat, von Jack in den Schatten gestellt zu werden«, antworte ich mit einem Zwinkern. Sven lacht.

Nach dem Frühstück werden Sven und Nora nach Hause fahren. Mir geht es gut, und Morgan wird es vermutlich nur recht sein, wenn es kein großes Empfangskomitee gibt. Noch weiß ich nicht, wann er heimkommt, aber das ist okay.

Ich habe uns eben eine zweite Runde Kaffee geholt, als Noras Handy auf dem Tisch zu vibrieren beginnt. Sie greift danach und will den Anrufer schon wegdrücken, schaut dann aber nochmal aufs Display und wird blass. »Sören! Unser letztes Gespräch ist nicht gerade gut gelaufen ...«

Bevor sie eine Entscheidung treffen kann, streckt Sven die Hand aus. »Darf ich?«

Die beiden sehen sich einen Moment lang ungewohnt eindringlich an, dann entsperrt Nora ihr Handy und reicht es Sven.

Eine ganze Weile ist es einfach nur still am Tisch: Offenbar hat Sören direkt losgeredet, und Sven hört zu. Ein paar Mal zucken seine Augenbrauen nach oben. Schließlich sagt er: »Hi Sören, hier ist Sven, aus Frankfurt. Wir kennen uns noch nicht persönlich. Nora sitzt neben mir, vielleicht will sie später mit dir sprechen. Willst du eine ehrliche Antwort? Also ich kann nicht verstehen, wie du ihr unterstellen konntest, dich reinlegen zu wollen. Aber ich kenne sie ja auch schon etwas länger. Gut möglich, dass du Glück hast, und Nora versteht dich. Falls ja, habe ich noch einen gutgemeinten Tipp für dich: Lass sie nicht noch mal allein, sonst könnte ein anderer schneller sein als du. Und schlauer, nichts für ungut.« Damit hält er Nora das Handy hin, die stumm den Kopf schüttelt, also legt Sven auf.

»Äh ...«, mache ich.

»Danke, Sven«, sagt Nora. »Das habe ich gebraucht!« Ihr Lächeln wird von Sekunde zu Sekunde breiter.

»Sag einfach Bescheid, wenn ich ihn wieder mögen soll«, brummt Sven.

Ich rätsele immer noch, was genau da eigentlich passiert ist, als ich die beiden eine Stunde später zur Haustür bringe. Sie verhalten sich jedenfalls, als wäre nichts gewesen, also tue ich das auch. Sobald es irgendetwas zu erzählen gibt, bin ich höchstwahrscheinlich die Erste, die es erfährt.

Als am Freitag, kurz nachdem Luiza gekommen ist, mein Handy klingelt und eine unbekannte Nummer anzeigt, setzt mein Herz erst für einen Schlag aus, bevor es ein paar Luftsprünge macht. Zwar könnte das auch irgendein Werbeanruf sein oder jemand, der sich verwählt hat, aber ...

»Hast du mich vermisst?«, fragt Morgan, und ich kann sein Grinsen hören.

»Überhaupt nicht!«, lüge ich dreist. »Wo steckst du denn?«

»Am Flughafen, am Gepäckband. Der Herr, der neben mir wartet, hat mir netterweise sein Handy geliehen. Ich bin in spätestens einer Stunde daheim.«

Ich stehe drei Mal vor der Tür zur Garage, weil ich glaube, etwas gehört zu haben. Beim vierten Mal geht die Tür auf. Morgan macht einen großen Schritt über die Schwelle, lässt seinen Koffer fallen und drückt mich an sich, als wollte er mir sämtliche Rippen brechen. »Waren das wirklich nur vier Tage?«, murmelt er in mein Haar.

Ich kann nicht antworten, weil er mir die Luft aus den Lungen presst, und selbst wenn er das nicht täte, würden mir die Worte fehlen, weil ich gerade so verdammt glücklich bin. Genau jetzt, in diesem Moment, weiß ich, dass wir es wirklich geschafft haben. Bis gerade eben war ich mir zumindest nicht zu einhundert Prozent sicher. Aber diese Umarmung gibt mir alles, was ich noch gebraucht habe. Manchmal sind die Dinge tatsächlich so einfach.

Als Morgan mich endlich loslässt, fällt mein Blick auf den Koffer, der umgekippt ist und ziemlich einsam da am Boden liegt. »Wo ist die Gitarre?«, wundere ich mich und komme mir gleichzeitig albern vor, weil etwas so Banales ausgerechnet jetzt meine Aufmerksamkeit beansprucht.

Morgan lacht. »Dir entgeht aber auch gar nichts! Die Gitarre ist da, wo sie hingehört. Dafür habe ich dir etwas mitgebracht, schau.« Er greift in seine rechte Jackentasche, zieht etwas heraus und hält es mir auf der flachen Hand hin.

Es ist ein Schlüssel; die Sorte, die in Haus- oder Wohnungstüren passt. Er hängt an einem silbernen Schlüsselanhänger in Form einer Möwe mit ausgebreiteten Schwingen. In ihren Krallen hält sie die ineinander verschlungenen Buchstaben O und R – die Abkürzung für den Bundesstaat Oregon. Meine Augen werden groß. »Bedeutet das ...?«

Morgans Lachen ist zu einem Lächeln geworden, das die goldenen Sprenkel in seinen Augen aufleuchten lässt. »Na ja, du hast gesagt, du würdest wiederkommen wollen. Das Haus auf der Klippe ist ziemlich perfekt, oder? Und die Villa in Florida wollte ich eigentlich schon lange verkaufen. Das soll so eine Art Neuanfang werden. Für uns beide.«

Ich nehme den Schlüsselanhänger aus Morgans Hand, während er mir eine kleine glückliche Träne von der Wange wischt. »Der Anhänger ist so perfekt wie das Haus«, sage ich, bevor ich ihm diese Strähne aus der Stirn streiche und den ganzen Rest mit einem einzigen langen Kuss erzähle.

Die letzten zwei Wochen waren eine Aneinanderreihung freundlicher Überraschungen, fast, als hätte das Universum beschlossen, etwas wiedergutzumachen. Luiza hat regelrecht gestrahlt, als sie Morgan begrüßt hat. »Schön, dass Sie wieder zu Hause sind – Sie beide«, hat sie gesagt. Und uns dann erklärt, dass sie leider ausnahmsweise noch etwas wirklich Dringendes zu erledigen habe, dafür aber am Dienstag gern länger bleiben könne. Morgan hat sie einfach kurz umarmt, bevor er ihr ein schönes Wochenende gewünscht hat. Den Rest des Tages haben wir auf dem Sofa verbracht, ohne viele Worte. Es war einfach nicht nötig, irgendetwas zu sagen.

Für den nächsten Tag hat Morgan sich mit Alex verabredet, um sich mit ihm auszusprechen. Die beiden waren bis abends unterwegs. Es muss zwar ein paar Mal laut geworden sein, aber das sei gut gewesen: wie ein Sommergewitter, das den Staub aus der Luft wäscht, hat Morgan gemeint.

Am Sonntagnachmittag ist er dann zu Sven gefahren. Diese Aussprache hat er mit einer Mischung aus Staunen und kindlicher Freude kommentiert: »Sven hat mich gar nicht erst zu Wort kommen lassen. Er sei nicht an einer Entschuldigung interessiert, hat er gesagt. Ich sei sein bester Freund und müsse ihm nichts erklären, das er ohnehin schon wisse. Dann hat er gesagt: ›Aber wenn du es mit Franziska versaust, wird es unschön, das verspreche ich dir!‹ Anschließend wollte er Billard spielen gehen. Ich könnte schwören, er hat mich gewinnen lassen.«

Das Foto von Morgan und seinem Vater steht jetzt auf seinem Schreibtisch. Und die Tür zu seinem Arbeitszimmer ist offen, immer. Neulich habe ich gesehen, wie er dem grimmig blickenden Jungen auf dem Foto einen stirnrunzelnden Blick zugeworfen und leicht den Kopf geschüttelt hat, als wolle er sagen: ›Na, na, jetzt ist es aber gut.‹

Gestern waren Alex und Sven hier, um schon mal ein paar Dinge für die Tour zu besprechen, als mich das Kirchturmglockengeläut aus meinem Arbeitszimmer gerufen hat. Nach Oregon hatte Morgan die Klingel mit einem Songschnipsel meiner Wahl bestücken wollen, aber ich habe ihn gebeten, es nicht zu tun. Mittlerweile bringt mich der Klang zum Lachen. Vor der Tür stand Jack. Es gäbe da etwas, das er uns sagen müsse, allen zusammen, hat er gemeint. Alex hat sich noch mehr über seinen Besuch gewundert als Morgan. Dafür sah Sven so aus, als hätte er eine Wette gewonnen. Dann hat Jack die Bombe platzen lassen: Er ist aus der Castingshow ausgestiegen. Das hatte er mit Snuggles' Hilfe vorbereitet; dessen Kontakte sind den Produzenten der Show anscheinend mehr wert als ein einzelner, wenn auch noch so vielversprechender Kandidat. Jack soll lediglich im Finale einen Ehrenauftritt absolvieren und dann je nach Reaktion der Fans mit den vier Finalisten noch ein paar Konzerte geben, damit gilt sein Vertrag als erfüllt. Alex hatte Tränen in den Augen, als Jack ihm gesagt hat, er habe sich seine Worte zu Herzen genommen und wolle es lieber langsam angehen lassen.

Morgan ist sich ziemlich sicher, dass Snuggles im Hintergrund an mehr als einem Faden gezogen hat. Es würde ihn nicht wundern, hat er gesagt, wenn der alte Fuchs den Jungen schon vor Wochen mal zur Seite genommen hätte. Um ihm ganz in Ruhe zu erklären, dass er als Gewinner der Show in einem Knebelvertrag feststecken würde, der ihn zu einem Produkt macht, und zwar zu einem eher kurzlebigen. Und wenn er ihm dann für den Fall seines Ausstiegs die Möglichkeit auf einen fairen Vertrag bei seiner Agentur in Aussicht gestellt hätte. Immerhin ist der Manager von No Way! bei aller Hilfsbereitschaft eben auch Geschäftsmann, und Jack *ist* vielversprechend. Ich gehe jede Wette ein, dass wir ihn in Zukunft häufiger auf einer Bühne sehen werden.

Apropos Bühne: In zwei Tagen werden No Way! endlich mal wieder auf einer stehen. Das sage ich ganz egoistisch als Fan, ohne Rücksicht auf die Querelen, die der Auftritt bei ›New Star‹ im Vorfeld verursacht hat.

Snuggles hat dafür gesorgt, dass Susanne, Emily, Nora und ich Plätze in der ersten Reihe haben, neben Familie und Freunden der Halbfinalisten. Nora kommt schon morgen in die Villa und fährt dann mit uns zusammen nach Köln zum Fernsehstudio. Sie will ein paar Tage bleiben, damit die Fahrerei sich auch lohnt. Wenn das so weiterginge, hat sie scherzhaft gemeint, müsse sie ernsthaft darüber nachdenken, wieder nach Frankfurt zu ziehen. Morgan hat sie gebeten, auch weiterhin Snuggles' Ansprechpartnerin für die Website und die Social-Media-Auftritte der Band zu sein. Sie war nur ein ganz kleines bisschen empört darüber, dass sich seit ihrem Auszug offenbar niemand so richtig dafür verantwortlich gefühlt hatte und Snuggles' Team einfach gemacht hat, was es für richtig gehalten hat.

Ich sehe gerade mein neuestes Gutachten durch, von dem ich befürchte, dass es aufgrund meiner anhaltend guten Laune vielleicht etwas zu euphorisch formuliert sein könnte, als es an der Tür klopft. Sven und Alex kommen erst heute Nachmittag, das kann also nur Morgan sein. Ich drehe den Kopf und warte darauf, dass er wie sonst auch einfach hereinkommt.

Nach ein oder zwei Sekunden, in denen schlicht nichts passiert, rufe ich leicht verwundert: »Komm rein, die Tür ist nicht abgeschlossen.« Nicht, dass sie das schon mal gewesen wäre.

Erst jetzt bewegt sich die Klinke nach unten und die Tür wird etwa zur Hälfte aufgeschoben. Morgan steht in der Öffnung und bewegt sich keinen Zentimeter weiter, als wäre da eine Flammenwand auf der Schwelle oder auch ein dreiköpfiger Höllenhund unter meinem Schreibtisch. Er hält mit beiden Händen etwas fest.

Ich stehe auf und gehe ihm entgegen. »Möchtest du nicht reinkommen?«, frage ich, weil er genau so aussieht: Als würde er zwei Dinge gleichzeitig wollen, die sich definitiv gegenseitig ausschließen. Also setze ich mich auf das kleine rote Sofa und klopfe einladend auf das Polster neben mir.

Morgan gibt sich einen sichtbaren Ruck. Er legt das, was er so gut festgehalten hat, auf den Couchtisch, setzt sich und gräbt die Finger in die Sofakante. »Die Vorabmuster sind da«, sagt er, den Blick auf den Tisch gerichtet. »Etwas verspätet, weil es noch eine Änderung am Booklet gab, die eigentlich viel zu spät kam ...«

Mein neugieriger Blick hat das, was Morgan abgelegt hat, sofort einer Prüfung unterzogen und identifiziert. Bei der annähernd quadratischen Hülle aus stabilem Karton handelt es sich um die Verpackung einer CD – *der* CD! Das Cover zeigt ein Schwarz-weiß-Foto, drei Männer von hinten, die einander die Arme um die Schultern gelegt haben. *Shadows & Sunrays* steht über ihren Köpfen. Das neue Album von No Way! – ich kann nicht verhindern, dass ich übers ganze Gesicht strahle.

»Ich habe noch nicht reingeschaut, würdest du ...?« Morgans Blick huscht kurz zu mir und gleich wieder zurück zum Tisch.

Zuerst dachte ich, er sei einfach nur nervös. So viel Zeit und Kraft stecken in diesem kleinen Ding auf dem Couchtisch. Ist es da nicht normal, sich zu fragen, ob es die Mühe wert war? Ob es gut genug ist? Aber dieses Flackern in seinem Blick gerade eben, das war keine Nervosität. Das war Trauer. Und dahinter noch etwas anderes, Winziges. Ein Aufblitzen von ... Erleichterung? Ist es das?

Ich greife nach der CD-Hülle, klappe sie auf und ziehe das Booklet aus dem Schlitz, in dem es steckt. Morgan sieht noch immer nicht hin, als ich es aufschlage. Die erste Seite ist einfach nur schwarz, bis auf drei Zeilen Text in schnörkellosen weißen Buchstaben:

For Dad.

I didn't know, how much you loved me.

Please forgive me everything I never told you.

Ich muss schlucken und blinzele die Tränen weg, die wie immer ungefragt hervordrängen. »Das ist viel besser als ein verbrannter Brief«, sage ich leise. Dann drehe ich mich zu Morgan, schlage ein Bein unter und lege das andere über ihn, damit ich ihn festhalten kann, und zwar richtig. Wie damals im Waldhaus, nur dass er diesmal nicht versucht, sich zu befreien, im Gegenteil.

Das ist kein Gewitter, eher ein Landregen; einer, der viel zu lang auf sich hat warten lassen und den die trockene Erde jetzt begierig aufsaugt, damit endlich etwas Neues wachsen kann. Es gibt ein Sprichwort, das auf Goethes ›Götz von Berlichingen‹ zurückgeht. Es lautet: ›Wo Licht ist, ist auch Schatten‹. Ich finde, es sollte heißen: ›Wo Schatten sind, ist immer auch Licht‹.

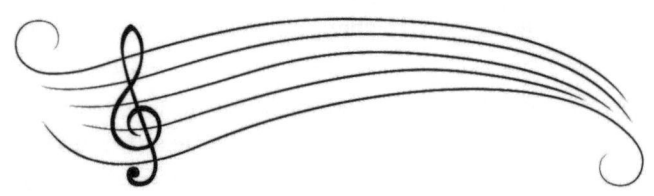

ZWEIUNDDREISSIG

Das Fernsehstudio von ›New Star‹ kommt mir live kleiner vor, als es bei der Ausstrahlung der Show am Bildschirm gewirkt hat, aber immer noch imposant genug. Die Plätze fürs Publikum sind in einem Dreiviertelkreis um die Bühne angeordnet, wobei jede Reihe ein wenig höher ist als die davor. Die Bühne selbst reicht von einem Ende des Raums zum anderen und hat in der Mitte die Form eines breiten, umgedrehten U. Im hinteren Bereich des U ist Platz für die Liveband, die nachher die Kandidaten begleiten wird. Vom vorderen Bereich aus führt auf beiden Seiten ein Steg zwischen die Sitzplätze.

Nachdem der Jingle der Show verklungen ist, gehen im Saal sämtliche Scheinwerfer aus, bis auf den Lichtkegel, der auf die Mitte der Bühne gerichtet ist. Dann betreten die Moderatoren von beiden Seiten aus den Raum, gefolgt von jeweils zwei Halbfinalisten. Am Ende der Show werden noch zwei von ihnen im Rennen sein, die anderen beiden Finalisten werden im zweiten Halbfinale gekürt.

Während die beiden kleinen Prozessionen am Rand der Bühne entlangschreiten, wird auf ihrem Weg ein Indoor-Feuerwerk gezündet, eine funkensprühende Fontäne nach der anderen, wie ein Lauflicht aus riesigen Wunderkerzen. Unter großem »Oh« und »Ah« und kräftigem Applaus erreichen die sechs Personen schließlich exakt im selben Moment die Bühnenmitte, während die größte, zentral angebrachte Fontäne ihre Funken versprüht. Ich frage mich, wie oft sie das wohl proben mussten, um das perfekte Timing hinzubekommen, und bin angemessen beeindruckt.

Anschließend werden die Kandidaten vorgestellt, zusammen mit den Telefonnummern, die die Zuschauer für ihren Favoriten wählen sollen. Die Nummern seien auch auf den Social-Media-Kanälen der Show zu finden und würden selbstverständlich nach jedem Auftritt eingeblendet, versichert der Moderator. Dann ist es endlich soweit und die Moderatorin kündigt den »fantastischen Eröffnungsact für unser erstes Halbfinale« an, »eine Band, die seit den Achtzigern Erfolg um Erfolg feiert und nächste Woche ihr insgesamt zwölftes Studioalbum veröffentlicht. Wow, was für eine Leistung! Bei uns werden sie heute exklusiv zum allersten Mal ihre neue Single ›Don't fear the tides‹ spielen. Wärmt die Hände auf, Leute – einen dicken Applaus für No Way!.«

Die Bühne ist jetzt vorne ganz in ein schwaches blaues Licht getaucht, im Hintergrund sorgt eine Nebelmaschine für mystische Stimmung. Eine Art Stroboskop oder Laser lässt in der Nebelwolke weiße Blitze zucken. Dann leuchtet ein einzelner Scheinwerfer auf und enthüllt Morgan, der mit federnden Schritten aus dem Nebel auf die Bühne tritt. An seinem schmal geschnittenen lila Hemd sind die obersten drei oder vier Knöpfe geöffnet; seine enge schwarze Jeans steckt in nietenbeschlagenen Bikerstiefeln. Der zunächst noch eher höfliche Applaus um mich herum legt schlagartig einige Dezibel zu, während das Strahlen auf Morgans Gesicht den Bühnenscheinwerfer wie eine 20-Watt-Funzel erscheinen lässt.

»Uff«, mache ich unwillkürlich.

»Ich weiß«, sagt Nora neben mir mit einem breiten Grinsen und tätschelt großmütterlich meinen Arm.

In der nächsten Sekunde leuchten drei weitere Scheinwerfer auf und verraten, dass inzwischen auch Alex, Sven und Mike ihre Plätze eingenommen haben. Morgan steht inzwischen ganz vorne am Rand des U.

»Hello everybody! We are No Way!, thank you for having us tonight.« Er lässt den Blick übers Publikum schweifen und scheint jedem einzelnen der erwartungsvoll auf ihn gerichteten Gesichter dieses strahlende Lächeln zu schenken, das sich wie Sonnenlicht auf deiner Haut anfühlt, wie auch immer er das macht. Dann breitet er die Arme aus. »This one is exclusively for you!«

Als hätte er angekündigt, dass er diesen Song nur dieses eine Mal und nur für uns spielen würde, und danach nie wieder, geht der Applaus in enthusiastischen Jubel über. Wie etwas Organisches vermischt er sich mit den ersten Takten des Songs, bis der ganze Saal zu vibrieren scheint. Morgan hat diese Wirkung auf Menschen, wenn er will, selbst auf solche, die noch keine Fans sind. Ganz kurz frage ich mich, wie weit ihn das hätte bringen können, wenn er es darauf angelegt hätte. Dann lasse ich mich einfach von der allgemeinen Begeisterung mitreißen.

Natürlich ist ›Don't fear the tides‹ viel zu schnell vorbei, jedenfalls für alle, die sitzen dürfen oder müssen, wie man es nimmt. Morgan ist die ganze Zeit in Bewegung, läuft die beiden Stege auf und ab und lächelt Menschen an, die ganz offensichtlich Mühe haben, auf ihren Plätzen zu bleiben.

Insgesamt vier Mal kommt er dabei auch an mir vorbei, und jedes Mal wird sein Lächeln noch eine Spur strahlender. Mit »just turn around / again / over and over – for me« endet schließlich der letzte Refrain. Die Instrumente werden eines nach dem anderen langsam ausgeblendet. Morgan dehnt das e in ›me‹, hält den Ton unmöglich lang, lächelnd, mit ausgebreiteten Armen. Nach ein oder zwei Augenblicken atemloser Stille, in denen lediglich dieser hohe Ton über uns schwebt, bricht sich die Euphorie im Saal in ohrenbetäubendem Jubel Bahn. Hinter mir pfeift jemand durchdringend auf Daumen und Zeigefinger, Menschen klatschen, stampfen mit den Füßen und finden schließlich ihren gemeinsamen Rhythmus in der Forderung, mit der jedes gelungene Konzert endet: »Zugabe!, Zugabe!, Zugabe! ...«

Ich bin jetzt ganz offiziell *die neue Frau an der Seite des charmanten Sängers mit dem süßen Akzent* – eine Schlagzeile, die mir sehr viel besser gefällt als die Variante, die ich nach meiner ersten Begegnung mit Frau Landgraf vor Augen hatte: Im Anschluss an den Auftritt bei ›New Star‹ – bei dem es wenig überraschend keine Zugabe gab, aber einen Hinweis auf die anstehende Tour – haben No Way! dem Fernsehsender noch ein Interview gegeben. Dabei hat Morgan erzählt, dass ihn das Leben auf seine alten Tage nochmal mit einer neuen Liebe beschenkt habe. Er hat wie immer Englisch gesprochen, sich am Ende aber einen Spaß erlaubt und mit amerikanischem Akzent »Dankeschön« und »Auf Wiedersehen« gesagt. Darüber amüsiert er sich seitdem wie über den perfekten Abiturstreich.

Die Wochen nach dem Auftritt waren vollgepackt mit Vorbereitungen für die Tour, Proben und einem Besuch bei meinen Eltern, der fast schon erschreckend harmonisch verlaufen ist. Vielleicht hat sich tatsächlich etwas geändert zwischen Mama und mir. Falls nicht, kann ich jederzeit Alexandra um Rat bitten.

Oder Morgans Finger zerquetschen, wobei ich damit erst mal eine Weile warten muss: Ab nächster Woche werden No Way! für gute zwei Monate in ganz Europa unterwegs sein, bevor im Oktober und November noch die internationalen Konzerte folgen.

Ich habe mich entschieden, Morgan nicht auf die Tour zu begleiten, obwohl er mich dazu eingeladen hat. Ich denke, es tut ihm gut zu sehen, dass ich ihn wirklich allein lassen kann. Außerdem sind Susanne und Mikes Frau auch nicht dabei. Und wochenlang von Hotelzimmern aus zu arbeiten, ist ebenfalls nicht gerade mein Traum. Das Konzert in Frankfurt werde ich mir natürlich nicht entgehen lassen, und das in München erst recht nicht. Ich bin ziemlich sicher, dass wir im Anschluss daran einem gewissen Fast-Food-Restaurant einen Besuch abstatten werden, in dem mein Leben vor etwas mehr als drei Jahren einfach so die Richtung gewechselt hat.

Aber heute ist die nächste Woche noch sehr weit weg. Wir sind mit Nora, Sven, Alex und Susanne im Waldhaus, um Morgans Geburtstag zu feiern. Alexandra und Daniel können leider nicht dabei sein. Sie hatten ihren Urlaub schon geplant und sind gerade auf einer winzigen griechischen Insel, von der ich noch nie gehört habe. Dort haben sie ein Ferienhaus gemietet, das ganz allein in einer Bucht steht, und für volle zehn Tage nichts anderes geplant als Wandern und Schwimmen. Und Reden. Wenn sie zurückkommen, hat Alexandra gemeint, sind sie entweder reif für die Scheidung oder sie haben endgültig die Kurve gekriegt. Wir hoffen alle auf Letzteres.

Es ist fast zwei Stunden her, dass Morgan den Grill angeworfen hat. Inzwischen hat selbst Alex aufgegeben, also mache ich mich daran, den Tisch abzuräumen, bevor ich mich überhaupt nicht mehr bewegen kann. Susanne lässt sich nicht davon abhalten, mir zu helfen. Nora scheint dagegen ausnahmsweise mal dankbar dafür zu sein, nicht aufstehen zu müssen. Mittlerweile kann man tatsächlich einen Babybauch erahnen, jedenfalls, wenn man sie von der Seite betrachtet.

Dank Susannes Hilfe sind die Reste von Fleisch, Salaten und Gemüse schneller als gedacht im Kühlschrank und das Geschirr in der Spülmaschine verstaut. Als wir zurück auf die Veranda kommen, ist es ungewohnt still. Aus der Wiese hinter dem Haus steigt ein intensives Blütenaroma auf, Nachtviole vielleicht, und vom Waldsaum klingt das heisere Bellen eines Fuchses herüber. Sehen können wir das Tier nicht, obwohl es nicht weit weg sein kann: Unter den Bäumen sind die Schatten schon zu dicht. Dafür scheinen die Baumwipfel im letzten Sonnenlicht regelrecht zu glühen.

»Hier ist es einfach wunderschön.« Susanne hat automatisch geflüstert wie in einer Kirche. »Man könnte denken, man ist in einer anderen Welt.«

Den Gedanken hatte ich letztes Jahr auch, also lächle ich einfach und drücke kurz ihre Schulter. Wir setzen uns wieder und stimmen in das warme Schweigen ein, das die Veranda zusammen mit dem Blumenduft wie eine federleichte Decke einhüllt. Sven hat den Arm auf die Rückenlehne von Noras Rattansessel gelegt, sie benützt seine Armbeuge als Kopfstütze. Ich blinzele hinauf in den zart türkisfarbenen Abendhimmel, den ein orange leuchtender Kondensstreifen ziert, satt, zufrieden und wie die anderen viel zu faul, um ein Gespräch anzufangen.

Jedenfalls denke ich das, bis Nora sich streckt wie eine Katze nach dem Sonnenbad. Sie dreht sich zu Sven und zeigt auf sein Handy, das unbeachtet auf dem Tisch liegt. »Ich schulde dir noch einen Anruf«, sagt sie mit einem schelmischen Grinsen. »Jetzt wäre der perfekte Moment, oder nicht?«

Svens Augenbrauen schlagen praktisch einen Salto, dann zuckt er ergeben die Achseln und reicht Nora das Telefon. Sie tippt kurz darauf herum und hält es sich ans Ohr. Lange muss sie nicht warten. »Nein, tut mir leid, hier ist Nora«, hören wir sie sagen.

Sven betrachtet sicherheitshalber den Kondensstreifen, der langsam zu Pfirsichtönen verblasst; Susanne wirft Alex einen fragenden Blick zu, bekommt aber nur ein ratloses Kopfschütteln zur Antwort, während Morgan neben mir leise lächelt.

»Ich wollte dir etwas sagen und war nicht sicher, ob du ran gehst, wenn ich dich direkt anrufe«, sagt Nora. »Es gibt da nämlich ein paar Dinge über Sven, die du nicht weißt. Er wird sie dir erzählen, wenn du ihm Zeit lässt. Und er ist das Warten auf jeden Fall wert, das kannst du mir glauben, ich kenne ihn wirklich lang genug. Das war's auch schon, danke fürs Zuhören. Mach's gut, Liv.« Damit beendet sie das Gespräch und legt das Handy zurück auf den Tisch. Sven sieht kurz zu ihr hinüber, mit einem schwer zu deutenden Blick. Dann legt er den Arm wieder auf ihre Rückenlehne und Nora macht es sich gemütlich, als wäre nichts gewesen.

Um Morgans Mundwinkel zuckt es verräterisch, als er jetzt aufsteht und mit den Worten »Ich hole dann mal was zu Trinken« nach drinnen verschwindet. Alex rückt seinen Stuhl näher an Susannes, damit er den Arm um sie legen kann. Als Nora meinem Blick begegnet, zwinkert sie mir vergnügt zu. Das ist ihr perfekter Moment: Genau jetzt, in diesem Augenblick, ist alles genau so, wie es sein soll. Nicht, weil irgendetwas entschieden oder eine Weiche für die Zukunft gestellt wurde, denn nichts davon ist passiert. Das ist das Geheimnis eines perfekten Moments: Er muss nur genau jetzt perfekt sein. Weder muss er die Welt verändern noch dein Leben. Wer auf solche Momente wartet, wird nur sehr selten einen perfekten erleben.

Hinter mir taucht Morgan in der Verandatür auf, eine Flasche Whiskey unter den Arm geklemmt, fünf Gläser in der einen und eine Gitarre in der anderen Hand. Ich nehme ihm die Flasche ab und er beugt sich über mich, um die Gläser abzustellen, wobei er mich sanft ins Ohrläppchen beißt. Die Gitarre reicht er Alex hinüber.

»Etwas von den Beatles!«, sagt Susanne. Alex lächelt sie an, setzt sich zurecht, bis er und die Gitarre eine bequeme Position gefunden haben, und stimmt dann unter großem Hallo ›I want to hold your hand‹ an. Anschließend darf jeder sich wünschen, was ihr oder ihm gerade einfällt. Alex muss erstaunlich selten passen, die wenigen Male übernimmt eines unserer Handys. Wir sind zwar nicht alle bei allen Songs gleich textsicher, aber zumindest die Refrains bekommen wir gemeinsam hin.

Morgan hat meine Hand genommen, seine Fingerspitzen tanzen zu den Songs über meine Handfläche und schicken wohlige kleine Stromstöße durch meinen Körper. Als er an der Reihe ist, wünscht er sich ›Lovesong‹ von The Cure. Natürlich können wir beide den kompletten Text: »... ganz egal, was ich sage / ich werde dich immer lieben ...« Für den Augenblick, in dem unsere Blicke sich begegnen, sind wir miteinander allein; an diesem anderen Ort, der sich manchmal in einer nächtlichen Glasscheibe verbirgt und an dem Worte keine Bedeutung haben. Dann unterbrechen wir gleichzeitig den Blickkontakt, weil wir genau jetzt genau hier sein wollen, bei unseren Freunden.

Ich habe die Freiheit gewählt, zu fliegen. Und das Risiko, zu fallen. Weil das eine nicht ohne das andere sein kann wie zwei Liebende. Ich habe immer noch Angst. Und ich bin glücklich. Weil Glück, *mein* Glück, nicht da draußen anfängt, mit etwas, das ich bekomme oder erreiche. Sondern in mir. Da, wo ich zulasse, zu fühlen. Verletzt zu werden. Und geheilt. Wo zwischen den Schatten die Sonne scheint und die Farben meiner Welt zum Leuchten bringt.

Ich schaue in die lächelnden Gesichter um mich herum und weiß, dass ich zuhause bin. Während der Abend sich höflich zurückzieht, um der Nacht mit ihrem Sternenballet die Bühne zu überlassen, schmiege ich mich an Morgans Schulter, um meinen perfekten Moment zu genießen. Der nächste Sturm mag Jahre entfernt sein oder schon ganz nah, das spielt keine Rolle:

there's always gentle warmth
and peace
and laughter
on the other side.

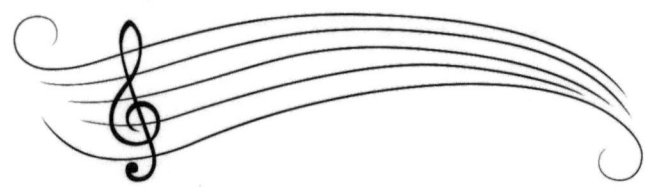

Playlist

In order of appearance:

- ♪ De/Vision: ›Like A Sea Of Flames‹ (Album ›Unversed In Love‹, 1995)

- ♪ Trans-X: ›Living on Video‹ (Album ›Living On Video‹, 1983)

- ♪ Scorpions: ›Wind of Change‹ (Album ›Crazy World‹, 1990)

- ♪ The Verve: ›Bittersweet Symphony‹ (Album ›Urban Hymns‹, 1997)

- ♪ Boytronic: › (I want to live) In Harmony‹ (Album ›The Working Model‹, 1983)

- ♪ Europe: ›The Final Countdown‹ (Album ›The Final Countdown‹, 1986)

- ♪ Patty Smith: ›Sometimes love just ain't enough‹ (Album ›Absolute Music 14‹, 1992)

- ♪ Depeche Mode: ›But not tonight‹ (Album ›Black Celebration‹, 1986)

- ♪ The Sisters of Mercy: ›Under the Gun‹ (Album ›A Slight Case of Overbombing‹, 1993)

- ♪ Dorsetshire: ›Straße der Verdammnis‹ (Album ›Das letzte Gefecht‹, 1994)

♪ Cindy Lauper: ›I drove all night‹ (Album ›A Night to Remember‹, 1989)

♪ Eagles: ›Hotel California‹ (Album ›Hotel California‹, 1976)

♪ R.E.M.: ›Everybody hurts‹ (Album ›Automatic for the People‹, 1992)

♪ Phil Collins: ›Against All Odds‹ (Album ›Against All Odds – Music From the Original Motion Picture Soundtrack‹, 1984)

♪ Bonnie Bianco: ›Miss You So‹ (Album ›Just Me‹, 1987)

♪ Roxette: ›Spending My Time‹ (Album ›Joyride‹, 1991)

♪ Depeche Mode: ›Freelove‹ (Album ›Exciter‹, 2001)

♪ A-ha: ›Stay on these roads‹ (Album ›Stay on these roads‹, 1988)

♪ Amy Grant: ›That's what love is for‹ (Album ›Heart in Motion‹, 1991)

♪ Bill Haley & His Comets: ›Shake, Rattle and Roll‹ (Album ›Bill Haley and His Comets‹, 1960) und ›See You Later, Alligator‹ (Album ›Presenting Bill Haley & His Comets‹, 1949)

♪ Madonna: ›Like a prayer‹ (Album ›Like a Prayer‹, 1989)

♪ Nick Cave & the Bad Seeds mit Kylie Minogue: ›Where the wild roses grow‹ (Album ›Murder Ballads‹, 1995)

♪ The Beatles: ›I want to hold your hand‹ (Album ›Meet the Beatles!‹, 1964)

♪ The Cure: ›Lovesong‹ (Album ›Disintegration‹, 1989)

NACHWORT

Dieses Nachwort schreibe ich auf den ausdrücklichen Wunsch meiner jüngeren Schwester, die mir auch beim zweiten Band das warme Gefühl gegeben hat, etwas Entscheidendes richtig gemacht zu haben. Danke dafür – und natürlich für die hilfreichen Tipps.

Ich weise also darauf hin, dass die Figuren im Roman alle miteinander frei erfunden und Ähnlichkeiten mit lebenden Menschen – oder Tieren – dem Zufall geschuldet sind. Die Sache mit dem Fast-Food-Restaurant als einem Ort, an dem sich dein Leben ändern kann, hat allerdings eine reale Inspirationsquelle. Nur war es da kein Burger King. Außerdem war der Chihuahua im Roman schon da, bevor Bonnie geboren wurde. Weil jemand wie Frau Landgraf nun mal am ehesten einen Chihuahua haben würde – wofür ja der Hund nichts kann! –, habe ich mich hartnäckig geweigert, ihr eine andere Hunderasse anzudichten. Liebe Bonnie, du bist zauberhaft und klug und ziemlich cool!

Außer bei meiner Schwester möchte ich mich auch diesmal ganz herzlich bei allen lieben Menschen bedanken, die Anteil an der Entstehung dieses Romans genommen haben, sei es als Testleser oder bei der Covergestaltung: Danke für euer konstruktives Feedback und für eure Geduld, wenn ich mit dem hundertsten Entwurf um die Ecke gekommen bin.

Liebe Leserin, lieber Leser: Wenn du bis hierher gekommen bist, schicke ich dir eine dicke virtuelle Umarmung und freue mich über eine Nachricht an hallo@tausendwelten.de, einen Kommentar bei Facebook (facebook.com/1000Welten) oder Instagram (instagram.com/konstanze42) und natürlich über jede Rezension.

Meiner Lieblingsband sage ich Danke für das Gefühl, mit keinem Gefühl allein zu sein. We know we'll be ghosts again – but not tonight.